W0330824

LE GOLEM D'HOLLYWOOD

Jonathan Kellerman
Jesse Kellerman

LE GOLEM D'HOLLYWOOD

roman

TRADUIT DE L'ANGLAIS (ÉTATS-UNIS)
PAR JULIE SIBONY

ÉDITIONS DU SEUIL
25, bd Romain-Rolland, Paris XIVe

Titre original : *The Golem of Hollywood*
Éditeur original : G.P. Putnam's Sons
(Penguin Group, USA, LLC, une société Penguin Random House)

ISBN original : 978-0-399-16236-7
ISBN : 978-2-02-123344-5

www.seuil.com

1

Prague, République tchèque
Printemps 2011

Heap suivait la fille depuis plusieurs jours.

L'observation était une étape importante, sans doute la plus agréable : se fondre dans le décor tandis que son fabuleux cerveau vrombissait à plein régime, ses yeux, ses oreilles, affûtés avec précision.

Les gens avaient tendance à le sous-estimer. Depuis toujours. À Eton : deux nuits enfermé dans un placard à balais. À Oxford, ils ricanaient, ça oui, les filles au visage chevalin et les garçons qui leur roucoulaient après. Et ce cher Papa, Seigneur du Château, Chancelier des Cordons de la Bourse. *Toutes ces études pour finir garçon de bureau, nom d'un chien.*

Mais être sous-estimé, ça rend presque transparent.

Heap en profitait.

N'importe quelle fille pouvait retenir son attention.

Observer le troupeau.

Procéder à l'abattage.

La brunette aux yeux brillants à Bruxelles.

Sa quasi-jumelle à Barcelone.

Ses œuvres de jeunesse, les radieux après-midi bucoliques à affiner sa technique.

Le frisson reconnaissable le saisissait comme un haut-le-cœur. Même si Heap n'était pas idiot au point de nier qu'il préférait un certain type : cheveux bruns, traits anguleux. Classe populaire, pas trop intelligente, pas moche mais pas jolie non plus.

Plutôt menue, sauf qu'il exigeait une forte poitrine. La molle pression élastique ne manquait jamais de l'exciter.

Celle-ci était parfaite.

Il l'avait repérée pour la première fois alors qu'elle traversait le pont Charles d'ouest en est. Cela faisait déjà deux semaines qu'il rôdait dans les parages, jouant les touristes en attendant qu'une occasion se présente. Il aimait bien Prague. Il y était déjà venu et n'était jamais reparti déçu.

Parmi les bonimenteurs en jean, les touristes américains flasques, les musiciens des rues à la voix rocailleuse et les portraitistes médiocres, elle se distinguait par son insignifiance. Jupe informe, cheveux tirés, l'air concentré et maussade, elle marchait vite, les joues creusées par l'éclat aveuglant de la Vltava en ce milieu de matinée.

Parfaite.

Il essaya de la suivre mais elle disparut dans la foule. Le lendemain, il revint, plein d'espoir, préparé, attentif. Ouvrant son guide, il fit mine de relire un encadré gris intitulé *Le saviez-vous ?* Des œufs avaient été mélangés au mortier du pont pour le renforcer. Le bon roi Charles IV avait réquisitionné jusqu'au dernier œuf du royaume, et elles lui avaient obéi, les masses niaiseuses et imbéciles, défilant pour venir déposer servilement leur tribut à ses pieds.

Heap le savait-il ?

Oui, bien sûr. Il savait tout ce qu'il y avait à savoir, et bien davantage.

Même ce guide le sous-estimait.

Elle repassa à la même heure. Ainsi que le lendemain. Trois jours de suite, il l'observa. Une fille aux habitudes réglées. Magnifique.

Sa première étape était un café près du pont. Elle nouait un tablier rouge, débarrassait les tables contre un peu de monnaie. Le soir venu, elle quittait la Vieille Ville pour la Nouvelle Ville, troquait son tablier rouge contre un noir afin d'aller porter des plateaux et remplir des chopes dans un bar à bière qui, à en croire l'odeur, était fréquenté par les autochtones. Les photos du menu exposé en vitrine montraient des saucisses noyées sous cette infâme sauce marronnasse dont ils recouvraient tout.

Depuis l'arrêt du tram, Heap la regardait virevolter dans la salle. À deux reprises, des passants s'arrêtèrent pour lui poser une question en tchèque, ce qu'il prit pour la preuve qu'une fois de plus il se fondait dans la masse. Il répondit – en français – qu'il ne parlait pas tchèque.

À minuit, la fille finissait de balayer. Elle éteignait les lumières du restaurant et, quelques minutes plus tard, une fenêtre deux étages au-dessus s'illuminait de jaune et son bras pâle baissait le store.

Sans doute une chambre sordide qu'elle louait en meublé. Une vie triste et sans horizon.

Splendide.

Il songea à trouver un moyen de s'introduire chez elle. L'attaquer sous son propre toit.

Idée tentante. Mais Heap méprisait les prises de risques inutiles. Cela lui venait d'avoir vu Papa flamber des sommes faramineuses au football, au cricket, n'importe quoi impliquant des crétins et une balle, dilapidant une fortune séculaire dans les gosiers crasseux des bookmakers. Pas très clairvoyant, comme bonhomme. Lui qui adorait rappeler à Heap que tout serait englouti avant qu'il en voie le moindre penny. Heap ne lui ressemblait en rien, et par conséquent ne méritait rien.

Un jour, Heap lui ferait savoir ce qu'il pensait de tout ça.

Pour en revenir à nos moutons : à quoi bon changer de scénario ? Le scénario fonctionnait. Il la prendrait dans la rue, comme les autres.

Laissant derrière lui une coquille aux yeux vides affalée contre une poubelle ou un mur, attendant d'être découverte par quelque citoyen privilégié du monde libre.

Heap étudia la porte de l'immeuble à droite du restaurant, six boutons de sonnette anonymes. Peu lui importait son nom. Il préférait se les remémorer par numéros. Plus faciles à cataloguer. Il avait un esprit de bibliothécaire, ça oui. Elle serait la numéro neuf.

Le septième soir, un jeudi, Numéro Neuf monta dans sa chambre comme à son habitude mais en ressortit peu après, un plumeau dans une main, un carré de tissu blanc plié dans l'autre.

Il lui laissa du champ puis la suivit vers le nord tandis qu'elle traversait la place de la Vieille-Ville, grouillant de piétons importuns. Il s'agrippa aux ombres dans la rue Maiselova alors qu'ils pénétraient dans Josefov, l'ancien quartier juif.

Il avait déjà emprunté ce chemin quelques jours plus tôt, quand il reprenait ses marques dans la ville. C'était la chose à faire, visiter les hauts lieux du ghetto. Consciencieusement, il avait joué des coudes à travers les essaims répugnants de touristes ébahis, les guides bavassant sur la tolérance slave pendant que leurs ouailles, *clic clic clic*, mitraillaient sans interruption. Heap ne s'intéressait pas assez aux juifs en tant que groupe pour en concevoir de véritable dégoût. Il les considérait avec le même mépris que toute la lie de l'humanité, ce qui incluait tout le monde à part lui et quelques personnes triées sur le volet. Les rares juifs qu'il avait connus à l'école étaient des abrutis suffisants qui se donnaient un mal fou pour paraître plus chrétiens que les chrétiens.

La fille tourna à droite au niveau d'un édifice jaune décrépi. La synagogue Vieille-Nouvelle. Un nom étrange pour une architecture étrange. En partie gothique, en partie Renaissance, le résultat donnait une bouillie plutôt disgracieuse, avec un toit crénelé sans aucun charme et de minuscules fenêtres. Beaucoup plus vieille que nouvelle. Il faut dire que Prague ne manquait pas de vieux bâtiments. Presque autant que de prostituées. Il avait eu son compte.

Une ruelle longeait la synagogue côté sud, terminée par un large escalier de dix marches qui débouchait sur les rideaux baissés des magasins de la rue Pařížská. Heap se demanda si c'était là qu'allait Neuf, pour faire le ménage dans une de ces boutiques.

Au lieu de quoi elle bifurqua à gauche au pied des marches, disparaissant derrière la synagogue. Heap se faufila dans la ruelle avec ses chaussures à semelle de crêpe, jetant un regard en biais furtif en atteignant l'escalier.

Elle se tenait sur une petite esplanade pavée face à l'arrière de l'édifice, dans lequel était découpée une porte en fer cintrée ornée de clous grossiers. Un trio de poubelles constituait tout le décor extérieur. Elle avait déplié son tissu blanc d'un claquement sec et se le nouait autour de la taille : encore un tablier. Heap sourit en imaginant sa penderie, rien que des tabliers de toutes les couleurs. Elle avait tellement d'identités secrètes, chacune plus minable que la précédente.

Elle ramassa le plumeau là où elle l'avait posé, contre le mur. Elle le secoua. Secoua aussi la tête, comme pour dissiper la fatigue.

Quelle petite bonne industrieuse ! Deux boulots à plein temps, et maintenant ça.

Qui avait dit que l'éthique du travail était morte ?

Il aurait pu la prendre tout de suite, mais un duo de rires éméchés retentit sur Pařížská, et Heap continua tout doucement à monter les marches sans quitter la fille du coin de l'œil.

Elle sortit une clé de son jean et ouvrit la porte en fer pour entrer dans la synagogue. La serrure cliqueta bruyamment.

Il se posta aux aguets sous un lampadaire cassé, face au visage sombre de la synagogue. Une série de barreaux métalliques fichés dans la brique montait jusqu'à une deuxième porte cintrée, miteuse réplique en bois de celle en fer, dix mètres au-dessus du sol et s'ouvrant de façon incompréhensible sur du vide.

Les combles. *Le saviez-vous ?* C'était là que le célébrissime (d'après qui ? se demandait Heap) rabbin Loew avait façonné le golem, légendaire créature de glaise qui arpentait les rues du ghetto pour en protéger les habitants. Le même rabbin avait sa statue sur une place majestueuse, ça oui. À un moment, Heap avait fait semblant de s'arrêter pour la prendre en photo alors qu'il suivait la fille.

Tout ça manquait atrocement de dignité, vraiment. La glaise, c'était juste un cran au-dessus de la merde.

Pourtant la légende était devenue la source d'un mercantilisme racoleur, la silhouette bosselée du monstre fleurissant sur toutes sortes de panneaux, menus, mugs et autres fanions. Dans un bistro particulièrement fétide près de l'hôtel de Heap, on pouvait commander un Golem Burger noyé de sauce marron, et le faire descendre avec assez de Golemtinis pour se pourrir le foie.

Les gens étaient prêts à payer pour n'importe quoi.

Les gens étaient abjects.

Les rires du couple s'étaient évanouis dans la brise tiède.

Heap décida d'attendre encore une nuit. Davantage de préliminaires donnaient davantage de plaisir.

Le vendredi soir, la synagogue Vieille-Nouvelle était un endroit animé : les fidèles faisaient la queue pour entrer, certains s'arrêtant afin de parler à un homme blond posté devant la porte avec un talkie-walkie. Le tout avec le sourire, et sans qu'on refuse jamais l'accès à personne, si bien que cette pseudo-sécurité semblait un peu bidon à Heap.

Il était quand même venu préparé : son plus beau costume (son seul costume décent depuis que Papa lui avait coupé les vivres), une chemise blanche légère et la vieille cravate de son uniforme d'écolier, plus d'inoffensives lunettes à verre neutre. En approchant de l'entrée, il se voûta afin de paraître moins grand et fit blouser sa veste pour dissimuler la bosse de sa poche intérieure.

Le gardien blond était quasiment un enfant, à peine sorti des langes. Il se décala d'un pas pour barrer le passage à Heap, s'adressant à lui avec un accent guttural vulgaire :

« Vous désirez ?

– Je suis venu prier, répondit Heap.

– Prier, répéta le gardien, comme si c'était la raison la plus improbable de fréquenter un lieu de culte.

– Vous savez ? Rendre grâce à Dieu. Le glorifier. Peut-être que ça pourra aider, ajouta Heap avec un sourire.

– Aider ?

– Le chaos du monde, tout ça. »

Le gardien le dévisagea.

« Vous voulez entrer dans la *shoul*[1] ? »

Sale petit couillon bouché.

« C'est cela.

– Afin de prier pour le monde. »

Heap baissa le niveau de quelques crans.

1. Les mots suivis d'un astérisque sont définis dans le glossaire, p. 563.

« Ça, et ma bonne fortune personnelle, bien sûr.
– Vous êtes juif ?
– Puisque je suis là. »
Le gardien sourit.
« Alors, s'il vous plaît, pouvez-vous m'indiquer la dernière fête ?
– Pardon ?
– La fête juive la plus récente. »
Une bouffée de rage tandis que Heap se secouait les méninges. Quelques gouttes de sueur perlèrent à son front. Il se retint de les essuyer. Conscient qu'il prenait beaucoup trop de temps, il se résolut à tenter ce qui lui passait par la tête.
« Eh bien, ça doit être Pessah*, il me semble.
– Pessah ? répéta le gardien.
– Je crois bien, oui.
– Vous êtes anglais, n'est-ce pas ? »
Heap hocha la tête. *Quelle perspicacité !*
« Je peux voir votre passeport, s'il vous plaît ?
– Je ne pensais pas qu'on en avait besoin pour venir prier. »
Le gardien sortit son trousseau de clés en faisant tout un cinéma, ferma la porte de la synagogue et donna à Heap une petite tape condescendante sur l'épaule.
« Attendez-moi là, je vous prie. »
Il s'éloigna dans la rue d'un pas nonchalant, marmonnant dans son talkie-walkie pendant que Heap se débattait dans le raz-de-marée bouillonnant de son esprit. Le culot de ce gosse : avoir osé le *toucher*. Il bomba le torse pour sentir le renflement de sa poche : manche en bois de cerf, lame de quinze centimètres. *Tu ferais bien de prier toi aussi, mon pote.*
À vingt mètres de là, le gardien s'arrêta devant une porte. Un autre homme apparut et tous les deux se mirent à palabrer en le toisant ouvertement. La sueur continuait à perler. Parfois, la sueur était un problème. Une goutte coulait dans l'œil de Heap, ça le piquait, il était obligé de cligner des paupières pour la chasser. Il savait reconnaître quand il n'était pas le bienvenu. Et il savait être patient. Il laissa les deux gardes à leur conciliabule et poursuivit sa route.

Tout homme a ses limites, cependant. Après six jours sans la moindre occasion, l'excitation le rendait fou. Aussi décida-t-il que ce soir-là serait le bon, quoi qu'il arrive, et que ce serait délicieux.

À trois heures du matin, il y avait déjà plus de deux heures qu'elle était entrée dans la synagogue. Heap était tapi dans la pénombre près des marches, percevant des bêlements lointains bien au-delà des limites du quartier juif, faisant rouler le manche de son couteau entre ses doigts. Il commença à se demander si elle n'en avait pas profité pour piquer un petit somme. Elle travaillait tellement, elle ne devait plus tenir debout.

La porte en fer grinça sur ses gonds.

Numéro Neuf sortit avec un grand bac en plastique dans les bras. Elle tourna le dos à Heap, se dirigea vers les poubelles, souleva le bac et le vida dans une bruyante cascade de canettes métalliques et de papier froissé. Alors il déplia la lame (graissée et silencieuse, une vraie libération, comme si ses poumons s'emplissaient d'air frais) et s'avança vers elle.

À mi-chemin, un claquement étouffé le glaça sur place, affolé.

Il jeta un coup d'œil derrière lui.

La ruelle était déserte.

Quant à la fille, elle n'avait pas remarqué le bruit ; elle était toujours affairée à racler les dernières ordures avec ses doigts.

Puis elle reposa le bac en plastique.

Elle défit ses cheveux pour mieux les attacher, et ses bras levés formaient comme une lyre aux hanches larges, une silhouette absolument ravissante, tant et si bien que Heap sentit son sang se réchauffer d'un coup et se remit en mouvement. Trop pressé : sa chaussure buta sur un pavé et projeta un caillou dans la direction de la fille, qui se raidit et se retourna, la bouche déjà prête à former un cri.

Mais elle n'en eut pas le temps avant que Heap lui plaque une main sur les lèvres et qu'il la fasse pivoter de force, collant son ventre et son sexe raidi contre son dos. En bonne travailleuse pragmatique, elle avait les ongles coupés court ; ses doigts calleux essayaient en vain de griffer Heap aux bras et au visage, jusqu'à ce qu'un instinct de survie plus profond s'empare d'elle et qu'elle cherche à lui écrabouiller le pied.

Il était préparé. Numéro Quatre, à Édimbourg, avait fait la même chose. Un petit talon pointu ; un métatarse brisé ; une belle paire de mocassins fichue. Heap avait retenu la leçon. Il gardait les pieds grands écartés. Il enfonça les doigts dans sa chevelure et lui tira violemment la tête en arrière afin que sa gorge forme un bombement gracieux.

Il leva un bras pour y planter sa lame.

Mais c'était une fille pleine de ressources, et il s'avéra qu'elle devait quand même avoir des ongles car elle émit un sifflement mouillé et il sentit un élancement atroce dans l'œil, comme si un poinçon lui avait traversé la cornée et le cristallin pour venir lui déchirer le nerf optique. Il vit danser des taches de couleur derrière ses paupières. La douleur lui donna un haut-le-cœur ; sa main lâcha les cheveux de sa proie et jaillit devant son visage pour le protéger. Lui aussi avait des instincts de survie.

Il distingua la silhouette distordue de la fille qui s'éloignait de lui et courait vers l'escalier.

Encore un sifflement ; encore un élancement de douleur, dans son autre œil. Il tituba et s'écroula entre les poubelles, les deux yeux ruisselants ; le couteau lui échappa des mains. Il n'arrivait pas à comprendre. Lui avait-elle tiré dessus ? Jeté quelque chose à la figure ? Il plissa les paupières de toutes ses forces afin de dissiper le brouillard et aperçut la fille qui atteignait le haut des marches juste avant qu'elle ne tourne dans la rue Pařížská, et sa forme qui s'atténuait au loin lui fit prendre conscience d'une catastrophe supplémentaire.

Elle avait vu son visage.

Alors qu'il se relevait tant bien que mal et s'élançait à sa poursuite, il entendit un sifflement derrière lui et la douleur le plaqua à terre, comme si quelqu'un lui avait enfoncé un harpon dans la nuque, et au moment où il touchait le sol son cerveau vrombissant comprit qu'il était en train de lui arriver quelque chose, quelque chose de grave, parce que la fille avait disparu depuis longtemps.

Étalé sur le ventre au milieu des ordures éparpillées, il rouvrit ses yeux larmoyants et il le vit, à vingt centimètres de là, un point sombre de la taille d'une pièce de monnaie, qui luisait sur les pavés.

Un insecte à carapace dure, avec deux antennes brillantes et une longue corne noire qui lui sortait de la tête.

Soudain, l'insecte fonça vers lui et se planta au centre de son front.

Heap hurla, battant des mains pour le chasser tout en essayant de se relever, mais la chose ne cessait de revenir vers lui, rapide et vicieuse, le grondement de ses ailes audible dans toutes les directions, comme un aiguillon à bétail qui se serait posé sur son cou, son dos, l'arrière de ses genoux, cherchant à l'éloigner des marches et à l'acculer contre le mur de la synagogue, où il se recroquevilla en boule, les bras repliés sur la tête.

Aussi abruptement, l'assaut prit fin, et la nuit redevint silencieuse à l'exception d'un léger claquement de bois. Heap attendit, tremblant. Les piqûres suintaient tout autour de son crâne, il avait du sang qui lui coulait le long du nez, jusqu'à la bouche.

Il sortit la tête d'entre ses bras.

Par terre, sur les pavés, l'insecte accroupi avait les yeux levés vers lui.

Ivre de rage, Heap se redressa de toute sa hauteur.

Il leva un pied pour le réduire en bouillie.

Abattit son pied.

Le rata.

La bête avait réussi à esquiver le coup et attendait quelques centimètres plus loin.

Heap réessaya, l'insecte se déplaça encore, et ainsi de suite comme une absurde petite danse de colère, Heap martelant le sol et bondissant tandis que l'immonde créature tournoyait en cercles moqueurs.

Il finit par reprendre ses esprits : il pourchassait un insecte, et pendant ce temps la fille qui avait vu son visage était partie Dieu sait où raconter Dieu sait quoi à Dieu sait qui.

Il fallait qu'il quitte la ville. Tout de suite. Tant pis pour ses affaires. Qu'il saute dans un taxi direction l'aéroport et qu'il prenne la poudre d'escampette pour ne plus jamais remettre les pieds dans cet endroit épouvantable.

Il se retourna, se mit à courir et s'écrasa contre un mur.

Un mur qui n'était pas là avant.

Un mur de boue.

Large comme une avenue, plus haut que la synagogue, grandissant à vue d'œil tel un cancer fou, grimpant vers le ciel, gonflant, se dilatant, puant les eaux stagnantes, le poisson pourri, la moisissure et le mazout.

Heap dérapa et tenta de fuir dans la direction inverse mais se heurta à un autre mur.

Et brusquement, il était encerclé : de la boue, des murs de boue, une ville entière de boue, une mégalopole, vaste, dense et informe. Il leva les yeux vers un ciel indifférent, les étoiles masquées par la boue. En larmes, il baissa le regard vers la terre, où de la boue noire comme du sang séché commençait à engloutir ses chaussures, recouvrant d'abord ses orteils avant de monter peu à peu. Il cria. Il voulut lever les pieds et s'aperçut que ses semelles étaient scellées au sol ; il essaya de se déchausser, mais la boue avait déjà atteint ses chevilles, enserré ses tibias et continuait à grimper. C'était ça, la source de l'odeur, visqueuse et putride. C'était une absence de couleur et une absence d'espace, un vide agressif et brûlant qui l'avalait vivant.

Il cria encore et encore, mais sa voix lui revenait, toute proche, humide et morte.

La noirceur lui arriva aux genoux, broyant ses articulations ; elle remonta sur ses cuisses, comme des bas trop serrés qu'on déroulerait par à-coups. Heap sentit ses intestins lâcher, il sentit ses organes génitaux repoussés, lentement, vers l'intérieur de sa cavité corporelle ; il sentit son abdomen ceinturé, ses côtes casser l'une après l'autre, sa trachée s'effondrer et ses entrailles se soulever jusque dans son cou, alors il cessa de crier car il n'arrivait plus à respirer.

Dans le mur de boue, deux fentes s'entrouvrirent, deux trous rouge vif à hauteur d'yeux.

Qui l'observaient. Comme lui-même avait jadis observé ses proies.

Heap ne pouvait pas parler, mais il pouvait bouger les lèvres.

Il articula silencieusement le mot « non ».

Pour toute réponse, un soupir las.

Des doigts boueux se refermèrent autour de son cou et serrèrent.

Alors que le crâne de Heap se séparait de ses amarres vertébrales, des millions de neurones lancèrent leur dernière salve et il éprouva plusieurs sensations en même temps.

Il y avait la douleur, bien sûr, et au-delà de ça la torture de la clairvoyance. Sa mort ne jouissait pas du bénéfice de l'ignorance, car il comprenait qu'il ne comprenait rien, que ses péchés n'étaient pas passés inaperçus, et que quelque chose d'innommable l'attendait de l'autre côté.

Pour finir, il y eut les images fugitives qui s'imprimèrent dans son cerveau agonisant lorsque sa tête, bouche béante, fut propulsée en l'air : un ciel nocturne gorgé de doux nuages ; la lueur safran des réverbères le long du quai ; la porte du grenier de la synagogue qui battait dans la brise.

2

Los Angeles
Printemps 2012

La brunette intriguait Jacob.

Primo, dans ses souvenirs de la nuit précédente – des souvenirs émoussés, certes – il la voyait blonde. À présent, dans la lumière du matin, assise à la table de sa kitchenette, elle était franchement brune.

Deuzio, s'il se rappelait bien une séance de pelotage frénétique sur une banquette en Skaï poisseuse, il était quasi sûr d'être rentré chez lui seul. Dans le cas contraire, il ne s'en souvenait pas, ce qui était mauvais signe, signe qu'il était temps de lever le pied.

Tertio, elle était d'une beauté sculpturale. Or il avait pour règle de graviter plutôt dans la moyenne. Pas simplement par manque d'ambition : tout ce besoin, cette vulnérabilité, ce réconfort mutuel étaient à même de conférer à l'acte une dimension autre que physique. Deux individus s'accordant pour rendre le monde meilleur.

À bien la regarder, si nettement au-dessus de son standing, il décida qu'il pouvait faire une exception.

Le quatrième point était qu'elle portait son *talit**.

Le cinquième, qu'elle ne portait rien d'autre.

Il détecta une odeur de café.

« Pardon, dit-il, je ne connais pas ton prénom.

– Ça me blesse, répondit-elle en posant une main sur sa gorge.

– Essaye d'être indulgente. Je ne me rappelle pas grand-chose.

– Il n'y a pas grand-chose à se rappeler. Tu étais parfaitement cohérent, jusqu'à ce que tu poses la tête sur l'oreiller, et là : extinction des feux.

– Ça ne m'étonne qu'à moitié. »

Il passa devant elle pour aller chercher deux mugs en céramique faits main et un pot à couvercle.

« Ils sont jolis, dit-elle.

– Merci. Lait ? Sucre ?

– Rien pour moi, ça ira. Mais sers-toi. »

Il reposa le pot et un des mugs, versa un fond de café dans le sien et le but noir.

« Reprenons depuis le début. Moi, c'est Jacob.

– Je sais », dit-elle alors que le *talit* glissait de quelques centimètres, découvrant une épaule veloutée, une clavicule délicate et le galbe d'un sein.

Elle ne prit pas la peine de le replacer.

« Tu n'as qu'à m'appeler Mai. Avec un i.

– Je te souhaite bien le bonjour, Mai.

– Pareillement, Jacob Lev. »

Jacob jeta un coup d'œil à son châle de prière. Il ne l'avait pas sorti depuis des années, encore moins revêtu. À un moment de sa vie, l'idée de s'en servir pour couvrir un corps nu aurait eu un parfum d'hérésie. Maintenant c'était juste un plaid en laine.

Il trouvait néanmoins ce choix profondément étrange. Le *talit* était rangé dans le tiroir du bas de sa commode, en compagnie de ses *tefillin** obsolètes et d'une armada de pulls au chômage technique, achetés à Boston et n'ayant jamais vu la lumière d'un seul jour à Los Angeles. Si elle avait voulu lui emprunter de quoi s'habiller, elle avait d'abord dû déblayer une pile de meilleures options.

« Rappelle-moi comment on est rentrés, demanda-t-il.

– Avec ta voiture, dit-elle en lui désignant son portefeuille et ses clés sur le plan de travail. Mais c'est moi qui ai conduit.

– Sage décision. »

Il finit son café et s'en servit un autre demi-mug avant de reprendre :

« Tu es flic ?

– Moi ? Non. Pourquoi ?

– On trouve deux sortes de gens au 187 : des flics et des groupies de flics.

– Jacob Lev, un peu d'élégance, dit-elle alors qu'un éclat lui traversait le regard, un éclat d'un marron iridescent, avec des étincelles de vert. Je ne suis qu'une gentille fille qui était descendue s'amuser un peu.

– Descendue d'où ?

– D'en haut, dit-elle. C'est de là qu'on descend en général. »

Il s'assit en face d'elle en prenant soin de garder une certaine distance. Difficile de dire ce que cette fille lui voulait.

« Comment tu as réussi à me faire monter dans la voiture ? s'enquit-il.

– Étonnamment, tu étais capable de marcher et de suivre mes instructions. C'était bizarre. Comme de guider un robot, ou un automate. Tu es toujours comme ça ?

– Comment ?

– Obéissant.

– Pas le premier mot qui me viendrait à l'esprit, non.

– Je m'en doutais. J'en ai quand même profité le temps que ça a duré. Ça me changeait, pour une fois. En fait, j'avais une motivation égoïste. Je m'étais fait planter par ma copine… Elle, c'est une groupie de flics, elle s'était tirée avec un crétin. Dans sa voiture à elle. Du coup ça faisait trois heures que je te baratinais, j'étais sans moyen de locomotion, le bar fermait et je n'avais pas très envie de donner des idées à quelqu'un. Ni de claquer du fric pour un taxi. Abracadabra, me voilà », conclut-elle avec un sourire qui conféra soudain à son visage une netteté lumineuse.

Ah bon, elle l'avait baratiné ?

« Nous voilà », reprit-il.

Elle se mit à caresser de ses longs doigts langoureux la laine blanche et soyeuse du *talit*.

« Je suis désolée, dit-elle. J'ai eu froid au milieu de la nuit.

– Tu aurais pu mettre des vêtements », rétorqua-t-il avant de songer : *ducon !*, parce que c'était bien la dernière chose qu'il voulait qu'elle fasse.

Elle frotta les franges tressées contre sa joue.

« Il a l'air vieux, dit-elle.

– Il me vient de mon grand-père. Qui le tenait du sien, si tu crois aux histoires de famille.

– J'y crois. Bien sûr que j'y crois. Qu'est-ce qu'on a d'autre, à part nos histoires ? »

Elle se leva et ôta le *talit*, exposant son corps en entier, un chef-d'œuvre, luisant et souple comme du satin.

Jacob détourna les yeux par réflexe. Il aurait tout donné pour se souvenir de ce qui s'était passé. Même un fragment. Ça lui aurait fourni matière à fantasmer pendant des mois. L'aisance avec laquelle elle s'était dénudée relevait presque plus d'une attitude enfantine que séductrice. En tout cas elle ne semblait pas avoir de complexes à se montrer, alors pourquoi aurait-il dû en avoir à la contempler ? Autant en profiter tant qu'il en avait l'occasion.

Il la regarda réduire le *talit* à la dimension d'un set de table en trois pliages précis. Elle le déposa sur le dossier d'une chaise, s'embrassant le bout des doigts après avoir fini : une habitude d'école hébraïque.

« Tu es juive ? » s'enquit-il.

Ses yeux verdirent encore davantage.

« Non, juste une *shiksa** de plus, répondit-elle.

– Les *shiksas* ne se qualifient pas elles-mêmes de *shiksas.* »

Elle observa la bosse dans son caleçon avec amusement.

« Tu t'es brossé les dents ? demanda-t-elle.

– Première chose que je fais en me levant.

– Et la deuxième ?

– Pisser.

– Et la troisième ?

– Je dirais que ça dépend de toi.

– Tu t'es lavé ?

– Le visage.

– Pas les mains ? »

La question le déconcerta.

« Je peux si tu y tiens. »

Elle s'étira paresseusement, allongeant sa silhouette, la perfection à l'état pur.

« Tu es plutôt bel homme, Jacob Lev. Va prendre une douche. »

Il se jeta sous le jet sans attendre qu'il soit chaud, frottant vigoureusement sa peau granuleuse. Il en sortit tout rose, alerte, dispos.

Elle n'était pas dans la chambre.

Ni dans la cuisine.

Un deux-pièces, pas besoin d'une équipe de recherche.

Son *talit* aussi avait disparu.

Une cleptomane avec un penchant pour le folklore religieux ?

Il aurait dû s'en douter. Une fille comme ça, il y avait forcément un hic quelque part. Les lois de l'univers, la balance de la justice, c'était écrit.

Il avait des élancements dans la tête. Il se resservit du café, et il allait attraper la bouteille de bourbon dans le placard quand il décida qu'il était temps, sans nul doute, de lever le pied. Il dévissa le bouchon et vida l'alcool dans l'évier à grands glouglous, puis retourna dans la chambre inspecter son tiroir à pulls.

Elle avait remis le *talit* à sa place, soigneusement rangé entre un pull à torsades bleu et la pochette en velours élimée contenant ses *tefillin*. C'était soit une marque d'attention de sa part, soit une forme de reproche.

Il y réfléchit un moment et opta pour la deuxième hypothèse. Après tout, son départ était un message en soi.

Bienvenue au club.

3

Il était toujours accroupi devant sa commode, nu et perplexe, lorsque la sonnette retentit.

Elle avait changé d'avis ?

Il n'allait pas s'en plaindre.

Il se précipita pour ouvrir la porte tout en réfléchissant à une réplique intelligente à lui sortir et fut d'autant plus pris au dépourvu en se retrouvant nez à nez avec deux mastodontes en costumes sombres.

L'un avait la peau mate et une épaisse moustache brune bien taillée.

Son comparse, plus trapu et rougeaud, avait un regard bovin triste et de longs cils de fille.

On aurait dit deux demis de mêlée sur le retour. Leurs manteaux auraient pu servir de housses de voiture.

Ils souriaient.

Deux grands gaillards sympas qui souriaient à Jacob pendant que sa bite se ratatinait.

Le premier lui lança : « Alors, inspecteur Lev, ça baigne ?

– Une seconde », répondit Jacob.

Il ferma la porte. S'enroula dans une serviette de bain. Revint.

Les deux hommes n'avaient pas bougé. Jacob les comprenait : vu leur taille, le moindre mouvement leur demandait sans doute pas mal d'énergie. Il fallait vraiment qu'ils aient envie d'aller quelque part. Sinon, autant ne pas se fatiguer. Rester immobile. Se couvrir de mousse.

« Paul Schott, annonça le plus foncé des deux.

– Mel Subach, enchaîna le rougeaud. Du service des Projets spéciaux.

– Connais pas, dit Jacob.
– Vous voulez voir nos insignes ? » proposa Subach.
Jacob hocha la tête.
« Ça suppose qu'on ouvre nos vestes, précisa Subach. Et qu'on dévoile nos armes. Ça ne vous dérange pas ?
– L'un après l'autre », déclara Jacob.
D'abord Subach, puis Schott lui montrèrent le badge doré épinglé à leur poche intérieure. Leur holster contenait un Glock 17 standard.
« C'est bon ? » demanda Subach.
Bon, dans le sens : est-ce qu'il croyait qu'ils étaient flics ? Ça, oui. Les badges étaient vrais.
Mais… *bon* ? Il songea à la réponse de Samuel Beckett à un de ses amis qui lui faisait remarquer que c'était le genre de journée qui vous rendait heureux d'être en vie : *Je n'irais pas jusque-là.*
« Qu'est-ce que je peux faire pour vous ? s'enquit Jacob.
– Si ça ne vous ennuie pas de nous suivre, répondit Schott.
– C'est mon jour de repos.
– C'est important, insista Schott.
– Vous pourriez être un peu plus précis ?
– Malheureusement pas, dit Subach. Vous avez pris votre petit déjeuner ? Vous voulez peut-être emporter un muffin ou quelque chose ?
– Je n'ai pas faim.
– On est garés au coin, indiqua Schott.
– Une Crown Victoria noire, précisa Subach. Prenez votre voiture et suivez-nous.
– Avec un pantalon », ajouta Schott.

La Crown Vic gardait une allure modérée et mettait toujours son clignotant à l'avance, permettant à Jacob de la suivre de près dans sa Honda. Il était à peu près sûr que leur destination était le central du district d'Hollywood, son affectation jusqu'à récemment. Théorie qui fut anéantie lorsqu'ils s'engagèrent au nord sur Vine Street et, tandis qu'ils se dirigeaient vers Los Feliz Boulevard, il fut pris d'un malaise grandissant.

Dans la police depuis sept ans, il avait été parmi les plus jeunes à la brigade Vols et homicides, ayant bénéficié *primo* d'une note de service exigeant qu'on donne la priorité aux diplômés de niveau licence et plus, *secundo* d'un poste en or libéré par un inspecteur vétéran qui avait fini par clamser après trente années à trois paquets par jour.

Ses excellents résultats – il avait invariablement un des meilleurs taux d'élucidation du département – ne pouvaient effacer ces deux données de la tête de son supérieur. Pour des raisons que Jacob ne comprenait pas entièrement, Teddy Mendoza avait une énorme dent contre lui, et quelques mois plus tôt il l'avait convoqué dans son bureau et lui avait agité une chemise en kraft sous le nez.

« J'ai lu votre rapport, Lev. "Labile" ? C'est quoi ce mot à la con ?

– Ça signifie "instable", chef.

– Je sais ce que ça signifie. J'ai un master. Vous ne pouvez pas en dire autant, il me semble.

– Non, chef.

– Et j'ai un master en quoi, vous le savez ? Sans regarder le mur.

– En communication, je crois, chef.

– Très bien. Et vous savez ce qu'on apprend à faire en communication ?

– À communiquer, chef.

– Dans le mille, Émile. Vous voulez dire "instable", écrivez "instable".

– Bien, chef.

– On ne vous a pas appris ça à Harvard ?

– J'ai dû rater ce cours-là, chef.

– Je ne pense pas qu'on étudie ça avant la deuxième année.

– C'est possible, chef.

– Rafraîchissez-moi la mémoire : comment se fait-il que vous n'ayez pas terminé Harvard, déjà ?

– Je manquais de volonté, chef.

– Ça, c'est le genre de réponse de petit malin qu'on fait à quelqu'un quand on veut lui clouer le bec. C'est ça que vous voulez ? Me clouer le bec ?

– Non, chef.
– Bien sûr que si. Je vous ai déjà dit que j'avais un cousin qui avait été pris à Harvard ?
– Vous l'avez mentionné par le passé, chef.
– Ah oui ?
– Une ou deux fois.
– Dans ce cas, j'ai dû vous dire qu'il n'y était pas allé.
– Oui, chef.
– Je vous ai dit pourquoi ?
– Le coût était prohibitif, chef.
– C'est cher, Harvard.
– Oui, chef.
– Vous avez bénéficié d'une bourse, si je me souviens bien.
– Oui, chef.
– Voyons voir... Une bourse sportive. Vous vous étiez distingué en ping-pong ?
– Non, chef.
– En jonglage de noix par équipe... ? Non ? Quel genre de bourse était-ce, inspecteur ?
– Une bourse au mérite, chef.
– Au *mérite.*
– Oui, chef.
– Au mérite... Ah ! sans doute que mon cousin n'avait pas autant de mérite que vous.
– Je ne dirais pas ça, chef.
– Alors pourquoi vous l'avez eue et pas lui ?
– Il faudrait poser la question au bureau des aides financières, chef.
– Au mérite. Vous voyez, d'après moi, c'est largement pire que de ne pas avoir de bourse. D'après moi, c'est ce qu'il y a de plus grave, quand vous obtenez quelque chose et que vous le foutez en l'air. Il n'y a aucune excuse pour ça. Pas même le manque de volonté. »

Jacob ne répondit pas.

« Peut-être que vous pourriez terminer à distance. En candidat libre. Ils font passer les diplômes en candidat libre, à Harvard ? Vous devriez vous renseigner.
– Je n'y manquerai pas, chef, merci pour la suggestion.

– Mais, en attendant, vous et moi, on a des diplômes où il y a écrit la même chose : *California State University, Northridge.*

– C'est vrai, chef.

– Non. Ce n'est pas vrai. Sur le mien, il y a écrit *master*, ajouta Mendoza en se laissant aller contre le dossier de son fauteuil. Enfin bref. Vous nous faites une petite déprime, il paraît ? »

Jacob se raidit.

« Je ne sais pas ce qui vous fait penser ça, chef.

– Je le pense parce qu'on me l'a dit.

– Je peux vous demander qui vous l'a dit ?

– Non, vous ne pouvez pas. On m'a aussi dit que vous songiez à réclamer des vacances. »

Jacob se tut.

« Je vous donne l'occasion de me faire part de ce que vous ressentez, reprit Mendoza.

– Je ne préfère pas, chef.

– C'est le travail qui vous sape le moral ? »

Jacob haussa les épaules.

« C'est un boulot stressant.

– En effet, inspecteur. J'ai un tas de flics ici qui vivent la même chose que vous et je n'entends personne réclamer des vacances. On dirait que vous vous croyez spécial.

– Je ne crois rien de ce genre, chef.

– Bien sûr que si.

– D'accord, chef.

– Voilà, tiens. Vous voyez ? C'est *exactement* le genre de ton dont je vous parle.

– Je ne suis pas sûr de comprendre, chef.

– *Et encore.* “Pas sûr de… gna gna gna gna.” Quel âge avez-vous, Lev ?

– Trente et un ans, chef.

– Vous savez à qui vous me faites penser ? À mon fils. Mon fils a seize ans. Vous savez ce que c'est, un garçon de seize ans ? Un connard, en gros. Un petit connard arrogant et morveux qui se croit tout permis.

– Je comprends, chef. »

Mendoza décrocha son téléphone.

« Vous voulez des vacances, vous allez en avoir. Vous êtes muté.

– Muté où ?

– Je n'ai pas encore décidé. Quelque part dans un bureau. Protestez si vous voulez. »

Il ne protesta pas. Un bureau lui convenait très bien.

À proprement parler, *petite déprime* n'était pas le terme exact. C'était plutôt une *énorme dépression*. Il avait maigri. Il tournait en rond dans son appartement, épuisé mais incapable de trouver le sommeil. Son attention était fluctuante, les mots lui dégoulinaient des lèvres, sirupeux et inconsistants.

Ça, c'étaient les signes extérieurs. Il les connaissait bien, et il savait comment les dissimuler. Il lui suffisait de se murer dans sa réserve. Il ne parlait à personne, car il ne maîtrisait jamais le degré de tolérance qu'il aurait ce jour-là. Il avait cessé de cultiver les rares amitiés qui lui restaient. Et, au final, il avait précisément l'air de ce pour quoi Mendoza le prenait : un snob.

Moins évident, et plus difficile à cacher, il y avait le chagrin morose qui le réveillait tous les matins avant l'aube ; qui lui tenait compagnie au déjeuner, transformant ses nouilles japonaises en un bloc répugnant de vermisseaux gluants ; qui ricanait en le bordant dans son lit le soir : *Bonne chance pour dormir*. Qui lui révélait l'injustice à l'état brut et lui rendait dérisoire son travail de policier. Comment Jacob pouvait-il espérer corriger les déséquilibres du monde quand il n'arrivait même pas à réparer son propre esprit ? Sa tristesse faisait de lui quelqu'un de détestable aux yeux des autres et aux siens. C'était une pitoyable médaille honorifique, un héritage de famille qu'il fallait ressortir du placard de loin en loin, épousseter et porter en privé, un ruban noir effiloché épinglé à même la peau.

Devant lui, dans la Crown Vic, il distinguait les silhouettes des deux hommes.

Des gorilles. Des durs à cuire, au cas où ça chaufferait.

Il fallait qu'il se retienne pour ne pas faire demi-tour et rentrer chez lui dare-dare. Les « Projets spéciaux » : sans doute un euphémisme pour des traitements de faveur peu enviables.

Ou le sort qu'on réserve aux gens qui se croient spéciaux.

Peut-être avait-il été trop léger en contrôlant leur identité.

Il pouvait envoyer un texto, prévenir quelqu'un de là où il allait. Par simple précaution.

Qui ?

Renee ?

Stacy ?

Un message alarmiste de sa part, voilà qui comblerait de joie ses ex-femmes.

Monsieur Sourire.

Le surnom que lui donnait Renee, empli d'un dédain nucléaire. Stacy l'avait adopté à son tour, après qu'il avait eu le malheur de raconter à Madame Numéro Deux les sarcasmes incessants que lui faisait subir Madame Numéro Un et qu'elle avait pris parti pour « cette pauvre fille, avec tout ce que tu as dû l'emmerder ».

À la fin, c'était toujours la merde, de toute façon.

Il était donc en route pour une destination pas très sympa. Et à part ça, quoi de neuf ?

Déterminé, malgré les circonstances, à profiter du voyage, il se relâcha sur son siège et se força à penser à Mai. Il la visualisa avec des vêtements… avant de les lui ôter un par un. Ce corps qu'elle avait, moulé par injection, aux proportions anormalement parfaites. Il était sur le point de lui arracher son *talit* quand la Crown Vic bifurqua subitement dans une perpendiculaire et Jacob dut donner un brusque coup de volant pour la suivre, bondissant sur un nid-de-poule.

Une plaque indiquait « ODYSSEY AVENUE », un nom ambitieux pour cet appendice de deux cents mètres à peine. Des grossistes en jouets, des entrepôts d'import-export avec des enseignes en chinois, un « Studio de danse » au rideau baissé dont visiblement aucun pied, agile ou pas, n'avait franchi le seuil depuis des lustres.

La Crown Vic se gara devant une rangée de volets roulants métalliques. Plus petite, une porte vitrée arborait le numéro 3636. Un homme vêtu tels les pontes du Los Angeles Police Department se tenait sur le trottoir, la main en visière. Comme Subach et Schott, il avait une allure imposante : grand, pâle, émacié, avec deux touffes blanches mousseuses sur les tempes qui faisaient penser à des ailes. Il portait un pantalon gris cendre, une chemise blanche lumineuse et une arme de service dans un holster léger en maille de nylon. Alors qu'il s'approchait de la Honda et se penchait pour ouvrir la portière de Jacob, l'insigne doré autour de son cou valdingua contre la vitre, affichant le grade COMMANDANT en émail bleu.

« Inspecteur Lev, dit-il. Mike Mallick. »

Jacob descendit de voiture et lui serra la main, avec l'impression d'appartenir à une espèce différente. Il mesurait un mètre quatre-vingt-trois, mais Mallick devait bien frôler les deux mètres.

Peut-être que les Projets spéciaux étaient le service où l'on affectait les phénomènes de foire.

Auquel cas il y serait parfaitement à sa place.

La Crown Vic klaxonna un coup et redémarra.

« Entrez, à l'abri du soleil », dit Mallick, et il se glissa par la porte numéro 3636.

4

« Lev, commença Mike Mallick, vous diriez que les temps sont bons ou mauvais ?

– Je dirais que ça dépend, monsieur.

– De quoi ?

– De l'expérience personnelle.

– Oh, arrêtez, vous valez mieux que ça. Pour nous, les créatures que nous sommes, les temps sont toujours mauvais.

– Oui, monsieur.

– Comment ça se passe à la Circulation ?

– Je ne peux pas me plaindre.

– Bien sûr que si, vous pouvez. Ça fait partie des droits fondamentaux de l'être humain. »

La pièce était, ou avait été, un box de garage. Les murs en béton dégageaient une odeur de moisissure âcre qui piquait le nez. On aurait dit une grotte : glaciale, sans fenêtre à l'exception de la porte vitrée, avec pour tout ameublement une lampe halogène tordue réglée au quart de sa puissance, dont le fil disparaissait dans la pénombre.

« Vous travaillez sur quoi ? demanda Mallick.

– Une analyse des données de toute la ville sur les cinquante dernières années, répondit Jacob. Les accidents voitures-piétons.

– Ça doit être stimulant.

– Tout à fait, monsieur. C'est une mine inépuisable.

– J'ai cru comprendre que vous aviez besoin d'un break aux Homicides. »

Encore cette histoire ?

« Comme je l'ai dit au capitaine Mendoza, je parlais sous le coup de la fatigue. Monsieur.

– Qu'est-ce qu'il a après vous ? Vous piquez dans son assiette à la cantine, ou quoi ?

– Je crois que le capitaine Mendoza aime pratiquer l'amour vache, monsieur. »

Mallick sourit.

« Vous savez manier la diplomatie, bravo. De toute façon, vous n'avez pas à vous justifier auprès de moi. Je comprends. C'est naturel. »

Jacob se demanda s'il avait été sélectionné pour une sorte de programme expérimental psycho-mon-cul ; une marionnette à brandir à la presse, afin de contribuer à dissiper la réputation bien méritée du LAPD comme une caricature de phallocratie paramilitaire. *Et on lui a même offert une peluche !*

« J'espère que vous ne comptez pas y faire carrière, reprit Mallick. À la Circulation.

– Il y a pire, répondit Jacob.

– Je ne crois pas, non. Arrêtons de tourner autour du pot, d'accord ? J'ai parlé à vos supérieurs. Je sais qui vous êtes.

– Et qui je suis, monsieur ?

– Fermez-la deux minutes, vous voulez bien ? Je suis ici pour vous rendre service. Vous avez été temporairement réaffecté.

– Où ?

– Mauvaise question. Pas où, *qui*. Dorénavant, vous êtes directement sous mon autorité.

– Je suis flatté, monsieur.

– Ne le soyez pas. Ça n'a rien à voir avec vos compétences. C'est votre histoire qui m'intéresse.

– Quelle partie, monsieur ? J'ai une histoire assez complexe.

– Pensez tribal. »

Jacob marqua une pause.

« Je suis réaffecté parce que je suis juif ? demanda-t-il.

– Pas officiellement. Officiellement, le LAPD s'applique à promouvoir la diversité. En ce qui concerne l'attribution des affaires, nous avons pour règle d'ignorer strictement les différences raciales, sexuelles, ethniques ou religieuses.

– D'ignorer la réalité, en somme », commenta Jacob.

Mallick sourit et lui tendit un bout de papier, sur lequel Jacob lut une adresse avec un code postal situé à Hollywood.

« Qu'est-ce que je vais trouver là-bas ?
– Un homicide. Comme je vous l'ai indiqué, c'est à moi que vous rendrez compte. C'est une affaire sensible.
– Le côté juif, devina Jacob.
– Appelons ça comme ça.
– La victime ?
– Je préfère que vous vous fassiez votre propre idée.
– Je peux vous demander ce que les Projets spéciaux ont de si spécial ?
– Tout le monde est spécial, répondit Mallick. Je ne vais pas vous l'apprendre.
– Non. En revanche j'apprends votre existence.
– Notre unité préfère ne pas trop s'impliquer dans la routine quotidienne. Ça nous permet d'être plus réactifs quand on a vraiment besoin de nous.
– Qu'est-ce que je dis à la Circulation ?
– Je m'en occupe », déclara Mallick en s'avançant jusqu'à la porte vitrée.

Quand il l'ouvrit, le soleil changea sa chemise blanche en miroir.

« Profitez du paysage », dit-il.

Le GPS de Jacob plaçait le 446 Castle Court aux confins nord du district d'Hollywood – au nord du réservoir, à l'ouest des lettres géantes – et estimait le temps de parcours à quinze minutes.

Il avait menti. Une demi-heure plus tard, la Honda était toujours en train de grimper, sa jauge de température hoquetant péniblement alors qu'elle roulait entre des bungalows des années 1950, certains rénovés, d'autres décrépis. Les rues latérales se succédaient par bouquets thématiques : Astrea, Andromeda et Ion, suivies de Eagle's Point et Falcon Rock, puis de Cloudtop, Skylook et Heavencrest. Le signe de promoteurs immobiliers différents, ou d'un seul atteint de trouble déficitaire de l'attention.

La route se contorsionnait et s'effilochait, les traces de civilisation se raréfiant autant que l'oxygène, jusqu'à ce que l'asphalte s'interrompe et que le GPS annonce qu'ils étaient arrivés à destination.

Encore un mensonge. Aucune scène de crime en vue. Rien qu'un ruban de piste rocailleuse qui prolongeait la route.

Jacob continua.

« Calcul en cours, annonça le GPS.

– Ta gueule. »

Des cailloux giclaient contre le châssis, et la Honda bringuebalait dans un bruit de ferraille sur ses amortisseurs pourris. Jacob avait l'impression qu'un bambin colérique sur la banquette arrière le rouait de coups de pied dans les reins. Il était obligé de réduire sa vitesse à moins de dix kilomètres heure pour éviter la crevaison. La terre alentour était désolée, couverte de broussailles et de mauvaises herbes, criblée de cratères ; dépourvue de toute structure humaine car il n'y avait aucune surface assez plane pour en accueillir ; dépourvue de vie, apparemment, jusqu'à ce que Jacob aperçoive deux écureuils en rut qui exhibaient leur sexualité sous un buisson d'épines.

Il n'était pas le seul à les avoir repérés : une seconde plus tard, un oiseau tournoyait dans le ciel. Très gros, sans doute un rapace. Prêt à faire du couple énamouré son casse-croûte.

L'aigle d'Eagle's Point ? Le faucon descendu de son roc ?

L'oiseau se mit à virer, et Jacob se tordit le cou pour assister au drame, relâchant son attention de la route. Mais soudain une crête le souleva de terre avant de le rabattre violemment, et il se trouva face à une petite cuvette au sommet de la colline ; quelque chose comme un hectare de pierres et de poussière battu par le vent, bordé au sud et à l'est par un abrupt et sinueux canyon.

Un austère cube gris surplombait la ville telle une gargouille sans visage.

Il était arrivé à destination.

Temps de parcours total : cinquante et une minutes.

« Calcul en cours, dit le GPS.

– Va te faire foutre », rétorqua Jacob, et il l'éteignit.

Il n'y avait nul signe de l'effervescence post mortem qui avait généralement lieu quand les différents services convergeaient sur une scène de crime. Pas de véhicules de police ni banalisés, pas de camionnette du coroner, pas d'équipe de la police scientifique. Juste un nœud de ruban jaune fluo qui claquait à la poignée de la porte et une Toyota argent garée n'importe comment sur la dalle de parking en béton. Une plaque d'expert forensique sur le tableau de bord. Une femme juchée sur le capot.

Trente-cinq à quarante ans, elle était mince, gracieuse, plutôt jolie malgré – ou peut-être grâce à – son nez en bec de toucan. De grands yeux brillants, noirs comme le charbon ; de longs cheveux de la même couleur ; la peau pareille à de la muscade fraîchement moulue. Elle portait un jean et des baskets, une veste blanche sur un pull orange vif.

Elle sauta à terre quand Jacob descendit de voiture, prononça son nom alors qu'il était à un mètre.

« En personne », répondit Jacob.

Elle avait la main tiède et sèche.

Le badge épinglé à sa poche poitrine disait : DR DIVYA V. DAS, PH. D.

Il annonça qu'il était enchanté, elle dodelina de la tête d'un air sceptique.

« Vous devriez peut-être réserver votre jugement », nuança-t-elle.

Les intonations de l'accent indien dans sa voix : mélodieuses et évasives.

« C'est moche ? demanda-t-il.

– Comme toujours, non ? répondit-elle, avant d'ajouter : Mais là, vous n'avez jamais vu ça. »

De même que le garage sur Odyssey Avenue, cette maison présentait les stigmates d'un abandon prolongé : taches d'humidité, crottes de rongeurs, air rance et poisseux.

Il y avait une belle lumière, au moins. Jacob y était sensible. L'architecte l'avait exploitée au maximum grâce à de grandes baies vitrées, qui à présent avaient désespérément besoin d'un lavage mais laissaient quand même deviner un panorama à deux cent soixante-dix degrés sur les collines et le ciel.

Sous un voile de brume, la ville clignotait en ricanant.

Jacob aurait pensé que la moindre parcelle de terrain à Los Angeles avait été âprement disputée et attribuée. Pas ici.

L'endroit parfait pour tuer quelqu'un.

L'endroit parfait pour laisser un corps.

Ou, en l'occurrence, une tête.

Elle était dans le salon, couchée sur le côté, précisément au centre du parquet en chêne décoloré.

À exactement cinquante centimètres de distance – un mètre à ruban était encore en place – se trouvait un petit monticule vert beigeasse de ce qui ressemblait à une grosse platée de porridge moisi.

Il jeta un coup d'œil en direction de Divya Das. Elle acquiesça en silence et il s'approcha lentement, tandis que sa propre tête s'emplissait d'un grésillement sourd. Il y avait des gars qui pouvaient se promener sur les lieux d'un massacre en balançant des blagues et en bouffant des chips. Jacob avait vu des tonnes de cadavres, des tonnes de morceaux de cadavres, et pourtant la première image le secouait toujours profondément. Il avait les aisselles moites, le souffle court, et il réprima un haut-le-cœur. Il réprima l'idée qu'un brave garçon juif diplômé (ou en partie diplômé) d'une prestigieuse université n'ait pas le cran de bosser aux Homicides. Il réduisit la scène qu'il avait sous les yeux à une série de formes, de couleurs, d'impressions, de questions.

Homme, entre trente et quarante-cinq ans, origine ethnique incertaine ; cheveux bruns, front saillant, nez retroussé ; cicatrice de deux centimètres au menton.

La décapitation avait été effectuée au niveau où la gorge aurait dû se raccorder aux épaules. En dehors du tas de vomi, le sol était immaculé. Pas de sang, pas de matière cérébrale ; aucuns vaisseaux sanguins, tendons ni lambeaux de chair pendouillants. Tout en faisant le tour à croupetons, Jacob comprit pourquoi : le bas du cou avait été scellé. Au lieu de se terminer en un tube déchiqueté, il était refermé au centre, telle une bourse serrée par un cordon. La peau tout autour était lisse et comme plastifiée, tendue sous la pression des fluides et du boursouflage post mortem ; le siège de la pensée intelligente transformé en poche de putréfaction.

Les rats n'y avaient pas touché.

Il abandonna un instant la tête pour examiner le tas fétide un demi-mètre plus loin sur la gauche. Il luisait de façon surnaturelle, comme un gadget pêché dans le bac des articles à 99 cents dans un magasin de farces et attrapes.

« Le vert indique la présence de bile, signe de vomissements violents, par spasmes. J'ai prélevé des échantillons pour les analyser et je ramasserai le reste quand vous aurez fini, mais je voulais que vous puissiez le voir en situation.

– Des spasmes de vomi, et un petit tas bien net », commenta Jacob.

Divya opina du chef.

« On s'attendrait plutôt à trouver des éclaboussures, des projections, des morceaux », approuva-t-elle.

Jacob se redressa et s'éloigna, respirant un bon coup. Il se tourna de nouveau vers la baie vitrée.

Le ciel et les collines, à perte de vue.

« Où est le reste du corps ? demanda-t-il.

– Excellente question.

– C'est tout ce qu'on a ?

– Estimez-vous heureux. Ça pourrait être un pied.

– Comment a-t-il vomi sans son estomac ?

– Encore une excellente question. Vu l'absence de projections, je suppose que les vomissements mêmes se sont produits ailleurs et que le résultat a été apporté ici, en même temps que la tête.

– Comme décoration, dit Jacob.

– Personnellement, je préfère les tapis. Mais chacun ses goûts.

– Comment ont-ils fait pour refermer le cou ?

– Et de trois, inspecteur Lev !

– Je n'ai donc pas rêvé, il n'y a pas de points ?

– À première vue, non. Il faudra que je regarde mieux, bien sûr.

– Du sang ?

– Pas plus que ce que vous pouvez voir.

– Je n'en vois pas du tout. »

Elle secoua la tête.

« Pas de gouttes depuis la porte ?

– Non.

– Rien dehors ? »

Nouvelle réponse négative.

« Ça s'est passé ailleurs, déclara-t-il.

– Je dirais que c'est une conclusion raisonnable. »

Il acquiesça. Regarda de nouveau la tête. Il aurait préféré qu'elle ait la bouche et les yeux fermés.

« C'est là depuis combien de temps ? s'enquit-il.

– Ça doit se compter en heures, pas en jours. Je suis arrivée à deux heures moins dix du matin. Un flic en uniforme m'a passé le relais et s'est très vite défilé.

– Vous avez pris son nom ?

– Chris. Un truc avec un H. Hammett.

– Il vous a dit qui l'avait prévenu ?

– Non. On ne me donne pas ce genre d'information.

– Et qui d'autre est venu depuis ?

– Seulement moi. »

Jacob n'était pas spécialement à cheval sur la procédure, mais là, on était en train de passer à vitesse grand V du bizarre au troublant.

Il consulta sa montre : presque dix heures. Divya Das paraissait fraîche et pimpante. Elle n'avait certainement pas l'air d'une femme qui venait de trimer toute seule pendant huit heures sur une scène de crime.

Il remarqua qu'elle aussi était plutôt grande.

« Laissez-moi deviner, dit-il. Vous êtes aux Projets spéciaux.

– Je suis là où le commandant a besoin que je sois, répondit-elle.

– C'est sympa de votre part.

– J'essaye.

– Ils veulent vraiment de la discrétion autour de cette affaire, hein ?

– Oui, Jacob. Vraiment.

– Mallick m'a expliqué que j'étais là en raison de mes origines. Qu'est-ce qu'il y a de juif dans tout ça ?

– Suivez-moi. »

La cuisine datait des années 1950. Pas fonctionnelle pour un sou, aucun appareil électroménager, des placards bon marché, des plans de travail dans le même bois de piètre qualité, gauchis, fendillés sur les bords. Des traces de dégât des eaux, mais pas d'odeur de moisi. Au contraire : l'air était archi-sec.

Au centre du plan de travail le plus long se trouvaient des marques de brûlure.

Des formes noires, gravées au charbon.

צדק

Divya Das dit : « Ça vous évoque quelque chose. »

Une affirmation, pas une question.

« *Tsedek*, lut Jacob.

– Ce qui veut dire ?

– Ce qui veut dire, reprit Jacob, *justice*. »

5

N'ayant pas prévu d'occuper son jour de congé de cette façon, Jacob dut se contenter de son téléphone portable pour prendre des photos de la scène.

« J'en ai fait moi aussi avant que vous n'arriviez, indiqua Divya Das. Je vous les envoie volontiers si les vôtres ne donnent rien.

– Merci, c'est gentil. »

Il photographia la tête et le vomi, ainsi que l'inscription dans la cuisine. L'isolation de la maison la faisait paraître plus grande de l'extérieur ; outre la cuisine et le salon, il y avait juste une chambre à coucher de taille moyenne, une salle de bains attenante avec des toilettes sèches et un petit atelier meublé d'une étagère et d'un bureau en bois brut directement fixé au mur, avec une fenêtre panoramique donnant sur le versant est de la colline.

« Rien d'autre ? demanda Jacob.

– Non, on a fait le tour. »

Elle alla jusqu'à sa voiture et en revint avec ce qui ressemblait à deux énormes sacs de bowling en vinyle, le premier rose préado et le second vert pomme, comme si elle avait fait une razzia dans les loges de la chaîne Nickelodeon. Elle enfila des gants et emballa soigneusement la tête dans un sachet en plastique, qu'elle doubla par un autre avant de transférer le paquet dans le sac rose. Elle recueillit le vomi à l'aide d'une spatule en plastique pour le mettre dans un Tupperware. Le suc gastrique avait rongé le vernis, laissant une forme mate amibienne sur le parquet. Elle racla les quelques mouchetures séchées avec une spatule plus petite, à lame plus fine, et plaça le tout dans le sac vert.

« Rappelez-moi de ne jamais manger de pancakes chez vous, dit Jacob.

– Vous ne savez pas ce que vous perdez. »

Elle nettoya la tache restante avec un liquide transparent et déposa les disques de coton souillés dans un nouveau sachet.

Après qu'elle eut répété l'opération plusieurs fois, les derniers cotons étaient propres. Elle les conserva aussi. Ils atterrirent dans le sac de bowling vert.

« Ça n'a pas l'air de vous débecter, fit remarquer Jacob.

– Je cache bien mon jeu, dit-elle, avant d'ajouter avec un grand sourire : vous voulez tout savoir ? Le vomi, c'est le mien. »

Jacob éclata de rire.

« Allez, la suite », reprit-elle.

Dans la cuisine, elle tamponna délicatement le message gravé dans le bois.

« C'est bon, déclara-t-elle, j'ai fini.

– Rien dans le reste de la maison ?

– Deux pièces : chambre, salle de bains, pas de meubles, pas de bibelots. J'ai tout passé au peigne fin. »

Il lui demanda si elle avait inspecté la fosse des toilettes et elle hocha la tête.

« Vous êtes sûre ?

– Oui. Et, pour être honnête, c'est une expérience que je n'ai pas tellement envie de revivre en vous racontant les détails. »

Elle ramassa ses deux abominables sacs et il la raccompagna à la porte.

« Ce fut un plaisir de passer la matinée avec vous, inspecteur Lev. On remet ça quand vous voulez. »

Jacob entreprit de fouiller les environs.

Aucune trace de pas ni de pneus, aucun autre signe d'intrusion humaine. Une terre hostile, des pierres décolorées par le soleil et des plantes au ras du sol, résistantes à la sécheresse.

Il se déplaça en crabe jusqu'à l'arrière de la maison et s'approcha le plus près possible du canyon avant que la pente ne devienne trop raide. Il estimait la dénivellation entre cent vingt et cent cinquante mètres. Le tiers supérieur n'était que de la terre nue, rien à quoi vous rattraper en cas de chute.

Vous accumuleriez une vitesse considérable avant d'atteindre le fond, un enchevêtrement pubien impénétrable de maquis et de chênes nains. Il doutait que le plus hardi des chiens policiers réussisse la descente sans se casser une patte. C'était un terrain fait sur mesure pour se débarrasser d'un corps : vous le balanciez là et vous pouviez dormir sur vos deux oreilles le soir même.

Il faudrait qu'il pense à vérifier sur une carte s'il n'y avait pas d'autres points d'accès. L'extrémité ouest de Griffith Park, peut-être. Mais, quand bien même, il y avait fort à parier qu'un cadavre abandonné là serait grignoté jusqu'au dernier os bien avant qu'un malheureux randonneur se perde au point de tomber dessus.

Justice.

Il remonta jusqu'à la maison, sa gueule de bois décuplée par le soleil de plomb, sa migraine faisant ressortir de manière criante tout ce que la situation avait de bizarre. Cela dit, il n'était pas inconcevable d'envoyer une équipe ultra-réduite pour enquêter sur un meurtre, si atypique soit-il. Le LAPD, comme tous les services de la ville, était en sous-effectif, en sous-financement, en surcharge de travail. Quelqu'un – le policier Chris Hammett, Divya Das, ou quelqu'un plus haut placé – avait identifié les lettres gravées dans le bois comme de l'hébreu et avait commencé à paniquer.

Une victime juive ?

Une victime musulmane ?

Un meurtrier juif ?

Il imaginait les grands chefs convoqués en réunion de crise, les fantasmes affolés de guerre ethnique urbaine. Les solutions d'urgence pour couvrir leurs fesses.

Il nous faut un enquêteur juif.

On a quelqu'un qui répond au profil ?

Bonjour, Yakov Meir ben HaRav Shmuel Zalman.

Adieu, protocole.

Il avait une idée assez précise de ce que signifiait « Projets spéciaux », désormais : tu la boucles et tu fais ce qu'on te dit.

S'il finissait un jour par élucider cette affaire, est-ce qu'on lui demanderait de porter une kippa à la conférence de presse ?

De s'enrouler dans son *talit* pour s'adresser aux médias ?

Si. Le plus grand mot de la langue anglaise.

De retour dans la maison, il examina l'inscription sur le plan de travail de la cuisine.

Un fer à graver alimenté par piles ? Un tueur amateur de travaux manuels ? Médaille d'or en décapitation ?

Est-ce que ce genre de truc avait pu marcher pour sceller le cou ? Il faudrait qu'il pose la question à Divya Das.

Il repensa à elle. Son accent était assez sexy.

Et puis il repensa à Mai.

Et puis il pensa : *Tu fais pitié, mon pauvre.*

Il ressortit et composa le numéro de son propre poste à la Circulation. Le téléphone sonna dix fois avant que Marcia, la standardiste d'ordinaire joviale, lui réponde d'un ton méfiant.

« Je viens de finir de faire tes cartons. »

Mike Mallick ne plaisantait pas.

« Pour les envoyer où ? demanda Jacob.

– Chen m'a dit de les laisser dans son bureau. Tu peux venir les récupérer quand tu veux. Pourquoi tu appelles ?

– Je voudrais lui toucher deux mots.

– Je ne te conseille pas. Il est super remonté contre toi. Il a l'air de penser que c'est dans tes habitudes.

– Quoi donc ?

– De te défausser.

– On ne m'a pas laissé le choix.

– Écoute, je m'en fous. Non, je ne m'en fous pas, en fait. Tu étais le rayon de soleil de mes journées, Lev.

– Tu serais bien la première à dire ça. »

Marcia pouffa de rire.

« Et tu pars où, d'ailleurs ?

– Sur une enquête.

– Quel genre ?

– Homicide.

– Sérieux ? Je croyais que tu en avais fini avec ça.

– Tu sais comment c'est.

– Non, je ne sais pas. Ça fait un an et demi qu'Anthony essaye de se faire muter des Cambriolages de Downtown aux Homicides de Van Nuys pour ne plus se taper des trajets de malade. C'est *niet.* Blocage total. Dis-moi comment tu t'es démerdé et je serai ta meilleure amie. »

L'espace d'un instant, il envisagea de lui demander si son mari était circoncis. Avec un nom comme Sangiovanni, cependant, c'était assez peu probable.

« Je n'ai pas eu le choix.

– On ne t'ennuyait pas assez, alors tu es parti ?

– Ça me manque déjà.

– Dans ce cas, je compte bien te revoir ici dès que tu auras terminé.

– Ta bouche a l'oreille de Dieu », répondit Jacob.

Il refit une inspection à l'extérieur de la maison, en prenant son temps, mais sans rien trouver.

Du mouvement dans le ciel sous le soleil de quatorze heures attira son attention.

L'oiseau était de retour, il décrivait des cercles au sud de Jacob en réduisant graduellement son altitude.

Vas-y, fais ton boulot. Montre-moi ce que tu as repéré.

Comme s'il l'avait entendu, l'animal piqua vers la terre. Puis il aplanit sa descente, fonçant en diagonale.

Droit sur Jacob.

Alors qu'il était à environ dix mètres du sol, il redressa sa trajectoire et se remit à tournoyer en l'air. Gros, noir, brillant... pas un rapace. Un corbeau ? Jacob plissa les yeux, mais il avait du mal à le garder en ligne de mire : il bougeait vite, et le soleil était très vif. Pas un corbeau non plus, non, il avait les ailes trop courtes, et un corps étrangement plat.

Pendant près d'une minute, l'oiseau décrivit des halos au-dessus de sa tête. Jacob attendait qu'il se pose. Au lieu de quoi il fila brutalement vers l'est, en direction des profonds canyons. Jacob essaya de suivre sa trajectoire. Pas un nuage dans le ciel, nulle part où se cacher. Pourtant, il disparut.

6

La Crown Vic était stationnée devant son immeuble, Subach et Schott à l'intérieur. Jacob les salua d'un signe de tête alors qu'il manœuvrait pour se garer à la place qui lui était réservée, et ils le rejoignirent devant la porte de son appartement, chacun un carton dans les bras.

« Joyeux Noël ! lança Schott. On peut entrer ? »

Ils posèrent les cartons dans le salon et, sans attendre le consentement de Jacob ni annoncer leurs intentions, se mirent à réorganiser l'ameublement de la pièce.

« Faites comme chez vous, dit Jacob. Vraiment, sentez-vous libres.

– Je me sens libre, rétorqua Schott. C'est le propre de l'homme.

– Ça et le don de la parole, renchérit Subach en soulevant d'une main la table basse de Jacob. Sinon, on serait juste une bande d'animaux. »

Ils débranchèrent la télévision et le lecteur de DVD afin de pouvoir empiler la console télé sur le canapé, qu'ils avaient poussé dans un coin. Ce qui ne laissait plus qu'un petit meuble bas, sur les étagères duquel s'entassait une collection d'outils à manche de bois, huilés et polis. Brosses métalliques, grattoirs, stylets, couteaux, mirettes.

Jacob les transféra deux par deux dans sa commode. Schott se pencha pour les admirer au passage.

« Jolis. Vous êtes ébéniste ?

– C'est à ma mère, répondit Jacob.

– Elle est ébéniste ?

– Était. Céramiste.

– Famille talentueuse », commenta Schott.

Subach apparut, le meuble vide entre les bras.

« Je vous mets ça où ?

– Là où c'était.

– Et en choix numéro deux ? »

Jacob fit un vague geste en direction de sa penderie.

Tandis que Schott repartait chercher un autre carton dans la voiture, Subach sortit de son emballage ultra-plat un bureau en aggloméré. Assis en tailleur au milieu du salon, il se mit à étaler les pièces autour de lui, tournant le schéma de montage dans un sens puis un autre, secouant la tête.

« Putains de Suédois », soupira-t-il.

Jacob alla faire du café dans la cuisine.

Une heure plus tard, ils avaient terminé.

Une chaise pivotante. Un ordinateur flambant neuf. Un classeur à anneaux en similicuir bleu. Un appareil photo numérique compact et un Smartphone. Une petite imprimante multifonctions, posée contre le mur, par terre. Un routeur sans fil et une batterie vrombissante.

« Bienvenue dans votre nouveau bureau, annonça Schott.

– Centre de commande, ajouta Subach, division J. Lev. J'espère que ça vous va.

– Je songeais justement à refaire la déco, répondit Jacob.

– Désolé pour la télé, reprit Subach.

– C'est mieux, approuva Schott. Pas de distractions. »

Subach indiqua le routeur.

« Satellite sécurisé, dit-il. Le téléphone aussi.

– Vous n'aurez plus besoin de votre ancien portable, précisa Schott.

– Et les coups de fil perso, alors ? demanda Jacob.

– On les redirigera vers le nouveau, dit Schott.

– Tous les numéros dont vous pourrez avoir besoin ont été préprogrammés, déclara Subach.

– Y compris SOS Pizza ? »

Schott tendit à Jacob une enveloppe, dont il sortit une carte de crédit en plastique blanc portant le logo Discover orange, à son nom.

« Pour les frais de mission, expliqua Subach.

– Y compris SOS Pizza ? »

Les deux hommes ne relevèrent pas.

« Sérieusement, reprit Jacob. C'est quoi, ce délire ?

– Le commandant Mallick a pensé que ce serait plus agréable pour vous de travailler à domicile, répondit Schott.

– Comme c'est gentil. »

Subach prit un air peiné.

« Permettez-moi de vous rappeler, inspecteur, que vous nous avez laissé entrer de votre plein gré. »

Jacob examina le téléphone satellite. C'était une marque dont il n'avait jamais entendu parler.

« Dois-je en conclure que je serai sur écoute ? demanda-t-il.

– Ce n'est pas à nous de vous dire ce que vous devez conclure », répliqua Schott.

Subach tira la tablette du clavier coulissant et appuya sur un bouton. L'écran de l'ordinateur s'éclaira d'un noir luisant. Un petit carillon retentit et le bureau s'afficha, avec de minuscules icônes organisées en grille serrée : tout, depuis le National Crime Information Center jusqu'aux services de police des grandes villes, en passant par les bases de données des personnes disparues et les registres balistiques.

« Rapide, exhaustif, polyvalent, sans mots de passe, sans demandes d'autorisation, commenta Schott.

– Ça va vous plaire, promit Subach, c'est rigolo.

– Je n'en doute pas », dit Jacob.

Il posa les yeux sur le classeur bleu.

« Votre dossier d'enquête, indiqua Subach.

– Pour certaines choses, rien ne remplace les bonnes vieilles méthodes, ajouta Schott.

– Des questions ? demanda Subach.

– Ouais, fit Jacob en agitant la carte de crédit. Quel est le plafond ?

– Vous ne l'atteindrez pas, répondit Subach.

– À votre place, je n'en serais pas si sûr, rétorqua Jacob. Je mange beaucoup de pizzas.

– D'autres questions ? enchaîna Schott.

– Environ trente mille », dit Jacob.

Subach sourit.

« Tant mieux. C'est très bien, les questions. »

Après leur départ, Jacob resta un moment planté là en se demandant si un petit verre ne pourrait pas l'aider à accepter sa nouvelle réalité.

Pendant la majeure partie de sa vie d'adulte, Jacob avait été ce qu'on appelle un « alcoolique fonctionnel », même si, selon les périodes, il était plus ou moins alcoolique, et plus ou moins fonctionnel. Depuis son transfert à la Circulation, il ne buvait pas autant – il n'en ressentait pas le besoin –, et il était très contrarié d'avoir perdu connaissance la veille au soir.

Mais, maintenant qu'il était de retour aux Homicides, il se dit qu'il avait le droit à un écart.

Il avait levé le pied, il pouvait bien lever le coude.

Il refit du café, s'en servit un mug et y ajouta une généreuse rasade de bourbon après avoir attrapé sous l'évier sa bouteille de secours.

Chaque gorgée atténuait très légèrement sa migraine, et il se mit à penser à Mai.

Décidément, c'était la journée des barjots.

Il vida son mug, puis un deuxième, et alla s'asseoir à son tout nouveau bureau.

Après avoir ouvert le navigateur web, il tapa une recherche et constata qu'effectivement l'ordinateur marchait bien.

Le commandant Michael Mallick avait une ravissante épouse et deux ravissantes filles.

Il avait fait ses études à l'université Pepperdine, promo de 1972.

Son classement final dans plusieurs tournois de golf amateurs suggérait qu'il ferait sans doute mieux de se mettre au tennis.

Quelques photos d'archives le montraient devant des micros de journalistes, annonçant le démantèlement d'une cellule terroriste qui prévoyait de faire sauter le bureau d'un représentant local.

Peut-être que Jacob était bel et bien sur la piste d'un terroriste juif, finalement.

Cette idée le gênait. Son peuple. Responsabilité collective.

Combien de temps fallait-il avoir passé tout seul dans son coin pour ne plus se sentir appartenir à ce peuple ?

Et puis d'abord, comment Mallick pouvait-il connaître l'identité du coupable ?

Et s'il la connaissait, pourquoi ne pas l'avoir dit à Jacob ?

C'est très bien, les questions.

Certes, mais, pour un flic, les réponses étaient encore mieux, et Jacob avait le sentiment troublant que Mallick préférait le laisser pédaler dans la semoule.

Une affaire sensible.

Est-ce qu'il protégeait quelqu'un ?

Au fond, peut-être que tout ça était une vengeance de Mendoza. Faire passer Jacob pour un idiot, baisser son taux d'élucidation, le garder servile.

Il secoua la tête. Il devenait parano.

Il consulta la fiche de Chris Hammett dans le répertoire du LAPD et il essaya de l'appeler de son portable personnel. La communication ne passait pas. Son téléphone fixe fonctionnait très bien, en revanche, alors il s'en servit pour laisser un message au policier : un petit acte de défi, à peine mieux qu'un caprice enfantin. Ils ne lui avaient pas explicitement interdit de passer des coups de fil sur son fixe, et de toute façon il supposait que cette ligne aussi était sur écoute.

Il tapa *Dr Divya V. Das* dans le moteur de recherche.

Née à Bombay, diplômée de la fac de médecine de Madras. Sa page Facebook était privée. Elle avait fait son doctorat à Columbia University.

Le *V* était l'initiale de *Vanhishikha*.

Il pouvait perdre le reste de sa journée sur Internet, à lire des trucs sur untel ou untel, ça ne l'avancerait pas dans son enquête. Ce n'était pas la technologie qui résolvait les meurtres. C'étaient les gens, la persévérance, et suffisamment de caféine pour venir à bout d'un yeti.

Le répertoire du téléphone satellite contenait les coordonnées de Michael Mallick, Divya Das, Subach et Schott.

Tous les numéros dont vous pourrez avoir besoin ont été préprogrammés.

Autrement dit, pas de consultations autorisées. Jacob sentit sa migraine revenir.

À première vue, l'appareil photo avait l'air normal.

Il ouvrit le classeur en similicuir.

Des pages blanches. À lui de les remplir.

Mais le classeur n'était pas complètement vide. Un bout de papier dépassait du rabat de la couverture arrière.

Un chèque à son nom, sur le compte des Projets spéciaux, signé par M. Mallick.

Quatre-vingt-dix-sept mille quatre-vingt-douze dollars.

Un an de salaire, brut.

7

Ayant sérieusement besoin d'un bol d'air, Jacob fourra la carte Discover et le téléphone satellite dans ses poches et marcha jusqu'à la supérette 7-Eleven quatre rues plus loin, à l'angle de Robertson Boulevard et d'Airdrome Street.

À part une année en Israël, une autre à Cambridge et une brève tentative infructueuse de Stacy pour le traîner à West Hollywood, Jacob avait toujours vécu dans le même rayon de deux kilomètres. Le quartier Pico-Robertson était le noyau de la communauté juive orthodoxe de Los Angeles ouest. Son appartement actuel se trouvait au premier étage d'un petit cube sans charme, à trois rues du petit cube sans charme où il avait habité après ses études.

Il avait parfois l'impression d'être un chien tirant sur sa chaîne. Sauf qu'il ne tirait jamais très fort, en fait ; se libérer requérait une énergie qu'il ne possédait pas.

En un sens, il était mûr pour une mission clandestine ultra-secrète. Il vivait déjà une vie clandestine, arpentant des rues familières avec le visage d'un étranger. Parfois, il se faisait aborder par quelqu'un qui l'avait connu enfant et qui voulait savoir ce qu'il devenait. Dans ce cas, il souriait, se prêtait au jeu et passait son chemin, sachant pertinemment ce qu'on dirait de lui au prochain déjeuner du samedi.

Tu ne devineras jamais qui j'ai croisé dans la rue.

Il est quoi ?

Il a épousé qui ?

Divorcé ?

Deux fois ?

Oh.

On devrait l'inviter.

Lui présenter quelqu'un.

Les uns après les autres, ses amis d'enfance avaient embrassé les carrières prestigieuses auxquelles ils étaient destinés. Médecins, avocats, dentistes, des gens impliqués dans d'obscures activités « financières ». Ils s'étaient mariés entre eux. Ils avaient fait des emprunts immobiliers. Ils avaient de robustes enfants adorables.

Pour cette raison, ça lui était égal d'être devenu un cliché : le flic solitaire qui boit trop. Ça lui était égal, parce que ce n'était pas *son* cliché.

Et même s'il évitait la communauté, il était soulagé de savoir qu'elle se portait bien.

D'autres avaient la foi, le soulageant de cette responsabilité.

Plus important, il devait s'occuper de son père. Sam Lev ne quitterait jamais ce quartier, et par extension Jacob non plus.

Une bonne raison de ne pas bouger, et une excuse.

Dans leur coin, les loyers étaient toujours restés bas malgré la proximité de South Beverly Hills et de Beverlywood, avec leurs mini-hôtels particuliers chicos. À l'école primaire, ses camarades rivalisaient pour avoir les dernières Jordan ou Reebok Pump. Jacob, lui, recevait une paire de baskets à Velcro sans marque une fois par an, à la rentrée des classes. La famille Lev n'avait pas eu la télé jusqu'à la guerre du Golfe ; Sam avait alors acheté un poste en noir et blanc merdique pour pouvoir tenir le compte des missiles Scud qui s'abattaient sur Israël. Dès la fin des hostilités, ils avaient mis la télé en vente dans un vide-greniers. Personne n'en avait voulu. Jacob l'avait portée à la benne.

Le simple fait qu'il était fils unique faisait de lui une anomalie. Libres d'esprit, profondément pieux, ses parents s'étaient rencontrés et mariés sur le tard, élevant Jacob dans une sorte de bulle intellectuelle et sociale, sans famille élargie autour. Sans les grands-parents, les oncles, les tantes et les cousins qui faisaient que vous n'étiez jamais, jamais seul.

Jacob était souvent seul.

À présent, en poussant la porte du 7-Eleven, il pensa à son téléviseur, débranché et gisant sur le canapé. Son père serait ravi.

Le caissier le salua par son prénom. C'était là qu'il venait faire presque toutes ses courses.

Une alimentation de célibataire.

Une alimentation de flic célibataire. Il fallait qu'il commence à avoir une meilleure hygiène de vie.

Il acheta deux hot-dogs et quatre bouteilles de Jim Beam.

Le caissier, qui s'appelait Henry, secoua la tête en scannant le bourbon.

« Conseil d'ami, dit-il, tu devrais aller chez Costco.

– Je le note », répondit Jacob.

Il sortit son portefeuille, tendit d'abord un billet de vingt à Henry… avant de se raviser et de lui présenter sa carte Discover.

Alors qu'il attendait son ticket, il jeta un coup d'œil vers le guichet automatique bancaire dans un coin du magasin. Il avait aussi le chèque dans son portefeuille – il n'avait pas voulu le laisser chez lui –, et il sourit en imaginant la machine qui se mettrait à fumer et finirait par exploser s'il essayait de déposer cent mille dollars d'un coup.

« Ça ne passe pas », indiqua Henry.

Pas de plafond, mon cul. Jacob n'était qu'à moitié surpris. C'était le LAPD. Pas étonnant qu'ils aient choisi une compagnie comme Discover. Il paya en espèces, prit ses courses et partit.

Il faisait ce trajet au moins cinq fois par semaine, et son allure était soigneusement calibrée pour qu'il ait fini les hot-dogs pile en arrivant devant chez lui. À deux rues du but, sa poche se mit à vibrer. Il enfourna le dernier quart du second hot-dog et extirpa le téléphone satellite, espérant que ce serait Chris Hammett.

Son père.

Jacob voulut avaler trop vite une trop grosse bouchée et s'étouffa en décrochant.

« Allô ?

– Jacob ? Tu vas bien ? »

Il déglutit péniblement.

« Ça va.

– Je te dérange ? »

Jacob se frappa la poitrine.

« … Non.

– Je peux rappeler plus tard.
– Ça va, Abba. Quoi de neuf ?
– Je voulais t'inviter pour le dîner de chabbat.
– Cette semaine ?
– Tu peux ?
– Je ne sais pas trop. Je risque d'être occupé.
– Le boulot ? »

Le fait qu'il ne soit pas pratiquant était probablement une déception pour son père, pour qui il était inconcevable de travailler pendant le chabbat. Et c'était tout à son honneur de n'avoir jamais manifesté le moindre signe de désapprobation. Au contraire, il avait une certaine fascination, timide mais morbide, pour les histoires terribles que racontait Jacob.

« Ouaip, confirma Jacob.
– C'est intéressant, au moins ?
– Pour le moment il n'y a pas grand-chose à en dire. Je te tiens au courant dès que je peux.
– Sur ton affaire ?
– Non, sur le dîner.
– Ah. Oui, s'il te plaît. J'ai besoin de savoir pour les quantités.
– Tu n'as pas l'intention de cuisiner, j'espère ?
– Ce ne serait pas très charitable, n'est-ce pas ? »

Jacob sourit.

« Je vais demander à Nigel de prendre des plats à emporter », reprit Sam.

Jacob trouvait ça préférable plutôt que Sam foute le feu à son appartement, mais à peine. Son père vivait avec un budget serré.

« S'il te plaît, répondit Jacob, je ne veux pas que tu te mettes en quatre.
– Pas tant que je ne sais pas si tu viens.
– D'accord. Écoute, je t'appelle si je peux me libérer, ok ?
– Ok. Fais attention à toi, Jacob. Je t'aime. »

Sam était un homme doux, mais avare de son affection. L'entendre la déclarer si ouvertement prit Jacob de court.

« Toi aussi, Abba, porte-toi bien, dit-il.
– Appelle-moi.
– Promis. »

Jacob tourna dans sa rue. Il sentait toujours le hot-dog coincé dans son œsophage, et il avait presque envie d'ouvrir une des bouteilles qui cliquetaient dans son sac pour le faire descendre.

Une camionnette blanche cabossée avait pris la place de la Crown Vic.

RIDEAUX DÉCO – HABILLAGE DE FENÊTRES DISCOUNT

À mi-chemin dans les escaliers, Jacob changea d'avis. Au lieu de monter les bouteilles chez lui, il les casa au pied du siège passager de la Honda et prit la direction de la maison du meurtre.

L'OFFRANDE

Son grand frère dit : « Tu es mienne, car je suis l'aîné. »

Son frère jumeau dit : « Tu dois m'aimer, car tu es arrivée sur mes talons. »

Sa grande sœur dit : « Tu es ingrate, tu devrais montrer plus d'humilité. »

Sa sœur jumelle dit : « Tu es têtue, tu dois te soumettre. »

Son père dit : « Tu me rappelles une femme que j'ai connue autrefois. Elle s'est enfuie. »

Sa mère se renfrogne et ne dit rien.

D'elle-même, elle dit : « Je suis mienne et ferai comme bon me semble. »

Un an s'est écoulé depuis que les sœurs d'Acham se sont mariées. Le temps des moissons est maintenant revenu – en grande abondance, grâce à la mule en bois de Caïn – et leur père annonce qu'ils vont bientôt apporter leurs offrandes.

« Après quoi, tu devras choisir.

– Je choisis de ne pas choisir », répond Acham.

Ève soupire.

« Ce n'est pas bien de rester seule, dit Adam. Toute créature doit trouver son mâle ou sa femelle.

– Son mâle ou sa femelle ? Je suis un animal ? »

Nava, penchée sur le métier à tisser, étouffe un rire.

« Si tu refuses de prendre une décision, dit Adam, nous laisserons le Seigneur le faire pour toi.

– Je croyais que vous ne vous parliez plus, toi et Lui », rétorque Acham.

Yaffa met une nouvelle bûche dans l'âtre et fait claquer sa langue : « Ne sois pas insolente.

– Ta vanité est un péché, renchérit Adam.

– À t'entendre, tout est un péché.

– Les choses ne peuvent pas continuer ainsi.

– Ce sont des hommes, maintenant, objecte Acham avant de se tourner vers ses sœurs. Dites à vos maris d'arrêter de se comporter comme des enfants. »

Elle ramasse la gourde et se dirige vers la porte.

« Je n'ai pas terminé, dit Adam.

– Je reviens », répond Acham.

Chaque fois que leur père évoque le jardin, sa voix se fait lourde de chagrin. Ignorant tout des premiers temps, Acham n'éprouve pas de tristesse mais de l'étonnement à l'idée que les choses puissent avoir été différentes de ce qu'elles sont. Son plus grand plaisir est de marcher seule en cueillant des fleurs, ses genoux nus caressés par les hautes herbes. La nature lui sourit. Petite, elle horripilait ses parents en revenant à la maison le visage couvert de boue et les mains grouillant d'insectes, de vers et de serpents qu'on lui a pourtant interdit de jamais, jamais toucher. Aux yeux d'Acham, ce sont les oubliés, la majorité cachée de la terre, les déplacés, les dédaignés. Ce sont ses compagnons.

Aujourd'hui la vallée bruisse de printemps, et Acham fredonne elle aussi en arpentant les champs, avec la gourde qui se balance à sa taille, battant la mesure. Elle aspire l'air sucré de pollen, salé de solitude.

Et pourquoi ne serait-elle pas vaniteuse ? Sans excès, mais elle ne va pas faire semblant d'ignorer la façon dont ses frères la regardent. Elle s'agenouille au bord de la rivière pour remplir la gourde et aperçoit son reflet dans l'eau. Elle est belle. Et elle mentirait en disant qu'elle n'est pas flattée par leur rivalité, de manière assez perverse. Cependant elle trouverait malsain que ce soit son unique raison de résister. Elle les connaît. Elle sait qu'en choisir un brisera la trêve fragile qui perdure jusque-là parce qu'elle les a obstinément refusés tous les deux.

Quel genre de créateur est-il, celui qui crée un monde sans équilibre ?

Acham ne partage pas tous les doutes de Caïn sur la perfection du Seigneur, mais elle ne peut pas non plus se satisfaire de la simple obéissance prêchée par Abel et leur père.

C'est deux par deux qu'ils existent.

Père et Mère, Caïn et Nava, Abel et Yaffa.

Et elle.

Elle est le chiffre impair, superflu, une mauvaise plaisanterie perpétrée par un dieu cruel.

Faiblarde et furieuse, elle est arrivée la dernière, quelques instants après Yaffa, dans un jaillissement de sang. Leur mère parle de cette naissance comme si elle en ressentait encore la douleur.

À cet instant, j'ai compris mon châtiment.

Elle ne parle en ces termes d'aucun autre de ses enfants, seulement d'Acham. De sorte qu'Acham se demande : le châtiment était-il cette souffrance, ou était-ce son existence même ?

Le crépuscule la trouve recroquevillée sous le feuillage d'un caroubier. Sur le fond or et pourpre du ciel, de grosses boules couleur de suie émergent de derrière la colline.

Abel, qui revient avec le troupeau.

Acham regarde grandir sa majestueuse silhouette. Son jumeau est beau, il a le teint clair et des boucles dorées ; à vrai dire, il n'est pas loin de ressembler aux bêtes dont il s'occupe. Bien qu'elle ne l'ait jamais entendu hausser le ton, il n'y a chez lui aucune trace de faiblesse. Elle l'a vu porter à lui seul quatre retardataires en même temps, plongeant les doigts dans leur toison pour les soulever tandis qu'ils bêlaient en signe de protestation.

À l'autre bout du pré, elle l'entend claquer la langue et cogner son bâton par terre, pressant les moutons vers l'enclos.

Le chien bondit devant, en éclaireur.

Acham émet un sifflement sourd qui lui fait dresser les oreilles. Il jaillit des fourrés et lui saute dans les bras, lui léchant le visage. Elle lui intime de faire silence en posant un doigt sur ses lèvres.

Alors qu'Abel approche, elle sent l'animal gigoter contre elle. De nouveau, elle le fait taire.

« Je sais que tu es là. »

Acham sourit.

« Tous les deux, reprend Abel. Je vous entends.

– Ça m'étonnerait », lui lance Acham.

Il éclate de rire.

Elle relâche le chien, qui se précipite vers son maître pour lui lécher la main. Acham sort de sa cachette à quatre pattes.

« Comment as-tu su que c'était moi ?

– Je te connais, dit-il.

– Tu es encore dehors à cette heure-ci ?

– Je pourrais te retourner la question.

– Je n'avais pas envie de rentrer, répond-elle en hissant sur son épaule la gourde pleine, qui se balance à une poignée en lin tissé, une invention de Caïn.

– Donne », dit Abel en la lui prenant avec autant d'aisance que si elle était vide.

La lumière a quitté les arbres, et la nuit commence à frémir, proies comme prédateurs cherchant un abri. Des lucioles clignotent et s'éteignent. Le troupeau se resserre d'un commun accord, et le chien aboie au premier qui s'éloigne. Abel écoute Acham lui raconter ses découvertes du jour, lui mimant avec les mains la taille du scarabée irisé qu'elle a attrapé le matin.

« N'exagère pas, dit-il.

– Je n'exagère pas, rétorque-t-elle en le bousculant.

– Attention, tu renverses mon eau !

– Pardon ? *Ton* eau ?

– Maintenant j'ai la jambe toute mouillée.

– C'est moi qui l'ai tirée, que je sache.

– Mais c'est moi qui la porte.

– Je ne te l'ai pas demandé. »

Il lui répond par un claquement de langue. Ça lui donne l'impression qu'il la prend pour un de ses moutons.

« Père dit que nous apporterons nos offrandes la semaine prochaine, poursuit-elle.

– Ce sera bon de pouvoir exprimer notre gratitude. Le Seigneur a été généreux. »

Selon l'humeur d'Acham, la piété de son frère l'attendrit ou l'exaspère. Cette fois elle a envie de le frapper, et pour de bon ; il sait comme elle qu'Adam lui a posé un ultimatum.

Ils se taisent. Comme souvent, elle aimerait qu'Abel prenne l'initiative de la discussion. Parler avec lui revient à flotter dans un lac transparent.

Parler avec Caïn, à se débattre dans un torrent.

« J'attends la naissance d'un nouvel agneau d'un jour à l'autre, dit Abel.

– Je peux aider ? propose-t-elle.

– Si tu veux. »

Les sœurs d'Acham sont sidérées par le plaisir qu'elle prend à accoucher les brebis. Nava, particulièrement réfractaire à tout travail manuel, y va de ses commentaires narquois.

Un homme dans le corps d'une femme. C'est tout toi.

Mais cette frénésie sanglante enthousiasme Acham et, jusqu'à ce que ses frères règlent leur différend, accueillir un agneau entre ses bras restera son plus sûr moyen d'approcher la maternité.

« J'aimerais que tu prennes une décision, dit Abel.

– Et si c'est lui que je choisis ?

– Alors j'espère que tu changeras d'avis.

– Ne sois pas avide, dit-elle.

– Ce n'est pas avide que d'aimer quelqu'un, rétorque Abel.

– Si. Ça l'est. Il n'y a rien de plus avide. »

L'autel se trouve au sommet du mont de la Considération, à un jour de marche du fond de la vallée.

C'est un pèlerinage lourd de déception : plus ils approchent, plus ils franchissent d'étapes, plus le souvenir des échecs passés se ravive. Caïn a souvent objecté qu'ils gaspillaient de la bonne nourriture. Qu'ils feraient mieux d'accepter le fait qu'il n'y a personne pour recevoir leurs prières, que leur survie dépend uniquement de leurs efforts.

L'idée terrifie tous les autres, y compris Nava. Seule Acham y voit quelque valeur.

Elle sait ce que c'est, de ne devoir compter que sur soi.

C'est dans cet esprit que Caïn a fabriqué la mule en bois, au mépris des avertissements d'Adam. Lorsque la récolte s'est révélée abondante et grasse, Caïn a jeté les gerbes aux pieds de son père, exultant.

Tu es maudit. Pas par le Ciel, mais par ton propre manque d'imagination.

Aussi sévère qu'ait été la réprimande d'Adam, Acham a constaté qu'il n'avait pas rechigné à se nourrir de la moisson de Caïn.

Leur périple a commencé au lever du jour ; quand vient midi, ils se traînent, affaiblis par le jeûne. Abel porte son offrande sur une épaule et guide Yaffa de sa main libre. Caïn et Nava s'appuient sur des bâtons de marche sculptés. Le vent fouette les cheveux d'Acham, elle se tient à l'écart, le souffle oppressé par l'angoisse. Elle a de bonnes raisons d'être particulièrement nerveuse. Ses frères n'arrivant toujours pas à se départager, son père a décidé qu'elle serait donnée à celui dont l'offrande emporterait la faveur des cieux.

Elle ne sait pas si elle doit vraiment prendre cette menace au sérieux. Il a déjà prononcé de telles sentences par le passé. Mais le zèle dont il fait preuve pour gravir la montagne – Ève dans son sillage, comme une ombre – lui indique que cette fois sera différente.

Caïn ralentit pour marcher à sa hauteur.

« Courage ! murmure-t-il. Quel est le pire qui puisse t'arriver ? Moi. Veinarde ! À ta place, je ne m'en ferais pas trop », ajoute-t-il en lui donnant un petit coup dans les côtes, avec un clin d'œil hérétique.

Elle aimerait partager l'assurance que lui confère son impiété.

Tout le monde a l'air de tenir pour acquis que Caïn possède l'intelligence, et Abel la beauté. Dans l'esprit d'Acham, ça n'a jamais été aussi limpide. Cette façon de penser – l'affirmation que si l'un s'est vu doté d'un talent, l'autre en a forcément reçu un équivalent ; l'idée que l'équité règne – se heurte durement à sa propre expérience. Il est vrai qu'elle trouve Abel agréable à regarder. Mais elle n'a aucun mal à le quitter des yeux puisqu'elle sait pouvoir le retrouver inchangé aussi souvent qu'elle reviendra.

Il y a de la beauté dans l'imperfection.

De la beauté dans son évolution.

En apparence, ses frères paraissent mal assortis à leurs tâches respectives. Mieux vaudrait qu'Abel s'occupe de la terre, Caïn des sanglantes réalités du troupeau. Mais Acham n'est pas dupe. Pour l'essentiel, les bêtes sont autonomes. Elles se reproduisent toutes seules. Elles naissent déjà formées. Elles laissent à Abel le loisir d'exercer sa bienveillance à une distance confortable.

Cultiver la terre, c'est autre chose. C'est un combat au corps-à-corps, une négociation permanente avec un partenaire récalcitrant. C'est l'extermination des mauvaises herbes, l'éradication des ronces et des chardons. Il s'agit de soumettre des arbres indisciplinés, de les assujettir en rangs ordonnés pour les dresser à produire des fruits plus gros et plus nombreux chaque saison. Et c'est là, sur le fil, entre cajoleries et contraintes, rêveries et manigances, que Caïn fait merveille.

« Tiens, dit-il en lui tendant son bâton. Tu as l'air d'en avoir besoin. »

Il le lui laisse et part à l'avant rejoindre Nava, se retournant pour lancer un dernier clin d'œil à Acham. Elle le trouve bien plus beau qu'on le prétend. Ses yeux vert écaille ondulent comme de hautes herbes. Son front ténébreux a la force de ces nuages d'orage qui les terrorisent tous et assurent leur subsistance. Pour le meilleur et pour le pire, il l'émeut.

Épuisée, la famille se serre, agenouillée devant l'autel. Une année a passé, les saisons ont effacé les traces de leurs dernières offrandes et, tandis qu'Adam lève les mains en supplique, priant pour que leurs cadeaux soient agréés, sa voix se perd dans les hurlements du vent.

Il conclut sa prière, tous se relèvent.

À Caïn revient la première offrande, une botte de lin qui lui restait dans un coin. Adam lui a ordonné d'apporter du blé, mais Caïn a refusé, opposant que ces récoltes étaient les siennes, qu'il les distribuerait comme bon lui semblait. *Cultive la tienne et tu pourras en faire ce que tu veux.*

Il dépose la masse molle et fibreuse sur l'autel de pierre. Nava verse une libation d'eau de rouissage fétide et ils s'assemblent de nouveau un peu plus loin, guettant dans les cieux un signe de pardon.

Les cieux demeurent impassibles.

Caïn sourit avec amertume. Le silence lui donne raison, tout en le privant d'une épouse.

Abel, lui, est venu avec son plus bel agneau. Né trois jours plus tôt, encore peu solide sur ses jambes, il n'était pas capable de marcher jusque-là, Abel a dû lui ficeler les pattes. Tandis qu'il le porte vers l'autel, l'animal lève la tête à la recherche de sa mère, poussant un vagissement éploré quand il ne la trouve pas.

Yaffa se cache contre l'épaule d'Acham.

Abel dépose l'agneau, se penche vers lui pour l'apaiser, lui caresser le ventre.

« Finissons-en », s'impatiente Caïn.

La main d'Abel tremble en soulevant la pierre d'abattage. Il jette un regard vers Acham, comme pour demander sa permission. Elle détourne les yeux et attend le cri.

Il ne vient pas. Elle regarde à nouveau. L'agneau s'agite. Abel n'a pas bougé.

« Fils », murmure Adam.

Abel secoue la tête.

« Je ne peux pas. »

Ève laisse échapper une petite plainte.

« Partons, alors, intervient Nava.

– On ne va quand même pas laisser cette pauvre bête ici, proteste Yaffa.

– L'agneau ne peut pas redescendre, dit Adam. Il est consacré. »

C'est précisément ce genre de logique obscure que Caïn trouve insupportable. Il s'exaspère bruyamment et, d'un pas décidé, vient arracher la pierre de la main d'Abel.

« Tiens-le », ordonne-t-il.

Livide, Abel reste inerte.

Caïn se tourne vers les autres membres de la famille, qu'il jauge un à un avant de s'adresser à Acham.

« Viens m'aider. »

Elle sent son cœur qui cogne.

« Tu veux qu'on en finisse, oui ou non ? » insiste-t-il.

Comme mue par une force extérieure, elle s'approche de l'autel.

L'agneau bêle, se débat, elle serre contre elle son corps brûlant.

« Immobilise-le, dit Caïn. Je n'ai pas envie de me couper. »

Elle attrape les pattes de l'animal. Il se cabre furieusement. La terreur a redoublé ses forces, et Acham manque de le laisser s'échapper. Caïn l'agrippe à son tour.

« Écoute, reprend-il d'une voix douce. Ce sera fini dans une minute. Plus tu le serres fort, mieux ça ira pour nous deux. Pour nous tous. Serre-le. Plus fort. Voilà. Très bien. »

Acham ferme les yeux.

Elle sent une giclée de chaleur sur ses bras.

Les ruades ralentissent puis cessent complètement.

Elle ravale une montée de vomi.

« C'est fini. »

Elle rouvre les yeux. La pierre dégoulinante à la main, Caïn scrute le ciel muet d'un air irrité. Abel fixe, horrifié, la carcasse de l'agneau.

Bien qu'elle se sente faible, elle aussi, Acham se lève, le prend par la main et l'emmène.

Ils ont à peine entamé la descente lorsque le haut de la montagne explose.

Le vacarme transperce le crâne d'Acham, la lumière l'aveugle, elle est projetée à terre et, quand elle revient à elle, Yaffa hurle, Ève est prostrée dans les bras d'Adam, Abel recroquevillé sur lui-même et Nava gémit de douleur.

Acham a les oreilles qui bourdonnent.

Où est Caïn ?

Des rafales de poussière roulent et dévalent de la montagne. Elle entend tousser, elle entend sa mère qui délire. Où est Caïn ? Acham repart péniblement vers le sommet, elle l'appelle et, ivre de soulagement, aperçoit enfin sa silhouette compacte, musclée, debout, qui se détache sur le panache de fumée huileuse émanant de la roche enflammée par l'éruption.

Il contemple l'autel fixement.

L'odeur de chair brûlée et de poil roussi prend à la gorge.

Il se met à pleuvoir, des gouttes fraîches sur le visage levé d'Acham.

« Miséricorde », dit Ève.

Yaffa a rampé jusqu'à Nava, elle comprime la plaie qu'elle a au bras. Adam s'effondre à genoux, en prière.

La pluie redouble, arrachant de gros blocs au flanc de la montagne, propulsant des torrents de boue vers la vallée.

Ils sont tous sous le choc, mais Abel plus que les autres. Ses paupières papillonnent, l'eau de pluie ruisselle dans sa bouche béante, réduisant ses boucles dorées en une masse détrempée.

« Miséricorde, répète Ève. Miséricorde. »

Caïn l'entend. Il fait volte-face, souffle de l'eau par les narines.

« Qu'est-ce que ça veut dire ? »

De nouveau, il se tourne vers l'autel. Acham n'arrive pas à savoir s'il est satisfait ou horrifié, lequel est vainqueur, lequel est vaincu.

Bien des jours plus tard, le sommet de la montagne crache encore de la fumée, une maigre ligne noire qui serpente à travers le ciel. Sous la petite bruine qui continue de tomber, la terre reste gorgée d'eau, le jugement une énigme.

Ayant retrouvé son sang-froid, Abel prétend de sa voix la plus suffisante que, l'offrande étant la sienne, c'est lui que les cieux ont désigné ; une affirmation qui lui vaut les railleries de Caïn. La tempête, maintient ce dernier, n'était rien d'autre qu'une coïncidence et, de plus, c'est clairement celui ayant procédé au sacrifice qui a été désigné.

Des mots amers se bousculent pour combler le vide.

Qu'un signe résiste autant à l'interprétation tendrait à démontrer que ce n'en est pas un, songe Acham.

Lasse de les entendre se disputer, elle répète que le choix lui appartient.

Les hommes crient et l'ignorent.

Absorbé par son labeur, Caïn ne la voit pas approcher. Alors qu'elle arrive au début du champ, à l'endroit où il jouxte le verger, son frère se redresse en grognant derrière sa mule en bois, la toison noire de son torse lissée par la sueur.

« N'essaie pas de me surprendre en douce, comme ça.

– Je n'essaie pas de te surprendre.

– Je ne t'ai pas entendue, donc tu essayais de me surprendre.

– Si tu ne m'entends pas, c'est ton problème. »

Il rit, crache.

« Qu'est-ce qui t'amène ici ? »

Elle contemple la mule en bois. Habilement sculptée, de belles proportions, avec ses poignées brillantes d'usure à l'endroit où Caïn pose ses mains pour la guider, c'est un objet merveilleux qui retourne la terre dix fois plus vite qu'Adam. La véritable mule qui le tracte remue la queue en rythme, et les moustiques sur sa croupe se dispersent avant de s'agglutiner à nouveau.

Parfois, Acham se demande à quoi ressemblait la vie de ses parents avant l'arrivée de Caïn. Plus paisible sans doute, mais aussi d'une rusticité éprouvante.

Elle l'admirerait bien davantage s'il ne le voulait pas tant.

« Tu travailles dur, constate-t-elle.

– Pas de temps à perdre. Un cycle nouveau. »

Elle acquiesce. Il pleut par intermittence depuis des semaines, des flaques se forment sur la terre retournée. La brise, en traversant le verger, apporte des effluves de figue et de citron, écœurants et piquants à la fois.

« Je voulais te poser une question, dit-elle.

– Je t'écoute.

– Sur la montagne. Tu m'as choisie pour tenir l'agneau. »

Il hoche la tête.

« Pourquoi ?

– Parce que je savais que tu en étais capable.

– Et comment le savais-tu ?

– Parce que, dit-il, tu es comme moi. »

Acham ne trouve pas de réponse toute faite. Elle pourrait dire : « Non, je ne suis pas comme toi, je n'ai rien à voir avec toi. » Elle pourrait mentionner le ventre qu'elle a partagé avec Abel. Elle se souvient du sang qui giclait, des soubresauts de l'agneau à l'agonie, et elle est révulsée de savoir que Caïn ait pu voir ça en elle et s'en servir.

Mais ce n'est quand même pas la faute de son frère si elle avait ça en elle.

Il se rapproche, dans un relent minéral enivrant.

« Nous pourrions bâtir tout un monde ensemble, dit-il.

– Le monde existe déjà.

– Un nouveau monde.

– Tu as Nava pour ça. »

Il souffle d'impatience.

« C'est toi que je veux. »

Elle s'écarte de lui, il l'attrape par le bras.

« Je t'en supplie, dit-il. S'il te plaît.

– Ne fais pas ça. Ne supplie jamais. »

Son visage s'empourpre, se gonfle, et il l'attire à lui, écrasant ses lèvres sur les siennes, avec sa barbe naissante qui lui râpe la peau du menton, son torse humide comme une peau d'animal jetée sur elle. Il lui fourre sa langue entre les dents, on croirait qu'il cherche à la vider de son souffle. Mais elle parvient à glisser une main entre leurs deux corps pour le repousser. Il trébuche et tombe dans la boue.

« Qu'est-ce que tu fais ? s'exclame-t-elle.

– Pardon », dit-il en se relevant.

« Pardon », répète-t-il avant de se ruer sur elle.

En un instant, il lui déchire sa tunique, elle hurle et se débat, et ils roulent dans la fange visqueuse, collante. Des pierres lacèrent son dos nu. Elle lui frappe les bras, repousse son menton comme pour lui arracher la tête, mais il la gifle, la secoue, rugit sa domination. Il ne tolérera pas qu'elle se refuse à lui ; elle sera sienne, il la possédera.

Au-dessus d'eux, des oiseaux sombres crèvent le ciel, d'une clarté éclatante.

À tâtons, elle trouve une pierre dans la boue et lui ouvre une crevasse dans le front, qui se met à cracher un rideau de sang devant ses yeux. Il tonne, la relâche et s'agrippe le visage, elle se dégage et s'enfuit.

Elle court, nue, avec une lenteur effroyable, ses pieds s'enlisent dans la boue, ses jambes sont gainées de glaise. Elle franchit d'un bond la bordure du champ, s'enfonce à travers un bosquet, se jette dans un autre champ – en jachère, bourbeux, qui la ralentit davantage –, puis encore un bois, et atteint enfin les pâturages. Il est juste derrière elle. Elle entend ses pas qui claquent sur la terre détrempée et elle gravit tant bien que mal le flanc d'une colline, la poitrine en feu ; arrivée sur la crête, elle découvre la douceur merveilleuse du troupeau qui s'étire en contrebas, la petite tache turbulente du chien et la silhouette d'Abel, grande et dorée.

Elle appelle à l'aide, mais Caïn la saisit à bras-le-corps.

Et ils dégringolent, cramponnés instinctivement l'un à l'autre, dévalant la pente en roulé-boulé, se cognant encore et encore contre le sol, leurs corps boueux tapissés de feuilles, d'herbe et de brindilles, nez contre nez, les orbites de Caïn cernées de sang, son front une vallée sanguinolente, ses boucles imprégnées de fange.

Au pied de la colline, ils s'immobilisent, brisés, balafrés, recrachant un magma de matière végétale. Les aboiements volent à leur rencontre à travers le pré et une ombre allongée vient envelopper Acham.

« Ta cruauté ne restera pas impunie », dit Abel.

Caïn s'essuie la bouche, la main maculée de rouge. Il crache.

« Tu ne sais rien.

– Je sais ce que je vois. »

Abel se débarrasse de son bâton. Il s'agenouille, soulève Acham dans ses bras et s'éloigne avec elle.

Il a fait cinq pas quand le bâton se brise sur l'arrière de son crâne.

La terre est ici plus sèche, plus assoiffée, sans merci quand Acham, dans sa chute, s'y fracasse la tête. Sa vue se trouble, son ouïe s'émousse, ses membres ne répondent plus, sa langue pend comme une limace dans sa bouche ; elle ne peut qu'assister, impuissante, à leur empoignade. Il ne devrait pas y en avoir pour longtemps, et c'est le cas en effet. Abel est plus grand, plus fort, et Caïn, dominé, implore la pitié sous les aboiements et les grognements du chien.

Que diras-tu à Mère ?

L'impudence du stratagème. Tellement simple. Jamais elle ne se serait laissé prendre. Mais elle sait qu'Abel, lui, va tomber dans le piège, car c'est un garçon simple, justement ; et, sous ses yeux, immobile, elle voit s'évanouir sa colère, elle le voit tendre une main à son frère, et Caïn se relève.

8

Il était tard, le temps que Jacob ait fini de quadriller tout le quartier sous Castle Court au porte-à-porte.

Il avait commencé au pied de la colline et progressé lentement vers le haut. Le type de gens qui choisissaient de vivre à plus d'une demi-heure du premier supermarché était aussi le type de gens qui n'appréciaient guère les visites vespérales. Ceux qui répondaient étaient réticents à ouvrir leur porte, et ceux qui l'ouvraient n'avaient rien vu. De l'avis général, la maison du meurtre était une verrue architecturale, abandonnée du plus loin que quiconque s'en souvienne.

Au numéro 332, dernière étape avant que la route ne se change en piste, la maison se cachait derrière un haut mur en stuc hérissé de pics antipigeons et de caméras de sécurité menaçantes.

Jacob sortit la tête par la vitre pour essayer d'amadouer la propriétaire via l'interphone. Il resta dix minutes stationné devant le portail, un austère panneau en acier rouillé, pendant qu'elle téléphonait à la police pour vérifier son identité.

Un moteur se mit à grincer ; le portail coulissa sur des rails encastrés. Baissant ses phares, Jacob suivit une allée de gravillons qui serpentait entre des touffes d'herbe et des cactus en direction, une fois de plus, d'une maison moderniste des années 1950, bien entretenue, un parallélépipède blanc asymétrique fiché dans le sol.

Elle l'attendait sur le perron dans un peignoir en flanelle émeraude, une femme d'une bonne cinquantaine d'années, le visage marqué par des rides d'expression sévères qui se voyaient à trois mètres dans le noir. Il s'apprêtait à se faire rembarrer.

Au lieu de quoi elle se présenta – Claire Mason –, lui fourra dans la main un énorme mug de tisane amère et l'escorta par un étroit vestibule jusqu'à une salle de séjour avec un sol en béton ciré et des fenêtres inclinées en saillie vers l'extérieur, comme la proue d'un vaisseau spatial prêt à se poser sur la ville. Les murs étaient couverts d'art expressionniste abstrait. L'ameublement était conçu pour des gens sveltes et sans enfants.

Elle devança les questions de Jacob par les siennes : était-elle en danger ? Y avait-il quelque chose en particulier dont elle devait se méfier ? Fallait-il convoquer une réunion du comité de surveillance du quartier ? Elle en était la présidente. Elle avait justement emménagé là pour échapper à tout ça.

« Est-ce que par hasard vous auriez des informations sur la maison plus haut sur la route ? demanda Jacob. Au numéro 446 ?

– Quel genre d'informations ?

– Qui l'habite.

– Personne.

– Et vous savez à qui elle appartient ?

– Pourquoi ?

– C'est très intéressant, marmonna Jacob à propos de sa tisane, qui semblait avoir un goût de guano. Qu'est-ce que c'est ?

– De l'ortie, répondit la femme. Ça prévient les infections urinaires. J'ai un revolver. Il n'est jamais chargé, mais à vous écouter je me demande si je ne devrais pas y songer.

– Je ne crois vraiment pas que ce soit nécessaire. »

Il finit par réussir à tempérer son agitation et à orienter la conversation vers les caméras de sécurité. Ils traversèrent la cuisine – de l'onyx, et encore du béton – pour atteindre un garde-manger reconverti, dans lequel s'entassaient conserves, panneaux de contrôle d'alarmes et une radio à ondes courtes. Une rangée de moniteurs faisait défiler les différents angles des caméras extérieures. Le coussin du fauteuil portait l'empreinte à deux bosses de longues heures d'observation.

« Très impressionnant, commenta Jacob.

– Je peux aussi y avoir accès depuis mon téléphone et mon iPad », dit-elle en s'installant à son poste.

Dans sa fierté et son besoin de reconnaissance, il retrouvait le paradoxe au cœur de tout paranoïaque : la validation que fournit la persécution.

« Au bout de combien de temps les images s'effacent-elles ? demanda-t-il.

– Quarante-huit heures.

– Je pourrais voir la route, hier, à partir de cinq heures de l'après-midi ? »

Elle afficha une fenêtre divisée en huit cases, chacune montrant un ruban de goudron vide apparemment identique. Elle cliqua sur le compteur, entra l'heure, régla la vitesse de lecture sur 8x et appuya sur la barre espace.

À part un passage de la couleur naturelle au vert de la vision nocturne, les cases restaient statiques.

On aurait dit le pire film expérimental jamais réalisé.

« Vous pouvez accélérer un chouïa ? » suggéra Jacob.

Elle augmenta la vitesse à 16x.

Une ombre fila sur l'écran.

« C'était quoi ?

– Un coyote.

– Vous êtes sûre ? Vous voulez bien revenir en arrière ? »

Elle roula les yeux, rembobina, régla la lecture sur 1x.

En effet : un animal maigre et hirsute, se mouvant furtivement, la langue pendue.

« Je n'en reviens pas que vous ayez pu deviner », souffla Jacob.

Claire Mason contempla l'écran en souriant d'un air rêveur.

« La pratique, la pratique, la pratique », dit-elle.

Arrivé à la maison du meurtre, il resta un moment dans la Honda à écouter les cliquetis du moteur surmené qui refroidissait ; chaque visite lui retirait quelques années de vie. Entre la carte Discover et l'avance sur salaire, Jacob songea qu'il pouvait peut-être se payer une location.

Toute personne venant ici en voiture passait forcément devant les caméras de Claire Mason. Mais il n'avait vu de traces de pneus nulle part sur la propriété, pas plus que de végétation écrasée.

À pied ? En contournant la route par les sentiers de randonnée, la tête coupée dans un sac en plastique ?

En hélicoptère ?

Avec un réacteur dorsal ?

Un tapis volant ?

Abracadabra !

Curieusement, la maison semblait moins sinistre que de jour, sa menace oblitérée par un vaste champ d'étoiles. Le vent apportait les craquements et hululements de la vie animale, abondante et invisible, toutes les créatures qui ne sortent que la nuit.

Jacob prit sa lampe torche dans la boîte à gants, mais il n'en eut pas besoin pour trouver son chemin jusqu'à la porte. Il n'en eut pas besoin à l'intérieur non plus. Le clair de lune mêlé à la lueur de la ville baignait les pièces de lumière.

Il lui paraissait significatif que cet endroit soit à la fois complètement isolé et complètement exposé.

On imagine plutôt que le lieu où l'on se débarrasse d'un corps soit choisi pour sa discrétion. Mais cette mise en scène sentait l'exhibitionnisme à plein nez, et ces deux aspects combinés suggéraient la recherche délibérée d'un public spécifique.

À qui appartenait cette maison ?

Qui la connaissait ?

Il consulta le téléphone satellite pour vérifier qu'il n'avait pas raté un appel de Chris Hammett. Fronça les sourcils. Pas de réseau. Ces trucs étaient pourtant censés marcher n'importe où.

Il se promena en brandissant l'appareil dans plusieurs directions : il avait une barre qui vacillait par intermittence. Il parvint à la stabiliser en se postant devant la chambre et attendit que s'affiche l'icône d'un message, mais non, rien.

Étonnamment, on ne sentait dans l'air aucune puanteur de mort, et d'une manière générale Jacob constata qu'il avait moins les jetons qu'il ne l'aurait pensé. Il n'était pas mystique, mais il croyait fermement que les gens étaient attirés vers les lieux qui reflétaient leur personnalité, et que l'âme d'une maison et l'âme de son occupant finissaient par s'imbriquer avec le temps.

Dans celle-ci, il ressentait une sorte de sérénité, presque un calme zen. Ce serait un bon endroit pour écrire, sculpter ou dessiner… un atelier dans le ciel, idéal pour les rares artistes qui pouvaient se le payer.

Ou pour quelqu'un avec de l'argent, se prenant pour un artiste.

D'après l'expérience de Jacob, la plupart des hors-la-loi choisissaient la solution de facilité. C'est ce qui en faisait des hors-la-loi : un besoin irrépressible de faire ce qu'ils voulaient tout en dépensant le moins d'énergie possible. La majeure partie de la criminalité était une forme pathologique de paresse.

Mais ce type-là… Il avait le sens du style. Répugnant, mais bien à lui. Peut-être était-il vraiment différent, ou pensait-il l'être. Il y avait une deuxième variété de criminels, moins courante, mais plus tape-à-l'œil. Les Jack l'Éventreur, les Ed Gein, les BTK. Ils se donnaient un peu plus de mal que les autres pour faire la une des journaux. Une sous-catégorie notable étant les Hitler, les Staline et les Pol Pot.

Les deux étaient dangereux. Les premiers parce qu'ils étaient insouciants, les seconds au contraire parce qu'ils étaient consciencieux.

Jacob pénétra dans l'atelier et se planta devant la fenêtre qui donnait vers l'est, songeant à la maison dans laquelle il avait grandi, le coin du garage envahi de caisses d'argile, de pots de peinture et de vernis, le four à céramique, les claies de séchage cachées derrière une toile de protection. Le bancal tabouret à trois pieds sur lequel elle s'asseyait. Pas de tour de potier. Bina Lev travaillait à main levée.

Il avait vaguement entendu dire qu'elle avait flirté avec l'avant-garde dans sa jeunesse. Aucune preuve tangible de cette période ne subsistait cependant et, le temps qu'il soit en âge de concevoir sa propre mère comme une personne animée d'ambitions, elle avait renoncé aux siennes. La femme qu'il connaissait produisait uniquement des objets rituels : gobelets pour le vin du chabbat, chandeliers à sept branches, boîtes à épices pour la cérémonie de la *havdalah**. Elle les trimballait de foire en foire, les plaçait en dépôt-vente dans des boutiques d'articles liturgiques juifs. On ne pouvait pas vraiment qualifier de « pragmatique » ce choix d'abandonner l'art pour l'artisanat. Ce n'était pas comme si ça lui rapportait de l'argent. Et Jacob trouvait d'une ironie cruelle que ces objets soient désormais collectionnés dans certains cercles en raison de leur rareté.

Internet l'aurait beaucoup aidée. Mauvais timing.

Mauvais timing, à tous les niveaux.

Peu de temps après son enterrement, Sam, presque comateux de chagrin, décida de vendre la maison. Il n'eut guère de mal à se débarrasser des meubles, mais vider le garage était au-dessus de ses forces. Jacob prit le relais. Il était habitué à ce sentiment d'être le seul adulte dans les parages.

Il acheta un rouleau de sacs-poubelle ultrarésistants et procéda avec une rage méthodique, jetant sans discernement des candélabres inachevés et des pots intacts de vernis sans plomb pour cuisson basse température. Il démonta les claies de séchage et donna les morceaux au voisin, qui avait une cheminée en état de marche. Un prêteur sur gage lui offrit trente dollars pour le four à céramique, une somme si dérisoire qu'il fut pris de remords.

Cinquante avec les outils.

Jacob répondit non merci ; ça, il avait décidé de le garder.

Il empocha les trente dollars et retourna dans le garage, se mettant à fouiller dans les sacs à la recherche de tout ce qui pouvait être sauvé. Hélas, il avait été redoutablement efficace dans son besoin de décharger sa colère : il ne restait quasiment que des tessons et de la poussière.

Quelques articles emmaillotés dans du journal avaient survécu. Une paire de mugs. Une cruche à deux anses pour le lavage des mains. Une *mezouzah**. Un pot à couvercle aux parois fines et solides, dont il ignorait la fonction exacte. Il les rangea soigneusement dans une besace en toile rembourrée de serviettes-éponges.

Il tomba aussi sur un paquet bien protégé à l'intérieur duquel se trouvaient plusieurs dizaines de pièces plus petites, emballées individuellement. Intrigué, il souleva un coin du journal et sursauta en apercevant un minuscule visage qu'il ne reconnaissait pas. Il déballa les autres pièces et découvrit ainsi toute une série.

De tout temps, il avait pensé que la reconversion de sa mère dans les assiettes et les bols était liée au fait que le judaïsme réprouvait les représentations humaines ; un prolongement de l'interdiction de l'idolâtrie.

À moins qu'elle se soit trouvé une porte de sortie, sur un point technique : à n'en pas douter, les objets qu'il avait entre les mains n'avaient rien d'*humain* au sens conventionnel du terme. Gris, marbrés de noir et de vert foncé, fortement organiques, ils étincelaient, et leurs membres se tortillaient comme s'ils cherchaient à s'enfuir.

Bina voulait que ses créations soient maniables. Même les pièces les plus simples étaient sensibles au toucher.

Celles-ci semblaient s'en indigner.

Au milieu du garage surchauffé et jonché de bric-à-brac, les cheveux en bataille, il observa les figurines en se demandant s'il s'était mépris sur sa mère, et comment.

Il les remballa et les plaça également dans la besace.

Il avait traîné ce triste héritage à travers deux mariages et d'innombrables appartements, clouant la *mezouzah* à sa porte, posant la cruche à ablutions à côté de l'évier, remplissant le pot de sucre. Il buvait son café sans rien, mais ça lui donnait quelque chose d'agréable à offrir quand il était en galante compagnie le matin. Les filles s'extasiaient sur son bon goût.

Les outils de potier, il les exposait sur ses étagères : c'étaient des objets de beauté en eux-mêmes, leurs manches en bois poli luisant de l'intérieur. Le simple fait de les regarder lui rappelait combien la vie était fragile, étrange et courte. Bizarrement, ça lui faisait du bien.

Les figurines mettaient Renee tellement mal à l'aise qu'il les avait déposées au coffre.

Ça ne valait sans doute pas le coût de la location mensuelle. Enfin bref, il n'avait plus personne pour protester désormais, et tout en contemplant les sinuosités du canyon en contrebas il songea qu'il devrait aller les récupérer.

Une main noire se plaqua contre la vitre.

Il recula brusquement, Glock en l'air, hurlant des ordres dans une pièce vide.

Silence.

La chose qui avait produit ce bruit… était dehors, accrochée à la fenêtre.

Trapue, avec une carapace en forme de dôme. Un abdomen segmenté noir. Des ailes qui battaient en cognant la vitre.

Jacob secoua la tête en riant de lui-même. Il avait failli flanquer deux balles à un insecte. Voilà où pouvaient vous mener vingt heures sans dormir ni manger correctement.

Il enfourna son revolver dans son holster, sortit de la maison et rejoignit la Honda à petites foulées. Il se baissa pour attraper sous le siège une des bouteilles de bourbon. Il en but quelques gorgées, juste assez pour ne pas perdre ses moyens et pouvoir rentrer chez lui, reboire et s'endormir.

Cette nuit-là, il rêva d'un jardin infini, humide et luxuriant. En son centre se tenait Mai. Elle était nue, les bras grands ouverts, prêts à l'accueillir. Il tendait la main vers elle sans parvenir à l'atteindre, et le gouffre entre eux était douloureux, car Jacob savait qu'il devait le traverser pour rentrer chez lui.

9

Réveillé depuis l'aube, tendu, Jacob pianotait sur le clavier de l'ordinateur, sirotant un café arrosé et négligeant sa gaufre surgelée.

La maison du meurtre appartenait à une société d'investissement, qui appartenait à une autre société d'investissement, qui appartenait à une holding dans les îles Caïmans, qui appartenait à une société-écran à Dubaï, qui appartenait à une autre holding à Singapour, pour laquelle il trouva un numéro de téléphone.

Il calcula le décalage horaire, se demanda s'il y avait un intérêt à appeler au milieu de la nuit, décida que oui, ne serait-ce que pour voir si le numéro était opérationnel.

Une femme lui répondit dans un anglais teinté d'un fort accent et, après une laborieuse série de questions, il comprit qu'il n'était pas en ligne avec la holding mais avec une plateforme téléphonique dont l'unique raison d'être était d'écarter les interlocuteurs trop curieux cherchant à obtenir des informations. Il était en train de déployer des trésors de persuasion lorsque le téléphone satellite sursauta : Chris Hammett.

Jacob raccrocha au nez de Singapour sans dire au revoir.

Hammett avait l'air jeune et désorienté.

« Pardon de ne pas vous avoir rappelé plus tôt, inspecteur. J'étais un peu… J'ai eu un empêchement.

– Pas de problème. Comment allez-vous ?

– Honnêtement ? soupira Hammett. Encore pas mal secoué.

– Je comprends. J'ai vu.

– Non mais sérieux. C'est vraiment un truc de malade.

– Je ne vous le fais pas dire. Vous voulez bien me raconter comment ça s'est passé ?

– D'accord. Donc, euh… je suis arrivé là-bas vers minuit…
– Avant ça, le coupa Jacob. Où étiez-vous quand on vous a prévenu ?
– Sur Cahuenga Boulevard, au niveau de Franklin Avenue. Le central a annoncé par radio qu'ils avaient reçu un appel d'une femme signalant quelque chose de suspect.
– Une femme ?
– C'est ce qu'ils disaient.
– Qu'est-ce qu'ils ont dit d'autre ?
– Juste d'aller voir à cette adresse.
– Avec un nom ?
– Non. Ils disaient seulement qu'il fallait que quelqu'un aille voir là-haut. J'étais le plus près. »
Hammett marqua une pause avant de reprendre.
« Je ne vais pas vous mentir, monsieur : ça m'a pris des plombes. Les panneaux sont merdiques, et j'ai failli me perdre je ne sais pas combien de fois. J'ai dû mettre une bonne heure à arriver là-bas. »
L'agacement de Jacob était tempéré par une certaine compassion alors qu'il s'imaginait lui-même essayant de trouver la maison de nuit pour la première fois.
« Et une fois sur place ?
– Je n'ai rien entendu ni rien vu d'anormal. La porte était légèrement entrebâillée. J'ai jeté un coup d'œil à l'intérieur en balayant la pièce avec ma torche, et elle était là.
– La tête.
– Oui, monsieur. »
Hammett décrivit ensuite sa fouille de la maison et sa découverte de l'inscription sur le plan de travail de la cuisine.
« J'ai téléphoné au poste et mon supérieur m'a demandé de lui envoyer une photo. J'imagine qu'il a dû la faire remonter plus haut, parce qu'assez vite après l'experte forensique a débarqué. Elle m'a dit qu'elle prenait le relais à partir de là.
– Autre chose que vous pensez pouvoir être utile ?
– Non, monsieur, mais… j'ai une question.
– Allez-y.
– Est-ce que je, euh… est-ce que je dois me faire du souci ?
– Comment ça ?

– Hier, quand je suis arrivé au poste, il y avait des types qui m'attendaient, envoyés par un département dont je n'avais jamais entendu parler.

– Les Projets spéciaux ? devina Jacob.

– Oui, c'est ça.

– Des colosses ?

– Genre bêtes de foire.

– Mel Subach. Ou Paul Schott.

– Les deux, en fait. Mais c'est Schott qui parlait. Il m'a pris à part et m'a fait comprendre que j'avais intérêt à la boucler sur ce que j'avais vu. C'est pour ça que j'ai mis un moment à vous rappeler, monsieur. Je ne voulais pas le court-circuiter. Je lui ai téléphoné, je lui ai demandé ce que je devais faire avec vous et il m'a dit ok mais en me conseillant de tout oublier dès que je vous aurai parlé. Ne vous inquiétez pas, je sais garder un secret.

– Merci, dit Jacob. Vous m'avez beaucoup aidé.

– À votre service. J'espère que vous allez le coincer.

– Votre bouche a l'oreille de Dieu, répondit Jacob.

– Pardon ?

– Rien, bonne journée. »

Jacob envoya un mail à Mallick pour lui donner des nouvelles, ajoutant qu'il avait des problèmes avec la carte de crédit qu'on lui avait donnée. Il en envoya un autre au central téléphonique de la police pour demander l'enregistrement de l'appel. Puis il s'habilla et descendit à sa voiture. Alors qu'il démarrait, il remarqua que la camionnette des poseurs de rideaux n'avait pas bougé depuis la veille.

Vers neuf heures, il était de retour sur la scène de crime, arpentant les environs avec une carte topographique qu'il avait imprimée depuis Google. Il avait apporté son nouvel appareil photo, qui possédait un excellent zoom, le meilleur moyen de s'approcher du fond du canyon sans un piolet, des crampons et une sérieuse quantité de corde et de détermination.

Il rentra dans la maison pour prendre de nouvelles photos, en commençant par les lettres gravées dans le plan de travail de la cuisine.

Elles n'y étaient plus.

Il resta un moment immobile. Puis il se retourna, pensant qu'il s'était trompé de côté.

Tous les plans de travail étaient intacts.

Les photos originales se trouvaient sur son téléphone personnel ; celui qu'il ne pouvait plus utiliser et qu'il avait laissé chez lui. Il évalua de mémoire l'emplacement de la marque, se pencha tout près pour inspecter le bois, en prenant soin de ne pas le toucher. Il ne discerna aucune trace de ponçage, de grattage ni de gommage, là pas plus qu'ailleurs.

Peut-être que le produit utilisé par Divya Das pour effectuer ses prélèvements avait provoqué la dégradation des marques. Mais ce n'était possible que si elles étaient superficielles, or dans son souvenir elles étaient incisées dans la surface du bois. Restituer une surface parfaitement lisse supposait de remplacer l'intégralité du plan de travail.

Son message transmis, la personne était revenue supprimer les preuves ?

Jacob se redressa, brusquement conscient du silence autour de lui.

Il éteignit l'appareil photo et le rangea dans sa poche, dégaina son Glock et inspecta à pas de loup le salon, la chambre, l'atelier.

Déserts.

Dehors, il fouilla à nouveau le périmètre.

Il était seul.

Il alla chercher son kit de prélèvement d'empreintes dans le coffre de la Honda et retourna à la cuisine. Il prit un tas de photos des plans de travail désormais impeccables, passa la poudre : rien.

La bonne nouvelle était que, si quelqu'un était venu faire des travaux pendant la nuit, c'était forcément enregistré sur le système de sécurité de Claire Mason. Il quitta la maison et redescendit la colline.

« Encore vous, brailla-t-elle dans l'interphone.

– Je n'ai pas pu résister », dit-il.

Le moteur du portail se réveilla dans un grognement.

À la lumière du jour, il pouvait apprécier l'envergure de la propriété. C'était une ode à l'ingéniosité humaine, une oasis de modernité dans ce décor aride, préhistorique : garage à trois places, piscine bleu électrique, aménagement paysager se fondant dans le désert, avec des sentiers en briques érodés qui sillonnaient un terrain artificiellement domestiqué et broussailleux. Une sculpture brute en poutrelles métalliques, patinée pour être assortie au portail. Le toit d'une serre en verre dépassait derrière un verger bien entretenu. Jacob se demandait ce qu'elle pouvait bien faire de tous ces fruits et légumes. Vu ce qu'il savait d'elle, il l'imaginait bien dans des délires survivalistes, se préparant au pire, érigeant des murs pour se protéger des hordes voraces qui ne manqueraient pas de déferler quand viendrait le temps de la pénurie, se léchant les babines, prêts à festoyer aux frais des riches.

Elle l'attendait dans le même peignoir en flanelle, et il ne coupa pas à son énorme mug de tisane.

« Deux visites en douze heures, lança-t-elle. Comment pouvez-vous me dire que je n'ai pas de souci à me faire ?

– C'est seulement du zèle de ma part. Dites donc, ajouta-t-il en balayant le paysage de la main, sacrée propriété que vous avez là.

– C'est une location », précisa-t-elle.

Dans la salle de contrôle, elle fit défiler les images de la nuit précédente : statiques, à part l'arrivée et le départ de la voiture de Jacob.

« Est-ce qu'il y a un autre accès pour arriver là-haut ? demanda-t-il. Un sentier coupe-feu, quelque chose que je ne verrais pas sur la carte ?

– Au nord, ce sont des terrains publics. Il y a toujours quelques excentriques qui se baladent. Des randonneurs. C'est pour ça que j'ai les caméras.

– Je comprends », dit-il.

Pour ça, et parce que vous êtes zinzin.

Savoir qu'elle montait la garde, c'était encore mieux qu'une opération de surveillance à plein temps : il lui laissa sa carte en lui demandant de le contacter si elle voyait qui que ce soit gravir la colline.

Il passa les deux heures suivantes à rôder en voiture dans Griffith Park sans réussir à trouver le moyen d'accéder au canyon. Une brève conversation avec un garde forestier le lui confirma. À moins que Jacob ne parvienne à convaincre les Projets spéciaux de faire intervenir une équipe de rappel, un corps dissimulé là-dedans n'était pas près de réapparaître.

Toutes ces sociétés d'investissement, ces paravents et ces holdings puaient le fric. Une recherche Internet sur l'adresse de Castle Court ne lui donna rien, pas même les traditionnels sites immobiliers. Un après-midi devant son ordinateur finit par conduire Jacob jusqu'à la page d'un professeur de l'université de Californie du Sud qui s'intéressait à l'histoire de la haute société californienne ; il avait entrepris de scanner et de mettre en ligne des décennies du bottin mondain, à partir de 1926 et jusqu'à 1973. Grâce à un logiciel de reconnaissance optique de caractères, on pouvait faire une recherche textuelle.

Jacob trouva ce qu'il voulait dans l'édition de 1941.

La maison appartenait à M. et Mme Herman Pernath. Monsieur était l'architecte en chef d'un cabinet qui portait son nom. Le couple avait deux enfants, Edith, seize ans, et Frederick, quatorze.

Les archives du *L.A. Times* révélèrent les notices nécrologiques d'Herman en 1972 et de son épouse deux ans plus tôt. Leur fille Edith Merriman, née Pernath, était décédée en 2004.

Une recherche sur le nom de Fred Pernath fit apparaître une entrée de l'Internet Movie Database qui listait des tas de films dont il avait réalisé les effets spéciaux, le genre de navets gores de série Z comme Jacob aurait cru qu'on n'en faisait plus. Pourtant, il y avait des titres qui dataient de moins de trois ans, indiquant que Pernath était alors vivant et en bonne santé, et une nouvelle recherche fournit à Jacob un numéro de téléphone et une adresse dans le quartier résidentiel de Hancock Park.

Il l'appela depuis le téléphone satellite, se présenta et lui demanda s'il pouvait lui poser quelques questions sur la maison de Castle Court.

« Quel genre de questions ?

– Vous êtes allé là-bas récemment ? »

Le rire de Pernath paraissait forcé.

« Pas depuis que j'en ai hérité.

– C'est-à-dire ?

– C'est à quel sujet, inspecteur ?

– Une enquête en cours, répondit Jacob. Qui d'autre a accès à cette maison ?

– Comment avez-vous fait pour me trouver ? »

Jacob n'aimait pas les gens qui répondaient à des questions par des questions. Ça lui rappelait ses rabbins de l'école primaire.

« Écoutez, monsieur Pernath…

– Si vous voulez me parler, vous n'avez qu'à vous déplacer.

– Une conversation téléphonique ne me pose pas de problème.

– À moi, si », rétorqua Pernath, et il raccrocha.

10

Fred Pernath habitait sur June Street, au nord de Beverly Boulevard, dans une imposante bâtisse de style georgien qui tranchait avec l'architecture moderniste de Castle Court. Jacob détecta cependant une certaine similarité dans le manque d'entretien. Toutes les autres maisons de la rue avaient des façades repeintes, des toitures refaites, des jardins aménagés. Quant à celle de Pernath, les gouttières s'affaissaient, et de grosses taches brunes marbraient la pelouse.

Un seul coup d'œil à l'homme lui-même suffisait à le rayer de la liste des suspects potentiels. Il avait le corps émacié, le thorax bombé, et marchait à l'aide d'une canne dont le bout en caoutchouc couinait sur le parquet quand il vint ouvrir à Jacob avant de disparaître en clopinant dans la pénombre.

Comme son extérieur, l'intérieur surencombré de la maison contrastait avec le vide de Castle Court. Jacob ne repéra aucune tête coupée, mais il aurait tout aussi bien pu passer à côté parmi les appliques lumineuses branlantes, les natures mortes dans des cadres sculptés dorés et les vases chinois remplis de fleurs en tissu poussiéreuses. Partout, des meubles ornementés obstruaient le passage – une aberration feng shui –, la moindre surface vaguement horizontale étant surchargée de bibelots.

Et dans tout ce maquis visuel étourdissant, pas une photo de famille.

Pernath conduisit Jacob jusqu'à son bureau, tapissé d'affiches de cinéma et de photos de tournage morbides. Jacob s'enfonça dans un fauteuil dégarni, déclinant au prix d'un effort considérable le whisky que lui proposait le vieil homme. Il le regarda avec envie déboucher une carafe en cristal pour se servir un verre puis traverser la pièce et ouvrir un placard encastré qui contenait des bols de biscuits apéritifs et une tête coupée.

Sanguinolente, le cou en lambeaux, les yeux énucléés.

Jacob se releva d'un bond.

Pernath lui jeta un coup d'œil impassible. Il saisit la tête par les cheveux et la lança à Jacob, qui la rattrapa.

Caoutchouc.

« Pour un flic, vous m'avez l'air un peu à fleur de peau », commenta Pernath.

Il sortit deux bols de noix de cajou, en déposa un devant Jacob.

« Désolé si elles ne sont pas de la première fraîcheur », dit-il en se ratatinant derrière un immense bureau en chêne.

Vue de près, la tête était manifestement fausse, la peinture méticuleusement exécutée pour faire vrai à une distance d'environ cinq mètres... Monet version Guignol.

« Vous faites le coup à tous vos invités ? demanda Jacob, le cœur encore tambourinant.

– Vous n'êtes pas un invité, rectifia Pernath avant de gober une noix de cajou. D'ailleurs vous feriez bien d'entrer dans le vif du sujet. J'ai quatre-vingt-quatre ans. »

Jacob se rassit.

« Parlez-moi de la maison », dit-il.

Pernath haussa les épaules.

« Elle était à mon père. Il venait d'une famille friquée, il avait des propriétés dans toute la ville. Des maisons, des usines, des terrains. Ça faisait un paquet de biens immobiliers et, quand il est mort, ça a fait un paquet d'embrouilles. »

Il but une gorgée de whisky avant de reprendre.

« En vérité, je n'avais pas besoin de cet argent. Mais ma sœur a décidé qu'il le lui fallait, alors naturellement j'ai décidé qu'elle ne l'aurait pas.

– Elle est décédée, non, votre sœur ?

– C'est comme ça que j'ai gagné, gloussa Pernath. J'avais un allié : les cigarettes Virginia Slims. »

Il se laissa aller contre le dossier de son fauteuil, qui était large, grinçant et orné de clous en bronze. Dans cet étau, on aurait dit une feuille morte desséchée.

« *Techniquement*, j'ai gagné, poursuivit-il. Même si les avocats ont englouti les deux tiers du gâteau. J'ai gardé les propriétés qui rapportaient de l'argent et vendu les autres. Je m'en suis mis plein les poches. Cette maison faisait partie d'un très grand terrain que mon père a subdivisé. C'est lui qui l'a construite. D'après ses plans.

– C'était un architecte.

– C'était un porc. Mais, oui, il dessinait des maisons. Personnellement, je n'ai jamais aimé son travail. Un peu trop aseptisé à mon goût.

– Je m'en serais douté », répliqua Jacob en levant les yeux vers le singe empaillé qui pendait du plafond.

Pernath laissa échapper un petit rire et retourna se servir un deuxième whisky.

« Cette maison, s'enquit Jacob, elle rapporte de l'argent ?

– Pas un centime.

– Alors, pourquoi ne pas la vendre ? J'ai l'impression qu'elle se dégrade.

– C'est précisément l'objectif. La laisser pourrir. Chaque fois que je l'imagine en train de se désagréger, j'ai un sentiment tout doux et tout chaud à l'intérieur. »

Pernath reposa la carafe et regagna son fauteuil clopin-clopant, en faisant un détour pour récupérer la tête en caoutchouc, qu'il cala sur ses genoux comme un shih tzu.

« C'était censé être son havre de paix, reprit Pernath, un endroit où il allait pour sonder les profondeurs de sa créativité. Je crois qu'il n'a jamais touché un crayon là-bas. En un sens, il *était* créatif, et il a sans aucun doute sondé pas mal de profondeurs. La moindre secrétaire ou assistante qu'il a employée a vu l'intérieur de cette maison… ou le plafond, en tout cas, pendant qu'il la montait. C'est stupéfiant qu'il n'ait jamais étouffé personne sous son poids. C'était un porc, dans tous les sens du terme. Il a détruit ma mère.

– Pourquoi ne pas faire raser la maison, alors ?

– Oh, non, je ne ferais *jamais* une chose pareille. Elle a une *portée* architecturale… »

Pernath vida son deuxième whisky d'un trait.

« Appelez ça un monument, conclut-il. À l'adultère.

– Vous n'y êtes jamais retourné depuis que vous en avez hérité ?

– Pour quoi faire ?

– Qui d'autre y a accès ?

– Tout le monde. Ce n'est jamais fermé à clé. Tous ceux qui veulent entrer sont les bienvenus. Plus il y a de calamités qui s'abattent sur cet endroit, mieux je me porte. »

Jacob fronça les sourcils. Ce n'était pas ce qu'il aurait voulu entendre.

« Sur quoi enquêtez-vous, inspecteur ? Un crime abominable, j'espère.

– Un homicide.

– Dans le genre abominable, on ne fait pas mieux, se réjouit Pernath. Alors, qui est le coupable ?

– Si je le savais, je ne serais pas en train de vous parler.

– Qui est mort ?

– Je ne sais pas non plus.

– Que savez-vous, inspecteur ?

– Pas grand-chose.

– Bravo, acquiesça Pernath en contemplant son verre vide. J'aime l'idée d'accepter sa propre ignorance.

– Vous n'avez pas d'autre famille en ville ? demanda Jacob en songeant à l'absence de photos.

– Mon ex-femme s'est remariée, même si j'hésite à la considérer comme de la famille. Elle vit à Laguna. Mon fils est à Santa Monica. Ma fille à Paris.

– Vous les voyez souvent ?

– Le moins possible.

– Donc il n'y a que vous, résuma Jacob.

– Moi, fit Pernath en caressant la fausse tête, et Herman. »

Les enfants de Pernath avaient hérité du penchant de leur grand-père pour les lignes épurées. Greta tenait une galerie dans le Marais qui vendait des œuvres minimalistes rendues avant-gardistes par leur usage de matériaux comme des chewing-gums mâchés et de l'urine d'âne. Richard était un architecte dont le travail consistait en des structures de verre et d'acier. Jacob feuilletait son book en ligne en réfléchissant à l'idée du balancier générationnel, chacun se dressant à son tour pour détruire les goûts de son père.

Quoi qu'il en soit, tous les deux avaient l'air d'avoir réussi dans leur domaine, des gens occupés avec des vies occupées.

Fausse piste.

Une recherche des crimes similaires dans la base de données nationale produisit une courte liste de décapitations, mais rien qui correspondait à la sienne : pas de cou scellé, pas de marques de brûlure (disparaissant ou pas), pas d'hébreu. Dans la plupart des cas, le meurtrier était un malade mental et avait été arrêté rapidement. Un des criminels avait planté la tête de sa vieille tante au bout d'une pique dans son jardin et dansé autour en chantant « We Are the Champions ».

Le coupeur de têtes le plus rationnel – pour ainsi dire – était un Pakistanais du Queens qui avait étranglé et décapité sa fille adolescente parce qu'elle envoyait des photos olé olé à un camarade de classe.

La ferveur religieuse faisait ressortir ce qu'il y avait de meilleur chez les gens.

Justice.

Jacob écuma les archives sur les groupes terroristes juifs aux États-Unis.

Élargit ses critères de recherche pour inclure n'importe quel exemple d'inscription en hébreu sur le lieu d'un crime.

Les élargit encore pour inclure n'importe quelle marque de brûlure.

Les élargit encore pour inclure le mot *justice.*

Nada.

Il se redressa sur sa chaise pivotante, des gargouillis dans l'estomac. Il était vingt-et-une heures quarante-cinq. La gaufre qu'il n'avait pas touchée au petit déjeuner gisait dans son assiette près de l'ordinateur, la surface nappée de sirop d'érable et calfatée de beurre congelé. Il la fit glisser dans la poubelle de la cuisine. Il savait que son frigo était vide, mais il vérifia pour la forme avant de descendre s'acheter deux hot-dogs au 7-Eleven.

Jacob doutait que son assassin se risque à revenir une deuxième fois sur les lieux, surtout maintenant que le message avait été effacé. Mais il n'avait rien de prévu pour la soirée, et ça valait bien quelques heures de son temps. Il roula jusqu'en haut de la colline et gara la Honda sur le bas-côté cinquante mètres après le portail de Claire Mason. Il décapsula une bière, recula son siège au maximum et attendit que la chance lui sourie.

Peu avant trois heures, il se réveilla en sursaut, se cognant violemment le coude contre le volant. Il avait le dos raide, la bouche sèche. La vessie pleine, et une furieuse érection.

Des grillons gloussèrent bêtement lorsqu'il sortit pisser sur le bord de la route. Il avait rêvé de Mai, nue dans le jardin, plus près d'elle cette fois mais toujours incapable de la toucher. En attendant que son pénis se défasse de cette image et ramollisse, il réfléchit à la signification de cette distance entre eux. L'occasion qu'il avait ratée, peut-être. Mais il y avait quelque chose d'agréable dans cet inachèvement même, dans la tension qu'il produisait. Il repensa à l'aisance joueuse qu'elle avait avec son corps, à sa façon de ne rien lui cacher, prêtant une innocence à l'érotisme.

Il ferait bien de s'en inspirer dans sa propre vie. Son travail des sept dernières années avait forgé dans son esprit un lien entre sexe et violence. Ça ne lui plaisait pas, mais c'était un fait. Si une femme comme Mai voulait venir le délivrer, il n'y voyait pas d'objection.

En même temps, il connaissait exactement le genre de filles qui traînaient au 187.

Tu es plutôt bel homme, Jacob Lev.

Il se demanda si elle y retournerait un jour.

Un seul moyen de le savoir.

11

Les propriétaires du 187 étaient deux anciens flics qui savaient ce que voulaient les flics : des alcools forts, de la musique à plein volume et une cuisine qui restait ouverte jusqu'à quatre heures et demie du matin pour recevoir les gars qui faisaient la tranche du soir et finissaient leur service à deux heures quarante-cinq. Histoire que ça fasse encore plus authentique, ils avaient loué un entrepôt pris en sandwich entre une société de décapage et un atelier de carrosserie sur Blackwelder Street, une zone industrielle au sud de l'autoroute I-10.

Il n'y avait rien d'écrit sur la porte, à laquelle était soudé un démonte-pneu qui tenait lieu de poignée. Il la tira et fut assailli par un tonnerre de basses, qui fit trembler dehors les clôtures grillagées et les fils barbelés.

Les résidences les plus proches se trouvaient à deux rues vers l'est, de l'autre côté de Fairfax Avenue, ce qui les plaçait ou pas hors de portée de la déflagration sonore.

Mais bonne chance à qui s'aviserait de porter plainte pour tapage nocturne…

La salle était bondée de policiers et de clients qui avaient un goût ou un penchant sexuel particuliers pour cette catégorie socioprofessionnelle. Comme les policiers de sexe féminin fréquentaient rarement le 187, c'était un endroit de prédilection pour les femmes en civil ayant légèrement dépassé leur date d'expiration.

Jacob s'arrêta près de l'entrée, cherchant des yeux Mai.

Il la repérerait tout de suite dans cette faune.

Une marée de décolletés. Une marée de tatouages opportunément situés pile au-dessus de la raie des fesses, qui émergeaient de jeans taille basse chaque fois que leurs détentrices se penchaient pour atteindre une boule un peu difficile, pour murmurer, pour léchouiller un lobe d'oreille.

Pas de Mai.

Il avait du mal à l'imaginer ici. Elle avait dû se sentir comme un morceau de viande crue. Encore plus de mal à imaginer qu'elle ait jeté son dévolu sur lui, qu'elle l'ait baratiné.

Qu'elle l'ait ramené chez lui ? Ça, c'était carrément impossible à imaginer.

Encore une fausse piste. Il était temps de rentrer.

Mais une chanson du groupe Sublime beuglait dans les haut-parleurs et Jacob était trop fébrile pour dormir.

Il se fraya un chemin jusqu'au bar, où buveurs et flirteurs s'agglutinaient en triple file. Une heure avant la fermeture, le désespoir régnait, les couples se formant et implosant comme dans une frénétique partie de Tetris humain.

Derrière le comptoir, Victor lui servait déjà un double bourbon. La loyauté des mauvaises habitudes. Jacob eut soudain une vision de son propre enterrement : une foule éplorée de barmen et d'employés de supérettes.

Victor posa le verre devant lui et se tourna pour prendre une autre commande.

« Yo ! hurla Jacob en lui faisant signe de revenir. Tu te souviens d'une fille qui était là avant-hier soir ? »

Victor le regarda, du genre : *et on t'a nommé inspecteur ?*

« Elle est partie avec moi », précisa Jacob.

Victor éclata de rire.

« Ça ne m'aide pas vraiment à réduire le panel, dit-il.

– Elle était avec une copine. Une bombe atomique.

– On n'a pas de ça chez nous, rétorqua Victor. Encore quatre, ajouta-t-il en tapotant le bord du verre de Jacob, et je te parie que tu trouveras quelqu'un qui lui ressemble comme deux gouttes d'eau. »

Et il fila s'occuper d'autres clients.

Jacob fit tourner le bourbon dans son verre en le regardant s'accrocher aux parois. Il n'avait aucune envie de boire.

Mais l'alcoolisme fonctionnel demandait un certain dévouement.

Il vida son verre cul sec, jeta un billet de vingt sur le comptoir, pivota pour s'en aller et s'écrasa contre une poitrine opulente.

Son butin habituel de milieu de semaine : le corps tout en rondeurs, le visage tout en angles ; cheveux décolorés, pas très sélective, sérieusement éméchée.

Elle prit une moue boudeuse.

« T'as renversé mon verre. »

Jacob soupira et fit signe à Victor.

Il l'accompagna jusqu'à sa voiture, lui montra la sienne et lui indiqua de le suivre.

« Sois prudente », ajouta-t-il.

Elle ricana.

« Qui veux-tu qui m'arrête ? »

Chez lui, adossé à un meuble de cuisine, il avait le pantalon aux chevilles, une poignée de tiroir qui lui rentrait dans les fesses et une bouteille de Jim Beam à la main pour se ragaillardir chaque fois que son enthousiasme flanchait.

Elle interrompit sa besogne et leva vers lui un regard sévère.

« Ne me fais pas le coup de t'endormir, hein !

– Non, m'dame.

– Et arrête de boire ou tu ne banderas plus. Attends deux secondes, il faut que j'aille pisser. »

Ses genoux craquèrent alors qu'elle se relevait et quittait la pièce.

Putain, je rêve, pensa-t-il.

Il entendit le jet. Fort. Elle avait laissé la porte de la salle de bains ouverte.

« Très classe ! cria-t-elle.

– Tu peux prendre une capote au passage, s'il te plaît ? Dans le tiroir en bas à gauche. »

Il entendit la chasse d'eau des toilettes, le robinet du lavabo, et elle réapparut sans son jean, chemise déboutonnée, agitant la capote comme un sachet de sucre.

« T'as des cafards », lança-t-elle.

Même s'il savait que c'était injuste, il ne pouvait s'empêcher de la comparer à Mai.

Peut-être que c'était ce qu'il lui fallait pour réussir à l'oublier.

Un truc pas compliqué.

Il s'assit sur une chaise de cuisine, enfila la capote, se donna une tape sur la cuisse.

« À votre service », dit-il.

Elle le rejoignit en titubant et se positionna au-dessus de lui, ses seins valdinguant contre son visage. Elle s'apprêtait à s'asseoir quand elle s'immobilisa et donna un coup de pied dans quelque chose par terre.

« Beurk. Tu devrais t'acheter du Raid. »

Elle donna un nouveau coup de pied et poussa un petit cri agacé.

« Putain !

– Quoi ?

– Cette saloperie m'a piquée.

– Hein ?

– T'occupe », dit-elle en s'affalant sur ses genoux.

Elle laissa échapper un gémissement.

Encore une cliente satisfaite.

Il l'attrapa par les poignées d'amour et se mit à la faire onduler sur lui d'avant en arrière, mais alors il se rendit compte qu'elle gémissait toujours, et que ce n'étaient pas vraiment des soupirs de plaisir.

Il leva le regard et la vit les yeux révulsés, la tête pendante, menton contre la poitrine, un filet de bave aux lèvres.

C'était une première pour lui. Il avait la réputation de pouvoir s'endormir en pleine action, mais jamais il n'avait été victime de la réciproque. Vexé, il la secoua par les épaules.

« Hé ! »

Elle s'affaissa contre lui, le corps secoué de violentes convulsions.

Il poussa un juron, essaya de la redresser et elle bascula d'un coup en arrière, tombant de ses genoux sur le sol en lino, où elle atterrit jambes écartées, sa tête heurtant la porte du frigo.

Il se jeta par terre, prêt à lui faire un massage cardiaque.

Elle le regardait en clignant des paupières, blême de terreur.

« Qu'est-ce qui se passe ? bredouilla-t-elle.

– À toi de me le dire. »

Elle baissa les yeux vers ses parties génitales, celles de Jacob, son visage.

Elle sortit de la cuisine en crapahutant tant bien que mal.

Il la suivit jusqu'à la salle de bains, la regarda enfiler ses vêtements.

« Tu es sûre que ça va ? Tu t'es cogné la tête.

– C'est bon », rétorqua-t-elle.

Alors qu'elle levait un pied pour ajuster son escarpin, il remarqua une zébrure rouge sur son cou-de-pied gauche.

« Tu es allergique à quelque chose ? »

Elle ne répondit pas tout de suite.

Et puis elle dit : « J'ai eu l'impression que tu me poignardais de l'intérieur.

– Je... »

Il s'interrompit. Il ne savait pas s'il fallait qu'il s'excuse ou... quoi ? Il songea qu'il devrait faire un effort pour la convaincre de rester, au moins jusqu'à ce qu'elle soit en état de conduire. Il commença, mais elle le coupa d'un revers de main, attrapa son sac et s'empressa de disparaître dans le matin laiteux.

Troublé, il la regarda de sa fenêtre s'éloigner hâtivement.

Il se rhabilla et se mit à quatre pattes pour chasser les cafards.

Il n'en trouva aucun, pas plus dans la cuisine que dans la salle de bains.

Par précaution quand même, il noua le sac-poubelle qui contenait sa vieille gaufre et descendit le jeter dans les bennes alignées contre le flanc de son immeuble.

Il marcha jusqu'au 7-Eleven, acheta une bombe d'insecticide et une boîte de pièges à cafards.

Tout en pensant que la théorie de la piqûre d'insecte n'était pas vraiment crédible.

Ses yeux blancs. Sa respiration sifflante.

J'ai eu l'impression que tu me poignardais.

Peut-être avait-elle une maladie. Une sécheresse pathologique. Après tout, elle avait choisi les Extra Lubrifiés.

Une idée amusante lui traversa l'esprit. Le mot hébreu pour dire « pénis » : *zaïn.*

Qui était aussi la septième lettre de l'alphabet hébreu : ז.

Et aussi le mot pour « arme ».

La forme le disait bien : une lame, une hache ou une massue.

Son sexe était la bite de la mort !

Une pine-épée.

Exqueuelibur.

Il se mit à rire. Il ne pouvait plus s'arrêter.

Il fit le tour des pièces pour disposer les pièges et vaporisa du poison jusqu'à ce que son appartement soit saturé de brouillard. Alors il ouvrit les fenêtres en grand et fila sous la douche.

12

Le téléphone satellite bipait lorsqu'il sortit de la salle de bains ; un message vocal de son père, et un texto de Divya Das : *appelez-moi.*

On était vendredi, et il n'avait pas encore donné de réponse à Sam pour le dîner du soir même.

« Salut, Abba.

– Tu as eu mon message ?

– Je suis sous l'eau. On peut remettre ça ? »

Une brève hésitation.

« Bien sûr.

– Je suis désolé de ne pas t'avoir prévenu plus tôt, dit Jacob.

– Fais ce que tu as à faire, répondit Sam. Passe un bon chabbat.

– Toi aussi. »

Jacob raccrocha et chercha le numéro de Divya Das dans les contacts du téléphone.

« Bonjour, inspecteur.

– J'ai quelque chose pour vous, annonça-t-il. Vous avez quelque chose pour moi ?

– Absolument. On se retrouve quelque part ?

– Où vous voulez. »

Elle lui donna une adresse à Culver City qui ne lui disait rien.

Il lui assura qu'il y serait dans un quart d'heure.

La camionnette blanche était garée en face de son immeuble. Il se souvenait vaguement de l'avoir aussi vue la veille au soir. Il n'en aurait pas juré, cela dit. Il était soûl, principalement concentré sur la façon de réussir à faire monter les escaliers à sa nouvelle amie sans qu'elle passe par-dessus la rampe. Mais, s'il ne se trompait pas, alors le véhicule n'avait pas quitté la rue depuis plusieurs jours, changeant simplement de place.

Quelqu'un avait beaucoup de rideaux à poser…

Il s'approcha en trottinant pour jeter un coup d'œil à travers le pare-brise.

Des outils, des tringles, des caisses remplies de tissu.

Pas de gros malabar avec un casque sur les oreilles.

Il fallait qu'il arrête d'être parano.

Sur la route de Culver City, le téléphone satellite sonna : encore son père. Jacob laissa le répondeur décrocher.

L'adresse que Divya Das lui avait indiquée se révéla être celle d'un immeuble en stuc rose sur une portion peu attrayante de Venice Boulevard. Un clochard dormait sur la pelouse, sous un panneau qui cherchait désespérément à refourguer des appartements d'une, deux ou trois pièces.

Jacob se gara dans une rue latérale, coupa le moteur et écouta le message de son père.

Bonjour Jacob. Je ne sais pas si tu as écouté mon message précédent, mais s'il te plaît n'en tiens pas compte. Je vais me débrouiller.

Il ne l'avait pas écouté. Maintenant il était obligé.

Bonjour Jacob. Tu dois sans doute être débordé, puisque tu ne m'as pas rappelé. Mais ne t'inquiète pas. J'ai tout préparé, sauf une chose : Nigel s'est trompé et m'a apporté deux hallot* *au lieu de trois, alors je voulais te demander, si ça ne te dérange pas trop, est-ce que tu aurais le temps d'en prendre une autre au passage ? J'aime bien celles aux graines de pavot, mais…*

Jacob interrompit la lecture et rappela son père.

« Jacob ? Tu as eu mon autre message ?

– Oui. Je peux te poser une question, Abba ?

– Bien sûr.

– C'était vraiment une tentative honnête pour me dispenser de t'apporter la *hallah*, ou bien un stratagème pour me faire culpabiliser ? »

Sam gloussa.

« Tu réfléchis trop, dit-il.

– À quelle heure, le dîner ? » demanda Jacob en se frottant un œil.

Divya Das avait envisagé les murs en placo blancs de son appartement comme une toile vierge, se lançant dans une débauche aléatoire assez réussie de couleurs et de textures. Un plaid orange fluo ravivait un canapé fatigué ; la table du salon était un vieux meuble télé des années 1950 surmonté d'un plateau en verre. Des images plastifiées de divinités hindoues égayaient la pièce : Ganesh à tête d'éléphant, le dieu-singe Hanumân.

Jacob comptait lui parler de l'inscription disparue, mais elle se mit aussitôt à bavarder, l'invitant à s'asseoir au comptoir de la cuisine en posant devant lui une assiette de gâteaux secs et un mug fumant.

« Voilà, annonça-t-elle. Un bon vrai thé. »

Il en but une gorgée. C'était brûlant.

« Merde, lâcha-t-il.

– J'allais vous le dire... Vous devriez peut-être souffler d'abord.

– ... Merci.

– Il est essentiel d'utiliser de l'eau pure et fraîche, et de la porter jusqu'au point d'ébullition. Les Américains négligent systématiquement cette étape, avec des résultats désastreux.

– Vous avez raison, répondit Jacob. Ça a bien meilleur goût avec une brûlure au troisième degré.

– Vous voulez que j'appelle une ambulance ?

– Un nuage de lait suffira. »

Elle alla lui en chercher.

« Désolée de n'avoir rien de plus substantiel à vous offrir.

– Rassurez-vous, c'est le petit déjeuner le plus complet que j'aie mangé depuis des mois.

– Je vais devoir le dire à votre mère.

– Il va falloir crier très fort, alors. Elle est morte.

– Oh, pardon, je suis sincèrement désolée.

– Vous ne pouviez pas savoir.

– Non, mais je ne devrais pas faire des suppositions hâtives.

– Ne vous bilez pas. Vraiment. »

Histoire de dissiper la gêne, Jacob tendit le doigt vers la porte du frigo, où des photos étaient fixées par des magnets.

« Vous et votre famille ? » demanda-t-il.

Au centre, on voyait Divya enlaçant une vieille femme en sari rouge.

« Ma *naniji.* Et là, ajouta-t-elle en désignant une foule de gens disposés de part et d'autre d'un couple paré de riches ornements, c'est le mariage de mon frère.

– Quand êtes-vous arrivée aux États-Unis ?

– Il y a sept ans. Pour mon doctorat.

– À Columbia University, dit-il.

– Vous avez enquêté sur moi, inspecteur ?

– Seulement sur Google.

– Dans ce cas, je suis sûre que vous avez toutes les infos nécessaires. »

Il y avait aussi d'autres photos, dont elle pensait visiblement qu'elles pouvaient se passer d'explications. Elles la montraient dans des endroits reculés, se consacrant à des activités plus ou moins risquées : harnachée dans un baudrier d'escalade ; en combinaison et lunettes de ski ; avec un groupe d'amies un peu pompettes brandissant des verres de margarita.

Pas de séance de bécotage dans un Photomaton ; pas de bellâtre en blouse de chirurgien agrippé à sa taille.

« J'espère que je ne vous ai pas dérangé trop tôt, dit-elle.

– J'étais levé.

– Je voulais vous avoir avant de commencer ma journée. Je sais que ce n'est pas très orthodoxe de vous donner rendez-vous ici, mais c'est pour la bonne cause. Je marche un peu sur des œufs. Mon supérieur direct n'est pas franchement emballé par votre histoire de tête coupée. En ce moment, on a plusieurs pathologistes en déplacement pour un congrès, et les cadavres s'empilent.

– Qu'est-ce que ça veut dire “pas franchement emballé” ?

– Je crois que ses termes exacts étaient : “Je n'ai pas de temps pour les curiosités.”

– C'est un homicide.

– Il a essayé de me convaincre que c'était une relique provenant d'un musée.

– Avec du vomi frais ?

– Je n'ai pas dit qu'il avait réussi. Mais je le connais assez pour ne pas perdre de temps à discuter. Il peut être assez autoritaire, surtout en situation de stress.

– Donc vous m'avez fait venir ici pour vous excuser de ne pas travailler sur mon affaire ? »

Elle sourit, faisant étinceler le minuscule piercing en or qu'elle avait dans la narine gauche. Jacob ne l'avait pas remarqué avant.

« Je crains de ne pas avoir été très sage », dit-elle.

Son appartement était un trois-pièces. Par une porte entrouverte, Jacob aperçut un lit couvert de coussins brodés.

Une autre porte donnait sur une pièce qui avait été aménagée en mini-laboratoire d'analyses. Une grosse bâche en plastique protégeait la moquette. Un plateau de dissection était posé sur une table pliante ; un microscope sur un bureau ; il y avait des bannettes étiquetées pour les scalpels, les forceps et les marteaux, un container spécial pour les matières dangereuses, un purificateur d'air et une boîte de deux mille gants jetables en nitrile.

Jacob la dévisagea.

Elle haussa les épaules.

« Système D, résuma-t-elle. Rien de très luxueux, surtout des excédents. Je le perfectionne petit à petit depuis mes années étudiantes. Ça n'a pas été une mince affaire de passer la douane avec ça, croyez-moi.

– Ça fait plaisir de rencontrer quelqu'un aussi obsessionnel compulsif que moi.

– Disons que ça aide à passer le temps. »

Et ça explique en partie pourquoi vous êtes célibataire. Cette fille lui plaisait de plus en plus.

Sur une étagère métallique de la penderie étaient alignés cinq sacs de bowling en vinyle : les versions rose et verte qu'elle avait apportées sur la scène de crime, et trois autres en orange, noir et rouge.

« Très "Sex and the City" », commenta Jacob.

Elle désigna le sac vert : « Vomi. » Le noir : « Empreintes digitales. » Le rouge : « Sang. » Le rose : « Petits bouts de trucs. »

« Et le modèle orange ?

– Pour quand je vais danser, répondit-elle. C'est ma couleur préférée. Mais, dites-moi, comment vous connaissez "Sex and the City" ?

– Mon ex-femme.

– Ah », fit-elle.

Il se demanda s'il avait commis un faux pas, car aussitôt elle reprit leur conversation professionnelle.

« Je ne voulais pas avoir mon boss sur le dos, alors j'ai rapporté le matériel ici.

– Le matériel ?

– La tête. Et le vomi. Ils sont au congélo.

– Rappelez-moi de ne jamais manger de glace chez vous non plus.

– Une seconde, laissez-moi terminer. Le vomi n'a pas donné grand-chose. Il y avait tellement d'acide mélangé dedans que ça a carrément attaqué mon gant. Et je dois reconnaître que je n'ai pas encore réussi à déterminer par quoi était scellé le cou. La peau n'est ni cloquée ni roussie, ce qu'une forte chaleur aurait dû produire. Je soupçonne une forme de colle tissulaire, comme ce que les hôpitaux utilisent pour certaines sutures.

– Quelqu'un qui aurait des connaissances spécialisées, en déduisit Jacob. Accès à des fournitures médicales.

– Peut-être. Même si on peut commander de la transglutaminase sur Internet. Les chefs cuisiniers s'en servent. Ils appellent ça de la colle à viande.

– Un médecin fou, ou un cuistot fou.

– Ou ni l'un ni l'autre. Mais ce n'est pas le plus intéressant. J'ai prélevé des échantillons de tissu sur la tête et je les ai apportés en cachette au labo du coroner pour en extraire l'ADN et le rentrer dans la base de données CODIS. Je n'en espérais pas grand-chose, mais je voulais faire le boulot jusqu'au bout. On peut dire que c'est votre jour de chance, inspecteur. Vous avez entendu parler du Rôdeur de minuit, j'imagine. »

Évidemment.

« Eh bien, vous le tenez. Enfin, sa tête. Enfin, *je* la tiens. Dans mon congélo. »

Jacob, abasourdi, la regarda mimer une petite révérence.

« Surprise ! » claironna-t-elle.

LE PAYS DE NOD

Le matin du départ d'Acham, son père tente à nouveau de la dissuader.

« Tu ne les retrouveras jamais.

– Si je reste, ça ne fait aucun doute », répond-elle.

Ève marmonne dans son coin.

« Notre place est ici, insiste Adam en balayant d'un geste les flancs de la vallée. Tu n'as pas le droit de partir. La quête d'une connaissance qui ne nous appartient pas est la source de tous les maux. Il n'existe pas plus grand péché.

– Tu crois ? rétorque Acham. Je pourrais pourtant t'en suggérer quelques autres.

– Il a raison, intervient Yaffa. S'il te plaît. »

Acham contemple sa sœur dévastée. Ses cheveux d'or en jachère, les veines bleutées qui rampent sur son visage. Elle refuse d'ôter ses vêtements de deuil, elle refuse de travailler, elle passe ses journées assise en tailleur sur le sol en terre battue, à triturer, apathique, la peau de ses mains.

Depuis la fuite de Caïn, et de Nava avec lui, les corvées pèsent lourd sur les épaules d'Acham. C'est à elle qu'il revient de tirer de l'eau, de couper le bois pour le feu, de trouver la nourriture et de la cuisiner ; à elle les dents serrées, à Yaffa les mélopées funèbres.

Où est mon bien-aimé ?
Où est sa vengeance ?

Acham a envie de la secouer.

Ton bien-aimé n'est plus là.
Prends sa vengeance si tu la veux.
Mais cela suppose que tu arrêtes de pleurer.

Que tu te lèves et agisses.

Acham dit : « Tu ne sais pas ce qu'il y a là-bas.

– Justement, répond Adam. Et si tu ne les trouves pas ? Combien vais-je devoir en perdre ?

– C'est la justice.

– C'est au Seigneur de délivrer la justice, pas à toi.

– Dis-le à ton fils mort », réplique-t-elle.

Il la gifle.

Dans le silence, les murmures d'Ève sont comme un cri.

« N'y va pas, dit Yaffa. Je ne veux pas que tu lui fasses de mal.

– Quelle est cette dureté en toi, demande Adam, qui t'empêche de pardonner quand elle le peut ?

– Elle n'était pas là », rétorque Acham, qui n'a pas oublié le cri d'une âme qu'on arrache à son corps.

Elle n'emporte presque rien. Des sandales de rechange, une couverture de laine, un drap de lin, une petite gourde, une pierre d'abattage.

Tous, produits de l'ingéniosité de Caïn.

Elle ne pourrait le poursuivre sans son aide.

Consciente qu'ils ne peuvent survivre sans une source d'eau douce, elle remonte le lit de la rivière, s'éloignant du petit coin protégé de la famille, à l'ombre du mont de la Considération. Le lendemain matin, elle parvient à un grand coude, la limite la plus reculée de leurs cultures. Au-delà, dit leur père, il est interdit à l'homme de s'aventurer ; interdit seulement d'y penser.

Elle se revoit un jour, il y a longtemps, ici même au côté de Caïn, en train de contempler la rive opposée.

Comment une pensée peut-elle être interdite ?

Sans doute aura-t-il exploité la superstition.

À sa place, elle aurait fait pareil.

Elle traverse la rivière à gué.

La vallée sinue, s'étrécit, s'élargit de nouveau. Les branches coupées, avec leurs cicatrices de sève séchée, lui montrent la voie, et Acham guette sur le sol les auréoles calcinées, vestiges de feux de camp dont chacun représente une journée de voyage. Derrière elle, un filet de fumée s'échappe du sommet du mont de la Considération, qui rapetisse et disparaît sous l'horizon. La végétation galope, prolifère. La terre abandonne sa mine joyeuse pour revêtir un masque d'indifférence, puis de franche hostilité. Même les fleurs sauvages semblent maléfiques, leurs couleurs trop vives. D'étranges animaux l'observent, le regard fixe, sans crainte. Des cris au loin lui glacent le sang. Des squelettes secs et blanchis la poussent à hâter le pas.

Quand Acham était petite, ses parents leur décrivaient le sort effroyable qui attendait ceux qui s'éloignaient par trop. Un froid inimaginable, des rivières de feu qui dévoraient la chair et ne laissaient que des os à ronger aux bêtes sauvages. Réveillée en sursaut par un cauchemar, elle sentait Yaffa qui tremblait à côté d'elle, et toutes les deux se blottissaient l'une contre l'autre en gémissant.

C'est Caïn qui les réconfortait, Caïn et sa logique hargneuse.

Comment pourraient-ils savoir ce qu'il y a là-bas s'ils n'y sont jamais allés ?

Le Seigneur le leur a dit.

Vous l'avez entendu ?

Non, mais…

Ils essaient juste de vous faire peur.

Eh bien, j'ai peur.

De quoi ? Des bêtes ? Du feu ? Ou du froid ?

Les trois.

D'accord. Alors prenons-les un par un. D'abord, si ta chair doit se consumer de chaud ou se solidifier de froid, il en va de même pour les animaux. De plus, la chaleur et le froid s'annulent. Au pire, tu pourras donc en avoir un à la fois, mais pas les trois. Maintenant, admettons que tes os se fassent ronger. Et alors ? Tu auras déjà gelé. Ou brûlé. D'une manière ou d'une autre, tu seras morte et tu ne sentiras rien.

À ce point de la discussion, Yaffa, les mains plaquées sur les oreilles, le suppliait de se taire. Acham ne pouvait se retenir de glousser.

Et supposons qu'ils disent la vérité, poursuivait-il. *C'est faux, mais supposons que ce soit vrai. Vous êtes en sécurité tant que vous restez ici. N'est-ce pas ce qu'ils ont dit ? Bien. Alors. Vous n'avez aucune raison de vous inquiéter. Rendormez-vous et arrêtez de me donner des coups de pied.*

Que son frère ait été si longtemps sa source de raison lui rend son crime d'autant plus incompréhensible. Pas une heure ne se passe sans qu'elle ne revoie son visage bouffi, hagard.

Il est maintenant la source de ses cauchemars.

La colère est un fruit qui grossit à chaque bouchée. Lorsque Acham a faim, elle s'en nourrit. C'est le tambour qui jamais ne s'épuise. Lorsque Acham faiblit, elle se laisse porter par le martèlement de ses poings. Chaque pas est consacré, comme la longue ascension vers quelque autel. Elle offrira son frère en expiation de sa propre vie, elle le sauvera, le rachètera. Ce sera un acte de miséricorde autant que de justice.

Au vingt-sixième jour, elle émerge enfin de la forêt et voilà qu'apparaît une nouvelle montagne, immensément haute, son sommet perdu dans les nuages.

Acham pleure.

Parce qu'elle est exténuée et qu'elle doit pourtant la gravir.

Parce qu'une chose aussi belle a pu exister sans jamais qu'elle le sache.

La rivière n'a cessé de grossir, au point qu'elle a maintenant doublé de largeur. Elle dévale la montagne en rugissant, creusant la pierre, se jetant de la moindre saillie, explosant en brume. Acham est trempée du matin au soir, elle claque des dents. Entre ça et le tapis végétal qui s'amenuise, faire du feu devient une épreuve.

À ce qu'elle peut voir, Caïn et Nava ont eu le même problème.

Au trentième jour, elle s'agenouille devant les restes de la mule en bois, affligée de voir une création aussi magnifique réduite en charbon.

Caïn s'y est pris de façon judicieuse, bien sûr, débitant le bois pour l'utiliser morceau par morceau, réussissant à le faire durer quatre jours, sans rien lui laisser à brûler.

Enroulée dans sa couverture, elle continue tant bien que mal. La luxuriance de la vallée n'est ici plus qu'un souvenir. Il n'y a plus d'arbres, plus de creux douillets où s'allonger, rien que des gravillons sur lesquels ses pieds dérapent, de gros rochers qui font dévier les violentes rafales de vent à des angles imprévisibles, menaçant de la propulser dans le vide.

Jamais elle n'aurait pu imaginer un tel froid.

Ses parents ne mentaient peut-être pas, finalement.

La dureté uniforme du paysage brouille la piste et, de plus en plus souvent, elle se trouve confrontée à une impénétrable étendue de roche grise. Alors elle se met à la place de Caïn et s'interroge : *par où irais-je ?*

Et quand elle regarde à nouveau autour d'elle, le bon chemin semble s'éclairer sous ses yeux.

Et, invariablement, elle découvre une auréole calcinée derrière un buisson râblé et dénudé, l'endroit le plus logique où faire un feu dans cet espace sans logique.

Si elle peut faire tout ça, c'est parce qu'il a dit vrai : elle lui ressemble davantage qu'elle ne l'avait imaginé.

Au trente-troisième jour, le sol devient d'une blancheur aveuglante.

Acham se penche pour en ramasser une poignée et laisse échapper un petit cri de stupeur en le voyant se dissoudre.

Elle n'a pas de mot pour décrire un tel éclat.

Elle se lèche la paume.

C'est de l'eau.

La rivière aussi a commencé à se couvrir d'une croûte et, plus tard ce même jour, elle disparaît. Acham comprend qu'elle est arrivée à son point d'origine, dont Caïn parlait toujours comme si son existence ne faisait aucun doute alors que son père l'écartait comme impossible.

Elle n'a pas mangé depuis deux jours. Elle avale de grandes bouchées de blanc, le froid lui écorchant la gorge, puis elle reprend sa route.

Elle a beau inspirer de toutes ses forces, ses poumons ne semblent jamais rassasiés. La tête lui tourne, des nuages argentés s'échappent de sa bouche essoufflée tandis qu'elle poursuit son ascension sous la nuit étoilée, craignant de s'arrêter pour dormir.

À l'aube, une tache rouge vif tranche sur le paysage gris. Acham ne comprend pas ce que c'est avant d'arriver tout près, et encore, même là elle doit se faire violence pour admettre la réalité de l'horreur.

C'est la mule ; l'animal, cette fois. Il lui manque la tête et la queue. Sa peau a été prélevée, et des morceaux de chair taillés à même les os.

Un carnage qui n'a rien de naturel ; l'œuvre d'un homme.

Affamée, elle se jette sur la carcasse une pierre à la main, y découpe des lambeaux à demi gelés.

Sa première bouchée de chair animale est une révélation. Le goût et la texture lui donnent l'impression de s'être mordue et de mâcher sa propre langue.

Elle est prise de nausée, pourtant elle en redemande. Cela remplit son estomac et rallume sa rage.

Un fragment de peau déchiqueté est resté accroché au ventre de la mule. Acham le récupère et le plaque contre elle, le réchauffe jusqu'à l'assouplir. Elle le déchire en deux bandes qu'elle enroule autour de ses pieds engourdis. D'une autre lanière, taillée sur l'encolure, elle s'enveloppe le cou et les épaules.

Elle brise les côtes du squelette et s'en sert pour embrocher les restes de chair.

Cette bête travaillait dur et sans se plaindre afin de leur assurer des récoltes. Même morte, elle continue de les nourrir.

Acham consacre une demi-journée à enterrer sa dépouille désormais inutile.

Au trente-sixième jour, elle atteint le col.

Le sommet reste voilé mais elle aperçoit, au bout d'un couloir escarpé aux parois d'un blanc bleuté, la lumière du jour. Elle avance en titubant sur ce sol délicieusement régulier. Autour d'elle retentissent des crissements et craquements, des bruits secs, étouffés, et elle se hâte de rejoindre la lumière ; les sons résonnent de plus en plus fort, alors elle se met à courir, mais elle ne parvient pas à les distancer, l'air est secoué de tremblements terribles et la montagne mugit son mécontentement.

Elle se réveille dans le noir.

Son dernier souvenir est celui d'un mur de blanc qui se précipite sur elle, puis d'un froid qui englobe tout.

Maintenant, elle meurt de soif. Elle se débarrasse de sa couverture d'un coup de pied, mais l'air glacial lui fouette la peau, gèle les larmes dans ses yeux et, tremblante, elle se met aussitôt à chercher la couverture à tâtons. Elle se dit que, si elle ne la retrouve pas, elle mourra. Elle ne la retrouve pas. Mais une main se pose sur son épaule, la couverture remonte jusqu'à son menton et une voix lui intime l'ordre de dormir. Elle obéit.

Se réveillant avec l'esprit plus clair, elle constate qu'elle se trouve dans une grotte emplie d'une lumière vibrante et glacée. Il n'y a pas de feu. La lueur provient des pierres elles-mêmes, qui brillent d'un dépôt éclatant.

Un homme se tient debout à côté d'elle, grand comme un arbre, fin comme un roseau, vêtu d'habits d'un blanc lumineux.

Il dit : « Tu as faim », et lui tend une calebasse fumante. Acham la porte à ses lèvres. S'attendant à quelque chose de chaud, elle recrache : c'est une sorte de gruau, mélange d'eau et de céréales, aussi froid que le blanc. Une fois qu'elle y a goûté, cependant, la faim se déchaîne et réclame son dû, et Acham ne peut plus s'arrêter. Elle boit toute la mixture d'un trait. C'est salé, épais et nourrissant. Elle tape le fond de la calebasse pour en récupérer les dernières gouttes, lèche les parois.

L'homme demande : « Encore ? »

Comme elle acquiesce, il attrape une coupe brillante pour la resservir. La seconde ration, elle la savoure. Reconnaissante. Mais aussi prudente et désorientée. Elle n'a jamais rencontré personne en dehors des membres de sa famille. Jusqu'à cet instant, rien ne lui avait laissé penser que quelqu'un d'autre puisse même exister.

« Tu étais brûlante de fièvre quand je t'ai tirée de la neige, dit-il.

– La neige ? »

L'homme esquisse un sourire.

« Je m'appelle Michaël. Tu es dans ma demeure. Tu peux y rester le temps de retrouver tes forces, ensuite je te raccompagnerai jusque dans la vallée. »

Elle se fige, le bol à mi-chemin de sa bouche.

« Je ne vais pas dans la vallée. »

Les fluctuations de la lumière jouent sur le visage de Michaël, modifiant, estompant ses traits, de sorte qu'elle a du mal à bien le distinguer. Tantôt il est jeune et lisse, tantôt vieux comme la pierre.

« Je vais de l'autre côté de la montagne, reprend Acham.

– Ton frère est déjà loin. Il serait plus sage de rentrer chez toi.

– Tu l'as vu ? »

Michaël hoche la tête.

« Où est-il ? Nava était-elle avec lui ?

– Tu peux encore rebrousser chemin. On t'en donnera un autre.

– Je n'en veux pas d'autre.

– Ce n'est pas la volonté du Seigneur, dit Michaël.

– Peut-être, répond-elle. Mais c'est la mienne. »

Sept jours durant, il veille sur elle, et le huitième il lui enjoint de se lever. Il l'approvisionne en eau, en fruits secs et en noix ; il lui donne des vêtements de lin propres et une fourrure multicolore, douce et solide, légère et chaude, qui ne provient d'aucun animal qu'elle connaisse. Mais Acham est désormais prête à accepter l'existence du monde au-delà de son expérience. Elle ne sait rien.

Il la bénit au nom du Seigneur et dit : « Viens. »

La grotte est bien plus profonde qu'elle ne l'avait cru. Au fil de tunnels et de mares gelées, la température monte. Une tache de blanc apparaît au loin, Michaël s'immobilise et se tourne vers elle, son visage sans âge plissé de chagrin. Elle a l'impression de le voir pour la première fois.

« Le Mal est tapi à la porte, prévient-il. Il t'attendra toute ta vie, sauf si tu le maîtrises. »

Habituée à la pénombre, elle sort dans la lumière du soleil en clignant des yeux. L'air est froid, sec, piquant, moisi. Elle lève la tête progressivement, remarquant d'abord la terre sous ses pieds, saupoudrée de neige ; la pente de la montagne où, en descendant, le blanc laisse la place au brun, le lisse au caillouteux ; des plantes hérissées d'épines et grouillant de mouches ; les abords de la plaine aride et puis la plaine elle-même, vaste, ocre et plate, craquelée et fumante sous un ciel incolore, aussi infinie que la cruauté même.

13

Jacob connaissait l'affaire du Rôdeur. Comme tous les flics de L. A.

Non élucidée depuis plus de deux décennies, elle faisait le bonheur des émissions de faits divers en raison de ses détails macabres : neuf femmes célibataires violées, torturées et trucidées.

Régulièrement, un pigiste paresseux allait la déterrer pour radoter sur l'absence de progrès.

Jacob avait huit ou neuf ans à l'époque des meurtres et il se souvenait d'une ville paralysée. Vérification en double de toutes les serrures, interdiction de se rendre à l'épicerie à pied, vigiles devant l'école le matin, le soir et à la récré.

Il n'était même pas sûr que les autres gamins aient remarqué quoi que ce soit.

Lui, c'était exactement le genre de choses qu'il remarquait, tant il avait l'habitude d'un monde imprévisible.

« Ça a l'air de vous contrarier, observa Divya Das.

– Non, dit-il. Non, je… je suis stupéfait, c'est tout.

– Comme je l'ai été.

– Vous êtes absolument sûre que c'est lui ?

– Le profil correspond à toutes les fois où de l'ADN a été retrouvé, dans sept cas sur neuf. Et l'ADN du coupable, attention, pas des sécrétions annexes. Du sperme prélevé dans le vagin des victimes et, dans un cas, du sang différent de celui de la victime, sans doute le tueur qui s'était blessé dans la lutte. D'un autre côté, ce profil ne correspond à aucune personne recensée par le système, donc, d'une certaine façon, cette découverte soulève autant de questions qu'elle apporte de réponses. Et ça ne nous dit pas non plus qui l'a tué, ni pourquoi.

– Ça, je peux y répondre, intervint Jacob. *Justice.* »

Divya Das opina du chef.

Il avait été tellement pris de court par cette nouvelle qu'il se rendait compte seulement à présent de la rapidité avec laquelle elle avait obtenu ces résultats. D'après son expérience, le délai de traitement d'un échantillon ADN était rarement inférieur à deux semaines. Il s'en étonna auprès d'elle et elle haussa les épaules.

« Des amis en haut lieu, expliqua-t-elle.

– Des amis spéciaux dans des lieux spéciaux », ironisa-t-il.

Elle sourit.

« À part ça, vous aviez quelque chose à me dire ?

– … Ouais. »

Il lui raconta sa deuxième visite à la maison du meurtre et lui montra les photos du plan de travail restauré.

« J'ai pensé que le produit que vous avez utilisé avait peut-être effacé les lettres, ou bien… »

Elle lui prit l'appareil des mains, sans un mot.

« Vous avez effectué des prélèvements, n'est-ce pas ? »

Elle hocha la tête en silence.

« Et ?

– J'ai recherché des traces d'agents caustiques. Mais ça semble être une brûlure ordinaire. N'importe qui peut avoir fait ça avec un stylo pyrograveur. »

Exactement l'idée qu'il avait eue lui-même.

« Ce qui aurait laissé une marque », objecta-t-il.

Elle examina la photo avec une moue songeuse.

« Pas si ça a été poncé ensuite, dit-elle.

– Sauf que je n'ai pas eu cette impression. On peut… attendez. »

Il récupéra l'appareil et fit défiler les images jusqu'à en trouver une qu'il avait prise au ras du plan de travail.

« Regardez. S'il y avait un creux dans la surface, on le verrait. Mais il n'y en a pas.

– Peut-être que tout a été poncé de manière uniforme », suggéra-t-elle.

Il n'avait pas envisagé cette hypothèse. Et pour une bonne raison : ça paraissait grotesque.

Pas plus que quelqu'un qui serait venu remplacer le plan de travail en entier, cela dit.

« Peut-être, concéda-t-il. D'autres idées ? »

Elle se tut un moment.

« Rien qui puisse être utile, finit-elle par répondre.

– Je devrais sans doute chercher du côté des ébénistes, alors. »

Elle sourit poliment.

« Enfin, d'une façon ou d'une autre, reprit-il, quelqu'un est passé derrière nous. J'ai voulu relever les empreintes et je n'ai rien trouvé. Mais il est tout à fait possible que j'aie raté quelque chose.

– Je peux y retourner si vous voulez.

– Vous feriez ça ? »

Elle acquiesça d'un hochement de tête.

« Merci, dit-il. Soyez prudente.

– Bien sûr.

– Je peux vous accompagner.

– Ce n'est pas nécessaire. »

Son sourire s'était évanoui. Il sentit que c'était pour lui le signal du départ. Du coup ça tombait assez mal, ce besoin qu'il avait soudain de la toucher, de lui dire qu'il avait envie de la revoir, de la découvrir, de connaître la femme sur les photos du frigo. Il se ressaisit en se forçant à visualiser la fille du bar, le blanc trépidant de ses yeux quand elle avait perdu connaissance.

« Si vous pensez à autre chose, dit-il.

– Je vous appelle », conclut-elle en hochant de nouveau la tête.

Sur le chemin du retour, il s'arrêta chez Zschyk's, la boulangerie casher. Il prit un ticket au distributeur et attendit son tour parmi la foule des maîtresses de maison ou des gouvernantes envoyées à leur place. Après sa conversation avec Divya Das, il regrettait d'avoir accepté l'invitation de son père à dîner. Une soirée perdue. Il aurait dû la passer à explorer cette nouvelle piste.

Il pouvait aussi lui déposer la *hallah* et annuler. Mais ce n'était pas très sympa de continuer à le mener en bateau, le pauvre.

Il entendait d'ici la réaction qu'il aurait : *Mais je t'en prie. N'y pense même plus.*

Le pire était de savoir à quel point Sam prenait sur lui pour ne pas jouer la carte de la culpabilité. Ce qui signifiait que la seule culpabilité que Jacob éprouvait était celle qu'il s'auto-infligeait. Il n'avait pas autant progressé vers l'âge adulte qu'il aurait voulu le croire.

La vendeuse appela son numéro, prit sa commande, lui tendit un sac tout chaud. Le temps qu'il arrive chez lui, la Honda s'était emplie d'un riche arôme brioché, et il décida que l'exploration des pistes pourrait attendre.

Sa victime était un épouvantable salaud qui avait commis neuf meurtres impunis.

Maintenant il était mort. *Justice.* Nul besoin de se hâter outre mesure.

Il posa la *hallah* sur son bureau et s'assit pour réfléchir.

Il avait estimé l'âge de Monsieur Tête entre trente et quarante-cinq ans. Pour que le type ait sévi à la fin des années 1980, il fallait qu'il soit plutôt dans le haut de la fourchette. Jacob s'était donc trompé. Il avait l'habitude. Au pays du bistouri, les premières impressions n'étaient plus ce qu'elles étaient ; la meilleure façon d'évaluer le véritable âge de quelqu'un était de regarder ses mains. Les mains ne mentaient pas.

Ce serait plus facile en ayant des mains.

Ce serait plus facile en ayant un corps.

Quel que soit son âge exact, Monsieur Tête était passé entre les mailles du filet pendant très longtemps.

Mais, apparemment, tout le monde n'adhérait pas à l'idée communément admise selon laquelle un retard de justice valait déni de justice.

Une personne qui connaissait le secret du Rôdeur avait résolu de le juger sans se soucier d'attendre que le système judiciaire se mette à la page.

Tsedek.

Comme presque toujours avec l'hébreu biblique, ce mot avait de multiples sens. Il dérivait de la même racine que le mot *tsedakah*, charité.

Le mélange de ces deux concepts paraissait original à Jacob, voire contradictoire. En anglais, charité et justice s'opposaient. La justice était la lettre de la loi, la recherche de la vérité absolue, l'exigence d'un châtiment.

La charité atténuait la justice, l'adoucissait, en introduisant la variable de la compassion.

Le meurtre d'un meurtrier pouvait être considéré comme un acte de justice ou de charité.

Justice envers les morts. Justice envers leur famille.

Charité envers les futures victimes.

Charité, peut-être, envers Monsieur Tête lui-même, lui épargnant de se commettre dans davantage d'ignominie.

Ce qui différenciait les deux mots en hébreu était le suffixe féminin, la lettre *heh*… elle-même un des symboles du nom de Dieu.

Finalement, songea Jacob, la *tsedakah* pouvait être considérée comme une forme féminine de justice.

Ça lui rappelait le discours de Portia devant la cour du doge dans *Le Marchand de Venise*. Un plaidoyer de clémence livré par une femme déguisée en homme.

La racine de *tsedek* avait aussi donné le mot *tsadik* : un juste, quelqu'un accomplissant de bonnes actions, souvent en secret, sans chercher à en tirer de reconnaissance ni de récompense.

Celui qui fait la justice ; celui qui fait la charité.

Cela disait-il quelque chose de la façon dont se voyait le meurtrier de Monsieur Tête ?

Ou la meurtrière ?

Pourquoi pas ? Hammett avait bien précisé que c'était une femme qui avait alerté la police.

Jacob consulta ses mails pour vérifier s'il avait reçu une réponse du central téléphonique, vit seulement une montagne de spams. Il entreprit d'écrire à Mallick en lui résumant ce qu'il savait jusque-là, puis effaça le brouillon. Que savait-il, au juste ?

Une recherche sur les termes *rôdeur + minuit* dans les archives du *L.A. Times* fit remonter sept cents occurrences. Jacob limita les réponses à la période concernée, curieux de voir si certaines des victimes avaient un nom de famille explicitement juif.

Helen Girard, 29 ans.

Cathy Wanzer, 36 ans.

Christa Knox, 32 ans.

Toutes des femmes jeunes, appréciées, séduisantes ; chacune, une pierre angulaire de plus dans une tour exponentielle de vies détruites. Wanzer était blonde, une kiné qui exerçait à domicile ; Girard et Knox, toutes les deux brunes, laissaient derrière elles des parents et des petits copains dévastés.

Patricia Holt, 24 ans.

Laura Lesser, 31 ans.

Janet Stein, 29 ans.

Ce défilé de visages heureux sapait sa détermination à résoudre son crime.

Il entoura Lesser et Stein.

Inez Delgado, 39 ans.

Katherine Ann Clayton, 32 ans.

Sherri Levesque, 31 ans.

Pratique de considérer qu'une victime juive signifiait un vengeur juif. Mais c'était prendre ses désirs pour des réalités. Et puis les patronymes en eux-mêmes ne voulaient pas dire grand-chose. Il y avait des juifs avec des patronymes non juifs, et des non-juifs avec des patronymes juifs. Il y avait les familles mixtes. Il y avait les amis. Il y avait les gens qui suivaient l'affaire de quelqu'un qu'ils ne connaissaient pas, se mettaient à s'y intéresser, puis à s'y investir, et enfin à s'en mêler bien au-delà du raisonnable. Ça arrivait tout le temps aux flics.

Mais il fallait bien commencer quelque part.

Il lut le portrait de Laura Lesser. Une infirmière psychiatrique. Jolie, comme toutes ses malheureuses camarades d'infortune.

Janet Stein tenait une petite librairie dans le quartier de Westwood. La cérémonie avait eu lieu à la chapelle funéraire du Beth Shalom Memorial Park.

Là où était enterrée la mère de Jacob.

Au moins une des victimes était indéniablement juive.

Il retourna dans les archives du *Times*, dégota un article de 1998 qui revenait sur l'affaire dix ans après. Un inspecteur du nom de Philip Ludwig avait repris le flambeau, promettant de réexaminer chaque piste, d'exploiter la moindre ressource possible, y compris la toute nouvelle base de données CODIS du FBI.

Dans une autre interview, six ans plus tard, il paraissait moins optimiste.

Mon espoir est que la personne qui a commis ces crimes est à présent décédée et ne pourra plus provoquer de nouvelle tragédie.

Le journaliste lui demandait si ce n'était pas priver les familles d'une issue libératrice.

Franchement, je ne sais pas de quoi vous parlez.

L'article poursuivait en expliquant que Ludwig devait partir en retraite à la fin de l'année. Que comptait-il faire de son temps libre ? voulait savoir le journaliste.

Me trouver un hobby.

Vu la culpabilité et la déception qui transpiraient dans ses propos, Jacob était prêt à parier que, pour Ludwig, « un hobby » consistait à tourner en rond en se battant la coulpe.

Jacob trouva son adresse à San Diego… trop loin pour y aller en voiture et revenir à temps pour dîner. Il l'appela depuis le téléphone satellite et lui laissa un court message.

Il envisagea de se mettre à pister les familles des victimes, décida finalement d'attendre de voir ce que Ludwig aurait à dire. Il avait donc la journée devant lui.

14

Il y avait d'abord les hipsters, qui avaient colonisé les quartiers de Silver Lake, de Los Feliz et d'Echo Park, si bien qu'aujourd'hui vous aviez plus de chances de tomber sur un camion à tacos « gourmet » tenu par des moustachus sortis d'une école culinaire avec des lobes d'oreille étirés comme des hula hoops que sur une vraie *taquería* mexicaine.

Puis les promoteurs immobiliers qui s'étaient heurtés à l'océan et n'avaient plus rien à se mettre sous la dent avaient flairé la tendance et s'étaient rabattus vers l'intérieur des terres pour tenter de ressusciter Downtown. Ils avaient construit des tours de luxe « écolo », avec centre de fitness et parking souterrain intégrés, et essayé d'attirer les acheteurs par la promesse d'une vie nocturne bourgeonnante. D'après Jacob, ils se fourraient le doigt dans l'œil. La vraie richesse coulerait toujours vers l'ouest. Sans véritable centre, Los Angeles resterait toujours un assemblage de soixante-douze banlieues en quête d'une ville.

En revanche, même les plus fervents partisans de Downtown ne s'aventuraient pas dans le quartier de Boyle Heights, qui possédait un des taux d'homicides les plus élevés de la métropole. Traversant le filet d'eau de la Los Angeles River par le pont d'Olympic Boulevard, Jacob vit du trafic de drogue au grand jour et des flingues exhibés avec un sourire narquois.

Le Beth Shalom Memorial Park témoignait de la présence ancienne d'une communauté juive qui avait fui le quartier depuis belle lurette. C'étaient en fait trois cimetières réunis en un – le Jardin de la Paix, le Mont-Carmel et la Maison d'Israël –, coincés entre les autoroutes I-710 et I-5. Seul le premier des trois acceptait encore de nouvelles sépultures ; les deux autres étaient pleins depuis les années 1970.

En pénétrant dans le Jardin de la Paix, Jacob repéra l'inscription « fondé en 1883 » gravée à l'entrée et se demanda combien de places il leur restait.

Les morts continuaient à s'accumuler, aussi implacablement que les dettes.

L'homme à l'accueil avait l'entrain bavard du petit nouveau. Il nota les numéros des caveaux de Janet Stein et de Bina Lev en les marquant grossièrement d'une croix sur le plan.

« Vous savez que Curly est là ?

– Curly ?

– Un des comiques des Trois Stooges, précisa le type en entourant une section baptisée le *jardin de Joseph.*

– Merci, répondit Jacob. Je garde ça en tête. »

Le temps avait viré poisseux, et sa chemise lui collait dans le dos alors qu'il traversait la pelouse en direction de la tombe de Janet Stein dans la galerie du Souvenir.

Un grand vitrail projetait une palette de roses et de violets sur le sol en granito. Il n'y avait pas d'air conditionné – ce n'était pas comme si les résidents en avaient besoin – et les fleurs s'étiolaient dans leurs vases, semant encore plus de taches de couleur sous la forme de pétales fanés.

Il la trouva au milieu du corridor.

JANET RUTH STEIN
17 NOVEMBRE 1958 – 5 JUILLET 1988
FILLE ET SŒUR BIEN-AIMÉE
NE VA T'ENORGUEILLIR, Ô MORT

La citation de John Donne l'intrigua. De façon plus classique, on attendait plutôt un verset de la Torah. Mais Jacob songea que c'était sans doute pertinent pour une amoureuse des lettres, et cela renforça son sentiment d'affinité avec elle. Avant de venir, il s'était arrêté devant l'ancienne boutique de Janet Stein. Comme la plupart des librairies de quartier, elle avait fait faillite. Il était resté un moment en communion, s'efforçant de lui transmettre par télépathie que l'homme qui l'avait fauchée en pleine fleur de l'âge avait connu à son tour une fin atroce. Il s'était senti ridicule et inutile.

Histoire de perdre un peu de temps, il se mit en quête de Curly.

Les stèles du jardin de Joseph étaient plantées à la verticale, gravées de symboles indiquant le statut du défunt dans la communauté, ou son métier. Deux mains en position de bénédiction sacerdotale pour un Cohen. Une cruche versant de l'eau pour un Lévi. Les avocats avaient une balance, les médecins un caducée ; les nababs du cinéma – il y en avait plusieurs –, une caméra. Les palmiers se prosternaient en signe de vénération perpétuelle. Jacob devinait au peu de cailloux posés sur les tombes que ce coin du cimetière n'avait pas reçu beaucoup de visites dernièrement.

Curly avait eu droit à un peu plus d'attention. Sur sa pierre tombale, quelqu'un avait dessiné en petits cailloux la célèbre onomatopée de son rire caractéristique :

NYUK
NYUK
NYUK

Amusé, Jacob déposa lui aussi un galet et poursuivit son chemin.

Il erra pendant un moment, tournoyant autour de la section où se trouvait la tombe de Bina, tel un navire pris dans un lent tourbillon. Le jardin d'Esther était un carré relativement récent, cela se voyait à ses stèles plus modernes, des dalles de granit noir au ras de l'herbe. De loin, on aurait dit un champ labouré. Jacob se penchait pour y lire les noms, plaçant un caillou sur celles qui avaient été négligées. Le soleil était féroce, et il n'avait apporté ni chapeau ni bouteille d'eau. Il était deux heures et demie ; il pouvait éviter les bouchons pour rentrer dans le Westside, mais seulement s'il partait tout de suite ; il fallait encore qu'il se douche et qu'il aille jusqu'à chez son père. Il ferait vraiment mieux de revenir une autre fois, quand il aurait plus de temps à lui consacrer.

Il ne pouvait pas tergiverser indéfiniment. Il atteignit la bonne allée. La tombe de sa mère était la neuvième de la rangée.

פ"נ

בינה פרל בת יהודה חיים

ÉPOUSE ET MÈRE BIEN-AIMÉE

BINA REICH LEV

24 MAI 1951 – 11 JUILLET 2000

תנצב"ה

Il préférait ne pas réfléchir à quand remontait sa dernière visite. Son père venait plusieurs fois par an : à la date anniversaire de sa mort, bien sûr, et aussi avant chaque fête importante. Nigel l'amenait en voiture, l'aidait à marcher jusqu'à la tombe.

Le boulot d'un fils. Sam ne le lui avait jamais demandé.

Et Jacob n'avait pas l'intention de se proposer spontanément.

La tombe ne possédait aucun ornement, étrange pour une femme qui ne pouvait s'exprimer qu'à travers son art, la coexistence malaisée de la piété et de l'indépendance radicale, de l'asymétrie et de l'ordre.

Il suffisait de la regarder travailler pour voir une créatrice que ses contradictions embellissaient.

Il suffisait de la regarder pour voir une énigme.

Les mères des amis de Jacob organisaient du covoiturage pour les accompagner au foot et leur concoctaient en deux temps trois mouvements de fabuleux dîners le vendredi soir, avec des steaks bien gras, des pommes de terre et une demi-plaquette de margarine. Dans ses meilleurs jours, Bina Lev était tête en l'air, introvertie, parfaitement capable d'envoyer son fils à l'école avec des chaussures dépareillées ou un panier déjeuner vide.

Elle n'était pas souvent dans ses meilleurs jours.

Et lui, c'était un enfant logique, d'une logique implacable. Il comprenait la cause et l'effet. Il savait observer les albums de famille et analyser les lacunes. La première hospitalisation de sa mère datait de quand il était tout gamin.

Les accès de dépression étaient durs, mais au moins il pouvait continuer sa vie cahin-caha. Le plus éprouvant, c'étaient les phases de manie, qui les prenaient tous en otage. Elle se disputait avec des voix imaginaires. Elle cassait des choses. Elle restait enfermée dans le garage des jours durant, sans manger ni dormir. Elle finissait par réémerger, après avoir créé des dizaines et des dizaines de nouvelles pièces ; alors elle allait s'écrouler dans son lit, sans jamais essayer de se justifier, ni auprès de Sam, ni encore moins auprès de Jacob.

Rétrospectivement, il comprenait que c'était pour le protéger de l'avalanche ininterrompue de son esprit. Mais, sur le moment, il avait l'impression d'être au pied d'une pente infranchissable, le silence le privant de toute explication sur sa détérioration.

Ce ne fut pas rapide. Ce ne fut pas miséricordieux.

L'unique consolation de Jacob était de n'avoir pas assisté au pire.

Au début de sa dernière année de lycée, le rabbin principal s'était adressé aux élèves de sa classe pour dire tout le bénéfice qu'ils auraient à différer leur entrée à la fac afin d'étudier quelque temps dans une *yechivah**. Certains garçons s'étaient montrés dédaigneux, d'autres sceptiques mais ouverts à la persuasion, d'autres enfin, comme Jacob, avaient déjà leur valise prête.

Il ne demandait pas mieux que de partir le plus loin possible.

Toutes les six semaines environ, il appelait chez lui depuis une cabine téléphonique grésillante de Jérusalem et il entendait le désespoir monter dans la voix de Sam.

Je me fais du souci pour elle.

Mais Jacob avait dix-huit ans, il était ivre de liberté et brûlant d'indignation vertueuse. Il se trouvait à douze mille kilomètres de Los Angeles.

Qu'est-ce que tu veux que j'y fasse ?

Plus tard, l'université lui avait fourni tout un éventail de nouvelles excuses pour ne pas rentrer chez ses parents. Sa dernière petite amie en date l'avait invité pour le repas de Thanksgiving ; sa famille possédait une maison à Cape Cod et elle voulait qu'il fasse l'expérience d'un vrai Noël. Puis elle l'avait plaqué pour un joueur de hockey et il avait dépensé l'argent qui devait lui servir à se payer un billet pour Los

Angeles dans des vacances à Miami avec ses colocataires, qui se remettaient eux aussi d'une peine de cœur.

Elle te réclame.

Elle ne l'avait jamais réclamé jusque-là.

Qu'elle réclame encore un peu.

Il était resté à Cambridge cet été-là, travaillant comme assistant de recherche auprès d'un professeur de littérature anglaise dont il espérait au bout du compte faire son directeur de thèse. Il s'était dégoté une bourse et une chambre sur le campus, avec une ligne de téléphone directe qui ne sonnait jamais, jusqu'au jour où elle sonna.

Officiellement, le judaïsme bannissait le suicide, condamnant l'âme du défunt à une éternité d'errance et interdisant aux survivants d'observer les lois du deuil. Mais il y avait une façon de contourner le problème, expliqua le rabbin.

On suppose que la personne décédée n'était pas saine d'esprit – prisonnière de sa maladie, si vous préférez –, et donc pas responsable de ses actes.

S'il y avait bien quelqu'un qui collait à cette description, c'était Bina. Mais l'idée qu'ils avaient besoin d'une faille pour avoir le droit de la pleurer enrageait Jacob, et plus tard il prendrait cet exemple comme emblématique des raisons pour lesquelles il ne voulait plus entendre parler de religion.

Ne rejette pas tout en bloc à cause d'un imbécile, disait Sam.

Mais ce n'était pas un seul imbécile. Les quatre grands-parents de Jacob étaient morts avant sa naissance, et sa première expérience personnelle du processus de deuil avait suffi à le convaincre de ne jamais vouloir revivre ça. La rigidité, le légalisme, le fait de devoir singer ses émotions. Déchirer ses vêtements. S'asseoir par terre. Ne pas se laver. Ne pas se raser. Prier, prier, et prier encore.

Pour moi, c'est un réconfort, disait Sam.

C'est inhumain, rétorquait Jacob.

Sept jours durant, ils étaient restés tous les deux dans leur salon poussiéreux pendant que défilaient des inconnus venus leur offrir un soutien qui sonnait creux.

Elle est dans un monde meilleur.

Elle voudrait que tu sois heureux.

Que l'Éternel vous console parmi les endeuillés de Sion et de Jérusalem.

Juste Sam et lui, à hocher la tête en souriant et en remerciant ces connards pour leur sagesse.

Quand il retourna à la fac, son répondeur était plein de messages de condoléances qu'il effaça mécaniquement les uns après les autres. Il ne savait pas alors qu'il était en train d'établir le schéma de ses années à venir : l'élagage périodique de toutes ses attaches affectives, un cœur à feuilles caduques.

Le message disait : « Mardi 11 juillet. »

Le jour du drame. Son père, probablement, qui l'appelait pour lui annoncer quelque chose qu'il n'avait nul besoin de réentendre. Il posa le pouce sur le bouton SUPPRIMER, mais la voix qui emplit soudain ses oreilles n'était pas celle de Sam.

C'était celle de Bina.

Jacob, disait-elle, *je suis désolée.*

Il ne savait pas ce qui était pire : qu'il ait été trop occupé pour lui répondre, ou que ce soit la première et unique fois qu'il l'ait entendue s'excuser.

Il enfonça le pouce sur le bouton.

« Monsieur ? On va fermer. »

Jacob se releva, brossa l'herbe de son pantalon, jeta un dernier regard vers la tombe.

Un gros insecte noir vint se poser pile au centre de la dalle et s'immobilisa.

Jacob fronça les sourcils, s'accroupit pour le chasser.

La bestiole esquiva le coup, fila en diagonale vers le coin opposé de la stèle.

La lumière était différente, il voyait le dessus de l'insecte et non son abdomen, et il n'était pas entomologiste.
Mais, à ses yeux, c'était le même que celui qu'il avait observé dans la maison du meurtre.

S'était-il engouffré dans sa voiture ?

L'avait-il suivi dans l'appartement ?

T'as des cafards.

Jacob avait eu affaire à pas mal de nuisibles dans sa vie. Celui-ci était bien plus gros que n'importe quel cafard qu'il avait pu voir. Une femme soûle n'était peut-être pas en mesure de faire des comparaisons, cela dit.

« Monsieur ? Vous m'entendez ? »

Jacob tendit lentement le bras en direction de l'insecte, s'attendant à ce qu'il déguerpisse.

Il ne bougea pas.

Alors Jacob posa la main à plat sur la pierre et le laissa grimper sur ses doigts.

L'approcha de son visage pour l'examiner.

Il le regardait fixement, avec des yeux bulbeux, vert bouteille.

Une tête en forme d'as de pique, ornée d'une corne inquiétante ; des mandibules en dents de scie, protubérantes. Se rappelant soudain la zébrure rouge sur le pied de la fille du bar, Jacob faillit s'en débarrasser d'un geste vif. Mais ses mâchoires s'ouvraient et se fermaient doucement, et Jacob ne ressentait aucune menace. Il attrapa son téléphone portable dans sa poche pour le photographier, et on aurait dit que l'animal se prêtait au jeu : prenant la pause, se cabrant en arrière pour révéler son abdomen laqué, ses multiples pattes.

« Monsieur. S'il vous plaît. »

C'était le type de l'accueil.

L'insecte ouvrit son armure, déploya des ailes fines comme de la gaze et prit son envol.

« Pardon », dit Jacob.

Ils s'acheminèrent vers l'entrée du cimetière.

« J'ai cru que vous étiez déjà parti depuis longtemps. J'ai failli vous enfermer. Ça n'aurait pas été très marrant pour vous. On ne rouvre pas avant dimanche.

– Ça dépend de ce que vous entendez par marrant », répondit Jacob.

L'homme le dévisagea bizarrement.

« Passez un bon week-end », lança Jacob.

15

L'immeuble où habitait Sam Lev depuis douze ans appartenait à un dénommé Abe Teitelbaum. Abe et Sam se connaissaient depuis qu'ils avaient vingt ans et fréquentaient la même synagogue, où ils étudiaient le Talmud ensemble. Ce qui expliquait comment Sam s'était retrouvé à occuper l'appartement en principe réservé au concierge.

Dieu sait qu'il n'accomplissait aucune tâche de conciergerie. Son expertise se limitait à une liste de numéros enregistrés dans la mémoire de son téléphone. Quand on le sollicitait pour réparer des toilettes cassées ou une climatisation défaillante, il répondait : « Tout de suite », raccrochait et contactait aussitôt l'artisan *ad hoc*.

Pourtant, Abe s'employait à présenter cet arrangement comme un job plutôt qu'un acte de charité : il versait à Sam un salaire symbolique et refusait de lui faire payer un loyer, affirmant qu'il était déjà déduit de sa paie.

L'appartement était petit ; on y accédait par un patio en dalles de béton, meublé de deux chaises en plastique crasseuses et d'une table bistro guère plus engageante. Une jardinière en terre cuite contenait une motte de terreau nu. Jacob s'arrêta un instant au milieu de cette splendeur pour mettre son téléphone en mode silencieux et sortir une kippa en daim de sa poche. Le cuir était rigide et sec, il s'était solidifié en position pliée à force de rester écrabouillé au fond d'un tiroir. Jacob essaya sans succès de l'assouplir en la lissant contre sa cuisse, puis se résolut à la fixer à l'aide de petites barrettes, conscient de son poids et de la crête qu'elle lui faisait sur la tête. Il devait ressembler à un cacatoès huppé.

Il s'écoula un long moment sans que son père réponde. Inquiet, Jacob toqua de nouveau.

« Voilà, voilà… »

La porte s'ouvrit.

« Joyeux chabbat », fit Sam.

Il portait un costume gris flottant, une chemise blanche, des mocassins noirs et des lunettes de soleil rouges anormalement larges. Le petit pan de sa cravate dépassait sous le grand, et Jacob se retint de la lui rectifier.

« Pardon d'être en retard, dit Jacob. J'étais coincé dans Downtown, il y avait des bouchons épouvantables.

– Aucun problème. J'arrive à l'instant de la *shoul.* Viens, entre. »

Jacob traversa prudemment le salon. Des cartons empilés sur deux rangées de profondeur et quatre de hauteur abritaient une bibliothèque éclectique : des textes de la tradition juive ainsi que d'innombrables travaux de physique, de philosophie, de philologie, d'astronomie et de mathématiques. Il y avait aussi quelques ouvrages dont Jacob n'avait mesuré que récemment la nature hétérodoxe : des classiques du soufisme et du bouddhisme, du gnosticisme et du mysticisme chrétien. À l'âge de neuf ans, il avait scandalisé son instituteur en apportant en classe pour un exposé un exemplaire du *Livre des morts tibétain*, ce qui s'était soldé par une convocation dans le bureau du rabbin Buchbinder, le *roch yechivah**.

Les yeux qui lisent de telles âneries mériteraient de devenir aveugles.

Dans la voiture pour rentrer à la maison, Jacob était resté recroquevillé sur la banquette arrière, tremblant de peur à l'idée des conséquences terribles qui l'attendaient. Alors qu'ils s'arrêtaient à un feu rouge, Sam s'était retourné pour lui prendre la main.

Tous ceux qui portent le titre de rabbin ne le méritent pas forcément.

Mais il a dit…

Je sais ce qu'il a dit. C'est un imbécile.

Pour un enfant de cet âge, c'était une révélation extraordinaire.

Le feu était passé au vert. Sam avait redémarré.

On ne doit jamais avoir peur d'une idée, disait-il. *Va où te portera le souffle de la raison.*

Jacob avait mis dix ans avant de s'apercevoir que c'était une paraphrase de Socrate.

Mais les faits semblaient donner raison à Buchbinder car, entre-temps, Sam avait *réellement* commencé à perdre la vue. Ça avait débuté quelques années après l'incident de l'exposé : une tache floue au centre de son champ de vision qui s'était petit à petit étendue vers l'extérieur, absorbant les formes et les couleurs. Il voyait mieux en basse luminosité, il avait donc pris l'habitude de porter des lunettes de soleil, dedans comme dehors ; il gardait les rideaux tirés dans le salon, et l'éclairage au minimum. Lui seul était capable de s'y retrouver dans sa bibliothèque, en suivant sa carte mentale. Et même si sa vue paraissait désormais s'être stabilisée, ça pouvait changer à tout moment : c'était une maladie considérée comme chronique, incurable et, cerise sur le gâteau, héréditaire.

Une réjouissance de plus à laquelle Jacob pouvait se préparer en vieillissant.

La folie ?

La cécité ?

Pourquoi choisir… quand on peut avoir les deux ?

« Quelqu'un t'a raccompagné, j'espère », vérifia Jacob.

Sam haussa les épaules.

« Tu es rentré tout seul ?

– Ça va.

– Ce n'est pas prudent.

– D'accord, rétorqua Sam d'un air innocent. La prochaine fois, je prendrai la voiture.

– Très drôle. Demande à Nigel de t'emmener.

– Il en fait déjà assez. »

Jacob posa le pain sur la table, recouverte d'une nappe blanche antitache sur laquelle étaient disposés deux couverts un peu de guingois et une carafe de vin. Il passa à la cuisine, les narines aux aguets. Son père ne lisait pas toujours bien les chiffres sur les boutons du four.

Pas d'odeur de brûlé.

Pas d'odeur de rien.

« Abba ? Tu as mis le repas à réchauffer ?
– Bien sûr. »

Jacob ouvrit la porte du four. Des barquettes en aluminium patientaient sur la grille froide.

« Et tu as pensé à allumer le four ? »

Silence.

« Personne n'est parfait », répondit Sam.

Ils commencèrent par *Chalom aleikhem*, un chant de bienvenue adressé aux anges du chabbat. Après quoi Jacob se tut et écouta le baryton velouté de son père tandis qu'il entonnait *Echet Khaïl*, la dernière section du livre des Proverbes, une ode à la femme vertueuse.

Mensonge que la grâce, vanité que la beauté ;
La femme qui craint l'Éternel est seule digne de louanges.
Rendez-lui hommage pour le fruit de ses mains,
Et qu'aux Portes ses œuvres disent son éloge.

Jacob était à la fois agacé et admiratif qu'après tant d'années et tant de chagrin son père chante encore pour Bina.

« À toi, dit Sam en tendant la main vers la tête de son fils, mais en hésitant au dernier moment. Enfin, si tu veux.
– Vas-y. Toute aide est bonne à prendre. »

Enfant, Jacob écoutait la bénédiction que son père marmonnait au-dessus de lui, sans rien comprendre à ce charabia. Parfois, Sam lui souriait et s'accroupissait à ses pieds pour que Jacob puisse à son tour poser les mains sur sa tête et le bénir par un chapelet solennel de mots imaginaires aux sonorités vaguement hébraïques. *Kama rama lada gada chabbat amen.*

À présent, leurs deux visages se touchaient presque, suffisamment proches pour que Jacob sente l'odeur de savon sur la peau de son père et soit momentanément hypnotisé par le frémissement de ses lèvres. Physiquement, Jacob tenait plutôt de Bina : ses épais cheveux charbon, délicatement grisonnants sur les tempes ; ses yeux verts liquides, encore plus irréels que ceux de son fils ; les traits accueillants et curieux qui, sur le visage de Jacob, réveillaient une corde maternelle chez les femmes, le leur rendant attachant au premier coup d'œil avant de devenir plus tard une source de courroux.

Ne me regarde pas comme ça.

Comment ?

Comme si tu ne voyais pas de quoi je parle.

Sam, au contraire, avait des traits anguleux, taillés à la serpe, avec une ossature affirmée et un front légèrement bulbeux : un cerveau à l'étroit dans sa boîte. Jacob était content que son père ait trouvé un exutoire dans l'écriture, sans quoi les théories, les concepts et autres fragments de son savoir théologique faramineux s'empileraient dans son crâne, faisant monter la pression jusqu'à ce qu'il enfle, qu'il enfle et qu'il finisse par éclater, projetant des giclées de matière grise et de mots de la Torah sur un rayon d'un kilomètre.

Sam avait ôté ses lunettes. Sa maladie n'avait provoqué aucun changement apparent : comme toujours, il avait les yeux d'un marron brillant, tirant sur le noir. Ils tremblotaient, à demi clos, tandis qu'il murmurait :

Que l'Éternel te fasse devenir comme Éphraïm et Manassé.
Que l'Éternel te bénisse et te protège.
Que l'Éternel fasse rayonner Sa face sur toi et te soit bienveillant.
Que l'Éternel dirige Son regard vers toi et t'accorde la paix.

Sam attira Jacob contre lui et lui déposa un baiser mouillé sur le front.

« Je t'aime. »

Deux fois dans la même semaine.

Était-il mourant ?

Jacob remplit de vin rouge à ras bord un des gobelets en céramique de Bina et le plaça précautionneusement entre les mains de son père. Le liquide débordait sur les doigts de Sam alors qu'il récitait le *kiddouch**, gouttant et se propageant sur la nappe blanche telle une diaspora lavande. Ils burent, se purifièrent les mains avec une autre des coupes de Bina et s'assirent pour rompre le pain : des morceaux de *hallah* trempés dans du sel.

Décidant de sauter la soupe froide, ils passèrent directement à la suite du repas. Sam insista pour faire le service, apportant des assiettes de poulet rôti, de patate douce, de riz pilaf et de salade de concombre.

« Ce qui manque en température sera rattrapé en quantités », déclara-t-il.

Il y avait en effet beaucoup à manger, et Jacob était touché. Son père ne roulait pas sur l'or. Avant que sa vue déclinante ne le contraigne à arrêter et qu'il ne prenne ses prétendues fonctions de concierge, Sam gagnait sa vie tant bien que mal grâce à des missions ponctuelles de comptabilité et de conseil fiscal, le plus souvent pour des voisins âgés, et toujours à des tarifs ridiculement bas. Son indifférence au monde matériel était, comme son dévouement inébranlable à Bina, une source d'admiration et d'agacement pour Jacob.

« Tout est délicieux, Abba.

– Je t'apporte autre chose ?

– Tu ne veux pas t'asseoir et manger, s'il te plaît ? »

Jacob planta sa fourchette dans une part de *kugel**, poivré et moelleux.

« Alors ? reprit-il. Quoi de neuf ? »

Sam haussa les épaules.

« Rien de spécial. Je griffonne.

– Sur quoi tu travailles ?

– Tu veux vraiment savoir ?

– Puisque je te demande.

– Peut-être que c'est juste par politesse.

– Tu dis ça comme s'il y avait quelque chose de mal à être poli. »

Sam sourit.

« Alors, puisque tu demandes, c'est un surcommentaire au *Khidouché Aggadot** du Maharal sur le traité "Sanhédrin"*, avec une attention particulière aux thèmes de la théodicée et de la réincarnation.

– Ça sent le best-seller, répliqua Jacob.

– Mais absolument. Je me disais qu'on pourrait prendre Tom Cruise dans le rôle du Maharal. »

Sam avait reçu l'ordination – même s'il interdisait à quiconque de l'appeler « rabbi » –, et un nombre non négligeable des livres qui encombraient son appartement étaient signés de lui : de longs traités ésotériques rédigés à la main sur des cahiers d'écolier. Chaque fois qu'il en terminait un, Abe Teitelbaum lui finançait l'impression de quelques dizaines d'exemplaires, que Sam vendait ensuite autour de lui.

Du moins, en théorie. Car, invariablement, Sam finissait par offrir ses livres à toute personne qui leur manifestait le moindre intérêt, s'efforçant – en vain – de rembourser Abe de sa propre poche.

Alors que Sam se lançait dans un résumé de ses derniers travaux, agitant en l'air ses élégants doigts de pianiste, Jacob accrocha un sourire à ses lèvres et régla sa tête sur hochement automatique. Il avait déjà entendu la plupart de ces idées, ou en tout cas une de leurs variantes. Son père considérait le rabbin Juda Loew, le Maharal, comme son maître parmi les commentateurs, et il parlait de lui et écrivait sur lui depuis aussi longtemps que Jacob s'en souvienne. Tout ce qu'avait fait ce type trouvait grâce à ses yeux. Ce type avait des pouvoirs spéciaux. Ce type était le *Gadol ha-Dor*, le Sage de sa génération. C'était un *lamed-vavnik*, un des trente-six Justes anonymes grâce auxquels le monde se perpétue. C'était Abraham, Einstein, Babe Ruth et Green Lantern réunis, à la fois mythique et intime, comme un fruit hautement exotique pendu tout au bout de l'arbre généalogique ; l'arrière-arrière-petit-cousin qui ne vient jamais aux réunions de famille parce qu'il construit des logements sociaux à énergie solaire au Guatemala ou qu'il est pêcheur de perles au large du Sri Lanka, et dont l'absence en fait l'unique sujet de conversation.

Une des rares fois où Jacob se rappelait avoir vu Bina montrer une forme d'instinct maternel était lorsque Sam avait décidé de lui lire une histoire sur la création du golem de Prague par le Maharal. En couverture du livre, on voyait un monstre aux yeux jaunes et brillants qui tendait sa patte d'ours vers une pauvre victime invisible. Jacob, qui devait avoir quatre ou cinq ans, avait eu une peur bleue. Il s'était précipité en pyjama vers Bina, qui l'avait pris dans ses bras en tançant vertement Sam.

Lis-lui un livre normal, comme à un enfant normal.

Avec le recul, c'est vrai que ça paraissait un choix douteux pour une histoire avant d'aller dormir.

Une plainte électronique stridente interrompit ses pensées et le monologue de Sam. Jacob tâtonna pour extraire le téléphone satellite de sa poche. Il était pourtant sûr de l'avoir éteint. Il le mit sur silencieux, mais la sonnerie glapit une seconde fois.

« Tu devrais décrocher », dit Sam.

Jacob poussa le bouton silencieux dans l'autre sens. Ce foutu machin ne voulait pas s'arrêter de sonner.

« Ça peut attendre, répliqua-t-il.

– C'est peut-être important. »

Rouge de honte, Jacob retraversa le labyrinthe de cartons en trébuchant et sortit sur le patio.

« Allô ?

– Inspecteur Lev ? Phil Ludwig.

– Ah… bonsoir.

– Je vous dérange ?

– Non, non, ça va », répondit Jacob en jetant un coup d'œil à son père à travers le rideau en dentelle tout effiloché.

Sam avait posé ses couverts sur le bord de son assiette et attendait placidement, les mains croisées sur le ventre, le regard perdu dans le vide.

« Merci de me rappeler, reprit Jacob.

– Ouais. Qu'est-ce que je peux faire pour vous ?

– Je suis sur une enquête qui recoupe une de vos anciennes affaires, et j'aurais besoin de vos lumières.

– Quelle affaire ?

– Le Rôdeur de minuit. »

Ludwig resta muet pendant dix bonnes secondes. Lorsqu'il retrouva l'usage de la parole, il avait un ton méfiant, presque hostile.

« Vous êtes sûr de votre coup ?

– J'en ai bien l'impression.

– Et en quoi ça se recoupe ?

– Je crois que je tiens votre assassin », déclara Jacob.

Ludwig souffla bruyamment. Il avait l'air de respirer avec difficulté.

« Inspecteur ? demanda Jacob.

– Un instant. »

Le téléphone tomba par terre, et Jacob entendit un grognement, comme si le type avait accidentellement avalé son mégot de cigarette.

« Inspecteur ? Ça va ? »

Ludwig revint au bout du fil.

« Ouais.

– Tout va bien ?

– Ben, euh… la vache. J'en sais rien, moi. C'est plutôt à vous de me le dire.

– Je pensais passer vous voir et bavarder un peu avec vous.

– Vous le tenez ? Je… oh, putain. Je croyais que vous alliez m'annoncer que vous aviez un nouveau cadavre sur les bras.

– C'est ça, confirma Jacob. Celui du tueur.

– Merde alors. Vous plaisantez ?

– Je ne plaisante pas avec ces choses-là. Demain, ça vous va ? »

Ils se donnèrent rendez-vous à onze heures. Avant de raccrocher, Jacob demanda une dernière fois à Ludwig s'il se sentait bien.

« Vous en faites pas pour moi. Mais écoutez : j'espère vraiment que vous n'êtes pas en train de vous foutre de ma gueule.

– Promis juré, dit Jacob.

– Parce que, sinon, je vous démonte la tête. »

16

« Pardon, fit Jacob en se rasseyant à table. C'est ce nouveau téléphone. J'ai essayé de couper la sonnerie mais, je ne sais pas pourquoi, elle ne veut pas s'éteindre. Enfin bref, excuse-moi. Je déteste interrompre ton chabbat.

– Mais pas du tout. C'est parfaitement autorisé. Ton travail n'est pas très différent de celui d'un médecin.

– Personne ne va mourir si je ne réponds pas au téléphone.

– Tu es sûr de pouvoir l'affirmer ?

– Dans ce cas précis, oui. »

Jacob se remit à manger, remarquant au passage que Sam n'avait presque pas touché à son assiette.

« Abba ? Tu n'es pas malade, j'espère.

– Moi ? Non. Pourquoi ? J'ai l'air malade ?

– Tu me le dirais si c'était le cas.

– Bien sûr.

– Tu n'as rien mangé.

– Ah bon ? répondit Sam en plissant les yeux vers son assiette. Sans doute parce que je pensais à autre chose.

– Tu étais en train de me parler du Maharal.

– Je t'en ai trop dit, d'ailleurs. Je ne veux pas te gâcher le suspense. »

Son sourire était une façon de reconnaître l'absurdité qu'il y avait à imaginer que Jacob – ou quiconque – s'intéresse un jour à son livre.

« Je préférerais que tu me parles de toi, reprit-il.

– Il n'y a pas grand-chose à dire. Je bosse.

– C'est ce que j'ai cru comprendre. Des projets sympas ?

– Tu veux vraiment savoir ?

– Puisque je t'ai demandé, rétorqua Sam avec un clin d'œil. À moins que ce soit juste par politesse. »

Jacob éclata de rire.

« Touché, fit-il. Très bien, d'accord. Je ne sais pas trop ce que je peux te dire ou pas.

– Ce que tu veux.

– Ouais. »

Pour la première fois de sa carrière, son travail recoupait le domaine d'expertise de Sam, même si c'était à la marge. Ne pas lui en parler du tout paraissait artificiel, presque injuste.

« Je suis sur un homicide qui est un cas un peu bizarre.

– Un homicide », répéta Sam.

Jacob hocha la tête.

« Je croyais que tu avais été réaffecté.

– On m'a re-réaffecté.

– Je vois », dit Sam.

Il n'avait pas l'air content. Il se mit à triturer les tranches de concombre dans son assiette, les réorganisant en une mosaïque vert pâle.

« Et ? poursuivit-il.

– Et… en fait, ils m'ont mis sur cette affaire parce qu'ils ont retrouvé une inscription en hébreu sur la scène de crime. »

Silence.

« C'est, euh… hésita Sam, c'est inhabituel.

– Sans dé… Sans blague.

– Et que disait cette inscription ?

– *Tsedek*. »

Nouveau silence.

« Tu ne manges toujours pas », fit remarquer Jacob.

Sam reposa sa fourchette.

« Ton coup de fil, c'était à ce sujet ?

– Cette affaire est liée à une autre, plus ancienne. La victime a un passé sordide.

– Sordide comment ? »

Jacob remua sur sa chaise.

« Je ne suis pas censé… Bref. Très sordide. Disons ça comme ça.

– Et maintenant, quelqu'un l'a tué. Pour faire justice.

– C'est à peu près ça, oui. Pour être honnête, toute cette histoire me met assez mal à l'aise.

– Pourquoi ?

– Je crois que je n'ai pas envie de découvrir que mon justicier anonyme est juif. Je sais bien que je ne suis pas responsable de ses actes, mais… Enfin, tu vois.

– Et s'il est juif ?

– S'il est juif, il est juif. Va où te portera le souffle de la raison. »

Sam ne sembla pas relever que Jacob lui avait ressorti une de ses propres citations.

« Si tu ne peux pas rester objectif, tu devrais te désister.

– Je n'ai pas dit que je ne pouvais pas rester objectif.

– J'ai l'impression que tu as des doutes.

– Je suis capable de prendre cette décision tout seul, merci. Et puis d'ailleurs, il n'est peut-être pas juif, peut-être qu'il essaye juste de nous induire en erreur.

– Je ne comprends pas, insista Sam. Tu disais que tu en avais fini avec les homicides.

– Je t'ai expliqué. On m'a demandé de revenir. Ordonné, même. »

Sam resta silencieux.

« Abba. Qu'est-ce qu'il y a ? »

Sam secoua la tête.

« Écoute, fit Jacob, je ne vais pas te tirer les vers du nez.

– C'est juste que je me rappelle à quel point tu étais malheureux. »

Jacob avait fait des efforts pour cacher sa dépression, et à présent il se braqua, ayant le sentiment d'avoir été démasqué.

« Je vais très bien.

– Ça ne te réussissait pas, continua Sam.

– Laisse tomber, s'il te plaît.

– Tu ne peux pas leur demander de trouver quelqu'un d'autre ?

– Non, je ne peux pas. C'est moi qu'ils veulent, précisément parce que je suis juif. Sérieusement, je n'ai plus envie qu'on parle de ça, d'accord ? Maintenant, c'est fait, et ce n'est pas un sujet de discussion pour chabbat. »

Sam avait souvent utilisé ce même argument pour clore une conversation qui lui déplaisait ; comme précédemment, il ne parut pas s'en apercevoir. Il hocha la tête d'un air absent, cligna des yeux, sourit.

« Un dessert ? »

Après avoir repris et encore repris du thé et du gâteau, Jacob n'en pouvait plus.

« Je capitule, déclara-t-il.

– Mais regarde tout ce qui reste.

– Rien ne nous oblige à tout finir ce soir.

– Je vais te faire un *doggy bag.*

– Certainement pas. Garde-le-toi pour la semaine.

– Je ne mangerai jamais tout ça. Il faut que tu m'aides.

– Je crois que je t'ai déjà bien aidé avec mes quatre parts de *kugel.*

– On passe directement au *Birkat ha-Mazon**, alors ?

– D'accord. »

Sam lui tendit un petit livret de prière, dont la couverture en satin blanc portait l'inscription suivante en lettres bleues :

Bar-mitsvah de
Jacob Meir Lev
פרשת שופטים
ד' אלול תשנג
21 août 1993

« Ça ne nous rajeunit pas », commenta Jacob.

Sam agita la main en direction de la bibliothèque.

« J'en ai tout un carton qui traîne quelque part.

– Il faudrait les mettre dans un musée. »

Le musée de l'apostasie.

Ils récitèrent la bénédiction d'après le repas.

« Merci pour le dîner, conclut Jacob.

– Merci d'avoir pris le temps… Mais écoute. J'étais sérieux, tout à l'heure. Tu ne devrais pas minimiser l'importance de ce que tu fais. C'est un métier ancien, tu sais. C'est d'ailleurs la section qu'on a lue à ta bar-mitsvah : "*Choftim ve chotrim*".

– "Juges et policiers". Hé, c'est vrai, peut-être que j'aurais dû faire du droit à la place. Ça t'aurait donné des raisons de fanfaronner : "Mon fils, juge à la Cour suprême."

– Je suis fier de ce que tu es. »

Jacob se tut.

« Tu le sais, n'est-ce pas ?

– Ouais. »

Autant qu'il s'en souvienne, c'était la première fois qu'il entendait son père émettre une opinion, positive ou négative, sur sa branche d'activité. Dans la culture de la famille Lev, on ne nourrissait pas d'attentes particulières en termes socioprofessionnels, mais on n'encourageait pas spécialement non plus une vie de flic, et Jacob avait toujours pensé que son choix avait dû être une source de déception, comme lorsqu'il avait perdu la foi.

À présent, cet étalage de solennité le mettait mal à l'aise et il détourna la conversation vers un autre sujet.

« J'ai une question pour toi. À l'occasion de cette affaire, j'ai réfléchi au fait que les mots justice et charité dérivaient de la même racine. *Tsedek* et *tsedakah*.

– C'est vrai dans un monde imparfait.

– Ah ? C'est-à-dire ?

– Ce que nous appelons la justice est une création humaine, et puisque nous sommes nous-mêmes des créations, limitées par définition, ce que nous créons est imparfait. Il y a une énorme différence entre le jugement de Dieu et la version des hommes. C'est sans doute une différence capitale, même. La justice humaine, comme tous les aspects de ce monde, est faite sur mesure pour répondre à nos besoins et s'adapter à nos capacités. En un sens, c'est l'inverse de la justice absolue… »

Jacob n'écoutait plus que d'une oreille pendant que son père se laissait emporter par sa propre rhétorique. Si Sam était rabbin et lui flic, ce n'était pas sans raison. Et, bien qu'il eût été réducteur d'affirmer qu'il avait choisi son orientation professionnelle en opposition à la vision du monde éthérée de son père, une enfance plongée dans les livres, aussi bien religieux que profanes, lui avait certainement donné envie de se salir un peu les mains.

« … perçues comme opposées dans ce monde, par exemple la justice et la miséricorde sont en fait une seule et même chose dans l'esprit de Dieu – il va sans dire que j'entends cela sur un plan métaphorique –, ce qui d'ailleurs nous ramène à ce que j'évoquais tout à l'heure, au sujet de la vérité dialectique… »

Jacob comprenait à présent que sa mère avait dû ressentir la même chose. Dans son cas, le besoin vital de s'échapper dans le concret était littéral : il se souvenait de ses ongles bordés d'argile ocre qui, avec le temps, séchait et s'écaillait sous forme de petits croissants de lune. Un cosmos accidentel miniature qui s'accumulait dans l'armoire à linge et le garde-manger, attendant le jour où elle se déciderait à nettoyer la maison et elle-même, un jour qui n'arrivait jamais, si bien que Jacob perdait patience et finissait par sortir l'aspirateur.

Il était à la fois ses deux parents et aucun d'entre eux… un phénomène qui, pour être fréquent, n'en était pas moins mystérieux.

Sam s'interrompit.

« Je radote encore, dit-il.

– Non, non…

– Mais si, je vois bien.

– Qu'est-ce que tu vois ?

– Tu souris.

– Je ne peux pas sourire parce que je suis heureux ?

– J'adorerais que tu sois heureux. Rien ne me rendrait plus heureux moi-même. Mais je ne suis pas sûr que ce soit pour ça que tu souris.

– Tu vois, ce que tu viens de dire, c'est tout toi.

– Et qui d'autre voudrais-tu que je sois ? »

Jacob éclata de rire.

« Enfin bref, reprit Sam. Heureusement que nous n'avons jamais à affronter de jugement véritable en ce bas monde. Personne ne résisterait à l'examen approfondi du regard divin. Tous autant que nous sommes, nous nous mettrions à fondre comme la cire d'une bougie.

– Oui, d'ailleurs je ne préfère pas trop réfléchir à ce qui m'attendra quand je vais mourir.

– Je pensais que tu ne croyais pas à tout ça », fit remarquer Sam.

Il l'avait dit avec une telle désinvolture qu'il fallut un moment à Jacob pour mesurer le poids de la question.

« Je ne sais pas à quoi je crois », finit-il par répondre.

Sam plissa les paupières derrière ses lunettes de soleil.

« C'est un bon début, dit-il. Maintenant, laisse-moi te préparer ce *doggy bag*. »

17

Il avait trop mangé : ses rêves déferlèrent en force, tactiles jusqu'au bord de la nausée. C'était encore le jardin, encore Mai, s'éloignant chaque fois qu'il l'approchait, l'enfermant dans un éternel désir.

Il se réveilla en sueur, baissa les yeux et se rendit compte qu'il s'était masturbé dans son sommeil.

Il se leva, à moitié groggy, pour aller finir le boulot à la salle de bains.

Sans succès.

Il essaya de visualiser le visage de Mai

Rien à faire : elle s'était volatilisée.

Il essaya à la place de visualiser certains de ses meilleurs coups.

Toujours rien.

Il s'assit sur le bord de la baignoire, regardant son pénis flétrir dans sa main. Il alluma la télé, où pubs après pubs avaient l'air de dire que c'était un problème parfaitement normal, pour n'importe quel homme, à n'importe quel âge. Mais, pour lui, c'était une expérience nouvelle, et ça ne lui plaisait pas du tout.

Il prit la douche la plus froide qu'il pouvait supporter.

À huit heures et demie, il était sur la route de San Diego, un *burrito* de station-service coincé dans le vide-poches à côté de lui tandis qu'il zappait d'une radio à l'autre pour noyer les derniers échos de confusion et de honte.

Pour une fois, la voie express méritait son nom : ça roulait tellement bien qu'il arriva à la marina de Point Loma avec un quart d'heure d'avance. Il se gara, sortit et inspira une grande bouffée d'embruns et de gazole. Tout au fond du port, le pont de Coronado disparaissait dans la brume ; un destroyer était à quai pour réparation. Des mouettes tournaient autour de Jacob, l'œil moqueur. Il se pencha vers la borne d'appel tapissée de fiente afin de composer le numéro de Ludwig, priant pour qu'il se dépêche avant de s'en recevoir une.

Le bateau de Ludwig était un yacht de croisière de vingt-cinq pieds baptisé *Fonds de pension*. Sur le pont se tenait un homme d'une soixantaine d'années, charpenté comme un baril de bière, cheveux blonds délavés, chemise hawaïenne bleue ouverte jusqu'au nombril, exposant un V rouge écrevisse de peau brûlée par le soleil. Il avait gardé sa moustache, le bord jauni par la nicotine.

Ils se serrèrent la main et descendirent s'installer aux deux extrémités d'une banquette aux motifs criards, devant un pichet de thé glacé.

« Donnant-donnant, annonça Jacob. Je vous dirai ce que j'ai, et avec un peu de chance on pourra tous les deux boucler notre enquête.

– Vous d'abord. »

Jacob s'y attendait. Il avait perçu dans le scepticisme de Ludwig le résultat de trop de désillusions précédentes face à ce genre d'affirmations. Il voulait l'aider presque autant qu'il avait besoin de son aide en retour.

Il avait néanmoins son propre territoire à protéger, et il lui décrivit la scène de façon volontairement sélective, passant sous silence la plupart des bizarreries et présentant finalement la chose comme un meurtre ordinaire, avec peut-être une pointe d'acharnement.

« Je me demandais ce qu'il avait bien pu faire pour s'attirer tant de haine, conclut Jacob. Maintenant, je sais. »

Ludwig faisait jouer ses doigts d'un air pensif.

« N'allez pas fouiner du côté des familles, prévint-il. Elles ont déjà assez morflé. »

Jacob ne releva pas.

« Vous aviez établi le profil du suspect, à l'époque ? demanda-t-il.

– Les experts du FBI nous avaient donné leur avis : homme blanc, entre vingt et cinquante ans, intelligent mais sous-employé, problèmes de relations interpersonnelles, méticuleux.

Les conneries habituelles, quoi. J'ai toujours trouvé ça… Non mais sans blague. “Problèmes de relations interpersonnelles.” Ouais, dis donc, vachement perspicace. Ça, c'est de la putain d'analyse ! “Problèmes de relations…” »

Il s'interrompit en secouant la tête.

« Enfin bref, reprit-il. Ça colle avec votre gars ?

– Je ne sais pas. Je ne sais pas qui est mon gars.

– À quoi il ressemble ? »

Jacob lui montra une photo de la tête. Ludwig émit un long sifflement.

« Ah ouais, fit-il.

– Ça vous rappelle quelqu'un ?

– Personne qu'on ait jamais interrogé.

– Il ne devait pas être si méticuleux que ça. Il a laissé de l'ADN partout.

– Y avait pas grand monde qui se préoccupait de ça, en 1988. »

Il contempla la photo, momentanément absorbé. Puis il s'affaissa, déçu.

« En tout cas il est blanc, lâcha-t-il en rendant l'image à Jacob. Sur ça, au moins, ils ne se sont pas plantés.

– Qui était l'inspecteur, à l'origine ?

– Ils avaient mobilisé toute une unité des Vols et homicides, mais le grand chef était un certain Howie O'Connor. Vous avez peut-être entendu parler de lui ?

– Je ne crois pas, non.

– Un connard de première. Mais un bon flic, cela dit. Ils l'ont poussé vers la sortie deux ans après le démantèlement de son unité. Une des témoins l'accusait de l'avoir tripotée. Ils l'ont débarqué en attendant les conclusions de l'enquête, et une semaine après il s'est tiré une balle. Sale histoire.

– Quelle était sa théorie ?

– À ma connaissance, il n'en avait pas. Du moins, rien de solide. Je ne lui ai jamais parlé directement. Je sais seulement ce qu'il y avait dans le dossier, et O'Connor n'était pas du genre à inventer ce qui l'arrangeait pour aller dans son sens. De l'avis général, le tueur était un vagabond, un type qui traînait sans que personne le remarque jamais vraiment. N'oubliez pas que c'était pile au moment où ils ont chopé Richard Ramirez, le Traqueur de la nuit. Les gens voient ce qu'on les conditionne à voir.

– Et vous, vous en pensiez quoi ? »

Ludwig haussa les épaules.

« J'ai repris l'enquête à l'époque où la grande nouveauté, c'était la base CODIS. Les médias n'avaient que ça à la bouche, ils étaient persuadés que, maintenant qu'on avait cet outil magique, on allait pouvoir résoudre la moindre affaire de merde en train de pourrir au fond d'un placard.

– Et ça ne vous a jamais rien donné ?

– Que dalle. Je rentrais régulièrement les profils ADN, d'abord toutes les semaines, puis tous les mois, et puis à la date anniversaire de chaque meurtre. Je suis retourné interroger tous les témoins encore vivants. Rien n'avait changé. Et personne arrêté pendant ce temps-là. Personne qui aurait craqué sous le poids de la culpabilité. Rien pour tenir les grandes promesses annoncées. Mon commandant m'a laissé entendre que personne ne m'en voudrait si j'enterrais l'affaire.

– Mais vous ne l'avez pas fait.

– J'ai continué comme j'ai pu sans trop me faire remarquer. Ensuite ma femme est tombée malade et j'ai tiré ma révérence.

– Qui s'en occupe, maintenant ?

– Alors là, aucune idée. Personne, probablement. Personne ne veut y toucher, *primo* parce qu'ils savent à l'avance qu'ils n'arriveront à rien, *secundo* parce qu'ils vont m'avoir sur le cul à les appeler dès que je m'ennuie pour savoir où ça en est. »

Jacob sourit.

« Ça doit beaucoup leur plaire, dit-il.

– Oh, ils ont l'habitude. J'ai du temps à ne plus savoir qu'en foutre, et un forfait illimité. Ils me prennent pour un vieil aigri sénile, ce qui entre vous et moi est la stricte vérité.

– Il y a quelqu'un d'autre que vous me conseillez d'aller voir au LAPD ?

– Je n'ai pas de nom qui me vienne en tête, là tout de suite. Vous savez comment c'est. »

Jacob acquiesça en silence. Il n'était pas de tragédie si grande qu'elle ne finisse un jour par s'estomper, d'abord à la une des journaux, puis dans l'esprit des gens, et enfin dans celui même des personnes chargées de s'assurer qu'une chose pareille ne puisse pas se reproduire. Le temps qu'elle arrive entre les mains d'un type comme Ludwig, elle avait déjà complètement disparu de la mémoire institutionnelle, les flics les plus intelligents préférant détourner les yeux et se chercher des tâches plus simples et plus fructueuses.

Que penser de Ludwig, alors ? Le seul à avoir continué à chasser une ombre.

L'admirer.

Le plaindre.

Vous demander si ce sera vous dans trente ans.

Ludwig alluma un cigare et se laissa aller contre le dossier de la banquette.

« En toute honnêteté, reprit-il, c'est quoi, votre hypothèse ?

– Je n'en ai pas, répondit Jacob.

– Arrêtez vos conneries, on ne me la fait pas. Vous ne vous êtes pas tapé deux cents bornes en bagnole pour venir vous prélasser sur mon bateau.

– Mettez-vous à ma place, dit Jacob. Qu'est-ce que vous en penseriez ?

– Qu'est-ce que j'en pense ? J'en pense que votre victime était un salopard et qu'il a sans doute fait plein d'autres saloperies en plus de tuer ces filles. J'en pense que, si ça se trouve, il a même fait certaines de ces saloperies à d'autres salopards, parce que les salopards s'arrangent toujours pour traîner entre eux. Ils se regroupent pour faire leurs saloperies ensemble. Un peu comme le club de bowling de Satan, si vous voulez. Et puis un jour, y en a un qui fait tomber une boule sur le pied d'un copain, ou sur tout un tas de pieds, et le copain, ou les copains, font ce que font les salopards dans ces circonstances. En tout cas ce genre de salopards-là. Ils se fâchent et ils vous coupent la tête.

– Vous trouvez ça satisfaisant ?

– Ce que je trouve satisfaisant, c'est par exemple un bon rôti braisé. Disons que je trouve ça plausible.

– Je ne vous ai pas tout dit », confessa Jacob.

Ludwig demeura impassible, faisant tourner son cigare dans sa bouche.

« La personne qui a zigouillé mon gars a aussi laissé un message. “Justice”. »

Ludwig resta muet.

« *Maintenant*, mettez-vous à ma place. Qu'est-ce que vous en pensez ?

– Vous n'aviez pas jugé utile de m'en parler avant ?

– Qu'est-ce que vous en pensez, maintenant que je vous l'ai dit ?

– Je croyais que c'était donnant-donnant. »

Jacob ne répondit pas. Ludwig finit par soupirer.

« J'en penserais sûrement la même chose que vous, concéda-t-il. Mais, écoutez, je vous le dis très franchement : je connais les familles de toutes ces filles. Ce n'est pas là qu'il faut chercher.

– Un ami, peut-être ? Un petit copain ?

– Un minimum de crédit, s'il vous plaît. Ce sont les premiers suspects qu'on a examinés. O'Connor les a pressés jusqu'à la moelle. Moi aussi, à plusieurs reprises. Ça ne colle pas.

– Peut-être que ça ne collait pas pour les meurtres originels, mais pour celui-là oui. À vrai dire, ceux qui auraient pu coller la première fois, j'aurais tendance à les éliminer pour ce coup-ci, sinon ça ne tiendrait pas debout.

– Ça ne colle avec *aucun* meurtre, insista Ludwig. Je sais ce que je dis. Foutez-leur la paix. »

Silence.

Jacob était sur le point de s'excuser quand Ludwig reprit la parole :

« Quel profil vous avez identifié ?

– Pardon ?

– Il y en a deux. C'est lequel ?

– Deux quoi ? » demanda Jacob.

Ludwig sourit.

« Ok, je vois, fit-il.

– Vous voyez quoi ? répéta Jacob.

– Il y avait *deux* profils ADN. Du sperme anal et du sperme vaginal. Totalement différents.

– Merde, souffla Jacob.

– Ouaip.

– Deux gars ? »

Ludwig pouffa et faillit s'étouffer avec sa fumée.

« Et *ça*, vous n'aviez pas jugé utile de m'en parler avant ? s'indigna Jacob.

– Ce n'est que justice, inspecteur.

– Vous avez une conception intéressante de la justice.

– Je l'ai acquise au même endroit que vous : à la Los Angeles Police Academy. Et qu'est-ce qu'il y a d'injuste là-dedans ? Vous avez dit donnant-donnant, c'est ce que vous avez eu : mes bobards contre vos bobards. »

Jacob secoua la tête.

« Il y a autre chose dont vous aimeriez me faire part ? reprit-il.

– Je peux vous dire le nom de la fille sur qui je fantasme en secret.

– Écoutez…

– C'est Salma Hayek.

– Le mot "justice" était gravé sur le plan de travail de la cuisine, lâcha Jacob. Et c'était écrit en hébreu.

– Ça veut dire quoi, ça, putain ?

– J'attends votre interprétation.

– Je n'ai pas d'interprétation. En *hébreu* ?

– Personne ne m'a parlé de deux gars.

– Ouais. Parce que cette information n'a jamais été divulguée, pas même en interne. Il faut avoir lu le dossier. Vous avez lu le dossier ?

– Je n'ai pas encore eu le temps. »

Ludwig laissa échapper un soupir. Il écrasa son cigare, vida son verre de thé glacé et se leva.

« Ah, les jeunes », marmonna-t-il.

18

Jacob suivit la voiture de Ludwig jusqu'à un cul-de-sac d'El Cajon : sept pavillons identiques prosternés devant une flaque d'asphalte en fusion. Il comprenait que Ludwig préfère son bateau : il devait faire facilement dix degrés de plus ici qu'au bord de l'eau.

À l'intérieur, les stores étaient tirés, la climatisation tournait à fond. Ludwig se pencha pour cajoler un chien léthargique avant d'abandonner Jacob dans la cuisine.

« Une minute », dit-il.

Pendant qu'il patientait, Jacob observa la photo posée près de la cafetière. Les Ludwig faisaient penser à une caricature de famille scandinave : madame était aussi blonde que monsieur, et les deux garçons qu'ils avaient engendrés semblaient sortis d'une pochette de Kinder Surprise. Des tulipes fraîches sur le bord de l'évier suggéraient que Mme L. avait survécu à la mystérieuse maladie qui avait poussé son mari à la retraite. Une femme habitait là, en tout cas. Une petite amie ? Un second mariage ? Jacob se garderait bien de poser la question. Toutes les familles heureuses ont beau se ressembler, et les familles malheureuses l'être chacune à sa façon, comme il n'y a *pas* de familles heureuses, on ne peut jamais savoir.

Ludwig revint d'un pas lourd, un carton dans les bras. Il le lâcha bruyamment sur la table de la cuisine et s'étira le dos.

« J'ai tout photocopié avant de partir, déclara-t-il.

– Vous voulez un coup de main ?

– Ouais, merci. »

Il y avait treize cartons au total, un pour chacune des victimes, plus quatre en rab. Alors que Jacob les transférait un par un depuis le garage, il remarqua un coin aménagé derrière un rideau, par l'entrebâillement duquel il aperçut un établi et une table en contreplaqué.

Ça lui rappela l'installation de sa mère, et il lui revint alors en mémoire la réponse de Ludwig au journaliste qui lui demandait ce qu'il comptait faire de son temps libre.

Me trouver un hobby.

Jacob en fit part à son hôte, qui eut un ricanement méprisant.

« Ce guignol a coupé la suite de ma réponse. Il me fait : "Quel genre de hobby ?" Et moi : "Je sais pas, un truc où y a pas besoin de réfléchir. Comme le journalisme." »

Jacob éclata de rire.

« Faut bien s'occuper », poursuivit Ludwig en écartant le rideau.

Ce qui se cachait derrière n'était pas vraiment du petit matériel pour bricoleur du dimanche. Plutôt du genre de la pièce secrète chez Divya Das, ou un hybride des deux.

Il y avait des outils, de la quincaillerie, des serre-joints, un coupe-verre, un aspirateur industriel... qui servaient visiblement à fabriquer de petites boîtes-vitrines, comme en témoignaient plusieurs exemplaires en cours d'achèvement.

Il y avait aussi des bocaux à échantillons, des pinces à épiler, des loupes. Des étagères remplies de gros livres dont les tranches fatiguées portaient des autocollants OCCASION. *L'Encyclopédie des lépidoptères de la côte ouest. Papillons d'Amérique du Nord. Le Guide des insectes et des araignées de la Audubon Society.*

Jacob ramassa une boîte qui contenait trois papillons monarques et une étiquette rédigée à la main indiquant *D. plexippus.*

« Magnifique, murmura-t-il.

– Je vous ai dit, je m'ennuie. Je ne m'étais jamais intéressé à rien de tout ça avant d'emménager ici. Je n'avais pas le temps. Maintenant, j'en ai trop. Un conseil : ne faites pas la même bêtise que moi, restez à L. A. »

Ludwig conclut : « En tout cas, c'est comme ça que je me l'explique. »

Ils étaient à la table de la cuisine, le chien à leurs pieds, le café refroidi, les cartons éventrés, des montagnes de papier occupant toutes les chaises sauf les deux sur lesquelles ils étaient assis.

« Une lutte de pouvoir, résuma Jacob.

– Quand des gars opèrent en binôme, vous avez toujours un meneur et un suiveur. Il y a forcément des tensions internes. Vingt ans à garder un secret pareil, c'est pas rien. Imaginez qu'ils s'engueulent sur un truc, que le ton commence à monter. L'un des deux se met à paniquer et se dit : "Il faut que je le descende avant qu'il nous fasse plonger tous les deux."

– Et le message, vous pensez que c'était un leurre ?

– Ça a marché, non ? Puisque vous êtes là à m'interroger sur les victimes. Ou sinon, deuxième hypothèse : A est pris de remords, mais au lieu de se rendre à la police il se retourne contre B et le tue. Dans son esprit, il a fait justice.

– Le flic qui est arrivé le premier sur la scène de crime dit que c'est une femme qui a donné l'alerte.

– Vous n'êtes jamais à court de surprises, ma parole.

– Pour moi, c'est une des raisons de retourner voir les familles de certaines victimes.

– D'accord, peut-être… concéda Ludwig avec un lent hochement de tête. Mais ces gens ont souffert, mettez-vous bien ça dans le crâne.

– Promis, dit Jacob. Vous me conseilleriez de commencer par qui ? »

Silence.

« Je ne suis même pas sûr que je devrais vous en parler… » hésita Ludwig.

Jacob resta muet.

« Une des victimes avait une sœur handicapée mentale. On n'a jamais pensé à elle pour les meurtres de l'époque, d'abord parce qu'elle n'avait aucun antécédent de violence, ensuite parce qu'on ne s'intéressait qu'aux hommes : on avait du sperme. Mais j'imagine que, dans votre cas, une folle, ça pourrait coller. Cela dit, ce n'est pas parce qu'elle a des problèmes mentaux que…

– Je sais, coupa Jacob. J'ai compris.

– Il faudrait d'abord qu'elle ait réussi à identifier le gars là où on a tous échoué avant elle et, si ma mémoire est bonne, c'est strictement inenvisageable.

– Je vois. Mais je peux au moins essayer de lui parler.
– Allez-y mollo, ok ?
– Promis juré. Comment s'appelle-t-elle ?
– Denise Stein.
– La sœur de Janet Stein ? »
Ludwig acquiesça.
« À aucun moment vous ne vous êtes intéressé à quelqu'un qui parlait hébreu ?
– Quelqu'un de confession juive, vous voulez dire ?
– Pas nécessairement.
– Qui d'autre parle hébreu ?
– Un prêtre qui a fait des études classiques, un exégète de la Bible. Ça ne vous dit rien ? »
Ludwig s'était mis à rire.
« Peut-être que je devrais m'intéresser à *vous*, inspecteur Lev. Non, je ne me rappelle pas avoir croisé personne de ce genre. Et si je me trompe, ce sera consigné quelque part là-dedans. »
Jacob balaya la pièce d'un regard las.
« Bonne chance, lui souhaita Ludwig. J'attends de vos nouvelles. »

Ils remirent tout dans les cartons, qu'ils chargèrent ensuite dans la Honda : quatre dans le coffre, deux ceinturés sur le siège passager, sept entassés sur la banquette arrière.
Juste à ce moment, un break se gara devant la maison et une version légèrement plus âgée de la femme sur la photo en sortit, un sac Gap dans une main, une barquette de poulet rôti dans l'autre.
« Il me débarrasse de tout ça », lui annonça Ludwig en lui désignant les cartons.
Elle se tourna vers Jacob avec un grand sourire.
« Mon héros ! » s'exclama-t-elle.
Elle s'appelait Grete. Elle insista pour que Jacob reste à dîner. Pendant le repas, elle lui demanda s'il ne voulait pas aussi embarquer les bestioles de son mari, tant qu'à faire.
« Allez, soyez chic !
– Elle m'interdit de les apporter dans la maison, se lamenta Ludwig.

– Quel être humain sain d'esprit t'y autoriserait ?

– Je trouve que c'est bien d'avoir un hobby, intervint Jacob. Il vaut mieux ça que jouer aux courses. »

Grete lui tira la langue.

« Tu devrais l'écouter, dit Ludwig. C'est un malin. »

Jacob lui montra les photos de l'insecte qu'il avait prises au cimetière.

« Vous avez une idée de ce que ça peut être ? Je crois que j'ai une invasion. »

Ludwig chaussa ses lunettes.

« Je n'arrive pas à voir quelle taille il fait », dit-il.

Jacob le lui indiqua en écartant les doigts.

« À peu près comme ça. »

Ludwig haussa un sourcil.

« Vraiment ? Si gros que ça ? Écoutez, je vais vous dire : envoyez-les moi par mail et j'y réfléchirai. Mais ne vous faites pas trop d'illusions : il est noir, brillant, il a six pattes. Ça peut être beaucoup de choses. Vous savez combien il existe d'espèces de coléoptères ? Environ quarante-douze milliards. Un jour, quelqu'un a demandé à un grand biologiste ce que son étude de la nature lui avait appris sur le Créateur. Il a répondu : "Dieu a une tendresse immodérée pour les scarabées."

– Par pitié, est-ce qu'on pourrait parler d'autre chose ? » supplia Grete.

Jacob les interrogea sur leurs enfants.

Leur fils cadet étudiait à UC Riverside, l'aîné était second dans un restaurant de Seattle.

« Vous devez bien manger quand il rentre à la maison.

– Je ne le laisse pas mettre un pied dans ma cuisine, rétorqua Grete. C'est un cataclysme ambulant. Il est du genre à sortir toutes mes casseroles pour faire une salade. Il a l'habitude que d'autres nettoient derrière lui.

– Tel père, tel fils », commenta Ludwig.

19

La circulation dans le sens sud-nord était épouvantable, tous les gens venus passer la journée au parc de SeaWorld rentrant sur Los Angeles. Jacob brûla quasiment un plein d'essence à taquiner la pédale d'accélérateur. Derrière et à côté de lui, les cartons tanguaient, gîtaient, menaçaient de se renverser, et, chaque fois qu'il jetait un coup d'œil dans le rétroviseur et tombait sur ce mur de couleur kraft, la magnitude de son nouveau fardeau l'accablait davantage.

Bonne chance. J'attends de vos nouvelles.

Merci, Phil.

Trois sorties avant l'aéroport, un message sur un panneau lumineux signalait un accident un peu plus loin. Jacob éteignit la radio et prit son mal en patience, profitant du calme pour se repasser mentalement sa discussion avec Ludwig.

La réticence de l'inspecteur à aller chercher du côté des familles pouvait provenir d'une foi sincère en leur innocence. Ou bien d'une certaine susceptibilité à ce que l'on suggère qu'il ait pu mal faire son boulot à l'époque. Jacob comprenait. Un regard neuf ne pouvait jamais nuire, mais ce n'était pas toujours agréable non plus. Il se demandait comment il le prendrait si un jeune bêcheur ayant la moitié de son âge et le double de son énergie débarquait pour l'interroger sur l'échec le plus retentissant de sa carrière.

Sans les arguments de vente de Ludwig, cependant, le scénario « Psychopathe contre psychopathe » semblait beaucoup moins convaincant. Les deux variantes – que Jacob baptisa respectivement « Coup de stress » et « Remords » – avaient de grosses failles.

La version Remords, parce que leur absence était précisément ce qui définissait un psychopathe. Il arrivait bien plus souvent qu'on chope un gars parce qu'il se vantait que parce qu'il se confessait.

La version Coup de stress posait le même problème : les psychopathes ne stressaient pas. Jacob ne connaissait pas de calme plus profond et glaçant. C'est ce qui leur permettait d'accomplir des actes qui feraient tourner de l'œil n'importe quelle personne normalement constituée.

Et puis, un type stressé ne perdait pas son temps avec des symboles.

Sauf si Ludwig avait raison et que l'objectif était de berner les flics.

Le psychopathe qui essaye de se faire passer pour un justicier. *Ah ah, je contrôle tout.*

Peut-être. Mais, au fond, Jacob n'y croyait pas. Il avait vu la tête coupée, il avait vu le message. C'étaient des gestes à la fois trop subtils et trop théâtraux pour ne pas être honnêtes.

C'étaient des télégrammes, venus droit du cœur.

Un cœur tordu, mais qui avait des sentiments, profonds.

Un cœur qui éprouvait le besoin de communiquer.

Son esprit lui suggéra alors une nouvelle contorsion mentale : une double feinte ? Un justicier essayant de se faire passer pour un psychopathe essayant de se faire passer pour un justicier ?

Ou l'inverse ?

On pouvait aller loin, à ce petit jeu.

En un sens, ce processus de raisonnement théorique – gonfler chaque idée au maximum avant de shooter dedans pour en tester la solidité – faisait appel à des compétences qu'il avait développées dans ses cours d'hébreu et à la *yechiva*. Les discussions consistaient à proposer une loi puis à lui trouver des réfutations et des contradictions. Parfois ces contradictions étaient résolues, parfois non. Parfois, le raisonnement derrière une loi se faisait démonter point par point, mais on maintenait la loi en pratique.

C'était une méthode idiosyncratique, un mélange de pure logique et d'exégèse fondée sur la foi, qui insistait sur la vérité de plusieurs vérités. On ne débattait pas pour trouver une réponse, mais pour savoir débattre.

Précisément pour cette raison, cette méthode avait ses limites quand on l'appliquait au monde réel. Il ne pensait pas que ses supérieurs se satisferaient d'une série de questions judicieuses.

À moins que…

C'est très bien, les questions.

La réfutation principale à la théorie Psycho contre psycho était la femme qui avait prévenu la police. Ludwig avait été forcé d'admettre qu'elle ne pouvait pas faire partie des tueurs d'origine, sauf s'il y avait une troisième personne dont on n'avait jamais soupçonné l'existence, et une telle hypothèse ne tenait pas la route. Deux tueurs, c'était déjà assez dingue ; deux plus une femme, ça devenait carrément chtarbé.

Jacob rit tout seul alors qu'un souvenir lui revenait en mémoire : un de ses vieux copains qui tenait une liste de mots pouvant passer pour du yiddish.

Chtarbé.

Schnock.

Tchatche.

Moche.

La Prius devant lui pila brusquement, et il écrasa la pédale de frein, le cerveau en ébullition. Il ne se rappelait pas avoir été aussi survolté depuis des années. Il ne réussirait jamais à s'endormir sans un verre.

Un panneau annonçait la prochaine sortie : Venice Boulevard. Il pouvait être au 187 en moins d'un quart d'heure. Il mit son clignotant.

J'ai eu l'impression que tu me poignardais.

Il coupa son clignotant.

Se rappela que c'était aussi la sortie pour aller chez Divya Das. Remit son clignotant.

Se rappela l'attirance qu'il avait ressentie pour elle.

L'éteignit.

Se rappela la nouvelle info sur le deuxième tueur. Il allait devoir parler à Divya pour le boulot, de toute façon. Bonne raison de passer la voir.

Le remit.

Sans prévenir ? À dix heures et quart un samedi soir ?

L'éteignit.

Ça commençait à ressembler à un passage du Talmud. Traité « Solitude ».

Le remit.

Chapitre « Celui qui se tape sa collègue de travail ».

L'éteignit.

Le conducteur derrière lui était probablement en train d'attraper un revolver dans sa boîte à gants.

Jacob donna un coup de volant pour prendre la bretelle de sortie.

Il lui passa un coup de fil depuis le trottoir, s'excusant par avance de la déranger. Deux étages plus haut, son visage apparut brièvement dans la pénombre. Il n'avait pas eu le temps de voir si elle souriait ou pas.

Elle avait laissé la porte entrebâillée et il la trouva dans la cuisine, en train de remplir la bouilloire. Elle avait enroulé ses longs cheveux noirs en un chignon retenu par deux baguettes chinoises ; un volumineux peignoir en éponge rouge accentuait la délicatesse de sa gorge et de ses poignets.

« Je vous ai réveillée », dit-il.

Elle roula les yeux et sortit une assiette de gâteaux secs.

« Vous devez vraiment croire que je n'ai pas de vie pour imaginer que je dors à cette heure-ci. Que me vaut le plaisir ? »

Il lui raconta sa journée avec Ludwig. Elle accueillit la nouvelle d'un deuxième tueur avec plus de réserve qu'il ne l'aurait pensé.

« Hum, fit-elle en s'asseyant au comptoir de la cuisine. C'est vrai que ça complique un peu les choses.

– C'est-à-dire ?

– C'est-à-dire que ça ne les simplifie pas, en tout cas. »

Il souffla sur son thé jusqu'à ce qu'elle l'interrompe d'un claquement de langue.

« Si vous préférez du Nestea, il y a une épicerie de nuit au coin de la rue. »

Mais elle souriait, et elle n'avait pas pris la peine de resserrer la ceinture de son peignoir. Dessous, elle portait une blouse chirurgicale saumon : encore un petit cadeau chapardé dans un labo ou un autre.

« Je me disais que vous pourriez peut-être me retrouver ce deuxième profil, dit Jacob.

– Avec plaisir. Mais il va falloir être patient. Vous savez comme moi que ça va beaucoup plus vite de travailler dans l'autre sens, à partir d'un échantillon connu.

– Même si vous appelez vos amis en haut lieu ?

– Malheureusement oui. Je ne suis pas amie avec tout le monde, et avant d'en arriver là il faut d'abord qu'on retrouve l'endroit où il est archivé. Promis, je m'y mets dès demain matin.

– Non, non, pas la peine. Ça peut attendre lundi.

– Je croyais que c'était pressé. »

Jacob haussa les épaules.

« Je m'en voudrais d'accaparer tout votre week-end, répondit-il.

– Puisqu'il est déjà établi que je n'ai pas de vie, enfin !

– À qui le dites-vous. Voyez où je passe mon samedi soir.

– Je vois, acquiesça-t-elle. On est deux. »

Jacob sentit le bord du comptoir lui rentrer dans les côtes, et il se rendit compte qu'il se penchait vers elle.

« Je vous ai googlé », annonça Divya.

Il haussa un sourcil.

« L'arroseur arrosé, renchérit-elle.

– Alors ? Quoi d'intéressant ?

– Je ne savais pas que vous sortiez d'Harvard.

– Je ne sors pas d'Harvard. Je n'ai jamais eu mon diplôme.

– Ah. Pardon. J'ai encore gaffé, c'est ça ?

– Non, ça ne fait rien. Ç'a été une année très bénéfique. Du moins j'espère, vu que je suis toujours en train de la rembourser. Enfin bref, je m'en suis quand même tiré. J'ai eu ma licence à Northridge. Même topo, c'est seulement l'emballage qui change.

– Pourquoi vous êtes parti ?

– C'était juste après la mort de ma mère. Je ne voulais pas laisser mon père tout seul. Il n'est pas complètement… Il a des problèmes de vue, et… J'ai pensé que ce serait mieux, voilà tout.

– C'était gentil de votre part.

– Ouais, peut-être.

– Pourquoi en douter ? Vous avez fait ce qu'un fils devait faire.

– Mouais. Sauf que ce n'est pas vraiment ça. »

Elle se tut.

« C'est vrai que je voulais être près de lui pour pouvoir l'aider, reprit Jacob. Mais, dit comme ça, on croirait que je me suis sacrifié, ce qui est complètement faux parce qu'il était tout à fait capable de se débrouiller sans moi. »

Il marqua une pause avant de poursuivre.

« Je suis parti à cause de moi. J'étais paumé, déprimé, et je n'ai pas tenu le choc. Je n'ai rendu aucun devoir pendant tout un semestre, alors ils m'ont retiré ma bourse et foutu dehors. Enfin, ils ont enrobé ça de façon un peu plus courtoise. Ils ont employé une formulation du genre : "Nous vous invitons à prendre un congé exceptionnel jusqu'à ce que vous soyez prêt." Techniquement, j'ai toujours le droit de me réinscrire. »

Il secoua la tête en riant.

« Et vous ? » demanda-t-il.

Elle avait les yeux arrondis de compassion et se mordait la lèvre, comme pour se retenir de dire des banalités.

« Moi ? fit-elle.

– Pourquoi avez-vous quitté votre pays ? »

Il songea que la véritable compassion, à cet instant, serait de changer de sujet. Visiblement, elle était parvenue à la même conclusion, car elle sourit et répondit :

« Pour fuir la vie d'adulte.

– Ah.

– Mes parents sont très traditionnels. Ils m'avaient organisé un mariage arrangé. Dans leur cas, ça avait marché, alors ils n'arrivaient pas à comprendre pourquoi je n'en voulais pas. Le temps file, maintenant ils sont terrorisés à l'idée que je ne me marie jamais. La dernière fois que je suis retournée là-bas, ma mère m'a fait asseoir solennellement et m'a demandé si j'étais lesbienne. »

Il sourit, but une gorgée de thé.

« Pour info, ajouta-t-elle, la réponse est non.

– L'un comme l'autre, ça ne me regarde pas. »

Silence.

Une fois de plus, il se félicitait qu'il y ait le comptoir entre eux, tout en maudissant ce comptoir entre eux.

« Écoutez, dit-il, je ne sais pas vous… »

Mais elle avait déjà baissé les yeux et secouait la tête.

« Ça doit être un record, reprit-il en riant. Je n'ai même pas fini ma phrase.

– Je suis désolée si je vous ai donné de fausses idées.

– Ça arrive. Désolé aussi. »

Elle se tordait les mains.

« Vous ne comprenez pas, je crois.

– Je suis un grand garçon, ça va, j'ai compris.

– Non. Je ne crois pas. »

Silence.

« Je ne suis pas comme vous, Jacob. »

Dans sa bouche, avec son accent, on avait presque l'impression qu'elle prononçait son prénom dans sa version hébraïque, Yakov.

« La différence, ça peut avoir du bon, rétorqua-t-il.

– Parfois, oui.

– Mais pas cette fois.

– Ce n'est pas comme si ça me rendait particulièrement heureuse.

– Dans ce cas, vous avez raison, je ne comprends pas.

– Que je sois heureuse ou que vous soyez heureux n'est pas la question.

– Je pense que si. Je pense même que c'est la seule.

– Ah bon ? Vraiment ?

– Qu'est-ce qu'il y a d'autre ? »

Elle ne répondit pas.

« Les gens comme vous et moi, poursuivit-il, on voit la souffrance tous les jours. On voit la mort. Je ne sais pas ce que ça vous a appris. Pour moi, c'est le moment, *ce* moment, qui compte. »

Elle eut un sourire mélancolique.

« *Carpe diem*, murmura-t-elle.

– Voilà. »

Elle laissa échapper un soupir, resserra son peignoir autour d'elle et se leva.

« Je vous appelle dès que j'ai du nouveau, inspecteur Lev. »

De retour sur le trottoir, Jacob resta un moment à fixer sa fenêtre jusqu'à ce que la lumière s'éteigne. Alors, l'obscurité soudaine révéla un ciel rempli d'étoiles froides.

HÉNOCH

Acham a appris, enfant, à compter les jours selon les cycles du soleil, mais, sur une terre sans relief ni saisons, levers et couchers la narguent.

Elle arrête de compter. Puis elle oublie qu'un compte ait jamais existé.

Elle oublie où elle va. Pourquoi elle veut y aller.

Ce n'est pas que sa détermination chancelle ; Acham ne se rappelle simplement plus ce qui a été fait et par qui. Elle oublie qu'il y a eu quelque chose à oublier.

Sa propre voix lui dit : *Rentre chez toi.*

Elle ne sait pas ce que cela signifie.

Un jour, elle ne cherche plus son frère ni sa maison, mais Michaël, l'homme grand comme un arbre. Elle tombera à ses pieds et le suppliera de mettre fin à ses tourments.

S'il est aussi miséricordieux que dans son souvenir, il le fera volontiers.

Peut-être se méprend-elle, cependant. Peut-être n'est-il que le fruit de son imagination.

La chaleur l'écrase. Le monde vacille et miroite.

Elle marche à la tombée du jour, à l'instar de ces rongeurs dont les yeux brillent dans la pénombre. La mue des serpents sur les pierres lui enseigne comment se frotter le corps de sable. Elle fonce tel un lézard sur les lézards, leur arrache la tête et aspire leurs viscères chauds et visqueux.

Quand elle voit des gens, elle s'élance vers eux. Comme les mares d'eau fraîche qui apparaissent lorsque le soleil est au zénith, leurs visages s'évaporent à son approche. Sur leurs mains levées en salut poussent des épines. Enragée, elle les coupe en deux et suce l'humidité âpre à l'intérieur.

Tous les jours se ressemblent.

Tous les jours, la terre tremble.

La première fois qu'elle l'a senti, elle a cru que c'était son propre corps qui tressaillait. Un craquement à fendre les os, suivi de l'apparition d'une crevasse dans la plaine jusque-là uniforme, l'a détrompée. Mais elle était trop abasourdie, et tout s'était passé trop vite pour qu'elle ait vraiment eu peur.

La fois suivante, en revanche, son esprit était prévenu. Dès qu'elle a senti le mouvement et entendu le rugissement, elle s'est mise à hurler, à courir en cercles, jusqu'à ce que ça s'arrête. Elle n'avait nulle part où se cacher, et nulle raison de croire que cela eût servi à quelque chose.

La colère du Seigneur était sur elle.

Quand, après des jours sans nombre, une nouvelle silhouette apparaît à l'horizon, elle croit d'abord à un mirage de plus.

Loin de rétrécir et de se dissoudre à son approche, cependant, la forme devient plus imposante, plus nette, projetant une longue ombre rectangulaire.

C'est un mur solitaire, fissuré et érodé par le vent. Il n'est pas fait de branchages comme ceux de la hutte familiale (l'espace d'un instant béni, elle se souvient de ça ; elle se souvient d'eux), mais d'argile séchée ; cette même terre ocre sur laquelle elle se tient, cette terre sur laquelle elle erre depuis l'éternité.

Miraculeusement, quelqu'un a réussi à l'arracher au lit de la plaine pour lui ordonner de prendre forme et de tenir à la verticale.

Elle étudie les jointures entre les blocs ; elle gratte la surface du mur, et du sable vient se loger sous ses ongles.

D'autres blocs délimitent le plan de la structure telle qu'elle était prévue. Mais, à part le premier, tous les murs se sont effondrés, si tant est qu'ils aient un jour été érigés. Il n'y a pas de toit. On dirait que le bâtisseur a abandonné son projet en cours de route.

La symétrie, l'ingéniosité : c'est l'œuvre de Caïn.

Pourquoi avoir abandonné après tant d'efforts ?

Elle a la réponse l'après-midi même.

Blottie dans l'ombre du mur, elle est réveillée en sursaut par le courroux de la terre. C'est la chance qui la sauve, car elle n'a pas réussi à bouger avant que le mur se cabre et plonge en arrière, s'écroulant en un amas de ruines.

Le tremblement finit par s'arrêter, elle sort la tête d'entre ses bras et se lève dans un nuage de poussière. Le tas de blocs brisés se fige dans un soupir, déçu de l'avoir ratée.

Si elle avait dormi de l'autre côté – ou si le mur avait choisi de plonger dans l'autre sens –, elle serait morte à coup sûr.

L'absurdité de construire sur un sol aussi capricieux lui apparaît clairement. Caïn l'a certainement compris lui aussi. Il continuera jusqu'à trouver un endroit plus propice où établir son campement.

D'un coup, elle est frappée par l'affinité qui les lie.

L'affinité ravive la mémoire.

La mémoire ravive la haine.

Elle attend le soir pour reprendre la route, la colère ressuscitée dans son cœur.

Des mois plus tard, elle trouve la deuxième hutte.

Pendant tout ce temps, elle a marché droit devant elle, dos au soleil couchant. C'est ce qu'elle a fait car c'est ce que Caïn aurait fait. Elle oriente ses pensées vers les siennes, et des signes de sa présence commencent à resurgir, et à nouveau la voie s'éclaire.

Elle ne fléchira plus.

En quelques jours, la monotonie de la plaine laisse place à des bouquets d'arbres isolés. De hautes herbes apparaissent, furtives d'abord, puis résolues et foisonnantes, déferlant comme une nuée de sauterelles. Des herbes qui piquent ; d'autres qui collent ; une qui rafraîchit la bouche, une autre à l'odeur épicée, qui la gratte pendant une semaine si elle a le malheur de s'y frotter.

Sur ce fond pâle, les traces noires des feux de camp abandonnés se voient bien, et le lumineux chemin la mène jusqu'au squelette brisé d'une bête de taille moyenne, dont les os ont été finement incisés par une lame de pierre.

Les entailles, efficaces, ont été pratiquées par une main experte.

Dans les profondeurs de la prairie, la terre ne produit plus ni odeurs pestilentielles, ni fumée, ni tremblements. L'air est assez doux pour que renaissent ici étangs et cours d'eau. Ils lui renvoient un reflet terrifiant lorsqu'elle s'y agenouille pour boire : elle n'a plus que sa peau pelée sur les os ; on voit son crâne aux endroits où ses cheveux sont tombés par poignées.

La deuxième hutte, lorsqu'elle la croise, ne l'étonne pas. Elle la pressentait depuis quelques jours. Elle n'est guère plus surprise de constater que Caïn a perfectionné ses méthodes. Trois murs épais, un tapis d'herbes tressées, un tas de blocs d'argile non utilisés.

Il y a des os d'animaux partout, certains façonnés en outils qu'elle ne sait pas identifier. Elle en choisit un de la longueur de son bras, menaçant avec sa pointe affûtée, avant de reprendre sa route.

Chacune des deux huttes suivantes est plus vaste et plus élaborée que la précédente. La cinquième est encore plus impressionnante ; c'est davantage qu'une hutte, en réalité, car elle consiste en plusieurs structures extérieures organisées autour d'un bâtiment central dominant.

Étonnamment, si les plus petites constructions contiennent les signes d'habitation désormais familiers – cosses de graines, outils en os, cendres –, la plus imposante n'abrite rien d'autre qu'une haute colonne de terre soigneusement lissée.

Il a dû se passer quelque chose d'important ici. Ça ne ressemble pas au Caïn qu'elle connaît de bâtir sans visée précise en tête.

Et, ayant bâti, ça ne lui ressemble pas d'avoir fui.

Il doit savoir qu'elle est sur ses traces.

Ce soir-là, elle s'assied devant le feu avec une poignée de baies. Depuis qu'elle s'est engagée dans la prairie, elle survit de nouveau grâce aux plantes.

Quel effroi, alors, de sentir soudain que le goût de la viande lui manque.

Et quelle chance de découvrir, juste derrière elle, un gros quartier saignant.

Sans hésiter, elle y plonge le visage. La chair est si fraîche qu'elle palpite encore, incroyablement savoureuse et, mieux que tout, inépuisable : des morceaux tout neufs repoussent aux endroits qu'elle a arrachés de ses dents. Son ventre enfle au point d'exploser, mais elle ne peut s'arrêter de manger, du moins jusqu'à ce qu'elle entende son nom et relève la tête, pour s'apercevoir que cette viande n'est pas une pièce découpée mais un membre vivant.

C'est la cuisse de Caïn, dont l'articulation est encore plus ou moins attachée à son corps.

Il la couve d'un regard bienveillant. *Repais-toi.*

Elle se réveille de son rêve le visage et le cou trempés : de la salive s'est accumulée dans le creux de sa gorge et a séché sur son menton.

Un soir en chemin, sentant sa jambe mouillée, elle baisse les yeux et constate qu'elle s'est entaillé la cuisse. Elle ne s'en est pas rendu compte sur le moment mais, dès qu'elle tâte la plaie et en découvre la profondeur, ça commence à la lancer. Une longue traînée de gouttes rouges la suit. Elle déchire une bande crasseuse de son drap de lin, s'en fait un garrot et se remet en route.

En quelques minutes, le tissu, saturé, dégouline. Elle grimace, s'empresse de rejoindre une petite clairière où elle prend le temps de renouer le bandage. Elle le serre fort, trouve son équilibre pour se redresser, marque un temps d'arrêt.

Elle n'est pas seule.

Des corps invisibles font onduler la prairie. Elle ramasse une pierre, la lance dans l'herbe en criant. Le mouvement cesse.

Un grognement sourd s'élève. Un autre lui répond.

Silence.

Ça recommence à bouger.

Elle jette une autre pierre. L'ondulation persiste néanmoins. Son premier tir a échoué. Ils ont compris qu'elle ne pouvait pas leur faire de mal.

Elle se dresse, agrippe d'une main sa lance en os, de l'autre sa jambe blessée.

Elle attend.

Des museaux noirs apparaissent, qui remuent d'un air vorace.

Des langues jaillissent de gueules tachetées de jaune sur des têtes rondes. Des rictus idiots.

Elle en dénombre quatre, cinq, six, sept. Ce sont des bêtes efflanquées, cernées d'un halo de puces. Elles lui arrivent à la taille. Elle les dominerait largement si elle n'était ainsi pliée en deux, à compresser sa jambe en sang.

La plus grande lève le museau et se met à rire.

C'est un son démoniaque.

Le reste de la meute se joint à elle, dans un chœur de gloussements déments.

La première attaque vient de derrière, c'est une mise à l'épreuve. Acham donne un grand coup de lance, griffe le sol mais rate la bête de très loin. Celle-ci replonge dans la prairie en riant.

Les autres s'esclaffent à leur tour.

Elles s'amusent.

À toi l'honneur, semblent-elles dire. *Non, non, je t'en prie. J'insiste.*

La charge suivante arrive sur son flanc : Acham pivote, réussit à toucher son assaillant du tranchant de sa lance. L'animal déguerpit en glapissant. Dans son sillage, deux autres surgissent ; l'un vise sa jambe, l'autre lui saute à la gorge.

Acham darde sa lance frénétiquement et, quelques instants plus tard, une bête gît à terre dans une plainte, le ventre dégueulant de boyaux, une patte raclant le sol pour tenter de se traîner à l'abri.

Acham s'en approche en boitant, s'agenouille et lui plante la lance dans la gorge, histoire de la faire taire pour de bon.

Puis elle récupère son arme et se redresse, les bras ruisselants de rouge.

La chef de la meute gronde.

Elles l'ont sous-estimée.

Alors, elles la chargent toutes en même temps, de tous les côtés à la fois, et, bientôt, elle est tellement coupée, mordue, griffée qu'elle ne sent plus rien ; juste, à la place de la douleur, une déception hébétée de devoir échouer de façon si peu glorieuse, face à des adversaires si peu glorieux. Ce n'est pas son genre de capituler sans se battre.

Elle se bat.

Elle triomphe d'une deuxième créature, d'une troisième, mais elles sont trop nombreuses, trop coordonnées, Acham sent leur haleine fétide autour d'elle tandis qu'elle s'effondre et se roule en boule, alors elles tentent de briser sa colonne vertébrale en lui mordant la nuque et, terrorisée, elle se tend d'un coup ; les bêtes l'avaient sans doute anticipé car elles viennent fourrer leur museau dans son ventre, qui se raidit de peur ; Acham attend de mourir, quand soudain retentit un hurlement, plus profond, plus puissant que ceux des bêtes en train de la dévorer.

Aussitôt, son champ de vision se dégage, aussitôt il se remplit de mouvement. Un nuage blanc rôde au-dessus d'elle, bondit de droite à gauche, lui tourne autour ; il grogne, se jette sur ses agresseurs, les repoussant loin dans les herbes, secoués de rire, jusqu'à ce que le dernier ait disparu et qu'il ne reste qu'elle, vivante.

Elle entend leurs gloussements s'éloigner.

Un halètement tranquille.

Elle se déplie.

En plus des trois qu'elle a tuées, une quatrième bête gît, dépecée, la tête presque arrachée.

À côté, une silhouette familière veille.

Le chien de troupeau d'Abel, la gueule barbouillée de sang.

Elle tend vers lui une main tremblante.

Il trotte jusqu'à elle et nettoie à grands coups de langue sa paume ensanglantée. Puis recule.

Elle se remet sur pied tant bien que mal, en prenant appui sur sa lance.

Le chien traverse la clairière, s'arrête pour s'assurer qu'elle le suit.

La distance qu'ils parcourent n'aurait dû leur prendre qu'une demi-journée. Dans son état, il leur en faut deux entières. Sa soif semble ne jamais vouloir s'apaiser, et elle doit s'arrêter fréquemment pour refaire ses bandages. Les blessures les plus légères ont déjà cicatrisé. Les autres piquent à l'air libre, mais elles sont sèches.

C'est sa plaie à la cuisse qui l'inquiète. Elle continue de saigner et suinte maintenant du pus verdâtre qui sent la pourriture. La douleur s'enracine dans sa chair, se noue tout près de l'os, se dilate et se contracte au rythme des battements de son cœur. Elle a la peau brûlante, tendre au toucher, et l'œdème s'est aggravé, englobant désormais son genou, ce qui la ralentit encore davantage.

Sentant qu'elle n'est pas bien, le chien garde ses distances, assez loin devant pour la presser d'avancer, assez près pour éloigner tout danger. Il boite, lui aussi ; une des bêtes a dû le mordre. Elle essaie de lui faire comprendre à quel point elle est désolée de l'avoir entraîné dans une bagarre. Elle s'excuse à voix haute.

Jamais il ne trahit d'impatience. Jamais il ne paraît se fatiguer, montant la garde pendant qu'elle dort.

Le deuxième jour, il la guide jusqu'au seuil d'une nouvelle vallée, qui ressemble à celle où elle a grandi, en plus petite, en plus sèche.

Acham est subjuguée par ce qu'elle y voit.

Un impressionnant complexe de bâtiments en terre qui s'étire à perte de vue, une éruption brune et rugueuse percée à intervalles réguliers de passages dégagés pour permettre la circulation d'un point à un autre.

La circulation des centaines de personnes qui s'y trouvent.

Le chien aboie et entame sa descente.

La pente est raide et caillouteuse, Acham est saisie de vertige. Sa jambe blessée ne peut supporter longtemps son poids sans que des décharges de douleur ne fusent jusqu'à son bas-ventre et son torse. Elle compense à l'aide de ses mains, elle a les paumes à vif quand elle arrive au fond de la vallée.

Le chien sait où il va. Sans lui, elle se serait instantanément perdue dans le dédale des constructions. Des plus modestes aux plus grandioses, elles reflètent la variété de leurs habitants, jeunes ou vieux, gros ou maigres, diversement vêtus, d'une peau blanche comme le lait ou noire comme la poix, avec toutes les nuances intermédiaires.

Tous réagissent à son apparition de la même façon : ils interrompent leur activité pour la dévisager. Quel spectacle elle doit offrir, répugnante de saleté et à demi morte ! Alors qu'elle progresse péniblement, une foule s'agglutine à sa suite, dont les murmures enflent comme une tempête de méfiance.

Un homme sort du rang pour lui barrer le chemin.

« Qui es-tu ? »

Elle dit : « Je m'appelle Acham. »

D'autres hommes apparaissent au côté du premier, chacun armé d'une lance en os similaire à la sienne, mais prolongée d'un manche en bois.

« Quel crime as-tu commis ? demande l'homme.

– Aucun.

– Alors que fais-tu ici ?

– Je ne sais pas ce que tu appelles *ici* », répond-elle.

La population bruisse.

« Tu te trouves dans la ville d'Hénoch, annonce l'homme.

– Qu'est-ce qu'une ville ? »

Des rires. La jambe d'Acham palpite de douleur. Les parois de sa gorge adhèrent entre elles. Elle n'a pas bu depuis des heures ; une erreur.

« J'ai été attaquée par des bêtes, explique-t-elle. Le chien m'a sauvée et m'a amenée ici.

– Pourquoi aurait-il fait une chose pareille ?

– Il me connaît. C'est le chien de mon frère. »

Silence.

Soudain, la tension explose, les habitants s'invectivent les uns les autres, s'en prennent à l'homme, à elle. Ils avancent comme pour la saisir, mais le chien se précipite à son secours, aboie, grogne, de même que la fois précédente.

La foule recule, met sa colère en sourdine.

« Tu dis vrai, reprend l'homme.

– Évidemment », réplique Acham.

Il esquisse un sourire, s'incline et lui laisse le passage.

La foule s'écarte.

Le chien ouvre la voie.

Personne ne la touche, mais elle les sent qui la suivent à distance.

Le chien bifurque vers un bâtiment en terre qui, par sa taille et sa perfection, surpasse tous les autres. Il est magnifique à voir, tout comme les deux hommes torse nu qui montent la garde au bas de l'escalier. Le chien gravit les marches en sautillant, s'arrête sur le perron pour aboyer à son attention, puis disparaît à l'intérieur.

La jambe en feu, Acham s'approche d'un pas boiteux. Les gardes croisent leurs lances pour lui bloquer le passage.

La foule derrière elle se remet à murmurer.

« S'il vous plaît, laissez-moi passer », dit-elle.

Les hommes ne cillent pas. Ils ne bougent pas un muscle, et ce n'est pas faute d'en avoir. Acham tente de jeter un coup d'œil derrière eux, mais ils sont larges comme des bœufs et se décalent pour lui boucher la vue.

Le chien surgit en frétillant entre leurs jambes et aboie.

Une voix derrière eux dit : « Ouvrez, je vous prie. »

Les gardes s'écartent d'un mouvement fluide, révélant un jeune garçon vêtu d'une peau de bête propre. Il porte autour de la tête un bandeau jaune vif, autour du cou une lanière à laquelle se balance une fleur dorée. Il a les yeux foncés, emplis de curiosité.

Le chien se précipite vers Acham en agitant la queue et en jappant d'impatience.

« Bonjour, dit le garçon. Je suis Hénoch. Et toi, qui es-tu ?

– Acham.

– Bonjour, Acham.

– C'est ton chien ? »

Le garçon hoche la tête.

« Il est très gentil », dit-elle.

Nouveau hochement de tête.

« Qu'est-ce que tu t'es fait à la jambe ?

– Je me suis blessée, répond-elle, alors qu'elle sent monter une vague de sueurs froides.

– Je suis désolé, dit Hénoch. Tu veux entrer ? »

La fraîcheur qui règne à l'intérieur la stupéfie. Elle se met à frissonner. La pièce est caverneuse, des tabourets en bois sculpté sont dispersés un peu partout, les murs percés de portes qui ouvrent sur de l'obscurité. À intervalles réguliers, des torches remédient en partie au manque de lumière.

« Je ne t'ai jamais vue, dit Hénoch, sans la moindre trace de malice. D'où viens-tu ?

– De loin.

– C'est intéressant. »

Elle sourit, malgré sa gêne.

« Tu aurais de l'eau, s'il te plaît ? »

Hénoch s'empare de la fleur dorée autour de son cou et la secoue, produisant un tintement sonore.

Un homme, torse nu, se matérialise en silence dans l'embrasure d'une des portes.

« De l'eau, je vous prie », réclame Hénoch.

L'homme disparaît.

Acham n'a pas lâché la fleur des yeux.

« Qu'est-ce que c'est ?

– Une clochette, voyons.

– Je n'en ai jamais vu.

– Pourquoi ?

– Eh bien… parce que. D'où je viens, il n'y a pas de clochettes.

– De loin.

– Oui, très loin.

– C'est intéressant, répète le garçon.

– Je peux essayer ? »

Hénoch ôte la lanière de son cou et la lui tend. Acham agite la clochette, mais elle produit un son étouffé, qui n'a rien à voir avec le tintement cristallin et perçant qu'elle a entendu plus tôt.

« Non, non, comme ça, dit-il en attrapant la clochette par le haut pour la faire sonner. Tu vois ? »

Un nouvel homme au torse nu arrive par une porte différente.

Le garçon s'esclaffe et rend la clochette à Acham.

« À toi. »

Elle sonne.

Un troisième homme se présente.

« Ça marche à chaque fois ? demande-t-elle.

– Bien sûr. Essaie, tu verras. »

Acham convoque deux autres hommes, dont l'un entre en collision avec le tout premier, lequel se hâtait de revenir, une coupe brillante à la main, qui répand son eau sur le sol. Les trois autres se précipitent pour nettoyer, sous les rires et les applaudissements du garçon qui s'exclame : « Encore, encore ! », alors Acham s'exécute, elle fait tinter la clochette, d'autres hommes surgissent et c'est la confusion, un véritable ballet, encore de l'eau renversée, puis des pas qui approchent et soudain tous les hommes se rangent au garde-à-vous contre le mur tandis qu'une nouvelle voix, tendue d'exaspération, met un terme au chahut.

« Je t'ai prévenu : si tu n'arrêtes pas tes bêtises, je te la confisque. »

Il apparaît, vêtu d'une cape de peau, un bâton enflammé à la main, et elle remarque aussitôt combien les années l'ont changé. Il est plus dur, plus sec et, bien qu'il porte les cheveux longs, il s'est dégarni, de sorte que le cordon de la cicatrice qui lui barre le front ressort nettement. En la voyant, Acham manque de défaillir.

« Ce n'est pas moi, dit Hénoch. Elle a voulu essayer. »

Caïn ne répond pas.

« Il a raison », intervient Acham.

Un nouveau vertige s'empare d'elle, plus puissant que le précédent. Elle enfonce ses ongles dans la chair de sa paume.

« Ne t'en prends pas à lui, ajoute-t-elle.

– Laissez-nous », ordonne Caïn.

Les hommes au torse nu se dispersent.

« Toi aussi.

– Pourquoi ? demande Hénoch.

– Va-t'en. »

Le garçon, quoique contrarié, obéit.

Si ce n'est le souvenir de la clochette et le sifflement des flammes, plus un bruit ne règne.

« Tu lui as aussi volé son chien », dit Acham.

Caïn sourit.

« Tu dois être fatiguée. »

Il approche un tabouret en bois.

« Assieds-toi donc. »

Elle ne peut pas bouger. Un picotement inexplicable parcourt tout son corps. Ses genoux s'entrechoquent.

Les torches rétrécissent. La pièce rétrécit, se met à tourner sur elle-même.

Elle aurait tant à dire.

Elle perd connaissance.

20

L'énorme dossier du Rôdeur reflétait la longue histoire compliquée de cette affaire, ainsi que l'évolution des technologies et le passage du temps.

Il y avait des photos noir et blanc, des photos couleur, des photos scannées numériquement et réimprimées. Des transcriptions d'interrogatoires, des rapports d'autopsie, des rapports forensiques, assez de paperasse pour reconstituer une petite forêt.

Les premiers documents étaient tapés à la machine ou piquetés par une imprimante matricielle ; les suivants étaient baveux, arrachés trop vite à la gueule d'une imprimante jet d'encre. Sur les plus récents, l'impression laser était pâlichonne, les coupes budgétaires ayant transformé les délais de commande d'une nouvelle cartouche toner en une file d'attente soviétique.

Jacob dénombra quarante-trois écritures différentes, parfois seulement quelques gribouillis dans la marge, et deux qui au contraire remplissaient des pages et des pages : les acteurs clés de l'affaire côté LAPD.

Howie O'Connor écrivait en script, des petites lettres nettes et régulières qui collaient bien avec son approche carrée. C'était un bûcheur, le genre à faire des listes et à marquer d'une croix l'emplacement de chaque meurtre sur une carte pour exclure un potentiel schéma géographique.

Il était aussi un peu brusque en interrogatoire, coupant les gens au milieu d'une phrase quand ils déviaient de la question posée.

Aux yeux de Jacob, c'était un péché capital pour un enquêteur. L'idée était de faire parler la personne que vous aviez devant vous, et pour ça il fallait se la boucler, laisser l'esprit de votre interlocuteur vagabonder comme il voulait. Les meilleurs interrogateurs étaient comme des psys, le silence restait leur outil le plus performant.

Google donnait quelques photos qui pouvaient, ou pas, être celles d'O'Connor. C'était un nom assez répandu. Rien sur un scandale de harcèlement sexuel. Étouffé, ou jamais rendu public. De nos jours, on en parlerait déjà sur des blogs en Ouzbékistan avant que le type ait eu le temps de remonter sa braguette.

Ludwig avait dit d'O'Connor que c'était un bon flic ; peut-être n'était-ce pas dans l'affaire du Rôdeur qu'il s'était le plus illustré.

Peut-être que son impatience et son pelotage de témoin étaient tous les deux les signes d'un même malaise, un brave homme anesthésié par l'horreur, croulant sous la bureaucratie.

Peut-être que c'était cette enquête précisément qui lui avait fait perdre pied.

Jacob interrompit là sa cogitation sur le sujet. Un atlas de la psyché d'Howard O'Connor ne lui apprendrait rien sur les neuf meurtres.

À part leur jeunesse et leur physique agréable, les victimes avaient peu de choses en commun. Elles n'appartenaient pas au même milieu social. Cathy Wanzer et Laura Lesser fréquentaient toutes les deux un bar à l'angle de Wilshire Boulevard et de la Vingt-Sixième Rue, mais tout le monde, de leurs petits copains aux barmen, jurait qu'elles ne se connaissaient pas, et après avoir surveillé l'endroit pendant des mois O'Connor avait fini par conclure à une coïncidence.

Le mode opératoire était une autre histoire. Là, c'était cohérent.

Toutes les neuf vivaient seules, dans des maisons sans alarme ou des appartements en rez-de-chaussée séparés des autres immeubles environnants par une plus grande distance que la moyenne.

Aucun signe d'effraction.

En y repensant, Jacob comprenait l'intensité de la panique ambiante.

Un monstre qui s'introduit chez vous comme si de rien n'était, qui vous trucide et qui s'évapore.

Aussi inimaginable que ce soit avec le recul, avant le cinquième meurtre, personne n'avait songé à comparer les échantillons de sperme. Il n'y avait donc aucune raison de penser qu'O'Connor ait pu envisager l'hypothèse de deux tueurs jusqu'à très – trop – tardivement dans le cours de l'enquête.

Jacob s'efforçait de garder à l'esprit les contraintes de l'époque. En 1988, les analyses d'ADN étaient une technique nouvelle, sophistiquée, chère. Leur recevabilité devant un tribunal faisait l'objet de débats ; la décision d'engager le temps et l'argent nécessaires n'avait rien d'automatique.

En 1988, le mot d'ordre, c'était : *enrayer la guerre des gangs*.

La puissance informatique collective du LAPD, *circa* 1988, aurait tenu sur le Smartphone de Jacob.

On pouvait déjà reconnaître à O'Connor le simple mérite d'avoir demandé une analyse, et encore plus d'avoir établi aussi vite le lien entre les meurtres.

L'endroit du dossier où Ludwig avait pris le relais sautait aux yeux : Jacob reconnaissait son écriture appliquée d'après l'étiquette des papillons monarques. Il avait une approche plus fine que son prédécesseur. Il posait les bonnes questions – à savoir celles que Jacob aurait posées –, repérant les détails qui clochaient et leur cherchant une solution.

Mais ses talents d'enquêteur étaient largement diminués par les dix années qui s'étaient écoulées entre-temps. Les souvenirs s'étaient estompés, les détails brouillés. Les gens étaient morts, ou bien avaient quitté la ville, ou encore se muraient dans un ressentiment amer quand on venait leur demander une fois de plus de revisiter le pire moment de leur vie. Certains se montraient carrément hostiles, refusant de parler tant qu'ils n'auraient toujours constaté aucun signe de progrès.

Ludwig avait dressé une liste de personnes à interroger qui faisait trente-six pages. Quelques noms étaient marqués d'un astérisque. Jacob ne savait pas si cela signifiait qu'ils méritaient une attention particulière ou qu'ils pouvaient être éliminés.

Denise Stein n'en faisait pas partie.

Le sol de son appartement était tapissé de papiers, des bouteilles de Jim Beam placées aux endroits stratégiques, permettant à Jacob d'en avoir toujours une à portée de main qu'il pouvait attraper sans relever les yeux. Il en but une rasade et se mit à ramper à la recherche du dossier d'Howie O'Connor sur le meurtre de Janet Stein.

Les commentaires d'O'Connor au sujet de Denise étaient brefs. C'était elle qui avait trouvé le corps de sa sœur. L'inspecteur la jugeait trop atteinte pour être considérée comme un suspect.

Jacob était à peu près sûr que personne n'avait pris le temps de l'interroger en détail.

Aucune raison à cela. Ils cherchaient le Rôdeur, pas le Vengeur du Rôdeur.

Il s'assit à son bureau et secoua la souris pour réveiller l'ordinateur.

Denise Stein échappait à tous les radars. Pas d'adresse répertoriée. Pas de casier judiciaire. Le numéro qu'avait indiqué Ludwig sur sa fiche le mettait en relation avec le répondeur de quelqu'un d'autre.

Avait-elle été internée ? Jacob doutait qu'aucun médecin ni administrateur accepte de le lui confirmer par téléphone. Il faudrait qu'il se déplace en personne afin de plaider sa cause, en croisant les doigts pour qu'on ne l'oblige pas à passer par tout un tas de procédures juridiques.

Il alla fouiller dans la cuisine avec l'espoir d'y dégoter quelque chose qui soit périmé depuis moins de trois mois, revint au salon avec le fameux chiche-kebab façon Lev : sept olives vertes empalées sur une brochette en bambou. Il les préleva lentement une à une, les mâcha encore plus lentement, se concentrant sur leur texture charnue pour éviter d'avoir à regarder les photos des meurtres posées sur la table basse.

Il avait gardé ça pour la fin, préférant d'abord explorer à fond le point de vue des deux inspecteurs. Alors seulement, il pourrait assimiler de façon objective les images brutes.

Pipeau. Il ne voulait pas les assimiler du tout.

Il gagna encore un peu de temps, rinçant la brochette dans l'évier, s'essuyant les mains sur son pantalon, se resservant un verre. Puis il se rapprocha en crabe ; utilisa sa vision périphérique pour faire du premier corps une abstraction ; et, pour finir, regarda implacablement Helen Girard, qu'il voyait comme son petit copain l'avait vue en cet après-midi du 9 mars 1988.

Nue, sur le ventre, jambes écartées, le lit poussé sur le côté afin de lui faire de la place par terre.

Le rapport d'autopsie notait des traces d'abrasion aux poignets et aux chevilles, bien qu'elle n'ait pas été attachée au moment de la découverte du corps. Des hématomes diffus dans la région lombaire suggéraient que le tueur avait dû s'agenouiller sur son dos et lui tirer violemment la tête en arrière pour lui trancher la gorge jusqu'à la colonne vertébrale.

Le jet artériel avait aspergé les plinthes, le bas du couvre-lit, et laissé sur la moquette une tache oblongue qui s'étirait jusqu'à une fenêtre inondée de jour.

Mais le sang avait surtout formé une mare autour d'elle, imprégné les poils de la moquette, noirci en séchant, de sorte qu'elle paraissait comme suspendue au-dessus d'un gouffre sans fond.

Histoire de devancer la nausée, Jacob entreprit de se poser des questions.

Pourquoi l'avoir attachée, puis libérée ? Par peur de laisser des pièces à conviction ? Pour qu'elle résiste un peu afin d'augmenter l'excitation ?

Des radins qui ne voulaient pas devoir racheter une corde ?

Il passa à Cathy Wanzer.

Pareillement étalée face contre terre sur le sol de sa chambre, pareillement attachée puis libérée, la gorge tranchée.

Même type d'éclaboussures : un long bras de sang tendu à partir d'un trou noir béant.

Autre similitude : le reste de l'appartement était intact. Elle ne s'était pas débattue. Peut-être lui avaient-ils dit qu'ils ne lui feraient pas de mal du moment qu'elle coopérait.

Avec Christa Knox, c'était différent. Des signes de lutte violente dans la chambre à coucher – une table de nuit renversée, une porte de penderie arrachée, ne tenant plus que par un gond – se prolongeaient jusque dans le salon, où son corps gisait, du sang projeté de façon erratique sur les azulejos, avec des affluents et des petites rigoles le long des joints.

Elle s'était réveillée et les avait vus.

Elle avait deviné ce qui l'attendait.

Essayé de s'enfuir.

Preuve supplémentaire de sa volonté de vivre : elle avait les genoux et les avant-bras sévèrement contusionnés, et il lui manquait une grosse poignée de cheveux à la base du crâne.

Elle s'était cabrée, démenée, et elle était morte quand même.

Pas de traces de sperme.

Ils avaient pris peur ? Trop de bruit ?

Patty Holt était une brindille mais, comme Christa, elle avait résisté, réussissant à atteindre la cuisine pour y livrer son dernier combat. C'était dans son cas qu'on avait retrouvé du sang différent de celui de la victime, comme l'avait mentionné Divya Das : sur le bord brisé d'une assiette en céramique.

Bien joué, Patty.

Jacob pensait que, si les tueurs avaient ensuite décidé de changer de tactique, ce n'était pas une coïncidence. L'affaire faisait alors la une des journaux. Ils ne pouvaient plus miser sur la discrétion.

Aussi, alors que les quatre premiers meurtres avaient eu lieu entre minuit et trois heures du matin, Laura Lesser était morte autour de dix heures, en rentrant d'une garde de nuit à l'hôpital. Assise en pyjama dans son salon, en train de prendre un petit déjeuner devant la télévision.

Jacob l'imagina se dresser d'un bond en apercevant les deux hommes.

Lâcher son jus de pamplemousse.

Un bol de céréales avait survécu, indemne, sur l'accoudoir du canapé.

Howie O'Connor avait diligemment noté que son contenu était tout ramolli.

Inquiète de ne pas voir Laura au travail, sa meilleure amie et collègue était passée chez elle et, comme personne ne répondait à ses coups de sonnette, elle avait collé son visage à la vitre. La maison possédait une seconde chambre que Laura avait transformée en dressing ; des piles de chaussures avaient été déblayées afin de faire de la place pour son corps.

Peu de temps après, la ville avait été entièrement bouclée.

Quatre mois de paix.

Quand les tueurs avaient repris du service, c'était un retour aux sources : de nuit, le sang et les dégâts circonscrits à la chambre à coucher de Janet Stein.

Le lendemain matin, Denise Stein s'était introduite dans l'appartement grâce à son double des clés. Elle venait souvent dormir sur le futon de sa sœur quand la situation devenait trop tendue chez elle. Ce jour-là, elles avaient prévu d'aller faire du shopping ensemble. Voyant la porte de la chambre fermée, Denise avait pensé que Janet dormait encore. Elle s'était servi un Coca, attendant une demi-heure avant de s'impatienter et d'entrer sans frapper.

Une jeune femme déjà perturbée, confrontée à *ça*.

Qu'est-ce qu'il allait bien pouvoir lui dire, bordel ?

Le septième meurtre dérogeait légèrement à la norme. Inez Delgado était la deuxième victime dont le corps ne recelait aucune trace de sperme ; ses poignets ne présentaient pas de marques d'abrasion ; et, bien qu'elle ait été retrouvée dans sa chambre, le reste de la maison avait été saccagé aussi.

La première impression de Jacob était qu'elle avait tenté de s'échapper, renversant des objets sur son passage avant de retourner se réfugier dans sa chambre pour essayer de s'y enfermer.

Mais les divergences dans les blessures infligées et les projections de sang mettaient à mal cette théorie. Inez avait été poignardée de quinze coups de couteau dans le ventre, maculant la salle de bains de sang et de bile. À partir de là, des traînées longeaient le couloir et remontaient jusqu'au pied de son lit, où l'absence d'une flaque importante autour de sa gorge faisait dire au coroner qu'elle avait été tranchée post mortem.

Un besoin de cohérence ? Après six gorges tranchées, il en fallait forcément une septième ?

Katherine Ann Clayton avait disparu depuis une semaine quand son voisin du dessus avait appelé le propriétaire pour se plaindre d'une mauvaise odeur.

Sherri Levesque, mère célibataire, avait déposé son fils de cinq ans chez ses grands-parents pour le week-end.

La cafetière de Jacob se déclencha.

Bien qu'il ait passé la nuit à potasser et n'ait que très peu dormi en soixante-douze heures, il se sentait survolté. Ça l'inquiétait ; la seule personne de sa connaissance capable de travailler sans interruption des jours et des jours d'affilée était sa mère, quand elle était en pleine crise de manie.

Il n'existait pas de test sanguin pour détecter les bipolaires. Pas de marqueur génétique clair.

Sur la pointe des pieds, il slaloma entre les dossiers et les bouteilles pour rejoindre sa chambre et régla son réveil sur huit heures et demie.

Il se déshabilla, se glissa entre ses draps défaits, fixa le crépi du plafond.

Les yeux grands, grands, grands ouverts.

Il n'arrivait pas à déterminer quelle part de cette agitation attribuer aux photos des meurtres, quelle part aux effets pervers du manque de sommeil et quelle part à l'angoisse de *savoir* qu'il n'avait pas dormi depuis si longtemps.

Il se releva. Il avait besoin d'un dernier verre.

Ou d'un premier, vu l'heure.

Enfin, peu importe.

21

Les parents de Denise et Janet Stein habitaient le quartier de Holmby Hills, dans un manoir de style néocolonial hollandais retranché derrière des haies de pittosporum. Jacob sonna à l'interphone. La femme de ménage répondit et l'informa qu'il n'y avait personne.

« Essayez au club. »

Il se retourna et découvrit une créature aux lèvres roses façon bouées de sauvetage, vêtue d'un survêtement Juicy Couture rose, qui promenait au bout d'une laisse rose un yorkshire terrier muni d'un collier rose clouté de cristaux Swarovski.

« C'est là qu'ils sont tous les après-midi », ajouta-t-elle.

Le chien s'accroupit pour déposer une crotte sur la pelouse de M. et Mme Stein.

« C'est Denise que je cherche », précisa Jacob.

La femme eut un grand sourire.

« Je suis sûre qu'ils pourront vous dire où elle est. »

Renseignements pris, *le club* se révéla être le Greencrest Country Club, trois kilomètres à l'ouest sur Wilshire Boulevard. Jacob la remercia. Alors qu'il redémarrait, il jeta un coup d'œil dans son rétroviseur en se demandant quel pourcentage de cette femme était biodégradable et constata, agacé, qu'elle était partie sans ramasser les déjections de son chien.

Malgré son badge, on refusa de lui ouvrir la barrière à l'entrée. Il appela Abe Teitelbaum.

« Yakov Meir, mon grand. Comment ça va ?

– Salut, Abe. On fait aller. Et toi ?

– Moi, comme toujours. Et ton père, ce *lamed-vavnik* ?

– Quiconque pense être un *lamed-vavnik* n'en est pas un, par définition.

– Je n'ai pas dit qu'il pensait en être un, rétorqua Abe. *Moi*, je le pense. D'ailleurs je ne le pense pas, je le sais. Qu'est-ce qui t'amène ? »

Jacob lui exposa la situation.

« Chronomètre-moi », répondit Abe.

Tout en écoutant la petite musique d'attente au bout du fil, Jacob observa un changement remarquable s'opérer chez le garde dans la guérite : il tendit d'abord la main paresseusement pour décrocher le téléphone sur son bureau… puis bondit de sa chaise, venant coller son visage à la vitre teintée, frappé par la terreur divine.

Jacob sourit et lui adressa un petit signe de la main.

Il en était à « quatre-vingt-un » quand la barrière se leva.

Abe reprit la communication.

« Alors, est-ce que j'ai un effet quelconque ? demanda-t-il.

– Comme Moïse devant la mer Rouge.

– Épatant. Bois un verre et mets-le sur ma note. »

Greencrest avait été fondé par des juifs que les vénérables country clubs des gentils de la ville refusaient d'accepter parmi leurs membres. Des photos de grands producteurs hollywoodiens et d'humoristes d'antan tapissaient les murs. Les critères d'admission s'étaient assouplis dans les années 1970, mais la salle de restaurant avait conservé une joyeuse ambiance de synagogue, peuplée d'hommes et de femmes tout sauf maussades qui riaient à gorge déployée, mangeaient avec appétit et s'habillaient chic. Comme le coffrage en chêne du plafond, ils étaient polis et brillants.

Le directeur qui vint accueillir Jacob à la porte inclina discrètement la tête en direction d'une table où une femme élégante sirotait un verre toute seule.

« Faites vite, je vous prie », dit-il.

Dans l'ensemble très bien maquillée, Rhoda Stein avait juste oublié une tache au bas de son cou. Le pourpre à ses joues laissa penser à Jacob que la piña colada géante posée devant elle n'était pas sa première de la journée.

Elle le toisa de la tête aux pieds et déclara : « J'ai déjà donné à la réception. »

Il sourit.

« Jacob Lev, LAPD. Vous permettez ? »

Elle agita la main avec indifférence. Il s'assit.

« Votre mari est par là ?

– Au sauna. Pour éliminer les toxines. »

Elle but une gorgée, tatouant au passage l'empreinte de ses lèvres sur le bord de son verre.

« Vous devez être nouveau, reprit-elle. C'est la première fois que je vous vois. »

Il hocha la tête.

« De plus en plus jeunes chaque année, marmonna-t-elle en se tamponnant la bouche avec une serviette amidonnée, qu'elle estampilla à son tour. Enfin bref. Quoi encore ?

– C'est au sujet de Denise. »

Rhoda Stein tressaillit.

« Janet, vous voulez dire.

– Denise, répéta-t-il. J'aimerais pouvoir la contacter. »

Elle le dévisagea.

Derrière la baie vitrée, le *ploc ploc ploc* d'un practice de golf.

« Je sais que vous avez déjà traversé beaucoup d'épreuves, poursuivit Jacob. Je ne peux même pas imaginer ce que ça a dû être. Sachez en tout cas que je suis totalement déterminé à obtenir justice pour Janet. Et pour l'instant, la meilleure manière de m'aider à y parvenir serait de me laisser parler à Denise.

– Ça me plaît, ça, rétorqua Rhoda Stein. Justice pour Janet. »

Il attendit.

« On a créé une fondation à son nom. Pour lutter contre l'illettrisme. On aurait peut-être dû l'appeler comme ça, finalement. "Justice pour Janet". Ça sonne bien. Pas très optimiste, cela dit. Qu'est-ce que vous en pensez ?

– J'en pense que tout ça doit être difficile pour vous.

– Comment se fait-il que le garde vous ait laissé entrer ?

– Ça n'a pas été simple.

– Tant mieux. C'est tout l'intérêt d'un club : maintenir à distance le monde extérieur. Laisser vos soucis au vestiaire, échanger quelques blagues, un bon repas. Arturo réussit très bien la piña colada, avec du jus d'ananas frais, pas ces vulgaires mélanges tout faits qu'on vous sert n'importe où. Vous voulez goûter ?

– Non merci. »

Elle but, se tamponna les lèvres, reprit : « Vous voulez parler à Denise.

– Je suis curieux de savoir ce qu'elle devient, ces temps-ci. »

Rhoda hocha la tête, hocha, hocha sans s'arrêter. Elle avala encore une grande gorgée et contempla son verre en soupirant, comme si elle était déçue de le trouver déjà à moitié vide.

« Quel dommage de gâcher ça », murmura-t-elle.

Elle lui jeta le reste du cocktail au visage, s'essuya les lèvres, laissa tomber sa serviette sur la table, se leva et partit en titubant.

Jacob resta assis, hébété, le menton dégoulinant.

Mais pas pour longtemps. Dans l'illustre histoire du Greencrest Country Club, suffisamment de verres avaient été jetés au visage de suffisamment de gens pour qu'il existe un protocole en la matière. En moins d'une minute trente, une phalange d'hommes en smoking s'était mise en branle, torchons à la main. Ils nettoyèrent la table et la banquette, escamotèrent le verre de l'offense, tendirent à Jacob une serviette propre et une petite bouteille d'eau gazeuse pour sa chemise.

Quant aux autres convives, pour eux non plus, ce n'était pas une première. Ils ne s'interrompirent que brièvement avant de replonger dans leurs assiettes et leurs conversations.

« Hep, gamin. »

Un type rabougri vêtu d'un blazer en cachemire avait sorti son cure-dent de sa bouche et lui faisait signe depuis une table voisine.

Jacob approcha en s'épongeant le cou.

« Écoute, petit, fous-lui la paix, d'accord ? Elle a vécu l'enfer.

– J'en suis bien conscient. J'essaye justement de l'aider. »

Le compagnon de tablée du type se pencha en avant derrière des lunettes de soleil ambrées qui rappelèrent à Jacob celles de son père.

« Elle a déjà entendu ça un million de fois, dit-il.

– Mais là, c'est différent.

– Différent comment ?

– J'ai besoin de parler à sa fille.
– Sa fille est morte.
– Pas celle-là. L'autre. »
Les deux hommes échangèrent un regard. *Abruti.*
« Gamin, reprit le premier. Elles sont mortes toutes les deux. »
La voix du directeur résonna dans le vestibule. *Faites-le sortir, s'il vous plaît.*
« Merde », fit Jacob.
Le deuxième homme opina du chef.
« Elle s'est pendue il y a deux ans, dit-il.
– Merde…
– Ouaip, confirma le premier. Merde. »
Des bruits de pas.
« Excusez-moi », lança Jacob.
Il s'esquiva, s'engouffrant dans un couloir qui donnait sur un passage couvert entre deux bâtiments. Des panneaux indiquaient la direction de la boutique, du centre de fitness, du salon des Fondateurs. Aucune trace de Rhoda Stein nulle part.
La femme souriante à l'accueil du centre de fitness lui tendit une feuille d'émargement.
Il écrivit *Abe Teitelbaum.*
« Le sauna ?
– Au sous-sol, dit-elle. Bonne relaxation. »
Jacob avança avec précaution sur le carrelage glissant, évitant du regard bedaines velues et scrotums flasques. Personne au-dessous de soixante-dix ans. Que deviendrait ce club quand la génération d'avant-guerre aurait disparu ? Ils allaient devoir proposer des promos sur les adhésions.
Le sauna était vide, à l'exception d'un homme assis, immobile, sur le gradin supérieur, la tête en arrière, les yeux clos, des ruisseaux de sueur sur le torse, enveloppé dans des volutes de vapeur. On aurait dit une sorte de bouddha juif au sommet d'une montagne.
« Monsieur Stein ? » fit Jacob.
Le type ne rouvrit pas les yeux.
« Ouais ?
– Jacob Lev. Je vous dois des excuses.
– Je vous pardonne.

– Vous n'avez pas encore entendu ce que je voulais vous dire. »

Stein haussa les épaules.

« La vie est trop courte pour les rancœurs. »

La chemise de Jacob, déjà collée à sa poitrine par la piña colada, commençait à lui coller aussi dans le dos.

« J'ai contrarié votre épouse. »

Cette fois, Stein souleva une paupière pour l'observer à travers la brume.

« Et pourquoi ça ? s'étonna-t-il.

– Je ne l'ai pas fait exprès. Je, euh... J'ai commis une grave erreur.

– Quelle erreur ? »

Jacob hésita, et finit par lui raconter.

Stein éclata de rire.

« Mais c'est atroce, vous voulez dire !

– Je suis désolé.

– Non, non, attendez : ça doit être la pire chose que j'aie jamais entendue. Et croyez-moi, j'en ai entendu des balèzes. Vous les avez encore ?

– Pardon ?

– Vos couilles. Vous les avez encore ou elle vous les a coupées ? »

Jacob secoua la tête.

« Faut croire que j'ai eu du bol, répondit-il.

– Je ne vous le fais pas dire, *amigo*. Et donc ? Pourquoi vous venez me voir ?

– Je...

– Ahhh, *j'ai pigé* : vous voulez essayer de battre votre propre record, c'est ça ? Attendez voir, euh... Non, franchement, je n'ai pas d'idée. Ah si, voilà, qu'est-ce que vous diriez de ça : "Salut Eddie, ici l'inspecteur..." Comment vous dites, déjà ?

– Lev.

– "Ici l'inspecteur Lev. Bonne nouvelle, j'ai du nouveau concernant vos filles. Il se trouve qu'elles sont toutes les deux en vie. Denise fait des passes dans un relais routier à Barstow, et Janet travaille comme attachée de presse pour le Hezbollah.

Mais non, je déconne ! Elles sont toujours aussi mortes que le Christ." »

Stein sourit.

« Ça vous plaît ? demanda-t-il.

– Écoutez...

– Allez-y, sans prendre de pincettes. De un à dix, vous me donnez combien ?

– Écoutez, je suis désolé. Sincèrement. Je me sens vraiment très con...

– Et vous n'avez pas tort.

– ... mais votre femme s'est enfuie avant que j'aie le temps de lui dire quoi que ce soit, et je ne sais pas où elle est passée.

– Fastoche, répondit Stein. Se rechercher un verre.

– Je voudrais juste pouvoir lui présenter mes excuses. »

Eddie Stein s'essuya le visage et se leva.

« Venez, suivez-moi. »

Planté devant un casier métallique ouvert, Stein lança : « Que je ne vous prenne pas à me reluquer le machin, hein ? La jalousie est un vilain défaut.

– Bien sûr, monsieur.

– Vous ne seriez pas le premier à essayer, remarquez. Sa réputation le précède. Quoique, ajouta-t-il en se séchant le ventre, à bien y réfléchir, je ne crois pas que rien le précède jamais. C'est toujours le premier à arriver dans la pièce. »

À présent, Jacob avait franchement envie de regarder. Stein ne mentait pas.

« Ne croyez pas que je ne vous vois pas, Lev... »

Jacob se tourna vers le mur.

« Juste par curiosité, qu'est-ce que vous lui voulez, à ma gosse morte ? »

Jacob décida de tenter le tout pour le tout.

« On a retrouvé un des gars. »

Derrière lui, le frottement de la serviette sur la peau s'interrompit.

« Retrouvé qui ?

– Un des gars qui a tué Janet. Il est mort. »

Silence. Jacob craignit que Stein ait fait une crise cardiaque.

« Je vais me retourner, prévint-il. Vous pouvez vous couvrir. »

Mais Eddie ne se couvrit pas. Il était immobile, la serviette pendue à sa main pendante, le visage désormais aussi ruisselant que son torse.

« Vous avez besoin d'un médecin ? demanda Jacob.

– Mais non, ducon, j'ai besoin d'un Kleenex. »

Jacob en tira un au distributeur.

« Je suis désolé de vous l'annoncer comme ça.

– Désolé ? Désolé de quoi, putain ? C'est la meilleure nouvelle que j'aie entendue depuis que la petite pilule bleue est passée en générique. Il est mort ? répéta-t-il en fixant Jacob. Qu'est-ce qu'il a eu ?

– Quelqu'un lui a coupé la tête. »

Eddie rugit de rire.

« Fabuleux ! Qui ça ?

– Je n'en sais rien. »

Eddie opina, songeur. Puis il sembla se rappeler qu'il était nu et enroula la serviette autour de sa taille.

« J'ai dit on ne reluque pas, et je suis sérieux. Allez m'attendre dans l'entrée. »

Quelques minutes plus tard, il émergea en pantalon écossais serré et polo Izod bleu roi, chaussé de mocassins en vachette écrue. Ses cheveux blancs étaient gominés en arrière sur son crâne.

« Dites-moi si j'ai bien tout compris, reprit-il en appuyant sur le bouton de l'ascenseur. Vous avez retrouvé ce fils de pute décapité et vous vous êtes dit que c'était un coup de Denise.

– Je voulais juste lui parler, répondit Jacob sans grande conviction.

– Et moi, je suis la reine d'Angleterre, rétorqua Stein en secouant la tête. Enfin, rassurez-vous, d'après ma longue expérience du LAPD, vous êtes dans la moyenne. Aussi nul que les autres. »

L'ascenseur trépida, émit un petit *ding*, et les portes s'ouvrirent sur le directeur flanqué de deux agents de sécurité.

« Monsieur, veuillez nous suivre, s'il vous plaît.

– La ferme, répliqua Eddie en passant entre les hommes comme à travers un rideau de perles. C'est mon invité. »

Ils trouvèrent Rhoda dans le bâtiment principal, au bar du premier étage, un nouveau verre devant elle. Presque vide.

« Alors, je connais ma femme ou pas ? » lança Eddie.

Elle les vit approcher et fit signe au barman.

« La même chose, demanda-t-elle en lui désignant son cocktail. Corsé.

– Attends, Arturo, l'interrompit Eddie avant de se tourner vers Jacob. Dites-lui. »

Jacob lui dit.

Elle ne pleura pas. Elle n'eut strictement aucune réaction.

« Arturo, reprit-elle. Je commence à avoir soif.

– Oui, madame.

– Je vous demande pardon, poursuivit Jacob. Du fond du cœur. »

Rhoda hocha la tête.

« Qui vous a dit que Denise était en vie ? voulut savoir Eddie.

– Je suis allé chez vous. J'ai parlé avec une femme dans la rue.

– Elle avait l'air de quoi ?

– Grosses lèvres. Survêtement. Un chien avec une laisse rose.

– Nancy, devina Rhoda.

– J'ai cru que c'était votre voisine.

– C'est notre voisine, confirma Eddie. C'est aussi la reine des salopes.

– Elle prétend qu'on lui a bloqué la vue quand on a ajouté l'étage, expliqua Rhoda.

– La vue sur quoi ?

– Ben voilà », conclut Rhoda.

Silence.

« Je ne sais pas ce qu'on peut vous dire d'autre, inspecteur, reprit Eddie. Mais si vous trouvez qui a fait le coup, prévenez-moi. Je lui enverrai une carte pour Roch Hachanah*. »

Alors qu'il s'engageait dans l'escalier, Jacob les aperçut blottis l'un contre l'autre, enlacés, deux corps vieux et flasques, secoués de spasmes. Des rires ou des sanglots, impossible à dire.

22

Il envoya un texto à Divya depuis le parking.

du nouveau ?

Elle répondit du tac au tac.

pas d'empreintes

merde, écrivit-il, *tueur n° 2 ?*

patience

pas ma spécialité

Elle lui renvoya un smiley.

Il hésita un moment, puis tapa : *dîner ?*

Cette fois, sa réponse se fit nettement plus attendre.

pas dispo

Il se frotta les yeux, mit le contact, engagea la marche arrière. Le téléphone vibra dans le vide-poches.

désolée, avait-elle ajouté, *peut-être une autre fois*

Affaire à suivre, donc. Il commença à taper *l'espoir fait vivre*, se ravisa, effaça ce message et lui demanda à la place de le tenir au courant.

Il n'avait toujours pas de réponse du central téléphonique, pas même un accusé de réception de ses deux premiers mails. Il écrivit directement à Mike Mallick, lui exposant en détail les nouveaux développements et l'implorant d'intercéder en sa faveur. Les Projets spéciaux pouvaient bien se taper une part du boulot.

Il engloutit son dîner – hot-dogs et bourbon – assis par terre, un dossier ouvert sur les genoux.

Vers onze heures et demie, il commençait à avoir mal au crâne et à ne plus y voir clair. Se traînant jusqu'à la chambre, il s'écroula sans se brosser les dents. Il était soulagé de se sentir enfin à bout de forces ; il n'était pas fou, du moins pas encore.

Ça le démangeait de partout.

Le bras, le dos, le cou et le sexe.

C'était à devenir dingue ; chaque fois qu'il se grattait, ça le reprenait ailleurs, avec une virulence accrue.

Il ouvrit les yeux.

Ils étaient sur lui.

Ils étaient partout.

Des scarabées.

Pullulant sur son corps comme une cotte de maille noire ; gigotant dans son nombril, entre ses orteils, les minuscules plumes de leurs pattes bruissant contre sa peau. Il se donna une grande tape sur le ventre et ils s'éparpillèrent en cercles concentriques, cherchant refuge dans ses poils pubiens, ses aisselles et ses fesses, lui bouchant les oreilles, se fourrant dans ses narines avant de dégringoler, frétillants, au fond de sa gorge. Plus il se débattait, pire ça devenait. Ils étaient trop rapides, trop nombreux, ils jaillissaient d'une source inépuisable et venaient nicher en lui, des millions de petits caillots ondulants qui bouillonnaient dans l'espace inexistant entre sa peau et sa chair nue.

Il se passa les doigts dans les cheveux, ratissant les fissures où ils se cachaient, hurlant à pleins poumons.

Tout à coup, il avait à la main une pierre affûtée, et il s'en servit pour s'écorcher intégralement, les tibias et les coudes, le dessus des pieds, prélevant en un seul morceau toute la peau de son ventre, mais ça le démangeait toujours, il aurait fait n'importe quoi pour que ça s'arrête, alors il retourna contre lui-même la pointe de la pierre et se mit à frapper, creuser. Bientôt, cent bouches fendues pleuraient sur tout son corps pendant que les scarabées continuaient à pénétrer son cerveau. Il se cogna le front contre un mur en pierre, espérant se fendre le crâne.

Il se trancha la gorge.

Glissa une main entre les extrémités de conduits sectionnés net, enfonça ses doigts dans une masse gluante, jusqu'au noyau central de leurs hordes grouillantes, et referma le poing sur eux, sachant tout du long qu'il se détruisait en même temps.

À quatre heures et demie du matin, il se réveilla en sursaut, zébré de rouge de tant s'être griffé dans son sommeil. Courant au bout du couloir, il resta sous le jet brûlant de la douche le temps que son cauchemar se liquéfie, puis se laissa tomber en tailleur sur le tapis de bain, pantelant, luisant, électrisé par une soudaine révélation.

Il était passé à côté de quelque chose.

À l'ère du numérique, les photographes de la police scientifique pouvaient mitrailler sans restriction, alors que leurs homologues de 1988 devaient prendre en compte le coût de la pellicule et du développement. Il n'y avait pas de normes établies concernant les angles de prise de vue et, dans l'affaire du Rôdeur, ils variaient d'une victime à l'autre.

Jacob s'arrangea comme il put, arrachant les draps crasseux de son lit pour étaler sur le matelas les tirages 20 × 30 en une grille bien alignée afin de pouvoir les comparer, le cerveau en ébullition.

Il élimina certaines images au profit d'autres, les intervertit.

C'était Inez Delgado qui le dérangeait.

Pourquoi l'avoir traînée jusqu'à sa chambre pour lui trancher la gorge ?

Pourquoi ne pas l'avoir laissée là où elle était tombée, comme les autres ?

À présent, il se demandait s'il ne s'était pas trompé. S'ils n'avaient pas *voulu* qu'Inez soit dans sa chambre, comme ils avaient voulu qu'Helen, Cathy, Janet et Sherri soient dans la leur, comme ils avaient voulu Christa dans son salon, Patty dans sa cuisine, Laura dans son dressing et Katherine Ann pile au centre de son studio.

Dans certains cas, ils avaient déplacé des meubles.

Dans d'autres, non.

Les constantes : les jambes étaient toujours écartées, une position typique dans les agressions sexuelles.

Il y avait toujours des hématomes sur le dos.

Jacob se projeta dans le scénario du tueur, s'agenouilla, attrapa la tête par les cheveux, tira en arrière, passa la main dessous.

Que voyait-il ?

Il fouilla parmi les photos pour ne garder que les plans moyens orientés le long du corps de la victime, en direction de la tête. Il en trouva cinq qui correspondaient parfaitement, quatre à peu près.

Dans les neuf cas, il avait sous les yeux ce que le tueur avait vu en maniant son couteau.

Dans les neuf cas, il était face à une fenêtre.

Sur le coup de sept heures, n'y tenant plus, il prit son téléphone.

« Il va falloir qu'on instaure certaines règles de base, marmonna Phil Ludwig. J'ai droit à mes grasses matinées, maintenant.

– C'est important, rétorqua Jacob. Écoutez-moi. »

L'inspecteur écouta.

« Hum, fit-il.

– J'ai relu tous les dossiers. Je me demandais si quelqu'un d'autre l'avait remarqué. »

Un temps.

« Personne, apparemment, répondit Ludwig.

– Personne, répéta Jacob, avant d'ajouter, en se rendant compte de ce que ça pouvait avoir d'arrogant : ce n'est pas évident.

– Ne prenez pas ce petit ton avec moi, Lev. »

Derrière lui, Grete s'impatienta : *Va parler dehors.*

« Et donc ? reprit Ludwig. Ça veut dire quoi ?

– Je n'en ai pas la… »

Phil. Je dors.

« Une seconde », le coupa Ludwig.

Un claquement de pantoufles, une porte qu'on referme délicatement.

« Je n'en ai pas la moindre idée, poursuivit Jacob. Mais ça ne peut pas être un hasard. Inez n'a pas couru se réfugier dans sa chambre, elle essayait de s'enfuir de l'appartement, et ils essayaient de l'en empêcher. Mais il y a eu un problème. Pour eux. Ils l'ont poignardée dans le ventre… Je me dis qu'elle a peut-être réussi à en frapper un des deux, ou à lui donner un coup de pied dans les couilles, alors il a pété les plombs et il s'est acharné sur elle, il l'a étripée. Mais ce n'était pas le plan de départ, en principe ils avaient prévu de l'amener devant la fenêtre… C'est ce qu'ils ont fait avec toutes les autres, je ne peux pas vous expliquer pourquoi, mais c'est ce qu'ils ont fait. Alors, dans le cas d'Inez, elle n'est pas encore morte, elle est en train de mourir, et ils se disent : “Merde, il faut qu’on la mette devant la fenêtre avant qu’elle clamse.” Du coup, je me demande si d’autres ont été déplacées. Je pensais que toutes les indications de mouvement correspondaient à des tentatives de fuite, mais c’est peut-être pour ça qu’ils les ont attachées, pour pouvoir les positionner tant qu’elles étaient encore vivantes, après quoi ils tranchaient leurs liens. Quant à savoir pourquoi des fenêtres, je n’en ai aucune idée. Mais Inez n’a pas été attachée, ça vaut quand même le coup de s’y attarder. »

Silence.

« Phil ? Vous êtes là ? »

Réponse à peine audible : « Je suis là.

– Qu’est-ce que vous en pensez ?

– J’en pense que vous avez bu trop de café.

– Je n’ai pas bu de café, rétorqua Jacob, agacé.

– Vous parlez à deux cents à l’heure.

– J’ai l’impression que j’ai peut-être vraiment mis le doigt sur quelque chose, là.

– Ouais. Peut-être.

– Vous n’êtes pas d’accord.

– C’est pas… Écoutez : bravo, bon boulot, au moins vous cogitez. »

Ludwig réprima un bâillement, douchant l’enthousiasme de Jacob.

« Et maintenant, qu’est-ce que vous comptez faire ? reprit Phil.

– Je ne sais pas. Je n’ai pas encore réfléchi.

– Ok, eh ben, faites ça. Moi, je vais me recoucher. Rappelez-moi si vous avez besoin de quelque chose. Mais plutôt après dix heures.

– Inspecteur ? ajouta Jacob. Vous aviez raison pour Denise Stein. »

Un temps.

« Ah ouais ?

– C’est sûr qu’elle n’a rien à voir dans tout ça.

– Content de l’apprendre. Ah, avant d’oublier : je suis toujours sur votre bestiole. Rien pour l’instant.

– Merci.

– Bon courage, Lev. »

Jacob raccrocha, abattu. La prudence de Ludwig était tout à fait compréhensible.

Les victimes avaient été positionnées face à une fenêtre. Et après ?

Il décida de se calmer, n'y parvint pas, se remit à faire les cent pas dans sa chambre. Puis il fila à la cuisine, jeta le café froid de la veille, en refit une cafetière, la souleva pour se servir et, remarquant comme ses mains tremblaient, la vida à son tour dans l'évier.

Dans le doute, toujours retourner à l'ordinateur. Rien du central téléphonique, rien de Mike Mallick.

Sa jambe tressaillait sous le bureau pendant qu'il tapait un long mail au commandant dans lequel il lui détaillait sa conversation avec Ludwig et réitérait sa demande.

Ça ne suffit pas à dissiper son surplus de nervosité. Il traîna un moment sur Internet, finit par googler *Mai*.

Se retrouva avec une tripotée de pages sur des personnages de manga et la recette du cocktail Mai Tai.

Essayez avec cette orthographe : May.

Il jeta un œil par la fenêtre.

La camionnette blanche était de retour.

Il googla *RIDEAUX DÉCO*.

Dégota une société australienne, ainsi que sa succursale britannique.

Rien aux États-Unis.

Il se laissa aller contre le dossier de la chaise, se mordillant la lèvre.

Se tourna de nouveau vers la fenêtre.

Peut-être que ce qui importait n'était pas les fenêtres des victimes, mais ce qu'on voyait au travers.

Il s'habilla, nota les informations dont il avait besoin, attrapa l'appareil photo numérique et sortit.

Comme la fois précédente, la camionnette était vide.

Il prit des photos de l'intérieur, de la plaque d'immatriculation, du logo, remarquant au passage que le nom et la devise de la société étaient peints sur la carrosserie mais qu'il n'y avait pas de coordonnées.

Il piocha une de ses cartes de visite et griffonna au verso.

Bonjour, j'aimerais installer de nouveaux rideaux.

Il la coinça sous un essuie-glace.

23

L'ancienne résidence de Sherri Levesque était la plus proche, un pavillon décrépi à l'ouest de l'autoroute et au sud de Washington Boulevard. Plusieurs maisons de la rue avaient été rénovées durant le boom immobilier. Sur celle-ci, le crépi effrité et la balustrade fendillée de la véranda paraissaient presque plus honnêtes, sans fausses promesses.

Comme personne ne répondait, Jacob s'éloigna de la porte d'entrée en se baissant pour repasser sous le drapeau américain délavé par le soleil qui était tendu en travers du perron et entreprit de faire le tour de la propriété, essayant de déduire d'après les photos du crime quelle était la fenêtre de la chambre. Très probablement, une de celles qui donnaient sur le jardin à l'arrière. Il se plaqua contre la façade en bardeaux et attendit que quelque chose lui saute aux yeux.

De l'herbe, des trèfles et des pissenlits perlés de rosée.

Des têtes d'arrosage automatique.

Une clôture.

Derrière, le jardin du voisin, un portique de jeux cabossé.

Au-dessus, des fils électriques ployant sous le poids des corbeaux, aussi noirs que les câbles sur lesquels ils étaient posés.

Il attendit un long moment que l'inspiration lui vienne.

Pas la bonne heure, peut-être ?

Un élément qui était là à l'époque, aujourd'hui disparu ?

Alors que retombait l'espoir d'une révélation, il eut un pincement au cœur en songeant aux prophètes d'autrefois, à leur solitude et leur désorientation quand, touchés par Dieu ou croyant l'être, ils se retrouvaient à tituber dans le chaos laissé par la main divine en se retirant.

Soudain, tous les corbeaux s'envolèrent ensemble dans un concert de croassements et de battements d'ailes, disparaissant vers l'est.

Jacob prit quelques photos, regagna la Honda et roula jusqu'à l'ancienne adresse de Christa Knox, à Marina del Rey.

L'homme pas rasé qui vint lui ouvrir refusa de le laisser entrer sans mandat de perquisition et lui claqua la porte au nez, tournant bruyamment le verrou.

Dix heures et quart. Il envoya un texto à Divya.

Voyant qu'elle ne répondait pas, il lui en envoya un deuxième, qu'il regretta aussitôt.

Le studio de Katherine Ann Clayton à El Segundo avait été démoli pour laisser place à un centre commercial. À l'angle de la rue où elle avait vécu et péri, un Starbucks prodiguait ses services. Jacob mit l'appareil photo en mode panoramique pour réaliser une vue à deux cent soixante-dix degrés, s'acheta un muffin double chocolat à quatre cent soixante-dix calories, un déca qui avait un goût de carton brûlé, et reprit l'autoroute jusqu'à Santa Monica.

Cette fois, il eut plus de chance : l'ancien appartement de Cathy Wanzer était inoccupé, avec un panneau À VENDRE. Il téléphona à l'agence immobilière et prit rendez-vous pour le visiter un peu plus tard.

Alors qu'il s'apprêtait à raccrocher, il reçut un double appel : son père.

« Salut, Abba. Quoi de neuf ?

– Je voulais savoir comment tu allais.

– Moi ? Ça va.

– Tant mieux, dit Sam. Tant mieux. Je suis content de l'entendre.

– Super. Et toi ?

– Oh, moi, ça va.

– Parfait, alors.

– Oui. Formidable.

– C'est super, Abba. Mais, tu sais quoi, je suis en plein milieu d'un truc, et…

– De quoi ?

– Hein ?

– Tu es en plein milieu de quoi ?
– Je travaille, répondit Jacob.
– Oui. Bien sûr. Sur ton affaire.
– Voilà.
– Ça avance ?
– Pas trop mal. Lentement mais sûrement. Écoute, je peux te rappeler plus tard ?
– Oui, oui, évidemment. Mais, euh… Jacob ? Je n'ai plus de lait. Tu crois que tu aurais le temps de passer m'en apporter ?
– Du lait, répéta Jacob.
– C'est pour mon petit déjeuner.
– Nigel ne peut pas y aller ?
– Je ne lui ai pas demandé.
– D'accord. Et tu ne peux pas lui demander ?
– Je peux, mais je ne sais pas s'il aura le temps.
– Abba. Il est midi.
– Demain, précisa Sam, pour mon petit déjeuner de demain.
– Alors je suis sûr qu'il trouvera un moment d'ici là. Et sinon, je t'en apporterai ce soir, d'accord ? Là, je dois y aller.
– Oui. D'accord. Prends soin de toi. »

Il raccrocha.

Stupéfait, Jacob contempla le téléphone. Son père n'avait jamais été un enquiquineur. Et encore moins un bon menteur.

Du lait ? Vraiment ?

Pourquoi harcelait-il Jacob sur son enquête, difficile à dire, à moins qu'il ne se fasse réellement du souci pour le niveau de stress de son fils. Une pensée troublante traversa alors l'esprit de Jacob : il y avait peut-être *bel et bien* lieu de se faire du souci. Les cauchemars ; les décharges d'adrénaline ininterrompues qui le survoltaient toute la journée.

Non, stop. C'étaient les risques du métier. Il avait droit aux cauchemars ; il regardait l'horreur en face. Il avait le droit d'être excité ; il était sur la bonne voie.

Dans les réglages du téléphone, il assigna à son père une sonnerie spéciale afin de savoir quand ne pas décrocher.

Laura Lesser, l'infirmière, vivait à l'époque dans un cottage de style Tudor. L'actuelle propriétaire, une femme d'une quarantaine d'années, écouta le topo de Jacob, nota le numéro de son badge et lui demanda de patienter sur le perron.

Il attendit en se balançant d'un pied sur l'autre, repensa aux quelques jours qui venaient de s'écouler et décréta qu'un marathon de boulot de soixante-douze heures, suivi d'une grosse sieste, puis d'une nouvelle phase active un peu plus courte, suivie enfin d'une descente plus en douceur, voulaient simplement dire qu'il faisait bien son travail. Les crises de manie ne répondaient pas à ce schéma et ne s'enchaînaient pas aussi vite. Pas vrai ? Vrai.

La propriétaire reparut, méfiante. Le LAPD lui avait confirmé que Jacob était bien flic, mais sans préciser à quelle unité il appartenait, ni pourquoi il pourrait avoir besoin d'accéder à sa maison. Avant de le faire entrer, elle le bombarda de questions, auxquelles il répondit de façon aussi évasive que possible. Même après avoir fini par céder et par lui ouvrir, elle continua.

« De quel genre de crime il s'agit, vous m'avez dit ? »

Il n'avait rien dit.

« Un cambriolage.

– Oh, mon Dieu ! J'ai des raisons de m'inquiéter ?

– Aucunement, répondit-il alors qu'ils arrivaient au bout du couloir.

– Comment pouvez-vous en être aussi sûr ?

– Ça remonte à plusieurs années.

– Alors qu'est-ce que vous faites ici ?

– Il se trouve que ça recoupe d'autres crimes plus récents, mais rien qui ne vous concernera jamais. Promis. »

Il traversa la maison en ligne droite et trouva ce qu'il cherchait : l'ancien dressing de Laura Lesser.

Il avait été rendu à sa fonction première de chambre à coucher, celle d'une préadolescente. Au-dessus du lit, des lettres en tissu matelassé formaient le prénom ISABELLA.

Jacob superposa l'image du corps sauvagement mutilé de Laura au tapis violet.

S'agenouilla sur son dos et regarda par la fenêtre : il vit un panneau stop.

Prit une photo.

« Qu'est-ce que vous cherchez ? demanda la femme.

– Rien, voilà, j'ai fini. Pardon du dérangement. »

Il revint jusqu'à la porte. Il commençait à tirer une sorte de satisfaction sinistre à ne rien trouver d'intéressant. Un schéma négatif pouvait se révéler utile à sa façon.

« On a choisi ce quartier justement parce qu'il était sûr, dit la femme.

– Il l'est.

– Mon mari voulait peut-être s'acheter une arme.

– Dites-lui de la garder sous clé », rétorqua Jacob en pensant à la petite Isabella.

Dans l'appartement en rez-de-chaussée de Cathy Wanzer, la femme de l'agence immobilière déclara : « Il a été entièrement refait. Une magnifique pièce à vivre avec cuisine ouverte.

– Et la chambre ?

– Refaite à neuf aussi, dit-elle en le précédant à grandes enjambées. Par ici. »

Au milieu du couloir éclairé par des appliques branché-déglingue, elle se lança dans un éloge du papier peint.

« ... très tendance en ce moment... »

Jacob la suivit jusque dans la chambre.

« Vous ne trouvez pas ce parquet fabuleux ? s'extasia-t-elle.

– Oui, c'est joli.

– Du tek recyclé. Les anciens propriétaires ont été inspirés par un voyage en Inde, et ils ont trouvé une école à Bombay qui allait être démolie, si bien qu'ils ont pu...

– Est-ce qu'ils ont déplacé des cloisons ou des fenêtres ?

– Ici ? Je ne pense pas, non. Comme vous pouvez voir, ils ont agrandi la penderie, parfaite pour un jeune... couple, à moins que vous... »

Elle s'interrompit en le voyant s'agenouiller pour faire des photos.

« On a un site Internet, vous savez.

– Hum, fit-il.

– Je vous montre la salle de bains ? »

Il l'ignora et s'avança vers la fenêtre.

Sur le trottoir d'en face, une école maternelle.

« Que pouvez-vous me dire sur cet endroit ? demanda-t-il.

– L'école ? Oh, elle est *fabuleuse*. Les équipements sont du dernier cri, il y a une section spéciale pour les surdoués. Vous avez des enfants ?

– Non.

– Ah… En tout cas, d'après ce qu'on m'a dit, ce sont des voisins très attentionnés. Les entrées et sorties se font uniquement par l'autre côté, donc vous n'aurez pas de passage, et pour ce qui est du bruit, euh… »

Il continuait à prendre des photos, et il s'imaginait le cerveau de la femme clignoter : *alerte pédophile !*

Elle s'efforça de détourner son attention vers une autre fenêtre en lui vantant les mérites de son exposition au nord.

Il la dévisagea.

« Vous pouvez répéter ?

– Je disais : je sais que la vue n'a rien d'extraordinaire de ce côté-ci, mais par-là la lumière est juste fabuleuse. »

Il se retourna pour contempler de nouveau l'école.

« Monsieur ? »

Il se redirigea vers la porte.

« Vous ne voulez… Monsieur, vous ne voulez pas prendre une brochure ? »

Il en prit une pour être poli.

« Elles sont toutes orientées à l'est », déclara-t-il.

Phil Ludwig resta muet.

« Je n'ai toujours aucune idée de ce que ça peut vouloir dire. Et l'immeuble de Katherine Ann n'existe plus, donc je ne peux pas en être sûr à cent pour cent. Mais pour les autres, on est à huit sur huit. »

« Aucune idée » était un pieux mensonge. Il avait une théorie. Qui ne le réjouissait pas particulièrement.

L'est avait une signification dans la tradition juive. Une façon de prier, en direction du Temple de Jérusalem par deux fois démoli.

Justice.

Mais bon, pourquoi compliquer les choses avant d'en savoir plus ?

De son côté, Ludwig avait l'air satisfait.

« Vous avez bien bossé.

– Merci.

– Je sais que ça ne sert à rien, mais je m'en veux, maintenant.

– Mais non, voyons, vous avez raison, ça ne sert à rien.

– Ouais, enfin bref. Vous vous en foutez sans doute pas mal, mais je vous donne ma bénédiction.

– C'est gentil.

– Sinon, j'ai envoyé un mail à un copain chercheur au sujet de votre bestiole. Il doit me répondre ce soir ou demain.

– Il n'y a pas d'urgence.

– Urgence ou pas, mon cul, rétorqua Ludwig. Laissez-moi au moins la consolation de résoudre un truc. »

24

Sur la télé au-dessus du bar à sushis, les Los Angeles Lakers appliquaient leur stratégie de prédilection consistant à creuser l'écart par une avance à deux chiffres à la toute fin de la dernière période. Des avocats en bras de chemise tapaient du poing sur la table et agitaient leur Rolex en direction de l'écran.

Jacob avait décidé de célébrer sa découverte en s'offrant un dîner à peu près correct, consommé tout seul et en paix. Cette intention ne dura que le temps de sa soupe miso, après quoi les implications de ladite découverte commencèrent malgré lui à s'insinuer dans ses pensées.

Qu'il ait apparemment été le premier à remarquer l'orientation systématique est-ouest des victimes ne pouvait pas être imputé comme un échec aux inspecteurs précédents, quoi qu'en dise Ludwig. Les romans policiers faisaient des lectures divertissantes, parfois même pour les flics, mais dans la vraie vie les enquêtes à énigme étaient surtout des sources de peur et d'angoisse. Dans la plupart des homicides, vous rassembliez des faits, procédiez à un tri par élimination, suiviez des pistes le plus souvent évidentes car les criminels étaient le plus souvent stupides. Affaire réglée.

Dans les vraies enquêtes, les œillères des uns ou les partis pris des autres étaient inévitables.

C'était justement grâce à un parti pris que Jacob avait repéré le schéma récurrent. Encore maintenant, il ne pouvait s'empêcher de tout voir à travers un prisme juif.

Deux Rôdeurs enfants d'Israël ?

Il se surprit à songer : *À Dieu ne plaise !*, et sourit de ses propres contradictions.

Pour que ça Te plaise ou pas, encore faudrait-il que je croie en Toi.

L'hypothèse d'un Rôdeur juif zigouillé par son complice ne l'enchantait pas davantage.

La possibilité la plus acceptable était celle d'un nouvel acteur qui aurait on ne sait comment débusqué les Rôdeurs et entrepris une grande opération de nettoyage. Mieux, mais toujours rebutant, car la réaction instinctive de Jacob à l'idée d'une vengeance solitaire était un vieil atavisme de culpabilité collective issu des pogroms, inquisitions et autres répressions de masse.

Hein, tu as fait quoi ? Oy vaï ! *Qu'est-ce que les gentils vont penser de nous ?*

Une déplaisante relique des racines tribales du judaïsme lui revint à l'esprit : le *goel ha-dam*, le « vengeur du sang », en partie habilité par la loi biblique à traquer et tuer quiconque aurait ôté la vie à un de ses proches parents. En partie seulement, à cause d'une étrange restriction : le *goel ha-dam* jouissait de ce droit de vendetta uniquement dans les cas d'homicide involontaire ou de mort accidentelle. Pour les assassinats prémédités, le coupable devait être jugé et exécuté par un tribunal de vingt-trois juges.

Jacob leva un doigt pour commander une autre carafe de saké chaud.

Un étudiant de deuxième année à Harvard, qui se considérait comme un spécialiste du Japon, lui avait un jour expliqué que le fait de chauffer le saké n'était qu'une ruse pour masquer les imperfections d'un cru de mauvaise qualité. La seule vraie façon de le boire était : froid et cher. Mais Jacob aimait les imperfections. Comme la façade déliquescente du pavillon de Sherri Levesque, l'alcool bon marché avait le mérite d'être honnête, lui rappelant qu'il ne buvait pas pour le goût.

Il se servit, fit tourner dans sa main le petit bol laqué. D'ordinaire, il trouvait le saké écœurant, mais il n'y avait pas mieux pour faire passer un *tekka maki*. Que chaque culture ait sa propre forme d'alcool, conçue exprès pour accompagner sa cuisine, était la preuve d'une vérité incontestable : manger était simplement une excuse pour se bourrer la gueule.

Banzai !

Des grognements s'élevèrent alors que Ron Artest, alias Terminator, venait de marquer un panier à trois points.

Ses progrès du jour lui avaient au moins donné droit à un dîner, c'était déjà ça. Il tendit à la serveuse sa carte de crédit Discover. Une minute plus tard, elle revint en secouant la tête.

« Refusée », dit-elle.

Quelle surprise ! Jacob posa quatre billets de vingt sur la table et partit.

Au 187, c'était le magma habituel : des murs de corps collants de sueur ; en fond sonore, ce qui était sans doute de la musique mais ressemblait à une charge de rhinocéros.

« Yo ! lança Victor en lui servant un bourbon. Je pensais justement à toi.

– Je te dois de l'argent ?

– Ta copine est là. »

Jacob se retourna pour chercher des yeux sa camarade de jeu insectophobe. Ce ne serait pas la première fois qu'il recroiserait ici un coup d'un soir. Avec un peu de chance, celle-là l'aurait peut-être oublié.

J'ai eu l'impression que tu me poignardais.

Mouais… peu probable.

Ne la voyant pas, il mima à Victor le geste universel pour « gros seins ».

« Nan, mon pote, la nana que tu cherchais l'autre soir. La top-modèle. »

Jacob eut un coup au cœur.

« Où ça ?

– Elle est arrivée littéralement deux minutes avant toi, répondit Victor en balayant la salle du regard. Je ne sais pas où elle est passée. Au pipi-room ? »

Jacob abandonna son bourbon intact et joua des coudes pour se frayer un chemin dans la foule, renversant des verres, bousculant des queues de billard et interrompant des séances de pelotage.

Hé oh, connard !

Quatre filles attendaient devant la porte des toilettes pour dames. Jacob leur passa devant et, se disant qu'il avait déjà vu tout ce qu'elle pouvait bien avoir à cacher, fit irruption sans frapper.

Une femme qu'il ne connaissait pas était assise sur la lunette des chiottes, le jean baissé aux chevilles. Elle était tellement occupée à écrire un texto qu'elle ne le remarqua pas tout de suite. Puis elle releva la tête et poussa un hurlement, lâchant son téléphone dans la cuvette.

« Pardon », fit Jacob.

Il la laissa se tortiller de pudeur outragée et replongea dans la mêlée. Après une exploration infructueuse, il finit par se diriger vers la sortie.

Au milieu de la piste de danse, une grosse paluche s'enroula sur son biceps. Il dit : « Dégage, mec », mais la main le tira en arrière et il sentit une montée d'impatience et une poussée d'adrénaline, son système limbique lui soufflant *baston* tandis qu'un bras musclé l'étranglait dans une non moins musclée accolade façon clé de judo.

« Lev, espèce de petit cul maigrichon ! »

Mel Subach avait un grand sourire.

« J'savais pas que tu traînais ici, Jack », reprit-il.

Jacob essaya de se dégager. C'était comme se débattre contre un alligator. Subach, toujours hilare, le relâcha.

« Viens, je t'offre un verre.

– Non, merci.

– Allez, faut vivre, de temps en temps ! »

Jacob le contourna et marcha vers la porte.

« Je croyais qu'on était amis ! » cria Subach derrière lui.

Dehors, une silhouette s'éloignait précipitamment dans la ruelle.

Une femme, ça c'était clair, mais il n'arrivait pas à bien la discerner ; elle était à quinze mètres de lui, elle marchait vite et, alors qu'il s'élançait après elle à petites foulées, elle semblait disparaître par intermittence, comme une étoile vacillante, détectable à la périphérie de son champ de vision mais se dérobant dès qu'il posait les yeux directement sur elle.

Dans son dos, un brusque éclat de musique, la porte du bar qui s'ouvrait.

« Jack ! Où tu vas, vieux ?

– Mai ! » hurla Jacob.
Elle jeta un coup d'œil par-dessus son épaule.
Le vit.
Se mit à courir.
« Attends ! » hurla de nouveau Jacob.
Il avait trop bu, ses pieds dérapaient sur le gravier. Il reprit son équilibre et se lança dans un sprint, les pas d'éléphant de Subach tout près derrière lui. Ce colosse savait courir.
Mai aussi. La distance entre eux se creusait rapidement.
« Mai ! C'est moi, Ja… »
Il soufflait comme un bœuf.
« … Jacob. Le… *Attends.*
– Attends ! » répéta Subach en écho.
La ruelle devait faire à peu près la longueur d'un terrain de football. Jacob passa à la vitesse supérieure et eut l'impression de combler son retard ; l'espace d'un instant, il crut qu'il allait la rattraper, mais alors ils atteignirent le bout de l'allée et Mai bifurqua dans la rue principale, fonçant en direction d'un terrain vague clôturé de grillage et rempli de hautes herbes sombres. Il se rua derrière elle sans s'arrêter avant de traverser la rue, et à sa gauche il sentit une masse d'air se précipiter sur lui, la brusque chaleur des phares d'une voiture, une calandre en aluminium grinçante, une main qui l'attrapait par le collet, et il voltigea en arrière comme un acteur de comédie burlesque, si bien que la camionnette le frôla à quelques centimètres, suffisamment près pour qu'il puisse compter les éraflures de la carrosserie. Il atterrit violemment sur le coccyx.
La camionnette freina et partit en tête-à-queue dix mètres plus loin.
Pantelant, Jacob se hissa sur les coudes.
Mai s'était volatilisée.
Subach s'agenouilla à côté de lui.
« Ça va ? »
Jacob scruta les environs.
Devant lui : le terrain vague.
À droite : un fournisseur en plomberie.
À gauche : un entrepôt non identifié.
« Où est-elle passée ? » murmura-t-il.

Il essaya de se relever, mais Subach le retint.

« Hé, mec. Du calme. »

La camionnette fit ronfler son moteur et démarra en trombe, plein sud sur La Cienega Boulevard. Dans la lueur orange toxique des lampes à sodium, les lettres écaillées étaient à peine lisibles.

RIDEAUX DÉCO – HABILLAGE DE FENÊTRES DISCOUNT

LA TOUR

Allongée dans une chambre sans fenêtre, que la lueur des torches maintient dans un crépuscule éternel, Acham perd et reprend connaissance par intermittence, brièvement consciente de la présence d'un homme au pied de sa couche, qu'un simple clignement d'yeux suffit à remplacer par un garçon ayant le même regard studieux que son père.

Des servantes voilées et muettes apparaissent régulièrement pour la nourrir, la laver, panser ses blessures. Elles attisent le feu, lui massent les pieds. Lorsqu'elle trouve la force de leur poser des questions, elles l'ignorent, l'abandonnent seule et alitée, trop faible pour se lever ni rien faire d'autre que fixer un point dans le vide et adjurer son corps de guérir plus vite.

Pour s'occuper l'esprit, elle cartographie les fissures dans les murs en terre, compte les grains de beauté au dos de ses mains. Elle soulève ses membres, un par un, chaque jour plus souvent et un peu plus haut.

Les servantes lui apportent de la nourriture en abondance, d'étranges céréales cuites et des laits aigres qui lui provoquent des haut-le-cœur. Consciente qu'elle doit manger pour se rétablir, Acham se force à les avaler sans appétit. Il lui faut une volonté considérable pour refuser le premier plat qui lui fait envie : un gigot rôti, coupé en tranches épaisses, gorgées de jus, rosées au centre.

« Remporte-le », dit-elle à la servante.

La jeune fille la dévisage sans comprendre.

L'arôme fait monter l'eau à la bouche d'Acham.

Elle s'empare d'un oreiller, le jette sur la domestique.

« *Va-t'en.* »

La jeune fille s'empresse de sortir, le jus déborde du plateau, éclabousse la terre battue.

Si Acham en avait la force, elle ramperait pour aller le lécher. Au lieu de ça, elle retombe sur son lit, épuisée par son éclat, et sombre dans le sommeil.

Peu de temps après, elle sent son matelas s'enfoncer.

« Je crois comprendre que tu vas mieux. Assez pour te montrer difficile. »

Acham n'a pas besoin d'ouvrir les yeux pour voir le sourire moqueur sur son visage.

« Le mouton ne t'a pas plu ? demande Caïn.

– Je n'en veux pas.

– C'est délicieux.

– C'est dégoûtant.

– Il n'y a pas de honte à manger de la viande, dit-il. Tout le monde ici en mange. C'est considéré comme un grand luxe, excellent pour la santé. »

Acham ne répond pas.

« Je vais t'apporter autre chose.

– Tu veux dire me *faire* apporter.

– Dis-moi de quoi tu as envie.

– Qui sont ces femmes ?

– Mes servantes.

– D'où viennent-elles ?

– De partout. Ce sont des nomades, comme moi.

– Des assassins, rétorque-t-elle. Comme toi. »

Il hausse les épaules.

« Il y a plus d'une manière de tomber en disgrâce. Tu serais étonnée d'en découvrir la variété, d'ailleurs. Ensemble, nous nous sommes bâti un foyer.

– Elles refusent de me parler.

– Je leur ai donné pour instruction de ne pas te déranger.

– Y compris de ne pas répondre à mes questions ?

– Tu as besoin de repos. Ce n'est pas bon de trop t'agiter. »

Elle finit par ouvrir les yeux.

« Les gens dans cette ville, dit-elle, ils sont aussi à ton service ? »

Caïn éclate de rire, comme quand elle était enfant et qu'elle disait une bêtise.

« *Quoi ?* demande-t-elle.

– Non, toute la ville ne m'est pas soumise. Seulement ceux qui le choisissent.

– Personne ne choisit de son plein gré de se soumettre à un autre.

– Là encore, tu serais étonnée. Et je crois me souvenir que notre père était un grand adepte de la soumission.

– Au Seigneur.

– C'est différent ?

– Absolument. Il n'existe pas d'autre loi que celle de Dieu.

– Te voilà devenue bien fanatique.

– Ce n'est pas du fanatisme de faire ce qui est bien.

– C'est pour ça que tu es là ? Pour faire ce qui est bien ? »

Elle ne répond pas.

« Enfin, quelle qu'en soit la raison, conclut-il en prenant sa main glacée dans la sienne, je suis content que tu sois venue. »

Le lendemain matin à son réveil, elle trouve le garçon, Hénoch, accroupi dans un coin, la tête penchée, la langue tirée, concentré.

« Je ne t'ai pas entendu entrer.

– Je n'ai pas fait de bruit. »

Il se lève d'un bond et se met à sautiller dans la pièce, s'arrêtant pour inspecter d'infimes variations sur les murs.

« Tu ne manges pas de mouton. Pourquoi ? »

Parce que ton père veut que j'en mange.

« Je n'aime pas ça, répond-elle.

– Qu'est-ce que tu aimes ?

– Les fruits. Les noix. Tout ce qui pousse dans la terre.

– Moi aussi, j'aime ça.

– Ça nous fait un point commun, dit-elle.

– Il faudrait que tu voies le marché. Il est rempli de choses qui poussent.

– Quand j'irai mieux, tu pourras me le montrer.

– Quand est-ce que tu iras mieux ?

– Bientôt.

– Bientôt quand ?

– Je ne sais pas. »

Il se laisse tomber au sol, les coudes sur les genoux, le menton sur les poings.

« Je vais attendre ici. »

Elle sourit.

« Ça risque de prendre un moment.

– Alors je reviendrai demain.

– Je ne sais pas si je serai prête demain non plus.

– Alors je reviendrai le jour d'après.

– Tu es très persévérant.

– Qu'est-ce que ça signifie ?

– Demande à ton père.

– Je lui demanderai. Il saura. C'est l'homme le plus sage de la vallée. C'est pour ça que tout le monde l'aime. Quand je serai grand, je serai bâtisseur, comme lui. J'aurai un fils et je donnerai son nom à une ville. Tu veux voir mes jouets ?

– Pas pour l'instant, dit-elle, épuisée, semble-t-il, du simple fait d'avoir parlé de construction. Je crois que j'ai besoin d'une sieste. Tu veux bien me passer cette couverture ?... Merci.

– De rien. »

Fidèle à sa parole, Hénoch revient le lendemain, puis chaque jour ensuite. Les affaires de l'État accaparent Caïn, et des semaines s'écoulent durant lesquelles le garçon est le seul interlocuteur d'Acham. C'est moins une conversation qu'un interrogatoire. Que pense-t-elle des tortues ? A-t-elle déjà vu la pleine lune ? Connaît-elle de bonnes devinettes ? Son bavardage dissipe passagèrement la mélancolie ; il l'aide à oublier la douleur chaque fois qu'elle essaie de s'asseoir, de basculer ses jambes flageolantes au bord du lit, de tenir debout, cramponnée au montant.

« Très bien ! s'exclame Hénoch à chaque nouvelle étape qu'elle franchit. Très, très bien ! »

Il danse autour d'elle, la clochette tinte à son cou, convoquant les serviteurs. Ils viennent voir qui les appelle, repartent en serrant les dents quand ils s'aperçoivent que c'est lui.

C'est en partie grâce à son insatiable enthousiasme qu'elle réussit bientôt à clopiner dans la chambre, appuyée de tout son poids sur une canne en bois.

« Plus vite, dit Hénoch.

– J'essaie.

– Tu vas y arriver. Suis-moi.
– Hénoch ! *Doucement.*
– Tu ne peux pas m'attraper ! Tu ne peux pas m'attraper !
– Oh si, et…
– Non, tu ne peux pas !
– Si, tu vas voir, et quand je te tiendrai je te donnerai un bon coup de bâton.
– Ha ha ha ha ha ! »

Il lui rapporte des douceurs du marché, des pierres chaudes pour soulager ses douleurs au dos. Ses cheveux repoussent ; il les lui peigne. Les servantes refusent toujours de s'adresser directement à Acham, en revanche elles répondent volontiers à Hénoch, qui joue les intermédiaires.

« Je ne veux plus de yaourt, déclare Acham. Dis-le-lui.
– Elle ne veut plus de yaourt, répète Hénoch.
– Le maître assure que ça lui donnera des forces.
– Dis-lui que, si elle m'en apporte encore, je le renverserai sur la tête du maître.
– Moi, j'aime le yaourt, fait remarquer Hénoch.
– Très bien. Donne-le-lui.
– Donne-le-lui, répète Hénoch.
– Non. À toi.
– Toi.
– Pas *elle. Toi.* Toi, c'est-à-dire Hénoch.
– Hénoch. »

Les yeux écarquillés : « Tu veux dire que j'ai le droit d'avoir ton yaourt ?
– Tout à fait.
– Hourra ! Donne-le-moi !
– Bien, maître. »

Elle doit se rappeler qu'elle ne peut s'autoriser à l'aimer. L'amour est un terreau fertile ; les regrets viennent y germer ; et elle a beau les arracher le plus tôt possible, il en pousse de nouveaux chaque jour.

Elle voit bien, par exemple, que le garçon a les traits de Nava autant que de Caïn. Cela dit, étant donné la ressemblance déjà forte entre Nava et Caïn, n'importe quelle parcelle de cet enfant pourrait être n'importe quelle parcelle de ses parents

– ou d'Acham, en réalité. Elle aussi appartient à ceux de la famille qui ont le teint mat.

Ce qui soulève une autre question.

Où est Nava ?

Le printemps venu, Caïn l'installe dans une chambre plus spacieuse à l'étage, dotée d'un balcon surplombant la ville. La journée commence à l'aube avec l'allumage des feux de cuisine et se termine au son des tambours qui signalent la fermeture des portes. Les heures dans l'intervalle vibrent d'activité, de cris lointains et de couleurs alléchantes qui se mêlent dans le miroitement de la chaleur. Ce spectacle enflamme la curiosité d'Acham et l'incite à redoubler d'efforts pour hâter sa convalescence. Hénoch court devant elle, la raille, la force à étendre son rayon d'action un peu plus loin chaque jour. Ils commencent par aller jusqu'à la citerne d'eaux usées au bout du couloir. Puis jusqu'à la cour. Après quoi ils montent sur les remparts, où Hénoch se faufile en riant entre les jambes des archers. Ensuite, ils reviennent aux mêmes endroits, mais plus vite, sans faire autant de pauses. Et encore deux, trois, quatre fois. Pour finir, sans l'aide de la canne.

« Tu ne peux pas m'attraper !

– J'arrive… »

Et quand elle l'attrape, elle a le droit de le serrer dans ses bras, de sentir son petit corps chaud, tremblant de frayeur et de joie.

« Pose-moi ! »

Sans aide ne signifie pas sans compagnie. Deux servantes les suivent à quelques pas de distance, prêtes à la rattraper si elle venait à flancher. Acham n'a qu'un geste à faire et elles se précipitent pour obéir à ses ordres.

Le seul qu'elles refusent d'exécuter est de la laisser seule.

Elle s'en plaint auprès de Caïn.

« Suis-je prisonnière ?

– Bien sûr que non.

– Alors ne me traite pas comme telle.

– Ta porte n'a pas de verrou. Tu es libre d'aller où tu le souhaites, quand tu le souhaites. Tout le monde ici est libre. C'est la différence entre eux et nous. Nous fixons nos propres limites.

– Je ne suis pas libre quand des gens me suivent en permanence.

– Elles sont là pour t'aider.

– Je ne veux pas d'aide.

– Tu pourrais en avoir besoin.

– J'imagine que je ne suis pas libre d'en décider moi-même.

– Personne ne te force à faire quoi que ce soit, insiste-il. Et personne ne les force à t'accompagner non plus. Je leur ai demandé de veiller sur toi, elles ont accepté. Chacun est dans son droit. »

Elle avait oublié combien les discussions avec lui pouvaient être éprouvantes.

« Suis-je libre de t'étrangler ? »

Il sourit.

« Nous avons des lois contre ça.

– Des lois que tu as créées.

– J'ai contribué à leur création, oui. C'est pour le bien public. Il ne peut y avoir d'ordre si tout le monde s'entre-tue.

– Tu es bien placé pour le savoir. »

Il hausse les épaules.

« On ne pourra pas dire que je n'apprends pas vite.

– Au fait, que dit ta loi à propos des meurtriers ?

– Justice sera rendue. »

Elle lève les sourcils, il hausse à nouveau les épaules.

« La loi n'a pris effet qu'après, précise-t-il. Il serait injuste de punir les gens de manière rétroactive.

– Pratique pour toi.

– Raisonnable pour tout le monde.

– J'ai du mal à voir la différence entre les deux », réplique-t-elle.

Caïn rit longuement, d'un rire dur.

La frénésie humaine qu'elle observait jusque-là de son balcon est étourdissante, vue de près ; un déluge d'images, de bruits et d'odeurs qui sont agressifs pris isolément mais étonnamment délicieux lorsqu'ils se mêlent. Des paysans qui travaillent aux champs environnants tirent leurs bêtes chargées de fardeaux jusqu'à la place du marché. Des demi-carcasses de mouton attendent sur des souches d'arbre, enduites d'un vernis de mouches que les bouchers dispersent d'un revers de main de temps à autre. Des chiens chahutent avec des enfants nus. Des chats poursuivent des rats deux fois plus gros qu'eux. Un jour, Acham s'aventure à l'intérieur d'une maison, dont les occupants la dévisagent, perplexes, et lui demandent d'un ton glacial de bien vouloir sortir.

Que des gens puissent vivre aussi près les uns des autres tout en s'enfermant derrière des portes lui paraît absurde. Cela découle de l'idée, aussi troublante que séduisante, que l'espace peut appartenir à quelqu'un. Caïn appelle ça la propriété et dit que c'est la pierre angulaire de toute société stable.

Acham pense que c'est une vaine division.

En compagnie d'Hénoch et toujours talonnée par les deux servantes, elle explore des étals débordant de fruits et de légumes que les réfugiés ont apportés de loin puis cultivés sur le sol fertile de la vallée. Des marchands vantent leurs citrons frais, leurs succulentes oranges, leurs dattes, leurs figues, leurs grenades au sang sucré. Les gens ne tardent guère à découvrir qui est Acham et la traitent avec déférence, lui offrant à genoux de pleines poignées de leurs produits.

« Il y a des figues, là d'où tu viens ? demande Hénoch, la bouche pleine.

– Oui, plein.

– Tant mieux. J'adore les figues.

– Moi aussi.

– Et sinon, qu'aimes-tu d'autre ?

– Toi, je t'aime beaucoup. »

Il sourit, glisse un nouveau fruit dans sa bouche.

En plus des aliments, les gens ont importé le savoir-faire et les coutumes de leur terre natale. Ils exposent des objets artisanaux dont l'ingéniosité rivalise avec celle des meilleures inventions de Caïn : outils en pierre, en métal, une cinquantaine d'armes différentes. Des bêtes en cage grognent et essaient de mordre ceux qui sont assez idiots pour introduire leurs doigts entre les barreaux. Des oiseaux prisonniers chantent des odes à la liberté. Il y a des jongleurs et des guérisseurs, des potiers et des barbiers. Acham passe un après-midi entier envoûtée par trois hommes qui, en soufflant dans des tuyaux, produisent des mélodies sinueuses et obsédantes.

Tant à regarder, tant à faire.

Elle comprend aisément que l'on puisse faire sa vie ici.

Et, dans toute cette agitation, ils trouvent encore du temps à consacrer au Seigneur. Au centre de la ville se dresse un temple où, en échange d'une somme d'argent, une équipe de prêtres peut sacrifier pour vous un agneau et verser son sang sur l'autel tandis qu'un chœur chante des incantations. Elle se renseigne sur l'origine de ce rituel et apprend que Caïn l'a déclaré obligatoire pour tout un chacun, trois fois par an.

Elle demande à Caïn pourquoi.

« Ça les occupe », répond-il.

Son endroit préféré reste, de loin, un vaste jardin public alimenté par des canaux creusés depuis la rivière. Hénoch la prend par la main, il nomme les plantes et lui en décrit les caractéristiques particulières.

« Celle-ci bouge quand tu la touches », dit-il en effleurant le bout d'une feuille.

Acham, émerveillée, la regarde se recroqueviller sur elle-même.

« Pourquoi fait-elle ça ?

– Parce qu'elle n'aime pas le contact, alors elle se cache.

– On ne devrait pas la déranger.

– C'est une plante, rétorque Hénoch. Les plantes n'ont pas de sentiments.

– Comment le sais-tu ?

– Mon père me l'a dit.

– Tu crois tout ce qu'il te dit ?

– Bien sûr. »

Les fleurs poussent en rangs ordonnés, regroupées par couleur. Acham ne peut s'empêcher de souligner que ce n'est pas le cas dans la nature.

« Tu es très intéressante », déclare Hénoch d'un ton solennel.

Elle rit.

« Vraiment ?

– Oui. Tu es la personne la plus intéressante que j'aie rencontrée de ma vie.

– Je n'en suis pas sûre.

– Mais si. C'est ce que dit mon père. Tu vas rester ?

– Rester… ? »

Il hoche la tête.

« Tu pourrais être ma mère. »

Elle sent son ventre se nouer.

« Ça me plairait, ajoute-t-il.

– Et ta vraie mère ? s'enquiert Acham. Où est-elle ? »

Il ne répond pas.

« Hénoch ?

– Je n'en sais rien.

– Tu ne sais pas où elle est ?

– Regarde, dit-il en désignant une tache bleue qui virevolte dans la verdure. Un papillon. »

Et il s'élance.

De nouveaux migrants arrivent chaque jour. L'afflux constant de réfugiés impose une expansion constante, et Caïn travaille dur, il ne compte pas ses heures. Le matin, le plus souvent, il quitte le palais avant le réveil d'Acham, même si elle se lève parfois assez tôt pour se presser à la fenêtre et apercevoir son escorte sur le départ : dix hommes qui frappent la terre du talon de leur lance et rugissent pour dégager la voie.

Peut-être est-il vrai, comme le prétend Hénoch, que le peuple aime son père. Mais alors, pourquoi a-t-il besoin d'autant de gardes du corps ? Lorsqu'elle interroge Caïn à ce sujet, il lui répond que le respect se compose à parts égales de crainte et d'amour.

Son titre précis demeure vague, tout comme les fonctions qu'il implique. Caïn se présente tour à tour comme architecte en chef, principal membre du conseil, questeur, juge. Que la population l'aime ou le craigne, il est clair qu'elle dépend de lui : c'est lui qui dicte les lois, collecte l'impôt, règle les différends.

Sans lui, le désordre ferait imploser la vallée.

Cette prise de conscience, parmi d'autres, freine Acham dans sa détermination. Chaque fois qu'elle pose les yeux sur Hénoch, de nouveaux doutes la gagnent. Chaque matin froid qu'il passe dans son lit, blotti contre elle, sa joue toute douce contre la sienne ; chaque petit cadeau qu'il lui apporte ; chaque château d'argile qu'il bâtit et nomme en son honneur ; chaque soirée de paresse au coin du feu, à casser des noix en se racontant des histoires fabuleuses ; chaque poussée de fièvre qu'il subit, quand elle fait les cent pas toute la nuit pour le veiller ; chaque fois qu'il lui demande, encore et encore, si elle va rester ; chaque fois qu'elle lui demande où est sa mère et qu'il n'a pas de réponse à lui donner.

Le nouveau temple dominera le flanc est de la vallée ; une gigantesque entreprise qui ne sera pas achevée du vivant de Caïn. À dire vrai, selon toute probabilité, explique-t-il, les travaux se poursuivront encore lorsque les petits-enfants d'Hénoch auront eux-mêmes des petits-enfants.

« Alors, quel intérêt ? demande Acham.

– On bâtit pour la postérité », dit-il.

Ils sont assis à la longue table en bois où Caïn tient les réunions du conseil. Pour le moment, ils dînent seuls, en tête à tête. Hénoch dort ; Acham l'a mis au lit.

Elle n'est pas certaine de comprendre ce que Caïn entend par « la postérité ». Est-ce que cela désigne sa descendance, pour laquelle le temple sera érigé et fonctionnel ? Ou bien la mémoire du nom de Caïn ?

Fait-il lui-même la distinction entre ces deux visées ?

Elle lui demande comment il a appris l'art de la construction.

Il se coupe une tranche de mouton, la recouvre de lentilles. « Par tâtonnements. »

Elle imagine qu'il veut parler de ses premières huttes en terre.

Il le lui confirme de la tête en attaquant son plat.

« Elles n'étaient pas parfaites, alors j'ai continué ma route.

– Rien n'est parfait.

– Cet édifice-ci le sera.

– Tu le crois vraiment ?

– Il le faut bien, dit-il. La créativité est un acte de foi.

– Je te croyais étranger à la foi.

– La foi en un autre que moi, oui. »

L'arrogance de Caïn devrait attiser les flammes de sa colère. Au contraire, elle sent un picotement de désir. Elle a trop bu. Elle repousse la coupe de vin sur la table.

Caïn le remarque.

« Ça ne te plaît pas ? Je peux t'apporter autre chose.

– Je n'ai pas soif », ment-elle.

Il hausse les épaules, coupe sa viande.

« Il suffit de demander… J'ai promis à Hénoch de l'emmener sur le chantier la semaine prochaine. Tu peux nous accompagner, si tu en as envie. »

Il la surprend qui lorgne son assiette.

« Tu veux goûter ?

– Non merci. »

Il sourit, reprend son couteau.

« Tu ne pourras pas résister éternellement. »

Acham frémit de plaisir à la pensée qui lui traverse la tête.

« Je n'en ai pas l'intention, répond-elle.

– Ah ah, dit-il, j'en étais sûr. Je te connais mieux que toi-même. À quand l'heureux jour ? Je m'assurerai qu'on te prépare quelque chose de spécial.

– Patience, tu verras bien.

– Parfait, j'adore le suspense. »

Il lui lance un clin d'œil et glisse dans sa bouche un triangle de chair saignant, le mâche d'un air pensif, l'avale.

« Il t'aime beaucoup, déclare-t-il de but en blanc. Ça n'a pas été facile pour lui, sans présence féminine. Un garçon a besoin d'une mère.

– Tu ne parles jamais d'elle, observe Acham.

– Il n'y a rien à en dire. Je t'ai déjà raconté. Elle est morte en couches. Je l'ai enterrée dans la prairie. Tu as vu le monument de tes yeux. »

Elle hoche la tête, se souvient de la haute colonne de terre.

« S'il te plaît, ne me pose plus de questions à ce sujet. »

Elle opine à nouveau, il se remet à manger.

« Alors ? reprend-il d'une voix enjouée. Qu'en dis-tu ? Tu veux venir avec nous voir la tour ? Mais promets-moi de faire appel à ton imagination. Elle est très loin d'être terminée.

– Promis », répond-elle.

Le voyage dure presque un jour entier.

Ils avancent dans un bourdonnement d'insectes, le long d'un étroit sentier à travers la forêt. Caïn et son escorte vont à pied, tandis que le chien renoue passagèrement avec son ancienne activité, partant en éclaireur puis revenant aboyer son rapport.

Hénoch et Acham font la route dans un palanquin de bois porté par huit domestiques au torse nu. Depuis qu'elle a appris que les hommes en service officiel devaient subir une castration – pour les mettre à l'abri de la luxure – elle ne peut plus poser le regard sur eux sans un certain malaise.

« C'est une belle journée, dit Caïn. Il fait beau et clair. Nous aurons une vue splendide. »

Des bornes en pierre indiquent la distance qui reste à parcourir ; au milieu de la matinée, ils ont atteint la septième sur vingt, et Acham demande à Caïn s'il n'aurait pas été plus judicieux de construire plus près de la ville.

Il soupire, explique que, là encore, il pense à l'avenir ; pas aux limites de la ville telles qu'elles existent aujourd'hui, mais telles qu'elles pourraient exister d'ici dix générations. Alors, la tour se trouvera en plein centre.

Acham demande si l'expansion est censée se poursuivre éternellement.

Il répond que c'est long, l'éternité.

Elle a remarqué qu'il désignait l'édifice par différents termes selon ses interlocuteurs. Quand il discute de ses fonctions rituelles avec les prêtres ou qu'il bat le rappel parmi les masses, c'est un temple, toujours un temple, destiné à remplacer l'autre, plus petit, inadéquat ; le plus grandiose des temples à la gloire de Dieu.

Mais, devant elle, lorsqu'il laisse libre cours à son excitation, c'est une tour.

La distinction peut passer inaperçue auprès de tous les autres, pas d'Acham. Son frère attache de l'importance aux mots. Il divise et classifie, il désigne chaque chose par son nom exact. Sans précision, aime-t-il à répéter, nous ne pouvons pas communiquer.

Souvent, c'est ce qu'il dit quand il est sur le point de se dérober ou de mentir.

Ils s'arrêtent pour déjeuner de poisson séché. Les porteurs du palanquin s'enfoncent dans la rivière jusqu'aux genoux afin de se rafraîchir, plongent leurs mains en coupe dans l'eau pour en boire avidement de grandes lampées qui réapparaissent aussitôt sous forme de perles à leur front, sur leurs bras, leur torse glabre et cuivré. Hénoch, perché dans un arbre, les bombarde de pommes de pin. Acham se contente pour tout repas d'un gâteau de millet.

« Nous y sommes presque, annonce Caïn.

– Presque ! » répète Hénoch en battant des mains.

Ils arrivent alors que le soleil décline et, quand la tour surgit à l'horizon, Acham la prend d'abord pour une nouvelle ville, tant sa base est tentaculaire.

Caïn l'aide à descendre du palanquin. Voyant son regard ébahi, il rit.

« Et tu n'as encore rien vu. »

Ils arpentent le périmètre pour qu'il puisse apprécier les progrès avec ses contremaîtres. La moitié de la ville semble réunie ici. Des logements temporaires ont été érigés à destination des cohortes d'ouvriers qui travaillent sous un soleil brûlant le jour et à la lueur des torches la nuit. Le vacarme ne cesse jamais. Il y a des charpentiers et des muletiers, des tailleurs de pierre et des forgerons. Plus de deux cents hommes, le visage en feu, se relaient avec pour unique tâche de fouler la glaise, d'y mouler des briques et de les cuire.

Jusqu'à présent, sept étages ont été terminés, chacun légèrement plus étroit que le précédent. Une rampe en colimaçon s'enroule tout autour, assez large pour permettre la circulation à pied dans les deux sens. Un jour, elle atteindra le sommet, de sorte que les pèlerins qui le souhaitent pourront visiter le Paradis moyennant un prix d'accès symbolique.

Acham dévisage son frère.

« Le Paradis ?

– Viens, je veux te montrer l'intérieur. »

Le rez-de-chaussée consiste en une majestueuse galerie dédiée aux arts. Hénoch court dans tous les sens, braillant à pleins poumons, hilare de l'écho qu'il provoque, tandis que Caïn fait admirer à Acham une série de délicates frises florales. Arrivée devant une niche imposante, elle se fige, abasourdie par la statue en granit d'un homme grandeur nature.

« Elle te plaît ? demande Caïn. J'ai choisi le sculpteur le plus talentueux de la vallée. »

Acham ne sait que répondre.

« Il a travaillé à partir d'un de mes dessins, cela dit.
– C'est une idole.
– Oh, je t'en prie. Personne ne la vénère. C'est une décoration.
– Mais c'est *toi*, rétorque-t-elle en se tournant vers lui.
– Et alors ? Comme ça, les gens sauront de qui vient cette idée. Ça les encouragera à rêver. »

Lentement, elle fait le tour de la statue. La ressemblance est saisissante, elle doit bien l'admettre. Néanmoins, les mises en garde répétées de son père contre toute tentative de représentation humaine résonnent à ses oreilles avec l'autorité d'une loi naturelle. Sa simple présence ici lui donne l'impression de commettre un grave péché.

L'artiste a pourvu sa sculpture d'une torche dans une main et d'un couteau dans l'autre.

« La lumière et la force, dit Caïn. Les outils du métier. Tu veux savoir ce que j'ai appris, eh bien voici, pour résumer : un homme habile qui travaille seul peut bâtir une maison. Un homme habile qui en commande des milliers peut bâtir un monde.
– Le monde est déjà bâti », répond-elle.

Il rit.

« Nous ferions mieux d'y aller si tu ne veux pas rater le coucher de soleil. »

Hénoch, à son grand déplaisir, reçoit l'ordre de les attendre en bas.

« Mais je veux voir.
– C'est dangereux, dit Caïn. Reste avec le chien.
– Pourquoi vous avez le droit, vous ?
– Parce que nous sommes adultes.
– Moi aussi.
– Certainement pas.
– Si !
– Je n'ai pas l'intention de discuter des heures. »

Il adresse un signe à l'un des gardes, qui soulève Hénoch et le ramène, hurlant, jusqu'au palanquin.

« Je déteste quand il me résiste, soupire Caïn en les regardant s'éloigner.

– Qu'espérais-tu ? rétorque Acham. C'est ton fils. »

Il sourit, mélancolique.

« Allons-y. »

Ils ont à peine entamé leur ascension que déjà Acham constate qu'il a bien fait de ne pas laisser l'enfant les accompagner. Elle-même aurait presque envie de rebrousser chemin. La hauteur de la tour aspire le vent en violents tourbillons qui fouettent sa tunique, et elle marche en longeant le côté intérieur de la rampe, car le mur extérieur encore inachevé ne lui inspire guère confiance. Caïn continue d'avancer à grandes foulées, imperturbable. Ne voulant pas paraître faible devant lui, elle rassemble son courage et lui emboîte le pas.

Le septième étage n'a pas de murs du tout, offrant une vue spectaculaire. Tout autour, le ciel ruisselle de miel. La ville au loin pourrait passer pour un relief naturel, ses bâtiments imbriqués les uns dans les autres, comme une plaine d'argile. Caïn détache sa cape, la lui tend pour qu'elle se réchauffe. Elle la serre autour d'elle, le regardant avec une boule au ventre s'approcher nonchalamment à un pas du bord.

« C'est beau, non ? Imagine ce que ce sera de là-haut. On pourra voir toute la vallée, et même au-delà.

– Et le Paradis, apparemment.

– Et le Paradis.

– Tu te disputais souvent avec Père au sujet du Paradis.

– C'est vrai.

– Tu n'y croyais pas.

– Et ça n'a pas changé. »

Acham s'avance vers le bord, osant se pencher pour jeter un coup d'œil au bas de cette falaise de terre de sept étages. La tête lui tourne ; elle recule.

« Tu construis une rampe vers un endroit qui n'existe pas ?

– Pourvu que le peuple s'y intéresse.

– Ils voudront se faire rembourser s'ils grimpent jusque-là et qu'il n'y a rien à voir.

– Disons que je n'*exclus* pas la possibilité que le Paradis existe. Mais je n'en saurai rien tant que je ne l'aurai pas vu de mes yeux et, comme ça n'arrivera jamais, je préfère me fier à mon intuition.

– Et si tu te trompes ?

– Eh bien, je me serai trompé.

– Ce que je ne comprends pas, c'est pourquoi tu as besoin de savoir.

– On ne peut pas choisir librement sans savoir.

– Et c'est plus important que de provoquer la colère du Seigneur ?

– Qui a parlé de provoquer sa colère ?

– J'ai le sentiment qu'Il ne sera pas très heureux de voir des gens à Sa porte exiger qu'on leur ouvre.

– C'est le Seigneur, répond Caïn. Je suis sûr qu'il s'en accommodera. »

Le soleil s'écrase sur l'horizon. Tout en bas, les ouvriers s'agitent tels des scarabées. Le vent charrie des cris, des claquements de fouet, des hennissements, des plaintes.

« Comment allons-nous faire pour rentrer de nuit ? s'inquiète-t-elle.

– Je pensais que nous pourrions dormir ici. Il y a une pièce que j'utilise quand je dois rester sur place.

– Et moi, où je dormirai ? »

Il se tourne vers elle.

« Avec moi. »

Elle entend le sang battre à ses oreilles.

« Dis quelque chose, lui enjoint Caïn.

– Que veux-tu que je dise ?

– Oui. Ou non. »

Un temps.

Elle dit : « Ton fils n'arrête pas de me demander de devenir sa mère. »

Un temps.

Caïn dit : « C'est ta décision, ni la sienne ni la mienne. Je l'ai compris il y a fort longtemps, et je le lui ai expliqué.

– Il ne t'écoute pas.

– Il croit bien faire.

– Je sais. »

Un temps.

Il dit : « Je l'aimais, tu sais. Nava. »

Elle hoche la tête.

« Je n'ai peut-être pas réussi à exprimer combien ce fut dur pour moi.

– J'imagine.

– Tu ne peux pas. J'avais quelqu'un, et je l'ai perdu. Tu ne peux absolument pas savoir ce que ça fait. »

Elle dit : « Si, je sais. »

L'espace d'un instant, il s'affaisse. Le regret, ou la peur. L'un comme l'autre, ce serait une première. L'un comme l'autre attendriraient le cœur d'Acham.

« Tu penses souvent à lui ? » demande-t-elle.

Alors, il la déçoit : il se redresse, les yeux brillants, et parle avec assurance.

« Je ne pense qu'à ce que je peux contrôler.

– Impressionnant. Moi, j'ai des souvenirs, que je le veuille ou non.

– Avant, je le voyais en rêve, dit-il, les cheveux déchaînés par le vent. Mais ça fait tellement longtemps. Maintenant, quand j'essaie de me souvenir… »

Il éclate de rire.

« Quoi ? » demande-t-elle.

Il secoue la tête en riant.

« Je vois un mouton. »

Acham le dévisage.

« Pardon. C'était méchant. J'ai changé. Tout a changé. Il est regrettable que les choses aient tourné ainsi. Mais c'est le passé, et je ne peux agir que sur le présent. J'ai essayé de me racheter. Tu l'as vu toi-même : je donne tout ce que j'ai à mon peuple.

– Ce n'est pas ta famille.

– Si, justement. Tous les hommes sont ma famille. C'est de ça que Père avait tant peur, vois-tu. C'est pour cette raison qu'il nous interdisait de quitter la vallée. Je me suis trompé sur son compte. Je veux bien le reconnaître, maintenant. Il savait. Il savait que d'autres existaient, qu'on les trouverait, qu'on comprendrait : tous les hommes sont égaux. Et il savait qu'une fois qu'on l'aurait compris on refuserait de se soumettre à lui.

– Nous étions soumis au Seigneur, pas à Père.

– Et qui nous disait ce que désirait le Seigneur ? Père. Qui nous disait quoi faire, quand le faire ; et la punition qui nous attendait si on ne s'y conformait pas ? Qui changeait les règles quand bon lui semblait ? Lui.

– Pourquoi nous aurait-il menti ?

– Pour nous contrôler. C'est ce que veulent tous les hommes. Le pouvoir.

– En quoi es-tu différent ?

– En rien. Je suis comme les autres. Moi, je n'ai rien de spécial. Mais nous, si. Un ensemble d'hommes. Ce qui nous rend différents, ce sont nos voix multiples qui s'expriment en même temps. Certaines en faveur des autres. Certaines en opposition. C'est cette bruyante cacophonie de voix qui produit une unité. Regarde ce que nous avons réussi à construire. Pas grâce à une personne en particulier. La plus grosse charge repose sur mes épaules, c'est vrai, mais je compte sur l'aide de mes semblables. Tu comprends ce que je veux dire ? L'humanité survit *ensemble*. Ce n'est pas bon de rester seul. Ce n'est bon pour personne. »

Il marque une pause avant de reprendre.

« Ni pour moi. Ni pour mon fils. Il a besoin d'une mère. Il a besoin de toi. Nous avons tous les deux besoin de toi. Je t'ai amenée ici afin de te montrer ce que nous sommes en train de bâtir. Je le fais pour toi. C'est un monument en l'honneur du rassemblement. Nous avons erré, toi et moi, nous avons connu la solitude, nous sommes tout l'un pour l'autre. Crois-tu que je n'aie pas reçu de demandes en mariage ? Tous les hommes de la ville veulent me donner leur fille. Je les ai toutes refusées. Je t'attendais. Chaque jour, je scrutais l'horizon. J'ai placé des sentinelles près des portes en leur disant de guetter ta venue. J'ai envoyé le chien sur ta piste. J'ai encore ta tunique. Je l'ai emportée avec moi, par-delà les montagnes, à travers la plaine. Quand j'étais à bout de forces, j'y enfouissais mon visage et je me souvenais de toi. Elle a gardé ton odeur. J'ai demandé au chien de te trouver et il l'a fait. Parce que je savais que tu viendrais, et je savais que, le temps d'arriver ici, tu viendrais emplie d'amour, pas de colère. Je t'aime de toute éternité, et pour l'éternité. »

Un temps.

« C'est long, l'éternité », finit par répondre Acham.

Caïn part d'un grand rire sonore.

« Tu vois ? C'est pour ça que je t'aime. Je t'aime parce que tu dis ça. Je vis dans un monde de flatteurs et de menteurs. Toi, tu dis la vérité. J'ai besoin de trouver la vérité dans mon foyer. J'ai besoin de toi dans mon foyer. Hénoch aussi. Fais-le pour lui. Non. Non. Fais-le pour moi. Parce que tu m'aimes, je sais que tu m'aimes. Tu ne peux pas le nier. Tu n'oserais pas. »

Il s'agenouille près du bord de la tour.

« Si tu dis que tu ne m'aimes pas, je me jette dans le vide. »

Un temps.

Acham dit : « Je t'aime.

– Alors c'est oui ! s'exclame-t-il. Tu seras ma femme, comme tu as toujours été destinée à l'être. »

Le vent transperce la cape d'Acham, elle frissonne.

« Ne reste pas plantée là comme une statue », lui lance Caïn.

Elle s'agenouille pour être à son niveau.

« Mon amour, murmure-t-il. Mon amour. »

Elle presse sa bouche contre la sienne. Il y enfonce sa langue, et leurs corps s'embrassent de la poitrine jusqu'à l'aine.

La peau de Caïn sent l'huile et la poussière ; de ses mains impérieuses, il la pousse vers le sol, comme il l'a déjà fait par le passé, et elle se dégage.

« Quoi ? Qu'est-ce qu'il y a ? » demande-t-il.

Elle écarte les cheveux devant les yeux de Caïn, lui dépose un baiser sur le front, l'enlace à nouveau, le regard tendu par-dessus son épaule vers le ciel noir moucheté de corbeaux noirs.

Elle le serre dans ses bras comme pour ne jamais le lâcher et, basculant le poids de son corps vers l'avant de ses pieds, elle dit : « Pour l'éternité. »

Alors, avec la force et la conviction d'une vengeance long-temps différée, elle les propulse tous deux dans le vide.

25

Il y avait environ vingt-sept mille Ford Econoline blanches enregistrées dans l'État de Californie, dont aucune ne portait le numéro d'immatriculation que Jacob avait recopié d'après la photo. Il le rentra plusieurs fois dans la base, chaque recherche successive prenant un peu plus de temps que la précédente pour lui livrer le même verdict.

Aucun résultat.

Il avait la tête qui tournait, le dos qui brûlait, il vérifia à nouveau qu'il ne s'était pas trompé en tapant le numéro.

Aucun résultat.

Fausse plaque ?

Il essaya avec la sienne. Obtint le résultat escompté.

Il entra l'immatriculation de la camionnette pour la cinquième fois. La barre de chargement ralentit, se figea. Il agita la souris, appuya frénétiquement sur la touche espace, poussa un juron. Il s'apprêtait à se pencher pour éteindre et rallumer l'ordinateur quand le système implosa carrément, une fine volute de fumée s'échappant de la grille du ventilateur.

Pour éviter d'envoyer un grand coup de poing dans l'écran, il se réfugia à la cuisine. Rien à manger, et il n'osait pas se servir un verre. Il était deux heures du matin. Il mit du café en route.

Soucieux de son coccyx endolori, il s'assit prudemment par terre au pied de son canapé, la tête appuyée contre sa télé débranchée, et se demanda ce qui était en train de lui arriver.

Il se repassa le film mentalement : la camionnette qui le frôlait à toute allure. Crissements de pneus, odeur de caoutchouc brûlé. Aucune personne normale n'aurait pu s'agripper à la camionnette et grimper en route sans se démettre l'épaule. Donc, soit Mai était une cascadeuse professionnelle, soit il ne l'avait pas réellement vue.

Pourtant, si. Aussi nettement que son propre reflet dans la glace.

Et Victor… Victor aussi l'avait vue.

Et si ce n'était pas le cas ?

Est-ce qu'il aurait confiance en sa seule perception ?

Subach, l'entourant de ses gros bras de catcheur.

Où est-elle passée ?

Qui ?

Mai. La fille.

Quelle fille ?

La fille.

Jack…

Vous foutez pas de ma gueule. Vous foutez pas de ma putain de gueule, putain.

Jack. Mec. Calme-toi.

Est-ce que ça l'a… Est-ce qu'elle a été touchée ?

T'as l'air bizarre, vieux.

Je…

Peut-être que je t'ai fait mal à la nuque. Tu devrais passer aux urgences. T'as peut-être eu le coup du lapin.

Il faut que j'y aille.

Qu'est-ce que… Hé !… Attends une seconde.

Il faut que je me tire d'ici.

Attends. Jack. Attends. T'es pas en état de conduire. Jack.

Il se dégage, se relève.

Dites à Mallick de m'appeler.

T'as besoin de décompresser, viens, je te paye un verre… Allez, ou au moins je te raccompagne…

J'attends son coup de fil.

L'ordinateur ne fumait plus, et il se ralluma normalement mais, à la seconde où Jacob ouvrit la base de données du département des véhicules motorisés et réitéra sa requête, l'écran se figea de nouveau.

Il laissa son café refroidir et la barre de chargement s'acharner en vain, tituba jusqu'à sa chambre, balaya d'un revers de main les photos des meurtres encore étalées sur le lit et sombra dans un sommeil divinement exempt de rêves.

« La bonne ou la mauvaise nouvelle d'abord ? demanda Divya Das.

– La bonne.

– J'ai retrouvé le profil ADN de votre deuxième tueur.

– Excellente nouvelle !

– Oui mais, la mauvaise, c'est qu'il ne correspond à personne dans la base CODIS. Tout ce que je peux vous dire, c'est qu'il s'agit d'un homme, probablement caucasien.

– Merci d'avoir essayé.

– De rien, dit-elle. Et maintenant ?

– Je vais me mettre à rechercher sérieusement d'autres affaires qui pourraient présenter le même mode opératoire. Il est possible que Los Angeles soit devenu trop risqué et qu'ils se soient déplacés ailleurs.

– De chouettes moments en perspective. »

Un travail de soutier en perspective, oui. Après avoir redémarré l'ordinateur qui moulinait toujours dans le vide, Jacob s'assit à son bureau et ne s'en releva pas pendant les dix heures suivantes, à part pour remplir son verre, aller pisser ou étirer les muscles ratatinés de son dos. Un travail de soutier, et il en avait besoin car, dès qu'il laissait libre cours à ses pensées, son esprit le ramenait aussitôt aux événements de la nuit précédente et ça lui nouait l'estomac.

Il l'avait vue.

Il avait aussi vu l'inscription sur la camionnette.

Il voyait des choses, et elles disparaissaient. La faute à Sam et à ses yeux. La faute à Bina et à sa tête. Tôt ou tard, songea-t-il, il faudrait qu'il aille consulter. Un ophtalmo. Un psy. En attendant, il se prescrivait lui-même son traitement : des faits concrets et du bourbon, dose maximale.

À onze heures et demie du soir, quatre Post-it frémissaient sur le mur au-dessus du bureau.

Lucinda Gaspard, La Nouvelle-Orléans, juillet 2011

Casey Klute, Miami, juillet 2010

Evgeniya Shevchuk, New York, août 2008
Dani Forrester, Las Vegas, octobre 2005

Les informations auxquelles Jacob avait accès par Internet ne précisaient pas dans quelle direction étaient orientées les victimes.

En dehors de ça, tout collait.

Quatre femmes, entre vingt-cinq et trente-huit ans, qui vivaient seules. Jolies, souriantes : ce nouveau quatuor cadrait parfaitement avec les neuf autres.

Quatre adresses en rez-de-chaussée, quatre portes ouvertes sans trace d'effraction.

Seize abrasions de corde, une pour chacun des huit poignets et chacune des huit chevilles. Aucune corde retrouvée.

Huit viols, quatre vaginaux, quatre anaux.

Quatre corps allongés sur le ventre.

Quatre gorges tranchées.

Quatre affaires non élucidées.

Pas d'ADN, sauf à New York où on avait relevé des traces de sperme vaginal. Dans la dernière affaire, le rapport de police indiquait que les ongles de la victime avaient été coupés très court, jusqu'au sang, sans doute pour éliminer des résidus de peau. Rien de la sorte dans les autres dossiers.

Peut-être les jumeaux maléfiques étaient-ils devenus plus prudents au fil des années. Dans l'affaire de New York – Shevchuk –, il supposa une rupture de capote.

Si l'échantillon prélevé sur le corps de Shevchuk était répertorié dans la base CODIS, pourquoi n'était-il pas apparu quand Divya avait entré l'ADN de Monsieur Tête ?

Jacob se demanda s'il surinterprétait les similitudes, son désir lui faisant voir des signes où il n'y en avait pas. Il allait devoir s'entretenir avec les confrères qui avaient enquêté sur ces quatre affaires, les interroger sur le positionnement des corps. Minuit. Trop tard pour téléphoner.

L'heure idéale pour échafauder des hypothèses chimériques, en revanche.

Aucun des quatre enquêteurs n'avait fait le lien avec les crimes du Rôdeur ; compréhensible, vu l'éloignement géographique et les deux décennies d'écart.

Pas plus qu'ils n'avaient relié ces affaires entre elles. Il ne pouvait pas le leur reprocher non plus.

Ce qui frappait le plus Jacob, c'étaient les dates. Si ne seraitce qu'un seul de ces meurtres était l'œuvre de ses tueurs, ça signifiait que le duo avait été actif à un moment au cours des sept années précédentes, peut-être pas plus tard qu'un an auparavant.

Augmentant ainsi la probabilité que le deuxième homme, l'acolyte et possible assassin de Monsieur Tête, soit encore en vie.

Dans la nature.

Le premier des quatre nouveaux meurtres avait eu lieu en 2005. Les salauds lisaient les journaux comme tout le monde. Voire plus souvent, et plus attentivement, s'ils y cherchaient des informations sur eux-mêmes. Peut-être avaient-ils lu l'article du *Times* de 2004 annonçant que Ludwig partait à la retraite et avaient-ils décidé qu'ils pouvaient désormais reprendre du service… pourvu que ce ne soit pas à Los Angeles.

La Nouvelle-Orléans, Miami, New York, Las Vegas.

Toutes des villes qui ne manquaient pas d'action ni d'animation. Des endroits où il était facile de se fondre dans l'anonymat.

Trouver un tarif week-end bon marché, égorger une fille, rentrer chez soi ?

Une recherche sur Google en indiquant chaque fois comme mots-clés le nom de la ville et la date associée donnait beaucoup trop de résultats. Quand il plaçait le tout entre guillemets, il avait le problème inverse.

Les mois étaient assez rapprochés, finalement : de juillet à octobre. Au point où il en était, tout ce qui pouvait ressembler de près ou de loin à un schéma paraissait tentant. C'était humain. Comme de voir des visages dans les nuages, ou Jésus dans un bol de porridge.

Le dossier de Shevchuk ne mentionnait qu'un seul échantillon de sperme, offrant une autre possibilité : un des deux tueurs avait continué en solo. Ou avec un autre partenaire qui, lui, ne laissait pas de sperme.

La deuxième hypothèse semblait représenter un trop gros risque. C'est bien connu, trois personnes peuvent garder un secret si deux sont mortes. Et l'un des Rôdeurs, voire les deux, s'était montré jusque-là d'une prudence extrême, au point de réussir à échapper à la police pendant tout ce temps. Alors, si un des tueurs s'était trouvé un nouveau camarade de jeu, il avait dû être drôlement persuasif.

Persuasif du genre : *Sinon, je te coupe la tête* ?

Jacob consulta une énième fois sa boîte mail, espérant une réponse de Mallick concernant l'enregistrement de l'appel au central de la police. À la place, il tomba sur un message de Phil Ludwig.

Objet : *Votre bestiole*

De la part de mon copain entomologiste. J'ai fait de mon mieux, désolé.

Dessous, un message transféré.

Cher Phil,

On va très bien, merci, Rosie t'embrasse. Grande nouvelle, on a réservé pour le Costa Rica.

Jacob sauta plusieurs paragraphes de bla-bla.

Sinon, pour le coléoptère de ton ami. Suis d'accord avec toi, très difficile à dire d'après des images en basse déf. La forme de la tête et la taille (s'il ne se trompe pas, parce que ça me paraît très grand ; les gens s'affolent, il a sans doute exagéré)…

Jacob fronça les sourcils. Il savait très bien la taille que faisait le scarabée ; il l'avait eu dans la main, et il mesurait facilement la longueur de sa paume.

Il continua de lire.

… m'ont fait penser aux rhinos, mais aucun de ceux que je connais. C'est pas trop mon rayon, peut-être O. nasicornis (cf. photo), mais c'est pas la bonne couleur et je n'en ai jamais vu en Californie du Sud. Qqun qui a laissé échapper son animal de compagnie ? Dommage que tu ne l'aies pas, tu aurais pu nommer ta propre espèce lol.

À bientôt,

Jim

La photo en pièce jointe montrait un scarabée vu de dessus et de dessous. Il avait une tête en forme d'as de pique, avec une corne centrale proéminente. Jim avait raison, cependant : la couleur était différente, un brun rougeâtre brillant au lieu d'un noir profond.

Jacob tapa *O. nasicornis* sur Wikipédia et lut la description du scarabée rhinocéros européen, membre de la sous-famille des *Dynastinae* (scarabées rhinocéros), de la famille des *Scarabaeidae* (scarabéidés). Sa longueur pouvait varier de vingt à quarante millimètres, et le record enregistré de soixante-trois millimètres paraissait encore trop petit. Alors que l'abdomen de son scarabée luisait comme de l'onyx, *O. nasicornis* était couvert de longs poils rouges.

Un animal de compagnie ?

Il se mit à cliquer de lien en lien, misant sur un coup de chance, mais il lui apparut très vite que l'estimation de Ludwig de quarante-douze milliards d'espèces était la fourchette basse. Il apprit néanmoins que les gros scarabées à corne étaient effectivement des animaux domestiques dans certaines régions d'Asie, et qu'on les faisait même s'affronter entre eux pour de l'argent, comme les combats de pitbulls ou de coqs.

Au moins, il saurait quoi offrir à la fille du bar pour la Saint-Valentin.

Il ferma son navigateur Internet et fit le tour de l'appartement pour vérifier ses pièges à cafards. Visiblement, ils n'avaient pas beaucoup de succès, alors il les mit à la poubelle et décida de ne plus y penser. Il avait déjà fort à faire sans se préoccuper d'une invasion qui, selon toute apparence, s'était résorbée d'elle-même.

26

Le premier enquêteur qu'il réussit à joindre fut Tyler Volpe, du 60e district de Brooklyn. Il se montra plutôt cordial, quoique légèrement sur ses gardes. Son intérêt bondit lorsque Jacob mentionna le Rôdeur.

« C'était en… quoi ? Quatre-vingt-cinq ? Quatre-vingt-six ?

– Quatre-vingt-huit. Vous étiez déjà là ?

– Moi ? demanda Volpe en riant. Ben merde. J'avais neuf ans.

– Mais ça vous a marqué, devina Jacob en se revoyant au même âge.

– Mon père était flic, et je me souviens d'une discussion entre lui et ma mère où il lui disait en gros : "Heureusement que ce n'est pas tombé sur moi."

– Maintenant ça tombe sur moi.

– Toujours rien, depuis tout ce temps ?

– Pas grand-chose, non. Vous voulez bien m'en dire un peu plus sur votre victime ?

– Vous savez, c'était mon deuxième homicide. J'ai failli chier dans mon froc.

– Je vous comprends.

– La sauvagerie de la scène faisait penser à une histoire de mafia, ce qui paraissait crédible vu qu'elle était danseuse dans un de ces night-clubs de Brighton Beach où traînent les gangsters russes. Et elle faisait aussi un peu de strip-tease pour arrondir ses fins de mois. Elle suivait une formation d'assistante dentaire. Une gentille fille, mais un aspirateur à coke, alors on s'est dit qu'elle avait dû accumuler des dettes qu'elle ne pouvait pas payer, ou qu'elle avait fait une mauvaise rencontre parmi ses clients.

– Ouais, ça se tient.

– On a cherché de ce côté-là : que dalle. Ex-petits copains : que dalle. Pour nous, ça a toujours été un cas isolé. Et ça l'est encore, en ce qui me concerne, jusqu'à preuve du contraire.

– Et les traces de sperme ?

– Rien dans la base CODIS parmi les délinquants déjà condamnés. Pourquoi ? Vous avez de l'ADN ?

– Oui. Mais ça ne m'a pas sorti le vôtre.

– Alors voilà, point final, répliqua Volpe. Chacun son tueur.

– Vous n'avez jamais envisagé qu'il ait pu y avoir *deux* tueurs ? »

Silence au bout du fil.

« Pourquoi ?

– Parce que c'est le cas dans mon affaire.

– Rien dans ce qu'on a vu n'indiquait qu'ils soient plusieurs, répondit Volpe, apparemment irrité. Deux tueurs ?

– J'ai une autre question à vous poser, enchaîna Jacob. Vous vous souvenez bien de la scène ?

– Plutôt, ouais ! Quand vous voyez un truc comme ça, vous n'êtes pas près de l'oublier.

– Elle était sur le ventre, la gorge tranchée par-derrière.

– C'est ça.

– Face à… ?

– Hein ?

– Est-ce qu'elle avait l'air de faire face à quelque chose en particulier ?

– Le sol.

– Rien d'intéressant dans la manière dont le corps était disposé ?

– Ben, elle avait des traces d'abrasion aux poignets et aux chevilles, mais elle n'était pas attachée. Je me rappelle que ça m'avait paru étrange. On n'a jamais retrouvé la corde, mais les fibres correspondaient à une marque de la grande distribution.

– Inexploitables, quoi.

– À peu près.

– D'accord mais, ce que je voudrais savoir, c'est : imaginons que vous êtes le tueur, à genoux sur son dos, et que vous relevez les yeux, qu'est-ce que vous voyez ? »

Silence. Jacob entendait la lente respiration de Volpe.

« Je n'en sais foutrement rien, finit-il par admettre.

– Vous pourriez me rendre un service et aller vérifier sur les photos ?

– Ouais, d'accord. Mais pourquoi ? Qu'est-ce que ça peut faire ?

– Toutes mes victimes étaient allongées face à une fenêtre orientée vers l'est.

– Et ça veut dire quoi ?

– J'aimerais bien le savoir.

– Écoutez, voilà ce que je vous propose : je vais repasser devant l'immeuble dans les deux ou trois prochains jours, ok ?

– Merci infiniment.

– Y a pas de quoi. Comment vous vous êtes retrouvé là-dessus, au fait ? Quelqu'un a voulu se venger de vous ou quoi ? »

Jacob lui raconta l'histoire de la tête.

« Oh putain ! s'exclama Volpe. Et vous pensez que ce type est l'un de vos deux tueurs ?

– Je le sais. Il était présent sur sept de mes neuf scènes de crime.

– Mais c'est hallucinant.

– Je vous envoie sa photo, si vous voulez. Peut-être que vous le reconnaîtrez.

– Ouais, bonne idée. Désolé de n'avoir rien de mieux à vous offrir. Des empreintes partielles, quelque chose.

– L'orientation, ça m'aidera déjà.

– Je ne vois pas bien comment, mais bon. Dans mon cas, je n'ai jamais pensé qu'on avait affaire à un tueur en série mais, à vous entendre, je commence à me demander si mon gars n'a pas pu se balader un peu.

– Là-dessus, je peux vous faire gagner du temps. La Nouvelle-Orléans l'an dernier, Miami l'année d'avant, Vegas en 2005. »

Volpe émit un sifflement.

« Vous êtes sérieux ?

– Pas d'ADN, mais les mêmes marques de fabrique. Je vais appeler les confrères pour voir s'ils ont autre chose. Et si c'est le cas, vous en serez le premier informé.

– C'est sympa.

– Un dernier truc : Vegas dit que leur victime avait les ongles coupés extrêmement court, quasi jusqu'au sang. Ça vous rappelle quelque chose ?

– Je peux vérifier dans le rapport d'autopsie.

– Merci encore.

– Pas de problème. Vous savez quoi, Lev, vous n'êtes pas si mal pour un gars du LAPD.

– Qu'est-ce que vous voulez dire par là ?

– Moi qui pensais que vous passiez le plus clair de votre temps à tabasser des innocents.

– Ouais, et vous à fourrer un manche à balai dans le cul du premier venu. »

Volpe éclata de rire.

« N'oubliez pas de m'envoyer la photo, hein ?

– Ne la regardez pas avant de manger si vous ne voulez pas perdre l'appétit. Ni après, si vous ne voulez pas perdre votre repas.

– Quand est-ce que je suis censé la regarder, alors ?

– Buvez un coup avant, conseilla Jacob. Je trouve que ça aide. »

Lester Holtz, l'enquêteur de La Nouvelle-Orléans, avait disparu dans la nature. Cela faisait des mois que personne n'avait de ses nouvelles, et la plupart de ses dossiers avaient été refourgués à un jeunot du nom de Matt Grandmaison, qui se mit à bafouiller quand Jacob l'interrogea sur la position du corps.

« Euh… j'crois, commença-t-il, ce que j'crois c'est que, euh… »

Jacob croyait, lui, que le bureau de Grandmaison devait ressembler au grenier d'un type atteint d'accumulation compulsive. Il l'entendait remuer des papiers, faire tomber des choses accidentellement et grommeler en se penchant pour les ramasser. Jacob parvint à lui arracher la promesse de retourner voir le lieu du crime, tout en supposant que Grandmaison oublierait aussitôt qu'il aurait raccroché.

Les flics de Vegas avaient l'habitude de recevoir des coups de fil de L. A., et vice versa, les criminels d'une ville trouvant souvent refuge dans l'autre. Jacob recontacta un interlocuteur qu'il avait eu lors d'une précédente affaire. Il se rappela à son souvenir, et on lui passa finalement un certain Aaron Flores, lequel corrobora les détails du récit de Volpe et fut remarquablement prompt à confirmer que sa victime, une jeune femme de trente ans qui travaillait comme hôtesse au casino Venetian, avait été retrouvée la tête orientée vers l'est.

« Vous en êtes sûr ? demanda Jacob.

– Bien sûr que j'en suis sûr, rétorqua Flores. J'ai débarqué sur place à cinq heures du mat et je me suis pris le soleil en pleine tronche. »

Il poursuivit en expliquant que Dani Forrester avait des problèmes d'argent.

« Elle gagnait deux mille cinq cents dollars par mois et elle avait quatre crédits immobiliers en cours : son propre appartement, plus trois autres qu'elle n'arrivait pas à louer à cause de la crise. Sa sœur nous a dit qu'elle s'était fait confisquer toutes ses cartes de crédit, et on a découvert qu'elle avait emprunté du fric à un usurier. On l'a cueilli, on l'a passé à tabac, on n'a jamais rien trouvé à lui foutre sur le dos. »

Il accepta d'envoyer à Jacob une copie du dossier avant la fin de la semaine.

L'enquêteur de Miami le mit en attente, au milieu d'une version musique d'ascenseur de « Smells Like Teen Spirit ». Jacob songea que Kurt Cobain se suiciderait une deuxième fois s'il entendait ça.

La sonnette retentit.

Derrière le judas, Subach et Schott.

Jacob crocheta la chaîne de sécurité avant d'entrebâiller la porte.

« Hello, lança Subach. Ça va, la nuque ?

– Mel m'a raconté votre petite mésaventure, renchérit Schott.

– On voulait juste s'assurer que tout allait bien, reprit son acolyte. On peut entrer ?

– Je vais bien.

– Allez, Jack, insista Subach, on vient en amis. »

Au bout du fil, la musique d'attente avait embrayé sur un « Born to Be Wild » jazzy.

Jacob raccrocha, retira la chaîne et les fit entrer.

« Merci, dit Schott en déambulant dans le salon, avant de s'immobiliser devant la télé. Vous ne l'avez pas rebranchée ?
– J'ai été un peu occupé, répondit Jacob.
– Tu veux qu'on te le fasse ? proposa Subach.
– C'est quoi, l'histoire ? Vous n'êtes pas venus parce que vous vous inquiétez pour ma nuque.
– Mais si, mais si, affirma Schott. Toujours là pour un camarade qui a des soucis.
– Tu m'avais l'air assez chamboulé, l'autre soir, expliqua Subach.
– Alors ? fit Schott. Comment ça va maintenant ?
– Bien.
– Mais qu'est-ce qui s'est passé, bon sang ? poursuivit Schott.
– Demandez-lui, répliqua Jacob en désignant Subach d'un hochement de menton. Il était là.
– Très bien. Mel ? Qu'est-ce qui s'est passé, bon sang ?
– Je n'en sais rien. J'étais là, je voulais qu'on boive un verre entre copains, et tout d'un coup il s'est enfui en courant et en gueulant comme un putois.
– Ce n'est pas ce qui s'est passé », objecta Jacob.
Ils le dévisagèrent.
« Ce n'est pas ce qui s'est passé, répéta-t-il, et vous le savez très bien.
– Dites-nous ce qui s'est passé, alors, suggéra Schott.
– Vous l'avez vue comme moi. La fille. »
Il s'adressait à Subach, mais c'est Schott qui lui répondit.
« C'est ça que vous avez vu ? Une fille ?
– Je te l'avais dit, intervint Subach.
– Vous avez vu une fille, insista Schott.
– Ouais, j'ai vu une fille. Et Mel l'a vue aussi, sauf s'il est aveugle. »
Silence.
« L'important, c'est que vous alliez bien, dit Schott.
– Tu fais des bonnes nuits ? s'inquiéta Subach. Tu te nourris convenablement ?
– C'est la dernière fois que je vous le demande, reprit Jacob. Qu'est-ce que vous me voulez ?
– On veut que vous fassiez votre boulot. Du mieux possible.

– Dans ce cas, apportez-moi un nouvel ordinateur.
– Celui qu'on vous a donné est tout neuf.
– Il n'arrête pas de buguer.
– Ouais, ils finissent tous par faire ça, déplora Subach. Tu as dû choper un virus ou un logiciel espion.
– Ça n'arrive que lorsque j'essaye de faire certaines recherches.
– Quelles recherches ? demanda Schott.
– Une plaque d'immatriculation. Entre autres.
– Entre autres, comme quoi ?
– Vous ne pourriez pas la vérifier pour moi ?
– Bien sûr, acquiesça Subach. Donne-la-moi, je te rappelle dès que j'ai l'info.
– Pourquoi vous ne le faites pas depuis le terminal mobile de votre véhicule ? Je peux attendre.
– Vous savez quoi ? rétorqua Schott. C'est drôle, mais justement on a aussi des problèmes d'informatique. »
Silence.
« Ça doit être une panne qui touche tous les services, dit Jacob.
– Ouais, fit Subach. De nos jours, tout est connecté.
– J'ai laissé trois messages sur le répondeur de Mallick et il ne m'a pas rappelé.
– Essayez par mail, suggéra Schott.
– Je l'ai fait. Peut-être dix fois. J'ai besoin de récupérer l'enregistrement de l'appel au central.
– On fera passer l'info, promit Subach.
– Vraiment ?
– Bien sûr, renchérit Schott.
– On est dans ton camp, Jack. »
Jacob ne répondit pas.
Subach lui souhaita une bonne journée et les deux hommes repartirent, fermant la porte derrière eux sans un bruit.

27

« Je suis génial ou pas ? » demanda Tyler Volpe.

Il y avait forcément, dans le travail d'un enquêteur de police, des moments rébarbatifs ; néanmoins, après plusieurs jours à pédaler dans la semoule, Jacob n'était pas mécontent de cette interruption. Grandmaison, de La Nouvelle-Orléans, ne l'avait pas rappelé ; le dossier de Flores n'était pas encore arrivé de Las Vegas, et le standard de la police de Miami le mettait systématiquement en attente, le soumettant à un millier de chansons pop différentes réinterprétées par un saxophone nunuche et une basse synthé.

En attendant, c'était le silence radio du côté de Schott et Subach, Divya Das croulait sous les cadavres et Mallick continuait à l'ignorer. Jacob ne savait pas qui ils cherchaient à couvrir en le baladant de la sorte, mais ça commençait à lui casser les couilles, notamment parce que ça voulait dire qu'ils s'imaginaient qu'il allait jeter l'éponge à la première difficulté.

Arrêtons de tourner autour du pot, d'accord ?

J'ai parlé à vos supérieurs.

Je sais qui vous êtes.

Non, visiblement pas.

Lassé d'attendre, il avait téléphoné à Marcia, sa vieille copine de la Circulation.

« Le retour du fils prodigue, s'était-elle exclamée.

– J'ai besoin que tu fasses identifier une plaque pour moi, s'il te plaît.

– Qu'est-ce qui se passe, ils t'ont muté sur la lune ? Je croyais que tu nous avais quittés pour plus grand et mieux.

– Plus petit et pire, avait-il rétorqué. J'ai aussi besoin de l'enregistrement d'un appel au central. »

Elle avait noté les informations.

« Je vais voir ce que je peux faire.

– Et dernière chose : tu pourrais me vérifier une adresse ? »

Soupir au bout du fil.

« Allez, s'te plaît ! Je voudrais savoir où est basé concrètement le service des Projets spéciaux. Adresse physique, boîte postale, n'importe.

– Les Projets spéciaux ? C'est quoi, ça ?

– Ma nouvelle maison.

– Et tu ne sais pas où tu es ?

– Je n'y suis pas. Je suis ici.

– Où ça, ici ?

– Chez moi.

– Ça devient un peu trop abstrait pour une simple fille de la Circu comme moi », avait conclu Marcia.

Jacob s'était remis à traquer les personnes de la liste de Ludwig, en éliminant celles marquées d'un astérisque car il s'avéra qu'elles étaient décédées. Il avait épluché environ un quart des noms, sans en trouver aucun qui mérite de plus amples investigations, quand Volpe le rappela, apparemment surexcité.

« Je suis génial ou pas ?

– Je vous dirai ça dans une minute.

– D'accord. *Primo*, vous aviez raison pour le corps. Elle avait la tête clairement orientée à l'est, face à la fenêtre de la salle de bains.

– Tuée à cet endroit, ou déplacée ?

– Au départ, j'ai cru qu'elle essayait de s'échapper par la fenêtre quand il l'a eue. Mais maintenant je crois plutôt qu'il l'a – ou qu'ils l'ont, s'ils étaient deux – attaquée pendant son sommeil. La chambre était un bordel sans nom, donc elle s'est sans doute débattue. Enfin bref, elle était orientée vers l'est. Je suis retourné à l'appartement et j'ai vérifié moi-même.

– Excellent, dit Jacob.

– Alors ?

– Vous êtes génial.

– Ouais, je sais.

– Vous avez dit *primo*, reprit Jacob. C'est quoi le *secundo* ?

– J'ai montré votre tête autour de moi. Là aussi, vous aviez raison : à gerber.

– Dites-moi que quelqu'un l'a reconnu.

– Pas lui. Mais le mode opératoire.

– Vous plaisantez ?

– Une tête, pas de corps, le cou scellé, du vomi. Arrêtez-moi si je me trompe.

– Non, non, c'est ça. C'est exactement ça. Qui était l'enquêteur en charge ? Vous avez son numéro ?

– Ben voilà, c'est là, le hic. J'ai un copain, Dougie Freeman, à qui je parlais de votre affaire, et là il me fait : "Nom de Dieu, on dirait la même histoire que m'a racontée ce type." Alors je lui dis : "Quel type ?" Et il m'explique qu'en mai dernier il a participé à un séminaire sur le trafic d'êtres humains dans le nord de l'État de New York, ils avaient fait venir tout un tas de flics des quatre coins du monde, un genre de truc organisé par le ministère de la Justice pour développer les échanges, la confiance mutuelle, la coopération, bla-bla-bla... Enfin bref, un soir ils traînent tous ensemble, ils picolent – la langue universelle – et un des types se met à raconter une affaire de dingue qu'il a eu à traiter : une tête, mais pas de corps. Alors, quand j'ai parlé de votre cas à Dougie, il me fait : "Montre-moi la photo." Je la lui montre, et là il me dit : "C'est exactement ce que m'a décrit le gars, le cou, le vomi, tout." Alors moi je lui fais : "Super, je vais le dire à Lev, c'est quoi le nom du gars ?" Et Dougie me sort : "Je sais pas, je m'en souviens pas." Je lui fais : "Tu te souviens de l'affaire mais pas du type ?" Et lui : "Évidemment que je m'en souviens, c'était une tête coupée, bordel." Alors j'ai quand même insisté : "Putain, mais réfléchis, merde." Et tout ce qu'il a réussi à me dire, c'est : "Je sais pas, y avait beaucoup de consonnes." »

Volpe laissa échapper un soupir.

« J'adore Dougie, reprit-il, mais, pour l'avenir de l'humanité, je devrais neutraliser ses testicules.

– Il vous a dit d'où venait le gars ?

– De Prague. Dougie et lui se sont échangé leurs badges. J'ai celui du type sous les yeux. Vous voulez que je vous le lise ? »

Jacob ne répondit pas. Il était en train de songer : Prague. Europe de l'Est.

Est.

« Lev ? Vous êtes là ?

– Ouais, se ressaisit Jacob en attrapant un stylo. Allez-y.

– Policy… che… cesk… Merde, laissez tomber, je vais vous l'épeler. »

Jacob écrivit *Policie Ceske republiky*.

« Le *c* de ceske a un truc dessus, comme un chapeau à l'envers. Et le deuxième *e* a un accent aigu.

– Numéro d'identification, brigade ?

– C'est tout ce que j'ai. Ce n'est pas son badge personnel, juste un souvenir qu'il avait apporté pour le troquer. Si vous voulez parler à Dougie, je peux vous donner son portable. »

Volpe lui dicta le numéro.

« Parlez lentement, conseilla-t-il. Pas de mots compliqués.

– Merci, vieux, je vous revaudrai ça.

– Ouais, pas de quoi. Vous savez, depuis que je vous ai eu, je me demande si je ne vais pas remettre le nez dans le dossier Shevchuk, voir si je ne suis pas passé à côté d'autre chose.

– Bon courage. Je vous tiens au courant de ce que je trouve de mon côté.

– Pareil. À bientôt, Lev. »

En cliquant sur le lien de la page d'accueil de la Policie České republiky, Jacob se retrouva face à un imposant mur de tchèque. Il colla le texte dans Google Traduction et ça le lui recracha dans un pseudo-anglais qui lui permit de localiser le numéro du standard général.

Dès que l'opératrice comprit qu'il était américain, elle le transféra vers une autre femme, qui commença par lui demander où il se trouvait au moment où il s'était fait voler son portefeuille.

« Non, dit Jacob. Je recherche un enquêteur criminel. Est-ce que vous pourriez… »

Une série de bips ; un rugissement de tchèque.

« Allô ? fit Jacob. Vous parlez anglais ?

– Urgence ?
– Non, pas urgence. Brigade criminelle. Homicide.
– Où, s'il vous plaît ?
– Non, pas… J'ai besoin de…
– Ambulance ?
– Non, non, non. Je… »
Nouvelle série de bips.
« *Ahoj*, dit une voix d'homme.
– Ahoy, répéta-t-il. Je suis bien aux Homicides ?
– Oui. Non.
– Euh… Oui je suis aux Homicides, ou non je n'y suis pas ?
– Qui est là, s'il vous plaît ?
– Inspecteur Jacob Lev, de la police de Los Angeles. En Amérique.
– Ah ! s'exclama l'homme. Rodney King ! »

Le type s'appelait Radek. Jeune recrue, il ne savait pas qui était allé à New York l'année précédente, mais il proposa gaiement de se renseigner.

« Merci, répondit Jacob. Si je peux me permettre, quand même, comment se fait-il que vous connaissiez Rodney King ?

– Ok, patsouci. Après Révolution, vois beaucoup du programmes pour la télévision américaine. "Agence tous risques". "Ricky ou la Belle Vie". Aussi, les autres fois, du informations. Et je regarde ce vidéo. Bam, bam, bam ! L'homme noir, foutu.

– On a amélioré nos relations clients, depuis.

– Ah oui ? Bien ! répondit Radek en riant de bon cœur. C'est ok pour moi visiter ? Vous ne pas frappe ?

– Pas si vous êtes sage.

– J'ai un cousin, lui parte à Dallas. Marek. Tu connais lui, je crois, non ?

– J'habite en Californie, dit Jacob. Ce n'est pas tout près.

– Ah oui ?

– C'est un grand pays, vous savez.

– Patsouci. Marek, il marié pour une femme américaine. Wanda. Ils ont une restaurant avec du aliment tchèque.

– Super, fit Jacob.

– Tu connais aliments tchèques ? *Knedlíky* ? Mon préféré, tu dois pour essayer.

– La prochaine fois que j'irai à Dallas, je n'y manquerai pas.

– Patsouci, je t'appelle bientôt. »

Ce qu'il fit dès la première heure le lendemain matin, parlant tout bas, la voix tendue.

« Oui, Jacob, bonjour.

– Radek ? Pourquoi tu murmures ?

– Jacob, ça n'a pas bonne chose pour discuter.

– Hein ? Tu as trouvé le nom de l'enquêteur qui s'en occupait ?

– Un moment, je vous prie. »

Une main sur le combiné, des paroles étouffées, après quoi Radek lâcha une série de chiffres que Jacob nota précipitamment sur son bras.

« Qui je demande ?

– Jan.

– C'est l'enquêteur ?

– Jacob, merci, bon chance à toi, je dois pour partir. »

Tonalité. Jacob resta un moment hébété, puis composa le numéro.

Le téléphone sonna onze fois avant qu'une femme à la voix lasse ne décroche.

« Ahoy, dit Jacob, pourrais-je parler à Jan, s'il vous plaît ? »

En bruit de fond, des enfants qui se chamaillent, des jingles publicitaires pétulants. La femme cria pour appeler Jan, et une toux grasse se rapprocha.

« *Ahoj.*

– Jan ?

– Oui.

– Je m'appelle Jacob Lev, je suis inspecteur dans la police de Los Angeles. Vous comprenez ce que je dis ? *English ?* »

Silence assourdissant.

« Un peu, répondit Jan.

– Ok. Ok, super. J'ai eu votre numéro par un de vos collègues, Radek…

– Radek comment ?

– Je ne connais pas son nom de famille.

– Hum.

– J'ai cru comprendre que vous étiez à New York l'an dernier, et un des policiers que vous avez rencontrés là-bas m'a parlé d'un homicide dans lequel vous avez retrouvé une tête, avec le cou scellé, or il se trouve que…

– Qui vous dit ça ? Radek ?

– Non, un flic du LAPD. Dougie. Il m'a… enfin, son collègue, plus exactement…

– C'est quoi vous voulez ?

– J'enquête sur une affaire similaire. J'espérais qu'on pourrait comparer nos notes.

– Nos notes ?

– Pour voir s'il y aurait des pistes intéressantes à explorer. »

Le chaos autour de lui avait atteint un niveau explosif, et Jan se détourna du combiné pour aboyer quelque chose en tchèque. Il y eut un court répit, après quoi la bataille reprit de plus belle. Jan revint au bout du fil, toussant et avalant bruyamment ses mucosités.

« Pardon, je ne peux discuter pour ça.

– Vous êtes tenu au silence ou quoi, parce que…

– Oui, coupa Jan. Désolé.

– D'accord mais, écoutez, peut-être que vous pourriez m'envoyer quelques photos de la scène de crime, ou…

– Non, non, pas de photos.

– Alors laissez-moi au moins vous envoyer les miennes, comme ça vous pourrez y jeter un œil, et si vous…

– Non, je m'excuse, il n'est rien à discuter.

– Pour moi, si, rétorqua Jacob. J'ai treize femmes assassinées. »

Un temps.

« Si vous venez ici, on peut parler, reprit Jan.

– On ne peut pas plutôt se parler par téléphone ? Sur un autre numéro, si vous préférez ?

– Appelez-moi quand vous venez ici », dit Jan.

Et il raccrocha à son tour.

28

« Plaque inexistante, déclara Marcia. Anthony l'a rentrée trois fois dans le système pour en être sûr.

– Et l'enregistrement de l'appel ?

– Ils ne lui ont pas encore répondu là-dessus. »

Comme par hasard.

« Et les Projets spéciaux ?

– Rien. Dans quel genre de coup top secret tu es allé te fourrer, Lev ?

– Je te le dirais si je le savais moi-même.

– Fais attention à toi.

– Je vais essayer. »

Le premier billet abordable pour Prague était un vol de nuit à onze cents dollars sur la Swiss, avec un départ le mercredi soir et un changement à Zurich. Tout en laissant un message sur le répondeur de Mallick pour lui exposer ses intentions, Jacob triturait la carte de crédit Discover, qu'il finit par balancer avec un air de dégoût, se résignant à devoir sortir une somme pareille de sa poche sans aucun espoir de remboursement. Peut-être qu'au bout du compte les intérêts sur les 97 000 dollars de son avance sur salaire couvriraient ses dépenses.

Le téléphone satellite sonna avant qu'il ait terminé de taper le numéro de sa carte personnelle.

« Lev. Mike Mallick à l'appareil.

– Commandant. Enfin. Ravi de vous entendre.

– Il faut qu'on parle. En face à face.

– Vous voulez que je passe au garage ?

– Ce site n'est plus opérationnel, répondit Mallick. Restez où vous êtes. J'arrive. »

Il vint seul, grand, svelte et bien mis.

La hauteur de plafond standard de deux mètres cinquante dans l'appartement de Jacob accentuait sa carrure de géant : il baissa la tête en entrant et resta ensuite légèrement voûté, méfiant, la posture habituelle d'un homme vivant dans un monde qui n'était pas fait pour lui.

Jacob tira deux chaises dans la cuisine et lui proposa du café.

« Non, merci. Mais servez-vous. »

Mallick s'assit, lissant les touffes de cheveux blanches à ses tempes.

« Ça va, vous êtes bien installé ? demanda-t-il.

– C'est l'un des points dont je comptais vous parler, monsieur. J'ai eu quelques soucis techniques.

– Ah bon ?

– J'essaye désespérément de vérifier une plaque d'immatriculation, et à chaque fois mon système plante.

– Hum.

– J'ai demandé à une collègue de la Circulation de regarder pour moi, et elle me dit qu'elle n'obtient aucun résultat.

– Sans doute parce que c'est une fausse plaque.

– Ouais, peut-être. Mais j'ai le même problème quand je cherche l'adresse du service.

– Les Projets spéciaux ? »

Jacob acquiesça de la tête.

« C'est parce qu'il n'y en a pas. Ce n'est pas une unité officielle. Vous voulez connaître l'adresse, fit Mallick en se tapant sur la poitrine, vous l'avez en face de vous.

– Je vous ai envoyé un mail, vous ne m'avez jamais répondu.

– Quand ça ?

– Il y a quelques jours. Je vous en ai envoyé plusieurs, à vrai dire. Au sujet d'un appel au central, entre autres.

– Ah oui ? Je n'ai pas dû le voir.

– Aucun ? »

Mallick sourit.

« Je ne suis pas très au point niveau technologie.

– J'ai demandé à Subach et Schott de vous en parler. »

Mallick ne répondit pas.

« Vous êtes finalement venu quand je vous ai dit que je partais pour Prague.

– C'est-à-dire que… c'est une dépense importante.

– Sans blague ? C'est moi qui paye.

– Vous avez une carte pour vos frais de mission.

– Elle ne marche pas.

– Vous l'avez essayée ?

– Plusieurs fois. Ça ne passe jamais.

– Ça va passer, affirma placidement Mallick. Quoi qu'il en soit, vu l'ampleur que prend cette investigation, je pensais qu'il valait mieux qu'on en discute.

– En face à face.

– J'aime le contact humain, Lev. »

Jacob se tut.

« Vous avancez sur notre affaire ? reprit Mallick.

– J'avancerais encore plus si je pouvais avoir l'enregistrement de cet appel, ou simplement la moindre idée de la raison pour laquelle vous vous obstinez à me mettre des bâtons dans les roues.

– Ne soyez pas si mélodramatique.

– Vous avez une meilleure manière de le dire, monsieur ?

– Je vous ai expliqué. C'est une affaire sensible.

– Dans ce cas, je ne vois pas l'intérêt de travailler de chez moi. Ni d'avoir une ligne de téléphone sécurisée. Je croyais que l'idée était de ne pas trop attirer l'attention. Pas de me confiner dans une cage si étroite que je ne peux même pas travailler. »

Mallick ne se donna pas la peine de répondre.

« Pardonnez-moi l'expression, monsieur, mais qu'est-ce que je suis censé foutre ?

– Je vous ai confié une tâche d'une extrême importance, et j'ai besoin que vous vous en acquittiez.

– Quelle tâche, au juste, monsieur ?

– Exactement ce que vous êtes en train de faire. C'est ce que j'attends de vous.

– Tourner en rond ?

– D'après ce que vous m'avez dit, vous avez fait bien plus que ça.

– Vous avez donc lu mes mails.

– Je les ai lus.

– Dans ce cas, vous savez qu'il y a des informations cruciales auxquelles je ne parviens pas à avoir accès.

– Nous sommes sur le coup.

– Qui est "nous" ? Sur quel coup ?

– Je ne peux pas vous en dire davantage pour le moment.

– Sauf votre respect, monsieur : mon cul, ouais. »

Mallick gloussa.

« Tout ce qu'on m'a dit sur vous est absolument vrai, Lev.

– Qui ? Mendoza ?

– Est-ce que vous me demandez de vous retirer cette affaire ?

– Je vous demande de me retirer l'impression que tout le monde me mène en bateau.

– Tout le monde, c'est-à-dire ?

– Subach. Schott. Divya Das. Même le type à qui j'ai parlé à Prague avait l'air terrorisé.

– Qu'est-ce qu'il y a de si intéressant à Prague ?

– Une autre tête. »

Mallick fronça les sourcils, et son regard se brouilla. Il resta un moment comme ça, à opiner mécaniquement.

« Je pense que vous devriez aller à Prague, finit-il par dire.

– J'ai votre accord, monsieur ?

– Vous l'avez. »

Cet élan de permissivité stupéfia Jacob.

« Merci, monsieur. Mais j'aimerais comprendre pourquoi vous me laissez quitter le pays, alors que vous ne voulez pas m'aider à obtenir le simple enregistrement d'un appel au central. »

Mallick se frotta le front et plongea de nouveau dans une sorte d'absence contemplative. Il sembla envisager divers choix possibles avant de se décider à sortir son téléphone, de le poser sur la table basse et d'appuyer plusieurs fois sur l'écran.

Un grésillement.

Police, j'écoute, quel est le motif de votre appel ?

Bonsoir. Une voix de femme. *J'aimerais signaler un décès.*

Pardon, madame, vous pouvez répéter ? Un décès ?

La femme indiqua l'adresse de la maison de Castle Court.

Vous êtes… madame, est-ce que vous êtes en danger ? Pouvez-vous me dire s'il vous faut… vous avez besoin d'assistance ?

Merci.

Madame ? Allô ? Madame ? Vous êtes là ?

Le grésillement se tut lorsque Mallick se pencha pour appuyer de nouveau sur l'écran.

« Ça vous aide ? » demanda-t-il.

Jacob le dévisagea.

« Vous voulez le réentendre ? »

Jacob hocha la tête.

Mallick appuya sur PLAY.

Police, j'écoute, quel est le motif de votre appel ?

À la fin de la deuxième écoute, Jacob avait la bouche desséchée et les mains cramponnées au rebord de la table basse au point qu'il sentait son pouls battre dans ses doigts.

Merci.

Mallick mit l'enregistrement sur PAUSE.

« Vous comprenez mieux, maintenant ?

– Non, dit Jacob en levant les yeux vers lui.

– Je peux vous en envoyer une copie par mail, si vous voulez. »

Jacob acquiesça.

« Que vous compreniez ou pas, reprit Mallick, il est vital que vous continuiez à faire ce que vous faites. Vital.

– Monsieur ?

– Oui, Lev ?

– Vous êtes sûr que je devrais aller à Prague ?

– Pourquoi pas ?

– Je devrais peut-être rester ici et essayer de… d'explorer cette piste. »

Le commandant posa sur lui un regard étonnamment attendri.

« Allez-y, dit-il. Je pense que vous trouverez ça instructif. »

Longtemps après son départ, Jacob était toujours assis au même endroit, immobile. La nuit était tombée dans l'appartement. Il se leva pour fermer la porte à clé.

Son ordinateur avait enfin l'air de fonctionner normalement. Comme promis, Mike Mallick lui avait envoyé le fichier audio par mail. Jacob le réécouta cinq, six, sept fois, bien plus qu'il n'en avait réellement besoin pour être absolument sûr d'avoir bien entendu ; et que la voix sur l'enregistrement était bien celle de Mai.

29

Il appela son père pour l'informer de son voyage.

« Non », répondit Sam.

Jacob en bégaya de rire.

« Pardon ?

– Tu ne peux pas partir. Je ne peux pas t'y autoriser. Je, euh… je te l'interdis. »

Jacob n'avait jamais entendu son père lui parler ainsi.

« Abba. Sérieusement.

– Je suis sérieux. Je n'ai pas l'air sérieux ?

– J'ai un travail à faire.

– À Prague.

– Quoi, tu penses que je te mens ?

– Je pense qu'il n'y a aucune raison pour qu'on t'envoie à l'autre bout du monde.

– Il me semble que c'est à moi d'en décider, pas à toi.

– Faux, rétorqua Sam. Faux, faux et faux.

– Je ne te demande pas ta permission.

– Tant mieux, parce que je ne te la donne pas.

– Qu'est-ce qui te prend ?

– Tu ne peux pas me faire ça.

– Mais de quoi tu parles ? Je ne te…

– Tu m'abandonnes.

– Tout ira bien. J'ai parlé à Nigel. Il passera tous les jours.

– Je n'ai pas besoin de lui. C'est de toi que j'ai besoin. Ici.

– Il y a quelque chose que tu ne me dis pas ? Tu es malade ?

– Je te parle, en tant que ton père…

– Et moi, je te dis, en tant qu'adulte, que ceci n'est pas une négociation. »

Silence vexé.

« Je croyais que tu serais content, reprit Jacob. La ville du Maharal. »

Sam ne répondit pas.

« Écoute, fit Jacob, je passe te voir tout à l'heure, d'accord ? Pour l'instant, je dois y aller.

– Jacob...

– J'ai une tonne de choses à faire. À plus tard. »

Et il raccrocha avant que Sam ait eu le temps de protester.

Son passeport était à quelques mois de sa date d'expiration et arborait deux tampons de la décennie écoulée : une petite escapade hivernale au Mexique, tentative de la dernière chance pour sauver les meubles avec Renee ; une autre à Paris, même topo avec Stacy, plus chère et tout aussi infructueuse.

Sur les instructions de Mallick, il se servit de la carte de crédit Discover pour réserver son vol et son hôtel.

Elle passa.

Peut-être avaient-ils une liste de catégories d'achats pré-approuvées : les voyages, par exemple, mais pas la nourriture. Enfin, du moment qu'il n'avait pas à payer.

Il enchaîna sur la préparation de ses affaires, repoussant sa visite à Sam jusqu'en fin d'après-midi. Il n'était pas d'humeur pour une dispute, et le changement abrupt de personnalité chez son père lui faisait craindre que Sam puisse être en train de perdre la tête à son tour.

Il trouva une place dans la rue juste derrière la Taurus rouge de Nigel, une épave qui, même à l'arrêt, concentrait une bonne dizaine d'infractions au code de la route.

« Je t'aurai prévenu, lança Jacob en arrivant sur le patio, où Nigel était en train de sortir la poubelle. Pour la énième fois.

– Le Seigneur est mon berger, répliqua Nigel avec un grand sourire.

– C'est bien si tu roules en mouton. »

Le sourire de Nigel s'élargit jusqu'à ce qu'il ne reste plus rien de ses joues ; alors il se mit à rire pour de bon, une croix en or bondissant sur le trampoline de son tee-shirt tendu entre ses pectoraux massifs.

« Je ne plaisante pas, renchérit Jacob. Chacune de ces infractions peut te valoir un PV à deux cents dollars.

– Par où il faudrait que je commence ?

– Les feux arrière, le pare-brise, le pare-chocs, le... »

Nigel l'interrompit d'un claquement de langue.

« Ok, reprit Jacob, les feux arrière. C'est pour ça que tu te feras arrêter un jour.

– Yakov, répondit Nigel, prononçant son nom hébraïque avec sa délectation habituelle, je n'ai besoin d'aucun prétexte supplémentaire pour me faire arrêter. »

Conduite en état d'homme noir. Fin de la discussion.

« Tu veux un coup de main ? lui proposa Jacob en désignant le sac-poubelle.

– Je sors ça et j'y vais.

– Je te raccompagne à ta voiture. »

Dès qu'ils se furent suffisamment éloignés de l'appartement, Jacob lui demanda : « Comment il va ? »

Nigel parut décontenancé par la question.

« Il aurait besoin d'aller chez le coiffeur.

– Mais, à part ça, tu n'as rien remarqué d'anormal ?

– Comme quoi ?

– Je ne sais pas. Des sautes d'humeur. »

Nigel secoua la tête.

« Tu me le dirais si c'était le cas ? insista Jacob.

– Absolument.

– Je serai de retour dans une semaine, grand max. Promets-moi de garder un œil sur lui. Je sais que tu le feras, mais j'ai besoin de te le répéter pour pouvoir partir l'esprit plus tranquille.

– T'en fais pas. Il est solide. »

Jacob ne jugea pas utile de lui rappeler que Sam ne faisait pas ses courses lui-même, c'était Nigel qui s'en chargeait ; de même qu'il lui lavait son linge, le déposait en voiture et retournait le chercher pour tout déplacement au-delà d'un rayon de huit cents mètres autour de l'appartement. Nigel était un chrétien évangélique profondément croyant qui avait pour Sam un immense respect mêlé d'admiration, et il prenait sa mission très au sérieux, même si personne ne savait au juste comment elle lui était échue. Pour un homme qui travaillait dans une scierie, il avait des mains remarquablement douces. Ce qui paraissait tout à coup nettement moins énigmatique quand vous appreniez que le patron de ladite scierie n'était autre qu'Abe Teitelbaum.

Nigel déposa le sac-poubelle dans le container sur le trottoir.

« Il a cette lumière à l'intérieur de lui, poursuivit-il.

– Dommage que je n'en aie pas hérité. »

Nigel sourit.

« Prends soin de toi, Yakov.

– Merci. Et au fait, puisqu'on parle de lumière.

– Oui ?

– Tes feux arrière. »

Sam avait chaussé ses lunettes-loupes, celles qui lui donnaient un air de chercheur fou. La table du salon était couverte de livres.

« Je ne vois toujours pas ce qui t'oblige à aller jusque là-bas.

– Ce type ne voulait pas me parler au téléphone.

– Qu'est-ce qui te fait dire qu'il voudra te parler quand il t'aura en face de lui ?

– Il me l'a laissé entendre.

– Et si j'ai besoin de te joindre ?

– Tu m'appelles sur mon portable.

– C'est trop cher.

– Tu m'appelles en PCV.

– Trop cher pour toi.

– Ce n'est pas moi qui paye. Ça suffit, Abba.

– Je n'approuve pas ce voyage.

– Je comprends.

– Ça signifie que tu renonces ?

– À ton avis ? »

Sam laissa échapper un soupir. Il ramassa deux livres de poche sur la pile la plus proche et les glissa vers Jacob.

« J'ai pris la liberté de ressortir ça pour toi. »

Le premier était un guide de Prague.

« Je ne savais pas que tu y étais allé.

– Je n'y suis pas allé. Mais on peut voyager par ses lectures. »

Le guide devait dater d'au moins un quart de siècle. Jacob parcourut la table des matières et repéra un chapitre consacré aux séjours dans les pays du bloc soviétique, dont une sous-section intitulée « Pots-de-vin : quand et combien ? ».

« Je ne suis pas sûr que ce soit très à jour.

– Les choses importantes restent les mêmes. Laisse-le si tu ne le veux pas. L'autre, je sais qu'il va te plaire. »

Jacob reconnut instantanément la couverture : l'ogre titubant qui l'avait envoyé se réfugier dans les bras de sa mère. Il avait oublié le titre, si tant est qu'il l'ait su un jour.

Prague : ville de secrets, ville de légendes
Contes traditionnels du ghetto juif
TRADUIT DU TCHÈQUE PAR
V. GANS

« Merci, Abba. Je ne sais pas si j'aurai vraiment le temps de bouquiner. »

Il songeait au dossier d'Aaron Flores, qu'il avait reçu le matin même et rangé dans la poche extérieure de sa valise cabine.

« Tu as tout le trajet en avion.

– J'espérais plutôt dormir », rétorqua Jacob.

Mais, en voyant le désarroi de son père, il ajouta :

« Je suis sûr que je serai content de l'avoir quand je tournerai en rond à deux heures du matin à cause du décalage horaire.

– C'était ton livre préféré quand tu étais petit. »

Le mien, pensa Jacob, *ou le tien ?* Il hocha néanmoins la tête.

« Je me remémorais nos séances de lecture quand tu étais tout bébé. La plupart des nourrissons, ils sortent complètement fripés. Ils ont à peine l'air humains. Mais pas toi. Toi… tu avais un visage, un… une substance qui t'était propre. Pleinement formé, dès la naissance. Je t'ai regardé, et j'ai eu l'impression de voir l'avenir, de pouvoir lire toutes les journées, même celles qui n'étaient pas encore écrites. »

Il marqua une pause avant de poursuivre.

« Je te faisais la lecture, et tu m'écoutais. Je lisais les phrases et, toi, tu me regardais, comme un vieux sage, et tu ne me quittais pas des yeux tant que je n'avais pas prononcé le mot "Fin". J'ai dû te lire ce livre peut-être cinq cents fois. Tu n'aimais pas dormir, alors je te calais dans mon peignoir et je te faisais la lecture jusqu'à ce que le soleil se lève et qu'on dise le *Chema**. »

Il s'arrêta encore une fois. Se racla la gorge.

« C'étaient de beaux matins. »

D'un coup, Sam retira ses lunettes et donna deux petites tapes sur le livre.

« Enfin bref, je me suis dit que ça t'amuserait.

– Merci », répondit Jacob.

Il s'imaginait, adulte, blotti dans le peignoir de son père, serré contre sa poitrine décharnée. Ça lui procurait un sentiment de malaise et de réconfort à la fois, comme de découvrir que Sam lui avait lu ces contes depuis bien avant qu'il s'en souvienne.

« Tu veux que je te rapporte quelque chose ? » demanda-t-il.

Sam secoua la tête.

Et puis se ravisa : « Oh, finalement, puisque tu y seras.

– Oui ?

– Va voir la tombe du Maharal. Déposes-y un caillou pour moi. Sauf si tu es trop occupé, bien sûr.

– Je trouverai un moment.

– Merci. Encore une chose… »

Il plongea la main dans sa poche et en ressortit deux billets qu'il pressa dans la paume de Jacob.

« Pour la *tsedakah.* »

C'était une vieille coutume : donner à un voyageur de quoi faire l'aumône afin de lui assurer une traversée sans encombre. Quand une personne était engagée dans une bonne action, aucun mal ne pouvait lui arriver, et la charité, en particulier, préservait de la mort.

Soi-disant.

Jacob défroissa l'argent, s'attendant à trouver deux billets d'un dollar, mais il s'aperçut que c'étaient en fait deux billets de cent.

« Abba. C'est beaucoup trop.

– Ce n'est pas tous les jours que tu vas à Prague.

– Je n'ai pas besoin de deux cents dollars. Cent suffiront.

– Cent pour l'aller, cent pour le retour. N'oublie pas : tu es mon messager. C'est ça qui te protège. La bonté, pas l'argent. »

Il attrapa Jacob par le cou et l'attira vers lui pour lui déposer un baiser rugueux sur le front.

« Va en paix », dit-il.

LE DÉBUT
DE L'ÉTERNITÉ

Père répétait sans cesse qu'après avoir quitté la terre les âmes revenaient au jardin, où elles demeuraient pour toujours dans la proximité du Seigneur.

Acham, en tombant, voit le sol rugir vers elle, entend Caïn crier à la trahison dans son oreille, pourtant son esprit est apaisé : bientôt, elle retrouvera Abel, pour l'éternité. Tandis que son corps dégringole et prend de la vitesse, que les briques de la tour défilent devant ses yeux telles des comètes d'argile, Caïn, dans un hurlement blessé, tourbillonne dans l'oubli, et Acham se rappelle alors que, si on lui a dit vrai, il sera là, lui aussi, pour l'éternité.

Elle n'avait pas pensé à cet aspect des choses.

Elle meurt avant d'avoir le temps de décider ce qu'elle lui dira.

Rien de ce qu'on lui a dit n'est vrai.

Pas de jardin.

Pas d'Abel.

Pas de Caïn non plus. C'est un soulagement.

Elle se trouve pile à l'endroit où elle a atterri, debout par terre.

Autour d'elle, c'est le chaos, un raffut terrifiant qui lui donne envie de s'accroupir au sol en se plaquant les mains sur les oreilles.

Elle n'a pas de mains à plaquer.

Elle n'a pas d'oreilles à boucher.

Elle n'est pas accroupie.

Elle n'a pas de pieds.

Elle n'a pas de jambes non plus. Elle n'est pas réellement debout mais…

Quoi ?

Elle existe.

Elle essaie de crier mais elle n'a pas de poumons, ni de gorge, de lèvres, de langue, de bouche.

Le chaos, ce sont des hommes, par centaines. Ils ont lâché leur hache et courent ; il en sort des hordes de la tour, qui passent à côté d'elle à toute vitesse, portant des torches, des chiffons, des jarres d'eau. Leurs voix résonnent plus fort qu'une meute de bêtes sauvages, et Acham n'arrive toujours pas à crier.

Une voix douce : N'aie pas peur.

Devant elle se tient une femme tout en flammes, son beau visage consumé de compassion et de courroux.

Acham crie ; rien ne sort.

Tu es désemparée, dit la femme. C'est compréhensible.

Elle lui tend une main en feu. Tiens.

Je ne comprends pas.

La femme sourit. Voilà. C'est bien.

Acham n'a rien dit, pourtant la femme l'a entendue.

Tu t'obstines trop, remarque la femme. Ça viendra naturellement.

Quoi ?

Ça.

Comme ça ?

Parfait. Tu t'amélioreras avec la pratique. La femme sourit. Je m'appelle Gabriella.

Tes vêtements, dit Acham. Tes cheveux.

Je sais. Il me faut une éternité pour me préparer le matin.

Acham ne sait pas quoi répondre.

Je plaisante, reprend Gabriella.

Ah. Acham se sent plus calme, maintenant qu'elle peut communiquer. Elle regarde autour d'elle. Où suis-je ?

En théorie, tu es exactement où tu étais il y a un instant.

Ah bon ?

Oui.

Où ?

Tu ne vois pas ?

Comment ?

Vois, dit Gabriella.

Voir demande de gros efforts à Acham. Comme pour faire le poirier ou se tenir à cloche-pied. Il ne s'agit pas de bouger son corps ni ses yeux, mais de projeter sa volonté. Son attention volette çà et là tel un oisillon tombé du nid, se posant tantôt sur la fumée qui s'élève des fours à briques, tantôt sur la silhouette de la tour inachevée, tantôt sur la croupe boueuse des mules.

Bien, dit Gabriella. C'est très bien.

Acham observe le point nodal de toute cette agitation, un échafaudage écroulé en tas.

C'est moi ? C'est mon cadavre ?

Non. Celui de Caïn.

Pourquoi a-t-il atterri si loin ?

Il a heurté une poutre en tombant.

Acham grimace. Et moi, où suis-je ?

Gabriella sourit d'un air triste. Tu es là.

Acham baisse les yeux.

Sous sa présence flottante, son corps gît en morceaux.

Elle a les membres brisés, les entrailles éparpillées, la tête fracassée.

Elle laisse échapper un sanglot de chagrin.

C'est dur, dit Gabriella. Je sais.

J'étais si belle.

Oui, c'est vrai.

Pourquoi sont-ils tous là-bas, avec lui ? Pourquoi personne ne vient s'occuper de moi ?

C'était leur chef. Tu l'as tué.

Acham pleure sans pleurer.

Sept jours durant, Gabriella chante pour elle.

Aussi douloureuse que les aiguilles dans la chair du vivant,
Est la destruction du corps pour l'esprit auquel il fut jadis attaché.
C'est
un vase délicat qui se brise ;
du verre soufflé qui éclate ;
des amarres qui se rompent ;
un temple que l'on rase.

Gabriella cesse de chanter.

Très bien, dit-elle. Ça suffit.

Et elle emporte Acham au loin sur un vent tiède, la hissant par-dessus le monde, mouvant patchwork de couleurs. Des jaunes criards, des verts vifs, et le bleu marine constant de la paix.

Qu'est-ce que c'est ? demande Acham.

L'humanité, répond Gabriella. Regarde.

Où ?

Viens avec moi, dit Gabriella en la prenant par la main.

Leur champ de vision se rétrécit.

Dans la ville qui porte son nom, Hénoch se tient devant le bûcher funéraire de son père.

Une aura grise l'entoure.

Perché à côté de lui, le chien lui lèche la main.

Hénoch lui jette un regard noir.

Un prêtre psalmodie les rites mortuaires.

Le chien, à nouveau, lèche les doigts d'Hénoch.

Arrête, dit-il.

L'animal gémit. Sort la langue.

Hénoch lui donne un violent coup sur le museau.

Le chien déguerpit en couinant.

Qu'est-ce qui lui prend ? demande Acham. Pourquoi fait-il ça ?

Il est en colère, répond Gabriella. Regarde.

Elles se déplacent une nouvelle fois et Hénoch, jeune homme de quinze ans, couronné d'or, est assis sur le trône. Le gris autour de lui a épaissi, masse muqueuse qui palpite, suinte et dégouline. Son visage reste de marbre tandis qu'il écoute les griefs de ses conseillers. Il n'y a pas assez d'hommes pour terminer la tour, l'informent-ils. Pas assez d'argent. Le questeur se lève pour prendre la parole, Hénoch dégaine l'épée grise à son ceinturon et la plonge dans le cœur de l'homme, qui gicle partout.

Il a toujours été le fils de son père, dit Gabriella. Ce qu'il y avait de bon en lui a été anéanti.

Ce n'était pas ce que je souhaitais, déplore Acham.

Personne ne le souhaite jamais.

S'il te plaît. Je ne veux pas en voir davantage.

Je suis désolée, mais je dois te montrer. Regarde.

Hénoch, jeune homme de vingt-deux ans, quitte la vallée à cheval dans le grondement d'un nuage gris, menant son armée à la guerre. Ils reviennent suivis d'une caravane de captifs et de trésors. Les prisonniers sont emmenés sur la place du marché où autrefois Acham se promenait avec le garçon en riant et mangeant des fruits. Dix des vaincus sont ligotés à des poteaux, fouettés jusqu'à ce que leur peau pende en lambeaux, puis décapités pour l'exemple. Parmi ceux qui restent, femmes et enfants sont vendus au service de particuliers, et les hommes, enchaînés les uns aux autres, envoyés sur le chantier de la tour, où ils finissent tous par mourir, le crâne enfoncé par des chutes de briques, la poitrine écrasée sous des piles de troncs, ou bien malades, crachant du sang.

S'il te plaît, gémit Acham. Arrête.

Mais Gabriella insiste avec douceur. Ainsi va le monde. Regarde.

Une tribu vengeresse déferle sur la vallée pour faire la guerre à Hénoch.

Le sang coule dans les rues grises.

Qu'est-ce que j'ai fait ? Qu'est-ce que j'ai fait ?

Regarde.

Hénoch, vieil homme de quarante ans, enchâssé dans une solide coquille grise, meurt de la main de son propre fils, qui assassine ensuite ses frères et monte sur le trône.

Bien, dit Gabriella. Je crois que tu as compris.

Là-haut, elles franchissent des temps infinis. Le mucus gris continue de s'étendre. Il déborde de la vallée, balaie les plaines et les montagnes ; entre les rouges de la luxure et les ors de la joie, il comble les vides, les remplit un à un, durcissant comme du mortier le long des frontières des nations, dans une progression aveugle, vorace, inévitable.

Gabriella dit : Nous L'avons supplié d'empêcher cela. Nous Lui avons demandé : Qu'est-ce que l'homme, pour que Tu Te préoccupes autant de son sort ?

Je voulais la justice, explique Acham.

Pourtant tu n'as réussi qu'à répandre la mort.

Dans une ruelle grise d'une lointaine ville grise, des hommes gris maintiennent une femme à terre. Ses cris violets, tentaculaires, attirent l'attention d'un passant, qui observe un moment la scène avant de reprendre sa route, laissant derrière lui des empreintes grises.

Arrête-les, implore Acham. S'il te plaît.

Une chose à la fois.

Comment peux-tu dire ça ? Regarde ce qu'ils lui font.

Non, réplique Gabriella, je me suis mal exprimée : je ne peux faire qu'une chose à la fois. Puisque je suis ici avec toi, je ne peux pas aider cette femme.

Alors pars.

Gabriella secoue la tête, provoquant une traînée de flammes. Cela ne relève pas de mes prérogatives, dit-elle.

Un brouillard gris enveloppe la femme à terre, puis elle disparaît et le silence retombe.

Tu peux voir ça comme une question de juridiction, reprend Gabriella. Le monde ne nous a pas été donné à nous, mais aux hommes.

Elle marque une pause avant d'ajouter : Quel fiasco, d'ailleurs.

Toutes les deux prennent de la hauteur, regardent le gris qui dévore la surface de la Terre.

Un véritable gâchis. C'est arrivé à un tel point qu'Il envisage de tout recommencer de zéro.

Je suis un monstre, dit Acham.

Non. C'est ce qu'il te semble parce que tu vois les conséquences de tes actes. Va de l'avant. Apprends de tes erreurs. Transforme le négatif en positif. D'accord ?

Gabriella glisse un bras enflammé autour de ses épaules, la serre contre elle.

C'est là que tu interviens.

Moi ?

Gabriella hoche la tête.

Si tu le souhaites. Je ne peux pas m'en mêler, mais toi oui.

Tout, assure Acham, je ferais tout pour rattraper les dégâts.

Tu es sûre ? Si tu acceptes, tu devras te dévouer entièrement à cette entreprise.

J'accepte. Je me dévoue.

Gabriella ouvre le registre. Signe ici.

Acham contemple les pages en feu blanc et, l'espace d'un instant, elle hésite.

Qu'est-ce qu'il y a ? s'impatiente Gabriella.

Rien. Seulement… Je ne sais pas ce que je signe.

Le visage de Gabriella revêt une expression redoutable. Tu veux aider, oui ou non ?

Oui. Oui. Bien sûr.

Alors signe.

Acham pense au monde gris, à son être ravagé. Que lui reste-t-il, sinon de réparer le mal qu'elle a fait ? Elle signe et, lorsqu'elle regarde à nouveau le registre, elle constate que son nom est apparu en lettres de feu noir, qui tremblotent sur le feu blanc de la page.

אשם

D'autres silhouettes affleurent aux marges de sa perception, gigantesques, disposées en demi-cercles fantomatiques, qui la saluent de la tête ; elles arrivent de toutes les directions, portées par des vagues de terre et des crêtes de vent, leurs visages numérotés un, deux, trois ou quatre, reflétant une lumière éternelle. Parmi eux, bien en vue, se tient l'homme Michaël, qui lui adresse son sourire triste et dit : Tu as choisi. Tu ne peux plus revenir en arrière.

Les hautes silhouettes autour de lui opinent. Elles ont dans les yeux quelque chose qui effraie Acham : un regard fixe et résolu.

La planète est désormais recouverte de gris, d'un bout à l'autre.

Acham demande : Quand puis-je commencer ?

Le moment n'est pas encore venu, répond Gabriella.

Acham se tourne vers le monde au-dessous d'elle, l'éternité au-dessus. Et en attendant ? Où dois-je aller ? Que dois-je faire ?

Gabriella lui sourit. Lui pose une main sur la joue.

Dors.

30

Jacob descendit de l'avion à Prague en traînant les pieds, après avoir dormi deux heures sur les dix-huit du voyage. La majeure partie de ces cent vingt minutes avait été occupée par des rêves vitreux et confus : Mai, de vieux outils, sa mère soûlant son père de bafouillages hystériques, son père feignant d'y comprendre quelque chose.

Et toujours la même image à la fin : des femmes trucidées, orientées vers l'est.

Fermant la marche d'une escouade de zombis où se mêlaient routards et hommes d'affaires, il traversa le terminal sur fond de Lady Gaga et attendit son tour pour qu'un bureaucrate à la mine de chien battu scanne, tamponne et lui rende son passeport, lui ouvrant ainsi les portes de cette « ville de légendes » sans même lever les yeux vers lui.

Dans le bus à destination du centre, un rapide calcul mental lui révéla que les jeunes Américains autour de lui, qui profitaient vraisemblablement des vacances universitaires pour découvrir l'Europe, étaient nés après la Révolution de velours. Jacob pouvait donc mettre leur enthousiasme sur le compte de la naïveté. De façon assez grotesque, ils étaient accoutrés comme les pionniers du début des années 1990 qui venaient prospecter dans les ruines culturelles du mur de Berlin : un exemplaire de *La Métamorphose* sous le bras, vêtus de tee-shirts Nirvana d'époque, hérités d'un oncle qui « y était ».

Se sentant terriblement vieux, il regardait défiler à travers la vitre en plexi rayé des étendues de polygones vert et or, périodiquement interrompues par des bosquets et des fermes. Un genre de diorama désuet sur les campagnes d'autrefois, peu à peu altéré par des grumeaux de modernité, un panneau publicitaire après l'autre.

Apparurent ensuite des immeubles collectifs dépareillés de l'ère communiste, disposés sans aucune logique, comme des clubbeurs vaquant chacun de son côté après qu'on leur a coupé la musique. Aux abords de la ville, il remarqua de nombreux bâtiments en construction, la plupart à l'abandon, offrant une merveilleuse surface de graffitis.

Jusque-là, la seule légende qu'il avait vue était celle sur le plan gratuit de l'office de tourisme qu'il avait récupéré à l'aéroport, et son seul secret l'emplacement du Hard Rock Cafe.

La route se mit à monter, avant de redescendre vers une petite cuvette. Une mosaïque irrégulière de toits couleur brique s'étendait de part et d'autre d'un indolent méandre d'eau verdâtre, tachetée de soleil.

Le bus ralentit pour traverser un pont et déposa Jacob devant la gare centrale.

Il acheta une bouteille d'eau minérale et prit le plan des trams sur un présentoir… mais se ravisa et décida finalement de marcher, s'efforçant de résister au décalage horaire, sa valise à roulettes bringuebalant sur le dallage des trottoirs en pavés noirs et blancs incrustés de mégots de cigarettes. C'était un après-midi radieux, la douceur de l'air incitait à la flânerie. Il s'engouffra dans un entrelacs de hautes ruelles étroites qui s'entortillaient derrière lui, fléchissaient, s'incurvaient brusquement, fracturant en échos fantomatiques le vrombissement d'un scooter ou les sonneries disco de téléphones bon marché.

Il y avait toujours quelque chose de déconcertant dans la signalétique d'un pays étranger, et le tchèque, avec ses sifflantes et ses improbables combinaisons de lettres hérissées de signes diacritiques, faisait penser aux mots d'un fou crachant des reproches à tout va.

Bâillant, clignant des paupières, Jacob descendit la rue Hybernská sous le regard renfrogné des gargouilles le long des toits, croisant une même dureté sur les visages des vivants, ni tout à fait occidentaux, ni tout à fait orientaux. Des bouches fières, des yeux fendus, des jeunes aux mains noueuses, âgées. Ils le dévisageaient avec méfiance ; ou bien semblaient au contraire ne pas le voir, comme s'il n'existait pas, et il se surprenait à contracter ses orteils dans ses chaussures pour s'assurer que, si, il existait bel et bien, souriant sans jamais qu'on lui sourie en retour.

Il finit par renoncer aux gens et s'intéresser plutôt à l'architecture, qui présentait une fabuleuse collection de styles disparates. Le baroque, l'Art nouveau et le rococo se côtoyaient épaule contre épaule tels les passagers d'un bus aux heures de pointe. Les façades peintes étaient noires de suie, ou si fraîches au contraire qu'elles paraissaient encore humides.

Sur la place de la République, il s'arrêta le temps d'éponger la sueur dans son cou et d'admirer la coupole vert-de-gris de la Maison municipale avant de continuer vers le nord, en direction de la partie de la Vieille Ville écrasée sous le pouce protubérant de la Vltava.

L'auberge de jeunesse Nozdra était à la hauteur de sa seule et unique étoile. Par concession à sa propre dignité, Jacob s'était offert une chambre individuelle plutôt qu'un dortoir. Il grimpa quatre étages en traînant sa valise dans l'escalier, ouvrit la porte et découvrit une cellule en lino meublée d'un lit en stratifié fendillé et d'une chaise boiteuse à demi tournée vers le mur, comme s'il venait de la prendre en flagrant délit de quelque agissement honteux.

Il avait voulu se montrer parcimonieux dans l'utilisation de ses frais de mission, mais pas à ce point quand même.

Quelqu'un avait gravé sur une des cloisons un visage grimaçant, accompagné de l'inscription : *Sarah tu m'as brisé le* ♥.

T'inquiète, vieux, tu t'y feras.

Il se mit torse nu et se laissa tomber sur le matelas, qui protesta par un faible couinement.

Son téléphone s'était automatiquement raccordé à un opérateur local. Il composa le numéro de Jan, attendit dix sonneries avant de renoncer. Il essaya ensuite le standard général de la police de Prague et se retrouva embarqué dans un quiproquo sans queue ni tête avec un homonyme désemparé.

Combien de flics à Prague pouvaient bien s'appeler Jan ?

Sans doute autant que de John ou de Mike au LAPD.

Il rappela et demanda cette fois à parler à Radek.

L'opératrice se mit à lui hurler dessus en tchèque.

Jacob raccrocha, étouffant un bâillement dans le creux de son coude. S'il voulait vaincre le décalage horaire, une sieste n'était pas la bonne stratégie.

Mais personne ne l'avait jamais pris en défaut d'excès de discipline. Il régla le réveil, s'écroula sur un oreiller qui embaumait le patchouli et s'endormit comme une masse.

Une lueur de néon orangée filtrait à travers la crasse de la vitre.

Il repêcha son téléphone coincé entre le lit et le mur.

Le réveil avait sonné depuis des heures. Il ne l'avait pas entendu.

Et il venait de rater un appel.

« Merde. »

Par bonheur, Jan décrocha.

« *Ahoj.*

– Hello. Désolé, je ne pouvais pas répondre. »

En fond sonore, les enfants criaient toujours, comme si la crise n'avait pas connu de trêve depuis la dernière fois.

« Qui est là, s'il vous plaît ?

– Jacob Lev, du LAPD. Je vous ai appelé récemment, au sujet d'une affaire.

– Ah, euh… oui, ok, je souviens.

– Vous m'aviez dit de vous recontacter quand je serais à Prague.

– Oui, ok.

– Eh bien, j'y suis. »

Un bref interlude de gifles et de pleurs.

Jan toussa, s'éclaircit la voix.

« Vous êtes ici ?

– Ouais.

– À Prague ?

– Je suis arrivé il y a quelques heures. Cette conversation me coûte deux dollars par minute, alors vous ne voudriez pas qu'on la finisse en face à face ? Demain, ça vous va ?

– Demain… hésita Jan. Non, désolé, je suis occupé. J'ai beaucoup des choses à faire.

– Samedi, alors.

– Ça n'est pas bon aussi.

– Très bien, pourquoi vous ne choisissez pas le jour qui vous convient ?

– Combien de temps vous pensez de rester dans la République tchèque ?

– Quatre jours.

– Quatre jours… Je ne sais pas si ça va pouvoir.

– Vous plaisantez ? Je suis venu exprès pour vous rencontrer.

– C'est vous qui a décidé, pas moi.

– Oui, mais c'est vous qui m'avez dit… Écoutez, vraiment, s'il vous plaît. Je connais l'emploi du temps d'un flic. C'est toujours négociable.

– Chez vous, peut-être.

– Je vous ai apporté les photos, insista Jacob.

– Je ne sais pas quelles photos vous parlez.

– Mais si, vous savez très bien, je vous l'ai expliqué la dernière fois. Donnez-moi l'adresse de votre bureau, je vais vous les déposer. Comme ça vous pourrez les regarder et décider.

– Je m'excuse, répondit Jan, d'un ton qui semblait réellement contrit. Cette affaire est privée, je peux dire rien.

– Quelqu'un vous a interdit de me parler ? »

Le combiné tomba par terre, et Jacob entendit Jan aboyer sur les enfants. Quand il revint au bout du fil, il toussait copieusement.

« Je m'excuse pour vous déranger, dit-il. Il y a beaucoup des choses à voir à Prague, vous aurez du profit.

– Attendez… »

La communication coupa.

Jacob resta un moment à contempler son téléphone, sidéré.

Il rappela. *Dring dring dring dring dring.*

« Décroche, connard. »

Capitulant, il se tourna vers la fenêtre et s'épongea le torse avec une boule de drap en coton rêche. Il était dix-huit heures et Jacob était seul dans une ville étrangère.

Que faire ?

Il ne s'était pas encore décidé lorsque le téléphone vibra pour l'informer d'un nouveau message, envoyé d'un numéro inconnu.

pivnice u rudolfina
křižovnická 10
30 min

31

Les Tchèques s'y connaissaient en bière. Le pub était au-delà des espérances de Jacob : une salle caverneuse, basse de plafond, multiséculaire, avec des murs en pierre apparente et des ornements d'acajou. Il commanda une assiette de viande panée et une Pilsner, que lui apporta un serveur au visage impassible qui se matérialisa ensuite avec une pinte fraîche aussitôt que celle posée devant lui descendait sous la barre des quinze pour cent. S'il était encore trop tôt pour les vrais noceurs, il régnait néanmoins un joyeux brouhaha.

Il ne manquait qu'une chose : Jan.

Les quintes de toux et la progéniture indomptable avaient porté Jacob à s'imaginer un homme pas loin de la cinquantaine. Les joues molles, les dents jaunes, la peau abîmée. Comme personne ne correspondait à cette description, il se mit à dévisager avec insistance tous les clients masculins qui entraient, recevant en retour une série de regards courroucés lui signifiant clairement « *non merci : hétéro* ».

Il tapotait impatiemment l'enveloppe en kraft contenant les photos de la scène de crime de Castle Court. Il composa le numéro de Jan, puis l'autre. Il envoya des textos aux deux. Il s'assura auprès du serveur qu'il n'existait pas d'autre établissement du même nom.

« Salut ! »

Sans attendre son invitation, la fille se glissa à côté de lui sur la banquette.

« Anglais ? Américain ?

– Américain, dit-il. J'attends un ami.

– Oui, moi aussi ! rétorqua-t-elle en riant. Tu es mon ami. Je m'appelle Tatjana. »

Il réprima un sourire.

« Jacob.

– Enchantée, ami Jacob. »

Suave, blonde et dodue, elle lui tendit une main potelée.

« Elle est bien, ta bière ? reprit-elle.

– Une tuerie.

– Hein ?

– Elle est très bonne.

– Une pour moi ?

– Tu ne m'as pas l'air en âge de boire. »

Tatjana lui donna un coup dans l'épaule.

« J'ai dix-neuf ans !

– En Amérique, c'est vingt et un.

– Alors je reste ici, déclara-t-elle en levant un pouce à l'attention d'un serveur qui passait par là. Et tu viens d'où, Jacob Américain ?

– De Los Angeles.

– Hollywood ? Stars du cinéma ?

– Dealers de drogue. Prostituées. »

Aucune réaction ; il se dit finalement que ce n'était peut-être pas une pute.

« Chez nous aussi, on a ça, répondit-elle.

– Il paraît. »

Il consulta son téléphone. Toujours rien de Jan, qui avait maintenant quarante bonnes minutes de retard.

« Tu es venu avant dans Prague ?

– Non, c'est la première fois.

– Ah oui ? Et tu l'aimes ?

– Je n'ai pas encore vu grand-chose. Mais pour l'instant je trouve ça très joli. »

Grand sourire de Tatjana.

« L'architecture est magnifique, renchérit-il.

– Hein ?

– Les maisons.

– Je crois tu dois d'aller voir le château. C'est le plus beau endroit dans Prague. »

Il ressortit son téléphone. Renvoya un texto.

« Je n'ai pas beaucoup de temps.

– Tu es un homme d'affaires ?

– En quelque sorte. »

Le serveur apporta la bière de Tatjana.

« *Na zdraví*, dit-elle en levant sa chope.

– Idem. »

Ils trinquèrent et burent.

« Quel genre d'affaires ?

– Je suis flic, répondit Jacob en essuyant la mousse sur sa lèvre supérieure.

– Hein ?

– Policier. »

Tatjana cilla.

« Ah oui ? »

Peut-être une pute, en fait.

Pour autant, elle ne partit pas, continuant à jacasser dans l'oreille de Jacob tandis qu'il envoyait texto sur texto. Les tables avoisinantes se vidèrent, furent débarrassées et se remplirent à nouveau. À un moment, elle interrompit son monologue et Jacob suivit son regard jusqu'à un groupe de gorilles arborant de grosses chaînes en or autour du cou.

« C'est tes amis ? demanda-t-il.

– Des Russes, répliqua-t-elle avec un ricanement de mépris.

– Comment tu sais ?

– Ces moches colliers. »

Un des hommes leva son verre en direction de Jacob avec un petit sourire narquois.

« Ça me donne de la rage, dit Tatjana. On se débarrasse d'eux, ils reviennent et ils font la merde partout.

– Tu ne peux quand même pas te souvenir de cette époque ?

– Non. Je suis pas née. Mais mon père était contre eux. »

Puis, sentant qu'elle risquait de plomber l'ambiance, elle sourit et ajouta :

« Tout le monde était contre eux.

– Je suis juif, dit-il. Ce n'est pas moi qui vais te reprocher d'être rancunière.

– Ah, je comprends. C'est pourquoi tu viens à Prague.

– Comment ça ?

– Il y a beaucoup des touristes juifs. Ils viennent voir la synagogue. Tu vas aller ?

– C'est un gros business ? Le tourisme juif ?

– Oui. Ça, et Kafka.

– Et qu'est-ce que tu en penses ?

– Le tourisme ? Je trouve c'est très joli. Les Tchèques, nous sommes peuple accueillant.

– Sauf avec les Russes. »

Elle éclata de rire.

« Voilà.

– Tu aimes Kafka ?

– J'ai pas lu.

– Arrête ! »

Elle secoua la tête.

« Au communisme, c'était interdit. Kafka écrivait en allemand, alors il y a une traduction tchèque seulement déjà un an ou deux. Je vais lire bientôt, je crois.

– Tu devrais lire *Un champion de jeûne*.

– Oui ?

– C'est une de mes nouvelles préférées. Celle-là et *L'Instituteur*.

– S'il te plaît, dit-elle en lui tendant son portable pour qu'il lui note les références. Ton ami, je crois pas qu'il vient.

– Ouais, moi non plus. »

Il tapa les titres, lui rendit son téléphone, vida d'un trait le fond de sa bière, posa sur la table de quoi régler leurs deux additions.

« C'était sympa de discuter avec toi, Tatjana. Passe une bonne soirée. »

Elle ne se leva pas pour le suivre.

Pas une pute.

La Vieille Ville était en effervescence. Passablement éméché, Jacob déambula au hasard, interceptant au passage des bribes d'anglais, d'espagnol et de français. Une grosse caisse assourdissante, une guitare mollassonne, un chanteur désaccordé. Des glapissements de joie laissaient présager des lendemains lourds de regrets. Les pizzerias et les cybercafés abondaient, le blason omniprésent de la Pilsner Urquell oscillant dans la brise douceâtre et nauséabonde. Urine. Marijuana. Oignons grillés dégoulinants de graisse de saucisse.

Son énième coup de fil à Jan resta une fois de plus sans réponse.

La jeunesse européenne décadente. La jeunesse chinoise décadente. Une femme en corset tout effiloché tenta de l'attirer dans un bar à strip-tease. Une femme en robe du soir tenta de l'attirer dans un casino.

De retour dans sa chambre, il ouvrit sa valise et en sortit le dossier de Dani Forrester. Il l'avait lu presque en entier dans l'avion, et jusqu'à présent ce n'étaient que des choses que Flores lui avait déjà dites par téléphone. Une hôtesse de casino qui fricotait avec une brochette de types louches. Ils avaient épluché son BlackBerry, traquant toutes les personnes avec qui elle avait été en contact dans les semaines précédant le meurtre : des organisateurs d'enterrements de vie de garçon, des joueurs à la petite semaine, des cas sociaux chicanant sur le loyer de chambres déjà bradées, des congressistes de passage.

Il atteignit la dernière page. Vingt et une heures quinze. L'heure du déjeuner à Los Angeles.

Il tendit la main pour attraper la télécommande.

Pas de télécommande.

Pas de télé.

Vingt dollars la nuit, il en avait pour son argent.

Il passa l'heure suivante à potasser le guide obsolète de Prague dans son intégralité.

Apprit ce qu'il fallait dire au cas où il se ferait arrêter à la douane.

Apprit comment éviter qu'on lui confisque ses pellicules photo.

Parfaitement réveillé, il éteignit la lumière et s'allongea sur le lit, laissant son esprit vagabonder dans la chronologie de Castle Court.

Vingt-trois heures, réception du premier appel.

Bonsoir.

Qui faisait des salutations en appelant la police ? Les gens qui appelaient la police oubliaient jusqu'à leur propre nom. Ils bafouillaient. Ils se répétaient.

J'aimerais signaler un décès.

Pas *une tête*, ni *un cadavre*, ni *oh mon Dieu pitié aidez-moi. Un décès.*

Comme si la victime s'était éteinte paisiblement, en faisant ce qu'elle aimait le plus au monde. Dans sa baignoire. Sur un terrain de golf.

Le ton de la femme jurait de façon grotesque avec le contenu de ses propos.

Elle *aimerait* signaler.

Elle *se réjouissait* de signaler.

Elle se faisait *un plaisir* de signaler.

Mlle Mai-avec-un-i Machin-Chose vous prie aimablement de bien vouloir assister à la découverte d'un cadavre. Dîner et réception suivront. RSVP au LAPD. Tenue de soirée exigée.

En indiquant l'adresse, elle articule distinctement, pour être sûre de se faire comprendre. C'est l'opératrice qui bute sur ses mots.

Merci.

Là encore, qui fait ça ?

Selon Divya, le meurtre avait eu lieu peu de temps avant l'appel. *Ça doit se compter en heures, pas en jours.* Pourtant, pas de corps, pas de sang, pas d'éclaboussures. Ailleurs, donc.

Où ?

Je ne suis qu'une gentille fille qui était descendue s'amuser un peu.

Descendue d'où ?

D'en haut. C'est de là qu'on descend en général.

Une petite blague particulièrement morbide ? Une référence au fait que la maison se trouvait en hauteur dans les collines ?

Une heure s'écoule entre l'appel au central et l'arrivée de Chris Hammett.

Pendant ce temps, que fait Mai ?

Elle reste tapie dans les parages pour voir si on l'a prise au sérieux ?

Elle regarde le policier entrer dans la maison ? Prend des photos avec son téléphone ?

Les poste sur Facebook ? Twitter ?

avec les flics @ scène de crime

#justice

lol !!!

Ou bien elle était déjà partie ? Elle avait très bien pu appeler la police d'un autre endroit. En l'absence de bruit de fond sur l'enregistrement, c'était difficile à dire.

En attendant, Hammett fait son rapport par radio. L'information circule.

Mais pas pour longtemps. Divya Das arrive sur les lieux vers deux heures moins dix. Elle habite à plus d'une heure de voiture, et ça, en supposant qu'elle ait trouvé directement la bonne adresse, sans se perdre. Ce qui veut dire qu'elle a été appelée au plus tard vers minuit quarante. Ce qui veut dire que l'info a mis moins d'une heure à remonter jusqu'à Mallick.

Un degré d'efficacité qui tient du jamais-vu au sein du LAPD.

Sauf s'ils sont déjà en route.

C'est-à-dire qu'ils sont au courant de la tête *avant* l'appel au central.

Impossible.

Sauf s'ils sont avec Mai sur la scène de crime.

Peut-être que c'est *eux* qui ont coupé la tête du gars.

Peut-être que Divya est sur place aussi.

Peut-être qu'ils y sont tous.

Un immense complot ! L'ensemble des services !

Jacob s'autorisa un instant à s'adonner librement à sa paranoïa. La cabale maléfique du LAPD : foutez-moi ce juif sur l'affaire, et puis mettez-lui des bâtons dans les roues. Le bizarroïde arrangement pour qu'il puisse travailler de chez lui, les plantages informatiques répétés. Le silence radio chaque fois qu'il avait réclamé l'enregistrement de l'appel, et l'attitude de Mallick quand il avait fini par le lui faire écouter.

Ça vous aide ?

Le commandant *s'attendait-il* à ce que Jacob reconnaisse la voix de Mai ? C'est-à-dire : Mallick savait-il que Jacob l'avait rencontrée ?

Mais Mallick ne pouvait pas savoir ça.

Allez-y. Je pense que vous trouverez ça instructif.

Va te faire foutre, Confucius.

Ni O'Connor ni Ludwig n'avaient mentionné personne du nom de Mai-avec-un-i. Ce qui ne voulait strictement rien dire. En réalité, elle pouvait aussi bien s'appeler Sue, Helena ou Jezebel.

Quel que soit son nom, à un moment donné après avoir passé l'alerte, elle se rend au 187.

Histoire de *s'amuser un peu.*

S'amuser avec Monsieur Sourire, tellement bourré qu'il ne se rappelle même plus la couleur de ses cheveux. Il va de soi qu'il ne pourra pas la satisfaire. Pourquoi perd-elle son temps avec lui ?

Pourquoi le raccompagner en voiture ?

Pourquoi passer la nuit chez lui et l'aguicher au réveil, si c'est pour disparaître ?

Quelques minutes plus tard, Subach et Schott débarquent.

La précision du timing lui nouait l'estomac.

Il réécouta l'enregistrement plusieurs fois d'affilée, collant le haut-parleur à son oreille. C'était bien la voix de Mai… ou du souvenir qu'il avait de Mai. Mais sur quoi, au fond, reposait ce souvenir ? Dix minutes de gueule de bois. Plus ses idées devenaient délirantes, plus il se mit à les brider, et au bout du compte il arriva à écouter l'appel une dernière fois et à se convaincre que ce n'était pas elle. Elle avait hanté ses rêves et ses pensées bien plus qu'elle ne l'aurait dû depuis cette fameuse soirée, de sorte qu'il croyait reconnaître sa voix alors qu'en réalité c'était juste une voix féminine indifférenciée, une voix qui pouvait être celle de n'importe quelle femme. Il l'écouta à nouveau, remarquant la qualité appauvrie du son en raison du trajet qu'il avait dû faire pour arriver jusqu'à lui, le signal filtré successivement par un téléphone, un satellite et un ordinateur, s'échappant d'un minuscule haut-parleur pourri. Il faudrait qu'il s'achète un casque digne de ce nom. Il réécouta et conclut qu'il s'était fourré le doigt dans l'œil, et jusqu'au coude. Ce n'était pas la voix de Mai. Et qu'il ait pu croire le contraire le déconcertait profondément, car cela impliquait que son appareil critique lui jouait des tours.

Incapable de dormir, il alluma sa lampe de chevet et se pencha pour fouiller dans sa valise.

Prague : ville de secrets, ville de légendes
Contes traditionnels du ghetto juif

TRADUIT DU TCHÈQUE PAR

V. GANS

La couverture crue : le golem, poursuivant à jamais un personnage hors champ.

Lis-lui un livre normal, comme à un enfant normal.

Un recueil de récits morbides n'était sans doute pas le meilleur choix pour trouver le sommeil. Mais il croyait vaguement se remémorer le golem comme une créature bienveillante, malgré son apparence effroyable, et, dans l'état où il était, un bloc de glaise qui utilisait ses superpouvoirs pour triompher du mal lui semblait être pile ce qu'il lui fallait.

Il ouvrit le livre et commença sa lecture.

Les juifs de Prague, contrairement à leurs frères en d'autres royaumes, vivaient d'ordinaire en harmonie avec leurs voisins gentils.

Toutefois, il y eut jadis un homme parmi ces derniers, tanneur de profession, qui employait dans sa demeure une servante juive, une jeune orpheline d'une beauté exceptionnelle, mais également très pieuse et chaste, qualités que le tanneur ne manquait pas d'apprécier. Jour après jour, il observait sa bonté et sa modestie, et bientôt il en vint à s'éprendre d'elle et à la désirer pour femme.

Mais, lorsqu'il lui fit part de ce souhait, la servante refusa, invoquant les lois de ses pères, et, bien que le tanneur continuât de l'implorer en lui professant son amour, elle ne cessait de l'éconduire, son obstination ne servant qu'à attiser la colère de son maître, jusqu'à ce que vînt le jour où, la surprenant au débotté, il chercha à la prendre de force.

Vaillamment, la jeune fille se débattit afin de se libérer par tous les moyens possibles, et elle y parvint en saisissant une paire de lourdes cisailles en fer, que le tanneur utilisait pour découper ses peaux, et en la lui plantant dans l'œil, si bien qu'il poussa un hurlement et la relâcha, ce dont elle profita pour s'enfuir.

La convalescence du tanneur dura de longues semaines, mais plus douloureuse encore que la guérison de ses blessures était l'humiliation qui bouillonnait en lui. Aussi conspira-t-il en vue d'ourdir une terrible vengeance. Il chargea le prêtre de la paroisse d'enquêter sur la disparition d'un jeune garçon chrétien, lui aussi orphelin, ajoutant avoir aperçu l'enfant en compagnie d'un certain homme juif, un dénommé Schemayah Hillel, qui en vérité n'était autre que l'oncle de la servante.

Escorté par la garde royale, le prêtre se présenta à la porte de Schemayah Hillel et exigea qu'on le laissât entrer au motif qu'un crime avait été commis en ce lieu. Et Schemayah Hillel, se sachant innocent de tout crime, permit au prêtre de pénétrer chez lui. Cela se révéla une grave erreur car, quelques jours auparavant, le tanneur s'était introduit en cachette dans la cour derrière la maison et avait placé le corps assassiné du garçon, tué de ses propres mains, sous une pile de sacs de jute.

En découvrant la dépouille, le prêtre accusa Schemayah Hillel d'avoir ôté la vie à l'enfant dans le but d'en extraire le sang pour le rituel de Pessah.

Il était clair aux yeux de tous que Schemayah Hillel était un vieillard respecté, et bien trop frêle pour avoir pu commettre une telle atrocité. Il fut néanmoins pendu en place publique et, comme les hommes haïssent et craignent toujours ce qui ne leur est pas semblable, de nombreuses âmes innocentes, femmes et enfants inclus, périrent aux mains de la foule. Et la jeune servante éperdue, voyant le malheur qui était advenu, se tint sur le bord du pont Charles et, le tablier rempli de pierres, se jeta dans les eaux de la Vltava où elle mourut noyée.

En ce temps-là, le saint et vénéré rabbin Juda, fils de Bezalel, parfois appelé MaHaRaL par ses initiales, présidait la communauté. Après avoir médité sur cette affaire pendant une durée de trente jours, il convoqua deux de ses plus loyaux disciples sur les berges de la rivière. Là, ils ramassèrent de la boue et de l'argile et, se mouvant furtivement au plus noir de la nuit, ils montèrent dans les combles de la synagogue Vieille-Nouvelle.

Conformément à sa vision céleste, le rabbin Juda ordonna

alors à ses disciples de façonner l'argile pour lui donner la forme d'un homme de stature imposante. Puis, glissant dans la bouche de la créature un morceau de parchemin sur lequel étaient inscrits les noms sacrés de Dieu, il grava à son front les lettres du mot EMET (vérité), à partir desquelles le monde est bâti.

Soixante-dix-sept fois, ils tournèrent autour de la créature, en récitant des incantations qui se mirent à faire rougeoyer son corps de vie. À la troisième heure du matin, l'heure où l'Éternel rugit tel un lion, le rabbin Juda parla et dit : « Lève-toi ! » Et aussitôt, la créature se dressa d'un bond, retombant sur ses pieds dans un fracas tonitruant. Les disciples se pâmèrent de terreur, mais le rabbin Juda s'avança et s'adressa au géant d'une voix puissante.

« Tu t'appelleras Joseph. Tu obéiras à mes ordres, et strictement à mes ordres, et jamais tu ne me désobéiras, car je t'ai créé pour me servir. »

Les disciples constatèrent que Joseph avait compris les propos du rabbin, car il hocha la tête. Cependant, il ne répondit pas, n'étant pas doté du don de la parole, que l'homme n'a pas en son pouvoir de distribuer à sa guise.

Ils le vêtirent de simples habits de paysan, et le rabbin Juda le mit à pied d'œuvre comme bedeau de la synagogue, expliquant à quiconque s'étonnait de l'apparition soudaine du géant que c'était un muet qu'il avait trouvé errant dans les rues, incapable de prononcer même son nom.

Afin de décourager les curieux, le rabbin lui fit installer une couche dans un coin de sa propre maison. Mais ce lit ne fut jamais utilisé car, toutes les nuits, Joseph quittait la demeure du rabbin et arpentait les rues du ghetto pour en protéger les habitants et en chasser le mal.

32

De lourds coups à sa porte dissipèrent le brouillard vert et or du rêve de Jacob, faisant remonter au premier plan sa chambre d'hôtel merdique.

Il s'assit dans son lit, le livre resté ouvert sur son ventre glissant à terre tandis qu'il se frottait les yeux. Son téléphone, qui chargeait sur la table de nuit, annonçait six heures huit.

« Revenez plus tard, s'il vous plaît », cria-t-il.

Mais le toqueur continuait de toquer, et Jacob enfila rageusement un jean et un tee-shirt. Il crocheta la chaîne de sécurité et, par l'entrebâillement de la porte, aperçut un homme au crâne rasé et à la silhouette svelte. Une vingtaine d'années tout au plus. Les yeux rougis, la respiration poussive, il portait un bermuda en jean et un débardeur DKNY marron. Il avait un bouc si fin qu'on aurait cru un trait d'eye-liner et, alors qu'il le tripotait, Jacob s'attendit presque à le voir s'étaler sur son menton.

« Vous désirez ?

– Jacob, dit l'homme.

– Ouais ?

– Je suis Jan. »

Le décalage entre l'image mentale que s'était forgée Jacob et l'homme-enfant en face de lui provoqua une série de rapides réajustements. Les gamins braillards devinrent des petits frères. La toux de fumeur, de l'asthme.

« Je peux entrer ? demanda-t-il.

– Vos papiers d'abord. »

Jan grimaça.

« Vous aussi, donc. »

Ils s'échangèrent leurs cartes d'identité par la porte entrouverte, chacun faisant mine de vérifier celle de l'autre.

« C'est bon », déclara Jacob.

Il retira la chaîne et Jan se faufila dans la chambre, balayant la pièce du regard avant de s'asseoir au bord de la chaise.

« Je vous ai attendu deux heures hier, reprit Jacob.

– Je m'excuse.

– Que s'est-il passé ?

– J'ai voulu d'abord vous voir.

– Voilà, répondit Jacob en écartant les bras. Vous êtes content ?

– Oui, ok.

– Écoutez, oublions ça. Venez, je vous offre un café. »

Mais Jan avait les yeux rivés sur l'enveloppe en kraft qui dépassait de la valise.

« Vos photos ? »

Jacob acquiesça.

« Je peux voir, s'il vous plaît ?

– Allez-y, faites-vous plaisir. »

Jacob observa les doigts de Jan se débattre avec l'attache du rabat, puis l'évolution de la réaction sur son visage : l'horreur, l'incrédulité, et enfin la résignation.

« Ça vous rappelle quelque chose ? »

Jan hocha la tête.

« Le cou ?

– Le cou, et le vomi.

– La disposition ? L'hébreu ?

– C'est même chose.

– Et vous n'avez jamais retrouvé le corps.

– Je dois le parler à personne.

– Pourquoi ? »

Jan ne répondit pas.

« Qui vous a interdit d'en parler ?

– Je ne sais pas.

– Vous ne *savez* pas ? »

Jan secoua la tête.

« Comment ça, vous ne savez pas ?

– Je ne les vois jamais avant.

– Qui ça ? Vos chefs ?

– Mon chef, aussi lui.

– Est-ce qu'il vous a expliqué pourquoi ?

– C'était occasion très exceptionnelle.

– J'imagine.

– Non, rétorqua Jan, reprenant quelque ardeur, vous ne comprenez pas ce que je dis. Dans la République tchèque, nous n'avons pas les meurtres. Nous avons, ok, les gens qui boivent trop, les bagarres, parfois il peut arriver accident sérieux. Mais ça ? Jamais. Alors mon chef me dit : "Jan, ceci peut causer les très gros problèmes. Les gens vont avoir peur."

– Il vous a demandé d'enterrer l'affaire ? Un homicide ?

– Pas d'enterrer. De garder discret.

– Mais il y a d'autres gens qui sont venus vous parler, c'est ça ? »

Jan hésita, finit par opiner.

« Avant que votre chef vienne vous voir, ou après ?

– Après. Je suis parti dans les États-Unis, et quand je retourne des hommes m'attendent au aéroport.

– Ils étaient grands », devina Jacob.

Jan sursauta.

« Genre, vraiment grands », insista Jacob.

Jan le dévisagea, les yeux comme des soucoupes.

« Ils prétendaient appartenir à un service dont vous n'aviez jamais entendu parler jusque-là. Plutôt sympas, mais avec un petit quelque chose étrange, et ils vous ont fait promettre de ne jamais raconter ce que vous aviez vu, sans quoi vous seriez muté sur-le-champ, ou une connerie de ce style.

– Je peux perdre mon travail, répondit Jan.

– C'est ce qu'ils vous ont dit ? »

Jan acquiesça.

« Les mêmes types sont venus me voir, expliqua Jacob. Mais ils ne m'ont pas menacé. Au contraire : ils affirmaient vouloir m'aider. Sauf qu'en réalité ils n'ont pas arrêté de me mettre des bâtons dans les roues. Ensuite, quand je leur ai annoncé que je voulais venir ici, ils m'ont donné leur accord, donc je n'y comprends plus rien. Peut-être étaient-ils contents de me voir quitter la ville. Mais, je vous le dis franchement, ça commence à me casser les bonbons. »

Silence.

« Quels bonbons ? » demanda Jan, les sourcils froncés.

Jacob éclata de rire ; pour la première fois, le visage de Jan se dérida, et tout à coup c'étaient deux flics qui se bidonnaient ensemble, liés par une même rancœur contre la hiérarchie.

« Pas les bonbons comme, euh... Dans ce contexte, ça veut dire... les couilles, finit par lâcher Jacob, en appuyant son explication d'un geste éloquent vers son entrejambe.

– Ah, ok. J'aime ce mot. Les bonbons !

– C'est pour ça que vous vouliez me voir ? reprit Jacob. Pour vérifier si j'étais grand ? »

Jan hocha la tête.

« Vous étiez au pub hier soir ?

– Ma sœur. »

Jacob sourit.

« Tatjana, c'est ça ?

– C'est le nom qu'elle vous donne ? Elle s'appelle Lenka.

– Oui, enfin bref. Elle m'a trouvé, en tout cas.

– En rentrant, elle me dit : "Jan, ne te soucie pas, il est un type sympa, il a offert une bière pour moi." Elle veut devenir flic, elle aussi. Je lui explique c'est pas du travail pour elle. Je répète : "Tu es jeune, sois heureuse."

– Ah ben, vous pouvez parler ! Quel âge vous avez, douze ans ?

– Vingt-six.

– Merde alors, et vous êtes déjà lieutenant ?

– Après la Révolution... »

Jan s'interrompit et fit un geste de la main comme pour effacer quelque chose sur un tableau imaginaire.

« Laisse tomber, dit-il en poussant un soupir qui se mua en quinte de toux. Lenka, murmura-t-il. Lenka. Lenka. »

Soudain, il se frappa les cuisses et se leva.

« Allez, viens, on y va. »

33

La rue Dlouhá virait brusquement vers le sud pour rejoindre la place de la Vieille-Ville, silencieuse hormis les roucoulements des pigeons qui fourrageaient entre les pieds des tables aux terrasses des cafés.

Jan posa la main sur le dossier d'un des nombreux bancs publics qui entouraient un informe monument en bronze.

« La fille était là, déclara-t-il. Elle pleure, comme elle a l'air très secouée. Elle dit un homme essaye de la violer devant la synagogue. L'agent de police appelle une ambulance pour la transporter dans l'hôpital, ensuite il va pour chercher l'homme. Viens avec moi, s'il te plaît. »

Ils quittèrent les pavés humides de la place et s'engagèrent dans la rue Pařížská, en direction de Josefov.

Jacob aurait dû se méfier du guide que lui avait donné son père. L'ancien quartier juif n'était plus délabré, mais au contraire chic et verdoyant. Dans les vitrines des boutiques de luxe, les mannequins arboraient des vêtements de créateurs. Un homme coiffé d'une toque de cuisinier émergea d'un sous-sol pour vider un seau d'eau savonneuse dans le caniveau.

« La *městská policie* ne peut pas enquêter les meurtres, expliqua Jan. Ils doivent de nous appeler. D'habitude il y a plusieurs enquêteurs, des techniciens criminels. Mais quand j'arrive, je ne trouve pas ça, seulement un agent de police. Très bientôt, un technicien que je ne connais pas vient pour prendre les morceaux.

– Lui aussi, il était grand ? »

Jan dut réfléchir un moment.

« … Oui. Je ne donne pas d'attention à ça. Je n'enquête pas sur lui, j'enquête sur le meurtre. C'est aussi ton expérience ?

– En gros, oui.

– Le technicien me rend fou, parce que moi je voudrais regarder très bien, mais il dit : “Allez, dépêche-toi, il faut partir vite.” Je crois il veut nettoyer avant les touristes arrivent. »

Il interrompit son récit pour prendre en photo une Ferrari doré métallisé immatriculée en Russie.

« Ça ne plairait pas à Lenka, fit remarquer Jacob.

– Elle est trop en colère. Je lui dis, cette époque est finie.

– Pas pour elle, visiblement.

– C'est parce qu'elle n'est pas encore née. Je lui dis, tu ne peux pas être en colère, tu dois d'être pragmatique. C'est même chose avec la police. Tous ces types qui travaillent avant pour… Tu connais qu'est-ce que STB ? »

Jacob secoua la tête.

« *Státní Bezpečnost.* Police secrète tchécoslovaque. La plupart, ils partent après la Révolution. Certains sont des salauds, ok, c'est vrai. Mais pour certains on a dit : “Reste”, parce qu'ils ont l'expérience, la connaissance.

– Et ça ne te met pas mal à l'aise ? De travailler avec eux ? »

Jan haussa les épaules.

« Le policier, c'est la main de la loi. Avant, nos lois sont mauvaises, alors… »

Il fit mine de donner une gifle à quelqu'un.

« Maintenant, reprit-il, nous avons des bonnes lois, alors ça va. Voilà, on est là. »

Jacob reconnut la silhouette de la synagogue Alt-Neu d'après la photo noir et blanc qu'il avait vue dans le guide. En vrai, elle avait une couleur de parchemin sur la moitié inférieure, tandis que le haut était un dégradé de briques marron crasseuses, comme si les tuiles ocre du toit avaient saigné et coagulé. Dix marches menaient à une petite esplanade pavée, traversée par un caniveau central et sur laquelle donnait une porte en métal clouté.

Des poubelles étaient entreposées non loin : c'était l'entrée de service. Une rosace en vitraux presque opaques découpée dans le mur extérieur du bâtiment en révélait l'épaisseur considérable.

Une série de barreaux en fer grimpait jusqu'à une plus petite porte en bois, l'équivalent de trois étages plus haut.

Écrasée de suie, fichée dans le sol, toute la structure semblait pourtant flotter, ses contours incertains.

Jan se retourna au milieu de l'escalier.

« Tu viens ?

– Ouais, répondit Jacob en le rejoignant. J'arrive. »

« La tête était là », indiqua Jan, accroupi près du caniveau.

Il montra du doigt un point cinquante centimètres à gauche.

« Et là, le vomi. »

Il se redressa, cambra le dos en arrière, toussa.

« C'est très difficile pour moi à comprendre, poursuivit-il. Il n'y a pas de sang, alors sans doute parce que le tueur l'a rincé dans le caniveau. Mais il laisse la tête et le vomi. Pourquoi ?

– Pareil de mon côté. Je me suis dit que le meurtre avait dû être commis ailleurs. »

Jan secoua la tête.

« La fille, quand elle part, l'homme est debout là. Quand l'agent de police vient, le corps est là. Le tueur l'emmène, coupe la tête et la rapporte ? C'est pas logique. Il n'y a pas assez du temps. Où peut-il faire ça ? Je fouille tout le quartier. Il n'y a pas du sang. Il n'y a pas d'arme. Personne n'écoute rien. Personne ne voit rien. »

Malgré lui, Jacob sentait ses propres théories commencer à s'effriter. Il était venu là chercher la certitude des points communs.

« On est en plein centre-ville, observa-t-il. Aucun témoin ?

– À cette heure, c'est calme. Ces appartements, expliqua Jan en désignant les fenêtres au-dessus d'une brasserie sur le trottoir opposé de la rue Pařížská, les chambres sont dans l'autre côté. La bijouterie a une caméra, mais l'angle n'est pas bon. Ici, c'est comme invisible. »

Jacob leva la tête, et ses yeux se posèrent sur la petite porte en bois.

... se mouvant furtivement au plus noir de la nuit, ils montèrent dans les combles...

« Elle était ouverte, dit Jan.

– Cette porte ?

– Oui. »

L'espace d'un instant, le champ de vision de Jacob s'obscurcit. Lorsque le monde réapparut, Jan le dévisageait, sourcils froncés.

« Jacob ? Ça va ?

– Oui, oui, fit-il en déglutissant et en s'efforçant de sourire. C'est le décalage horaire. »

Il se retourna pour examiner la porte miniature. À cette hauteur, on ne voyait pas bien à quoi elle pouvait servir. Comme si un enfant avait mis la main sur les plans de l'architecte et gribouillé dessus, et qu'ensuite les maçons avaient suivi les instructions sans réfléchir avant que personne ne s'aperçoive de l'absurdité de la chose.

« Et tu as une idée de comment elle a pu s'ouvrir ?

– L'homme responsable du sécurité pour la synagogue a dit le vent.

– Il y avait du vent ce soir-là ? »

Jan secoua la tête : *j'en sais rien.*

Au loin, à contrecœur, la ville s'ébrouait : des trams arthritiques, le chuintement gazeux des balayeurs.

« Et la fille, qu'est-ce qu'elle faisait là ? demanda Jacob.

– Elle travaille à la synagogue, elle nettoie dans la nuit. Elle est debout là, il y a un bruit derrière. Elle tourne et voit un homme avec un couteau. Il l'attrape, elle débat, boum, il la lâche et elle échappe.

– Elle a vu ce qui arrivait au type ?

– Elle a peur, elle ne reste pas pour attendre.

– Et elle a formellement identifié la tête comme étant celle de son agresseur ?

– Je vais dans l'hôpital pour lui montrer une photo. Elle commence encore à crier.

– J'imagine qu'elle a nié être pour quoi que ce soit dans cet assassinat.

– Oui, bien sûr.

– Et tu la crois.

– Elle n'est pas assez forte pour faire ça.

– Elle était assez forte pour le repousser.

– Oui, ok, mais ce n'est pas même chose. Elle n'a pas du sang sur ses vêtements.

– Elle a pu se changer.

– Je te dis, ce n'est pas possible.

– La raison pour laquelle je te pose la question, c'est que, dans mon affaire, c'est une femme qui a prévenu la police. »

Jan haussa les sourcils.

Jacob sortit son téléphone, et ils écoutèrent ensemble l'enregistrement. Il fut troublé de constater qu'il avait toujours l'impression d'entendre la voix de Mai. Il croyait pourtant avoir exploré cette possibilité et l'avoir écartée.

Si Jan remarqua quelque chose d'anormal dans les paroles de la femme, il n'en fit pas mention.

« Ça ne peut pas être même personne, déclara-t-il. Nous, c'est une fille tchèque. »

Jacob le croyait… ou en tout cas, croyait que Jan y croyait.

Un homme passa sur le trottoir en surplomb, marchant à vive allure, une mallette sous le bras. Braillant dans l'oreillette de son téléphone, il ne leur prêta aucune attention.

« Où tu as trouvé l'inscription en hébreu ? » reprit Jacob.

Jan tendit le doigt vers un pavé plus neuf que ceux qui l'entouraient.

« Quand je retourne des États-Unis, il est remplacé, dit-il.

– Et où est passé l'original ?

– L'enquête n'est plus à moi, alors je ne peux pas poser des questions.

– Tu n'as pas une photo ?

– Oui, sur mon ordinateur. Je peux t'envoyer.

– Merci.

– L'homme responsable du sécurité pour la synagogue, je lui montre ce mot. Ça signifie "Justice". Donc je pense au petit ami de la fille, ou son frère, ou son père. Mais elle n'a pas un petit ami, ou un frère, ou un père. Elle a une sœur. Ça n'est pas tenu debout. Le tueur, dans quel côté il vient ? Je cherche des traces de pas, ou empreintes digitales. Il y a rien. C'est comme un oiseau s'est posé, *pschhh.* »

Il s'interrompit un moment, marchant de long en large.

« Tu ne peux pas dire il écoute la fille crier et il vient pour la sauver, en plus il a un grand couteau, il coupe la tête et il la referme. Ce n'est pas possible. Il faut un plan pour faire ça, tu es bien d'accord. Alors quoi ? Il est en cachette dans un buisson, en attendant pour quelqu'un qui viole une fille, avec des outils spéciaux ? Ce n'est pas logique. Je conclus voilà : l'homme qui essaye de violer la fille, un autre le suit. Mais ce n'est pas logique aussi. Comment le tueur connaît ce que le type va faire ?

– Ce n'est pas logique, sauf s'ils se connaissaient déjà.

– Ah ? »

Jacob entreprit de lui raconter plus en détail les meurtres du Rôdeur.

Jan blêmissait de minute en minute.

« *Ach jo*, finit-il par dire.

– Ouaip.

– C'est malade.

– Ouaip.

– Tu crois, ton type, il tue aussi mon type ? Et après un autre le tue ?

– Je ne sais pas, concéda Jacob. Pour l'instant, c'est tout ce que j'ai. »

Jan hocha poliment la tête, mais son expression disait : *Qu'est-ce que c'est que cette histoire à dormir debout ?*

« Par pitié, dis-moi que tu as de l'ADN, implora Jacob.

– Il faut une permission spéciale.

– Que tu n'as pas obtenue.

– Non.

– On pourrait faire des prélèvements sur la dépouille.

– Si personne ne la réclame après un mois, ça part dans crématorium.

– Merde. Merde. Chier !

– Je suis désolé, Jacob.

– Ce n'est pas ta faute. »

Jan prit une mine penaude qui suggérait que tout était sa faute.

« Et tu ne te souviens d'aucune autre affaire similaire, que ce soit à Prague ou dans une autre ville ?

– Non, non, je te dis, nous n'avons pas ça dans la République tchèque.

– On croirait l'office de tourisme !

– Nous avons un taux de solution de quatre-vingt-dix sur cent. Chaque fois quand on arrive, le type est encore là. Il était trop bourré pour partir.

– C'est mieux que les fusillades au volant.

– Les fusillades en volant ?

– Les gangs, expliqua Jacob. Ils tirent depuis des voitures.

– Ah, nous aussi on a les gangs. Pas trop méchants comme les gangs américains. Ils volent des vélos pour revendre derrière la frontière, dans la Pologne. Ils fabriquent *pervitin.*

– Je ne sais pas ce que c'est. »

Jan chercha le terme et finit par dire :

« Tu connais la série "Breaking Bad" ?

– Ah, la meth.

– Oui, la meth. J'aime beaucoup cette série. »

Ils firent le tour de l'édifice, traversant un fourré jonché de mégots et de canettes écrasées, et débouchèrent dans la rue Maiselova. Jacob repéra des caméras de surveillance fixées audessus de l'entrée principale. Mais Jan secoua la tête.

« Ce sont fausses. Je demande la cassette à l'homme du sécurité. "Il n'y a pas la cassette, nous n'avons pas d'argent pour ça." »

La synagogue n'ouvrait pas avant une bonne heure. Quelques touristes étaient pourtant déjà massés devant, en train de se prendre en photo.

« J'avais une idée, reprit Jan. L'homme du sécurité me raconte que, vendredi soir avant le meurtre, un Anglais vient pour la prière. Ils ne le laissent pas entrer, parce qu'il a le comportement suspect. Alors je commence à enquêter. La même semaine, il y a un directeur d'un hôtel qui plaint à la police pour un touriste anglais qui paye pas la facture. Ce n'est pas occasion exceptionnelle, les gens font ça, mais le directeur est très énervé, il appelle très souvent, parce que le type est resté un mois.

– Qu'est-ce qui te fait penser qu'il puisse s'agir du même homme ?

– Je parle au directeur, il dit que cet homme, Heap, laisse tous ses vêtements.

– Heap ?

– C'est son nom.
– D'accord. Et tu lui as montré la photo de la tête ? Au directeur, je veux dire.
– Bien sûr pas. Ça risque à fabriquer une grande sensation. Je dois de garder discret.
– J'imagine que tu n'as pas non plus contacté l'ambassade britannique.
– S'ils viennent dire pour nous : "Notre citoyen a disparu", ok. Mais ça n'est pas jamais arrivé. Deux semaines après, je commence à passer des appels téléphoniques, et mon chef me convoque dans son bureau. "Tu as un nouveau boulot, trafic de prostituées." Boum, je suis dans l'avion vers les États-Unis.
– Et c'est tout.
– Oui, répondit Jan. *Finish*.
– Mais alors, quelle est la thèse officielle ?
– Les grands hommes me donnent un papier pour signer. Voilà : l'homme essaye de violer la fille, elle échappe, l'homme devient apeuré et veut monter l'échelle pour cacher dans la synagogue.
– D'où la porte ouverte.
– Oui. Après, il tombe.
– Et il s'arrache la tête ?
– Ouais, je sais.
– Et il la ligature ? Et il écrit des lettres en hébreu par terre ?
– Je sais. J'ai dit je ne veux pas signer ça. Alors ils me disent je vais perdre mon travail, ils cassent mes bonbons. Je sens d'être un criminel, mais qu'est-ce que je peux faire ? J'ai ma famille. Je signe. »

Jacob acquiesça pour montrer qu'il aurait ressenti la même chose… et fait la même chose.

Il leva les yeux vers la façade en dents de scie de la *shoul*, telle une flamme immobile dressée dans le bleu lustré du matin.

« Je peux te poser une question personnelle, demanda-t-il. Tu es juif ?
– Je suis athée. Pourquoi ?
– Je ne sais pas », esquiva Jacob.

Mais il se souvenait des mots de Mallick : *C'est votre histoire qui m'intéresse*. Les flics juifs étaient-ils une denrée si rare que ça à Prague ? À moins qu'ils – qui que soit ce « ils » – aient préféré ce tout jeune lieutenant en se disant qu'il serait accommodant.

Il sortit son calepin.

« Tu veux bien me rendre un service ? Me noter les coordonnées du type de la sécurité et de la fille ? L'hôtel, aussi. »

Jan hésita.

« Je ne donnerai pas ton nom, promis. »

Pendant que Jan écrivait, Jacob consulta le cadran noir et or de l'horloge au fronton du bâtiment voisin et découvrit avec stupeur qu'il était quatre heures de l'après-midi.

Puis il s'aperçut de son erreur : les heures étaient indiquées en caractères hébraïques, les aiguilles tournaient à l'envers, il était donc en fait huit heures du matin.

Jan lui rendit son calepin. Il y avait inscrit trois noms : Peter Wichs, Havel (pension Karlova), Klaudia Navrátilová. En face des deux derniers se trouvait aussi une adresse.

« Pour le gardien, je vais t'envoyer son numéro, il est sur mon ordinateur. L'hôtel est en proximité, tu peux marcher là-bas. Le directeur, je ne connais pas son nom de famille. La fille, elle quitte la synagogue, maintenant elle travaille dans cet endroit, un café.

– Elle parle bien anglais ?

– Peut-être tu as besoin d'un traducteur. »

Jacob l'interrogea du regard, plein d'espoir.

« Je m'excuse, dit Jan. Je dois d'aller travailler. »

Jacob décida de lui ficher la paix. Il lui avait déjà causé assez d'emmerdes.

« Je comprends, rétorqua-t-il. Merci. Juste… tu n'aurais pas quelques photos du crime à m'envoyer par texto ? Il faut bien que j'aie quelque chose à montrer à ces gens. »

Jan se fit craquer les doigts, grattouilla son bouc miniature. Et finalement :

« Oui, ok. Moi, je ne suis plus sur cette enquête, je suis fini. Mais toi… Bonne chance, Jacob. »

Ils se serrèrent la main, et Jan l'abandonna devant l'horloge, où Jacob resta un moment à regarder le temps se rembobiner.

GUILGOUL*

Esprit de Vengeance qui erres tel un pèlerin, frappant aux portes pour l'éternité, né des lettres mères Aleph-Shin-Mem, descends et emplis cette enveloppe imparfaite, pour que la volonté de Celui Qui Est Infini soit faite sur terre, amen amen amen.

Écrasée sous une pression inimaginable, la conscience se rapièce.

« Lève-toi. »

C'est un ordre tendre, aimant, irrésistible.

Elle se lève.

Les sensations se bousculent comme des enfants qui joueraient à un jeu sans règles. Elle les attrape par le coude pour les séparer de force. *Tenez-vous bien.*

Des arbres ruisselants, des grattements de griffes, des cris et des hurlements désolés. À la lueur d'un brasier éblouissant, l'obscurité grave des formes : la tombe d'un géant, un tas de boue, des pelles, des empreintes de pas autour d'un cercle calciné au centre d'une clairière, le sol cuit, desséché, qui crépite en refroidissant.

Devant elle se tient un vieil homme majestueux, splendide, aussi gracile qu'un iris, les épaules larges sous sa toge noire nouée d'une grosse ceinture, une petite calotte ronde en velours noir posée sur le sommet de son crâne lisse. La lune vernit ses doux yeux marron, illumine sa barbe en filigrane d'argent. Son air déférent ne dissimule pas tout à fait le ravissement qui point à la commissure de ses lèvres.

« David, crie-t-il. Isaac. Vous pouvez revenir. »

De longs instants plus tard, deux hommes plus jeunes approchent, s'arrêtent à distance, se tapissent dans les feuillages.

« Il ne vous fera pas de mal. N'est-ce pas… »

L'homme aux yeux doux laisse éclore son sourire.

« Yankele », dit-il.

Ce n'est pas mon nom.

« Oui, reprend-il. Je crois que ce sera bien. Yankele. »

J'ai un nom.

« Tu ne leur feras pas de mal, n'est-ce pas ? »

Elle secoue la tête.

Les deux jeunes s'avancent timidement. Ils ont une barbe noire, leurs vêtements sont humbles, lourds de pluie. L'un d'eux a perdu son couvre-chef. L'autre, agrippé à sa pelle, tremblant, articule des prières silencieuses.

L'homme tête nue dit : « Rebbe, ça va ?

– Oui, oui, lui répond l'homme aux yeux doux. Venez. Nous avons beaucoup à faire, et la route est longue. »

Ses deux compagnons s'abattent sur elle et la font entrer à grand-peine dans une chemise bien trop petite, les bras pris dans les manches comme des saucisses. Mais l'outrage de devoir porter des habits de poupée n'est rien comparé à la vague de vertige qui la saisit lorsqu'elle se voit.

Des mains noueuses.

Un torse comme une armoire.

Une chair vidée de sang, grumeleuse.

Elle est monstrueuse.

Et, comble de cet affront comique, voilà que pend entre ses cuisses comme des barriques, tel un rat mort, étranger et grotesque, un organe masculin.

Elle voudrait crier. Elle voudrait l'arracher.

Elle ne peut pas. Elle demeure muette, malléable, dévertébrée de confusion, la langue nouée, la gorge vide, pendant que les hommes fourrent ses pieds difformes dans des bottes.

David s'accroupit, Isaac monte sur ses épaules et lui enfile une capuche sur la tête.

« Très bien, approuve Rebbe. Je suis sûr que personne n'y verra que du feu, à présent. »

Lorsqu'ils en ont fini avec elle, ils reculent, transpirant, dans l'attente du verdict.

Avant que Rebbe n'ait dit mot, la manche gauche de la chemise craque bruyamment.

Il hausse les épaules.

« Nous lui ferons faire un vêtement plus adapté. »

Une fois sortis du bois, ils traversent des champs marécageux. Une brume froide flotte à la surface des hautes herbes, qui arrivent à la taille des hommes, et dont le bout des tiges vient lui caresser les genoux. Pour éviter de se salir, ils marchent en relevant leur tunique ; Isaac Tête-Nue a remonté son col sur son crâne.

Des fermes rompent la monotonie de la campagne, jusqu'à ce qu'ils arrivent à une route boueuse, des piles de crottin fumant sous les nuages maussades.

Rebbe parle d'une voix apaisante. Il évoque la confusion que doit éprouver Yankele. C'est naturel, la rassure-t-il, juste un décalage entre le corps et l'âme. Ça va passer. Bientôt, il se sentira comme neuf. Ils l'ont fait descendre pour le charger d'une tâche importante.

Descendre d'où ? D'en haut, suppose-t-elle. Mais, en réalité, elle n'a pas la moindre idée de ce qu'il raconte. Elle ne comprend pas non plus pourquoi il s'obstine à parler d'elle au masculin, ni qui est Yankele, ni d'où lui vient ce corps et pourquoi il bouge de cette manière.

Elle est incapable de dire où elle était avant ; incapable de parler pour poser la question ; incapable de rien faire d'autre qu'obéir.

La route grimpe légèrement avant de déboucher sur une vallée. Là, le long d'une rivière vert écaille s'étire une ville endormie, rideau noir brodé de lueurs de feux.

« Bienvenue à Prague », annonce Rebbe.

Sa première nuit, elle la passe debout dans une boîte, en silence, sans bouger, inquiète, peinée.

L'aube glisse ses doigts crus entre les planches et la porte s'ouvre sur une femme. Un fichu serré encadre son visage pâle et pur, ses yeux d'un vert lumineux étincellent d'incrédulité.

« Yudl », soupire-t-elle.

Yudl ?

Qui est Yudl ?

Et Yankele, alors ?

Qu'est-il devenu ?

Il faudrait savoir.

« Viens, dit la femme, en lui faisant signe de sortir. Que je te regarde un peu. »

Elle se tient au centre d'une cour, pendant que la femme lui tourne autour en faisant claquer sa langue.

« Que sont ces guenilles ? *Oy.* Yudl. Tu l'as vraiment fait, cette fois, hein ? Mais qu'est-ce qui t'a pris… Attends, je reviens tout de suite. »

Elle attend. Elle n'a apparemment pas le choix.

La femme réapparaît, munie d'un tabouret et d'une longueur de ficelle ; elle remonte ses jupes.

« Tends le bras, veux-tu ? Le gauche. »

Elle obéit machinalement.

« Non, sur le côté. Voilà. Merci. L'autre bras, s'il te plaît… »

La femme s'agite autour d'elle, se sert de la ficelle pour la mesurer, tout en coinçant sous sa coiffe les mèches noires qui s'en échappent.

« Eh bien, on peut dire qu'il a eu la main lourde avec toi, pas vrai ? C'est un saint, bien sûr, mon mari, mais, quand on a la tête au Ciel, on n'a pas les pieds sur terre. Il aurait pu me prévenir. Tiens-toi droit, s'il te plaît. Tu m'as fait une sacrée frayeur, tu sais. Même si, évidemment, j'imagine que c'est le but… Oh, mais regarde-moi ça, regarde ce qu'il t'a fait. Tes jambes n'ont pas la même longueur. »

Je suis un monstre. Je suis une abomination.

« C'est le genre de choses, je me demande toujours s'il le fait exprès, ou parce qu'il va trop vite, ou… je ne sais pas. J'espère que ça ne te gêne pas trop pour marcher. »

Un crime. Un pilier de la honte.

« J'en ai pour quelques heures. Au moins, que tu sois correctement vêtu. Le reste, on s'en souciera plus tard. En attendant, tu n'es pas obligé de retourner dans cette horrible boîte.

D'accord ? Qu'est-ce que je raconte, évidemment que tu es d'accord. Je m'appelle Perel, au fait. Reste ici, s'il te plaît. »

Plusieurs heures plus tard, alors que le soleil est haut, Perel revient, une couverture jetée sur l'épaule.

« Que fais-tu encore là ? Je ne voulais pas dire que tu devais rester au même endroit toute la journée… Bon, peu importe, essayons ça. »

C'est une cape en toile de jute rêche, plusieurs dizaines de pièces disparates cousues ensemble à la hâte.

« Je suis désolée. C'est le mieux que j'ai pu faire au débotté. Je verrai si Gershom a quelque chose de plus joli en magasin, un beau coupon de laine. Il me fera un rabais s'il sait que c'est pour moi. Il faudra choisir la couleur. Plutôt foncé, ça affine la silhou… »

Une voix d'homme : « Perel ?

– Je suis là. »

Rebbe sort par l'arrière de la maison.

Avise la scène.

Blêmit.

« Euh… Perel chérie. Je peux t'expliquer…

– Tu vas m'expliquer pourquoi il y a un géant dans ma remise à bois ?

– Je, euh… »

Rebbe les rejoint promptement.

« Je te présente Yankele, annonce-t-il.

– C'est son nom ? demande Perel. Il ne me l'a pas dit.

– Eh bien, euh… Oui. »

Non.

« Yankele. »

Ce n'est pas mon nom.

« Il est orphelin, déclare Rebbe.

– Un orphelin.

– Oui. J'étais… Enfin, non, David l'a trouvé par hasard qui errait dans la forêt, vois-tu et, et… apparemment il ne sait pas parler. »

Rebbe s'interrompt avant d'ajouter : « Je crains qu'il ne soit simple d'esprit. »

Pas du tout.

« Un orphelin simple d'esprit, récapitule Perel.

– Voilà, et je me suis dit que ça pouvait être dangereux pour lui d'errer seul ainsi. »

Perel la jauge de la tête aux pieds.

« Oui, rétorque-t-elle, je vois combien il est frêle et vulnérable.

– Bref, quoi qu'il en soit, je trouvais que ce serait manquer à mon devoir d'hospitalité que de l'abandonner. Je me dois d'être un exemple pour la communauté.

– Et donc tu l'as enfermé dans la remise.

– Je ne voulais pas te déranger. Il était tard.

– Voyons si j'ai bien compris, Yudl. David Ganz, qui quitte si rarement la maison d'étude que sa mère est obligée de lui apporter des chaussettes propres, se trouve par hasard en forêt la nuit, et voilà qu'il croise un géant muet et simple d'esprit qui, lui, se trouve errer par là, seul. Du coup, il te l'amène et, toi, tu prends la décision de lui faire passer la nuit dehors, dans la remise de la cour. »

Un blanc.

« On peut résumer ça comme ça, oui.

– S'il est muet, comment connais-tu son nom ?

– Eh bien… C'est le nom que je lui ai donné. Mais j'imagine qu'il en a peut-être un autre… »

En effet.

« Comment sais-tu qu'il est orphelin ? »

Nouveau blanc.

« C'est toi qui as cousu cette cape ? demande Rebbe. Quel magnifique travail ! Yankele, regarde-moi ça, tu es un véritable gentilhomme.

– Ne change pas de sujet, s'il te plaît, le reprend Perel.

– Ma chère. Je comptais te prévenir sitôt rentré à la maison. J'ai été retenu, j'ai dû arbitrer une affaire extrêmement complexe, figure-toi… »

Perel le rabroue en agitant une main gracieuse.

« Peu importe. C'est très bien comme ça.

– Vraiment ?

– Mais il ne peut pas rester dans la remise. D'abord, c'est mon espace. J'en ai besoin. Et surtout, ce n'est pas correct. C'est pire que manquer d'hospitalité. C'est inhumain. Je ne laisserais pas un chien là-dedans. Et toi, tu voudrais y accueillir une personne ?

– Mais, comment dire, Perel…

– Yudl. Écoute-moi. Écoute mes mots. Attentivement. Accueillerais-tu un être humain dans cette remise ?

– … Non.

– Bien sûr que non. Réfléchis un peu, Yudl. Les gens vont poser des questions. Qui peut vivre dans une remise ? Personne. Surtout pas quelqu'un de cette taille. Ils diront : "Ce n'est pas un homme, celui qui vit là. Qui peut bien vivre dans une remise ?" »

Elle fait claquer sa langue.

« Et de plus, poursuit-elle, quelle honte. "C'est là que le rabbin met ses invités ?" Je ne le permettrai pas. Il n'a qu'à s'installer dans la chambre de Bezalel.

– Euh… tu crois vraiment que c'est le meilleur endroit pour… Ne serait-ce pas mieux, je veux dire, si jamais il… Yankele, je m'excuse de parler de toi comme si tu n'étais pas là. »

Ce n'est pas mon nom.

« Il peut aider à la maison, fait remarquer Perel.

– Je ne suis pas certain qu'il en ait… l'intelligence. »

Si.

« Bien sûr que si. Ça se voit dans ses yeux. Tu me comprends, n'est-ce pas, Yankele ? »

Elle hoche la tête.

« Tu vois ? C'était une lueur de compréhension, Yudl. Une paire de bras supplémentaire ne serait pas de refus. Rends-moi service, Yankele, dit Perel en désignant le puits dans un coin de la cour. Va tirer de l'eau.

– Perel chérie… »

Tandis qu'ils continuent de débattre de l'endroit où la loger et de ce qu'il faudra dire aux gens, elle se traîne en silence jusqu'au puits. La joie extrême de pouvoir se déplacer est ternie par le fait de savoir qu'elle n'est pas libre d'en décider elle-même. Tirer de l'eau.

« Ce n'est pas que ta version soit mauvaise », dit Perel.

Tirer de l'eau : elle hisse la corde, attrape le seau plein à ras bord.

« C'est juste que tu ne sais pas mentir, Yudl. »

Le vide par terre.

Attends une seconde. Attends. Ce n'est pas ce qu'elle voulait dire.

Tirer de l'eau : son corps se met à redescendre le seau.

« La vérité germera de la terre, déclare Rebbe.

– Et la justice regardera des cieux, enchaîne Perel. Formidable. En attendant, tu me laisses répondre aux questions, d'accord ? »

Le deuxième seau, elle le vide également.

Idiote. Ce n'est pas ce qu'elle voulait dire.

Mais son corps continue, en dépit des objections stridentes de son esprit ; il a reçu une instruction – tirer de l'eau – et il s'en acquitte avec une parfaite obéissance, un seau après l'autre, et chaque fois qu'elle se penche pour baisser la corde, le reflet qu'elle aperçoit la révulse. C'est un visage aussi noueux que le tronc d'un chêne, plein de bosses et tout de travers, à la pilosité irrégulière, comme du lichen ; un visage énorme, cruel, stupide, dénué d'émotion. Est-ce ainsi qu'elle existera désormais ? Elle préférerait encore se noyer dans le puits. Mais ce choix ne lui appartient pas, pas plus que celui de s'arrêter, alors elle remonte le seau et le verse par terre, remonte le seau et le verse par terre, jusqu'à ce que Perel pousse un cri : la cour est inondée, ils ont de l'eau jusqu'aux chevilles.

« Yankele, arrête ! » s'exclame Rebbe.

Elle s'arrête. Elle ne parvient pas à comprendre pourquoi elle a fait une chose aussi manifestement absurde, elle se déteste d'être aussi sotte.

« Il faut faire très attention à la manière dont tu formules tes phrases, dit Rebbe.

– Je vois ça », convient Perel.

Puis elle est prise d'un irrépressible fou rire.

Rebbe sourit.

« Ce n'est pas grave, Yankele. Ce n'est que de l'eau. Ça va sécher. »

Elle leur est reconnaissante d'essayer de la consoler.

Mais ce n'est pas son nom. Elle a un nom.

Elle n'arrive pas à s'en souvenir.

34

Le café se trouvait près du pont Charles. Jacob y prit un petit déjeuner de café insipide et de viennoiseries trop grasses en compagnie d'une meute de routards qui cuvaient leurs beuveries de la veille. Il jaugea chacune des serveuses à l'aune des critères de la victime type du Rôdeur – frêle, vulnérable – et, attendant un moment de creux dans le service, héla une petite rousse menue aux traits délicats.

« Klaudia ? » risqua-t-il.

Elle lui désigna les tables en terrasse, sous la juridiction d'une brune plutôt ingrate qu'il avait écartée d'emblée.

Quel fin limier ! Il changea de place et sourit à la brunette qui lui apportait un nouveau menu.

« Klaudia », dit-il.

Elle se retourna.

« *Prosím ?*

– *English ?* » demanda-t-il.

Elle lui montra la partie traduite du menu.

« Vous, je veux dire. Vous parlez anglais ? »

Elle rapprocha son pouce et son index pour lui signifier que pas beaucoup.

« Je peux vous parler ? Vous ne voulez pas vous asseoir une minute ? Je suis policier, ajouta-t-il en lui présentant son badge. *Policie ? Americký ?*

– *Moment, please* », répondit-elle.

Elle partit et revint avec un responsable dans son sillage.

« Un problème, monsieur ?

– Pas du tout. J'aurais voulu parler à Klaudia. »

Le visage de celle-ci s'affaissa et elle se hissa sur la pointe des pieds pour murmurer à l'oreille du responsable. Affichant une moue mécontente, il tendit la paume en direction de Jacob.

« Cinq minutes », concéda-t-il.

Il les escorta jusqu'à un coin dans le fond des cuisines, où ils restèrent debout sur des tapis de sol en caoutchouc spongieux. La conversation se résuma essentiellement à un monologue de Jacob, les réponses de la fille se limitant à des gestes des mains et des mouvements de tête. Enveloppée dans les volutes de vapeur du lave-vaisselle, elle paraissait fuyante, menaçant presque de se liquéfier sous ses yeux… une réaction assez fréquente après un traumatisme sexuel. Jacob s'en voulait de l'importuner ainsi, et admirait ses efforts pour faire bonne figure ; il ne désirait rien de plus que pouvoir la laisser partir, courir se réfugier chez elle, où elle vérifierait ses verrous dix fois avant de se pelotonner sous ses couvertures.

Se souvenait-elle de cette soirée ? (Oui.) Était-elle d'accord pour en parler ? (Oui, d'accord.) Avait-elle vu le visage de l'homme ? (Oui.) Était-elle certaine qu'il s'agissait bien du même homme que celui dont le lieutenant Jan Chrpa lui avait montré la photo à l'hôpital ? (Oui.) Avait-elle vu ce qui avait contraint l'homme à la lâcher ? (Non.) L'avait-elle frappé ? Avec le coude ? Des coups de pied ? (Oui, oui, oui.) Avait-elle perçu la présence d'une autre personne ? (… Non.) Avait-elle entendu ou vu quelque chose pendant qu'elle s'enfuyait ? (Non.)

« Je comprends que ce soit très difficile pour vous, insista-t-il, mais j'ai besoin, s'il vous plaît, que vous essayiez vraiment de vous rappeler tout ce que vous pouvez. Une voix, une couleur de cheveux ?

– Bah non », dit-elle.

L'espace d'un instant, il crut que c'était une manière un peu abrupte de lui faire savoir qu'elle en avait assez et que la discussion était close. Circulez, y a rien à voir. Mais elle le fixait du regard, et elle répéta : « Bah non.

– Vous voulez bien me l'écrire ? »

Elle s'exécuta.

Bahno.

« Qu'est-ce que c'est ? » demanda-t-il.

Elle entreprit de lui mimer sa réponse, mais juste à cet instant le responsable apparut en tapant dans ses mains.

« Allez, allez ! » fit-il en indiquant du pouce la direction de la salle.

Klaudia baissa la tête et disparut dans la buée.

« Excusez-moi, reprit Jacob. Vous pourriez me dire ce que ça signifie ? »

Le responsable chaussa ses lunettes.

« *Bahno*. C'est… hum. »

Il emprunta à Jacob son calepin et son stylo et dessina un tube de deux centimètres qu'il remplit de vaguelettes approximatives : de l'eau.

« Vltava, dit-il.

– La rivière ? »

Le responsable ajouta une flèche à côté du tube, pointa du doigt.

« *Bahno*.

– La rive ? Un bateau ? Le quai ?

– Non. »

Il émit un bruit de succion, puis fit signe à Jacob de le suivre dans la ruelle derrière le restaurant. Au milieu d'une pile nauséabonde de sacs-poubelle, il récupéra un pot de fleurs en plastique crotté de terre séchée. Il indiqua à Jacob de l'attendre là.

« Ça ne fait rien, l'arrêta Jacob, je peux regarder sur Internet. »

Mais le responsable se sentait investi d'une mission. Il alla chercher un verre d'eau dans la cuisine et le versa dans le pot, malaxant la terre ainsi humidifiée. Il en préleva une petite quantité noire et gadoueuse dans le creux de sa paume et la présenta sous le nez de Jacob, lui donnant à renifler une bouffée de pisse de chat et de pesticides.

« *Bahno* », réitéra le responsable.

Boue.

Le ghetto grouillait désormais d'activité.

Des touristes ceinturés de sacs bananes gravitaient autour de guides agitant des panneaux numérotés et s'époumonant dans une demi-douzaine de langues différentes. Des vendeurs de souvenirs essayaient de refourguer tee-shirts, bouteilles d'eau et figurines en terre cuite à l'effigie du golem. Le tableau noir affiché devant le restaurant U Synagogy proposait deux plats du jour : une entrecôte golem et une aberrante cuisse de dinde à la rabbin Loew… ladite cuisse étant fourrée au bacon.

Jacob acheta un billet pour la Alt-Neu, ainsi qu'un guide actualisé du quartier juif de Prague, qu'il feuilleta dans la file d'attente à l'entrée.

Il existe plusieurs explications au curieux nom de cette synagogue. Certains affirment que les juifs de Prague, en creusant les fondations d'un nouveau lieu de culte, découvrirent les vestiges d'une structure bien plus ancienne. D'autres avancent que l'édifice aurait été érigé à la condition qu'il ne reste en service que jusqu'à l'arrivée du Messie. Selon cette version, le nom « Alt-Neu » dériverait des mots hébreux « Al Tnaï » : « à condition ».

Quelles que soient ses origines, la Alt-Neu est devenue indissociable de la figure du rabbin Juda Loew ben Bezalel (c. 1520 – c. 1609), mystique et guide spirituel qui, selon la légende, créa le golem dans les combles de la synagogue. Lorsque la créature se révéla incontrôlable, le rabbin fut contraint de la détruire, enfermant les débris dans le grenier et interdisant à quiconque d'y pénétrer sous peine d'excommunication. Certains évoquent la légende du golem comme source du célèbre roman de Mary Shelley Frankenstein, *ainsi que de la pièce de science-fiction* R. U. R., *du dramaturge tchèque Karel Čapek, qui donna au monde le mot « robot »…*

En descendant une volée de marches, Jacob se retrouva dans un lugubre vestibule en L, qui puait l'humidité. La température avait chuté d'un coup. Les petites lucarnes au niveau de la chaussée offraient un défilé de mollets nus et de baskets à doubles nœuds. Sur sa droite courait un couloir qui s'achevait par une porte en métal cintrée, le verso de celle qu'il avait vue du dehors. En face de lui, l'entrée du sanctuaire proprement dit. Un cordon interdisait l'accès à la section des femmes.

Jacob demanda à l'employée qui lui déchira son billet où se trouvait le grenier.

L'expression de son visage suggérait qu'elle avait déjà répondu à cette question environ trente-six millions de fois.

« Fermé, dit-elle en indiquant la salle derrière le cordon.

– Ce n'est jamais ouvert ?

– Non.

– Et la section des femmes ? Ça ouvre de temps en temps ? »

Elle lui jeta un regard noir.

« Le chabbat. Pour les femmes. »

La pression de la file d'attente se faisait sentir dans son dos, alors il s'avança vers le sanctuaire, où un panneau d'affichage à l'entrée indiquait l'heure du prochain office, la *Kabbalat Chabbat**, prévu à dix-huit heures trente le soir même.

Pour le moment, c'étaient plutôt des guides touristiques et des casquettes de base-ball que des livres de prières et des kippas. Jacob se joignit au flot humain qui tournait autour de l'estrade. Le mur nord était percé d'ouvertures à hauteur de regard qui lui permirent de jeter un coup d'œil à la section des femmes de l'autre côté. Une répartition pas vraiment égalitaire : une galerie sombre et des chaises pliantes. Tout au bout, un rideau violet défraîchi, tiré. L'accès aux combles, présuma-t-il.

Il fit courir ses doigts sur la pierre lisse des murs, attendant d'être saisi par la portée du lieu. C'était la *shoul* du Maharal ; c'était son fauteuil. Mais tout ça lui était beaucoup trop familier – familial, même – pour lui évoquer rien d'autre qu'une grande lassitude. L'Arche sainte. Le rideau en velours et brocart. La flamme éternelle. *Sache devant Qui tu te tiens.*

Jacob aimait et détestait ça, en avait besoin et le rejetait à la fois, pour les mêmes raisons.

Qu'est-ce que ça disait de lui, se demanda-t-il, qu'il ne parvienne pas à se laisser émouvoir ? Une aversion pour le mercantilisme ?

Ou un symptôme de son propre engourdissement ?

Était-il un flic en train d'inspecter une scène de crime ? Ou un juif dans un lieu de culte ?

L'âme tiraillée, il se glissa sur un étroit banc de prière, dont l'assise en bois avait été polie par des milliers de fessiers.

Une jeune femme vêtue d'un tee-shirt Hollister passa devant lui, bras dessus bras dessous avec son petit ami. Jacob l'entendit dire : « Je reconnais *carrément*, il y a eu un épisode du "Bachelor" tourné ici. »

Incapable de supporter la tension plus longtemps, il bondit comme un homme soudain pris de nausée et se précipita vers la sortie. Il s'arrêta le temps d'attraper son portefeuille et d'en extraire un des deux billets de cent dollars que son père lui avait donnés. Il le plia en quatre et tendit la main pour le glisser dans la fente de la boîte destinée aux dons communautaires, une urne en bois d'olivier gravée d'un seul mot.

צדק

Tsedek.

Justice.

Il resta un moment hébété, les yeux rivés dessus, car ce n'était pas normal. Alors son esprit ricana de lui-même, Jacob regarda de nouveau et se rendit compte qu'il y avait bien écrit, comme il se devait :

צדקה

Tsedakah.

Charité.

Il avait mal lu parce que la dernière lettre, le *heh*, était à moitié effacée.

Parce que l'éclairage était mauvais.

Parce qu'il avait la gueule de bois.

Et que sa vue… peut-être commençait-elle à décliner elle aussi.

« Excusez-moi, s'il vous plaît.

– Pardon », marmonna Jacob.

Il fourra son billet dans la *pushke* et laissa la place. Il avait accompli la moitié de la *mitsvah** dont l'avait chargé son père. À présent, il ne lui restait plus qu'à rentrer sain et sauf à Los Angeles.

Sur le coup de onze heures, toujours sans nouvelles de Jan, il décida d'exaucer une deuxième demande de Sam.

Le vieux cimetière juif s'empilait sur douze couches de profondeur. Chaque fois que la communauté en était venue à manquer de place, on avait simplement ajouté de la terre. Des stèles toutes de guingois hérissaient un sol accidenté et touffu. Une chaîne lâche confinait les visiteurs à un circuit le long d'une allée qui passait devant les principaux points d'intérêt. Elle était bondée. Trois fois en l'espace de dix mètres, Jacob s'arrêta pour répondre au *Kaddich**.

Le tourisme mortuaire... une industrie toujours plus florissante.

La tombe du Maharal provoquait un embouteillage. Jacob se fraya un chemin parmi un groupe de hassidim et se hissa sur la pointe des pieds pour essayer de mieux voir : une stèle en grès rose dont la forme pointue rappelait vaguement celle de la synagogue Alt-Neu.

Bien vu puisque, des siècles plus tard, l'endroit et l'homme se définissaient mutuellement.

Des cailloux et des pièces de monnaie encombraient une petite corniche en saillie sous un bas-relief représentant un lion, l'emblème de la famille Loew. Les deux mots – Loew et lion – dérivaient de la même racine. Cela faisait partie de ces choses que son père lui avait répétées encore et encore, et que Jacob avait assimilées sans même s'en rendre compte. Il lut dans son guide que c'était également une référence aux armes de la Bohême, sur lesquelles figurait un lion à queue fourchue. Autre anecdote de Sam : le Maharal était une connaissance de l'empereur Rodolphe II, qui l'avait invité à la cour pour discuter de la Kabbale et du mysticisme.

Plusieurs personnes mal avisées avaient glissé des petits papiers dans les fissures de la tombe : des malades implorant la santé, des femmes stériles espérant des enfants, et sans nul doute beaucoup de gens en quête de richesse matérielle.

Jacob pouvait presque entendre la voix réprobatrice de son père : *On ne prie pas un homme... aucun homme.*

Jouant des coudes pour se rapprocher, Jacob s'aperçut que la stèle était double, en réalité : sur la partie gauche, le Maharal lui-même, dont l'épitaphe le proclamait *le grand génie d'Israël* ; sur la partie droite, son épouse, reposant près de lui pour l'éternité.

La femme vertueuse qui se contenta.

Perel, fille de Reb Shmuel.

Une femme de valeur, la couronne de son époux.

Étrange forme de louange. Qui se contenta de quoi ? De son lot dans la vie ? De son mari ? Un dicton rabbinique disait que le riche était celui qui se contentait de sa part ; peut-être Perel avait-elle été une femme notoirement heureuse.

Malgré toutes les histoires qu'il avait entendues sur le Maharal, aucune ne mentionnait l'existence d'une épouse. Mais il ne faisait aucun doute qu'il en avait eu une. Les érudits juifs étaient encouragés à se marier jeunes. Le fait que Perel ait le même prénom que sa mère – son deuxième prénom, mais quand même – amusa Jacob. Il ne put s'empêcher de sourire en secouant la tête. Et si c'était ça qui avait plu à Sam chez Bina dès le début ? Toutes les deux étaient des femmes de valeur. Debout devant la tombe, Jacob trouva tout à coup moins absurde que son père continue de chanter pour Bina à chaque chabbat. Aimer une femme morte était son droit, tout autant que son échec. On pouvait dire la même chose du refus de pardonner de Jacob.

Il s'accroupit pour ramasser un caillou par terre.

Un scarabée lui passa sur la main.

Laissant échapper un cri de surprise, il bondit en arrière et s'écrasa contre un des hassidim, dont il envoya valser l'appareil photo. Le type se mit à lui hurler dessus en français, Jacob s'excusa et récupéra son propre appareil dans la poussière.

Entre-temps, la bestiole avait filé un peu plus loin dans l'allée ; Jacob la repéra au milieu d'un lit de feuilles mortes, dressée sur ses pattes de derrière, agitant celles de devant d'un air arrogant.

Dans un accès de rage, il plongea sur elle, mais ne réussit à récolter qu'une poignée de terre humide. Il réessaya, et cette fois encore l'insecte s'esquiva. Alors Jacob se lança dans une course-poursuite bondissante, remontant le courant de la foule saut de puce après saut de puce, slalomant à quatre pattes entre des paires de tongs, de chaussures de marche et de collants, soulevant des vociférations indignées.

Le scarabée voletait de pierre en pierre, ses ailes se déployant l'espace d'un lumineux instant avant de se rétracter dans sa carapace noire tandis que, les pattes fléchies, prêt à redécoller, il attendait que son poursuivant le rattrape.

Jacob allait s'élancer une nouvelle fois quand des mains s'abattirent sur lui, huit bras et quatre têtes, un genre de Vishnou hassidique délirant, qui le traînèrent jusqu'à la sortie en le couvrant d'injures en yiddish et en français. Jacob n'en comprit pas un mot, à part *beheimah* : animal.

Expulsé par les grilles du cimetière, il se retrouva dans la rue de la synagogue Alt-Neu qu'il venait à peine de quitter, comme s'il était cloué à une monstrueuse roue grinçante.

Il s'éloigna en titubant, déambulant au hasard jusqu'à arriver dans une ruelle peu fréquentée. Dans l'intimité d'une embrasure de porte, il se laissa tomber à terre, tremblant comme un chien mouillé.

Des bestioles dans les cimetières. Des bestioles partout.

Le Créateur avait une tendresse immodérée pour les scarabées.

Le pire fut de se rendre compte qu'il avait échoué : il avait oublié de placer le caillou sur la tombe.

Sa poche se mit à vibrer ; il sursauta.

Une cascade de textos envahit son écran : la tête coupée, prise sous différents angles ; le numéro de Peter Wichs, directeur de la sécurité de la *shoul*.

Et le pavé disparu :

צדק

Peter Wichs répondit en tchèque, mais en entendant la voix de Jacob il bascula vers un anglais fluide et idiomatique. Ils convinrent de se retrouver à la Alt-Neu à dix-sept heures trente, ce qui leur laisserait une heure avant l'office.

Jacob s'acheta une canette de Coca qu'il vida en quatre gorgées désespérées, puis se mit en route pour la pension Karlova.

Havel, le directeur de l'hôtel, regarda les photos de la tête coupée avec la résignation d'un homme qui non seulement avait vu pire, mais l'avait même récuré de ses mains sur diverses moquettes. S'il ne put formellement identifier la tête comme appartenant à l'Anglais qui s'était tiré sans payer sa note, il accepta en revanche de ressortir le registre des clients, narrant son infortune avec un panache de tragédien.

« Qui peut faire ça ? Je suis quelqu'un bien, quelqu'un honnête, je paye mon impôt, je ne triche pas. »

L'inscription sur le registre indiquait un numéro de passeport britannique, au nom d'un certain Reginald Heap ; une adresse à Londres ; un numéro de carte de crédit.

« Refusée, précisa Havel. J'appelle police. »

La date de naissance mentionnée était le 19 avril 1966.

Pile dans le bon créneau pour les meurtres du Rôdeur.

Espérant pouvoir retrouver des cheveux ou des cellules de peau, Jacob demanda à Havel ce qu'il avait fait des affaires de Heap.

« Je jette. »

Merde.

« Je pourrais avoir une copie de ces informations ?

– Photo, répondit Havel en désignant le téléphone de Jacob.

– Vous voulez une photo ? »

Le directeur acquiesça.

« Avec moi ? »

Havel le dévisagea en fronçant les sourcils.

« *Tête.*

– Une photo… de la tête ? »

Havel opina.

« Je ne suis pas sûr de pouvoir faire ça… » hésita Jacob.

Havel referma le registre d'un coup sec.

« Attendez, fit Jacob en ouvrant son portefeuille, on peut peut-être s'arranger autrement.

– Photo, insista le directeur.

– Vous êtes sérieux ? »

L'homme détourna le regard, faisant mine d'ignorer la question.

« D'accord, donnez-moi votre adresse mail. »

Après avoir vérifié qu'il avait bien reçu l'image, Havel disparut dans un bureau adjacent pendant un bon quart d'heure. Jacob fit tinter la sonnette posée sur la réception, en vain.

Lorsqu'il finit par revenir, le directeur tendit à Jacob une photocopie du registre et exhiba triomphalement une page A4 sur laquelle il avait imprimé la photo de la tête en noir et blanc et griffonné au marqueur rouge une dizaine de mots en tchèque. Il sortit un rouleau de Scotch et entreprit d'afficher ce poster morbide sur le mur à côté du casier à clés.

« S'il vous plaît, ne faites pas ça », implora Jacob.

Havel lui traduisit fièrement la légende : « Voilà ça arrive pour les gens qui ne payent pas. »

Une grande pinte de bière posée devant lui, Jacob était installé à un poste dans un cybercafé.

Une enquêtrice de Miami du nom de Maria Band lui avait écrit, l'invitant à la rappeler sur son portable.

Ce qu'il fit.

« Ici Maria Band.

– Jacob Lev, du LAPD.

– Ah, ouais. Désolée d'avoir mis un bail à vous répondre, on croule sous le boulot ici.

– Pas de problème. Je vous écoute. »

Ayant relu le dossier de Casey Klute, Maria Band était en mesure de lui confirmer que ce meurtre correspondait bien au schéma des autres : attachée puis détachée, gorge tranchée, corps orienté vers l'est.

« Chouette nana, des tonnes d'amis, elle roulait en Corvette rose et elle avait sa propre boîte d'événementiel. Un talent particulier pour toujours se ramasser les pires connards, cela dit. Son ex-petit copain qui purgeait une peine de cinq à dix ans pour trafic de stups. Son ex-mari qui se traînait quatre condamnations dont une pour vol à main armée. J'étais sûre que c'était lui, mais il était à l'étranger quand ça s'est produit. Après ça, on avait plus ou moins épuisé toutes les pistes. Ça m'empêche encore de dormir, putain. Je suis contente que quelqu'un se soit remis sur le coup. Du moment que ce n'est pas moi. »

Jacob la remercia et lui promit de la tenir au courant.
Mail suivant : un message de Divya Das.

Hello,

Mon petit doigt m'a dit que vous aviez dû partir en voyage. J'espère que ça se passe bien. Donnez-moi de vos nouvelles.

Je voulais vous réitérer mes regrets que nous nous soyons quittés sur un malentendu, l'autre soir. J'espère que vous êtes conscient qu'il n'a jamais été dans mon intention de vous faire courir. Croyez-moi, si j'avais voix au chapitre, j'adorerais faire plus ample connaissance avec vous. Mais, comme l'a dit un grand philosophe, on ne peut pas toujours avoir ce qu'on veut[1].

Amicalement,

D.

Il relut le message deux fois, cherchant à comprendre ce qu'elle voulait dire.

Pourquoi n'avait-elle pas voix au chapitre ?

Hello Divya,

Bien le bonjour de Prague. Quelques développements intéressants, même si je ne vois pas encore très bien où tout ça nous mènera. Mais, promis, je vous tiens au jus.

Pour ce qui est du reste, pas de problème. Comme je vous disais, je suis un grand garçon. C'était un plaisir de bosser avec vous, et je vous souhaite le meilleur pour la suite.

Cela étant, ne croyez pas que j'aie dit mon dernier mot. On m'a déjà vu avoir des filles à l'usure.

À bientôt, j'espère,

Jacob

Le temps d'élaguer le reste de ses messages, il était venu à bout d'une deuxième pinte. Il fit un signe à la serveuse : *la même chose.*

1. La phrase en anglais, « *You can't always get what you want* », est le titre d'une chanson des Rolling Stones. Le grand philosophe est donc Mick Jagger… *(NdT)*

L'adresse à Londres qu'avait donnée Reginald Heap se révéla être celle de la gare de Waterloo et, après plusieurs autres recherches infructueuses, Jacob commença à se demander si le nom n'était pas tout aussi bidon.

Il essaya en tapant *Reggie Heap* et tomba sur une page d'archive sous un nom de domaine de l'université d'Oxford.

En 1986, quand Reggie Heap avait remporté le prix du Club étudiant des Beaux-Arts pour la meilleure œuvre sur papier, la récompense ne s'élevait qu'à deux cents livres, un cinquième de la somme désormais octroyée.

L'autre occurrence de ce nom était un article de presse vieux de sept ans au sujet d'une proposition de loi visant à interdire la chasse au renard. Le journaliste citait un certain Edwyn Heap, de Clegchurch.

Ils feraient mieux de s'occuper de leurs oignons.

Afin de créer un effet de contraste ironique, le fils de Heap, Reggie, était également cité.

Je ne conçois rien qui puisse être plus barbare.

Jacob le concevait, lui.

Il repéra l'emplacement du village sur une carte, en bordure de l'autoroute M40, à mi-chemin entre Oxford et Londres, appela la compagnie aérienne pour savoir combien il lui en coûterait de modifier son billet en ajoutant une escale à Londres, et mit une option sur un vol de Prague à Gatwick avec un départ le lendemain en milieu de matinée, puis un retour Heathrow-Los Angeles le lundi matin. Il voulait d'abord parler aux gars de la *shoul*, pour voir s'ils lui donneraient de quoi justifier un détour à quatre cent cinquante dollars.

Dix-sept heures. Il but une grande goulée de bière, songea à appeler son père pour lui souhaiter *chabbat chalom*, se ravisa : nul doute que Sam voudrait savoir s'il avait visité la tombe du Maharal.

J'ai essayé.

Mais il y avait des bestioles.

La serveuse approcha, un pichet à la main. Il posa une paume sur sa chope.

« Ça ira, merci. »

L'addition – six dollars pour cinq bières – éveilla momentanément en lui l'idée de vendre tous ses biens matériels et de venir s'installer à Prague.

S'il faisait abstraction de l'enquête et regardait la ville avec les yeux d'un touriste lambda, c'était un endroit charmant et animé. Un endroit pour un nouveau départ. Des immeubles empilés sur d'autres immeubles. Une force de police en manque d'éléments chevronnés.

Il pourrait rencontrer une gentille fille tchèque, la convaincre de mettre un bémol sur le fard à paupières…

Se souvenant brusquement de quelque chose, il feuilleta son guide jusqu'à la page qu'il cherchait.

STATUE DU RABBIN JUDA LOEW BEN BEZALEL (1910)
NOUVEL HÔTEL DE VILLE, MARIÁNSKÉ NÁMĚSTÍ

Cette œuvre, commanditée par la municipalité et exécutée par le célèbre sculpteur Art nouveau Ladislav Šaloun, imagine le rabbin Loew quelques instants avant sa mort. Le fait qu'elle ait été choisie afin d'orner un bâtiment public témoigne du grand respect dans lequel tous les Tchèques, juifs et gentils confondus, tiennent ce personnage, et de son importance pour la culture tchèque dans son ensemble.

Sur le plan, Jacob constata que la statue se trouvait sur son chemin pour retourner à la *shoul.* Ce n'était pas la même chose que placer un caillou sur sa tombe, mais une photo du grand homme atténuerait peut-être la déception de Sam.

Il laissa un généreux pourboire et se mit en route.

Sculpté dans une pierre noire, mesurant facilement deux mètres et perché sur un piédestal d'un mètre cinquante, le Maharal projetait une ombre immensément longue dans la lumière de cette fin d'après-midi.

Pour traiter son sujet, Šaloun s'est inspiré d'une légende populaire. Il est dit que, ayant atteint un niveau spirituel sans précédent, le rabbin avait pu prévoir l'arrivée de l'Ange de la Mort. Alors que la date approchait, il entreprit d'étudier jour et nuit sans interruption, s'en remettant à une tradition kabbalistique selon laquelle nul homme ne peut mourir tandis qu'il est plongé dans les textes sacrés.

Un après-midi, la petite-fille du rabbin entra dans son bureau pour lui offrir une rose fraîchement cueillie. Saisissant l'occasion, l'Ange se glissa au centre de la fleur et, au moment où le rabbin s'interrompit pour en humer le doux parfum, il expira.

La créature enroulée autour des jambes du Maharal paraissait plus elfe que petite-fille. Surtout qu'elle était nue… une tenue plutôt inconvenante pour un membre de la famille du rabbin.

La taille impressionnante de la statue est conforme à la tradition qui décrit Loew comme quelqu'un de très grand. Il n'existe cependant aucun portrait de lui, si bien qu'on doit considérer l'œuvre de Šaloun comme un pur travail d'imagination.

Ce sculpteur était peut-être admiré en son temps, mais son rendu du visage de Loew révélait une certaine paresse : un nez ridiculement épais ; une moue sévère ; des yeux emplis d'un mépris tout pharisaïque.

Obéis à la Loi !

Mais bon, Jacob ne voulait pas rentrer bredouille, alors il sortit son appareil photo et zooma sur la tête de la statue, en se demandant à quoi devait ressembler le véritable rabbin Loew.

Quand il eut terminé, il rangea son appareil dans sa poche et se pencha sur le trottoir pour arracher un petit bout d'asphalte qu'il déposa au pied de l'œuvre. Il le contempla quelques instants, puis changea d'avis et le balaya d'un revers de main.

35

Malgré son titre pompeux, le chef de la sécurité de la synagogue, Peter Wichs, se résumait à un bonhomme d'un mètre soixante vêtu d'un pantalon en polyester et d'une chemise à manches courtes au col élimé. Ses yeux noirs sautillaient d'un point à l'autre sur le visage de Jacob, comme pour l'apprendre par cœur ; une technique d'agent de sécurité aguerri.

« Vous êtes l'inspecteur Jacob Lev », dit-il.

Jacob ne put s'empêcher de rire.

« Vous avez entendu parler de moi ? »

Le sourire de Wichs faisait penser à une mauvaise fracture : des dents blanches et irrégulières qui dépassaient bizarrement de la balafre de sa bouche.

Leur poignée de main dura un peu trop longtemps au goût de Jacob ; il avait la paume moite lorsqu'il la tendit à l'assistant de Wichs, Ya'ir, un blondinet longiligne plus ou moins de l'âge de Jan, qui parlait avec un accent israélien.

Ils pénétrèrent dans la *shoul*, enjambèrent la barrière du cordon et se dirigèrent vers le bout du couloir, passant devant l'étude du rabbin et plusieurs autres bureaux identifiés par des inscriptions en lettres dorées écaillées, jusqu'à une porte indiquant BEZPEČÍ/SÉCURITÉ.

Le registre des incidents était tenu à jour en anglais, la langue commune des deux gardiens. À la date du 15 avril 2011, une note décrivait un homme blanc mesurant entre 1,75 m et 1,80 m, d'environ 70 à 80 kilos. Il avait les yeux clairs, les cheveux châtains, portait des lunettes à monture métallique, un pardessus marron, un costume gris et une cravate noire à rayures argent ou bleu pâle. Il avait gardé la main dans la poche de son manteau, et apparemment il avait le poing fermé, laissant penser qu'il pouvait dissimuler une arme. Il transpirait ostensiblement et paraissait nerveux. Il avait déclaré qu'il venait du Royaume-Uni mais refusé de présenter une pièce d'identité. Il n'avait pas été capable de nommer la dernière fête juive et, lorsqu'on l'avait prié d'attendre un instant, il s'était enfui.

« Ce type, affirma Ya'ir, si je l'aurais vu à l'aéroport, je tire sur l'alarme.

– Vous avez prévenu la police ?

– On est à Prague, répondit Peter en désignant le registre visiblement bien fourni. On ne peut pas les appeler chaque fois qu'on repère un individu louche. Ils finiraient par ne plus nous prendre au sérieux.

– Ensuite le lieutenant Chrpa vous a contactés, c'est ça ?

– Pour les enregistrements vidéo. Malheureusement, comme je le lui ai expliqué, les caméras ont un rôle purement dissuasif.

– Est-ce qu'il vous a fait voir des photos de la victime ? »

Ya'ir secoua la tête. Peter dit :

« Je n'ai rien su jusque tard dans l'après-midi. Le corps avait déjà été enlevé.

– Ce que je vais vous montrer n'est pas joli-joli », prévint Jacob.

Il tendit son téléphone à Ya'ir, qui eut un mouvement de recul en apercevant l'image.

« N'oubliez pas que beaucoup de choses changent après la mort, précisa-t-il. La couleur de la peau, le tonus musculaire.

– Il n'a pas des lunettes, dit Ya'ir, mais pour moi, je crois oui, il est le même. »

Il passa le téléphone à Peter.

La réaction de ce dernier fut très différente : il jeta un rapide coup d'œil à l'écran avant de le retourner sur le bureau. Son visage n'exprimait rien de l'horreur qui hantait encore le regard de son assistant.

Peter Wichs demeura impassible, le summum de l'indifférence.

Jacob s'agita, troublé. En règle générale, plus quelqu'un faisait preuve de nervosité en interrogatoire, moins il y avait de chances qu'il soit coupable. Inversement, les pires criminels baissaient la tête et piquaient un roupillon ; ils n'avaient rien à déclarer.

« Qu'est-ce que vous en pensez ? demanda Jacob. C'est le même type ? »

Peter haussa les épaules.

« Difficile à dire.

– Vous voulez revoir la photo ?

– Ce ne sera pas nécessaire.

– Sinon je peux vous en montrer…

– Ce n'est pas nécessaire.

– Bon, fit Jacob. D'accord, euh… À part ça, j'ai parlé à Klaudia Navrátilová ce matin. Elle n'avait pas l'air d'avoir un souvenir très net des événements.

– C'est normal. Elle a vécu une expérience traumatisante.

– Vous en avez discuté avec elle ? s'enquit Jacob.

– Moi ? Non. Nous avions peu d'interactions, uniquement d'ordre professionnel.

– Mais, quand même, vous avez dû être très choqué en apprenant ce qui lui était arrivé.

– Naturellement, répliqua Peter.

– Elle est une fille gentille, intervint Ya'ir.

– Vous étiez amis ? » demanda Jacob, s'adressant davantage à Peter qu'à Ya'ir.

Le gardien tchèque haussa de nouveau les épaules.

« Comme je vous l'ai dit, c'était une relation professionnelle, sans plus.

– Elle vous a expliqué pourquoi elle démissionnait ?

– J'imagine que les souvenirs étaient trop douloureux.

– Elle m'a dit une chose que j'ai du mal à comprendre, reprit Jacob en ouvrant son calepin à la page où Klaudia avait écrit le mot *bahno*. Vous avez une idée de pourquoi elle a pu me dire ça ?

– Je ne sais pas c'est quoi, répondit Ya'ir.

– Ça signifie "boue", indiqua Jacob. C'est bien ça ? »

Peter acquiesça.

« À votre avis, qu'est-ce qu'elle a voulu dire par là ?

– Elle est une bonne, suggéra Ya'ir, elle est tout le temps pour penser à poussière.

– La boue. Pas la poussière.

– On ajoute eau et c'est pareil. »

Jacob attendit de connaître l'opinion de Peter, mais celui-ci était toujours aussi hermétique, le regard dans le vide.

« Est-ce que l'un de vous deux a en tête une personne qui aurait pu se trouver à l'intérieur ou dans les environs de la synagogue la nuit du meurtre ?

– Qui vous voulez qui soit là ? demanda Peter.

– Quelqu'un qui a la clé, par exemple, et qui aurait voulu arriver de bonne heure pour la prière.

– On a déjà du mal à réunir un *miniane**, alors *a fortiori* à quatre heures du matin.

– Des membres de la communauté qui se sentiraient particulièrement responsables de la *shoul* ?

– On se sent tous responsables, rétorqua Peter. C'est notre héritage.

– Mais vous êtes le chef de la sécurité. Ça doit compter davantage pour vous que pour les autres.

– Tout le monde respecte la *shoul.* »

Silence.

« Il y avait un message sur un des pavés, reprit Jacob.

– On a du graffiti, intervint Ya'ir.

– Ce n'était pas du vandalisme ordinaire », objecta Jacob.

Il récupéra son téléphone sur le bureau, trouva la photo de l'inscription en hébreu et la leur montra.

« Vous comprenez pourquoi je pense qu'il n'est pas complètement absurde d'imaginer un tueur issu d'un milieu juif. »

Les deux gardiens restèrent muets. Ya'ir jeta un coup d'œil à son chef.

« Quelqu'un a remplacé le pavé, ajouta Jacob.

– Naturellement, confirma Peter, on n'allait quand même pas laisser un trou par terre.

– Vous savez ce qu'est devenu l'ancien ?

– Je suppose que la police l'a emporté pour l'enquête.

– Le lieutenant Chrpa dit que, lorsqu'il est revenu pour l'analyser, il avait disparu.

– Je ne peux rien vous dire à ce sujet.

– Vous ne pouvez pas ?

– Je ne sais pas », rectifia Peter.

Jacob interrogea Ya'ir du regard, qui prit une mine désemparée.

« Peut-être que le lieutenant l'a égaré, suggéra Peter.

– Il ne m'a pas l'air du genre à égarer des pièces à conviction.

– Tout est possible, on ne sait jamais.

– On m'a aussi dit que la porte des combles avait été retrouvée ouverte.

– Il arrive que des plaisantins s'amusent à escalader l'échelle, expliqua Peter. Des touristes qui ont lu des histoires et qui ont trop bu.

– Et que font-ils, une fois arrivés là-haut ?

– Ils redescendent. Il n'y a pas d'accès. La porte est verrouillée de l'intérieur.

– Vous n'avez pas peur que quelqu'un tombe, un jour ?

– On ne peut pas empêcher les gens de faire les idiots, rétorqua Peter.

– Certes. Certes. Mais vous avez dit au lieutenant Chrpa que la porte s'était ouverte à cause d'un coup de vent.

– J'ai dit ça ?

– Oui.

– Eh bien… j'imagine que c'est une autre possibilité.

– Pas si elle est verrouillée de l'intérieur. »

Ya'ir paraissait intrigué.

Peter, c'était plus difficile à dire.

« D'ordinaire, elle est verrouillée, nuança-t-il.

– Mais ?

– Il faut croire qu'elle ne l'était pas cette nuit-là.

– Il faut croire ? »

Peter esquissa un sourire.

« Oui, c'est dans ma nature, plaisanta-t-il.

– D'accord. Et à votre avis, qui a pu la déverrouiller ? »

Nouveau silence, plus long.

« Va prendre ton service, s'il te plaît, Ya'ir.

– Il y a du temps », répliqua le jeune homme.

Comme Peter ne répondait pas, il se leva en soupirant.

« Qu'est-ce qui se passe ? demanda Jacob après son départ.

– C'est lui, déclara Peter. Votre tête. C'est le même homme, l'Anglais. Je n'ai pas le moindre doute.

– Vous ne vouliez pas le dire devant Ya'ir ?

– Je ne voulais pas le choquer.

– Il m'a l'air assez solide.

– En apparence. Il fait partie d'un programme de coopération, des jeunes Israéliens qui sortent de l'armée, on les fait venir pour deux ans et ensuite ils repartent chez eux, expliqua Peter. Quel âge avez-vous, Jacob Lev ? demanda-t-il en l'observant attentivement.

– Trente-deux ans.

– C'est votre première visite à Prague ? »

Jacob opina.

« Vous n'avez jamais eu envie de venir avant ?

– Je n'ai jamais eu l'occasion. Ni l'argent.

– Et ça vous plaît, jusqu'à présent ?

– Honnêtement ? Je trouve ça assez angoissant.

– Vous n'êtes pas le premier à le penser.

– Vous n'avez pas répondu à ma question. Comment la porte des combles a-t-elle pu se déverrouiller ?

– Il est possible que je l'aie laissée ouverte par accident.

– Vous y êtes monté ?

– Plusieurs fois.

– Je croyais que c'était interdit.

– Il faut bien que quelqu'un s'occupe de l'entretien.

– Le chef de la sécurité n'a rien de mieux à faire ? »

Peter sourit.

« Un grand titre, pour un petit job.

– Qui d'autre monte au grenier ?

– Ce n'est pas ouvert au public.

– Et à part vous, qui y a accès ?

– Personne.

– Pas même le rabbin ?

– Le rabbin Zissman n'est en poste que depuis trois ans. Il se garde bien de demander à y entrer.

– Combien de temps faut-il avoir travaillé ici pour avoir le droit de monter ?

– Plus que trois ans.

– Et vous, vous y montez souvent ?
– Tous les vendredis.
– Avant le chabbat. »
Peter confirma d'un hochement de tête.
« Et en général, vous ouvrez la porte ?
– Pas en général, non.
– Donc ?
– C'est une simple hypothèse parmi d'autres.
– Quelles sont les autres ?
– Les touristes.
– Vous ne pouvez quand même pas tout leur mettre sur le dos, objecta Jacob.
– Et pourquoi pas ? rétorqua Peter. Enfin, sans doute que j'avais dû la laisser ouverte ce jour-là.
– C'est votre réponse définitive ?
– Oui, Jacob Lev, je crois bien.
– Qu'est-ce qu'il y a là-haut, au fait ? » demanda Jacob.
Il s'attendait à ce que Peter lui rie au nez, ou le rabroue d'un claquement de langue.
Au lieu de quoi le gardien sortit une petite lampe torche d'un tiroir et se leva en agitant son trousseau de clés.
« Venez. »

36

Peter tourna à droite en sortant du bureau et s'arrêta devant une porte qui n'était marquée d'aucune inscription. Il l'ouvrit, actionna un interrupteur, et des néons bleutés éclairèrent un escalier en pierre qui s'enfonçait vers des profondeurs ténébreuses.

« Après vous, dit-il.

– C'est le grenier ? s'étonna Jacob.

– Le *mikveh**, répondit Peter. Toute personne qui monte aux combles doit s'immerger d'abord.

– Non merci.

– Ce n'est pas optionnel », rétorqua Peter.

Jacob hésita, puis commença à descendre, dans une atmosphère moite, les marches grossièrement taillées. L'odeur d'humidité qu'on sentait partout dans la *shoul* était ici plus forte, et teintée d'une note piquante, chimique : du chlore. Jacob était hyperconscient du gardien derrière lui qui le suivait de près… assez près pour lui faire dresser les poils dans la nuque, assez près pour le pousser un grand coup et le précipiter dans l'escalier, jambes cassées, cou cassé, dos cassé.

Au bas des marches se trouvait une sorte de sous-sol carrelé équipé d'une cabine de douche vitrée et d'une table de toilette en pin brut. Un panier contenant des serviettes dépareillées était posé par terre près d'un paravent en papier de riz.

À travers une voûte, Jacob aperçut le *mikveh*, un bassin carré de deux mètres sur deux creusé dans le sol, rempli d'une eau scintillante.

« Vous ne pensez pas qu'on est un peu limite par rapport à l'heure du chabbat ?

– Raison de plus pour ne pas traîner », répliqua Peter.

Il attrapa une serviette et passa derrière le paravent. Sa silhouette se contorsionnait en ombre chinoise tandis qu'il se déshabillait. Réapparaissant torse nu, la serviette nouée autour de la taille, il fit couler la douche. En attendant que l'eau soit chaude, il s'avança vers la table de toilette pour se couper les ongles, se laver les dents avec une brosse jetable et se gargariser d'un bain de bouche dans un gobelet en carton. Quand la cabine fut remplie d'un nuage de vapeur, il accrocha la serviette à une patère et entra sous la douche, se savonnant à l'aide du gel douche dispensé par un distributeur fixé au mur. Nu, il paraissait vulnérable, les tibias glabres et les fesses molles.

Au moins Jacob savait-il désormais que Peter n'avait pas d'arme planquée sur lui.

Le gardien sortit de la douche, ruisselant, et se présenta à Jacob pour inspection.

« C'est bon ?

– Nickel, vous pouvez y aller. »

Dans la pièce voisine, Peter grimpa dans le *mikveh* et s'avança jusqu'au centre du bassin. Il jeta un coup d'œil à Jacob, retint sa respiration et se laissa couler.

Tandis que Jacob observait son corps pâle onduler, distordu, sous la surface, il se rendit compte qu'à aucun moment le Tchèque ne lui avait dit : *C'est un bain rituel*, ou : *Regardez si je n'ai pas de cheveux sur moi*, ou : *Vérifiez que je sois complètement immergé*. C'étaient des subtilités cérémonielles que seul pouvait connaître quelqu'un ayant reçu une solide éducation religieuse. Peter n'avait aucun moyen de savoir que Jacob était juif. Après tout, c'était un prénom très courant chez les garçons en Amérique. Il pouvait aussi bien être épiscopalien, bouddhiste zen ou scientologue, ou encore ce qu'il était réellement, à savoir agnostique.

Peter resta sous l'eau pendant une bonne vingtaine de secondes et en émergea les yeux rougis.

« À vous. »

Jacob accomplit à la va-vite les étapes préparatoires, se cachant derrière la serviette autant que possible. Puis il s'approcha du *mikveh*, plongea un orteil dans l'eau et grimaça : elle était glacée.

Posant sa serviette sur le bord, il se lança, la respiration coupée, les testicules aux abois, la poitrine comprimée alors qu'il se forçait à fléchir les genoux.

Le froid l'enveloppa entièrement, une alvéole de glace taillée précisément à sa mesure.

Incapable de le supporter plus longtemps, il jaillit à la surface, tel un nouveau-né : tout rouge, la peau à vif, hérissé de colère.

« Comment vous faites ? demanda-t-il en se hissant tant bien que mal hors du bassin.

– L'eau vient directement de la rivière, répondit Peter.

– Ce n'est pas ça qui la rend plus chaude. »

Peter sourit et lui tendit une serviette propre.

Jacob avait passé d'innombrables heures dans des synagogues. Peu dans la section des femmes. Aucune dans une qui soit aussi déprimante. L'éclairage au néon baignait tout d'une lueur sépulcrale. La rouille avait mangé les charnières des chaises pliantes, garantissant qu'elles ne plieraient plus jamais. Il arrivait à peine à apercevoir le sanctuaire par les maigres ouvertures. Il demanda à Peter si des femmes venaient réellement prier ici.

« Surtout des touristes.

– Je peux le comprendre. On se croirait en prison, là-dedans.

– Vous êtes très cynique, inspecteur Lev.

– Ça fait partie du profil du poste.

– Ici, ça ne vous aidera pas. »

Peter ouvrit le rideau violet. Derrière se trouvait une porte et, derrière encore, une petite pièce exiguë, basse de plafond, grosso modo de la taille d'une cabine téléphonique.

« Vous ne fermez pas à clé ? s'étonna Jacob.

– Personne ne peut entrer sans autorisation.

– Les gens doivent être tentés, quand même.

– C'est pour ça que l'accès se fait par la section des femmes. »

Le gardien alluma sa torche électrique, et ils s'engouffrèrent dans la pièce.

« Certains diraient que les femmes sont plus enclines à la tentation que les hommes, fit observer Jacob. Adam et Ève, pour ne citer qu'un exemple. »

Il sentait la chaleur du corps de Peter, tant ils étaient proches l'un de l'autre ; il respirait sur lui l'odeur de la rivière.

« Peut-être à l'origine, oui », concéda le Tchèque.

Il referma le rideau et la porte, et éclaira de sa lampe le bout d'une corde qui pendait du plafond.

« Poussez-vous, s'il vous plaît », dit-il.

Jacob eut tout juste le temps de se plaquer contre le mur avant que le gardien ne tire un coup sec sur la corde.

Une trappe s'ouvrit et une échelle en dégringola, les aspergeant de plâtre qui se coagula dans leurs cheveux mouillés. Jacob toussa et agita la main devant son visage, levant la tête, les yeux irrités : au-dessus de lui s'élevait un puits noyé de poussière, comme l'intérieur d'un silo à grain mais en beaucoup plus étroit. L'échelle grimpait sur au moins trois mètres ; au-delà, la lumière de la torche se dissolvait dans l'obscurité.

Peter posa le pied sur le premier barreau.

« Allez, c'est parti. »

L'échelle grinçait, vibrait, transpirait de crasse sous leurs pas. Au bout de quelques instants, Jacob haletait déjà, le bas du dos emplumé de sueur. Il ne se souvenait pas de la dernière fois qu'il avait dû produire un effort aussi éprouvant. À l'académie de police, sans doute. Et depuis : trop d'alcool. Trop de hot-dogs. Il était fait pour la vie de bureau.

Pourtant il s'était toujours considéré comme sain de corps, sinon d'esprit, et il ne se rappelait pas s'être jamais essoufflé aussi vite.

La torche dodelinait au-dessus de lui, révélant au passage des toiles d'araignée, des vieux clous et un firmament de poussière de plus en plus épais. De temps en temps, le faisceau retombait vers lui et l'aveuglait momentanément, l'obligeant à chercher à tâtons le barreau suivant. Il se représenta mentalement la porte extérieure, évalua sa hauteur au jugé. Trois étages. Ils auraient dû avoir atteint le grenier, désormais, mais Peter continuait, plus tenace que la foi, fredonnant une sorte de bourdonnement monocorde, le claquement de ses chaussures imposant un rythme de plus en plus exigeant, la lumière de sa torche de plus en plus lointaine.

Pantelant, Jacob lui demanda de ralentir.

« Vous vous en sortez très bien, inspecteur. »

Il ne s'en sortait pas bien du tout. Il avait des crampes aux cuisses, des picotements dans les bras, comme s'il venait d'escalader mille mètres en haute altitude. Il fut saisi d'une bouffée de chaleur. Il était en train de faire une crise cardiaque, ou une crise de panique, ou les deux.

« C'est encore long ? » cria-t-il d'une voix rauque.

La réponse lui parvint de très loin.

« Non, non. »

La lumière vacilla une dernière fois et disparut, plongeant Jacob dans un noir aussi profond que la mort.

À bout de souffle, il se cramponna d'un bras à un barreau et sortit son téléphone, l'agrippant d'une main moite tandis qu'il reprenait son ascension. Son faible halo bleuté pénétrait la poussière sur moins de trente centimètres, et il s'éteignait toutes les dix secondes. Jacob devait sans arrêt le réanimer.

Jetant un coup d'œil à l'écran, il constata qu'il n'avait pas de réseau mais qu'il était dix-huit heures treize. Ils ne seraient jamais redescendus à temps pour le début du chabbat.

Et là-haut, Peter montait toujours.

Histoire de dominer son angoisse, Jacob se mit à compter les barreaux : trente, cinquante, cent. Il ne voyait plus le faisceau de la torche mais il entendait le fredonnement, s'accrochait à lui, le cœur au bord de l'implosion, chaque pas une torture. Lorsqu'il regarda de nouveau l'heure, il vit qu'elle n'avait pas changé, et il se dit que l'absence de réseau affectait sans doute le fonctionnement de l'horloge, même s'il savait très bien que celle-ci était régie par un circuit interne ; alors peut-être le problème était-il dû à la poussière, une poussière spéciale, une poussière toxique, peut-être qu'elle avait obstrué le téléphone et l'avait bloqué, une explication qu'il accepta car c'était la seule pouvant justifier qu'il soit toujours dix-huit heures treize après qu'il avait compté soixante barreaux supplémentaires, et soixante autres, et encore et encore, jusqu'à ce que le téléphone refuse tout bonnement de s'allumer, soit à court de batterie, soit parce que la poussière était devenue si opaque qu'il n'arrivait plus à voir l'écran, même en collant le nez dessus. Il avait perdu le compte des barreaux, main après main après main, à l'infini.

Le fredonnement aussi s'était tu. Il appela Peter, mais l'écho lui indiqua que, si lui ne pouvait pas l'entendre, le gardien ne pouvait pas l'entendre non plus ; personne ne pouvait l'entendre. Il chancela, se rendant compte qu'il n'atteindrait jamais le sommet. Et qu'il n'arriverait pas davantage à redescendre. Il était seul. Il n'y avait rien d'autre à faire que desserrer les doigts, relâcher ses orteils et se laisser tomber dans le vide.

En larmes, il agrippa le barreau suivant.

Une trouée incandescente s'ouvrit dans le cosmos. Des coulées de lumière orange vinrent chanter à ses oreilles.

La poussière s'aggloméra en étoffe, se replia sur elle-même, formant un conduit humide et tiède qui l'aspira vers le haut et, alors qu'il se rapprochait, la brèche s'élargit et la lumière se mit à ruisseler, chargée de voix. Il se tendit vers elle de toutes ses forces, suffoquant, le crâne déformé, disloqué, segmenté, et les voix se multiplièrent : quarante-cinq, soixante et onze, deux cent trente et une, six cent treize, mille huit cents, des milliers et des milliers de voix, chacune unique, perceptible et étrange tandis que la lumière se déversait en océan, un chœur assourdissant, et les voix enflèrent encore jusqu'à douze fois trente fois trente fois trente fois trente fois trente fois trente fois trois cent soixante-cinq mille myriades, comme autant de battements d'ailes.

37

« Vous êtes là, Jacob Lev ? »

Jacob était étendu sur le dos, le corps engourdi, hébété, le cœur cognant dans la poitrine. À travers des yeux embués comme ceux d'un nourrisson, il distinguait Peter penché sur lui. Pas une mèche décoiffée, pas un pli à sa chemise.

« Comment vous vous sentez ?

– Je me sssss… »

La bouche pâteuse.

« Je pppense que… jejeje vais sssé… sécher la gym ce soir. »

Peter sourit et lui donna une petite tape sur l'épaule.

« Allez, c'est bien. »

Le gardien l'aida à s'asseoir.

Le sang déferla à ses tempes, sa vue se colora d'une teinte vert doré et, l'espace d'une demi-seconde, il contempla devant lui, à travers un filtre émeraude, un jardin luxuriant ; de l'herbe foisonnante qui poussait à travers les lattes du plancher, des fougères gorgées de spores qui dégoulinaient des chevrons, des plantes grimpantes qui s'élevaient dans la brume, des orchidées ruisselantes, des hectares de lichen, tout un écosystème florissant, suffocant, sexuel dans son ardeur, suffisamment réel pour emplir ses narines de vapeurs entêtantes de pourriture et de régénération.

Puis son esprit se contracta tel un muscle sur lequel on a trop tiré et le voile vert se dissipa ; le jardin se flétrit et se pétrifia, les lianes tortueuses se solidifièrent en poutres vermoulues.

« Vous pouvez vous lever ?

– Je crois.

– Alors venez, debout. »

Un bref pas de deux légèrement embarrassant tandis que Jacob prenait appui sur cet homme plus petit et plus vieux que lui.

« Je vais vous lâcher maintenant, d'accord ? C'est bon ? Ça va aller ? Voilà… Très bien. Super. »

Ils se trouvaient à une extrémité d'un vaste grenier sans fenêtre, dont la construction n'avait visiblement jamais été terminée et qui contenait une quantité de bric-à-brac véritablement phénoménale.

Des relents de vertige faisaient tanguer l'horizon. Une unique lanterne à pétrole pendue à un mur constituait un bien maigre rempart contre la pénombre qui s'insinuait dans la moindre fissure, se dilatait à l'air libre, masquait la cime du toit mansardé.

« Comment ça va, maintenant ? Mieux ?

– Hum…

– Vous voulez vous asseoir ?

– Non, ça va. »

Peter le dévisagea d'un air sceptique. Et il avait de quoi : Jacob devait mobiliser toute son attention pour réussir à tenir debout. Il avait l'impression d'avoir le visage et le cou brûlants de fièvre, tandis que le plastron de sa chemise trempée ondulait dans une brise inexistante. Il était clairement en bien moins bonne condition physique qu'il ne l'avait imaginé. Ou alors il était malade. Il avait attrapé quelque chose. La poussière, peut-être. Une faramineuse crise d'allergie.

Est-ce qu'une allergie pouvait distordre votre champ de vision ? Vous donner des hallucinations ?

Sans doute était-il aussi déshydraté ; sans compter l'effet du décalage horaire, du mini-sevrage d'alcool, de l'anxiété. N'importe laquelle de ces explications lui semblait largement préférable à l'hypothèse d'un début de psychose.

« Comme vous voulez, répondit Peter. Maintenant, écoutez-moi bien. S'il vous vient des pensées inhabituelles, vous devez me le dire tout de suite.

– Inhabituelles comme ?

– N'importe quoi. Une brusque impulsion de faire quelque chose, par exemple. »

Peter décrocha la lanterne.

« Restez près de moi, s'il vous plaît. On se perd facilement. »

Ils s'enfoncèrent dans le labyrinthe, la lanterne que Peter balançait à bout de bras sculptant des formes dans les ténèbres, projetant des ombres étranges qui se métamorphosaient d'un instant à l'autre, si bien qu'un espace vide pouvait soudain se dresser comme une barrière devant eux, et vice versa. L'obscurité avait quelque chose de palpable, de huileux, se rétractant au contact de la lumière comme une goutte de savon dans de la graisse, alertant Jacob au dernier moment des changements de niveau du plancher, des lattes affaissées, des débris de maçonnerie laissés en plan et des passages de câbles à hauteur de tibia.

Toujours de la poussière. Pas autant que dans le puits. Elle adhérait à sa peau, se mêlait à sa sueur, formant une sorte d'enduit pâteux qui séchait puis se craquelait quand il bougeait. Mais ses poumons ne protestaient pas.

À vrai dire, il respirait plutôt facilement. Mieux que d'habitude, même.

« Ça ne doit pas être commode de monter un aspirateur par cette échelle.

– Pardon ?

– Pour faire le ménage. Tous les vendredis.

– J'ai dit que je m'occupais de l'entretien, rectifia Peter.

– Ce n'est pas pareil ?

– Bien sûr que non. C'est pour ça qu'il y a deux mots différents. »

Un aspirateur n'aurait pas servi à grand-chose, de toute façon. C'était plutôt un chalumeau qu'il aurait fallu. La plupart du fatras était constitué d'étagères sur lesquelles s'entassaient des rouleaux de parchemin tachés d'humidité, des *talits* rongés par les mites, des caisses de livres de prières en confettis : tous les composants d'une *guenizah*, l'entrepôt communautaire où l'on stockait les objets rituels obsolètes trop sacrés pour être détruits. Il y avait aussi d'autres choses : des malles cabines délabrées, des épaves de meubles, des piles de chaussures remplies de crottes de rongeurs.

Huit siècles, ça laissait le temps d'accumuler pas mal de merdouilles.

Jacob commençait à retrouver l'équilibre et, par la même occasion, son détachement.

« Vous n'avez jamais pensé à faire un vide-grenier ? » lança-t-il.

Peter gloussa.

« La plupart des objets de valeur ont déjà été vendus. Il ne reste quasiment plus rien d'avant la guerre.

– Ça vous ennuie si je prends quelques photos ? Mon père est un grand fan du Maharal.

– Ah oui ? fit le gardien en lui jetant un coup d'œil par-dessus son épaule.

– C'est même une obsession, je dirais.

– J'ignorais que les rabbins pouvaient avoir des fans.

– Parmi les autres rabbins, si.

– Ah. Faites, je vous en prie. »

Ils s'arrêtèrent pour que Jacob puisse sortir son appareil. Il n'était pas sûr de ce qu'il cherchait à obtenir, à part prouver à Sam qu'il était venu là… si tant est qu'on puisse prouver quoi que ce soit avec des photos de tas de rebut.

« Qu'est-ce qu'il y avait ici qui pouvait bien avoir tant de valeur ? demanda-t-il.

– Des livres anciens, des manuscrits. Et il y avait aussi une lettre, la seule qui ait survécu de la main du Maharal. »

Jacob émit un sifflement admiratif.

« Sans blague ? »

Peter hocha la tête.

« Voilà ce que vous devriez rapporter en photo à votre père, Jacob Lev.

– J'imagine qu'elle est au musée national, ou quelque chose comme ça ?

– Hélas, non. Elle est conservée à la Bodléienne. »

Jacob eut un pincement au cœur.

« La Bibliothèque bodléienne ?

– Oui.

– À Oxford ?

– À moins qu'il y en ait une autre dont j'ignore l'existence. Quelque chose ne va pas, Jacob Lev ?

– … Non, non. »

Ils reprirent en silence leur progression à travers brousse. Jacob se demandait s'il devait informer le gardien qu'Oxford était l'université où Reggie Heap avait fait ses études – tout en s'interrogeant sur la pertinence de cet élément – quand Peter prit la parole.

« Les nazis ont rasé beaucoup des villes qu'ils ont traversées. Les communistes aussi. Mais tous ont laissé Prague intacte. Vous savez pourquoi ?

– Hitler voulait convertir le ghetto en musée d'une culture morte. Les communistes n'avaient pas assez d'argent pour la démolition.

– Ça, c'est ce que disent les historiens. Mais il y a une autre raison. Ils avaient peur de retourner la terre. Même ce genre d'hommes, les hommes du Mal, comprenait qu'il y avait des choses enterrées ici qu'il ne valait mieux pas déranger.

– Hum.

– Vous ne me croyez pas, rétorqua Peter. Ça ne fait rien. Ya'ir non plus.

– Je ne sais pas bien à quoi vous me demandez de croire. »

Peter ne prit pas la peine de répondre.

« Comment la lettre s'est-elle retrouvée en Angleterre ? s'enquit Jacob.

– Un rabbin ultérieur l'a envoyée à l'étranger, ainsi que d'autres manuscrits, pour les mettre à l'abri. C'était une décision prophétique : peu de temps après, il y a eu un pogrom, et tout ce qui se trouvait dans la *shoul*, à part ce qui était cloué aux murs, a été sorti dans la rue et brûlé. »

Ils firent un crochet pour contourner un lutrin estropié.

« Ce rabbin, Dovid Oppenheimer, un Allemand, était un grand amoureux des livres. En acceptant ce poste à Prague, il avait laissé à Hanovre une immense bibliothèque qu'il avait confiée aux bons soins de son beau-père. Après le décès des deux hommes, toute la collection, y compris la lettre du Maharal, a été regroupée. Elle a changé de mains plusieurs fois avant d'être achetée par la Bodléienne.

– Dommage qu'elle ait atterri si loin de son lieu d'origine.

– Franchement, c'est mieux comme ça, Jacob Lev. Ce sont de précieux morceaux d'histoire. Ici, on ne pourrait pas s'en occuper comme il faut. L'assurance seule nous coûterait dix fois notre budget annuel. Même si je dois dire que j'aimerais bien les voir un jour.

– Il y a des vols pas chers pour Gatwick. Trente livres. Je viens d'en réserver un.

– Oui, enfin, je ne sais pas. Je n'ai jamais quitté Prague.

– C'est vrai ?

– Quand j'étais enfant, les voyages étaient limités, et ensuite j'ai commencé à travailler à la *shoul*.

– Vous n'avez pas de vacances de temps en temps ? Je suis sûr que Ya'ir pourrait garder la forteresse. »

Peter poussa de côté un grand miroir qui, ayant perdu tout son argent, n'était plus qu'une plaque d'étain.

« Nous y sommes », annonça Peter.

Le long du mur est courait une allée d'un mètre de large dégagée de tout détritus et qui donnait accès à la porte extérieure, dont la lumière du jour dessinait le contour cintré et qu'une barre de fer maintenait fermement en place.

« Je peux ? » demanda Jacob.

Peter hésita.

« Si c'est vraiment nécessaire. »

Jacob lutta un bon moment pour dégager la barre, qui était très lourde et rouillée par-dessus le marché. La porte se rabattit vers l'intérieur dans un bêlement rauque. Jacob fut aveuglé par la lumière et se sentit instantanément attiré par l'air frais du dehors. Appuyant une main de chaque côté du chambranle, il passa la tête à l'extérieur.

« Faites attention, s'il vous plaît », lui enjoignit Peter.

Jacob regarda vers le bas.

Sous lui, la colonne de barreaux.

L'esplanade pavée.

Le caniveau central.

Des passants déambulaient dans la rue Pařížská, éclairée en contre-jour par un ciel rosissant, ni les clients des magasins, ni les amoureux en goguette, ni les touristes cramoisis de coups de soleil ne semblant remarquer l'œil qui les observait d'en haut. Ce qui rappela à Jacob le matin où il était venu là avec Jan ; l'homme qui était passé sur le trottoir sans leur prêter la moindre attention, absorbé dans sa conversation téléphonique.

Ici, c'est comme invisible.

Il vacilla un peu, grisé par la fraîcheur de l'air.

« Inspecteur ! s'exclama Peter. Attention.

– À quelle hauteur se trouve-t-on du sol ?

– Douze mètres.

– Et il n'y a aucun moyen d'ouvrir la porte de l'extérieur ?

– Aucun. Bon, ça suffit maintenant, reculez. »

Mais Jacob se pencha encore davantage, inspirant l'air à grandes goulées, un air si doux, si merveilleux qu'il lui donnait envie de s'y jeter tout entier...

Il ne tomberait pas.

Il flotterait.

Il lâcha le chambranle.

Avec une force impressionnante, Peter l'agrippa par la chemise et le tira vivement vers l'intérieur, le plaquant au mur, où il le maintint immobile un moment. Puis il dit : « Ne bougez pas, Jacob, s'il vous plaît », et il le lâcha le temps d'aller refermer la porte et de replacer la barre de fer.

Jacob ne bougeait pas. Docile, il s'était laissé glisser à terre, et il resta ainsi affalé contre le mur, les yeux brûlés par la baisse soudaine de luminosité. Maintenant que la porte était fermée, la pulsion de plonger dans le vide commençait à refluer, remplacée peu à peu par l'horreur, l'humiliation et le désarroi de s'apercevoir qu'il avait été à deux doigts d'y céder. Il se mit à trembler violemment, se rongeant l'ongle du pouce tandis que, dans sa tête, il voyait les pavés de l'esplanade se précipiter à sa rencontre.

Peter s'accroupit devant lui.

« Que s'est-il passé ? »

À ton avis, connard ? Je suis en train de devenir maboul.

Jacob secoua la tête.

« Jacob. Il faut que vous me disiez ce qui vous a traversé l'esprit.

– Je ne sais pas. Je ne sais pas ce qui m'a pris. J'ai juste... Je ne sais pas.

– À quoi vous pensiez ?

– À rien, répondit-il en implorant son corps d'arrêter de trembler. Tout va bien. Enfin, je veux dire, je... je suis fatigué, c'est sûr, et j'étais debout là, et...

– Et ?

– Et rien. J'ai glissé, d'accord ? Mes mains... j'ai les mains moites. Mais maintenant ça va, merci. Je suis désolé. Merci. Je ne sais vraiment pas ce qui m'a pris. »

Peter eut un sourire triste.

« Ce n'est pas votre faute. Cet endroit affecte les gens de diverses manières imprévisibles. Désormais, on sait sous quelle forme il vous affecte. »

Jacob réprima un nouvel accès de tremblements. Non, il ne se laisserait pas sombrer. Il refusa la main que Peter lui tendait, se releva tant bien que mal et s'appuya contre une poutre pleine d'échardes.

« Je crois que vous avez vu ce que vous vouliez voir, dit Peter.

– Sauf si vous avez envie de me montrer où vous cachez le golem. »

Le sourire de Peter était le reflet caustique du sien.

« Préparez-vous à être déçu », annonça-t-il.

Ils reprirent l'allée dégagée en sens inverse et arrivèrent devant une forme rectangulaire massive qui se dressait, inerte, dans la pénombre.

Haute de trois mètres, large comme deux hommes, elle sommeillait paisiblement sous un linceul moisi fermement fixé par des cordes… un cercueil pour géant.

Peter posa la lanterne et se mit à défaire les cordes. Une par une, elles tombèrent au sol, jusqu'à ce qu'il arrache le linceul d'un geste sec et que la poitrine de Jacob se libère d'un coup ; il s'aperçut alors qu'il avait retenu son souffle pendant tout ce temps, le cerveau en alerte, prêt à voir bondir sur lui un monstre aux mains redoutables.

Il éclata de rire.

« Vous ne vous attendiez pas à ça, hein ?

– Pas vraiment, non. »

Grossièrement assemblée, en bois brut, l'armoire reposait lourdement sur des pieds gauchis ; le genre de meuble tout juste bon pour la déchetterie. Il manquait une porte et, à l'intérieur, les profondes étagères étaient criblées de curieux petits trous d'un demi-centimètre de large. Les parois du fond et des côtés étaient pareillement perforées.

À première vue, l'armoire semblait vide. Mais, en s'approchant dans la semi-obscurité, Jacob distingua quelques éclats de terre cuite éparpillés sur l'étagère du milieu, de fines pelures d'argile. C'est alors qu'il comprit ce qu'il avait sous les yeux : des claies de séchage, une version antique de celles que sa mère avait dans leur garage. Avant qu'il ait le temps de demander ce qu'une chose pareille pouvait bien faire dans le grenier d'une synagogue, Peter lui désigna un des copeaux en disant : « Là. »

Jacob le dévisagea.

« Là quoi ? »

En guise de réponse, Peter ramassa un fragment et le plaça dans la paume de Jacob. Il semblait quasiment immatériel ; il devint translucide quand Jacob le porta à la lumière de la lampe.

« Je vous avais prévenu que vous seriez déçu », dit le gardien.

Jacob contempla sans comprendre la miette de terre qu'il avait dans la main.

« Ceci vous intéressera peut-être davantage », reprit Peter.

Il tira une caisse en bois pour pouvoir monter dessus et enfonça le bras jusqu'au coude sur l'étagère du haut ; il en ressortit un objet de la taille d'un pamplemousse, enveloppé dans un tissu de laine noire noué avec de la ficelle. Peter le donna à Jacob en échange de la rognure d'argile.

Le ballotin était beaucoup plus lourd que sa dimension ne le laissait présager, comme s'il contenait un boulet de canon miniature. Jacob défit le nœud, écarta les pans du tissu. À l'intérieur se trouvait une sphère approximative en céramique mate, de couleur grise marbrée de noir et de vert. Sa surface froide se réchauffa rapidement entre les doigts de Jacob.

Une tête ; une tête humaine, modelée à la main, finement travaillée. D'une délicatesse toute particulière étaient les poils en aiguille de la barbe. La même précision avait été apportée à la mâchoire anguleuse, au renflement noble du front, aux parenthèses autour de la bouche, aux yeux plissés comme pour se protéger d'une vive lumière.

« C'est le Maharal, déclara Peter.

– Ah bon ? » répondit Jacob en peinant à garder une voix égale.

Dans son esprit, la vérité, brutale et assourdissante.

Le travail de ma mère.

Le visage de mon père.

LES COMBLES

Enveloppée de nuit, elle patrouille dans un dédale de ruelles tortueuses et lugubres.

Même à cette heure solitaire, le silence n'a pas l'entière mainmise sur le ghetto. Des bribes de chansons viennent troubler la lamentation de minuit. Des claquements de volets. Des bris de verre. Les toits en vis-à-vis titubent l'un vers l'autre, le menton ruisselant, tels des ivrognes cherchant à se rapprocher pour s'embrasser. La pluie tombe vers le haut, vers le bas, en oblique, emplit ses bottes ; elle tambourine sur toutes les surfaces, produisant une gamme de sons caractéristiques : le bois pourri et l'étain rouillé ; la chaux vive et le cuir ; les excréments, les plumes et les ordures.

Prague.

Sa ville.

Il n'y a pas de secrets ici, les maisons sordides et toutes de guingois s'entassent les unes contre les autres au point qu'on peut profiter des conversations des voisins. Le lendemain de son réveil, elle était déjà beaucoup moins désorientée, et tout le monde, du notable le plus influent à la plus humble des filles de cuisine, avait entendu parler du muet simple d'esprit qu'on avait découvert errant dans la forêt.

Au début, elle souffrait de cette description mais, au fil des semaines, elle a compris le bénéfice qu'elle pouvait en tirer. Elle a gagné sa place au tendre panthéon des grotesques, aux côtés d'Hindel, la fille du brocanteur, dont le bras gauche est atrophié ; de Sender, qui répète tout ce qu'on lui dit ; d'Aaron, l'apprenti cordonnier, dont les cheveux poussent roux sur la moitié du crâne, noirs sur l'autre.

Désormais, quand les gens font des commentaires, c'est pour saluer la générosité du *rebbe** et de la *rebbetzin** d'avoir recueilli un orphelin à leur âge.

Avec son visage inexpressif, sa démarche claudicante, Yankele le Géant est devenu une sorte de mascotte du ghetto, particulièrement appréciée des enfants, qui lui courent autour en cercles espiègles.

Tu ne peux pas m'attraper ! Tu ne peux pas m'attraper !

Elle feint la maladresse, lançant vers eux ses poings comme des souches d'arbre, tandis qu'ils braillent et s'esclaffent ; elle fait mine de perdre l'équilibre et de tomber sur les fesses ; puis elle bondit tel un diable à ressort afin de leur montrer sa véritable agilité, elle soulève – délicatement, très délicatement – un enfant dans chaque main, leurs petits corps chauds tremblant de frayeur et de joie.

« Pose-moi ! »

Dans ces moments-là, sur le simple effet d'une voix, d'un visage, d'un instant de désœuvrement, le voile autour de sa mémoire s'écarte comme pour la narguer le temps d'un éclat lumineux. Durant ces brefs intervalles, elle comprend que ce n'est pas le premier tour de roue. Qu'il y a eu d'autres époques, d'autres gens, d'autres lieux.

Des noms refont surface, qui la hantent sans pourtant rien lui évoquer. *Dalal. Leucos. Wangdue. Philippus. Bēi-Niántǔ.* Des noms qui ne sont ni mieux ni pire que *Yankele.*

Des noms d'hommes, pour aller avec son corps d'homme.

Plus révélatrice que pourrait l'être un souvenir précis, l'impression négative que ça lui laisse. Elle a conscience d'être hideuse, humiliée et impuissante. Ce qui signifie qu'un jour elle a dû être belle, fière et libre.

Pour autant que son existence actuelle lui déplaise, elle sait qu'elle aurait pu connaître un sort bien moins enviable que de vivre sous le toit de Rebbe et Perel. Ils ont fait d'elle un des piliers de leur vie et, d'ailleurs, elle a parfois le sentiment que la maison d'Heligasse cesserait de fonctionner, sans elle. Mais évidemment ce n'est pas vrai. Ils s'en sortaient très bien avant qu'elle n'arrive et, si elle devait repartir, ils s'en sortiraient très bien à nouveau. Ils se laissent aller à dépendre d'elle par gentillesse à son égard ; tout le monde aime se sentir utile.

Très différents l'un de l'autre, ils ont chacun une relation très différente avec elle. Perel est quelqu'un qui fabrique des objets de ses mains : vêtements, *hallot*, toute sorte de choses. Les exigences qui pèsent sur une *rebbetzin* sont innombrables, et ses exigences vis-à-vis de Yankele sont d'ordre physique. Une corbeille de linge trop lourde. Un panier hors d'atteinte. Tirer de l'eau ; un seul seau, s'il te plaît.

Rebbe, pour sa part, n'est pas à l'aise avec les tâches quotidiennes les plus simples. À plusieurs reprises, il l'a envoyée à la maison d'étude lui chercher un livre qu'il avait en fait sur les genoux.

Ce sont les échanges entre eux qui les tirent respectivement vers le haut, leur mariage est l'incarnation même d'un des thèmes de prédilection du rabbin : comment effacer la barrière entre les mondes matériel et spirituel.

Chaque après-midi, ils se retrouvent dans le bureau de Rebbe pour étudier le Talmud ensemble. Ce moment est sacré, ils ont confié à Yankele la mission d'assurer leur intimité pendant ces trente minutes. Elle se poste devant la maison, gardant la porte, et les écoute se chamailler à coups de paroles divines. L'amour qu'ils ont l'un pour l'autre déborde sur le seuil et se répand dans Heligasse jusqu'à venir, tout chaud, laper ses pieds engourdis.

Un tintement de clé, un sifflotement dissonant, c'est Chayim Wichs, le bedeau, qui se hâte de rentrer chez lui après avoir fermé la *shoul*.

« *Chalom aleikhem*, Yankele. »

N'attendant pas de réponse, il baisse la tête contre le vent et poursuit son chemin, pressé de se réchauffer devant un bon feu. Elle aussi resserre sa cape autour d'elle, imitant un homme qui souffrirait du froid. Pour lui signifier que son inconfort est naturel.

De tels gestes requièrent un entraînement constant. Elle collectionne les petites manies, enroulant les doigts dans les franges de son châle pour exprimer de l'inquiétude ; cultivant l'asymétrie des épaules fatiguées. Ce sont bien entendu les habitudes des Loew qu'elle connaît le mieux : le vibrato sentimental sous la barbe de Rebbe quand il l'appelle *mon fils*, l'oblique du regard vert de Perel à l'évocation de leur fille défunte, Leah.

Un répertoire qu'elle interprète surtout pour elle-même, histoire de se sentir un peu humaine. Avec le temps, peut-être son cœur – si toutefois elle en a un, si l'armoire de son torse renferme autre chose que du vide – s'accordera-t-il à ses actes. Car son corps reste un objet d'effroi et, bien qu'elle en ait partiellement retrouvé le contrôle, elle souffre encore parfois d'une tendance exaspérante à tout prendre au pied de la lettre.

L'autre jour, par exemple, Perel lui a demandé d'aller lui chercher de l'argile sur les berges de la rivière et, au lieu de prévoir un seau ou une caisse, comme n'importe quel être sensé l'aurait fait, elle en a rapporté le plus possible entre ses bras, déversant son chargement au milieu de la cour en un tas colossal hérissé de racines mouillées. Il en sortait de frétillants scarabées à carapace noire qui, débouchant à l'air libre, terrifiés par le vide abyssal autour d'eux, s'empressaient de disparaître à nouveau.

Oy vaï. Yankele. Je t'ai dit de me rapporter de l'argile de la berge, pas toute la berge. J'en aurai assez pour une année entière… Enfin, ça ne fait rien. Va mettre ça dans la remise, s'il te plaît.

Dernièrement, elle a remarqué quelque chose de troublant. Elle a cessé de corriger les gens dans sa tête. Plusieurs fois, elle s'est même surprise à s'appeler elle-même *Yankele*, ce qui lui a procuré un mélange de dégoût et de soulagement.

Quel plaisir ce serait – quel poids en moins – que d'avoir une identité. De renoncer définitivement à ces lambeaux de souvenirs, ces réminiscences cruellement fugaces de sa beauté passée, et d'accepter qu'elle est bel et bien telle que les autres la perçoivent.

Puis elle songe à ses identités précédentes. Aucune n'a duré. Pourquoi en serait-il autrement cette fois-ci ?

Une nuit, au printemps dernier, la semaine précédant Pessah, elle a remarqué une lueur grise et poisseuse qui émanait de la ruelle juste derrière la boulangerie de Zschyk. Elle a pensé que le boulanger avait décidé de veiller, trimant sans relâche afin de produire assez de *matsot** pour fournir la communauté pendant les huit jours de la fête.

Puis elle a entendu quelqu'un marmonner des jurons, senti une agitation, et un flot de souris a jailli de la ruelle.

La lumière possédait une certaine froideur : au lieu d'éclairer les choses, elle les étouffait. Les souris en fuite cherchaient à l'éviter, contournant son périmètre.

Fascinée, elle s'est approchée jusqu'à se trouver tout au bord de la lumière, se penchant pour en découvrir la source.

Un homme.

Vêtu à la manière d'un paysan, accroupi par terre, il était en train de disposer avec soin le cadavre d'un nourrisson – le ventre ouvert – dans un tas d'ordures.

Du gris suintait des contours de l'homme, un ruban délavé et tremblotant qui bougeait avec lui, érodant tout ce qu'il touchait.

Il ne s'était pas rendu compte qu'elle l'observait. Aussi incroyable que ça puisse paraître, sa taille contribue à la rendre invisible. Elle se fond dans l'architecture, mensonge trop énorme pour éveiller les soupçons.

De plus, il était concentré sur sa tâche, coinçant les jambes du nouveau-né sous des tessons de vaisselle avant de se raviser, préférant plutôt couvrir son visage. Tandis qu'il peaufinait sa composition, son aura ne cessait de changer. Quand il empoigna le petit corps sans ménagement, la couleur fonça, comme une coulée de boue. Lorsqu'il le lâcha, le ruban retrouva la teinte pâle qui paraissait être son état naturel.

Il souleva un minuscule bras potelé pour le faire saillir à la verticale comme une bougie. Nul doute qu'au lever du soleil la chair aurait déjà été rongée jusqu'à l'os. Nul doute qu'on aurait l'impression que quelqu'un avait cherché à dissimuler le corps, mais qu'il avait été débusqué par les rats. Nul doute qu'un passant le remarquerait, et qu'il s'agirait d'un gentil ; nul doute que le boulanger serait interrogé – que faisait-il donc là toute la nuit ? – et que ses réponses importeraient peu aux autorités, qui l'auraient jugé coupable par avance.

Elle sentit se réveiller en elle une colère ancienne.

Enfin satisfait, l'homme se redressa, épongeant la sueur dans son cou avec le col de sa chemise. Il pivota pour s'éloigner et s'écrasa contre elle de plein fouet. Laissant échapper un cri étranglé, il se plaqua contre le mur de la ruelle ; on aurait dit une veine biscornue dans du marbre.

Elle attendit, aussi immobile qu'une colonne de pierre.

L'homme leva vers elle des yeux exorbités ; se retourna pour regarder le corps du bébé, comme s'il espérait qu'il aurait disparu. Mais le petit bras dépassait toujours du tas d'ordures.

Ne demandant qu'à être découvert.

L'homme s'en était assuré.

« On m'a forcé à le faire », dit-il.

Elle le crut. Il n'était pas le véritable vilain. Son aura n'était pas assez forte.

Qui était ce *on ?*

Elle ne pouvait pas le lui demander, bien sûr.

Et, bien sûr, il s'enfuit.

Alors elle l'attrapa par la taille et le souleva de terre de sorte que leurs visages se touchaient presque, puis, serrant les doigts autour de son abdomen, elle appuya doucement, forçant le sang à refluer de son ventre. Il vomit, émit un chuintement de soufflet cassé ; ses bras et ses jambes jaillirent, écartelés, raides comme des balais ; ses mains enflèrent telle la panse d'un animal malade ; son front s'empourpra, à l'exception d'une cicatrice en dents de scie à la base de ses cheveux, dont la vue déclencha en elle une cascade d'images défilant à rebours.

Une brûlante étendue de sable qui s'éloigne à toute vitesse ;
une bourrasque démoniaque ;
une tour une ville un garçon un chien
encore plus vite :
vallée terre glace jardin

L'homme avait désormais viré au violet foncé, son cou gonflé était plus large que sa tête, les vaisseaux sanguins de ses yeux boursouflés éclataient comme des milliers de coquelicots. Il pleurait du sang. Du sang ruisselait de ses oreilles, de ses narines. Son ventre carbonisé fumait à l'endroit où elle l'avait agrippé.

La colère déferlait joyeusement en elle.

Ses lèvres se fendirent, s'écartèrent.

Elle souriait.

Elle sourit de plus belle et donna une dernière pression paresseuse, séparant le haut et le bas du corps, qui roulèrent dans la boue, chaque moitié hermétiquement ligaturée, comme une outre à vin.

L'aura autour de lui s'éteignit, et avec elle les images dans sa tête.

À tâtons, elle récupéra les deux morceaux et les comprima encore, espérant ranimer cette bouillante poussée de haine vivifiante.

Mais c'était trop tard. Il était mort et elle n'avait réussi qu'à aggraver les dégâts sur le corps, ses entrailles lui dégoulinant entre les doigts.

Elle emmaillota les deux cadavres dans sa cape et marcha jusqu'à la rivière. L'enfant, elle l'enterra sur une partie dégagée de la berge, récitant dans sa tête la prière du *Kaddich* qu'elle avait entendu Rebbe psalmodier tant de fois. Les restes de l'assassin, elle les jeta à l'eau. Ils flottèrent un moment avant d'être emportés par le courant, la laissant seule dans sa contemplation d'une vérité aussi perçante que vague, aussi euphorisante qu'effroyable.

L'espace d'un glorieux instant, elle s'était approchée de la révélation, elle avait eu son vrai nom sur le bout de son inutile langue.

Pendant un court moment, elle était devenue merveilleuse, essentielle, naturelle.

Elle était devenue elle-même : ce qu'elle était et avait toujours été.

Une sauveuse.

Une tueuse.

C'était il y a un an, presque jour pour jour.

Et voilà qu'aujourd'hui, tapie dans l'embrasure de la boucherie Petschek, elle observe avec intérêt la silhouette encapuchonnée qui se presse dans Langegasse, un ballot sous le bras.

Elle lui laisse un peu d'avance puis s'élance après elle.

C'est tout un art, de suivre quelqu'un à travers le ghetto. Des venelles surgissent de nulle part. Des escaliers plongent tout à coup. Les obstacles abondent. Elle enjambe des charrettes où s'entassent des monceaux de pommes de terre moisies. L'orage gronde, arrachant aux tuiles branlantes des toits des salves d'applaudissements, lents et sarcastiques. Longtemps après que les humains qui résident dans le ghetto se sont habitués et attachés à elle, leurs animaux continuent d'annoncer ses apparitions avec panique. Avant même qu'elle ait tourné le coin de la rue, les chevaux piaffent et s'ébrouent dans leur stalle ; les poules deviennent hystériques ; les chiens gémissent ; chats et rats se liguent dans l'exode, leurs hostilités momentanément suspendues.

Ils la voient. Ils la reconnaissent.

Qui que soit cette silhouette devant elle, elle marche vite, prend les virages sans hésitation. Quelqu'un du quartier ? Pas par ce temps. Pas à minuit. Dans l'intérêt de la sûreté publique, Rebbe a décrété que personne, à l'exception du bedeau, du médecin et de Yankele, ne devait sortir après la tombée du jour. Wichs, elle vient de l'apercevoir en train de rentrer chez lui. Le médecin, c'est impossible ; il ne se déplace jamais sans sa sacoche et porte une clochette autour du cou pour l'avertir de son approche.

Et le fait que cette personne soit vêtue comme un juif ne veut rien dire non plus.

L'homme au bébé assassiné l'était aussi.

Elle descend la Ziegengasse, traverse la Grosse Ring en direction de la rivière.

Encore quelqu'un qui désire se débarrasser d'un sale petit secret ?

Le ballot a plus ou moins la taille d'un corps d'enfant.

Ou, plus charitablement, d'une miche de pain : un chef de famille qui voudrait prendre de l'avance sur le nettoyage du garde-manger en prévision de Pessah.

En pleine nuit ?

Sa filature la conduit jusqu'à la Rabinergasse, une rue à double voie qui l'oblige à rester en retrait un instant. Trente secondes plus tard, lorsqu'elle se remet en route, la silhouette a disparu.

Les traces de ses bottes s'estompent sous la pluie battante. Elles décrivent un arc de cercle en direction de la Alt-Neu, puis culminent en une série de traînées boueuses sur les pavés : des pieds que l'on a essuyés avant d'entrer.

La porte de la synagogue est fermée, sans aucun signe d'effraction, même si elle sait bien que n'importe quel voleur compétent en viendrait à bout en un tournemain. Avant son arrivée, le vandalisme était un fléau perpétuel. Des rouleaux de la Torah déchiquetés, des objets rituels pillés ou détruits.

Elle essaie la poignée.

La porte s'ouvre, déverrouillée.

Seuls Rebbe et le bedeau ont une clé, or tous deux sont au lit, ou du moins devraient l'être. Peut-être Rebbe est-il venu chercher là une heure ou deux de solitude ? Non. La silhouette qu'elle a aperçue était trop petite. Et puis, jamais il ne transgresserait son propre décret. Il montre la voie par l'exemple.

Elle secoue sa cape pour l'égoutter de la pluie et pénètre à l'intérieur.

Dans le sanctuaire proprement dit, Wichs s'est acquitté de sa tâche avec une vigueur particulière, pas un feston ne dépasse. La fête de Pessah, selon Rebbe, est synonyme de purification et de renaissance. Tous les artisans du ghetto se sont succédé ici ces derniers jours, occupés à scier, poncer et polir. L'Arche a été inspectée pour s'assurer qu'il n'y ait pas de trous de souris, son rideau a été lavé, débarrassé des odeurs de fumée. Perel a pris l'initiative de rebroder l'étoffe élimée qui recouvre la *bimah**, en y ajoutant une touche personnelle, des motifs floraux décoratifs.

Mais Pessah a aussi un autre visage. C'est à cette période de l'année que ceux qui détestent les juifs viennent chercher vengeance pour des crimes imaginaires.

Elle reste immobile, écoutant les trombes d'eau au dehors.

Les murs de pierre chatoient dans la lueur de la flamme éternelle, alimentée pour brûler toute la nuit.

Soudain : un halo gris palpite à travers les ouvertures qui donnent sur la section des femmes.

Cela l'écœure et l'excite à la fois.

Elle connaît cette couleur.

Elle se baisse pour regarder par les petits guichets. La lumière provient de l'extrémité est de la pièce, irradie sous l'interstice d'une porte en bois. Elle se sent un peu idiote de n'avoir jamais remarqué cette porte et de ne pas savoir où elle mène. Bien qu'elle assiste aux offices trois fois par jour – debout, les lèvres inertes, la tête et les bras enroulés dans des *tefillin* faits sur mesure pour elle, l'œuvre de Yosie le Scribe, qui s'est plaint auprès de Rebbe qu'il lui faudrait le cuir d'un veau entier pour y arriver –, elle n'est jamais entrée du côté des femmes.

Et pourquoi y serait-elle entrée ? Elle est homme. Sa place se trouve parmi ses semblables.

S'ils savaient qui elle est vraiment…

Il y a aussi un bruit, un lointain grincement monotone, ponctué par des coups sourds à intervalles réguliers, comme un chariot boiteux.

Le rythme suit la pulsation de la lumière.

Elle ressort du sanctuaire, tourne dans le couloir et pénètre dans la pièce des femmes, s'arrêtant un moment pour observer le halo. Chaque pic brille plus fort que le précédent, chaque creux désenfle à proportion. Elle constate à présent qu'il a une teinte unique, tirant davantage sur l'argent que le gris, frais, englobant et magnifique.

sssssssBOUMsssssssBOUMsssssssBOUMsssssssBOUM

Elle ne se souvient pas de la dernière fois qu'elle a eu peur.

C'est une sensation étrangement plaisante.

Elle s'approche de la porte inconnue et l'ouvre.

Le gris argent s'épanche, s'accroche à elle comme de la laine mouillée.

Une antichambre, qui ne mesure guère plus de quatre coudées de large, tourbillonnant de poussière. Le réduit fait la moitié de sa taille, pourtant il se dilate pour l'accueillir. Elle pose un pied sur le premier barreau de l'échelle qui grimpe à travers un trou dans le plafond.

sssssssBOUMsssssssBOUMsssssssBOUMsssssssBOUM

Elle n'appuie pas de tout son poids sur le barreau, craignant qu'il ne cède. Mais il résiste, et le suivant aussi, alors elle commence à monter, couvrant en trois foulées la distance jusqu'en haut.

Elle émerge par une trappe dans une pièce mansardée, baignée de lumière argentée : une silhouette humaine, penchée en avant, les mains affairées, à peine visible au cœur d'un immense brasier gris, flamboyant et froid, emplissant l'air, qui crépite et bouillonne à son contact.

ssssssBOUMssssssBOUMssssssBOUMssssssBOUM

Le rythme alimente son désir de tuer, son besoin enfle jusqu'à faire vibrer tout son corps.

Elle ignore qui est cette personne et ce qu'il se passe, mais elle doit y mettre un terme.

Elle fait un pas en avant.

Du moins, elle essaie.

La lumière la repousse.

Elle n'est pas habituée à ça. Elle n'a jamais connu aucune limite physique. Elle rassemble ses forces et s'avance à nouveau, mais la lumière se cabre en grognant et la projette vers le mur, contre lequel elle s'écrase avec fracas.

La silhouette relève la tête en sursaut et son aura décline aussitôt, révélant la scène qui était jusque-là occultée : un tabouret à trois pieds ; le ballot défait, consistant en une pièce de drap et son sale petit secret, une motte de glaise prélevée sur les berges de la rivière.

Enfin, la source du bruit, une roue en bois pivotante posée sur une table et, en son centre, une masse à demi formée.

La roue ralentit.

L'aura faiblit encore.

Sa soif de sang s'apaise.

En quelques secondes, tout devient immobile ; l'unique lumière provient désormais d'une petite lanterne, et la silhouette apparaît complètement.

Elle porte une longue jupe de laine. Sous son fichu détaché, une couronne de cheveux noirs frisés. Les manches de son manteau sont remontées jusqu'au coude. De l'eau boueuse dégouline sur ses avant-bras, lisses et minces. Ses mains délicates, gantées d'argile, font deux fois leur taille normale. Ses yeux verts malicieux la contemplent avec résignation.

« Heureusement que tu ne peux pas parler », dit Perel.

38

La ressemblance entre le visage que Jacob avait dans les mains et celui de Samuel Lev était proche de la perfection. C'était un visage qu'il aimait, celui d'un homme qui l'avait embrassé, béni. Celui d'un homme qui était mort quatre siècles plus tôt.

« Comment vous êtes-vous procuré ça ? demanda-t-il.

– C'est là depuis toujours, répondit Peter Wichs.

– Mais d'où ça vient ? Qui l'a fait ?

– Personne ne le sait, Jacob Lev.

– Alors comment savez-vous que c'est le Maharal ?

– Comment savons-nous ce que nous savons ? Parce qu'on le raconte à nos enfants, qui le racontent à leurs enfants. Mon père travaillait à la *shoul*, et son père avant lui. J'ai grandi en entendant leurs histoires, transmises de génération en génération.

– Un mythe.

– Vous pouvez appeler ça comme ça, si vous préférez. »

Jacob commençait à avoir une crampe au bras et, en baissant les yeux, il se rendit compte que ses muscles tremblaient : il serrait l'objet dans son poing de toutes ses forces, comme pour le pulvériser. Il relâcha l'étau de ses doigts, la chair de sa paume labourée de marques rouges.

« Est-ce que vous pourriez vous reculer ? » demanda-t-il à Peter.

Celui-ci s'exécuta.

Jacob le trouva aussi petit que dans son souvenir.

Sauf qu'il ne faisait plus tellement confiance à sa mémoire.

« Vous êtes des leurs ?

– De quoi parlez-vous ?

– Des Projets spéciaux.

– Je ne sais pas ce que c'est.

– Une unité de police.

– Je ne suis pas policier, Jacob Lev. J'ai un seul travail, celui de monter la garde. »

Jacob contempla de nouveau la tête en argile. Elle semblait si vivante qu'il s'attendait presque à la voir ouvrir la bouche et parler avec la voix de Sam.

Tu ne peux pas partir. Je ne peux pas t'y autoriser. Je te l'interdis.

Tu ne peux pas me faire ça.

Tu m'abandonnes.

« Pourquoi m'avez-vous laissé monter ici ? voulut savoir Jacob.

– Vous me l'avez demandé.

– Je suis sûr que des tas de gens vous le demandent.

– Pas des tas de policiers.

– Qui d'autre ?

– Des touristes, répondit Peter en souriant.

– Et le lieutenant Chrpa, vous l'avez laissé monter ? »

Le gardien secoua la tête.

« Qui, alors ?

– Je ne suis pas certain de comprendre où vous voulez en venir, inspecteur.

– Vous m'avez dit que cet endroit affectait chaque personne d'une manière différente. Qui d'autre a-t-il affecté ?

– C'est un lieu ancien, Jacob Lev, je ne prétends pas savoir tout ce qui s'y est passé. Je sais que, parmi les gens qui viennent ici, certains trouvent le bonheur et la paix. D'autres en ressortent amers. Pour quelques-uns, la charge peut être trop forte à supporter, parfois jusqu'à les rendre fous. Mais tous en repartent changés.

– Et moi ? demanda Jacob. Qu'est-ce qui est en train de m'arriver ?

– Je ne peux pas lire dans vos pensées, inspecteur. »

Un rire animal s'échappa de la gorge de Jacob.

« C'est bon à savoir, rétorqua-t-il.

– Je crois qu'il est temps de redescendre, Jacob Lev. »

Il lui reprit la tête en argile, commença à la rempaqueter.

« Pourquoi vous obstinez-vous à m'appeler comme ça ?

– Comment ?

– Jacob Lev.

– C'est votre nom, que je sache. »

Peter remonta sur la caisse, replaça le ballot sur l'étagère du haut.

« Votre nom, reprit-il, je crois que ça veut dire "cœur" en hébreu. *Lev.*

– Je sais très bien ce que ça veut dire.

– Ah. Dans ce cas, il me semble que je n'ai rien de plus à vous apprendre. »

La descente fut rapide, rien d'extraordinaire par rapport à n'importe quel escalier normal. Les bras et les jambes de Jacob fonctionnaient sans problème, il avait la poitrine dégagée. Et l'esprit ? Ça, c'était une autre histoire.

À peine étaient-ils ressortis par le rideau violet qu'une femme d'une quarantaine d'années, habillée de pudiques vêtements en maille foncée, pénétra dans la pièce, un livre de prières sous le bras.

« *Chabbat chalom, rebbetzin* Zissman, lança Peter.

– *Chabbat chalom*, Peter.

– *Chabbat chalom* », dit Jacob.

La femme jeta un regard vers la tête nue de Jacob, couverte de poussière.

« Hum », fit-elle.

Un homme à grande barbe, vêtu d'un caftan de satin noir et coiffé d'une toque en fourrure, attendait impatiemment à l'entrée du sanctuaire. Peter le salua en tchèque, et Jacob l'entendit prononcer son nom.

« Le rabbin Zissman vous prie de l'excuser pour son mauvais anglais et vous invite à vous joindre à nous pour l'office.

– Une autre fois peut-être, répondit Jacob. Mais merci. *Chabbat chalom.* »

Le rabbin soupira, secoua la tête et disparut dans le sanctuaire.

« Vous avez bien raison, chuchota Peter. Avec lui, ça dure toujours des heures. »

Dehors, Ya'ir était assis sur le trottoir, plongé dans la lecture du magazine *Forbes*. Il se leva pour serrer la main de Jacob.

« Je vous espère bon chance à retrouver cette personne.

– Merci, dit Jacob.
– Va prendre une pause », suggéra Peter à son protégé.
Ya'ir haussa les épaules.
« Ok, chef. »
Il lui lança le magazine et s'éloigna au bout de la rue pour s'allumer une cigarette.
Lorsqu'ils furent seuls, Peter demanda à Jacob :
« Quelle est votre prochaine étape, inspecteur ?
– Je pars en Angleterre. Essayer d'en savoir un peu plus sur ce Reggie Heap.
– Comme je vous l'ai dit, je ne suis pas policier. Mais, si c'est votre instinct, j'aurais tendance à vous inciter à le suivre.
– Mon instinct a failli me faire sauter par la fenêtre. »
Peter sourit.
« Tout va bien maintenant, vous êtes là. »
Il lui donna une petite tape amicale sur l'épaule et alla prendre son tour de garde.
Jacob leva les yeux vers l'horloge hébraïque sur le bâtiment voisin. Cette fois encore, il lui fallut un moment avant d'être sûr qu'il ne se trompait pas. Mais son téléphone confirmait. Il était dix-huit heures seize.

39

Le vol pour Londres dura deux pénibles heures. Jacob passa la première à s'envoyer des mignonnettes de duty free, la deuxième à gober des cacahuètes pour tenter de masquer son haleine… avec succès, visiblement, puisque le type au comptoir des locations de l'aéroport de Gatwick lui remit sans histoires les clés d'une Ford réduite à sa plus simple expression.

La conduite à gauche, des rideaux de pluie et un tenace sentiment d'appréhension qui lui donnait l'impression qu'une voiture sur deux était déterminée à se jeter de plein fouet sur la sienne firent du trajet jusqu'à Clegchurch une véritable épreuve pour les nerfs.

La périphérie de la petite ville avait été sacrifiée à de tristes immeubles de logements sociaux et, si la rue principale avait conservé quelque peu de son charme architectural, les torrents du caniveau charriaient des quantités de bouteilles en plastique et de papiers gras. Les deux établissements ouverts à l'heure du déjeuner étaient le cercle de paris hippiques et le pub adjacent, baptisé le Dog's Neck.

Jacob se gara, coupa le moteur. La pluie tambourinait sur le toit.

Peut-être l'adrénaline de la route lui avait-elle purifié l'organisme, car son séjour à Prague commençait déjà à revêtir une qualité onirique, le flot continu du temps se disloquant en gros blocs qui dérivaient en s'écartant les uns des autres et en s'effritant sur les bords, si bien que les événements et les sensations n'avaient plus aucune relation de cause à effet entre eux.

Il passa en revue toutes les raisons de ne pas se fier à ses impressions.

Le stress.
Le décalage horaire.
La génétique.
Le poison qu'il s'administrait depuis douze ans.
La ville de Prague elle-même, cauchemar halluciné en quatre dimensions.

C'était le genre de choses qui arrivaient tous les jours : on voit quelqu'un qui nous fait penser à quelqu'un d'autre. Simple question de statistiques : plus de sept milliards d'habitants sur Terre, il y a forcément des ressemblances. Le contraire serait bien plus étonnant. Sinon, on n'aurait pas inventé le concept de sosie.

Par-dessus cet argument, il empila une couche supplémentaire de vagues généralités. Il lui était arrivé *des trucs* ; des trucs bizarres, mais pas impossibles. Des trucs auxquels il réfléchirait plus tard, à un moment plus opportun, longtemps après qu'ils auraient entamé leur processus de décomposition et de dissolution dans le tiède magma de l'oubli. Au prix de contorsions mentales suffisantes, on parvenait toujours à trouver une explication logique.

Et, d'une certaine façon, il avait attendu cet instant – avec impatience, presque –, son inconscient égrenant le compte à rebours comme les perles d'un chapelet. Il s'en était tiré trop longtemps avec l'excuse d'une simple dépression. Il devrait même s'envoyer un bouquet de fleurs, tiens. *Félicitations, ça y est, tu deviens fou !* C'était une forme de soulagement de se rendre compte qu'il n'aurait plus à faire semblant d'être maître de son propre destin. Il rentrerait chez lui, s'abandonnerait aux mains des experts, se trouverait un médecin, lui raconterait toute l'histoire, pleurerait un bon coup, arrêterait l'alcool.

Se mettrait au jogging. À manger bio. À prendre des médocs. À aller mieux.

Mais, pour le moment, il avait un travail à terminer. Un travail par bonheur extrêmement concret, dans la morne et rationnelle Angleterre.

Et si ce travail impliquait d'entrer dans un bar, il n'allait pas discuter.

Le Dog's Neck partageait certains traits de déco avec son homologue tchèque. En revanche il ne partageait pas son atmosphère conviviale. Un groupe de clampins regardaient, hagards, un match de foot à la télé, leur apathie accentuée par l'exubérance du commentateur. Une femme aux cheveux crêpés s'acharnait sur l'écran graisseux d'une machine à poker. L'air puait la Javel et l'huile de friture brûlée.

Jacob secoua les bras pour égoutter ses manches, s'assit au comptoir et commanda une pinte de stout.

Le barman hésita entre plusieurs chopes avant d'en choisir une d'un niveau de saleté acceptable.

Jacob lui glissa un billet de dix livres.

« Gardez la monnaie.

– Merci. »

Il but sa bière rapidement et en commanda une deuxième qu'il paya également avec un billet de dix. L'absorption d'alcool atténuait les frayeurs de la route mais réveillait un vieux fond d'angoisse plus enfoui, plus brut. La pendule au mur indiquait onze heures. Trois heures du matin en Californie. Il était tenté d'appeler son père. En principe, Sam ne décrochait pas le téléphone pendant chabbat, mais l'heure tardive lui ferait sans doute croire à une urgence, justifiant une violation du jour saint.

Jacob ne savait pas très bien ce qu'il lui dirait.

Tu sais, ce rabbin mort que tu admires tant ?

Eh ben, c'est toi.

Et au fait, tant que j'y pense : je suis pourchassé par un scarabée.

Le barman vint lui retirer son verre vide.

« La même chose, demanda Jacob.

– D'suite. »

En effet, la pinte arriva d'suite.

Jacob allongea un troisième billet de dix et déclara :

« Je cherche quelqu'un. »

Grand sourire du barman. Il avait des dents énormes.

« Ah ouaip ?

– Edwyn Heap. »

Le sourire s'effaça.

« Vous le connaissez ? » s'enquit Jacob.

Le type fut soudain pris d'un besoin urgent d'aller astiquer l'autre extrémité du comptoir.

Le commentateur de foot beuglait : *Je n'arrive pas à le croire, c'est tout bonnement incroyable !*

« Personne ? » lança Jacob à la cantonade.

Pas une tête ne se tourna.

« Vingt livres à qui pourra me dire où trouver Edwyn Heap. »

Aucune réponse.

« Trente. »

La machine à poker émit une mélodie en spirale descendante : *perdu.*

« Ou bien son fils, ajouta Jacob. Reggie. »

Un des téléspectateurs lui rétorqua d'aller se faire foutre.

« Sympa, fit Jacob. C'est comme ça que vous accueillez les touristes ? »

L'homme se leva, ainsi qu'un autre, et ils se dirigèrent vers lui.

La fraaaaaappe... et poteau !

Ils étaient soûls, mal rasés, bien nourris – du moins en quantité, si ce n'est en qualité. Le type de gauche portait un maillot jaune d'Oxford United ; celui de droite, un survêtement râpé.

Ils vinrent l'encadrer au comptoir.

« Alors comme ça, c'est les Heap que tu cherches ? demanda Oxford United.

– Ouais.

– Et pourquoi qu'ça ?

– J'ai besoin de les contacter, répondit Jacob.

– C'est l'serpent qui s'mord la queue, nan ? Tu veux les voir passque tu veux les contacter. »

La femme au poker avait retourné son sac en quête de quelques pièces de monnaie.

« J'ai entendu dire qu'ils habitaient dans le coin, expliqua Jacob.

– Sans blague ? »

Jacob opina.

« Ben, désolé d'te décevoir, vieux, mais t'as mal entendu. Ça fait un bail que Reggie Heap a pas r'foutu les pieds ici.

– Un bail », confirma Survêt.

Oooooh, alors ça, c'est vicieux.

« Et son père ? insista Jacob.

– L'aime pas trop s'montrer.

– Pourquoi donc ?

– Qu'est-ce tu lui veux, à part qu'tu veux l'voir ?

– Je voudrais lui parler.

– C'est qu'ça doit être un pote à toi, alors. »

Oxford se tourna vers le barman :

« T'entends ça, Ray ? V'là un pote au vieux Ed.

– Imagine-toi, répondit le barman.

– Imagine-toi, Vic.

– Peux pas, répliqua Survêt.

– J'savais pas qu'Ed avait encore des potes, reprit Oxford. Reggie non plus, d'ailleurs. »

Le reste du groupe avait commencé à se rapprocher du bar.

La femme au poker noua une capuche de pluie sur sa tête, ramassa ses affaires et sortit.

« C'était juste une question, se justifia Jacob.

– Eh ben t'as ta réponse, rétorqua Oxford. Maintenant barre-toi.

– Je n'ai pas fini ma bière. »

Survêt prit la chope de Jacob et la tendit au barman, qui la vida diligemment dans l'évier.

« Ayé, t'as fini », déclara Oxford.

Jacob avisa les trois autres hommes. C'était le même genre qu'Oxford et Survêt, mais en plus balèzes et plus soûls. L'un d'eux avait carrément un filet de bave au menton.

« Je pourrais avoir ma monnaie ? demanda Jacob au barman.

– Hein ?

– Ma monnaie.

– M'avez dit de la garder.

– C'était avant que vous me confisquiez mon verre. Cinq livres devraient suffire. »

Après une courte hésitation, le barman posa sur le comptoir un billet froissé en boule et l'expédia vers Jacob d'une pichenette.

« Merci, dit Jacob. Bonne journée. »

Oxford le suivit jusqu'à la porte et resta planté à le regarder pendant qu'il se pressait sous l'averse et remontait dans sa pathétique petite voiture de location. Il se sentait piteux, encore plus quand il cala. Il finit néanmoins par réussir à démarrer, parcourant trois cents mètres avant de jeter un coup d'œil dans son rétroviseur.

Une voiture bleue le suivait.

Il tenta en vain de discerner le visage du conducteur, lâchant la route du regard suffisamment longtemps pour manquer d'écraser un vieux monsieur drapé dans un poncho imperméable, qui se faufilait à vélo le long du bas-côté boueux.

Jacob accéléra autant qu'il put, bifurquant sur les petites routes sans mettre son clignotant. Chaque fois, la voiture bleue était derrière lui. Il essaya de se servir du GPS de son téléphone, mais c'était impossible tout en tenant le volant et en passant les vitesses.

Et puis merde, songea-t-il. Il se rangea sur l'accotement.

La voiture bleue en fit autant.

La route sur laquelle ils se trouvaient filait tout droit entre deux vastes champs bourbeux. Une ferme à l'horizon. Un tracteur abandonné. Personne.

Quelqu'un sortit de la voiture bleue.

C'était la joueuse de poker. Le vent gonflait sa capuche en plastique. Elle l'agrippa sous le menton, se précipita vers la portière passager de Jacob et tapa à la vitre.

« Ouvrez c'te foutue porte ! »

Il se pencha pour déverrouiller la sécurité.

Elle se glissa sur le siège à côté de lui, l'aspergeant de gouttelettes. Elle sentait le rouge à lèvres, le tabac et le PVC.

« C'est pas des manières, ça, d'laisser une dame sous la pluie.

– Je peux vous aider ?

– Nan. Mais moi, ouais.

– D'accord.

– J'vais d'abord encaisser les quarante livres.

– J'avais dit trente. »

Des rides apparurent sous son maquillage lorsqu'elle sourit.

« L'inflation, c'que vous voulez. »

Il lui en donna la moitié.

« Le reste après, dit-il.

– Ça roule, répondit-elle en fourrant l'argent dans son soutien-gorge. Z'allez pas vous faire des amis, à la ramener comme ça avec les Heap.

– J'ai cru remarquer.

– Reggie, l'a tué c'te fille, vous savez.

– Quelle fille ? sursauta Jacob.

– On l'a r'trouvée dans l'bois, derrière la maison au vieux Heap.

– Quand ça ?

– Y a du genre vingt-cinq ans. La pauvre. C'était pas jojo. L'était à moitié bouffée par les bêtes.

– Reggie Heap a assassiné une fille, répéta Jacob.

– À coups d'pelle. Elle travaillait pour la famille. Tout l'monde le sait. Mais l'vieux Ed, c'est l'vieux Ed, et z'ont jamais rien pu prouver, alors tralala. Danny, l'gars qu'était au pub t'à l'heure, c'était sa cousine, Peg. »

Vingt-cinq ans, ça remontait à 1986, l'année où Reggie avait remporté son prix de dessin.

« La pauvre Mme Heap, son cœur a lâché. C'était une brave dame. J'crois pas qu'elle a pu supporter d'vivre avec ces deux affreux. »

Elle lui indiqua l'itinéraire jusqu'à la maison d'Edwyn Heap.

« Vous auriez des conseils à me donner pour savoir comment l'aborder ? »

La femme était contente qu'on lui demande son avis.

« À c'qui paraît, il aime les caramels mous. »

Jacob lui donna un deuxième billet de vingt, qui alla rejoindre le premier.

« Bonne chance au poker, lui dit-il.

– T'inquiète, mon chou, j'suis vernie comme fille. »

40

La clôture délabrée qui entourait la propriété de Heap résumait tout : riche en terres, pauvre en cash. Jacob se glissa par un trou dans le grillage, une boîte de caramels à la main.

En l'espace d'une heure depuis que la pluie avait cessé, les flaques dans les trous du bitume avaient été colonisées par les insectes. S'il avait été un rien plus crédule, Jacob aurait pu, en observant cette vie grouillante, croire qu'elle était le produit d'une génération spontanée. Il comprenait aisément que les anciens aient pu envisager une telle hypothèse.

Pas de scarabées.

Il se hâta quand même de remonter l'allée jusqu'à la maison.

Le heurtoir lui resta dans la main. Il le refixa tant bien que mal sur ses clous branlants et fit le tour par l'arrière. Quelqu'un avait imprudemment laissé plusieurs fenêtres ouvertes à l'étage. Des rideaux en lambeaux claquaient au vent, détrempés.

Il grimpa sur la grande terrasse en surplomb qui dominait une vaste pelouse en friche, au bout de laquelle commençait un petit bois.

Il mit ses paumes en portevoix et cria : « Bonjour ! »

Silence.

Il réessaya, ne reçut pas davantage de réponse, se rapprocha pour aller toquer à la porte-fenêtre.

Un claquement, un sifflement, et la jardinière en béton quatre mètres sur sa gauche se fendit en deux.

Le deuxième coup de feu arracha la plante au ras de la terre. Entre-temps, Jacob avait plongé derrière la balustrade, recroquevillé en boule, la tête entre les genoux, les bras autour des tibias.

Un troisième coup fit éclater la jardinière sur sa droite.

Les tirs provenaient du bois. S'il tentait de fuir, il deviendrait du gibier ambulant dès la seconde où il serait à découvert.

L'autre option était de ramper jusqu'à la porte-fenêtre, de casser la vitre et de se réfugier à l'intérieur. Il se blesserait avec le verre, et il finirait sans doute par se faire descendre quand même. Effraction manifeste, légitime défense, impunité totale.

Il sortit son téléphone et pianota frénétiquement sur Internet. La page se chargea octet par octet, avec une nonchalance effroyable.

Le quatrième tir rata sa cible, balafrant la façade en brique de la maison.

Le numéro d'urgence au Royaume-Uni était le 999. Vous pouviez aussi composer le 112 ou, comme aux États-Unis, le 911.

Il choisit le dernier.

La voix qui lui répondit était américaine.

Deux nouvelles déflagrations, deux nouvelles briques explosées.

Jacob essaya les autres numéros, sans succès ; soit ça sonnait dans le vide, soit il tombait sur quelqu'un en Virginie-Occidentale. Il ajouta un 1 devant, puis 1-1, puis 0-1-1. En vain. Il retourna sur Google.

Il allait mourir avec une facture astronomique d'itinérance internationale.

Les coups de feu cessèrent, remplacés par un bruit de pas sur la pelouse mouillée.

« Vous êtes sur une propriété privée.

– J'ai frappé, répondit Jacob sans bouger.

– Et alors ? »

Jacob se risqua à brandir la boîte de bonbons par-dessus la balustrade. Constatant que sa main était toujours là, il se redressa en montrant son badge.

« Je suis désolé. Vraiment. »

Le bulldozer humain en face de lui portait un pantalon de flanelle informe. Soixante-dix ans environ, des mèches blanches clairsemées sur un crâne taché par le soleil, il avait une cordée de lièvres pendue à une épaule et un fusil de chasse posé sur l'autre.

« C'étaient de simples tirs de sommation. Cinquante mètres. À cette distance, j'aurais pu vous faire la barbe les yeux bandés.

– Je n'en doute pas, monsieur.

– Alors, du vent. »

À la façon d'un majordome, Jacob ouvrit la boîte et la lui tendit.

« Qu'est-ce que c'est ? Des caramels ? »

L'homme monta les marches d'un pas lourd et en préleva un, ses joues roses virant au rouge tandis qu'il le mâchouillait vigoureusement. Il grognait, grimaçait, comme si on était en train de lui arracher une dent et qu'il adorait ça.

« Irrésistible, marmonna-t-il en prenant un deuxième bonbon après avoir avalé le premier.

– Vous êtes Edwyn Heap ?

– Hum.

– Jacob Lev, inspecteur au Los Angeles Police Department.

– Grand bien vous fasse.

– Je suis là au sujet de votre fils, Reggie.

– Un terme à mettre entre guillemets.

– Pardon ?

– J'avais prévenu Helen dès le début : je ne tiens pas à dilapider ma vie ni ma fortune à cause des erreurs d'un étranger.

– C'est un fils adoptif ? demanda Jacob.

– Évidemment, pardi ! Si c'était mon fils naturel, il n'aurait jamais aussi mal tourné. Qu'est-ce qu'il a fait à Los Angeles ? »

Jacob remarqua la syntaxe : non pas *Qu'est-ce qu'il fait*, mais *Qu'est-ce qu'il* a *fait*.

« Je ne sais pas très bien, répondit-il.

– Ça fait loin, pour venir jusqu'ici sans savoir.

– Était-il à Prague en avril dernier ?

– À Prague ?

– En République tchèque.

– Je sais où est Prague, imbécile. »

Heap déglutit bruyamment et attrapa un troisième caramel dans la boîte, qui en comptait donc désormais dix-sept.

« Absolument et complètement irrésistible », grommela-t-il.

Jacob avait l'impression que la conversation durerait le temps de sa réserve de bonbons.

« Vous savez s'il est déjà allé là-bas ? reprit-il.

– Non, je l'ignore, et je m'en fiche pas mal. C'est un adulte, du moins à ce qu'en dit la loi. Il peut aller où ça lui chante. Et d'ailleurs, je ne vois pas ce qu'un policier américain vient faire là-dedans. »

Jacob jeta un coup d'œil au fusil. Suffisamment près pour qu'il puisse le lui arracher des mains, si nécessaire.

« Je crains d'avoir une mauvaise nouvelle à vous annoncer. La police de Prague a retrouvé un corps qui semblerait être le sien. »

Heap interrompit sa mastication.

« Je suis désolé », dit Jacob.

Heap s'appuya à la balustrade, les yeux écarquillés tandis qu'il gobait tout rond son caramel à demi mâché.

Le fusil tomba par terre avec fracas et l'homme s'agrippa la poitrine. Jacob tendit un bras vers lui, mais Heap le repoussa d'un geste agacé, soufflant comme un bœuf.

« Que s'est-il passé ? parvint-il à articuler.

– Ça va aller, monsieur ?

– *Que s'est-il passé ?*

– Ce n'est pas tout à fait clair. Il semblerait qu'il ait été assassiné…

– Semblerait ? Mais qu'est-ce que vous racontez, bon sang ? Assassiné par qui ?

– C'est ce qu'on essaye de savoir…

– Eh ben, faites votre boulot, merde, au lieu de rester planté là à me poser des questions à moi !

– Je suis vraiment désolé d'avoir à vous annoncer une chose pareille.

– Je me contrefous que vous soyez désolé ou pas. Je veux savoir ce qui s'est passé.

– Il semblerait… »

Heap ramassa son fusil et le pointa vers le ventre de Jacob.

« Vous répétez encore une fois qu'il vous *semblerait* ci ou ça et je repeins ma maison avec vos boyaux. »

Un temps.

« Il a essayé de violer une femme. »

Heap ne dit rien, ne montra aucune réaction.

« Elle s'est débattue et a réussi à s'enfuir. Quand les policiers sont arrivés sur les lieux, ils l'ont retrouvé mort. Assassiné.

– Comment ?

– ... Comment ?

– Assassiné comment ?

– Il a été... »

Jacob hésita, se racla la gorge.

« Il a été décapité. »

Le fusil vacilla entre les mains de Heap.

« Je sais que c'est dur », compatit Jacob.

Heap eut un sourire amer.

« Vous avez un fils ? demanda-t-il.

– Non, monsieur, je n'ai pas d'enfants.

– Donc vous ne savez pas ce que ça fait d'apprendre que votre fils a été assassiné, n'est-ce pas ?

– Non, monsieur.

– Par conséquent, vous n'avez aucun moyen de savoir si c'est dur ou pas.

– En effet. »

Silence.

« Si vous pouviez me montrer une photo, reprit Jacob, j'ai besoin de confirmer qu'il s'agit bien de lui. »

Le fusil retomba mollement le long de la jambe de Heap. Il entra dans la maison par la porte-fenêtre. Jacob le suivit.

41

« J'imagine que vous allez vouloir de l'argent pour les funérailles », dit Heap.

Pendant les quelques minutes qu'il lui avait fallu pour ranger son arme et s'emparer du dernier caramel, il avait retrouvé son calme, ainsi que son dédain.

« Vous n'aurez pas un sou de ma poche, je vous le garantis. »

Une armoire à fusils en loupe de noyer dominait la bibliothèque du rez-de-chaussée. Des zones décolorées sur le parquet et le papier peint trahissaient la présence antérieure de tapis et tableaux aujourd'hui disparus. Il y avait un lit de camp, une grosse couverture militaire en laine et des draps chiffonnés. Des conserves de haricots blancs et des bocaux d'asperges s'empilaient, de façon assez incongrue, sur une table demi-lune de style baroque. Entre ses pieds sculptés étaient posées une plaque électrique et une poêle sale.

Heap lâcha son chapelet de lièvres morts, qui en tombant sur le parquet réveilla un troupeau entier de moutons de poussière.

Il se dirigea vers l'escalier.

« Ne restez pas planté là. »

Jacob s'était trompé : les fenêtres de l'étage n'avaient pas été laissées ouvertes. Elles avaient été dégommées à coups de fusil, comme certaines portions des rambardes. Toute la maison, en vérité, avait été convertie en champ de tir. Les murs et les plafonds étaient criblés d'impacts de balle, dont la taille allait de petites perforations nettes et précises à de monstrueux cratères qui mettaient la plomberie à nu. Si les dégâts n'obéissaient à aucune logique cohérente – certaines pièces étaient intactes, d'autres n'existaient quasiment plus –, l'effort mis en œuvre témoignait d'une application obstinée.

Curieusement, cette maison lui rappelait celle de Fred Pernath à Hancock Park. Toutes les deux suggéraient la même réclusion autarcique, un désir de puissance masculine qui aurait dégénéré, se délectant de son inhospitalité.

Une maison était comme un corps ; pour la tuer, vous aviez le choix des armes. Fred Pernath avait opté pour la strangulation, étouffant la lumière et la vie sous l'accumulation d'objets, tel un cœur explosant de graisse. Edwyn Heap, le contraire : une érosion graduelle de la frontière entre l'intérieur et l'extérieur.

Elles avaient aussi en commun l'absence de photos de famille, bien que, dans le cas de Heap, cela puisse se concevoir comme une forme de bienveillance : tout ornement au mur était susceptible de voler en éclats.

« Reggie revenait souvent ici ? s'enquit Jacob.

– Helen le recueillait chaque fois qu'il était fauché, répondit Heap en s'engageant dans une deuxième volée de marches. Quand elle est morte, j'ai mis le holà.

– C'était il y a combien de temps ?

– Ça fera quatre ans en septembre. Elle n'avait aucune autorité sur lui.

– Il n'est jamais revenu depuis ?

– Peu de temps après l'enterrement, il est passé pour voir s'il ne pourrait pas grappiller deux ou trois choses à vendre. Je l'ai foutu dehors, c'est la dernière fois que je l'ai vu. »

Au deuxième étage, ils arrivèrent devant une porte qui était restée fermée si longtemps que la peinture du battant avait collé au chambranle. Heap l'enfonça d'un coup d'épaule et elle s'ouvrit en grand, flageolant sur ses gonds.

« La chambre du petit prince », annonça-t-il.

Le *petit prince*, qui aurait eu dans les quarante-cinq ans s'il n'était pas mort, avait un jour été enfant, et Jacob eut des frissons dans le dos en contemplant ce qui, sans ça, aurait été une chambre de garçon parfaitement ordinaire. Une couette avec un motif de voitures de course, comme si l'occupant des lieux n'avait jamais dépassé l'âge de neuf ans. Des livres d'école, une lampe de chevet en plastique, un combiné radiocassette.

Pas de taxidermie amateur.

Pas de collection de couteaux.

Que cette chambre n'ait rien de particulièrement sinistre était précisément ce qui la rendait sinistre.

À quel moment les choses avaient-elles dérapé ?

Que s'était-il passé ? Pourquoi ?

Quelques objets révélaient des signes de maturité. Un nu de femme allongée – l'affiche d'une rétrospective Egon Schiele à la Tate – fixé au mur par des bouts de Scotch jaunis ; un certificat encadré du Club étudiant des Beaux-Arts d'Oxford attestant du premier prix décerné à Heap pour son dessin intitulé « N'ayons pas peur d'oser ».

Edwyn Heap ramassa sur le bureau une photo de classe.

« Et voici le prince en personne. »

Au milieu d'un océan de blanc amidonné et de noir sévère, le jeune Reggie Heap avait un air de bête traquée, le front luisant de sueur, les yeux cherchant une échappatoire.

« C'était une erreur de l'envoyer à Oxford, commenta le père. Il n'avait aucune chance. Enfin bref, que comptez-vous faire, maintenant ? »

Jacob sortit son appareil pour prendre en photo la photo. C'était flou. Il réessaya. Un peu mieux.

« J'espérais que vous pourriez me donner un point de départ, répondit-il. Sa dernière adresse, peut-être ?

– Il n'en avait pas.

– Il devait bien habiter quelque part.

– Pas à ma connaissance. Il logeait ici ou là.

– Il avait un travail ?

– Pas un travail honnête, en tout cas. La plupart du temps, il vivait d'expédients. Ou de ce que je lui expédiais, pour être exact. Je crois qu'il faisait le garçon de bureau quand il était vraiment aux abois. Ça s'est passé exactement comme je l'avais prédit. Il s'était inscrit en droit. À la fin du premier semestre, il a téléphoné pour nous informer de son intention de changer pour les beaux-arts. Il va sans dire que je me suis fermement opposé à ce caprice. "On va devoir l'entretenir toute notre vie", j'ai prévenu Helen. Et c'est ce qui est arrivé. Mais vous auriez dû voir comme elle l'a défendu ! Du grand cinéma.

Elle a su jouer sur toutes les cordes sensibles. “Edwyn, il est perdu.” “Alors offre-lui une boussole, bon sang”, j’ai répondu. Il nous a rappelés une semaine plus tard en expliquant qu’il avait changé d’avis : c’était de *l’histoire* de l’art qu’il voulait faire. Et Helen a dit : “Mais quelle idée formidable, comme ça il pourra devenir professeur, c’est très prestigieux.” Vous voyez comme ils m’ont piégé ? Je trouvais que c’était un moindre mal, forcément. »

Heap secoua la tête.

« Je suppose qu’ils avaient arrangé leur coup ensemble depuis le début. Enfin, même en histoire de l’art, il n’a pas tenu jusqu’au bout. Bientôt, il s’est mis à courir le monde pour “élargir ses horizons”. Des écoles privées à un coût exorbitant, sans compter les fournitures. Six mois en Espagne, six mois à Rome. “Et dans quel but ?” “Il est en quête d’inspiration.” Pour eux, j’étais un homme des cavernes, irrécupérable. Mais une coupe de fruits, c’est une coupe de fruits, que ce soit à Paris, Berlin ou New York.

– Il est passé par New York ?

– Ne me demandez pas, je n’en sais fichtrement rien. À Tombouctou, même, si ça se trouve.

– Mais il est allé aux États-Unis à un moment ?

– Probablement. Plus ça coûtait cher, plus il voulait y aller.

– Il ne vous disait pas où il était ?

– Ça fait longtemps que j’ai arrêté de lui poser la question. À force, ça me donnait le tournis.

– Quand je vous ai dit que je venais de Los Angeles, vous m’avez répondu : “Qu’est-ce qu’il a fait là-bas ?”

– Oui, et alors ?

– Le choix des mots est intéressant. »

Aussitôt, Heap parut sur ses gardes.

« Pourquoi ?

– Il a eu des problèmes par le passé ? Des ennuis judiciaires ?

– Pas que je sache, non.

– La fille de Prague a déclaré qu’il avait essayé de la violer.

– Ben évidemment, tiens, de toute façon il n’était plus là pour la contredire.

– Et il y a cette autre fille, Peg. Qui travaillait pour vous.

– J'ai eu trop d'employés pour me souvenir de tous les prénoms.

– Certaines personnes du coin ont l'air de penser que Reggie n'était pas étranger à sa mort.

– Il faut être idiot pour croire tout ce qu'on raconte.

– Vous démentez, donc.

– Je crois que je n'aime pas beaucoup le ton sur lequel vous me parlez, rétorqua Heap. Vous venez m'informer que mon fils a été assassiné, et la seconde d'après vous régurgitez des calomnies dont pas un seul mot n'a jamais été prouvé. »

Ah, tiens, maintenant ça ne le gênait plus de présenter Reggie comme son fils.

« Je vous demande pardon. Je ne voulais pas vous contrarier.

– Vous me contrariez dans la mesure où votre promptitude à prendre pour argent comptant les conjectures d'une bande d'imbéciles indique que vous vous fourvoyez aisément. Vous m'avez dit qu'on l'avait retrouvé à Prague. Dans ce cas, que faites-vous ici ? Pourquoi m'envoie-t-on un Américain ? Ils n'avaient personne d'autre sous la main ? On en est vraiment là ?

– Aidez-moi à y voir plus clair, alors.

– C'est de la confiture aux cochons.

– Vous ne savez pas dans quels pays il s'est rendu.

– Je vous ai déjà répondu. Non.

– Mais il voyageait beaucoup.

– Je suppose.

– Avec quel argent ?

– Helen avait mis de côté une somme dont il recevait une partie le premier de chaque mois. Remarquez que ça ne l'empêchait pas de m'appeler le quinze pour essayer de me soutirer plus.

– L'argent était viré directement sur son compte ?

– J'imagine.

– À quelle banque ?

– La Barclay's. Qu'est-ce que ça peut vous faire ?

– Je pourrais les contacter pour savoir où les retraits ont été effectués.

– Mais en quoi ça vous intéresse de connaître la liste de tous ses déplacements ? Vous savez où il a été assassiné. Commencez par là.

– Vous avez évoqué un travail…

– Je ne crois pas, non. Au contraire, il me semble avoir été assez clair sur le fait qu'il n'en avait pas.

– Vous disiez qu'il faisait le garçon de bureau.

– Je refuse d'accréditer ça pour autre chose que ce que c'était : de la bricole.

– Peut-être, mais j'aimerais quand même savoir pour qui il travaillait, et où.

– Pour un architecte, lâcha Heap. Un de ses anciens profs de fac.

– Son nom ?

– James, George, un roi quelconque. La même tantouse misérable qui, des années plus tôt, l'avait convaincu d'abandonner ses études pour se mettre au gribouillage.

– J'ai cru comprendre que Reggie avait des talents d'artiste. »

Une lueur de fierté. Qui s'estompa aussitôt.

« C'est ce que disait mon épouse.

– Elle ne devait pas être tout à fait la seule à le penser, répliqua Jacob en désignant le certificat encadré.

– Ah oui, l'accomplissement d'une vie, si vous l'écoutiez. Comme il ne manquait jamais de le rappeler à sa mère chaque fois qu'il était dans la dèche.

– Vous avez gardé certains de ses dessins ?

– Monsieur est un esthète, à ce que je vois.

– Allez, faites-moi plaisir.

– Mais je ne fais rien d'autre depuis une demi-heure, bon sang ! Là-dessous », dit-il en hochant le menton en direction du lit.

Jacob s'agenouilla et sortit de sous le meuble deux volumineux cartons à dessin, ainsi qu'une pochette de fusains rabougris, des feutres à pointe fine et un carnet de croquis.

Il ouvrit le premier carton sur le lit.

L'encre ressortait superbement sur l'épais papier crème, traduisant avec une précision chirurgicale la vision de Reggie Heap.

Il savait dessiner, cela ne faisait aucun doute. Il y avait les susmentionnées coupes de fruits, mais aussi des paysages de campagne austères. Tous avaient un aspect mécanique, comme des calques photographiques.

« Elle en avait accroché dans toute la maison, marmonna Heap. Je les ai enlevés, je ne supportais plus d'avoir ça sous les yeux. »

La plupart des dessins étaient datés et signés, bien qu'ils aient été entassés pêle-mêle sans aucune chronologie. Jacob en vit d'aussi récents que 2006, d'aussi anciens que 1983.

« Mais vous les avez conservés, observa-t-il.

– Les jeter m'aurait demandé trop d'efforts.

– Plus d'efforts que de les décrocher et de les ranger dans des cartons ?

– Où est-ce que vous voulez en venir, nom d'un chien ? »

Au fait que vous êtes plus fier de lui que vous ne voulez bien l'admettre. Ce qui est à la fois touchant et inquiétant.

« Lequel lui a valu son premier prix ? demanda Jacob.

– Aucun de ceux-là. Ce foutu Club des Beaux-Arts l'a gardé. Helen leur en a offert mille livres, mais ils ont répondu que c'était le règlement du concours. »

Le second carton contenait des œuvres plus intéressantes ; des études de nus et des portraits. Les femmes avaient toutes des expressions de détresse, l'inconscient de Reggie ayant devancé ses actes de manière saisissante. Jacob entendait presque les halètements qui avaient dû accompagner leur création.

Par opposition, les hommes paraissaient maîtres d'eux, héroïques, formidables.

« Vous ne reconnaissez personne parmi ces visages ? demanda Jacob. Quelqu'un que je pourrais aller voir ?

– Je suppose que c'étaient ses amis.

– Des amis d'où ?

– Comment voulez-vous que je le sache ? Des artistes ratés. Des dépravés.

– Il n'a jamais mentionné aucun nom ?

– Si c'était le cas, je me serais empressé de les oublier.

– Des petites copines ? »

Heap eut un ricanement méprisant.

« Je vous pose la question parce que je cherche à savoir quel genre de gens il fréquentait.

– Pas le genre à l'assassiner. »

Vous pourriez être surpris.

Aux deux tiers du second carton, Jacob s'arrêta brusquement et revint plusieurs dessins en arrière.

Il avait failli passer à côté.

Il ne faisait pas attention ; il était en train de réfléchir aux nus et à ce qu'ils disaient de la relation de Reggie aux femmes.

Au visage en argile de son propre père et aux mains de sa mère quand elle sculptait.

Le temps aussi avait joué : le dessin datait de décembre 1986.

Il s'efforçait d'éviter d'échafauder des liens imaginaires. Il s'efforçait surtout de garder les idées claires et de faire son boulot.

Voilà. Son boulot.

Et il tenait maintenant sa récompense.

Jacob passa lentement au dessin suivant : rebelote. Et pareil avec le suivant. Ce qu'il avait d'abord pris pour une tache maladroite se répétait sur cinq feuilles consécutives : une cicatrice au menton.

Cinq angles différents.

Le même homme.

Monsieur Tête.

Les oreilles bourdonnantes, il entendit néanmoins Heap commenter :

« Lui, par exemple.

– Lui quoi ?

– Un artiste raté. Il était venu passer un Noël à la maison. Une idée d'Helen.

– Qui est-ce ?

– Un ami de la fac. Mais alors, impossible de me rappeler son nom.

– Je pourrais vous les emprunter ? » demanda Jacob.

Heap le dévisagea.

« C'est lui que vous cherchez ?

– Je ne sais pas. Mais ça m'aiderait d'en apprendre un peu plus. »

Heap préleva quelques dessins, les jeta à Jacob.

« Les autres, vous pouvez les remettre où vous les avez trouvés, dit-il en se retournant pour quitter la pièce. Dix minutes montre en main. Ensuite vous disparaissez, sinon j'appelle la police et je vous fais arrêter pour violation de domicile. »

Jacob roula soigneusement les dessins de Monsieur Tête, en les attachant avec un élastique qu'il trouva dans le bureau. Il rangea le reste sous le lit, puis jeta un coup d'œil dans le couloir.

Percevant du mouvement à l'étage en dessous, il se hâta d'aller fouiller dans la commode, à la recherche de vieux caleçons, de vieilles chaussettes, n'importe quoi qui pourrait lui cracher un morceau d'ADN.

Nada.

En bas, une énorme déflagration, suivie d'un éboulement de plâtre.

Le générique de fin.

42

Jacob arriva à Oxford trop tard pour dîner ailleurs que dans un *fish and chips*. Dehors, des hordes de supporters déambulaient en braillant des chants de victoire et en trinquant au passage avec des étudiants.

L'auberge de jeunesse du Black Swan n'avait pas de chambres individuelles. Il opta pour une triple, prenant soin de ne pas réveiller ses colocs, deux routards qui dormaient en enlaçant leur sac à dos, ersatz d'amante en nylon.

Jacob fourra le sien sous son lit, non sans en avoir d'abord retiré son passeport et les dessins de Monsieur Tête.

En bas, dans la salle commune, des fauteuils poires crasseux portant encore la forme de leurs occupants précédents entouraient une partie de Scrabble abandonnée. Un néo-hippie allemand jouait une reprise des Grateful Dead sur une guitare merdique pendant que sa dulcinée essayait de rafistoler ses tresses africaines bleu électrique, un miroir coincé entre les genoux.

Par un acte de miséricorde divine, la réception de l'auberge possédait un bar extrêmement bien fourni.

Armé de sa septième pinte de la journée et du mot de passe Internet, Jacob attrapa un plan de la ville sur le présentoir et alla s'asseoir devant l'ordinateur en libre accès.

Il n'y avait qu'une dizaine d'architectes répertoriés à Oxford, dont quatre étaient des femmes. Parmi les hommes, deux avaient des prénoms vaguement royaux : Charles MacIldowney et John Russell Nance. Il cliqua d'abord sur le CV de Nance, songeant qu'il était assez facile de confondre *John* et *James*. Mais c'était MacIldowney, diplômé d'architecture de l'université de Manchester, membre agréé du Royal Institute of British Architects, qui avait enseigné l'histoire de l'archi à Oxford. Jacob marqua d'une croix sur le plan l'emplacement de son agence.

La chanson se termina.

Jacob applaudit.

Le hippie lui adressa un sourire groggy en brandissant deux doigts en V.

Après avoir repéré encore quelques points stratégiques sur son plan, Jacob poussa la souris pour pouvoir étaler les dessins.

Monsieur Tête, dans sa prime jeunesse. Artiste, lui aussi. Globe-trotter, lui aussi.

Il rencontre Reggie Heap.

Ils se découvrent un intérêt commun.

Promis, tu ne diras rien ?

D'accord, d'accord, mais :

Dis-moi :

Le viol.

Par-devant ?

Par-derrière ?

Qu'est-ce que tu préfères ?

Par-derrière ?

Vraiment ?

Ça tombe drôlement bien.

Parce qu'il se trouve que, moi, je suis quelqu'un qui prend les devants, ha ha ha.

Heap et Tête.

Les Tic et Tac du meurtre en série. Le pire duo comique de l'histoire.

Les dates collaient. Reggie, né en 1966, avait dû finir ses études en 1987 ou 88.

Qu'est-ce qui avait pu amener deux Anglais à Los Angeles ?

Avaient-ils fait le tour du monde en rencontrant toutes sortes de filles ?

Avaient-ils toujours fantasmé sur les Californiennes ?

Ou alors : Monsieur Tête n'était pas anglais. Un étudiant américain à Oxford ; un programme d'échange.

La fine fleur de chez nous contre celle de chez toi. Histoire de renforcer les relations bilatérales.

Il invite Reggie aux États-Unis afin de prolonger leur collaboration.

Tu vas voir, le climat est fabuleux.

Reggie, faisant appel à la générosité de sa mère pour son cadeau de fin d'études.

J'ai vu qu'il y avait un programme génial…

La synergie unique de deux malfaisances de moindre envergure prises séparément, chacun des deux hommes validant et stimulant l'autre, l'élevant vers quelque chose d'exponentiellement pire.

Les Lennon et McCartney du Mal.

Et ce long hiatus… à quoi l'attribuer ? Jacob ne pouvait relier aucun des deux hommes, que ce soit directement ou implicitement, à aucun meurtre entre 1988 et 2005, quand Dani Forrester s'était vidée de son sang dans l'appartement pour lequel elle s'était surendettée.

Et puis il y avait le reste du vaste monde : quels méfaits avait bien pu commettre Heap le Jeune pendant qu'il bourlinguait pour « élargir ses horizons » ?

Quid de New York ? Miami ? La Nouvelle-Orléans ?

Combien de temps avaient-ils continué ?

Comme les artistes, les psychopathes étaient des lunatiques.

Dans les deux cas, il était rare que les collaborations durent toute une vie, ou couvrent la planète entière.

Heap et Tête avaient peut-être commencé en faisant équipe avant de se lancer chacun de son côté dans des projets parallèles.

Des projets parallèles qui s'étaient ensuite développés en véritables carrières solo ?

Et puis : une fois par an, un petit saut de l'autre côté de l'Atlantique pour reformer le groupe ?

Heap et Tête : la tournée des retrouvailles !

Las Vegas, Miami… et bientôt dans un rez-de-chaussée près de chez vous !

Jacob frémit en songeant à la montagne de paperasse qu'il devrait remplir pour obtenir une copie du passeport de Reggie.

Mais c'était réconfortant d'avoir enfin des faits, si ténus soient-ils, à sa disposition. Il s'efforça de contenir son excitation, aussi soucieux de contrôler les fluctuations de son humeur que de ne pas commettre d'erreur.

Gardons la Tête sur les épaules, ha ha ha.

Même s'il avait désormais formellement identifié H & T comme étant le Rôdeur, ça ne répondait pas à la question de savoir qui les avait tués. Ils ne pouvaient quand même pas s'être décapités l'un l'autre, à douze mois et dix mille kilomètres de distance.

La version « Psychopathe contre psychopathe » tombait à l'eau.

Celle du Vengeur masqué devenait de plus en plus crédible.

Sauf que : comment le Vengeur était-il (ou elle) au courant ?

Comment les avait-il/elle retrouvés ?

À qui appartenait la voix sur l'enregistrement ?

Et que venaient faire les Projets spéciaux dans tout ça ?

Il était deux heures treize du matin. Le couple de hippies s'était endormi comme une masse et ronflait copieusement. Jacob remonta dans sa chambre. Pour la première fois depuis bien longtemps, il rêva en technicolor.

43

Requinqué par une bonne nuit de sommeil, Jacob avait retrouvé un peu de carburant mental. À la cafétéria de l'auberge, il se prépara un plateau de charcuterie et de fromage avant de s'installer tout au bout de la grande table commune, le plus loin possible d'une meute de Canadiens qui devisaient sur leur itinéraire idéal de la journée : un tour en barque sur la Tamise, suivi d'un déjeuner dans un pub authentique, la balade littéraire proposée par la librairie Blackwell's, une visite à la Bodléienne…

Jacob avait opté pour un circuit thématique, intitulé « Flic rationnel ». Première étape : le poste de police de St Aldate's.

Il flâna le long des berges de la Tamise, sous la caresse des saules pleureurs. Des oiseaux aquatiques affairés dans les hautes herbes des marais relevaient le cou à son approche pour réclamer du pain sur un ton strident de drogués en manque. Il repéra une fine ligne rouge sur le fond gris de l'eau : un bateau propulsé par huit rameurs, qu'un barreur encourageait vigoureusement mais poliment en direction du pont.

Le poste de police était un bâtiment résolument anodin : trois étages en pierre beige qui semblaient discréditer la possibilité que des crimes soient commis dans une ville aussi pittoresque. Sans une modeste enseigne blanche et deux panneaux d'affichage vitrés contenant des informations sur la surveillance de voisinage, Jacob aurait pu croire qu'il pénétrait dans un bureau de l'état civil.

Le policier de service nota son numéro de badge et le conduisit jusqu'à une salle de réunion tristounette où il lui demanda de bien vouloir patienter.

Au bout de cinq minutes, il avait fini son thé ; au bout de vingt, il se leva pour aller attendre dans le couloir. Sans doute ses confrères britanniques étaient-ils en train de vérifier son identité auprès du LAPD. Il pouvait peut-être accélérer le processus en leur donnant le numéro d'une ligne directe.

Celle de Mallick ? Ou de son ancien chef à la Circulation, le capitaine Chen ?

Lequel était le moins susceptible de faire passer Jacob pour un imposteur ?

Il ne s'était pas encore décidé quand une femme coiffée d'un petit carré blond mutin apparut.

« Bonjour. Inspecteur Norton.

– Bonjour. C'est bon, j'ai passé le test ? »

Une ébauche de sourire.

« Que nous vaut l'honneur de votre visite ? »

Il lui montra la photo de classe du jeune Reggie Heap, les dessins de Monsieur Tête ; lui expliqua, en gros, ce qui l'intéressait : les homicides non résolus entre, disons, 1983 et 1988. Avec des points bonus s'ils correspondaient au mode opératoire du Rôdeur.

« Il n'est pas nécessaire que ça coïncide dans les moindres détails. La méthode a pu évoluer.

– C'était bien avant que je commence à travailler, monsieur.

– Naturellement. Vous êtes beaucoup, beaucoup trop jeune pour avoir des informations de première main.

– Je ne vous le fais pas dire. En 1983, je n'étais encore qu'une enfant.

– J'ai même du mal à croire que vous étiez déjà née.

– Si j'étais née, ce n'était pas depuis très longtemps.

– Bien entendu. Peut-être quelqu'un d'autre pourrait-il s'en souvenir ? Un vénérable doyen ?

– Voyons avec Branch », dit-elle.

Branch avait une cinquantaine d'années, le crâne rasé et une moustache en brosse à dents. Il ne reconnut ni l'homme sur le dessin ni le nom de Reggie Heap.

« C'était un étudiant, précisa Jacob.

– À cette époque, l'université avait sa propre police, indiqua Branch. Les Bulldogs.

– Ce n'est plus le cas ?

– Elle a été démantelée pour des raisons budgétaires, expliqua Norton. Il y a une dizaine d'années, je dirais.

– Vous connaissez des gens qui en faisaient partie ?

– Ouaip, fit Branch. Bonne chance pour leur tirer les vers du nez.

– Que présumeriez-vous, renchérit Norton, de la part d'une institution qui se veut l'incubateur des élites de la nation ?

– Je présumerais qu'ils préfèrent laver leur linge sale en famille.

– Et vous présumeriez bien, monsieur.

– Mais, quand même, il n'y a personne que vous pourriez contacter de ma part ? » insista Jacob.

Branch secoua la tête.

« Contre-productif, décréta-t-il.

– Que présumeriez-vous dans une localité comme la nôtre, reprit Norton, célèbre pour sa longue histoire de rivalité entre l'université et la ville ?

– Une guerre des services, devina Jacob.

– Une fois de plus, inspecteur Lev, vos présomptions sont d'une étonnante perspicacité.

– Je vais y réfléchir, proposa Branch. On verra si je trouve quelque chose. »

Ça avait tout l'air d'une réponse dilatoire, mais Jacob le remercia néanmoins.

Norton le raccompagna jusqu'à l'entrée.

« Désolée de ne pas pouvoir vous en dire plus, lança-t-elle.

– Pas de problème.

– C'est dommage. J'aurais cru que Branch serait plus enthousiaste. Ce n'est pas tous les jours qu'on a quelqu'un qui vient nous voir pour une affaire de meurtre. »

Elle s'interrompit avant d'ajouter :

« Même si je dois dire qu'on est assez doués pour disperser les *raves parties.* »

Jacob sourit.

« Puis-je vous demander comment vous comptez vous y prendre, inspecteur ?

– Identifier l'architecte. Aller traîner du côté de la fac. Peut-être que quelqu'un se souviendra de lui.

– Et si cette piste se révèle improductive ?

– Je pourrai toujours aller faire un tour de barque sur la Tamise, répondit Jacob. Inspecteur Norton ?

– Oui, inspecteur Lev ?

– Je présume qu'en tant qu'autorité de police locale vous inspireriez davantage de respect que moi-même et, par ailleurs, compte tenu du fait que je ne vois aucune *rave party* en cours, je présume que vous pourriez avoir envie de m'accompagner dans ma tournée, après quoi je présume que vous pourriez aller déjeuner aux frais du LAPD. »

Elle se coinça les cheveux derrière les oreilles.

« Inspecteur Lev, vous avez des présomptions de plus en plus présomptueuses.

– C'est la méthode américaine, inspecteur Norton. »

Christ Church, le collège de l'université d'Oxford dans lequel Reggie Heap avait fait ses études, ne se trouvait qu'à un jet de pierre du poste de police. Ils s'y rendirent à pied. Le parc était presque vert fluo après les pluies de printemps. En ce milieu de matinée, les joggeurs étaient déjà partis et les pique-niqueurs pas encore arrivés.

Le prénom de l'inspecteur Norton était Priscilla. Elle demanda à Jacob où il logeait.

« À l'auberge de jeunesse près de la gare.

– Ça doit être charmant.

– Vous êtes mauvaise langue. Pour quinze livres, il y a même un petit déjeuner anglais.

– Mon Dieu, quelle horreur. »

En approchant de l'entrée principale de Tom Tower, Jacob constata que les choses n'avaient pas beaucoup changé depuis ses années étudiantes : une fille sortait en titubant, le visage en vrac, affublée d'un pantalon de survêtement d'homme, d'un tee-shirt trop grand et de talons périlleusement hauts, une robe noire vaporeuse jetée sur la tête pour protéger ses yeux du soleil.

Avec ses imposants murs en grès, le bâtiment faisait penser à une forteresse. Jacob avait l'impression d'être un barbare en maraude venu prendre d'assaut la tour d'ivoire et passer ses habitants par le feu, et encore plus en arrivant devant la grille, gardée par un type au nez comme une patate, vêtu d'un costume sombre et d'un chapeau melon. Son badge l'identifiait comme « J. Smiley, Portier, Christ Church ».

« Salut Jimmy, lança l'inspecteur Norton. Ça va ?

– Hé, salut Prisca. On dirait qu'c'est mon jour de chance, ma parole. Qu'est-ce qui t'amène ?

– Un brin de couleur locale pour mon ami américain », dit-elle.

Smiley se raidit lorsque Jacob lui expliqua ce qu'il cherchait.

« Pour les visites, faut rev'nir à treize heures, rétorqua-t-il.

– Allez, Jimmy, sois sympa », insista Norton.

Le portier laissa échapper un soupir.

« C'est un brave gars », renchérit-elle.

Il la rabroua d'un revers de main et décrocha son téléphone.

« Dites donc, c'est magique », souffla Jacob, impressionné.

Elle haussa les épaules.

« Avoir de belles jambes, ça peut toujours servir. »

Au bout du passage voûté de l'entrée, on apercevait un parterre de gazon émeraude, au centre duquel une fontaine surmontée d'une statue bondissante semblait mettre au défi le visiteur de s'aventurer plus avant au mépris des pancartes PELOUSE INTERDITE.

« Ils protègent leur intimité, on dirait, commenta Jacob.

– C'est une caste : soit vous en êtes, soit vous n'en êtes pas.

– Et vous qui faites le pont entre les deux.

– Voilà, j'œuvre pour la paix dans le monde. »

Jimmy Smiley raccrocha.

« Y a m'sieur Mitchell qu'arrive, déclara-t-il.

– À la bonne heure », répondit Norton.

Graeham Mitchell, portier en chef, écouta le laïus de Jacob avec un sourire patient.

« S'agit-il d'une enquête de police officielle, inspecteur ?

– Pas exactement.

– Dans ce cas, je crains que vous n'ayez d'autre solution que de revenir à treize heures. Il y a une visite guidée que la plupart des gens trouvent extrêmement intéressante.

– J'espérais pouvoir m'entretenir avec des personnes qui auraient été présentes à l'époque.

– Eh bien, je vous invite à en faire la demande par écrit auprès de l'intendant.

– Est-ce que par hasard vous pourriez vous souvenir de lui ? intervint Norton. Comment s'appelait-il, déjà, inspecteur ?

– Reggie Heap, dit Jacob en montrant la photo sur son appareil. Fils d'Edwyn Heap.

– Toutes mes excuses, répondit Mitchell, mais je ne me souviens d'aucune personne de ce nom.

– Si vous pouviez juste regarder dans…

– Je regrette de ne pouvoir vous aider davantage, monsieur.

– Et lui ? demanda Jacob en s'apprêtant à dérouler le dessin de Monsieur Tête.

– Je vous prie de m'excuser, mais le sermon va commencer. Bonne chance à tous les deux. »

Et Mitchell repartit, ses semelles claquant sur les pavés.

Norton se tourna vers Smiley.

« Merci quand même, Jim. »

Le portier nota quelque chose sur son registre, puis arracha un coin de la page qu'il tendit à Norton. Elle le glissa dans sa poche en lui adressant un clin d'œil.

Smiley toucha son chapeau, croisa les mains derrière le dos et se remit à faire les cent pas.

Jacob attendit qu'ils se soient éloignés d'une dizaine de mètres pour demander : « Qu'est-ce qu'il vous a donné ? »

Norton lui montra le petit bout de papier. Le portier y avait écrit : *Friar & Maiden, 20 h.*

44

L'adresse de l'agence de Charles MacIldowney était celle d'une maison de ville restructurée de l'autre côté de la Tamise.

Une plaque en cuivre informait les visiteurs que l'architecte était disponible du mardi au vendredi, sur rendez-vous uniquement ; un petit mot manuscrit, scotché dessous et virevoltant dans la brise, indiquait aux livreurs et coursiers de sonner à côté, au numéro 15.

Ce qu'ils firent, et un homme élégant, au visage racé, vint leur ouvrir. Il semblait avoir à peu près le même âge qu'Edwyn Heap, mais en plus bronzé et plus svelte ; il était vêtu d'un pantalon de toile beige et d'une chemise en sergé bleu.

« Si vous pouviez les déposer… commença-t-il. Oh, pardon, j'attendais quelqu'un d'autre.

– Charles MacIldowney ? demanda Norton en lui montrant son badge.

– Oui ?

– On peut entrer, monsieur ?

– Il y a un problème ?

– Pas du tout, rassurez-vous. Juste quelques questions.

– Vous ne tombez pas très bien.

– Ce sera bref », intervint Jacob.

MacIldowney tiqua en entendant l'accent de Jacob. Il se passa la main dans les cheveux, une fois, puis deux.

« Bon, d'accord, je vous en prie. »

Un blizzard de tons pastel adoucissait le caractère industriel de la pièce principale, tubes en métal, plafond voûté et tuyauterie apparente. MacIldowney s'excusa du désordre, déplaça des corbeilles en osier et des paquets de papier de soie pour qu'ils puissent s'asseoir sur le canapé.

« Nous organisons notre garden-party annuelle cet après-midi. Je vous ai pris pour le fleuriste. »

Une voix à l'étage : « Charles ? C'est les fleurs ? Elles sont arrivées ?

– Pas encore !

– À qui tu parles, alors ?

– À personne. »

Un homme de vingt ans de moins que MacIldowney apparut, pieds nus, en haut de l'escalier suspendu.

« Pourquoi tu me dis qu'il n'y a personne ? »

Il descendit les rejoindre.

« Des, enchanté », déclara-t-il.

Norton fit les présentations, et Jacob expliqua le motif de leur visite. Les deux hommes parurent sincèrement choqués en apprenant la nouvelle du meurtre de Heap.

« Je suis désolé de vous l'annoncer de cette façon, poursuivit Jacob. Vous étiez proches ?

– Proches ? répéta MacIldowney. Non, enfin… non, je ne crois pas. Je n'ai jamais connu Reggie proche de… J'imagine que… C'est-à-dire que c'était…

– Un drôle de personnage, compléta Des.

– Oui, sans aucun doute, mais… excusez-moi, j'ai du mal à réaliser. C'est terrible… terrible. »

Silence.

« Est-ce que je peux vous offrir du thé ? proposa Des.

– Très bonne idée, approuva Jacob.

– Pas pour moi, merci », dit Norton.

Des tapa dans ses mains et s'éloigna vers la cuisine, séparée du salon par six mètres de parquet décapé et un îlot central en inox.

« Vous préférez peut-être qu'on s'isole ? suggéra MacIldowney. Mon agence se trouve juste à côté.

– Ça ira, répondit Jacob. Vous le connaissiez tous les deux ? »

Des hocha la tête tout en remplissant une bouilloire électrique.

« Il travaillait pour nous de temps en temps, expliqua MacIldowney. Même si ça fait une éternité que je ne l'ai pas vu.

– Au moins un an, je pense, confirma Des.

– Son père m'a dit que vous aviez été son professeur à un moment, enchaîna Jacob.

– Vous avez parlé à son père ? »

Jacob hocha la tête.

« Il est… Je veux dire, est-ce qu'il sait…

– Il sait.

– Ah… Oui, bien sûr, c'est normal. Pardonnez-moi. Tout ça est assez… Je n'ai jamais connu personne qui… Quelle horreur… Oui, donc, oui, j'ai été le professeur de Reggie. Il y a des années.

– Quel genre d'homme était-il à l'époque ?

– D'une timidité maladive. Il ne parlait quasiment à personne. J'ai… enfin, ça va peut-être vous sembler cynique dans ces circonstances, mais j'ai le souvenir très net d'avoir pensé qu'il ressemblait à une tortue. »

MacIldowney marqua une pause avant de reprendre.

« C'est affreux de dire ça, non ? Je suis désolé. Il avait le même manteau tous les jours, par n'importe quel temps. Je crois que je ne l'ai jamais vu sans, je suis sûr qu'il aurait tenu tout seul s'il l'avait enlevé. C'était un manteau d'une couleur verdâtre, hideuse, et il le portait en remontant le col comme pour disparaître à l'intérieur, si bien que… ça donnait l'impression qu'il était tout petit, alors que je ne crois pas qu'il l'était, en tout cas pas plus que la moyenne.

– Son père m'a raconté qu'il s'était d'abord inscrit en droit, mais que vous l'aviez convaincu de changer.

– Oui, enfin, c'est… Merci », s'interrompit MacIldowney le temps d'accepter la tasse que lui offrait Des.

Ce dernier posa sur la table basse un plateau avec d'autres tasses, un sucrier et une assiette de sablés. Jacob prit trois morceaux de sucre, espérant ainsi pacifier son estomac : son petit déjeuner anglais s'était mué en un vociférant guérillero sud-américain.

« Edwyn avait l'air de vous le reprocher, reprit-il.

– Je suis désolé pour lui, sincèrement, mais c'est tout simplement faux. Reggie avait décidé de changer de cursus bien avant que je fasse sa connaissance. L'université n'a pas vraiment de programme consacré à la pratique de l'architecture. Je suis arrivé pour y faire mon doctorat, après quoi j'ai enseigné l'histoire du design pendant une courte période. J'ai peut-être essayé de lui donner confiance en lui, mais je ne lui ai jamais dit de faire quoi que ce soit. Il était très… en demande, je crois que c'est le bon terme. Il venait avec des piles de dessins qu'il me jetait quasiment à la figure. Dès l'instant où je lui ai montré une once d'approbation, il s'est accroché à moi et m'a demandé mon aide pour entrer à Ruskin.

– L'école de dessin », précisa Des.

MacIldowney opina.

« Apparemment, il avait déjà fait une demande d'inscription qui avait été rejetée. Il voulait que j'use de mon influence.

– Et vous l'avez fait ?

– Je n'avais aucune influence. Mais quand j'ai tenté de le lui expliquer, il s'est mis dans une colère noire.

– Et ensuite ?

– Ensuite j'ai quitté l'université pour ouvrir mon agence, et il a disparu de ma vie. Je ne l'ai pas revu pendant une bonne quinzaine d'années.

– Et un beau jour, poursuivit Des, il a débarqué chez nous en nous suppliant de lui donner du travail.

– Il ne nous a pas *suppliés*, Desmond.

– Vous avez dû être surpris, intervint Norton.

– Ça, oui, j'ai été stupéfié, même, acquiesça MacIldowney. J'ai failli lui claquer la porte au nez. Je ne l'avais pas reconnu… Ça faisait tellement longtemps, et il ne portait plus son fameux manteau. Et puis il n'a pas dit bonjour, il ne s'est pas présenté, il ne m'a pas demandé de mes nouvelles. Juste : “Il me faut du boulot”, comme si j'allais lui signer un contrat sur-le-champ.

– Quinze ans de silence, ça fait long pour croire une chose pareille, fit observer Jacob.

– Oui, enfin… reprit MacIldowney en soufflant sur son thé. D'après ce qu'il me racontait, j'ai compris qu'il tirait vraiment le diable par la queue.

– Est-ce qu'il vous a dit ce qu'il avait fait entre-temps ?

– Il avait apporté un book, donc j'imagine qu'il avait dû prendre des cours ou travailler quelque part.

– Son père dit qu'il était garçon de bureau.

– C'est un peu réducteur. Reggie était un excellent dessinateur, surtout à l'encre. Sans quoi je ne l'aurais jamais embauché.

– On ne peut pas diriger une boîte en faisant la charité, objecta Des. Bien que Charles s'y emploie avec assiduité.

– De nos jours, tout le monde travaille à l'ordinateur, expliqua MacIldowney. Et nous aussi, bien sûr. Mais je préfère souvent dessiner les plans à la main, comme j'ai appris, et j'étais content de rencontrer quelqu'un qui partageait ma sensibilité.

– C'était un drôle de personnage, réitéra Des.

– Je ne conteste pas qu'il avait… certaines tendances, concéda MacIldowney.

– La maison communique avec l'agence au niveau du premier étage, développa Des. Il m'arrivait souvent de me lever vers minuit pour aller chercher un verre d'eau à la cuisine et de l'entendre à côté, écouter la radio pendant qu'il planchait.

– Il nous rendait toujours ses travaux à l'heure, répliqua MacIldowney.

– Tu ne peux pas nier que c'était malsain, Charles.

– Est-ce qu'il s'entendait bien avec les gens ? demanda Jacob.

– Eh bien, c'est justement le point crucial, répondit MacIldowney. J'ai toujours pensé que, s'il travaillait la nuit, c'était pour éviter d'avoir à croiser le reste de l'équipe, ce qu'il n'aurait pas pu faire dans une plus grosse agence. À part Des et moi-même, nous avons aussi deux autres architectes et un responsable administratif. Reggie venait nous donner un coup de main pendant quelques mois, généralement autour de Noël. En d'autres circonstances, j'aurais insisté pour qu'on fonctionne selon un arrangement plus stable, mais il se trouve qu'il tombait à pic. Ça nous aidait drôlement d'avoir quelqu'un en renfort de temps en temps pour rattraper notre retard.

– Dis la vérité, chéri, le pressa Des. Tu avais pitié de lui.

– Sans doute, oui, c'est vrai. Je ne pouvais pas m'en empêcher. Quand je le regardais, je revoyais le même petit garçon perdu qu'autrefois.

– Ce n'était pas un petit garçon quand tu l'as connu.

– Certes, mais c'était tout comme.

– Vous l'aimiez bien, suggéra Jacob.

– Ce n'était pas que je l'aimais bien ou pas. Je me disais : "Voilà, c'est le destin qui l'a mis sur mon chemin." Il avait réapparu dans ma vie et je ne pouvais pas m'en laver les mains.

– Et quand il n'était pas avec vous ? Quel genre de personnes fréquentait-il ?

– Je n'en ai pas la moindre idée.

– Des aventures ?

– Il était très discret sur sa vie privée. Je me souviens qu'il avait parlé de stages de formation continue à l'étranger.

– Il vous a dit où ? »

MacIldowney secoua la tête.

« Et ça ne vous a pas paru étrange ? demanda Jacob. Il travaille quelques mois par-ci par-là, mais il suit une formation continue ?

– Un drôle de personnage, répéta Des.

– Tout le monde a ses petites excentricités, rétorqua MacIldowney. Et non, ça n'avait rien d'étrange. Ça peut prendre une éternité avant d'être diplômé, d'autant plus si vous le faites à temps partiel.

– Tu l'as même hébergé, soupira Des.

– Ici ? » s'étonna Norton.

MacIldowney hésita.

« Il n'avait nulle part où aller, finit-il par dire.

– C'était comme avoir un lézard géant à la maison, commenta Des.

– Arrête !

– Combien de temps est-il resté ? s'enquit Jacob.

– Pas longtemps, peut-être…

– Dix semaines, indiqua Des.

– Mais non, ce n'était pas si long.

– Je t'assure que si. J'ai compté les jours.

– Est-ce qu'il a laissé des vêtements ? s'informa Jacob.

– Il avait juste apporté une valise, répondit MacIldowney, c'était temporaire.

– Soi-disant.

– Je t'ai demandé d'arrêter, s'il te plaît. »

La voix de l'architecte avait commencé à vaciller, l'intuition se faisant jour en lui qu'il avait peut-être misé sur le mauvais cheval. Jacob déroula les dessins.

« Vous avez une idée de qui ça peut être ? »

Des secoua la tête. MacIldowney examina la feuille longuement mais parut tout aussi perplexe.

« Est-ce que c'est... ce n'est pas la personne qui... qui lui a fait du mal, si ?

– Je ne sais pas. Je l'ai trouvé parmi une liasse de vieux dessins de Reggie. Il est daté de la période où vous l'avez connu. J'ai pensé que ça pouvait être un de ses amis.

– Je ne me souviens pas qu'il ait eu tellement d'amis, répliqua MacIldowney.

– Ce n'était pas exactement un grand mondain, renchérit Des.

– Quoique, à bien y réfléchir, reprit MacIldowney, il y avait ce type, là... à peu près la seule personne en compagnie de laquelle je l'aie jamais vu. Comment s'appelait-il, déjà... »

Il ramassa le dessin.

« Je... non. Non, je ne crois pas que ce soit lui. »

Il fronça les sourcils.

« Non, répéta-t-il. Mais... Je ne sais pas... C'est... Ce type, le copain de Reggie... il était américain. Ah, comment s'appelait-il ? Perry ? Bernie ? Quelque chose comme ça.

– Mais pas la même personne que sur le dessin ? vérifia Jacob.

– Je suis à peu près sûr que non. Bon sang, mais comment s'appelait-il ? » répéta MacIldowney en se grattant la tête.

Des lui posa une main dans le dos.

« C'est normal, Charles, ça fait trente ans.

– Vous vous souvenez d'où il venait en Amérique ? » insista Jacob.

MacIldowney secoua la tête.

« Mais vous vous souvenez qu'il était américain.

– C'est-à-dire que je les ai croisés ensemble... C'est une petite ville, vous savez, et je crois me rappeler que j'étais tombé sur eux dans... dans un restaurant, je crois. Ou, non, c'était à la bibliothèque.

– Quelle bibliothèque ?

– La Bodléienne, il me semble. On avait dû échanger quelques mots. Oh, zut, j'aimerais tellement pouvoir me souvenir de son nom ! Je suis désolé. Je suis vraiment désolé. C'est important ?

– Pas nécessairement », répondit Jacob.

À côté de lui, l'inspecteur Norton hocha gentiment la tête, lui sachant gré de sa délicatesse.

« Je vais vous dire ce dont je me souviens, reprit MacIldowney. Cet autre type était assez beau garçon. Reggie et lui faisaient un curieux binôme.

– Reggie n'aimait pas tellement les filles, devina Norton.

– Non, mais... Enfin, je n'en sais rien, il a peut-être eu une petite amie. Comme je vous l'ai dit, je l'ai très peu vu après cette première année.

– Laissez-moi vous poser une autre question, embraya Jacob. Est-ce que Reggie a déjà eu des ennuis ?

– Des ennuis ?

– Avec la justice, précisa Norton.

– Pas à ma connaissance, non.

– Pourquoi ? s'étonna Des. Il a fait quelque chose de mal ? »

Norton et Jacob le dévisagèrent. Il haussa les épaules.

« Sinon je ne vois pas pourquoi vous viendriez nous dire qu'il a été assassiné, nous montrer des photos et nous demander s'il a eu des problèmes avec la justice », se justifia-t-il.

Silence.

« Avant de se faire tuer, il a essayé de violer une femme », annonça Jacob.

Il regarda MacIldowney se décomposer peu à peu ; l'architecte pencha la tête en arrière comme pour essayer d'enrayer le processus.

« Mon Dieu, souffla-t-il.

– Vous avez l'air surpris, observa Norton.

– On le serait à moins, non ?

– Ça dépend, rétorqua Norton. Il y a certaines personnes, quand vous découvrez qu'elles ont fait une chose épouvantable, ça ne vous surprend pas du tout.

– Jamais je n'aurais imaginé qu'il puisse être impliqué dans... dans un acte pareil.

– Je peux donner mon avis ? intervint Des.

– Bien sûr, l'encouragea Norton.
– Je n'aurais pas juré que c'était impossible. »
MacIldowney laissa échapper un soupir ostensiblement agacé.
« C'est une chose de lui en vouloir parce qu'il s'est incrusté à la maison, c'en est une autre de l'accuser de viol.
– Je ne l'accuse de rien du tout. Je dis simplement que ce n'est pas inconcevable. »
La sonnette retentit.
« Ça doit être le fleuriste, présuma Des. Je vous prie de m'excuser. »
Il se leva pour aller ouvrir la porte.
« Il a vraiment fait ça ? demanda MacIldowney.
– J'en ai bien peur », répondit Jacob.
MacIldowney resta muet.
Dans l'entrée, Des disait : « Nous avions demandé des orchidées. Ça, ce sont des arums. »
« Si vous vous souvenez d'autre chose, reprit Jacob en notant son numéro sur un bout de papier, n'hésitez pas à m'appeler.
– Sans faute, promit MacIldowney.
– Ou si vous pensez à quelqu'un qui pourrait nous aider. Je peux vous envoyer une copie des dessins. Peut-être que ça vous reviendra.
– Ça ne se ressemble *absolument* pas, disait Des.
– Vous croyez qu'il y a quelque chose que j'aurais dû faire autrement ? s'inquiéta MacIldowney. »
Jacob secoua la tête.
« Rien du tout. Ne vous tracassez pas avec ça.
– Charles. Chéri. Tu peux venir voir ? »
MacIldowney se leva. Il paraissait plus frêle que lorsqu'il leur avait ouvert.
« Pardon, dit-il avec un sourire gêné. Les mondanités m'appellent. »

Ils avaient parcouru moins de cent mètres quand ils entendirent Des leur crier de l'attendre.
« Excusez-moi, lança-t-il en les rattrapant au petit trot, j'avais affaire à des idiots.
– Qu'est-ce qui se passe ? demanda Jacob.

– Je me suis souvenu d'une chose. Je n'y ai pas pensé tout à l'heure. La fois où Reggie est venu habiter chez nous, tout avait commencé parce qu'il nous avait appelés depuis la gare en nous demandant de venir le chercher. Il rentrait d'Édimbourg et il avait eu un accident.

– Quel genre d'accident ? s'enquit Norton.

– Il nous a raconté qu'une moto lui avait roulé sur le pied. Il boitait, il avait du sang partout. J'ai dit à Charles : "Ne le ramène pas ici, accompagne-le à l'hôpital", ce qui me paraît être une réaction normale, vous en conviendrez. Mais Reggie ne voulait absolument pas en entendre parler. Il a passé la nuit à gémir comme un zombi. Il a fallu attendre trois ou quatre jours avant qu'il accepte de voir un médecin. Charles y est allé avec lui, et au retour ils se sont arrêtés afin de lui acheter une nouvelle paire de chaussures pour quand on lui retirerait son plâtre. J'étais furieux.

– Je vous comprends, compatit Jacob.

– J'ai voulu le mettre à la porte immédiatement. Mais Charles disait qu'on ne pouvait pas le jeter à la rue. Enfin bref, quand il est finalement parti, je suis descendu au sous-sol – entre-temps, j'avais quand même mis mon veto à ce qu'il dorme là-haut –, je suis descendu pour faire le ménage et j'ai retrouvé ses anciennes chaussures. Je crois qu'il avait essayé de nettoyer le sang, mais comme ça n'avait pas marché il les avait laissées sur place. Je voulais les jeter, mais je n'ai pas réussi à les toucher. À ma connaissance, elles doivent toujours être là. »

Une caravane de chaises de location obstruait l'accès de la maison. Des conduisit Jacob et Norton jusqu'à la porte de service par un petit chemin de brique bordé de pivoines. Bien qu'ils ne puissent pas voir MacIldowney, ils entendaient sa voix qui tentait d'amadouer le fleuriste.

Un escalier en pierre descendait au sous-sol, une pièce aussi encombrée que le reste de la maison était dépouillé… même si Jacob constata que sa définition du terme « bordélique » avait considérablement évolué depuis la visite des combles de la synagogue de Prague. Ici, ils n'étaient confrontés qu'à quelques casiers à bouteilles et caisses de rangement en plastique. Sur une étagère au-dessus du lavabo était alignée une collection de flacons colorés contenant toutes sortes de poisons, de la soude caustique au Miror.

« Je les ai envoyées valser », déclara Des.

Ils le dévisagèrent.

« Les chaussures, reprit-il. Je sais que c'est puéril, mais j'étais tellement énervé, j'ai donné un grand coup de pied dedans.

– Et où ont-elles atterri ? demanda Norton.

– Par là », répondit Des avec un vague geste de la main.

Jacob les retrouva derrière la chaudière. Des mocassins en daim marron à semelle de crêpe, le dessus incrusté de poussière, le pied droit marbré de taches un peu plus sombres. Norton les embrocha chacun sur un stylo pendant que Des farfouillait à la recherche d'un sac en plastique.

« Je peux vous poser une question sans vous vexer ? risqua Jacob. Ce serait une faute de ma part de ne pas vous le demander.

– Il en faut beaucoup pour me vexer, rétorqua Des, mais vous pouvez toujours essayer, je vous écoute.

– Il n'y a jamais rien eu entre eux ?

– Entre Charles et Reggie ? »

Des éclata de rire.

« Non, reprit-il. J'ai moi-même posé la question à Charles. Reggie n'était vraiment pas séduisant, mais Charles s'intéressait tellement à lui que j'ai voulu en avoir le cœur net avant de le laisser entrer chez nous. Charles m'a juré qu'il ne s'était jamais rien passé. Et c'est un très mauvais menteur, alors j'ai tendance à le croire. »

Il dégota un sac d'un magasin de chaussures.

« Tenez, ça tombe bien », dit-il en le tendant, ouvert, devant Norton.

Tandis qu'elle plaçait les mocassins à l'intérieur, il grimaça à la vue du sang.

« Vous ne pensez quand même pas que c'est celui de quelqu'un d'autre, si ? »

45

« C'est à se demander, disait Norton entre deux cuillerées de soupe, comment un homme aussi intelligent que MacIldowney a pu se laisser embobiner par un type aussi minable que Reggie.

– Je crois que l'intelligence n'a rien à voir là-dedans.

– Comme pour tout, finalement.

– Vous pensez qu'il était honnête quand il affirmait ne pas reconnaître Monsieur Tête sur les dessins ?

– Son ami Des dit que c'est un très mauvais menteur. Ils m'ont paru plutôt sincères, tous les deux.

– Je suis d'accord. Dommage qu'il n'ait pas pu identifier mon bonhomme.

– Hé, vous devriez vous estimer heureux, il vous a donné un nom : Perry-Bernie.

– Mais ce serait un troisième larron.

– Le mystérieux Américain. »

Quand elle souriait, une jolie petite fossette se formait sur son menton. Elle avait les yeux bleus, tirant presque sur le violet… ce que les fabricants de crayons gras appelaient le *bleu outremer*.

« Voilà, fit Jacob, j'ai une idée : Monsieur Tête et Reggie partent à Los Angeles, pour une raison X ou Y.

– Soleil et ressourcement, suggéra Norton. Ou alors parce que Perry-Bernie les invite. »

Jacob opina.

« Ils font leurs petites affaires. Un règne de terreur de vingt mois, puis le groupe se disloque et Reggie, en tout cas, quitte la ville. Monsieur Tête décide qu'il se plaît bien à L. A. et choisit de rester. Ce qui explique le fait que quelqu'un, la même personne, les élimine tous les deux : Perry-Bernie.

– Vous lui en mettez beaucoup sur le dos, à ce pauvre type, rétorqua Norton. C'est peut-être juste un autre Charles MacIldowney, un gentil gars qui essaye d'aider le malheureux Reggie Heap. »

Jacob réfléchit en triturant du bout de sa fourchette ses nouilles au saté froides. Il n'avait pas d'appétit ; il avait l'impression qu'il pourrait très bien se passer de nourriture pendant plusieurs jours d'affilée, et il avait hâte de se remettre au travail. Il était aussi vaguement conscient que Norton l'observait d'un air intrigué. Il n'était pas dans son état normal.

« Vous préférez aller ailleurs ? lui proposa-t-elle. Vous n'avez pas faim ?

– Non, non, ça va.

– Vos nouilles ont diminué de trois bouchées, les trois mangées par moi. Vous voulez goûter ma soupe tom yam ? Elle est délicieuse.

– Non, merci. Je n'aime pas la coriandre, j'ai l'impression de manger du savon. La citronnelle non plus.

– Comment peut-on ne pas aimer la citronnelle ?

– J'ai l'impression de manger de l'antimoustiques.

– Si vous n'aimez ni la citronnelle ni la coriandre, que fait-on dans un restaurant thaï ?

– C'est vous qui avez choisi.

– Quelle galanterie, merci ! »

Il leva sa bière dans sa direction.

« Il ne devait pas y avoir tant d'Américains que ça inscrits à Christ Church une année donnée, reprit-elle. Vous devriez aller vérifier auprès du service de la scolarité. Bien que ce ne soit pas ouvert aujourd'hui.

– Et ils ne font pas de trombinoscopes, ici ? Un album de fin d'année, quelque chose comme ça ?

– Si, sans doute, je peux demander à Jimmy.

– C'est quoi l'histoire, avec lui ?

– Un ami de mon père. Je le connais depuis que je suis gamine.

– Vous avez grandi ici ? »

Elle acquiesça d'un hochement de tête.

« C'était comment ?

– Génial. On se bourrait la gueule et on allait se castagner avec les étudiants. Youpi ! »

Jacob sourit.

« Votre père était flic, lui aussi ?

– Prof, répondit-elle. Il enseignait le latin. Un vrai grammairien, vous voyez, le genre à reprendre Eric Clapton quand il entendait ses chansons à la radio : "On ne dit pas *lay down*, on dit *lie down* ! *Lie down Sally*, bon sang !" Et ma mère lui rétorquait : "D'accord, John, c'est très bien, mais qu'est-ce qui te dit qu'il n'est pas en train de lui demander de le recouvrir de plumes, en fait[1] ?" Et lui : "Mais enfin, Emmaline, ça n'est pas la question." "Exactement", lui répondait ma mère en allant monter le son. Voilà, vous savez tout : mon enfance résumée en trente secondes. Et vous ? »

Les joyeux souvenirs de Norton lui rappelèrent ce qu'il n'avait pas eu la chance de connaître.

« Los Angeles, dit-il. Je suis né et j'ai grandi là-bas. Ma mère est morte. C'était une artiste. Mon père est rabbin, même si lui ne se définirait pas comme ça.

– Ouah, c'est plutôt exotique, comme pedigree. »

L'espace d'un instant, il fut à deux doigts de tout lui déballer. C'était la première personne normale avec qui il parlait depuis des semaines. Grâce à sa présence, il avait retrouvé sa capacité de concentration. Elle était intelligente, jolie, et pas spécialement grande.

Elle le regardait, attentive, calée contre le dossier de sa chaise.

« J'ai dû apprendre assez jeune à courir après l'argent, reprit-il.

– Plaignez-vous : ici, on n'a même pas d'indemnités de déplacement.

– Nous non plus. Mais mon chef est très doué pour obtenir des passe-droits.

1. En anglais, *lie down* signifie « s'allonger » ; de façon abusive, certains utilisent à la place *lay down*, qui veut dire « poser quelque chose ». Dans la chanson « Lay Down Sally », Eric Clapton implore sa chérie de rester allongée dans ses bras. Les plumes renvoient à *down*, qui désigne le duvet d'un oiseau. *(NdT)*

– Et il y a des fonds spéciaux pour faire la cour à la police locale ?

– Aux relations internationales ! » lança-t-il en levant son verre une nouvelle fois.

Ils retournèrent au bureau de Norton afin d'utiliser son ordinateur.

D'après son site Internet, le Club étudiant des Beaux-Arts d'Oxford s'adressait aux élèves qui n'étaient pas inscrits dans une filière artistique mais désiraient néanmoins pouvoir exposer leurs œuvres.

Jacob lut entre les lignes : la section Beaux-Arts proprement dite étant sans doute une chapelle assez fermée, le club fonctionnait comme un cocon à l'intérieur du cocon plus large de l'université, un cercle qui permettait aux artistes de seconde zone de se réunir entre eux et d'avoir l'impression d'en être.

« Le père de Reggie m'a raconté qu'il avait voulu s'inscrire aux Beaux-Arts, mais qu'il avait finalement renoncé.

– Il n'était pas au niveau, supposa Norton.

– J'ai vu son travail. Il savait dessiner, il n'y a aucun doute là-dessus.

– Peut-être mais, si j'ai bien suivi, ça ne sert plus à rien pour faire des études d'art. »

Jacob rit.

« Quoi qu'il en soit, ce club n'était certainement pas le bon endroit pour quelqu'un comme lui animé de sérieuses ambitions artistiques. Il est possible que Reggie l'ait fréquenté davantage pour se faire des relations qu'autre chose. Ils n'ont pas un annuaire de leurs anciens membres ?

– Pas en ligne, en tout cas, répondit-elle après avoir exploré la page d'accueil du site.

– Un siège social ?

– Ils se réunissent une fois par mois dans le foyer des étudiants de Chris Church.

– Quand a lieu la prochaine réunion ?

– Dans trois semaines.

– Merde.

– Attends… Je vois que les travaux des gagnants du concours sont tous archivés à la Bod. Tu veux qu'on aille jeter un coup d'œil ? »

Le gardien à l'entrée des réserves principales de la Bibliothèque bodléienne les adressa au bureau des admissions du Clarendon Building. Là, un employé fit des photocopies du badge de Norton et du passeport de Jacob.

« Veuillez remplir cette fiche, s'il vous plaît. »

Merci de nous dire pourquoi vous avez besoin d'utiliser nos ressources.

« Ohhh ! donne, je vais le faire », murmura Norton.

Elle écrivit : *Pour élucider un meurtre.*

Jacob soupira et réclama un nouveau formulaire, sur lequel il nota : *Recherches pour un mémoire.*

« T'es vraiment pas marrant, tu sais ? » ronchonna Norton.

Quatre-vingt-dix minutes et trois bureaucrates plus tard, ils sortirent d'un antique ascenseur, une carte d'accès temporaire et un papier avec une cote fourrés dans la poche de Jacob.

Dans la mesure où le concours possédait également des catégories sculpture et peinture, ils s'attendaient à déboucher dans une réserve, ou bien une salle abritant de grandes caisses de rangement. Au lieu de quoi ils durent se faufiler en crabe le long d'une étroite allée, où le numéro de leur référence correspondait à quatre épais albums d'archivage.

Ils les transportèrent jusqu'à un box libre et s'assirent côte à côte sur la banquette, leurs épaules se touchant presque. Norton ne portait pas de parfum, mais l'arôme de son savon était très agréable, d'aussi près.

Club étudiant des Beaux-Arts d'Oxford
Lauréats, 1974-1984

Des Polaroid glissés dans des pochettes en plastique brumeuses présentaient les œuvres gagnantes dans chaque catégorie. La plupart étaient d'une laideur sans nom, chacune accompagnée d'une note d'intention ampoulée.

« Edwyn Heap m'a dit que Reggie avait dû céder son œuvre, s'étonna Jacob. Personne d'autre ne l'a fait, apparemment.

– Peut-être qu'il t'a menti. Il la garde en cachette quelque part.

– Il m'a montré tous ses autres dessins. Pourquoi aurait-il voulu m'empêcher de voir celui-là ? »

Il referma le premier album et ouvrit le suivant, *Lauréats, 1985-1995*, tournant les pages jusqu'au concours de l'année 1986.

« Voilà pourquoi », déclara Norton.

« N'ayons pas peur d'oser » était un nu féminin. Ce qui n'avait rien d'extraordinaire en soi. Jacob savait, après avoir feuilleté les cartons à dessin dans la chambre de Reggie, qu'il avait produit une grande quantité de nus. Comme tous les dessinateurs. Il y avait même une longue et fière tradition de gens qui choisissaient cette voie uniquement pour ça.

Chaque artiste affectionnait particulièrement une partie du corps humain. Pour Reggie, c'étaient les seins : lourds et détaillés, le moindre pli, la moindre tache de rousseur reproduits avec amour. Pas de quoi s'affoler non plus : les seins étaient le symbole de la maternité, de la nourriture, du réconfort.

Le modèle était allongé, bras et jambes en croix. Mais l'affiche de Schiele dans la chambre d'enfant de Reggie montrait une femme dans une posture similaire, et ce tableau était considéré comme un chef-d'œuvre. Jacob se demandait même si le dessin de Reggie ne s'y référait pas ouvertement.

Là où le trait de Schiele était saccadé et irrégulier, celui de Reggie semblait d'une netteté presque clinique. Tout autour, d'épaisses volutes constituaient une abondante ornementation, dans un saisissant contraste avec ses nus précédents. Le Reggie Heap qui avait dessiné cette œuvre était un artiste réaliste essayant de se faire passer pour un sensualiste.

Et là, il avait trouvé sa muse.

La femme, aux courbes voluptueuses, était couchée sur un lit de lianes qui s'enroulaient comme des serpents autour de ses chevilles et de ses poignets. Un artiste plus doué techniquement ou plus imaginatif aurait peut-être laissé la place à une plus grande ambiguïté d'interprétation. Mais Reggie était à la fois précis et limité : il savait exactement ce qu'il voulait dessiner, et il l'avait dessiné.

Sa muse n'avait pas de tête.

De l'énergie irradiait de son cou béant sous forme de lignes ondulées qui se déployaient en éventail en direction d'un soleil levant.

Ils restèrent un long moment à regarder le dessin. Puis Jacob retourna la page, et ils purent lire la note d'intention artistique de Reggie :

Afin d'examiner les causes de la vie, il nous faut d'abord avoir recours à la mort.

46

Le téléphone de Norton interrompit le silence.

« C'est Branch, dit-elle. Il va m'arracher la tête. Oups, pardon, rectifia-t-elle en rougissant, j'ai mal choisi mes mots. »

Elle répondit.

« Oui, chef, tout de suite. Désolée. »

Elle raccrocha.

« Il faut que j'y retourne », annonça-t-elle.

Avant de partir, Jacob recopia la note d'intention et prit une photo du dessin, en s'assurant que ça donnait quelque chose malgré la faible luminosité.

Norton appuya sur le bouton de l'ascenseur.

« Je vais repasser voir Jimmy et lui poser la question, pour le trombinoscope.

– Merci. On se retrouve au pub ce soir ?

– À huit heures. D'ici là, je suis sûre que tu trouveras de quoi t'amuser.

– Je vais faire de mon mieux.

– C'est-à-dire ? Un tour en barque sur la Tamise ?

– Pas tout à fait, non. »

La bibliothécaire responsable des collections spéciales de la Bodléienne était un genre d'autruche revêche du nom de R. Waters. La salle de lecture habituelle étant en travaux, les usagers étaient provisoirement relégués au sous-sol de la Radcliffe Science Library, catacombe de béton mal éclairée et peuplée d'une armée d'humidificateurs et de déshumidificateurs qui se livraient une guerre d'usure.

Ne parvenant à trouver aucune faille dans la carte d'accès temporaire de Jacob, elle l'accompagna de mauvaise grâce jusqu'au poste informatique depuis lequel on pouvait interroger le catalogue de la collection. Une recherche avec pour mot-clé « Maharal », limitée aux documents antérieurs à 1650, ne lui donna qu'un seul résultat : la lettre praguoise.

Jacob demanda s'il y avait une manière de savoir qui l'avait consultée avant lui.

« Ce sont des informations confidentielles », lui rétorqua la bibliothécaire avec une moue de dédain.

Le formulaire de retrait qu'elle lui jeta à la figure requérait une signature par laquelle il s'engageait à ne pas manger, ne pas boire, ne pas mâcher de chewing-gum, ne pas écrire à l'encre, ne pas prendre de photos ni utiliser de téléphone mobile. En temps qu'usager temporaire, il lui était également interdit de demander plus d'un document à la fois, et plus de quatre par jour au total, même si de toute façon, ajouta R. Waters, c'était quasiment impossible vu qu'il était presque trois heures et demie et que la collection fermait à cinq heures.

Jacob renonça à tous ses droits en échange d'une paire de gants en coton blanc et d'un mini crayon à papier. Il s'assit à une table protégée par un sous-main en cuir le temps que le document arrive de la réserve.

Il lui fut livré à quatre heures pétantes, dans un carton à dessin porté à plat sur les deux paumes de la bibliothécaire. Elle le posa devant lui, ouvrit le rabat avec un grand moulinet narquois et se retira à une table voisine d'où elle pouvait le garder à l'œil.

Jacob resta un moment à contempler la lettre sans la lire, pétrifié d'angoisse, conscient des précieuses minutes qu'il laissait filer. Elle mesurait environ douze centimètres sur douze ; trois de ses coins étaient mangés, ses bords piqués, le reste taché d'humidité et criblé de trous de vers, paraissant si fragile qu'il n'osait respirer de crainte que son souffle ne la désagrège en poussière.

Il plaça sa main gantée juste au-dessus, à quelques millimètres de ce papier qui avait touché la peau du grand génie d'Israël.

R. Waters ne manqua pas une occasion pareille.

« Je vais devoir vous demander d'éviter autant que possible de manipuler le document, monsieur.

– Pardon. »

Il posa ses mains sur ses genoux. Le grand génie d'Israël avait une écriture épouvantable, ne se préoccupant même pas de suivre des lignes droites. Ses lettres rapetissaient aux endroits où sa plume venait à manquer d'encre, s'empâtaient quand il la rechargeait.

Ces imperfections donnaient à Jacob l'impression d'être un intrus, un voyeur ; mais elles l'aidaient aussi à retrouver une certaine sérénité. Le grand génie d'Israël était un homme, un homme en chair et en os... et non un personnage arraché à l'histoire. Un homme qui mangeait, rotait, allait aux toilettes. Qui avait ses bons et ses mauvais jours, qui était soumis aux tiraillements du bien et du mal.

Vous êtes très cynique, inspecteur Lev.

Jacob alluma la lampe-loupe et se pencha au-dessus du verre.

Il progressait dans sa lecture avec une lenteur extrême. La lettre devait comporter deux cents mots tout au plus, mais l'écriture était hâtive, les lacunes nombreuses, la langue poétique et obscure. L'idée que Reggie Heap ait pu sonder ce document pour s'en inspirer était complètement abracadabrante. Jacob lui-même, qui avait étudié dans une *yechivah*, aurait besoin de plusieurs heures, voire jours, afin de la déchiffrer entièrement. Il avait réussi à lire la date, la formule de salutation et la moitié de la première ligne quand il décida qu'il ferait mieux d'employer le temps qui lui restait à la retranscrire, ce qui lui permettrait d'y travailler plus tard, à son rythme.

Il ouvrit son calepin et entreprit de la recopier, son attention entièrement accaparée par la forme des caractères et non leur signification. Ce qui n'était déjà pas une mince affaire.

R. Waters consulta sa montre et fit claquer sa langue.

Il arriva enfin à la signature.

יהודה ליווא ב״ר בצלאל

Juda Loew ben Bezalel.

Jacob était sur le point de lever les deux mains en l'air – fini ! – quand tout à coup il tomba en arrêt.

ליווא

Ça signifiait *lion*. La transcription anglaise, *Loew*, n'était guère plus qu'une convention, de l'allemand transposé en hébreu, puis de nouveau transposé en anglais, perdant ses voyelles au passage.

On aurait aussi bien pu lire *Lowe*, ou *Leyva*, ou *Levaï*.

Votre nom, je crois que ça veut dire « cœur » en hébreu. Lev.

De son propre aveu, Peter Wichs ne parlait quasiment pas hébreu. Raison pour laquelle il tenait le registre des incidents en anglais, meilleur moyen pour lui de communiquer avec ses subalternes israéliens.

Pourtant il avait éprouvé le besoin de faire la leçon à Jacob.

Je sais très bien ce que ça veut dire.

Ah. Dans ce cas, il me semble que je n'ai rien de plus à vous apprendre.

Jacob ramassa le mini crayon et écrivit dans son calepin le mot qui signifiait « cœur » :

לב

La simplicité de l'hébreu le réduisait à deux lettres : *lamed* et *bet*. *Bet* était la première lettre de la Torah, l'initiale du *Berechit*, la Genèse. « Au commencement ». Et *lamed* était la dernière lettre de son dernier mot : *Yisrael*. Israël.

Deux lettres qui bouclaient un cycle. Encadrant le cœur du sujet.

Ce qui pouvait donner lieu à une jolie métaphore : Jacob Lev était un homme de cœur.

Sauf que non.

Ce n'était pas comme ça qu'on lui avait appris à écrire son nom de famille en hébreu.

L'alphabet hébraïque comportait deux lettres distinctes qui produisaient le son [v]. La graphie qu'on lui avait apprise – que Sam lui avait apprise, et qu'il nota à présent sur son calepin – n'était pas *lamed bet*, mais *lamed vav* :

לו

Et, à son tour, la lettre *vav* avait deux prononciations : [v] en tant que consonne, [ow] en tant que voyelle.

Si bien que, tel qu'il était écrit, son nom pouvait se prononcer de deux manières différentes :

Lev.

Ou *Loew.*

Le *w* allemand et cette espèce de *oə* pâteux. Devenu *Lev* par la magie de l'immigration. Un classique du passage par Ellis Island. Le plus étonnant était qu'il lui avait fallu deux jours pour s'en apercevoir.

Trente-deux ans, même.

Là, au milieu du domaine temporaire des collections spéciales, Jacob fut pris d'un fou rire hystérique, vertigineux.

Il ne connaissait pas son propre nom.

« Je vous prie de baisser la voix. »

Il se calma, des spasmes dans les abdominaux.

Il avait besoin d'un verre.

Alors comme ça, il avait le même nom qu'un célébrissime rabbin. Et après ? Il y avait des tas de Loew dans le monde. Et même s'il était réellement un de ses arrière-arrière-arrière-arrière-petits-chépaquoi, qu'est-ce que ça pouvait bien faire ? Les familles se développaient de façon exponentielle. Il avait lu un jour qu'il y avait quelque chose comme mille Rockefeller vivants, éloignés de moins de quatre générations de la fortune originelle, dont la plupart étaient des Américains lambda, parmi lesquels quelques pauvres. Les gens finissaient toujours par retomber dans la moyenne.

Le Maharal était mort au tout début du dix-septième siècle. En comptant vingt-cinq ans par génération – et peut-être moins, car on se mariait tôt et on mourait jeune, à l'époque –, ça faisait seize générations, ou dix-huit. Au mieux, il était un des dizaines de milliers de ses descendants.

Cela dit, l'obsession de son père pour le Maharal revêtait soudain un sens nouveau. Bien plus qu'une simple curiosité d'étude.

Mais alors, pourquoi ne lui en avoir jamais parlé ? On aurait pu s'attendre au contraire à ce qu'il en tire une certaine fierté.

Jacob ferma les yeux et Sam apparut devant lui, avant d'être remplacé presque aussitôt par la figurine en argile que lui avait montrée Peter Wichs.

Puis il vit Wichs qui l'observait. Qui l'analysait. Qui le reconnaissait ?

Mais Jacob ne ressemblait pas à Sam.

Il ressemblait à Bina.

Vous êtes l'inspecteur Jacob Lev.

Il avait pris cette manie du gardien de l'appeler par son nom complet pour une excentricité de langage, ou une affectation. *C'est votre nom, que je sache.* Maintenant, ça commençait à lui apparaître comme du rabâchage, du bourrage de crâne, une façon de répéter ces sonorités encore et encore jusqu'à ce qu'elles pénètrent dans l'argile de son cerveau et qu'elles finissent par prendre.

Jacoblevjacoblevjacoblev.

Pourquoi m'avez-vous laissé monter ici ?

Vous me l'avez demandé.

Je suis sûr que des tas de gens vous le demandent.

Pas des tas de policiers.

לו

Chaque lettre de l'alphabet hébreu correspondait à un chiffre. *Lamed*, à trente. *Vav*, à six.

Une légende tenace s'était attachée à ce nombre : à chaque génération, trente-six Justes anonymes permettaient que le monde se perpétue.

Ton père, ce lamed-vavnik.

Quiconque pense être un lamed-vavnik *n'en est pas un, par définition.*

Je ne le pense pas, je le sais.

Délires grandiloquents : encore un signe de folie naissante.

Le crayon se brisa entre ses doigts. Il ne pouvait plus se contenir ; il éclata de rire.

« Monsieur ! »

Il se tourna vers la bibliothécaire pour s'excuser et elle eut un mouvement de recul, comme si elle avait vu en lui quelque chose d'innommable. Lorsqu'il se leva, elle courut se réfugier derrière son bureau ; il lui demanda de récupérer ses affaires et elle lui tendit la bannette à bout de bras. Elle ne lui répondit pas quand il la remercia et, alors qu'il se dirigeait vers l'escalier en titubant, il entendit la porte de la salle claquer dans son dos, et la clé tourner dans la serrure.

L'ARGILE

« Quand j'y repense, Yankele, j'ai du mal à y croire, tant nous étions jeunes. Que sait donc une fillette de six ans ? Rien. Un garçon de dix ans, encore moins. »

Le sujet du monologue de ce soir est l'amour, inspiré par les récentes fiançailles de Feigel, la benjamine des Loew. En l'honneur du couple, Perel façonne un pot à épices pour la cérémonie de la *havdalah*, qui marque la fin du chabbat. Elle donne de la vitesse à son tour de potier, et ses mains mouillées s'illuminent d'argent.

« Déjà à cet âge, Yudl était considéré comme un érudit. Nos parents avaient convenu qu'on se marierait dès qu'il aurait fini la *yechivah*. Je trouvais que j'étais la fille la plus chanceuse au monde. »

Perel sourit.

« Et puis, il était grand et beau. »

Elle pose les doigts sur l'argile, qui frissonne comme le corps d'un amant.

L'aura apparaît autour d'elle.

« La route n'est jamais droite, Yankele. Quand j'avais seize ans, mon père a fait un mauvais investissement. Sa fortune tout entière s'est évaporée du jour au lendemain. Nos Sages disent qu'un homme riche est celui qui se contente de sa part. Ils disent aussi qu'un homme pauvre est comme mort. Avant la catastrophe, tout le monde surnommait mon père Reich, alors que son vrai nom était Schmelkes. Tu imagines ce qu'il a dû ressentir, lui qu'on appelait "riche", lorsqu'il a tout perdu ? Il avait tellement honte qu'il osait à peine nous regarder en face. »

Elle, entre tous, l'imagine sans peine. Elle connaît trop bien l'humiliation de se savoir mal nommé.

Perel travaille l'argile. L'aura n'enveloppe pas son corps de manière uniforme, elle brille plus fort autour de ses mains, de sa tête, de son cœur ; sous ses jupes, entre ses jambes.

« Tout le monde était sûr que Yudl romprait les fiançailles. Mon père lui a écrit noir sur blanc qu'il n'avait plus les moyens de payer ma dot. J'en ai eu le cœur brisé, bien entendu, mais que pouvais-je y faire ? »

Le récipient acquiert une symétrie, prenant peu à peu forme et dignité ; l'aura enfle, revêt un éclat insoutenable, engloutissant Perel sous une tempête de gris : vif-argent, étain et brouillard, mais aussi silence, ennui, ambiguïté, patience, sagesse, et cette fange terrible, terrifiante, qu'est la méchanceté pure.

La coexistence de ces éléments la déconcerte. Que faut-il en conclure au sujet de la *rebbetzin* ?

« J'étais adolescente. J'avais l'impression que ma vie était fichue. J'ai sombré dans la mélancolie, je suis restée alitée pendant des semaines. Ma mère craignait que j'aie attrapé la peste. Elle m'a déplacée de la chambre que je partageais avec mes quatre sœurs pour m'envoyer dormir au grenier, se remémore-t-elle avec un doux sourire. C'est peut-être pour ça que je me plais autant ici. »

Elle se demande si elle a une aura, elle aussi. Si oui, elle ne peut pas la voir. Peut-être est-ce à cela que réagissent les animaux lorsqu'ils grondent et tremblent en sa présence. Bien que ça la chagrine de penser qu'un chien la connaîtra toujours mieux qu'elle-même, il lui semble que c'est une expérience universelle : les gens perçoivent la nature et la texture des autres plus facilement que la leur. Il est évident, par exemple, que Perel n'a pas conscience de sa propre aura. Si elle pouvait la voir, bouillonnant comme de l'argent fondu, elle ne bavarderait pas avec autant d'insouciance.

« L'isolement ne m'a pas aidée, il n'a fait qu'aggraver mon état. Mais j'étais aussi triste en société, et personne ne recherchait ma compagnie car j'essayais d'entraîner tout le monde dans mon malheur. Alors on m'évitait, et je me sentais plus seule que jamais. Un effroyable cercle vicieux. Je touchais le fond, Yankele, le tréfonds du désespoir. »

Ces souvenirs embrument le beau visage de Perel, et elle continue à travailler un moment en silence, s'appliquant à façonner un rebord intérieur. Elle laisse le tour ralentir. L'aura se dissipe. Quand mouvement et lumière se sont éteints l'un comme l'autre, elle inspecte son pot. Satisfaite, elle le pose de côté.

« Ça, c'est la partie facile. Le couvercle, en revanche, demande un peu d'entraînement. »

À l'aide de la corde de boyau, elle découpe un bloc de terre glaise dans la grosse motte rapportée de la berge. Pendant plusieurs minutes, elle l'écrase contre le sol afin d'en chasser les bulles d'air ; puis elle le pétrit, le comprime sous ses paumes, formant une pâte homogène qu'elle replie sur elle-même.

« Deux choses m'ont sauvée, Yankele. Le Saint, béni soit-Il, et l'argile. Des tréfonds, je me suis adressée à Lui, et Il a tendu Son oreille vers ma voix suppliante, car Sa miséricorde est éternelle. Une après-midi, lors d'une promenade au bord de la rivière, perdue dans mon malheur, je me suis assise sur la berge pour me reposer. Sans réfléchir, j'ai ramassé une poignée de terre, que j'ai commencé à serrer jusqu'à ce qu'elle suinte entre mes doigts, comme si je cherchais à expulser mes idées noires, et j'ai constaté que je ne pleurais plus. Alors je me suis dit : "C'est bien, mais ça ne durera pas, bientôt je serai triste à nouveau." Et je n'y ai plus pensé. Mais quelques jours plus tard, alors que je me promenais au même endroit… le croiras-tu ? la forme de ma paume… je l'ai retrouvée là, exactement telle que je l'y avais laissée. Elle avait séché. Mes doigts s'y ajustaient à la perfection. »

La *rebbetzin* arrache un morceau d'argile et entreprend la confection du couvercle, ravivant instantanément l'aura.

« Elle est spéciale, tu sais, la boue de la Vltava. Résistante et élastique. Elle durcit naturellement en séchant, même sans cuisson. J'ai pris l'habitude d'aller à la rivière chaque fois que j'étais triste, et de créer des formes. Des animaux et des fleurs. J'ai fabriqué une coupe de *kiddouch* pour mon père. Il était content. C'était la première fois que je le voyais sourire depuis qu'il avait appris la perte de ses bateaux en mer. Il m'a remerciée d'avoir réintroduit de la beauté dans sa vie. Petit à petit, j'ai commencé à aller mieux. »

Perel compare la taille du couvercle à celle du récipient, se remet à modeler.

« À l'époque, le courrier était lent, Yankele. Et il y avait la guerre, qui causait d'interminables retards. Quand une lettre est arrivée de Lublin, nous nous sommes rendu compte que Yudl l'avait postée sept ou huit mois plus tôt, en réponse à la proposition de mon père de mettre un terme à nos fiançailles. Et tu sais ce qu'il avait écrit, Yankele ? Je m'en souviendrai mot pour mot jusqu'au jour où je serai dispensée de vivre dans ce monde. "Reb Shmuel, je ne différerai le mariage que le temps de pouvoir rassembler les fonds nécessaires afin d'offrir à votre fille le foyer qu'elle mérite." »

Perel sourit.

« Les Sages disent qu'arranger une union est plus difficile qu'écarter la mer Rouge. Le Saint, béni soit-Il… c'est grâce à Lui, Yankele, si j'ai trouvé un époux qui me convienne aussi bien. Je ne vois pas d'autre explication. »

Perel retombe dans le silence, occupée à lisser le couvercle.

« Le haut et le bas vont rétrécir, mais pas dans les mêmes proportions. Normalement je devrais d'abord laisser sécher le pot, puis fabriquer le couvercle, mais *Hanoukah** est dans moins d'un mois. Bientôt il fera trop froid. L'argile deviendra impossible à travailler. Ce sera comme vouloir pétrir de la pierre. Remarque, tu pourrais le faire à ma place, hein ? Non, je plaisante… J'espère qu'Isaac et Feigel seront heureux ensemble. Je pense que oui. »

Elle approuve d'un hochement de tête.

« Merci, dit Perel. C'est gentil. Il est bien, ce jeune homme. Yudl le considère comme son fils. Ce qui n'est pas loin d'être le cas, finalement », ajoute-t-elle en riant.

Que Rebbe ait choisi pour sa benjamine un érudit de la Torah est une chose normale, attendue. Ce qui agite le ghetto, c'est l'identité du jeune érudit en question : Isaac Katz, Isaac Tête-Nue, le plus éminent disciple du *rebbe*.

Mais surtout : le veuf de sa fille aînée, Leah.

À part Rebbe, toutes les parties intéressées ont des réserves concernant cette nouvelle union. Y compris le couple de fiancés. Longtemps habitué à détourner le regard en présence de sa belle-sœur, Isaac semble à présent frôler l'évanouissement. Feigel fait les cent pas en récitant des psaumes pendant des heures, telle une femme implorant un sursis à son exécution.

Perel reprend : « Ça va me manquer, de ne plus monter ici cet hiver. C'est tellement paisible. J'ai l'impression de redevenir une petite fille, vêtue de mes plus beaux atours, tous mes désirs comblés. Pourtant, regarde comme je suis crasseuse ! C'est le sentiment d'avoir trouvé ma place, un sentiment merveilleux. »

Je ne connais pas ce sentiment.

« J'ai abandonné la poterie après mon mariage. Ça ne plaisait pas à Yudl. Il disait que c'était la poussière de l'idolâtrie. Il était très pieux dans sa jeunesse, tu sais. Il m'interdit toujours d'apposer ma signature sur les pièces que je fabrique, ou de révéler à quiconque d'où elles proviennent. Mais il m'aime, et il n'y a plus grande clémence que l'amour, n'est-ce pas ? De toute façon, il sait qu'il ne peut pas m'en empêcher, et il se garde bien d'essayer. À la mort de Leah, c'était la seule chose qui me permettait d'oublier mon chagrin. Toutes les femmes perdent des enfants. J'en ai perdu trois avant elle, alors qu'ils n'étaient pas âgés d'un mois. Mais Leah était une femme. Modeste et élégante. Trop fragile pour ce monde. J'avais toujours peur pour elle et… j'avais raison. »

La *rebbetzin* s'essuie un œil avec le haut de sa manche, laisse échapper un rire rauque. Elle lui montre le couvercle.

« Qu'en penses-tu, Yankele ? Trop sobre ? Je crois qu'une fleur ferait plus joli. C'est le genre de Feigel. »

La main de Perel hésite au-dessus de ses outils. Il y a là des couteaux, des peignes en bois, des ébauchoirs de taille variée aux bords festonnés. Des objets de beauté en soi, leur manche lisse irradiant de l'intérieur. Elle attrape un rouleau et entreprend d'étaler un morceau d'argile.

« Leah aurait préféré quelque chose de sobre. Elle-même était douée pour la poterie, d'ailleurs. Je ne sais pas pourquoi je continue à parler d'elle. C'est à Feigel que je devrais penser. Je me répète sans cesse que Leah ne devait pas être aussi belle que dans mes souvenirs, aussi fine d'esprit, aussi gentille. On ne retient que le meilleur de ceux qui nous ont quittés. Mais qu'est-ce que ça signifie pour mes autres filles ? Comment à la fois pleurer l'enfant disparu et célébrer les vivants ? Voilà avec quoi je me débats, Yankele. »

Perel soulève la feuille d'argile aplatie, désormais si fine qu'elle laisse passer la lumière de la lampe. Elle l'étale soigneusement sur une planche. Après avoir mouillé une pierre à aiguiser, elle commence à y frotter le plus petit couteau, dans un agréable raclement méthodique. Elle s'arrache un cheveu noir et soyeux, l'approche à peine de la lame qu'il se rompt aussitôt. Alors elle presse délicatement la feuille d'argile pour la débarrasser des bosses et des bulles, puis entreprend d'y découper de minuscules ovales.

« Je ne vois pas pourquoi on devrait dissimuler ses talents, surtout s'ils sont bénéfiques au monde. Il y a assez de souffrance comme ça. Où est le mal, du moment que vos intentions sont honnêtes ? Chaque fois qu'Isaac et Feigel diront la bénédiction sur les épices, ils en respireront la douceur et je participerai à leur joie. Tu n'es pas d'accord ? Bien sûr que si. Tu sais, Yankele, c'est pour ça que j'aime t'avoir auprès de moi : tu n'es pas contrariant. »

Elle enroule un des ovales sur lui-même, l'humidifie d'une goutte d'eau afin qu'il adhère au sommet du couvercle. L'aura reprend vie, frémissante, indécise.

D'autres ovales collés les uns aux autres viennent former un minuscule bouton de rose.

« La clé, Yankele, ce sont les proportions. »

Elle songe à son être monstrueux, à cette dissonance entre son âme et son corps.

Perel commence une deuxième rose.

« Tu dois te sentir très seul, sans pouvoir parler. »

Tu n'imagines pas à quel point.

Perel s'interrompt.

« Je t'ai vexé ? Si c'est le cas, je te prie de m'excuser. Je ne voulais pas me moquer de toi. »

Elle secoue la tête : *il n'y a pas de mal.*

« Merci, Yankele. Tu es un *mensch**… »

La *rebbetzin* lui jette un coup d'œil hésitant avant d'ajouter : « Tu es sain d'esprit. C'est ta langue, le problème, tu sais. »

Elle penche la tête sur le côté. Elle ignorait qu'elle avait une langue ; elle avait toujours cru que non. Quel intérêt de donner une langue à un muet ?

Perel approche le seau d'eau à ses pieds.

« Regarde. Ouvre la bouche. »

Ouvrir la bouche ? Elle ne peut pas ouvrir la bouche.

Elle se rend compte alors qu'elle n'a jamais essayé.

« Ouvre la bouche, insiste Perel. Et tire la langue. »

Ses lèvres s'écartent, maladroites, et à la surface noire et brillante de l'eau elle aperçoit des dents courtaudes qui forment comme les barreaux d'une cage. Elle les ouvre avec difficulté et sous son nez apparaît un morceau de chair atrophié, inerte dans la cavité de sa bouche, telle une créature des profondeurs marines remontée par erreur à l'air libre.

Une langue, c'est vrai, bien que ça n'en mérite qu'à peine le nom. La chose la fascine et la répugne à la fois. Elle l'avait en elle depuis tout ce temps et elle n'en savait rien.

Elle presse ses joues l'une contre l'autre pour la forcer à sortir davantage, et elle reçoit un nouveau choc.

Sa langue a une ceinture.

Une ficelle qui la comprime si fort que la chair grise forme deux boudins de chaque côté. Il y a même un nœud, avec une grosse boucle molle dont les extrémités dépassent librement, ne demandant qu'à être déliées.

Ou plutôt – elle presse ses joues davantage –, pas une ficelle mais une fine bande de…

Papier ?

Pas étonnant qu'elle ne puisse pas parler.

Quel bonheur de comprendre enfin à quel point le problème est simple. À problème simple, solution simple.

Elle lève une main pour défaire le nœud.

« Non ! » crie Perel.

Elle se fige.

« Tu ne dois jamais, jamais faire ça, dit Perel. Tu comprends ? Jamais. »

Elle hoche la tête.

« Dis-le-moi : tu ne toucheras jamais à ça. »

Quelle exigence absurde et cruelle est-ce là ? Elle ne peut rien lui *dire*, quand sa langue est attachée comme un chien.

« C'est le Nom Divin. Écrit sur un parchemin. Si tu l'enlèves… commence Perel avant de s'interrompre. N'y touche pas, s'il te plaît. »

Elle reste encore quelques instants à contempler tristement son reflet dans le seau. Le petit organe imbécile, le bout de papier pathétique. C'est cela – pas son corps difforme, ni le masque visqueux qui lui sert de visage – qui fait d'elle un monstre.

« Je te demande pardon, Yankele. Je n'aurais pas dû te le montrer. Je ne voulais pas que tu te croies anormal, c'est tout. »

Pourtant je le suis. Et je le resterai à jamais.

Elle le sait, à présent.

Et maintenant qu'elle sait que ce nœud est là, elle ne peut plus s'empêcher de sentir sa présence. Elle le frotte contre son palais pendant que la *rebbetzin* termine les deux dernières roses en silence.

Après avoir nettoyé ses outils, s'être rincé les bras dans le seau, Perel se sèche et baisse ses manches.

« Tu peux aller me vider ça, s'il te plaît, Yankele ? »

Obéissante, comme toujours, elle emporte le seau jusqu'à une petite porte cintrée percée dans le mur des combles, soulève la barre de fer et verse l'eau sur les pavés en contrebas.

Perel essuie ses outils, les enroule dans une pochette de cuir et les range dans l'armoire de séchage, ainsi que le tout nouveau pot à épices.

« Je suis désolée de t'avoir montré ça. Sincèrement. »

Elle hoche la tête. Elle lui a déjà pardonné.

« Je vais te montrer autre chose. Ça t'allégera peut-être le cœur. »

Perel grimpe sur son tabouret et tend le bras vers le fond d'une étagère. Elle y attrape un objet enveloppé dans une étoffe de laine attachée par une ficelle et entreprend de défaire les nœuds.

« Yudl ne doit jamais l'apprendre, dit-elle. Il serait furieux. »

Écartant la laine, elle révèle une reproduction étonnamment ressemblante de la tête de Rebbe.

« C'était un essai, pour voir à quel point je parvenais à la rendre réaliste. On ne peut pas utiliser le tour pour ce genre de choses, il faut faire confiance à ses doigts. Je ne sais pas toi mais, moi, je la trouve très réussie. Est-ce vaniteux ? Je comptais la détruire après l'avoir finie, mais je n'ai pas pu m'y résoudre. Vanité encore. Je veux que mes créations me survivent. Je crois aussi… peut-être suis-je égoïste, mais je crois qu'il serait dommage que personne ne sache à quoi il ressemblait. Alors ? demande la *rebbetzin* avec un sourire inquiet. Qu'en penses-tu ? »

J'en pense qu'elle est parfaite.

Perel contemple sa sculpture.

« Je ne sais pas. Peut-être ai-je commis un péché. Mais ça n'est pas bon, de tout garder enfoui. »

Sa main volette vers le plafond.

« Yudl dit qu'on accède mieux à Dieu en état de joie. J'essaie, Yankele, mais ensuite je pense à Leah, et la tristesse du monde s'empare de moi. J'ai parfois l'impression de me tenir au milieu d'une rivière de larmes. Comment fait-on dans ces cas-là ? Moi, j'ai besoin de m'occuper les mains. »

Perel remballe la sculpture, la replace au fond de l'étagère, referme l'armoire à l'aide d'un loquet en bois.

« Je suis contente de te l'avoir montrée, Yankele. Je crois que tu comprends ce que je ressens, même sans que je te le dise. »

La *rebbetzin* marque un temps d'arrêt. Elle a l'air désorientée.

« Tout comme je sais que tu es malheureux de ta condition, et cela me serre le cœur. Tu n'as pas besoin de parler pour que je le sache. »

Elle opine, une fois de plus.

« J'aimerais pouvoir entendre ce que tu penses. J'adore être avec toi, mais c'est parfois comme écouter quelqu'un mastiquer dans la pièce d'à côté et essayer de deviner ce qu'il mange. »

Perel soupire, la regarde de ses yeux verts pétillants.

« Je donnerais cher pour savoir ce que tu as dans la tête. Les mots exacts. »

Je t'aime.

47

La voix de Sam au téléphone paraissait feutrée, lointaine.

« Il vaudrait mieux avoir cette conversation en face à face, disait-il.

– Tu m'as entendu, Abba ?

– Il faut que tu rentres, Jacob.

– Je prends l'avion demain.

– Il n'y a pas de vol avant ? »

Jacob faisait les cent pas sur le trottoir devant le bâtiment de la Radcliffe Science Library. Les étudiants qui en sortaient semblaient l'éviter comme la peste.

« J'ai une enquête à terminer.

– Tu as quand même trouvé le temps de m'appeler.

– Oui, d'accord, mais tu m'excuseras, je suis légèrement sous le choc, là.

– Ce n'est pas bon pour toi de te mettre dans cet état.

– Je ne me mettrais pas dans cet état si tu me donnais une réponse claire.

– Quelle est la question ?

– Est-ce que tu savais ?

– Toutes les familles ont des histoires. Qui peut le dire ? »

Esquive talmudique typique. Jacob avait envie de hurler.

« Pourquoi tu ne voulais pas que j'aille à Prague ?

– Je te l'ai expliqué. Je suis vieux, je n'avais pas envie de me retrouver seul et de…

– Tu m'as dit d'aller visiter le cimetière. Mais pas la *shoul*. Pourquoi ?

– Rentre, s'il te plaît, répéta Sam d'une voix plus douce, plus triste, mêlée de peur.

– Je vais te dire pourquoi : parce que tu *savais* que je le verrais.

– Et comment veux-tu que je sache une chose pareille ? Jacob. Écoute-toi parler, on dirait que tu es devenu...

– Quoi ? Que je suis devenu quoi ? Vas-y, dis-le. Dis-le.

– Je me fais du souci pour toi. »

Jacob éclata de rire, levant brusquement un bras en l'air et manquant d'assommer une fille qui passait par là, heureusement coiffée d'un casque à vélo.

« Tu sais quoi, Abba ? C'est *moi* qui me fais du souci pour toi.

– Dans ce cas, rentre.

– Arrête, arrête. Arrête de faire ça.

– De faire quoi ?

– De me prendre de haut.

– Je ne te...

– Si ! Quand j'ai le cerveau qui... qui a envie de *vomir* et que tu es là à me dire que la solution est de rentrer pour venir boire un thé avec toi. Je suis *occupé*, d'accord ? Je *travaille*. J'ai un *boulot*, tu vois, et dans le genre, c'est plutôt un boulot assez important, alors merde, est-ce que tu pourrais arrêter de me traiter comme si j'avais six ans, putain ! »

La tirade lui laissa un goût de cuivre dans la bouche. Il n'avait jamais parlé comme ça à son père ; le silence s'étira, et Jacob sentit leur relation se fissurer en deux, donnant naissance à quelque chose de laid, de sale et d'irréversible.

« Fais ton travail », finit par rétorquer Sam.

Et ce fut alors à son tour de commettre un sans-précédent.

Il raccrocha au nez de son fils unique.

Dévoré de remords, Jacob rappela pour s'excuser. Sam ne répondit pas. Ses deuxième et troisième tentatives se révélèrent tout aussi vaines.

Il s'acheta un pack de quatre Newcastle et s'assit devant la grille du Balliol College afin de les boire, son calepin sur les genoux, l'index coincé entre les pages, marquant l'endroit où il avait recopié le texte de la lettre du Maharal. Il s'y reprit à plusieurs fois pour essayer de la lire, mais ne dépassa jamais cette foutue première ligne avant de refermer son calepin d'un claquement sec en se pinçant le bout du doigt et en se disant que la douleur était bien méritée.

Il arriva au Friar & Maiden dans un état de grande confusion mentale, aggravé par l'atmosphère surchauffée et bruyante du pub. D'antiques haut-parleurs déversaient du Chicago Blues à plein volume. Dans une marée humaine de quinquagénaires au visage marqué, celui de Priscilla Norton paraissait lumineux comme un clair de lune. Elle était penchée sur une pinte, en grande conversation avec le portier du Christ Church College, Jimmy Smiley.

Jacob se fraya un chemin jusqu'à leur table.

« Désolé d'être en retard, dit-il. J'ai été retenu.

– Pas de problème », répondit Priscilla.

Smiley se contenta d'un hochement de tête. Il portait un cardigan de grand-père sur un tee-shirt râpé. Sa veste de costume noire était pliée sur le dossier de la banquette. Une ondulation en forme de fer à cheval dans ses cheveux commémorait son chapeau melon absent.

Priscilla fit glisser vers Jacob une pinte pleine à ras bord.

« J'espère que tu aimes la Murphy's. »

Il aimait tout.

La bière était brune et épaisse, c'était comme courir la bouche ouverte dans un champ d'orge ; il en avala la moitié d'un trait avant de la reposer, sous les yeux ébahis de ses compagnons de tablée.

« J'avais soif, expliqua-t-il.

– Je vois ça, rétorqua Priscilla. Bien, venons-en à nos moutons. Jimmy, répète-lui ce que tu viens de me dire. »

Smiley passa la langue sur ses lèvres étroites.

« M'sieur Mitchell, c'tait pas des crasses qu'y vous racontait tantôt. Y pouvait pas les connaître, ces gamins, l'était pas encore là d'ce temps.

– Mais vous, si.

– Un peu, que j'les connaissais, ouais. Toute la fichue clique. Y avait une femme de service, voyez. Pas plus vieille que toi, Prisca. On s'entendait bien, elle et moi, et un jour – en quatre-vingt-cinq, j'dirais qu'c'était, vu que j'faisais portier à plein temps d'puis trois ans –, c'te gosse, Wendy qu'elle s'appelait, l'était à quatre pattes en train d'récurer un chiotte ou j'sais pas trop quoi, quand y s'est pointé par-derrière et qu'y lui a relevé la jupe.

– On parle de Reggie Heap, c'est ça ? vérifia Jacob.

– Pas lui, nan, son copain, ç'ui sur vot' image, là. »

Jacob déroula le dessin de Monsieur Tête.

« Lui ?

– Voilà. Et la gosse, elle...

– Comment s'appelait-il ?

– Hé oh, minute, j'ai pas terminé. »

Smiley s'humecta de nouveau les lèvres, s'apprêtant à reprendre le cours de son récit.

« J'en étais où ? Ah ouais, donc, Wendy, v'là qu'elle sent une main sur son cul, alors elle sursaute, elle s'retourne : "Hé, ça va pas, qu'est-ce tu fais ?" Et là, il l'attrape, voyez, comme pour lui faire c'que j'pense, sauf que, Wendy, l'en avait sous l'capot, la p'tite. Elle l'a mordu là, dit-il en se touchant le menton, et il l'a lâchée. Elle peut remercier l'bon Dieu qu'il ait glissé su' l'carrelage, sans quoi j'sais pas c'qu'y lui aurait fait. »

Jacob leva un doigt pour l'interrompre, désignant sur le dessin la cicatrice reconnaissable de Monsieur Tête.

Smiley opina du chef.

« Pt'ête bien. Pt'ête bien. »

Sous la table, Priscilla pinça la cuisse de Jacob.

« Continue, Jim.

– Ben, juste après qu'c'est arrivé, l'est venue m'trouver toute chamboulée. Vu que, Wendy et moi, on était copains, voyez. Rien de c'que vous croyez, hein, mais j'l'aimais bien, c'te gosse. Alors j'y dis : "J'veux pas voir ton joli minois tout chiffonné comme ça", et j'monte en causer deux mots à m'sieur Dwight. C'tait l'portier en chef en c'temps-là, un brave gars, paix à son âme. Y m'dit : "T'fais pas d'mouron, mon Jimmy, on va régler c't'affaire."

« Le lend'main, j'm'en vais trouver Wendy pour voir comment qu'elle va, et j'entends les aut' filles qui disent comme quoi qu'elle aurait démissionné. Alors j'retourne chez m'sieur Dwight pour en avoir l'cœur net.

« J'l'avais jamais vu aussi secoué, ma foi. Y voulait pas m'parler. "Y a rien à y faire, Jim, qu'y m'dit, et tu ferais mieux d'te la boucler." L'avait fait tout c'qu'y pouvait, aujourd'hui je l'sais, mais su' l'moment ça m'a pas plu, voyez. "Qu'est-ce qu'elle a fait, Wendy, pour mériter ça ? L'a rien fait du tout !" J'l'ai pas lâché, jusqu'au point où c'qu'y m'dise : "Jimmy, s'tu la fermes pas toi-même, c'est moi qui va m'en charger." Alors j'y fais… »

Son visage s'éclaira soudain d'un grand sourire niais.

« Hé, salut Ned, lança-t-il. Comment va ? »

Un petit homme dodu avec une barbe de deux jours le salua de la main alors qu'il titubait vers les toilettes. Smiley attendit qu'il soit hors de portée de voix pour continuer.

« Le soir, j'suis passé voir là où qu'Wendy elle habitait avec sa grand-mère. J'me sentais responsable, vu que j'y avais promis d'l'aider et qu'maintenant, ben, l'avait plus d'boulot.

« L'était pas très ravie d'me voir. "Y m'ont foutue dehors", qu'elle m'sort. "Comment ça, y t'ont foutue dehors ? J'croyais qu't'avais démissionné." "Y m'ont fait dire que j'partais d'mon plein gré. Tu peux m'expliquer où il est, le plein gré, si c'est eux qui m'ont forcée ?"

« J'y ai dit que j'pouvais pas croire que m'sieur Dwight fasse une chose pareille. Mais Wendy m'a répondu qu'c'était pas m'sieur Dwight, c'tait m'sieur Partridge, l'censeur adjoint. L'avait faite monter dans son bureau, et v'là-t-y pas qu'elle s'retrouve nez à nez avec le p'tit salopard en personne, des sparadraps collés partout sur sa jolie p'tite gueule comme si qu'y s'était battu au couteau, et avec lui y a votre bonhomme, là, Heap, qui jure comme quoi qu'il a vu Wendy attraper l'aut' type pour essayer d'l'embrasser, même si c'est qu'des mensonges. M'sieur Partridge veut même pas entendre la version d'Wendy. Y lui débite tout un laïus comme quoi qu'elle le déçoit beaucoup, à s'être jetée comme ça sur c'jeune homme. "On peut pas tolérer c'genre de comportement, vous comprenez." Et Wendy, avec le caractère qu'elle a, elle lui sort : "Comptez pas sur moi pour que j'y d'mande pardon ni rien, c'est un foutu menteur, des foutus menteurs tous les deux." Et m'sieur Partridge : "Eh ben, c'est dommage, pa'ce que du coup j'vais pas pouvoir vous r'commander à un futur employeur." Wendy, l'avait même pas compris qu'elle était virée avant ça. Elle s'était dit que pt'ête qu'y la mettraient à pied ou qu'y lui colleraient des horaires de chien. Pas qu'y la foutraient dehors. Elle s'est mise à s'excuser mais, les deux gars, y voulaient rien y savoir. "Elle m'a traité d'menteur. Et mon père ceci, et mon père cela." Alors m'sieur Partridge lui fait : "Allez, Wendy, y vaut mieux qu'ça s'passe dignement."

« Moi, j'avais envie d'aller en causer direct au censeur. Mais ma femme m'a dit : "Écoute, Jimmy, c'est terrible c'qu'est arrivé à cette pauv' fille, mais réfléchis deux s'condes. Tu vas pas lui ravoir son job. Et même si t'y arrives, qu'est-ce qu'empêchera l'gars de r'mettre les mains sur elle, sauf que cette fois l'aura pt'ête pas autant d'chance. C'est un mal pour un bien, v'là c'que j'en dis. Laisse-la s'trouver une aut' place où qu'personne viendra l'embêter." Voyez, j'y avais pas pensé sous cet angle. La dernière chose que j'voulais, c'tait lui attirer plus d'ennuis. Et à moi, pareil. J'avais trois bouches à nourrir, moi aussi. »

Il tira sur sa lèvre inférieure d'un air contrit.

« La plupart des gosses que j'vois passer sont corrects, attention. Sinon je s'rais pas resté si longtemps. La plupart sont des braves gosses. Mais si vous mangez des cacahouètes et qu'vous tombez sur un caillou, c'est ça qu'vous allez vous souvenir, pas l'reste du bol. »

Priscilla lui demanda ce que Wendy était devenue.

Smiley secoua la tête.

« J'saurais pas t'dire.

– Comment s'appelait le type qui l'a agressée ? » s'enquit Jacob.

Le portier hésita.

« C'est bon, le rassura Priscilla, tu peux nous faire confiance.

– C'est pas pour toi que j'm'en fais, ma belle. »

Il hocha le menton en direction de la cible de fléchettes, et Jacob reconnut l'homme qui était passé devant leur table un peu plus tôt. Il riait en compagnie d'un groupe de buveurs tous habillés de la même façon : des collègues portiers, présuma Jacob.

« On peut aller ailleurs, suggéra-t-il, peinant à dissimuler l'impatience dans sa voix.

– Y vont pas tarder à partir, répondit Smiley. La femme à Ned, elle l'étripe s'y rentre trop tard, et les aut' y l'suivent comme des canetons. Z'avez qu'à vous rendre utile et nous payer un coup en attendant. »

Lorsque Jacob revint avec les verres, l'ambiance s'était détendue d'un cran à la table. Smiley gloussait en entendant Priscilla lui dire : « Pas si je peux éviter, espèce d'imbécile ! »

Le portier se tourna vers Jacob, hilare.

« C'est une perle, celle-là.

– Un diamant, je dirais même, renchérit Jacob.

– Pour moi, c'est comme ma fille.

– Oh, Jim, t'es trop mignon.

– Mignon mon cul, rétorqua Smiley en attrapant sa pinte. Z'avez intérêt à bien la traiter, hein, lança-t-il à Jacob en le menaçant du doigt.

– Merci, monsieur Smiley, intervint Priscilla, mais je sais me défendre toute seule.

– Je l'sais très bien, mais j'préfère qu'y l'sache aussi. Faites gaffe, ajouta-t-il avec un clin d'œil à Jacob, elle s'rait capable d'vous démolir. »

Comme prévu, Ned fut le premier du groupe à partir ; les trois autres l'imitèrent quelques minutes plus tard, s'arrêtant chacun son tour à la table pour donner une petite tape sur l'épaule de Smiley.

« Bonne nuit, les gars.

– N'nuit, Jimmy. »

Quand ils furent sortis, Smiley glissa une main sous sa veste pliée et en tira un épais album dont la couverture en cuir était estampée d'armoiries élaborées.

Ædes Christi
Anno MCMLXXXV

« L'a fallu que j'le chaparde en douce, précisa Smiley en calant l'album à la verticale contre le mur. M'sieur Mitchell s'rait furax s'y savait. »

Le frontispice apportait quelques précisions : *Chronique annuelle illustrée du Doyen, du Chapitre et des Étudiants de l'Église cathédrale du Christ à Oxford, fondée par le roi Henri le Huitième d'Angleterre.*

Smiley parcourut du doigt la table des matières, s'arrêtant à deux reprises avant d'ouvrir l'almanach à la page 134.

Des rangées d'étudiants.

La photo de Heap était la même que celle que Jacob avait vue chez son père.

Reginald Heap

Histoire de l'art

« Lui, vous l'connaissez, commenta le portier avant de feuilleter le volume jusqu'à la section des étudiants de troisième année. Et vl'à l'gars qu'a voulu attraper Wendy. »

Ayant appelé Monsieur Tête par ce pseudonyme depuis si longtemps, Jacob n'était pas sûr de pouvoir s'habituer à utiliser son vrai nom.

Terrence Florack

Beaux-Arts

Le nez retroussé. Le front saillant. Une cicatrice au menton.

Perry-Bernie.

Terry, peut-être ? MacIldowney pouvait-il s'être trompé ?

« Il était américain, ce Florack ? demanda Jacob.

– Nan, ça c'tait l'autre, répondit Smiley.

– Quel autre ? » fit Priscilla.

Smiley se remit à tourner les pages de ses grosses mains pataudes.

« Un sacré trio, qu'y f'saient, ces trois-là. »

Il arriva enfin à l'endroit qu'il cherchait, une section intitulée CLUBS ET ACTIVITÉS.

Des bilans annuels et des portraits de groupe : le Cercle de musique, le Club nautique, le Club d'échecs et le dernier, mais certainement pas des moindres :

> *Le chapitre de Christ Church du Club étudiant des Beaux-Arts a eu une année bien remplie. Deux expositions de nouveaux travaux ont été présentées, dont il ne serait pas exagéré de dire qu'elles ont connu un franc succès. Souhaitons-en d'autres !*

Les dames, de gauche à droite : Mlles L. Bird, K. Standard, V. Ghosh, S. Knight (secrétaire), H. Yarmouth, J. Rowland. Les messieurs, de gauche à droite : MM. D. Bowdoin, E. Thompson III (président), R. Heap, T. Florack, T. Foster.

« Tiens, là, le v'là, annonça Smiley en posant le doigt sur un homme athlétique au regard pénétrant, qui se tenait à l'écart du groupe. C'tait un peu comme leur grand frère. »

Étudiant référent de troisième cycle : M. R. Pernath.

« Un vrai charmeur, ç'ui-là, ajouta Smiley. Ça s'comprend qu'toutes les filles en pinçaient pour lui. »

On ne pouvait pas réellement dire que Pernath était beau. Il avait un sourire légèrement de guingois, un nez trop petit pour son visage. Ses cheveux gominés, qui lui faisaient comme une visière en saillie sur le front, jetaient une ombre sur ses yeux. C'étaient les yeux de Raspoutine, ou de Charles Manson, ou du pasteur Jim Jones[1]. De durs joyaux noirs sertis dans un visage de fils à papa propre sur lui. Même sur une mauvaise photo noir et blanc, un quart de siècle plus tard, ils possédaient encore un étrange pouvoir magnétique, et Jacob dut se forcer à détourner le regard.

« Il faut que je fasse une photocopie », dit-il.

Sans la moindre hésitation, Smiley plia la page à la reliure et l'arracha d'un coup sec.

« Tu ne risques pas d'avoir des ennuis à cause de ça ? demanda Priscilla.

– Bon débarras », rétorqua le portier en tendant la page à Jacob.

1. Gourou de la secte du Temple du Peuple, responsable du suicide collectif de neuf cent huit adeptes à Jonestown, en Guyana, en 1978. *(NdT)*

48

« Quel idiot je suis, soupira Jacob, de retour au poste de police de St Aldate's.

– Ça va, ça va, minimisa Priscilla. Pas la peine de se battre la coulpe.

– Règle numéro un : exploiter à fond la scène de crime. Ce que je n'ai pas fait.

– Tout portait à croire qu'il avait été tué ailleurs. À strictement parler, ce n'était pas la scène du crime.

– La *tête* était là, insista Jacob. Ça ne te suffit pas, comme scène ? »

Priscilla donna un grand coup sur le côté de son gros ordinateur de bureau poussif.

« Allez, toi, charge !

– J'avais son nom depuis le début. J'ai rencontré son père.

– Tu es un poil dur avec toi-même, tu ne crois pas ?

– Non, je ne crois pas. C'était sa maison de famille. J'ai rencontré le père. Un type tordu. J'aurais dû au moins *parler* avec le fils.

– Je t'ai dit de charger, espèce de foutu dinosaure… »

Priscilla jeta un coup d'œil à Jacob, qui faisait les cent pas derrière elle, un poing enfoncé sur la tempe.

« Tu veux un soda ? proposa-t-elle.

– Non, ça ira.

– Eh bien, va m'en chercher un quand même. »

Il trouva le renfoncement lugubre qui tenait lieu de coin cuisine, choisit un Coca à peine frais. Quand il le rapporta à sa collègue, elle lui désigna l'écran avec un grand sourire.

Le curriculum vitae de Richard Pernath, un petit condensé de sa vie sous leurs yeux.

Licence et master d'architecture, UCLA, 1982.

Doctorat en histoire du design, Université d'Oxford, 1987.

« Il est originaire de Los Angeles, résuma Jacob. Il a rencontré les deux autres ici et les a ramenés avec lui. Et maintenant, il fait le ménage. Ce que nous a dit MacIldowney : Perry-Bernie... c'est un surnom. Pour Pernath. Perry, Pernie, quelque chose de ce genre. Regarde ce qu'il y a sur Florack.

– Je tape, je tape.

– Tape plus vite.

– Tu sais quoi, dit-elle en lui cédant son fauteuil, prends ma place. Tu vas finir par me rendre sourde, à me crier dans les oreilles comme ça. »

Jacob avait l'impression de sentir ses globes oculaires vibrer dans leur orbite tandis qu'il attendait que la page se charge.

« C'est tellement lent, j'ai envie de me fracasser la tête contre le mur...

– Non, non, ne fais pas ça. Voilà, ça arrive. »

Terrence Florack : Sous-traitance de plans et dessins d'architecture en DAO.

Après avoir obtenu son diplôme des beaux-arts à Oxford en 1988, Florack avait travaillé trois ans dans l'agence de Richard Pernath à Los Angeles.

« Bingo ! » s'exclama Jacob en levant le poing en l'air.

Puis il se tourna vers Priscilla, qui faisait une moue dubitative.

« Quoi ? lâcha-t-il, d'un ton bien plus agressif qu'il ne l'aurait voulu.

– Sans vouloir jouer les rabat-joie, qui est la femme qui a appelé la police, dans ton histoire ?

– Une autre complice. Ce Pernath... c'est quelqu'un qui délègue. Pour lui, tous ces gens ne sont que des petites mains dont il dispose comme ça lui chante. À ce qu'on sait, il n'a jamais touché aucune des victimes, il était juste là pour diriger les opérations.

– À moins que ta théorie de la vengeance ne s'applique aussi à lui et qu'on le retrouve décapité quelque part.

– Je te parie cent dollars qu'il se porte très bien. Cent de plus qu'il, ou quelqu'un de sa connaissance, était à Prague au printemps dernier, au même moment que Reggie Heap.

– Ça fait deux cents dollars. Il vaut mieux que je le note, ou ta parole suffit ? »

Jacob appuya ses coudes sur le bureau, la tête entre les mains.

« La période entre 1989 et 2005, ça me paraît une bien longue interruption pour une bande de psychopathes sexuels dans leur genre.

– Je trouve aussi.

– Ce serait bien de savoir où ils étaient pendant tout ce temps. »

Priscilla lui reprit la souris et se pencha vers l'écran.

« À Londres, dans le cas de Florack. La page d'accueil de son site indique toujours une adresse à Edgware.

– Qu'est-ce qui a pu l'amener à Los Angeles récemment ?

– Un avion, je présume.

– Que dit son CV ?

– Mais, bon sang, calme-toi. Ça ne détaille pas ses moindres faits et gestes des vingt dernières années. En fait, il faudrait que je contacte Scotland Yard », ajouta-t-elle, la mine soudain plus grave.

Pendant qu'elle décrochait le téléphone de son bureau, Jacob appela MacIldowney.

C'est Des qui répondit.

« Bonjour, inspecteur. Que puis-je faire pour vous ?

– Vous auriez le CV de Reggie dans vos archives ?

– Je suis à peu près sûr que non.

– Ça vous embête de vérifier ?

– D'accord, soupira Des, mais seulement parce que vous m'avez débarrassé de ces affreuses chaussures. Je vous rappelle.

– Merci. »

D'après ce qu'il comprenait de ses bribes de conversation, Priscilla était en train de se faire balader de service en service. Jacob s'agenouilla à côté d'elle, attrapa la souris et cliqua de nouveau sur la page de Pernath. Il ouvrit l'onglet « Liens utiles ».

Discours inaugural, congrès annuel de la Société nord-américaine de design et de dessin d'architecture, 2010 (texte intégral).

« En effet, monsieur », disait Priscilla.

Jacob parcourut en diagonale le discours de Pernath, intitulé « Ayons le courage d'affronter une aube nouvelle ».

Priscilla raccrocha.

« Ils m'ont promis de me rappeler demain matin, déclara-t-elle.

– Regarde ça, lui dit Jacob.

– Quoi ?

– "Ayons le courage" ? Ça ressemble un peu à "N'ayons pas peur d'oser", non ?

– Tu crois ?

– Bref, et la suite : "une aube nouvelle". Toutes mes victimes étaient orientées vers l'est.

– Mouais. Possible. »

La prudence de mise pour un enquêteur. Une qualité, sauf qu'en l'occurrence ça l'agaçait, car lui n'avait aucun doute : il *savait*, il voyait l'univers se retrousser sous ses yeux comme la manche d'un vêtement, lui révélant ses coutures. Son cerveau tournait tel un gyroscope. Priscilla ne pouvait pas comprendre à quel point il se sentait surpuissant. Il aurait pu arracher de l'acier avec les dents.

S'efforçant de paraître calme et posé, il trouva le site Internet de la Société d'architecture nord-américaine, fit défiler rapidement la profession de foi de l'association (« servir et promouvoir les intérêts de la communauté croissante des professionnels des arts graphiques ») et le décompte des membres (plus de cinquante-sept mille, du Manitoba à Mexico).

Le congrès de 2012 était programmé du 10 au 12 août, au Sheraton de Columbus (Ohio) ; trois jours d'ateliers de formation, de partage d'expérience et de rencontres avec des fabricants venus présenter les dernières technologies du secteur. *Inscrivez-vous avant le 15 juillet pour bénéficier d'un tarif préférentiel et recevoir en cadeau un mug isotherme de voyage.*

Plus bas figurait la liste des congrès précédents. Jacob fit glisser son doigt jusqu'à celui de l'année passée et sentit une décharge électrique dans sa colonne vertébrale.

2011 : La Nouvelle-Orléans (Louisiane).

Se jetant sur son calepin, il le feuilleta frénétiquement jusqu'à trouver la bonne page, qu'il brandit d'un geste triomphal.

Lucinda Gaspard, La Nouvelle-Orléans, juillet 2011.

« Oh putain... » murmura Priscilla.

Le site Internet indiquait comme ville d'accueil de l'édition 2010 : Miami (Floride).

Casey Klute, Miami, juillet 2010.

« Putain, de putain, de putain... »

L'absence de meurtre en 2009 lui parut tout à coup beaucoup plus compréhensible quand il s'aperçut que le congrès de cette année-là avait eu lieu à Calgary (Ontario) : il n'avait pas cherché en dehors des États-Unis.

« C'est où, Rye, en 2008 ? demanda Priscilla.

– Quarante minutes au nord de Manhattan », répondit Jacob.

Evgeniya Shevchuk, New York, août 2008.

Les congrès de 2007 et 2006 – respectivement à Evanston (Illinois) et Sacramento (Californie) – le firent sursauter. L'idée revint le hanter qu'il était peut-être passé à côté d'autres meurtres remplissant les critères. En temps voulu, il faudrait qu'il contacte les services de police locaux.

2005 : Las Vegas (Nevada).

Dani Forrester, Las Vegas, octobre 2005.

« C'est ça, le plus fort, commenta Jacob. À chaque fois, ils étaient là tous les trois avec une raison légitime : développement professionnel ; ils sont dans la même branche. En plus, ils se connaissent depuis la fac. Personne n'avait de quoi s'étonner de les voir traîner ensemble.

– En souvenir du mauvais vieux temps », résuma Priscilla.

Jacob recopia la liste des congrès en remontant jusqu'en 1988 : Akron, 2004 ; Orlando, 2003 ; Providence, 2002... Chacun de ces endroits allait devoir être examiné et réexaminé.

Los Angeles n'avait pas accueilli de congrès depuis 1991. Le lieu le plus proche était le comté d'Orange, trois années consécutives entre 1996 et 1998. Pas de meurtres correspondants. Peut-être avait-il vu juste en imaginant que la Californie du Sud était devenue trop risquée, le souvenir des victimes du Rôdeur encore suffisamment frais pour inciter à la prudence.

Le téléphone de Jacob sonna. Priscilla l'attrapa avant lui. Elle écouta l'interlocuteur sans rien dire, le remercia et raccrocha.

« C'était Des. Il ne retrouve pas le CV. »

Une déconvenue. Que Jacob releva à peine, étant déjà passé à autre chose : il composait le numéro de Maria Band, l'enquêtrice de Miami.

« J'ai un service à vous demander, dit-il. Votre victime, Casey Klute, elle avait une boîte d'événementiel, c'est ça ?

– Euh… Je…

– Je le sais, c'était noté dans le dossier.

– D'accord.

– D'accord, et elle bossait sur quoi, dans les quinze jours précédant sa mort ? Sur quel événement ?

– Ça doit aussi être dans le dossier.

– Je ne l'ai pas sous la main, j'ai besoin de votre aide. »

En arrière-plan, une voix d'homme murmurait sur un ton impatient.

« Je suis un peu occupée pour le mo…

– S'il vous plaît, insista Jacob, se fichant pas mal de bousiller la vie sociale de Maria Band. Je suis tout près du but.

– Tout près comment ?

– Microscopiquement près.

– Très bien, soupira l'enquêtrice, qu'est-ce que vous voulez ? »

Il lui demanda de regarder si les noms de Richard Pernath, de Terrence Florack ou de Reggie Heap apparaissaient quelque part.

« C'est qui ? s'informa-t-elle.

– Les trois petits cochons. Ou les trois gros porcs, si vous préférez.

– Je n'ai pas le dossier avec moi, il faut que je retourne au bureau.

– Rappelez-moi dès que vous avez l'info. À n'importe quelle heure. »

Il réitéra la même requête auprès de Volpe et de Flores. Grandmaison, de La Nouvelle-Orléans, ne répondait toujours pas. Jacob lui laissa un message : « Hé, salut vieux. Ça fait trois semaines que j'essaye de te joindre. J'ai ton tueur. Me remercie pas, y a pas de quoi. »

Il raccrocha. Priscilla le regardait bizarrement.

« Quoi ? fit-il.

– Maintenant, y a plus qu'à attendre, dit-elle. Je crois qu'on devrait se tirer d'ici. »

Il se laissa faire lorsqu'elle le prit par le bras et l'entraîna dehors.

« Tu m'emmènes où ? demanda-t-il.

– Chez moi. »

Elle habitait à quelques rues du poste de police, au dernier étage d'une maison en brique qui n'était pas sans rappeler celle de MacIldowney, mais en beaucoup plus petit.

À peine la porte franchie, ils étaient agrippés l'un à l'autre sur la moquette du salon, la jambe gauche de Priscilla enroulée sur la cuisse droite de Jacob, un carambolage de mains alors que leurs doigts se jetaient sur les mêmes boutons, les mêmes fermetures éclair, les mêmes boucles de ceinture.

« J'ai envie de te baiser là maintenant, dit-il.

– Ben ouais, c'est l'idée. »

Preuve de sa vitalité retrouvée, il la souleva à bout de bras pour la déposer sur le canapé avant de plonger sur elle tandis qu'elle riait, criait et donnait de petites tapes sur son dos nu. Elle avait la peau douce, brûlante, et une présence intense qui lui remplissait les mains et la bouche, son corps d'une parfaite imperfection, exactement ce qu'il aimait, une sorte d'indulgence pour ses propres défauts qui l'aidait à chasser le souvenir de Mai et de Divya Das. Il lui mordilla la lèvre, sentant affleurer le goût du sang, délicieux et grisant.

Elle le prit dans une main, lui attrapa le menton de l'autre, de sorte qu'il avait le regard plongé dans ses yeux outremer.

« Va doucement », murmura-t-elle.

Il comptait lui obéir mais, dès qu'il pénétra en elle, la tête de Priscilla se renversa brusquement en arrière et son corps se raidit pour aussitôt s'avachir sous lui, les yeux révulsés, la bouche béante.

Ce n'était pas une expression de plaisir, mais de douleur.

Il se releva d'un bond.

Instantanément, elle revint à elle et ses pupilles réapparurent, affolées, parcourant le visage de Jacob sans sembler le reconnaître. Puis sa peur se mua en terreur, et alors Jacob l'entendit derrière lui, le mugissement de dix mille démons, et en se retournant il vit un gros point noir et bourdonnant lui foncer dessus comme une fusée.

Il se jeta par terre, roula sur la moquette, se cognant la tête contre le pied de la table basse tandis que Priscilla se mettait à hurler.

Il se redressa en gémissant, et cette fois il le vit en haute définition, un scarabée noir, sans le moindre doute le même que celui qu'il avait déjà vu encore et encore, mais qui avait désormais atteint une taille monstrueuse. Jacob ne bougea pas, ne pouvait pas bouger, frappé de stupeur devant l'énormité de l'insecte, et il le regarda attaquer Priscilla en se servant de sa corne comme d'un bélier pour lui perforer à répétition les bras, la poitrine et le cou pendant qu'elle poussait des cris stridents en battant des mains et en essayant de protéger son visage contre la violence de l'assaut.

Fais-le sortir ! hurla-t-elle.

Sa voix le réveilla de sa torpeur : il bondit, main en avant, balayant l'insecte de sa paume ouverte, mais celui-ci esquiva le coup et concentra alors toute son attention sur Jacob. Il commença à lui voltiger autour en un tourbillon assourdissant ; Jacob sentait le vent de ses ailes sur sa peau nue, et lui aussi tournait sur lui-même pour essayer de l'attraper, son pénis encore en érection battant dans tous les sens, comme un cheval de bois qui se serait dévissé sur un manège.

Le scarabée s'élança vers le coin opposé de la pièce et atterrit lourdement sur la moquette, les pattes avant moulinant dans le vide.

Jacob plongea sur lui.

Alors sa carapace s'écarta, ses ailes jaillirent et il redécolla pour fondre sur Priscilla en piqué, la poursuivant dans tout l'appartement tandis qu'elle s'ébouriffait les cheveux en hurlant.

Fais-le sortir ! Fais-le sortir !

Jacob attrapa un livre sur la table basse et le projeta de toutes ses forces en direction de l'insecte, qui se cabra en arrière, vrombissant et stridulant, un bruit qui ressemblait de façon terrifiante à un rire humain. Enragé, Jacob lui lança un deuxième livre, renversant la lampe halogène, ce qui les plongea dans une semi-obscurité et le condamna à se diriger uniquement à l'oreille alors que l'insecte fonçait sur lui, repartait, bourdonnait et ricanait, voletant sur place juste le temps que Jacob le repère et cherche à l'écraser en fouettant l'air avec le plaid en laine qu'il avait attrapé sur le canapé, avant de lui filer entre les jambes en lui frôlant le scrotum.

Priscilla se débattait avec le loquet de la fenêtre à guillotine en marmonnant : *Bon sang, mais c'est pas vrai, allez.*

Le scarabée s'éleva pile en face de Jacob, suspendu en vol dans un grondement invraisemblable, le souffle de ses ailes lui plaquant les cheveux en arrière tandis qu'il flottait devant lui, plus petit à présent, presque invisible à part deux énormes yeux verts. Jacob savait que c'était le moment de l'écraser entre ses paumes, mais alors il vit le chatoiement irisé de son armure, la gaze translucide de ses ailes, et il sut que jamais, jamais il ne pourrait détruire une chose aussi belle.

Priscilla avait réussi à libérer le loquet de la fenêtre, mais elle n'arrivait pas à faire coulisser le châssis. *Allez.*

Le scarabée s'approcha encore plus près de Jacob, ondulant gracieusement dans l'air.

Jacob sentit un éclair de chaleur alors que l'insecte se collait contre ses lèvres.

Ouvrant et refermant les mandibules, exhalant son haleine douce et brûlante dans sa bouche.

Et puis, soudain, l'insecte se recula, comme à regret, ne quittant pas Jacob des yeux jusqu'à ce qu'il finisse par faire demitour et qu'il s'éloigne en rugissant, fonçant droit sur Priscilla.

Elle l'entendit venir, poussa un cri et se jeta au sol. Le scarabée lui passa au-dessus, heurta la vitre de plein fouet et la traversa en y laissant un trou parfait avant de disparaître dans la nuit, une étoile noire supplémentaire parmi tant d'autres.

UNION

Le mariage d'Isaac Katz et de Feigel Loew se déroule dans la Alt-Neu un mercredi après-midi, afin que leur union puisse être consommée le soir même et jusqu'au lendemain matin, profitant ainsi de la fertilité inhérente au jeudi.

Sur l'estrade, sous le dais, se tiennent les principaux acteurs de la noce, le couple, leurs pères et les deux témoins, le splendide Mordecai Meisel et le réservé David Ganz, entourés des frères et des beaux-frères. Bienfaiteurs, intimes et sommités intellectuelles honorent les bancs de leur présence, Chayim Wichs le bedeau et Jacob Bassevi le financier, des délégations de rabbins venues de Cracovie, d'Ostrog et de Lvov. L'Empereur a envoyé une lettre de félicitations sur une feuille à bordure dorée, magnifiquement calligraphiée. Le rouleau de parchemin s'est vu lui aussi attribuer une place d'honneur, sur un coussin de soie rouge au premier rang.

Dans la pièce exiguë qui leur est réservée, les mères des mariés et les autres femmes de la famille se relaient devant les ouvertures donnant sur le sanctuaire. Il y a tellement de monde dans la synagogue qu'elle semble exsuder le mortier qui la maintient debout.

Et à l'entrée, Yankele le Géant tient la foule à distance.

De près et de loin, ils sont venus, parés de leurs plus beaux atours, pour témoigner de leur amour et de leur respect. Par dizaines ils s'agglutinent sur le toit, se suspendent au rebord dans l'espoir d'apercevoir à travers la rosace ce qui se passe à l'intérieur. Par centaines ils patientent dehors, l'oreille collée aux murs de pierre. Par milliers ils encombrent les rues tout autour de la Alt-Neu, vieux et jeunes, malades et bien portants, ennemis de toujours serrés l'un contre l'autre, le cou tendu, la main en cornet, guettant le tintement du verre brisé qui signalera la fin de la cérémonie.

Quand il survient enfin, la mélodie cristalline résonne jusqu'à Sattelgasse, et d'innombrables voix rugissent leur approbation. *Mazel tov !*

Neuf groupes de musiciens répartis dans la foule, bénéficiant d'une levée temporaire de l'interdiction de se produire en public, entonnent neuf morceaux différents. Les gens battent des pieds, sifflent, tapent dans les mains, chantent, une explosion frénétique et bruyante qui redouble lorsque Yankele s'avance pour dégager le passage et permettre au couple de sortir sur le parvis et de saluer son public d'adorateurs avant d'être reconduit à l'intérieur afin de s'isoler dans l'intimité d'une petite pièce privée.

Nourriture, boissons, sourires : pour une fois, rien ne vient à manquer. Meisel et Bassevi s'en sont assurés. Le ghetto a été transformé en une immense réception à ciel ouvert, les tables s'étirent sur toute la longueur de la Rabinergasse. Tout le monde est invité à prendre part au banquet, et tout le monde en profite, vidant des assiettes de carottes marinées et de saucisses, de pieds de veau en gelée et de boulettes de pomme de terre. Des carpes farcies servies entières scintillent sur de blanches montagnes de raifort. Le festin se régénère de lui-même, telle une source intarissable. Les enfants engloutissent des *koláče** au miel, arrachent des morceaux de nougat à la rose, dérobent des poignées dégoulinantes de cerises cuites à la bière.

Après ses quinze minutes de solitude, le couple réapparaît, la foule rugit de plus belle, s'essuie la bouche d'un revers de manche, et la danse peut commencer.

Des chaises dorées sont installées sur une estrade. L'armée réunifiée des musiciens, ayant comme par magie réussi à se mettre d'accord sur un même morceau, l'attaque furieusement à l'unisson, déchaînant un tourbillon de barbes et de manteaux noirs virevoltants, de pieds lancés vers le ciel, débarrassés de leurs chaussures. Chazkiel le bouffon dirige sa troupe de clowns ; des acrobates réalisent des pirouettes et érigent des pyramides humaines de quatre étages, jonglent avec des fruits, du feu, des verres.

Sur leur trône au cœur de la mêlée, Feigel et Isaac applaudissent chaque numéro, souriant comme des idiots, se souriant l'un à l'autre.

Encore ? Encore !

Ces festivités sont sacrées, car il n'est de bonne action plus estimable que de folâtrer devant la mariée pour lui apporter de la joie. Des talents cachés se révèlent au grand jour. Chacun sait que Yomtov Gluck peut réparer un chariot. Qui se doutait qu'il était aussi capable de marcher sur les mains ? Qui se doutait que Gershom Samsa maîtrisait la danse de la bouteille ?

Et le premier à donner l'exemple n'est autre que Rebbe en personne, qui régulièrement jaillit devant l'estrade pour exécuter une petite gigue sautillante, arrachant des hurlements de rire à Feigel. Hors d'haleine, rubicond, le grand homme retourne alors s'asseoir le temps de reprendre son souffle, puis se relève et agite les bras avec abandon, jusque tard dans la nuit.

Encore !

Maisons ouvertes aux quatre vents, feux de joie, ivresse générale, le ghetto est à son plus vulnérable. Pourtant Rebbe a décrété qu'il n'y aurait pas de patrouille ce soir. Cela gâcherait la fête. À l'appui de sa décision, il cite les Saintes Écritures.

L'Éternel protège les simples, Yankele.

Mais les vieux réflexes ont la peau dure. Pendant que la noce bat son plein, elle traîne aux abords de la foule, en frottant le nœud de sa langue contre son palais – c'est devenu une habitude –, scrutant ces nombreux visages qu'elle ne connaît pas. La plupart l'ignorent, emportés par la liesse. Quelques-uns se mettent à fixer leurs pieds à son approche, puis à murmurer sitôt qu'elle s'est éloignée.

Tu as vu la taille qu'il fait, celui-là ?

Ils croient qu'elle ne les entend pas. La clameur est immense. Mais ses sens, autrefois ramollis comme du savon, se sont puissamment aiguisés. Il lui suffit, depuis la cour à l'arrière de la maison de Rebbe, de concentrer son attention sur les fenêtres de la maison d'étude pour écouter les débats talmudiques. Elle est capable de pister un insecte dans le ciel nocturne par temps de brouillard.

Et d'autres changements inattendus ont commencé à survenir.

Les auras : elle les voit partout, à présent, sur tout le monde, un peu plus nettement chaque jour. Elle trouve rassurant de savoir qu'il existe d'autres couleurs que le gris : le rose, le saphir, le crème, l'ocre ; le désir dans toutes ses variantes subtiles et infinies.

Ceux qui aiment, et ceux qui aiment sans être aimés en retour. Ceux qui haïssent, et ceux dont la haine est viscérale.

Les voisins envieux, les époux jaloux, les enfants capricieux. Le malin plaisir de l'innovation. La détresse sans fond, source de fanfaronnades.

Chaque individu possède sa propre lueur unique et, tandis que l'humanité se répand dans les rues, elle se repaît de ce spectacle éblouissant, inimaginable.

Arrivée à l'extrémité nord de la Rabinergasse, elle passe la tête par-dessus la cloison qui sépare la fête des hommes de celle des femmes. De tout autre que lui, cela serait considéré comme une atteinte intolérable à la pudeur, mais chacun sait que Yankele le Géant est un simple d'esprit. Jamais, au grand jamais, on ne l'imaginerait en proie au désir charnel.

L'œil sec, la *rebbetzin* est assise et tape dans ses mains au rythme de la musique qui résonne au loin. Elle semble s'être fait une raison de cette union. Tout de même, il ne doit pas être facile de voir un enfant en remplacer un autre. Elle est entourée de ses filles et de sa bru. On a laissé une chaise vide en mémoire de Leah.

Perel croise son regard et elles communiquent en silence à travers la fumée et le bruit.

« Yankele ! »

Mais Chayim Wichs la tire par le manteau.

« Rebbe te demande ! »

La *rebbetzin* sourit et lui fait un signe. *Vas-y. Je vais bien.*

Elle se laisse entraîner par Wichs jusqu'au centre du cercle de danseurs, où Rebbe l'attend, les bras grands ouverts. Elle s'accroche à ses mains, prenant soin de mesurer la force de ses mouvements, et ils se mettent à tournoyer au milieu de la ronde. Il souffle comme un bœuf, la sueur ruisselle sur son long visage mince, mais, lorsqu'elle tente de ralentir, il l'attire plus près de lui, colle son corps contre le sien et murmure dans sa chemise : « Ne m'abandonne pas. Ne m'abandonne jamais. »

En entendant la faiblesse dans sa voix, elle comprend que ce n'est pas de la sueur qui baigne ses joues, mais des larmes.

Elle souffre de savoir qu'elle ne peut pas lui rendre son amour. Elle lève la tête, le regard dans le vide, écœurée d'elle-même, et c'est alors qu'elle voit les hommes.

Ils sont trois.

Trois colosses, mais celui du milieu est particulièrement immense ; il domine largement ses compagnons, et toute l'assemblée d'ailleurs, faisant presque la même taille qu'elle. Fin comme un roseau, les cils allongés dans la lueur du feu, il a deux touffes de cheveux blancs sur les tempes. Le vent fait onduler sa tunique en grosse toile, qui conviendrait mieux à un ermite vivant dans une grotte qu'à un citadin de Prague.

Les deux hommes qui l'accompagnent sont comme des sacs de jute remplis de pommes de terre. Le plus foncé des deux s'agite en grimaçant. Les joues rougeaudes de son compère se contractent en un sourire mystérieux.

On pourrait croire que trois géants inconnus attireraient l'attention dans une foule, mais personne d'autre ne semble les remarquer. Un peu en retrait, ils forment comme un verger humain. Pourtant ils ne sont pas humains. Ils ne peuvent pas l'être : ils n'ont pas d'aura. Parmi la débauche de couleurs créée par les noceurs, ils rôdent dans un vide glacial, impitoyables, impavides, et leur seule vue la saisit d'horreur, resserrant le lien autour de sa langue, de plus en plus fort, menaçant de tailler la chair en deux morceaux, comme un fil à couper l'argile.

Ils l'observent.

« Ça suffit, maintenant, Yankele, ça suffit, par pitié. »

La voix de Rebbe la ramène à elle. Il relâche son étreinte et l'invite à s'agenouiller devant lui. Elle s'exécute avec réticence, car elle tourne le dos aux hommes et sent leur longue ombre invisible sur elle.

Rebbe pose les mains sur sa tête. L'espace d'une fraction de seconde, il jette un coup d'œil derrière elle, et son visage se tend d'appréhension.

Il les voit, lui aussi.

Il sourit.

« Tout va bien, mon enfant. »

La bénédiction coule de ses lèvres.

Que l'Éternel te fasse devenir comme Éphraïm et Manassé.

Que l'Éternel te bénisse et te protège.

Que l'Éternel fasse rayonner Sa face sur toi et te soit bienveillant.

Que l'Éternel dirige Son regard vers toi et t'accorde la paix.

Il l'embrasse sur le front.

« Brave garçon. »

Elle sent une chaleur l'envahir, emplissant le vide où devrait se trouver son cœur.

Les musiciens entament la *mezinke**. Chazkiel se fraie un passage jusqu'à eux, muni d'un balai qu'il colle dans les mains de Rebbe. Elle se relève pour leur laisser la place, cherchant des yeux les trois colosses. Ils ont disparu.

« Je ne vais pas te mentir, dit Perel. Je suis contente que ce soit fini. »

Une semaine et demie après le mariage, la vie a repris son cours. Après cette frénésie, les rues semblent étrangement vides, la crasse plus prononcée que d'ordinaire. La chaleur résiduelle fait naître une brume mousseuse au-dessus de la rivière, qui bave dans le crépuscule tandis que la *rebbetzin* et elle reviennent de la berge, chargées d'une nouvelle cargaison d'argile.

« Ne me fais pas dire ce que je ne dis pas. Je suis heureuse pour elle. Tu le sais. »

Elle hoche la tête.

« Ce matin, à mon réveil, la maison était si calme. Yudl était déjà sorti et, moi, dans mon lit, je guettais les pas de Feigel. Le plus bête, c'est que je ne me languissais pas de la voir telle qu'elle est ; j'avais à l'esprit le bruit de ses pas quand elle était bébé. C'est ridicule, mais je ne peux pas m'en empêcher. Après tout, c'est mon droit, non ? Je l'ai élevée. Vingt-neuf années durant, j'ai élevé des enfants. J'ai bien le droit de m'apitoyer un peu sur moi-même. »

Elle opine à nouveau, en prenant garde de ne pas laisser tomber la boue. *Je sais.*

« Je sais, dit Perel. Ce n'est pas comme si elle était partie vivre dans une autre ville. »

Elle rit.

« Allez, ça suffit. Nous avons du travail. J'ai promis à Feigel de terminer sa nouvelle vaisselle. Il n'y a pas encore lieu de paniquer, nous y arriverons. Voilà comment nous allons procéder : par fournées successives. À chacune de tes rondes, tu t'arrêteras et tu récupéreras ce que j'aurai fait pour le porter à cuire chez le forgeron. Nous y passerons la nuit s'il le faut. Qu'en dis-tu ? Mais, d'abord, nous allons faire étape à la maison pour remplir la remise. »

Elles bifurquent dans Heligasse. Parmi les murmures du soir leur parviennent les sons familiers de la maisonnée des Loew. Le claquement humide de la serpillière de Gittel, la bonne, qui bâille avant de se mettre à récurer le sol de la cuisine. Les petits pas précipités des souris qui vivent sous l'escalier. Le chuchotis d'une flambée dans la cheminée.

Et, par la fenêtre ouverte du bureau, la voix de Rebbe, tendue, urgente.

Je comprends. Je comprends. Mais…

La voix qui l'interrompt est un sifflement fatigué, qui la fige instantanément sur place.

Il n'y a plus à discuter. À votre demande, nous vous avons déjà accordé la semaine de célébration.

Plus quelques jours supplémentaires, ajoute une seconde voix, comme des cailloux dans un bocal.

« Yankele ? demande Perel. Qu'est-ce qu'il y a ? »

J'en suis tout à fait conscient, répond Rebbe. *Et je vous en sais gré plus que je ne saurais l'exprimer. Mais il faut me croire. Ce n'est pas le moment. Nous avons encore besoin de lui.*

D'elle, corrige la voix caillouteuse.

Vos frères et sœurs sont extrêmement mécontents, intervient la voix sifflante.

Je vous en conjure, dit Rebbe. *Nous avons de grands besoins. Un sursis…*

Il n'y aura plus de sursis.

Les doigts de Perel s'agrippent à son bras.

Une nouvelle voix, ronde et compatissante, mais pas davantage disposée à transiger : *Ça fait deux ans.*

Et depuis deux ans, nous vivons en paix, argumente Rebbe. *Reprenez-le-nous…*

La, aboie la voix caillouteuse.

… et ça ne durera pas. Je vous le garantis.

Il faut traiter le Mal au moment et à l'endroit où il se présente, réplique la voix sifflante.

Mais si nous pouvons l'empêcher en amont…

Je savais que ça se passerait comme ça, interrompt la voix caillouteuse. *Je vous l'avais prédit, oui ou non ?*

Nous ne nous occupons pas de prévention, précise la voix sifflante. *Ça ne relève pas de nos prérogatives, ni des vôtres.*

J'avais prédit qu'il s'attacherait, et j'avais raison.

Plus vous attendrez, plus ce sera difficile, fait remarquer la voix ronde.

La balance de la justice exige un châtiment, c'est tout, conclut la voix sifflante.

À côté d'elle, Perel s'est immobilisée. Elle écoute, elle aussi.

Où ira-t-il ? demande Rebbe, d'un ton désespéré.

Elle, rectifie la voix caillouteuse. *Et ça ne vous regarde pas.*

Quelque part où les besoins sont plus grands, indique la voix ronde.

L'instinct de fuite la submerge tel un haut-le-cœur, une sorte de force primitive qui lui donne la nausée. Mais elle ne peut pas bouger : les doigts de Perel enroulés sur son poignet sont comme une ancre.

Ce sera fait, dit Rebbe.

Elle baisse la tête, regrettant que son visage impassible ne puisse exprimer le chagrin qu'elle ressent, maintenant que leur temps ensemble touche à sa fin. La *rebbetzin* a le regard rivé sur la maison, en direction des voix, ses yeux verts fixes et calculateurs.

« Suis-moi », dit Perel.

49

« Ne me dites pas ça ! hurlait Priscilla Norton à son propriétaire au bout du fil, en gesticulant tel un commissaire-priseur. Ne me dites pas que je dois prendre une femme de ménage, je sais tenir un appartement, merci ! »

Assis en tailleur par terre, une poche de glace pressée sur la tête, Jacob la regardait tourner en rond comme une furie, se sentant à la fois soulagé et coupable qu'elle ait choisi de décharger son désarroi sur quelqu'un d'autre que lui.

« Je n'accepte pas vos insinu… Non, pardon. Pardon. Je n'accepte pas vos… Ne me dites pas ça. Ne me dites pas que c'est *ma* faute ! Je n'ai jamais eu d'insectes chez moi, pas même une mouche. »

Elle était nue, à l'exception du plaid en laine qu'elle s'était négligemment drapé sur une épaule, et Jacob distinguait les bleus qui éclaboussaient sa peau laiteuse : sur les tibias, les bras, le sternum, partout où le scarabée l'avait touchée.

Elle raccrocha son téléphone sans fil en appuyant sur un bouton et le balança sur le canapé.

« Quel connard ! Me dire que c'est parce que je ne fais pas le ménage !

– Enfoiré.

– Ce truc avait une *corne*, bon sang. On n'a pas des bestioles comme ça simplement parce qu'on ne sort pas la poubelle, merde. »

Jacob se leva et s'avança vers elle pour lui offrir du réconfort, mais elle secoua la tête et recula.

« J'ai besoin de prendre une douche », dit-elle.

Elle fila s'enfermer dans la salle de bains.

Il se rassit, écoutant l'eau couler, inspectant son propre corps pour voir s'il avait lui aussi des marques. En plus de la légère bosse sur son crâne, il s'était râpé la hanche et le haut de la cuisse sur la moquette. Mais pas d'hématomes.

Le scarabée avait réservé sa colère à Priscilla.

Jacob sentait encore la brûlure sur sa lèvre à l'endroit où il s'était posé.

La douche s'arrêta et, quelques minutes après, Priscilla réapparut, vêtue d'un bas de pyjama et d'un sweat à capuche, les cheveux tirés en arrière en une queue-de-cheval qui lui donnait l'air sévère.

« Tu veux que je te redonne des glaçons ? demanda-t-elle.

– Ça va aller, merci. Et toi ?

– Je devrais m'en sortir. Dodo, maintenant. »

Elle marqua une pause avant d'ajouter :

« Tu viens ?

– Ça t'ennuie si je te rejoins plus tard ? »

Elle parut soulagée.

« Tu as besoin de quelque chose ? Tu as faim ?

– Non, merci. »

Elle se retira sans insister davantage.

Jacob resta assis sur le canapé, les yeux rivés sur le trou dans la vitre.

Derrière la porte de sa chambre, Priscilla se tournait et se retournait dans son lit en marmonnant.

Jacob s'aperçut que son jean, abandonné en tas près de l'entrée, s'était mis à vibrer. Il se traîna jusque-là, retroussa le pantalon pour le remettre à l'endroit et y repêcha son téléphone.

« Je garde le compte des services que vous me devrez », annonça Maria Band, d'une voix qui paraissait cependant nettement plus amicale.

Parmi les événements sur lesquels Casey Klute avait travaillé dans les semaines ayant précédé son assassinat, il y avait le cocktail du congrès annuel de la Société nord-américaine de design et de dessin d'architecture.

« Ça vous aide ? demanda Band.

– Beaucoup. Super beaucoup, même. Merci. »

Il reposa son téléphone, se leva, s'approcha de la chambre de Priscilla et poussa la porte tout doucement. Il resta un moment immobile dans l'embrasure à regarder la couette enfler et retomber au rythme de sa respiration.

Et puis soudain, sa voix : « C'était qui ?

– Pardon, dit-il. Rendors-toi.

– Je ne dormais pas. »

Il vint s'asseoir sur le bord de son lit.

« La police de Miami.

– Qu'est-ce qu'ils racontent de beau ? »

Il lui rapporta la conversation.

« C'est une bonne nouvelle », commenta-t-elle.

Il opina.

« Tu vas venir te coucher à un moment ?

– Je n'ai pas vraiment sommeil. »

Elle s'assit en calant un oreiller dans son dos.

« Tu veux qu'on parle de ce qui s'est passé ? suggéra-t-elle.

– De quel épisode, précisément ? »

Il tenta un sourire, qui lui parut artificiel et qu'elle ne lui retourna pas.

« Ça m'a fait mal, dit-elle. Quand tu es entré dans moi, j'ai eu l'impression…

– Que je te poignardais. »

Elle le dévisagea en grimaçant.

« Tu n'as pas une horrible maladie ou je ne sais pas trop quoi, j'espère ? »

Pas physique, en tout cas.

« Non.

– Et donc… ?

– Je ne sais pas. »

Elle eut un petit rire étrange, comme un hoquet.

« Je vais te dire ce que je sais, moi. Je sais qu'on a tous les deux beaucoup trop bu avec le ventre vide, et qu'ensuite on a eu beaucoup trop d'émotions.

– Pas faux. »

Un temps.

Il voulut lui prendre la main, mais elle la retira, croisant les bras comme pour se réchauffer, se frottant les épaules. Elle ne le regardait pas, si bien qu'il n'arrivait pas à savoir si elle était fâchée, si elle avait froid, ou quoi d'autre.

« Je voudrais te dire quelque chose, reprit-elle, mais j'ai peur que tu me prennes pour une folle.

– Je te promets que non.

– Tu es sûr ?

– Juré. »

Un temps.

« J'ai vu… commença-t-elle. Enfin, non, ce n'était pas vraiment une vision, plutôt une *sensation.* Je ne sais pas comment le décrire autrement. »

Elle hésita.

« Même moi, en m'entendant formuler ça tout haut, je me dis que je suis folle. »

Cette fois, quand il lui prit la main, elle accepta de la lui abandonner. Il attendit la suite.

« J'ai vu une femme, déclara-t-elle. Derrière toi. Debout derrière toi. L'espace d'une fraction de seconde. Un peu comme un éclair, si tu veux, mais sous la forme d'une personne.

– De quoi elle avait l'air ?

– S'il te plaît, ne te moque pas de moi.

– Je ne me moque pas de toi.

– J'ai déjà l'impression d'être assez cinglée sans que tu…

– Prisca. Je t'assure. Je ne me moque pas de toi. »

Elle se tut.

« Dis-moi de quoi elle avait l'air, insista Jacob.

– Pourquoi ?

– Tu l'as vue. Dis-moi ce que tu as vu.

– Oui, mais… enfin, elle n'était pas réellement là.

– Dis-moi ce que tu as vu.

– Elle… Tu es sérieux, tu veux vraiment savoir ?

– Vraiment, oui.

– Eh bien… Elle était belle, je dirais.

– Comment ?

– Comment ça, comment ?

– Qu'est-ce qui la rendait belle ?

– Tout. C'était juste… Je ne sais pas l'expliquer. Quand quelqu'un est beau, ça se voit, c'est tout. Elle… Elle était parfaite, en quelque sorte. Mais je ne comprends pas bien en quoi…

– Les cheveux de quelle couleur ? Les yeux ? »

Priscilla laissa échapper un petit soupir agacé.

« Pourquoi on parle de ça ?

– Tu m'as dit…

– Je n'ai rien de plus à ajouter, Jacob.

– Elle était belle, résuma-t-il. C'est tout.

– Elle avait l'air en colère. »

Priscilla Norton, flic dégourdie, fille intelligente, fondit alors en larmes.

« Elle avait l'air jalouse. »

Allongée sur le côté, elle était tournée vers le mur pendant qu'il lui frottait le dos en lui parlant doucement à l'oreille. Elle avait raison : mieux valait oublier tout ça. En vérité, il parlait autant pour se faire du bien à lui qu'à elle. Il changea de sujet, revenant sur l'enquête, soulignant tout ce qu'ils avaient découvert ensemble, la remerciant pour son aide. Elle lui promit de suivre l'affaire auprès de Scotland Yard ; il lui promit de lui envoyer les profils ADN. Ils n'étaient pas les coauteurs d'une hallucination partagée ; ils n'étaient pas un couple d'amants après un fiasco sexuel ; c'étaient deux flics, absorbés par les détails d'une investigation, et ils se quittèrent en termes cordiaux, avec l'accord tacite de ne plus jamais mentionner cette histoire.

« En tout cas, dit-elle, ç'a été une sacrée aventure de faire ta connaissance.

– Pareil pour moi.

– Si par hasard tes pas devaient te ramener dans ces contrées, n'hésite surtout pas à me faire signe.

– Du moment que tu as appelé un service de désinfection.

– Crois-moi, c'est numéro un sur ma liste. »

De retour à l'auberge de jeunesse, il monta faire sa valise à la lueur de son téléphone pendant que ses compagnons de chambrée grommelaient en se plaquant leur oreiller sur la tête.

La salle commune était déserte. Il s'assit devant le poste informatique et ouvrit son calepin à la page où il avait recopié la lettre praguoise. Comme lors de ses précédentes tentatives, le travail de déchiffrage était extrêmement laborieux. Il s'interrompait fréquemment afin de consulter des définitions sur Internet. N'ayant pas de solution pour les mots manquants, il en était réduit à les deviner.

Le goût du Maharal pour les citations faisait qu'il était difficile de savoir où s'arrêtait sa propre voix et où commençaient les Saintes Écritures. Jacob essayait autant que possible de recouper plusieurs sources. Le cliquetis du clavier résonnait dans le silence.

Il était près de cinq heures du matin quand il eut terminé.

Avec l'aide du Ciel
20 Sivan 5342
Mon cher fils Isaac,
Et de même que Dieu a béni Isaac, puisse-t-Il te bénir aussi.

Comme un jeune marié se réjouit de sa femme, puisse Dieu se réjouir de toi. Car les clameurs de joie et d'allégresse résonnent encore dans les rues du royaume de Juda. C'est pourquoi, moi, Juda, je chanterai cette fois Ses louanges.

Et je te le dis à présent, quel est l'homme qui a épousé une femme mais ne l'a pas encore prise ? Qu'on le laisse aller et retourner auprès de son épouse.

Mais souvenons-nous que nos yeux ont vu tous les hauts faits qu'Il a accomplis. Car le vase d'argile que nous avons façonné s'est abîmé entre nos mains, et le potier a entrepris d'en fabriquer un autre, davantage à son goût. Le potier doit-il être l'égal de l'argile ? Ce qui est fait doit-il dire à son faiseur : tu ne m'as pas fait ? Ce qui est formé doit-il dire à qui l'a formé : tu ne sais rien ?

Mais que ton cœur ne faiblisse pas ; n'aie pas peur, ne tremble pas.

Car en vérité nous désirions la grâce ; et c'est une disgrâce de l'Éternel sur nous.

En ma bénédiction,
Juda Loew ben Bezalel

Frissonnant, Jacob referma son calepin, le rangea dans sa poche et se leva pour aller régler sa note à la réception.

L'employé lui demanda s'il avait apprécié son séjour à Oxford.

« Oui et non, répondit Jacob.

– Plus oui que non, j'espère.

– Je n'irais pas jusque-là », dit Jacob en lui tendant sa carte de crédit Discover.

50

Ils l'attendaient juste après la douane.

Subach attrapa la poignée de sa valise.

« Laisse, je te la prends », dit-il.

Sous un tonitruant soleil californien, ils traversèrent un nuage de gaz d'échappement en direction du parking courte durée.

« C'est sympa de venir me chercher.

– Ça va plus vite que la navette, répondit Schott.

– L'Amérique t'accueille à bras ouverts, renchérit Subach. Tu as fait bon voyage ? Tu as eu un film ?

– *Kung Fu Panda 2.*

– C'est bien ? demanda Schott.

– Pas autant que le premier.

– C'est toujours comme ça, déplora Subach en appuyant sur le bouton de l'ascenseur.

– J'espère que vous aviez un bouquin, au moins », s'inquiéta Schott.

Jacob haussa les épaules. Il avait passé presque toute la durée du vol à relire ses notes et à étudier la page arrachée de l'almanach d'Oxford, s'imprégnant du regard de Pernath. Il avait lu le magazine de bord de la première à la dernière ligne, fait les mots croisés et le sudoku, feuilleté le catalogue SkyMall. Et même après avoir épuisé toutes les lectures possibles, il n'avait pas jeté un seul coup d'œil à la lettre du Maharal, ni à sa traduction.

Une traversée en douceur, sans turbulences, tous les autres passagers sereins pendant qu'autour de lui le tube de la carlingue semblait tournoyer et rétrécir inexorablement.

Suffoquant dans l'air recyclé de la cabine, il avait desserré sa ceinture au maximum et regardé sur l'écran devant lui le minuscule point de l'avion sautiller à travers l'océan Atlantique, ne pouvant s'empêcher de se tripoter la lèvre à l'endroit encore sensible où le scarabée s'était posé, levant la main chaque fois qu'approchait le chariot des boissons, soulagé par l'absence de jugement sur le visage des hôtesses qui lui vendaient sa énième mignonnette d'Absolut à huit dollars.

Il doit avoir peur de l'avion.

Ils sortirent de l'ascenseur et s'avancèrent sur le béton huileux vers une rangée de limousines privées. Schott dégaina un bip et déverrouilla à distance les sécurités d'une Crown Victoria blanche extra-longue équipée de plaques banalisées et de vitres en miroir.

Jacob tressaillit en apercevant son reflet : un prophète illuminé, les yeux hagards, une barbe de cinq jours.

Alors qu'il se penchait vers la poignée de la portière arrière, elle s'ouvrit d'elle-même et il reconnut la silhouette longiligne du commandant Mike Mallick pliée en accordéon sur la banquette.

« Montez, inspecteur », dit-il en tapotant le cuir à côté de lui.

Il faisait froid et sombre dans la voiture, la clim tournait à fond. Schott démarra et s'inséra dans le flot de circulation d'une fin d'après-midi.

« Qu'est-ce que vous vous êtes fait à la lèvre ? demanda Mallick.

– Pardon ?

– Vous vous êtes brûlé ? »

Par réflexe, Jacob passa la langue sur la cloque ; elle ne lui faisait plus mal, mais il avait encore un bout de peau morte, desséchée.

« Une pizza, dit-il. Quand j'ai faim, je perds toute patience.

– Hum. Vous avez fait un sacré voyage, dites-moi.

– J'ai essayé d'être économe, monsieur.

– Je ne parlais pas de ça, répliqua Mallick avec un geste dédaigneux de la main.

– C'est noté, répondit Jacob. La prochaine fois je me payerai le Ritz.

– La prochaine fois ?
– Si cela devait s'avérer nécessaire, monsieur. »
Sur le siège avant, Subach laissa échapper un gloussement.
« Mais vous avez trouvé ça utile, n'est-ce pas ?
– Vous aviez raison, monsieur. Extrêmement instructif.
– Bien. Bien. Racontez-moi ce que vous avez appris. »
La version édulcorée passait sous silence l'expérience de Jacob dans les combles de la synagogue, son heure et demie dans le sous-sol de la Radcliffe Science Library, l'accouplement raté avec Priscilla Norton et son nouvel ami à six pattes.
Elle était belle.
Elle avait l'air en colère.
Elle avait l'air jalouse.
Une fois le compte rendu terminé, le commandant parut vaguement déçu, bien que cela puisse être simplement le signe de sa lassitude générale à l'égard du monde.
« Vous avez fait du bon boulot, Lev.
– Merci, monsieur.
– Vous n'avez rien d'autre à ajouter ?
– Pardon ?
– Je crois me souvenir que, la dernière fois que nous nous sommes vus, je vous ai fait écouter un enregistrement.
– En effet, monsieur. »
Mallick prit le temps de peser ses mots.
« Quel est votre sentiment sur elle ?
– Dans quel sens ?
– Avez-vous progressé de quelque façon sur l'identité de cette personne ?
– Mon objectif, monsieur, était plutôt de réunir des informations sur Pernath, étant donné qu'il fait figure de principal suspect. Si cette femme est impliquée, ce dont je ne suis pas certain, il est probable qu'on retombera sur elle en le cherchant, lui.
– Et si ce n'est pas le cas ?
– Eh bien, je continuerai à me concentrer sur Pernath, en attendant le moment où il commettra une infraction et où on pourra le coffrer, lui prélever ses empreintes et lui tirer les vers du nez.

– Et s'il se révèle être un citoyen modèle ?

– Il l'est. Il a tenu vingt-cinq ans sans se faire prendre. Mais c'est aussi un psychopathe.

– Donc, si je comprends bien, vous le laissez courir mais en le tenant à l'œil.

– Oui, monsieur.

– Un psychopathe.

– Je ne vois pas d'autre solution, monsieur. Tout ce que j'ai le concernant n'est fondé que sur des présomptions. Si on bouge trop tôt, je vous garantis qu'il ne se garera même plus sur une livraison jusqu'à la fin de ses jours.

– Et en attendant, elle aussi se balade dans la nature.

– Pour le moment, oui.

– Ça ne me plaît pas beaucoup.

– Moi non plus, monsieur, mais je ne vois pas par quel autre moyen la localiser. »

Mallick ne répondit pas.

« Monsieur ? Est-ce qu'il y a quelque chose que je devrais savoir ?

– Comme quoi, par exemple ?

– Vous avez une idée de qui elle peut être ? »

Mallick se redressa, un sourire crispé aux lèvres, et il y eut un léger changement d'atmosphère dans la voiture.

« C'est une plaisanterie, inspecteur ?

– Vous avez l'air de vous intéresser davantage à elle qu'à Pernath, voilà ce que je voulais dire.

– Bien sûr que je m'intéresse à elle. Elle appelle pour signaler la découverte du corps de Florack et ensuite elle se volatilise ? Je ne sais pas vous mais, moi, ça me paraît suspect.

– C'est vrai, monsieur, mais, même si elle a liquidé Florack, je pense que c'est Pernath qui tire les ficelles, comme c'était déjà le cas avec Florack et Heap. Si on le tient, on tue le mal à la racine.

– Cette investigation concerne le meurtre de Castle Court », rétorqua Mallick.

Il se pencha en avant, sa tête raclant contre la feutrine du plafond, et Jacob sentit le souffle de son haleine, fraîche et inodore.

« C'était votre mission, reprit-il. Ce qui fait d'elle votre priorité. J'apprécie vos idées créatives, et je veux bien adopter votre stratégie et miser sur le temps. Mais, pour qu'il n'y ait aucun malentendu, laissez-moi vous le répéter clairement : cette femme est notre cible numéro un. Pas Pernath. Bien reçu ?

– Cinq sur cinq, répondit Jacob.

– Autre chose : je veux des débriefings.

– Absolument, monsieur, c'est d'ailleurs ce que je suis en train de faire. »

Mallick secoua la tête.

« Je veux plus de détails. Et plus souvent. À partir de maintenant, vous allez m'informer heure par heure de vos faits et gestes. »

Jacob ne put s'empêcher de rire.

« Vous êtes sérieux ?

– Vous pensez être si près du but ?

– Je crois, mais…

– Alors je veux être dans la boucle.

– Monsieur. C'est une contrainte difficile à tenir.

– Je suis sûr que vous y arriverez. Par texto, par mail, par téléphone. Mettez une alarme s'il le faut, ça m'est égal. Il n'est pas question que vous interveniez sur l'un ou sur l'autre, que ce soit Pernath ou la femme, sans que nous soyons là en renfort. C'est compris ? »

Jacob se tourna vers la vitre, par laquelle il aperçut un club de strip-tease et un parking annexe de l'aéroport : ils avaient parcouru moins de deux kilomètres sur Century Boulevard. Il était énervé et agité ; il avait envie d'ouvrir la portière et de continuer à pied.

« Vous ne m'avez pas raconté Prague, reprit Mallick.

– Je crois vous avoir tout dit, monsieur.

– Pas sur l'enquête. La ville.

– Eh bien ?

– Je ne sais pas. Vos impressions générales.

– Pas mal, je dirais, dans l'ensemble.

– On vous offre des vacances en Europe tous frais payés, et c'est tout ce que ça vous inspire ? "Pas mal" ?

– Je vous suis très reconnaissant de cette opportunité, monsieur.

– J'espère que vous avez eu le temps de faire un peu de tourisme, quand même.

– Un peu.

– Et ça vous a plu ?

– Pas mal, oui, merci encore. »

Un temps.

« Ça fait des années que je ne suis pas retourné à Prague », dit Mallick.

Jacob le dévisagea.

« Je ne savais pas que vous connaissiez Prague, monsieur. »

Mallick hocha la tête.

Le reste du trajet s'étira dans un silence tendu. Enfin, Schott se gara devant l'immeuble de Jacob, laissant le moteur tourner.

« Tenez-moi au courant », dit Mallick.

Subach porta la valise de Jacob jusqu'au seuil de son appartement.

« Je te donne un pourboire tout de suite, ou quand l'enquête sera terminée ? » demanda Jacob.

Subach sourit.

« Ne te bile pas trop à cause du commandant. Dans les moments comme ça, il a tendance à s'angoisser.

– Dans les moments comme quoi ?

– Si tu as besoin d'aide avec ce Pernath, là, préviens-nous. On te filera un coup de main.

– Mel ? Je peux te poser une question ? Tu es déjà allé à Prague ? »

Subach gloussa.

« Figure-toi que oui.

– Et Schott ?

– Je crois me souvenir qu'il en a parlé une ou deux fois.

– Je n'ai jamais connu des flics aussi globe-trotteurs, rétorqua Jacob. On devrait lancer un club. Se réunir. Faire des soirées diapos. »

Subach lui donna une petite tape sur l'épaule et redescendit l'escalier d'un pas lourd.

51

Jacob trouva son appartement poussiéreux mais, à part ça, tel qu'il l'avait quitté. Il avait entretenu l'idée absurde que son monde physique refléterait ses changements intérieurs, et à présent il ne savait pas bien s'il était soulagé ou déçu.

Il vida sa valise, prit une douche, se rasa. Il comprenait pourquoi Mallick lui avait fait un commentaire sur sa lèvre : la zone concernée était d'une teinte plus foncée que la chair autour. On aurait dit une veine protubérante, ou un tatouage fané, un petit bout de lui qui ne lui appartenait pas vraiment. La tentation d'arracher la croûte était forte. Il essaya d'en décoller un coin et ne réussit qu'à se faire saigner.

Un Kleenex plaqué sur la bouche, il fouilla dans sa table de nuit et finit par y repêcher un tube de baume hydratant quasi neuf qu'une fille d'un soir avait oublié chez lui dans un lointain passé. Après s'en être mis, il avait l'impression d'avoir les lèvres inertes et graisseuses, une sensation qui lui retourna l'estomac.

Il avala un bourbon pour se calmer les nerfs, puis appela Divya Das mais tomba sur son répondeur.

« Salut, je suis rentré. J'ai un cadeau pour vous, et ce n'est pas une boule à neige. Je peux passer ? »

Il envoya à Mallick un texto d'un seul mot – *rangement* – et passa une heure à organiser ses notes et à mettre à jour le classeur bleu du dossier d'enquête. Sur le coup de huit heures, sans nouvelles de Divya, il lui laissa un deuxième message et informa Mallick qu'il sortait s'acheter à dîner.

En le voyant arriver, Henry, le caissier du 7-Eleven, leva les bras au ciel.

« Je commençais à me faire du souci. J'étais à deux doigts d'appeler les flics.

– C'est moi, les flics. »

Le commandant voulait des détails ? Il allait en avoir. Jacob lui envoya une série de textos consécutifs :

deux saucisses de Francfort 100 % pur bœuf

pain brioché

oignons

sauce chili

ketchup

moutarde

« Me demande pas de te rouler une pelle, lui lança Henry alors qu'il passait à la caisse.

– Tu prends tes rêves pour des réalités. »

La carte Discover fut refusée.

Sur le chemin du retour, Jacob reçut un coup de fil d'Aaron Flores, lui annonçant fièrement qu'il avait réussi à convaincre le responsable événementiel du Venetian d'aller fouiller dans son vieux calendrier Outlook. Bingo : la semaine où Dani Forrester était morte, la Société nord-américaine de design et de dessin d'architecture avait occupé la Delfino Ballroom, au quatrième étage du casino.

« Je me suis renseigné sur les noms que vous m'avez donnés, poursuivit Flores. Je n'ai rien trouvé, et d'après le dossier je ne peux pas vous dire si elle en a croisé un des trois.

– Ne vous en faites pas.

– Que vous ont dit les autres enquêteurs ? »

Jacob lui résuma le rapport de Maria Band.

« New York et La Nouvelle-Orléans ne m'ont pas encore rappelé. Mais ça n'a pas d'importance. Entre elle et vous, ça me suffit pour me décider à resserrer le nœud.

– Excellent, approuva Flores. Serrez au max. »

Jacob tourna dans sa rue.

« Merci de votre aide, dit-il. Je ferai en sorte qu'une part du mérite vous revienne.

– Je me fous pas mal du mérite. Ce qui m'importe, c'est qu'on chope ce fils de pute. »

Un fourgon du coroner du comté était garé devant son immeuble.

« Pareil pour moi, répondit Jacob. Bon, je dois y aller. Je vous tiens au jus. »

Une jeune femme, les cheveux teints en roux flashy, était assise au volant, absorbée par son téléphone. Jacob toqua à la fenêtre et elle sursauta sur son siège.

Elle baissa sa vitre.

« Merde, lâcha-t-elle, vous m'avez flanqué une de ces trouilles.

– Inspecteur Lev, dit-il. Je peux vous aider ? »

Elle fixa ses lèvres luisantes. Il les rentra dans sa bouche.

« Je peux vous aider ? répéta-t-il.

– Il paraît que vous avez quelque chose pour moi.

– Ah bon ?

– C'est ce qu'on m'a dit. »

Elle lui montra sa carte professionnelle : *Molly Naismith, stagiaire des services du coroner.*

« C'est Divya Das que j'ai appelée, rétorqua Jacob.

– Eh ben, c'est moi que vous avez eue.

– Elle n'est pas disponible ?

– C'est pas mes oignons. Vous avez une réclamation, appelez le standard. »

Il jeta un coup d'œil au fourgon.

« Vous avez sorti le grand jeu, on dirait.

– On ne m'a pas spécifié de quoi j'allais avoir besoin », rétorqua-t-elle, sans ajouter *connard*, mais de justesse.

Sa mallette à la main, elle le suivit jusqu'à chez lui, transféra les mocassins ensanglantés de Reggie Heap dans un sachet stérilisé et s'assit à la table de la cuisine pour remplir la paperasse.

« Vous connaissez Mme Das ? lui demanda Jacob.

– Pas personnellement, non, répondit-elle en lui tendant le formulaire de traçabilité. Signez ici, s'il vous plaît.

– C'est elle qui va s'occuper de traiter ma demande ?

– Aucune idée. » *Ducon.*

Il s'en voulait de l'avoir contrariée.

« Pardon de vous embêter, dit-il. J'ai vingt-quatre heures de voyage dans les pattes et j'ai l'impression d'avoir la tête qui va exploser. »

Elle s'adoucit un peu.

« J'essaye de faire passer votre affaire en priorité, lui promit-elle. Parole de scout.

– Vous étiez chez les scouts ? »

Elle se contenta d'un sourire et partit avec le sachet qui se balançait au bout de son bras.

Jacob s'assit à l'ordinateur pour écrire un mail.

Salut Divya. Je ne sais pas si vous êtes en vacances, mais je voulais vous donner des nouvelles. J'ai envoyé une paire de chaussures pour un prélèvement ADN. Il y a du sang dessus, qui pourrait appartenir à un de mes suspects. La technicienne qui est passée les prendre s'appelle Molly Naismith, peut-être que vous pourriez vous mettre en contact avec elle, histoire de vérifier qu'elle s'en occupe correctement.

Il s'interrompit, se rongea l'ongle du pouce.

J'imagine que vous êtes occupée, ce qui explique que je n'aie pas eu de réponse de vous. Si c'est ça, vous pouvez ignorer ce qui va suivre. Je voulais juste éclaircir un malentendu au cas où je vous aurais mise mal à l'aise d'une façon ou d'une autre. Vous êtes très pro, j'apprécie de travailler avec vous, et je serais désolé d'avoir dit ou fait quelque chose qui risque de gâcher ça. Enfin, peut-être que je me fais une montagne d'un rien. Quoi qu'il en soit, n'en parlons plus.

Il enfonça la touche RETOUR ARRIÈRE jusqu'à avoir effacé l'intégralité du second paragraphe. Après avoir gambergé afin de trouver par quoi le substituer, il se décida pour quelque chose de désinvolte, bref et vague.

Comme je disais, je ne sais pas si vous êtes dans le coin, mais si vous prenez des vacances et que vous n'êtes pas encore partie, j'aimerais beaucoup

RETOUR ARRIÈRE

ça me ferait plaisir de

RETOUR ARRIÈRE

ce serait sympa de se croiser. On pourrait dîner ensemble.

Il se relut deux fois, remplaça *dîner ensemble* par *manger un morceau* et cliqua sur ENVOYER.

La photo la plus récente de Richard Pernath sur Google était une image prise sur le vif dans un gala de charité. Il avait plutôt bien vieilli, sa visière de cheveux commençant désormais plus haut sur son front, ce qui lui allongeait le visage et contrebalançait un léger empâtement de ses traits. Le photographe l'avait saisi parmi un groupe d'hommes en smoking et de femmes en robe de soirée qui riaient ensemble à gorge déployée… sauf Pernath, qui avait les yeux rivés sur l'objectif.

Jacob imprima la photo et la retourna contre son bureau. Il en avait besoin comme référence, mais il n'avait pas envie d'avoir le regard de ce fils de pute braqué sur lui.

Quelques recherches supplémentaires lui révélèrent que Pernath s'était visiblement inspiré de l'exemple de son père en matière de dissimulation d'argent. Il n'y avait aucune voiture ni aucune propriété enregistrée à son nom. Son agence au 1491 Ocean Avenue était ouverte en semaine de dix heures à dix-sept heures.

Bref. Demain était un autre jour.

Il envoya un mail récapitulatif à Mallick et alla se coucher, espérant réussir à récupérer un peu.

Il n'en fut rien. Perdu entre les fuseaux horaires, il se réveilla à trois heures et demie du matin et s'installa devant l'ordinateur avec la lettre praguoise étalée sur le bureau, des picotements dans la poitrine. Il travailla jusqu'à ce que les ecchymoses du ciel commencent à s'estomper, puis retourna dans sa chambre ouvrir le tiroir du bas de sa commode.

52

Une pièce mal aérée en sous-sol, meublée d'étagères dépareillées et d'une Arche en contreplaqué gauchi : la synagogue où Sam Lev allait prier tous les jours paraissait anémique comparée à la noblesse des vieilles pierres de la Alt-Neu. Une quinzaine de vieux bonhommes – soit un quorum et demi – piquait du nez sur des chaises métalliques pliantes en attendant le début de l'office du petit matin. Sam n'était pas parmi eux, et personne ne prêta attention à Jacob jusqu'à ce qu'une voix retentisse derrière lui :

« Ma parole, mes yeux me jouent des tours ! »

Abe Teitelbaum avait démarré dans la vie comme serveur dans un delicatessen, où il trimballait des quartiers de bœuf entiers et des caisses de saumon fumé. Un demi-siècle plus tard, il avait toujours une carrure d'Hercule de foire, trapu, large d'épaules, le torse bombé.

« *Bienvenido*, étranger, dans le monde des vieux schnocks grincheux, dit-il en broyant la main que Jacob lui tendait.

– Salut Abe, content de te voir. »

Abe l'examina de plus près.

« Tu mets du rouge à lèvres, maintenant ? »

Sa grande tape sur l'épaule de Jacob lui fit vibrer la cage thoracique comme un diapason.

« Dis-moi la vérité, reprit-il, c'est une fille qui t'a frappé ?

– Comme à chaque fois. Merci encore pour ton aide, au fait.

– Quelle aide ? Je t'ai aidé ? »

Jacob lui rappela l'épisode du country club.

« Ah, *ça* ! Tout le plaisir était pour moi. J'adore les emmerder. C'est la seule raison pour laquelle je renouvelle mon adhésion, d'ailleurs.

– Tu connais un membre qui s'appelle Eddie Stein ?

– Non.

– Tu devrais le rencontrer. Je suis sûr que vous vous entendriez bien.

– Je n'ai pas besoin d'amis en plus. En fait, je préférerais en avoir en moins. C'est pour ça que j'aime bien traîner ici, ajouta-t-il en baissant la voix et en désignant du pouce l'assemblée de têtes blanches. Bientôt, ils boufferont tous les pissenlits par la racine, c'est pratique. En parlant des copains, comment va ton père ? Il m'a manqué hier. »

Jacob fronça les sourcils.

« Il n'était pas là ?

– Pas pour l'office, ni ensuite quand on était censés étudier ensemble. Mais je ne lui en veux pas, hein. Même un *lamedvavnik* peut avoir un rhume de temps en temps. Ç'aurait été sympa de passer un coup de fil, c'est tout. »

Jacob composa aussitôt le numéro de Sam.

« Abba, c'est moi. Tu es là ? Tu peux décrocher, s'il te plaît ? Houhou ! Décroche le téléphone, Abba. »

Abe avait l'air affolé.

« Rien de grave, j'espère.

– Je suis sûr que tout va bien, répondit Jacob en appelant Nigel dans la foulée.

– J'aurais dû prendre de ses nouvelles, se lamenta Abe.

– Ne t'en fais pas, vraiment.

– Si tu veux, je peux faire un saut chez lui. »

Jacob dressa l'index.

« Hé, salut Nigel, écoute, je suis désolé de te déranger d'aussi bonne heure, mais est-ce que tout va bien avec mon père ? Je suis à la *shoul* et... »

Abe lui donna un petit coup dans le bras en hochant la tête vers la porte : Sam venait d'entrer.

« Bon, rien, en fait, poursuivit Jacob. Ne tiens pas compte de ce message. Pardon.

– Le Messie est arrivé, dit Abe en posant doucement la main sur l'épaule décharnée de son ami. Le gosse et moi étions sur le point de t'envoyer la police et les chiens. »

Sam dévisageait Jacob.

« Tu es là ?

– C'est comme ça que tu dis bonjour à ton fils ? s'indigna Abe.

– Je suis rentré hier soir, répondit Jacob.

– Rentré ? s'étonna Abe.

– De Prague, précisa Jacob.

– De Prague ?! Mais qu'est-ce qui se passe ? Pourquoi personne ne me dit rien ? »

Les questions allaient devoir attendre : le dentiste-à-la-retraite-reconverti-en-bedeau frappa trois coups sur l'estrade, l'avocat-à-la-retraite-reconverti-en-chantre entonna les bénédictions matinales, et Sam s'éloigna pour mettre ses *tefillin*.

Loué sois-Tu, Éternel notre Dieu, roi de l'univers, qui donnes au cœur l'entendement de distinguer entre le jour et la nuit…

Jacob alla s'asseoir et posa son sac à dos à ses pieds. À l'intérieur, il avait fourré en vrac son appareil photo, des barres chocolatées et autres cochonneries, des lunettes de soleil, une lampe torche ; une paire de menottes en plastique flexible et un pistolet Taser ; son Glock avec un chargeur plein et un autre de rechange. Et, sur le dessus, la pochette en velours bleue repêchée dans son tiroir à pulls, qui contenait ses propres *tefillin*.

À quand remontait la dernière fois qu'il avait fait ça ? Une bonne dizaine d'années, au moins. Il avait même peur d'avoir oublié comment les mettre, mais sa mémoire corporelle guida ses gestes : il plaça sur son biceps une petite boîte noire renfermant les écritures sacrées, qu'il attacha avec des sangles en cuir noir tout en psalmodiant les bénédictions. Il fixa une autre boîte sur son front, bien centrée entre ses yeux, et termina en enroulant la lanière de son bras autour de sa paume et ses doigts selon la forme d'un des noms divins.

Il jeta un coup d'œil vers son père et son sang se glaça : Sam avait rejoint sa place habituelle et se tenait parfaitement immobile, dans un silence méditatif, sosie grandeur nature de la statue d'argile. Alors le chantre récita le *Kaddich*, Sam se leva, et l'illusion se dissipa.

Les prières s'enchaînèrent ensuite selon la routine habituelle : les louanges à Dieu ; les déclarations de foi ; les supplications pour la santé, la prospérité et la paix. Durant la récitation du *Chema*, Jacob envoya un texto à Mallick.

écoute israël l'éternel est notre dieu l'éternel est un

Après le chant des anges, le bedeau passa dans les rangs en faisant tinter une boîte en fer-blanc pour les offrandes. Jacob sortit de sa poche le deuxième billet de cent dollars que Sam lui avait donné, le replia plusieurs fois pour cacher sa valeur faciale et le glissa dans la fente.

Pendant le psaume final, Abe s'excusa en chuchotant qu'il avait un petit déjeuner de travail. Quelques minutes plus tard, les autres hommes partirent à leur tour, laissant le père et le fils en tête à tête.

« Tu ne m'avais pas dit que tu venais, fit remarquer Sam.

– Je ne savais pas que j'étais censé te prévenir.

– Non, bien sûr que non, répondit Sam avec un petit sourire las. Tu es rentré sain et sauf, c'est tout ce qui compte.

– Ce que je t'ai dit au téléphone dimanche... je ne le pensais pas.

– Ne t'en fais pas, ce n'est rien.

– Non, ce n'est pas rien. Je suis désolé.

– N'y pense même plus. Tu avais besoin de dire ce que tu avais sur le cœur.

– C'est bien le problème. Mon cœur n'est pas très beau à voir, en ce moment. »

Un temps. Sam attrapa la main de Jacob dans les siennes, la serra un instant et la relâcha.

« Abe m'a dit que tu avais raté l'étude avec lui hier. Tout va bien ? »

Sam haussa les épaules.

« Tout le monde a droit à un jour de repos de temps en temps. »

Jacob n'était pas très convaincu par cette réponse, mais décida de ne pas insister.

« J'ai quelque chose que je voudrais te montrer », dit-il en dépliant la page de son calepin sur laquelle il avait noté sa transcription de la lettre praguoise, et sa tentative de traduction.

Il posa les deux feuilles côte à côte sur une table. Sam ramassa le texte hébreu et l'approcha tout près de son visage. Ses yeux défaillants se mirent à faire des va-et-vient frénétiques derrière ses lunettes noires.

« C'est une retranscription fidèle ? demanda-t-il.

– J'allais vite, mais je crois, oui. »

Sam chercha la traduction à tâtons et entreprit de comparer les deux documents.

« J'ai trouvé un site Internet où figure l'arbre généalogique de la famille Loew, indiqua Jacob. Le Maharal avait plusieurs filles et un fils prénommé Bezalel, mais pas d'Isaac. J'imagine donc qu'il s'agit d'Isaac Katz, qui apparemment a été marié à deux de ses filles. »

Silence.

« La joie et l'allégresse font référence à un mariage, manifestement, reprit Jacob en se penchant pour lire ce qu'il avait écrit. "Et je te le dis à présent, quel est l'homme qui a épousé une femme mais ne l'a pas encore prise ? Qu'on le laisse aller et retourner auprès de son épouse. Mais que ton cœur ne faiblisse pas ; n'aie pas peur, ne tremble pas." C'est le discours du prêtre aux armées d'Israël avant qu'elles ne partent à la guerre. »

Sam restait impassible.

« Ensuite, cette histoire d'argile et de poterie, j'en ai trouvé la source dans Isaïe, mais je n'y comprends pas grand-chose. Et la dernière phrase, sur la disgrâce, je ne l'ai trouvée nulle part. »

Jacob marqua une pause avant de conclure.

« Enfin bref, Abba, je nage complètement. »

Sam réajusta ses lunettes.

« Au contraire, dit-il, tu t'en es très bien sorti. »

Il reposa les deux feuilles.

« Et sinon, ton enquête avance ?

– Pas mal, oui. Mais on pourrait finir de parler de ça, deux minutes ?

– Je n'ai vraiment rien de plus à ajouter », répondit Sam.

Il ramassa la pochette de ses *tefillin* et commença à se diriger vers la sortie.

« Concentre-toi sur ton travail, conseilla-t-il.

– Attends une seconde.

– Ne te laisse pas distraire, lança-t-il avant de disparaître dans l'escalier.

– Abba ! »

Jacob récupéra les lettres et son sac à dos avant de rattraper son père sur le trottoir. Nigel était garé juste devant, le moteur en marche. Il sortit pour aider Sam à monter dans la Taurus.

« Abba. Attends !

– Je suis fatigué, Jacob, j'ai eu une nuit difficile.

– Pourquoi ? Qu'est-ce qui se passe ?

– J'ai besoin de rentrer à la maison. Laisse-moi y réfléchir, dit-il en s'installant sur le siège passager. Je t'appelle si autre chose me revient entre-temps. »

Nigel claqua la portière de Sam, fonça se rasseoir au volant.

« Où tu vas ? l'interpella Jacob. Hé, mec, sérieux. Attendez. Hé ! »

La Taurus démarra, prenant Robertson Boulevard vers le nord.

Mais, cinquante mètres plus loin, les feux stop s'allumèrent, Nigel sauta du véhicule et revint en courant, agitant quelque chose qu'il tenait à la main.

« Il veut te donner ça », dit-il en remettant à Jacob un nouveau billet de cent dollars.

53

Le 1491 Ocean Avenue était visiblement une adresse commerciale prisée. Les trois premiers niveaux du bâtiment étaient occupés par un centre de laser dentaire, une agence artistique et un fonds d'investissement privé. Pernath avait tout l'étage du haut.

Les locaux de l'agence étaient un open space avec un sol en béton coulé et de hautes fenêtres qui bénéficiaient d'une vue spectaculaire sur la mer. Jacob s'approcha du comptoir de l'accueil, en dénombrant au total trois femmes et quatre hommes, tous impeccablement chics, occupés à dessiner dans la lueur glaciale d'écrans d'ordinateur géants. Il passa leurs visages en revue un par un en se demandant qui était le nouveau protégé de Pernath.

Le réceptionniste l'informa que Richard était en rendez-vous extérieur avec un client.

« Je travaille pour la municipalité, dit Jacob. Nous conduisons une étude d'urbanisme. J'espérais pouvoir m'entretenir personnellement avec M. Pernath. »

L'homme sourit, répondit par un mensonge à celui de Jacob :

« Je ne manquerai pas de lui passer le message. »

C'est ça. Je compte dessus.

« Vous pensez qu'il sera de retour d'ici combien de temps ? demanda Jacob.

– Aïe, c'est vraiment difficile à dire. Mais je veillerai à ce qu'il vous rappelle, monsieur…

– Loew, répondit Jacob. Judd Loew. »

Le réceptionniste fit semblant de taper sur son clavier.

« Passez une excellente journée, Judd. »

Jacob avait oublié quelque chose en préparant son sac. Il chercha le magasin de fournitures de camping le plus proche, en trouva un tout près sur la Quatrième Rue, où il fit l'acquisition d'une paire de jumelles Steiner à sept cents dollars qu'il paya avec sa carte Discover.

Il envoya par texto à Mallick une photo du reçu, ajoutant : *merci.*

Le commandant ne mordit pas à l'hameçon : pas de réponse.

De retour sur Ocean Avenue à onze heures quinze, Jacob se gara dans un parking du bord de mer qui offrait une vue oblique mais parfaitement dégagée sur l'immeuble de Pernath.

Il alluma la radio, ne réussit à trouver que des émissions de sport ou du jazz grésillant, mangea des M&M's et une barre protéinée qui prétendait avoir le goût des cookies Oreo.

Et qui aurait pu, s'il avait eu un peu de bourbon pour la faire passer. Dans un sursaut de responsabilité, il n'avait pas touché une goutte d'alcool depuis la veille au soir.

Le problème de l'abstinence, c'était que ça le mettait dans le même état que s'il avait bu.

Il levait ses jumelles chaque fois que quelqu'un entrait ou sortait de l'immeuble, tuant le temps en s'amusant à deviner la destination des gens.

Une bimbo chirurgicalement optimisée et roulant des fesses : agence artistique, ou patiente en quête de la denture parfaite ?

Un boutonneux en pantalon militaire kaki et tee-shirt blanc informe : l'informaticien de la société d'investissement privé.

Un couple de quinquagénaires beaucoup trop bien habillés : des clients, soit du fonds d'investissement, soit désireux de réaménager leur villa de Beverly Hills, Brentwood ou Bel Air.

À onze heures quarante-neuf, il cala son téléphone sur le volant en face de lui et consulta ses mails pour voir si Divya lui avait répondu. Non.

Il envoya un texto à Mallick.

devant bureau pernath

La réponse fut instantanée.

il est en vue ?

pas encore, je vous préviendrai

parfait, approuva Mallick.

Combien de temps allait-il devoir continuer ces conneries ? Ça le déconcentrait, et ça ne servait à rien. Il rangea son téléphone. Il écrirait quand il aurait quelque chose à dire.

À treize heures seize, il prit le risque de faire un rapide aller-retour dans des toilettes publiques juste à côté.

À quinze heures neuf, son téléphone bipa : un texto de Mallick.

?

rien, tapa Jacob.

alors dites-le-moi

À quinze heures quarante, une contractuelle gara son triporteur motorisé derrière lui et dégaina son carnet de contraventions. Il lui montra son badge. Lui décocha un sourire pour faire bonne mesure. La mine renfrognée, elle remonta dans son tuk-tuk et partit plus loin se trouver d'autres victimes.

Cette histoire de stationnement arracha tout à coup un grognement à Jacob : à coup sûr, l'immeuble de Pernath avait une entrée de parking à l'arrière. Le décalage horaire ne pouvait pas justifier à lui seul d'être débile à ce point.

Il imagina son prochain texto à Mallick : *oups*.

Son sac sur l'épaule, il trotta à petite foulée jusqu'à l'angle de Colorado Avenue, repéra la contre-allée qui courait parallèlement à Ocean Avenue. Et voilà : un parking souterrain fermé par un portail grillagé qui s'ouvrait avec un bip magnétique. Il colla son visage contre le treillis métallique, aperçut dans l'obscurité un dédale de voitures, dont n'importe laquelle pouvait être celle de Pernath.

Il retourna en courant jusqu'à sa Honda. La contractuelle lui avait laissé un PV.

Il le froissa en boule, le jeta dans le caniveau et trouva une nouvelle place sur une zone de livraison dans Colorado Avenue qui lui permettait d'avoir une vue latérale sur la contre-allée.

Aux alentours de dix-sept heures, des véhicules commencèrent à sortir au compte-gouttes, les pare-brise brouillés par la lumière rasante du soleil couchant. Un léger mal de tête qui avait pointé discrètement une heure plus tôt – résultat de tout ce temps passé à plisser les yeux et à ne pas boire d'alcool – s'était mué en migraine monstrueuse. Il goba un

Advil. Il avait des douleurs dans le haut du dos à force de rester le cou tourné, des douleurs dans le bas du dos à force de rester assis, et l'estomac qui grondait. Un flic à vélo vint toquer à sa vitre pour lui dire de bouger de là. Il ouvrit son badge sur ses genoux. Le flic repartit en pédalant.

La nuit commença à tomber, électrique et salée. Les lampes à sodium teignaient tous les conducteurs en orange. Des hordes d'adolescents braillards envahirent la jetée de Santa Monica. La grande roue se mit en mouvement, lame circulaire de néons incandescents. Jacob envoya une série de textos identiques à Mallick : *j'attends* ; *j'attends* ; *j'attends*. Il prenait sur lui pour ne pas compléter à chaque fois.

J'attends… le Messie.

J'attends… le déluge.

J'attends… Godot.

Il venait tout juste de se décider à rentrer chez lui quand, à vingt heures onze, un coupé BMW vert métallisé émergea du parking souterrain, le clignotant gauche palpitant.

Richard Pernath au volant.

L'architecte tournait la tête d'un côté à l'autre pour vérifier qu'aucune voiture n'arrivait et, l'espace d'un instant, son regard s'attarda en direction de la Honda. Jacob était sûr qu'il l'avait démasqué.

Mais le long visage de Pernath ne montra aucune réaction et il adressa un signe de main amical au conducteur d'un SUV qui s'était arrêté pour le laisser passer.

Jacob nota en vitesse la plaque d'immatriculation de la BMW, attendit qu'un break Volvo s'intercale entre elle et lui, et démarra.

Pernath prit à l'est sur Colorado, au sud sur la Vingtième, de nouveau à l'est sur Olympic Boulevard, passant sous la bretelle de la I-405, à cette heure-ci figée dans un halo rouge de feux stop. Comme prévu, il se révéla être un conducteur consciencieux, plein de déférence envers les piétons qui traversaient hors des clous et intimidé par les feux orange… des qualités qui en faisaient un oiseau rare parmi ces voyous des rues écumants de bave qu'étaient les automobilistes de Los Angeles.

Sa conduite irréprochable le rendait aussi extrêmement pénible à prendre en filature. Jacob devait lutter contre son excitation de prédateur pour garder ses distances. À plusieurs reprises, il perdit la voiture écran qui les séparait et dut se ranger sur le côté le temps de se laisser doubler par une autre. Il aurait aussi pu perdre Pernath s'il n'avait pas déjà une idée assez précise de la destination de l'architecte.

Son téléphone gazouilla : Mallick, qui voulait des nouvelles. La loi interdisait à Jacob de lui répondre, il ne s'en donna donc pas la peine.

Ils continuèrent sur Olympic jusqu'à Century City, où Pernath mit son clignotant à droite et s'engagea sur la rampe qui grimpait en demi-cercle jusqu'à la large Avenue of the Stars.

C'était une grosse artère à six voies qui se jetait un peu plus loin dans Santa Monica Boulevard. L'embardée de la BMW dans le couloir de droite, qui se détachait de l'avenue afin de desservir un grand immeuble de bureaux vitré, prit Jacob de court. Il eut assez de présence d'esprit pour ne pas freiner brusquement mais bifurquer aussitôt à droite sur Constellation Boulevard et faire demi-tour en attendant que le feu soit vert.

Il reprit alors Avenue of the Stars en sens inverse, réduisit l'allure en passant devant l'immeuble et repéra la BMW dans l'embouteillage de voitures qui cherchaient à s'extraire de la contre-allée pour rejoindre l'artère principale.

Parcourant encore une cinquantaine de mètres, il refit demi-tour et dépassa le bâtiment pour la troisième fois. Il avait répété ce même circuit complet à deux reprises lorsqu'il aperçut le coupé vert qui pointait enfin son nez au bout de l'allée, s'apprêtant à tourner à droite.

Jacob ralentit afin de laisser Pernath s'insérer dans le flot de circulation devant lui, mais l'architecte ne bougea pas, civilisé à l'extrême, de façon à ne pas lui couper la route.

Non, s'il vous plaît, j'insiste : vous d'abord.

Non, vous.

Vous.

Au diable les manières, mon brave !

Jacob finit par capituler et lui passer devant, pivotant brièvement la tête pour jeter un coup d'œil à travers le pare-brise de la BMW.

Il y avait quelqu'un d'autre, sur le siège passager.

Le mouvement, les reflets et l'obscurité réduisirent la silhouette à une vague forme humaine. Il ne savait même pas si c'était un homme ou une femme. Pas plus qu'il n'avait le temps de réfléchir à ce que l'un ou l'autre impliquait, car bientôt il allait arriver au bout de l'avenue et devoir tourner à droite ou à gauche sur Santa Monica Boulevard.

Il misa sur la droite.

Pernath s'engagea derrière lui.

Ça roulait en accordéon sur plusieurs centaines de mètres à travers Beverly Hills. En croisant Rexford Drive, Jacob observa la BMW dans son rétroviseur et constata qu'elle avait déboîté dans la file de gauche.

Il fonça comme un fou dans la première perpendiculaire à gauche, Alpine Drive, grillant les stops et essuyant un doigt d'honneur de la part d'une femme qui promenait un yorkshire terrier vêtu d'un sweat-shirt.

Il attendit au croisement de Sunset Boulevard, en priant pour que son intuition ait été la bonne.

Quinze secondes plus tard, la BMW lui passa devant à vive allure, traînée vaporeuse de lumière verte.

Pernath ne conduisait plus si prudemment que ça.

Il était extrêmement pressé, tout à coup.

Jacob tourna dans Sunset.

Son téléphone continuait de le harceler alors qu'il filait vers l'est derrière Pernath. La circulation se densifia quand ils arrivèrent dans West Hollywood, le Sunset Strip scintillant comme une putain, les piétons s'arrogeant la priorité, qu'elle leur revienne ou pas.

Jacob n'osait pas s'approcher suffisamment pour voir le passager. Peut-être était-ce tout simplement la femme de Pernath et poursuivait-il un couple respectable qui rentrait à la maison regarder « La Roue de la fortune » à la télé. Ses recherches sur Internet ne lui avaient rien appris concernant la famille de l'architecte, mais ça ne voulait pas dire qu'il n'en avait pas. Tout à son impatience, il n'avait peut-être pas cherché assez longtemps. Un flic plus prudent se serait sans doute donné deux jours de plus afin de rassembler des infos, d'apprendre à connaître son sujet, d'identifier ses points faibles.

Mais un flic plus prudent aurait sans doute raté cette occasion.

Si le passager était un innocent, Jacob devrait s'assurer qu'il ne lui arrive aucun mal.

Si le passager était un complice, il allait pouvoir les cueillir tous les deux d'un coup.

Le boulevard s'enfonça tel un poignard dans le cœur vicié d'Hollywood. Les doutes qui pouvaient subsister quant à leur destination s'évaporèrent lorsque Pernath se glissa dans la file de gauche pour tourner dans Highland Avenue.

Jacob continua et prit à gauche un peu plus loin sur Cahuenga Boulevard, qui lui était parallèle. Juste avant d'atteindre Barham Boulevard, il vira vers l'est en direction des collines, contournant le réservoir, serpentant sur les petites routes, escaladant la nuit.

Il s'efforçait de conserver une vitesse modérée. Les autres arriveraient bien avant lui, mais il n'avait pas le choix : c'était une route peu fréquentée, pas éclairée, et la lune ce soir-là était particulièrement puissante, la lumière de ses phares bavait partout. Il décida de se limiter aux veilleuses, progressant dans une faible bulle ambrée. Un véhicule qui arriverait dans l'autre sens ne le verrait qu'au dernier moment, probablement trop tard. Un petit risque, qui valait la peine d'être pris.

Son téléphone lui cracha un texto.

Il l'éteignit.

L'intervalle entre les maisons s'allongeait, la civilisation s'essoufflait, finit par expirer, et il se retrouva seul, connaissant le chemin sans avoir besoin d'assistance. Loin en contrebas, la ville rapetissée exhalait un voile de brume jaunâtre. Il continua à rouler, opiniâtre, s'exhortant lui-même à faire preuve de patience, jusqu'à ce qu'il franchisse un virage en épingle à cheveux et que sa persévérance soit enfin récompensée : huit cents mètres plus loin, deux petits points rouge cerise apparurent dans le paysage. Ils oscillaient à droite, à gauche, à droite, à gauche, soudain avalés dans les ombres grises.

Il se rendit compte qu'il avait recommencé à accélérer et leva le pied. Aucune raison de se précipiter. Il arriverait bien assez tôt. Il savait où ils allaient. Il avait déjà fait cette route. Ils allaient à Castle Court.

LE BRIS DU VASE

Hantée par la vision des trois colosses – leur terrifiante sérénité –, elle suit la *rebbetzin* qui se hâte pour rejoindre la *shoul*, et elles grimpent dans les combles.

Elle dépose une caisse d'argile fraîche à côté du tour. Perel déballe ses outils, commence à retrousser ses manches.

« Oh, mais suis-je bête ! Il nous faut de l'eau. »

Sonnée, elle s'empare machinalement du seau et se dirige vers l'échelle.

« Attends ! » lui crie Perel.

Elle se fige.

« Tu ne dois pas sortir, dit Perel, avant d'ajouter sur un ton apaisant : Ils ne peuvent pas monter ici. C'est interdit. Tu comprends, Yankele ? Ici, tu es en sécurité. Je te le promets. »

Elle hoche la tête, abasourdie par l'assurance de la *rebbetzin*.

« Ce n'est pas d'eux que tu dois t'inquiéter. Yudl ne sait pas que tu me rends visite ici, n'est-ce pas ? Est-ce qu'il t'a jamais interrogé à ce sujet ? »

Elle secoue la tête.

« Bien, approuve Perel en baissant ses manches et en lui prenant le seau des mains. Je reviens tout de suite. »

Elle se met à faire les cent pas, arrachant des geignements au plancher.

J'avais prédit qu'il s'attacherait, et j'avais raison.

Ce n'est pas d'eux que tu dois t'inquiéter.

Alors son esprit se remplit d'images : un tribunal qui opine ; le feu noir sur le feu blanc.

Une chose à la fois.

Ce qu'elle croit deviner l'anéantit.

Le danger ne vient pas d'eux.

Le danger vient de Rebbe.

Lui qui a été un père pour elle ; qui l'a bénie comme un fils.

Quel terrible pouvoir ont-ils sur lui pour être capables de le retourner ainsi contre elle ? Elle s'arrache les cheveux de désespoir, se frappe la poitrine comme une pénitente, n'ayant qu'une envie : s'enfuir le plus vite et le plus loin possible.

Le contour de la porte cintrée s'assombrit, virant du violet au noir d'encre. Rapporter de l'eau ne devrait pas prendre autant de temps.

Elle se figure la *rebbetzin* claudiquant dans les rues avec son lourd fardeau, ses bras minces mis à rude épreuve. Soudain, elle imagine le pire. Les colosses se sont emparés de Perel. Quel sort effroyable l'attend ? Rebbe interviendra-t-il ? Sans doute. C'est un homme bon ; il aime sa femme.

Mais, elle aussi, il l'aime, ou du moins le prétendait-il.

Au bout d'un temps interminable, elle perçoit un grincement, suivi d'un claquement, et le bruit de pas mal assurés qui titubent dans le vestibule en pierre puis dans la section des femmes : une personne chargée d'un poids énorme, qui se cogne aux chaises et qui se dirige vers les combles, qui vient la chercher.

« C'est moi, Yankele. »

Elle jette un coup d'œil par la trappe. Perel apparaît en bas. Elle pose le seau rempli à ras bord et se plie en deux, mains sur les genoux, pour reprendre son souffle.

« Mes bras vont tomber. Monte-le-moi pendant que je fais mes ablutions. »

Lorsque la *rebbetzin* revient, ses cheveux mouillés sont tout lisses sur son crâne.

« Désolée d'avoir autant tardé, dit-elle. Je me suis arrangée pour qu'on gagne un peu de temps. »

Perel sort de sa poche deux clés de la *shoul* : la sienne et celle de Rebbe… puis une troisième, identique.

« J'ai aussi demandé à Chana Wichs de me donner le double de son mari, par précaution. Je lui ai fait jurer de tenir sa langue. Nous verrons combien de temps ça dure. Personne n'aime mentir au *rebbe*, et Chana est une vraie pipelette. Mais, pour le moment en tout cas, le pauvre Yudl va croire qu'il a perdu la tête, à chercher sa clé partout… Bon, alors, s'exclame Perel en joignant les mains. Réfléchissons, réfléchissons. Il va falloir être précis, nous n'avons pas droit à l'erreur. D'abord, faisons de la place. Viens, aide-moi, s'il te plaît. »

Obéissant aux consignes de la *rebbetzin*, elle déplace des étagères afin de dégager un vaste cercle.

« Je n'aurai pas besoin du tour, tu peux le mettre dans le coin. »

Perel remonte à nouveau ses manches, soulève ses jupes. Elle s'agenouille devant la caisse d'argile, en saisit une grosse poignée, puis quatre autres encore, qu'elle empile en tas sur le sol.

« Pendant que je commence, toi… dit Perel en tapotant le reste de la glaise, tu peux t'occuper de ça. Je vais devoir tout utiliser. Tu sais comment faire, n'est-ce pas ? »

Elle acquiesce d'un hochement de tête hésitant.

« Eh bien, qu'attends-tu ? »

Plaçant toute sa foi dans la *rebbetzin*, elle renverse la caisse au milieu du cercle. L'argile glisse lourdement sur le plancher.

Perel se mord la lèvre.

« J'espère que ça va suffire. Mais… bon, continue pour l'instant. Pas de temps à perdre. »

Elle fait ce qu'elle a vu Perel faire, nuit après nuit : d'abord elle comprime la glaise pour la débarrasser de l'excès d'eau, puis elle soulève la masse ainsi obtenue et l'écrase contre le sol afin d'en chasser les bulles d'air. Des scarabées, pris au piège et ensevelis, craquent sous la pression de son poids alors qu'elle appuie de toutes ses forces, replie la pâte, recommence. Perel, les longs muscles de ses avant-bras ondulant sous les contractions de sa peau argentée, fait la même chose de son côté avec son bloc plus petit, vérifiant régulièrement la texture de la terre.

« Souviens-toi : il faut qu'elle ne soit ni trop travaillée ni pas assez. »

Elle s'acquitte de sa tâche, hagarde, en s'efforçant de ne pas repenser aux mots de Rebbe.

Ce sera fait.

« C'est bien. Maintenant, sépare-moi ça en deux tas, un à peu près… oh. Oh mais, Yankele, tu trembles. »

Perel s'approche d'elle et lui prend les mains dans les siennes. De la boue tiède suinte entre leurs paumes.

« Tu as peur. Bien sûr, c'est normal. Tout le monde aurait peur, à ta place. Mais il faut que tu sois courageux. »

Elle plonge son regard dans les yeux verts humides de la *rebbetzin.*

« Il leur obéit à son corps défendant, explique Perel. Il n'a pas le choix. Mais, de toute façon, je l'en empêcherai. Fais-moi confiance, Yankele. »

Elle lui fait confiance. Il le faut bien. En dehors de la *rebbetzin*, elle n'a plus personne.

Elles se remettent au travail.

« Deux tas égaux, s'il te plaît. Un plus ou moins rectangulaire. L'autre, divise-le en quatre boudins. Deux d'environ cette largeur, deux un peu plus gros. Essaie de faire en sorte que chaque paire soit à peu près de la même longueur, si tu peux. Ça n'a pas besoin d'être parfait. »

Pendant ce temps, Perel a roulé en boule son propre tas d'argile.

« Voilà, c'est bien. Place-les aux quatre coins du rectangle… oui, exactement. Ne t'inquiète pas. Comme je disais, ça n'a pas besoin d'être parfait pour l'instant. J'arrangerai ça après. Dis-moi : tu comprends, maintenant ? »

Elle hoche la tête. Elle est impatiente. Et terrifiée.

Elles sont en train de fabriquer une personne.

À quatre pattes, Perel s'active autour de la forme, lissant les jointures, façonnant des creux, se servant de la pointe de son couteau afin de rendre le lacis des veines, des cheveux, de la peau. L'aura flamboie, rugit d'extase, embrase la pièce puis décline. Le bloc brut s'affine miraculeusement pour devenir un torse ; les quatre moignons mal dégrossis se transforment en bras sveltes et longues jambes, se galbent de muscles comme des bougies tressées. La colline des seins, la vaste plaine du ventre ; un sexe légèrement herbu, et la vallée en dessous… un splendide corps de femme.

Le frisson de la mémoire la parcourt.

Son corps.

Le visage nécessite patience, amour et miséricorde. Perel ne craint pas de se pencher, de se contorsionner, en équilibre sur un coude pour sculpter le contour en coquillage d'une oreille.

Des narines se dilatent, des lèvres s'entrouvrent, prêtes à respirer. Un front crispé d'affliction : des mauvais rêves, auxquels une mâchoire déterminée refuse de s'abandonner.

Elle comprend. D'autres souvenirs lui reviennent.

La *rebbetzin* redescend au *mikveh* pour s'immerger à nouveau. Elle revient tout agitée, se frottant les mains, tourne plusieurs fois autour du corps, en examine la moindre crevasse, le moindre détail, jusqu'à en être satisfaite.

« Tu es prêt ? »

Perel s'assied par terre.

« Allonge-toi, s'il te plaît. Pose la tête sur mes genoux. »

Elle obéit, en prenant soin de ne pas abîmer le magnifique corps d'argile.

Perel lui sourit à l'envers.

« Merci pour tout ce que tu m'as donné. »

Merci.

« Tu vas me manquer. »

Toi aussi.

« Tu seras toujours ici chez toi. »

Un rire triste.

« Mais il va sans dire qu'il serait peut-être plus sage de te tenir à distance pendant un moment. »

Perel lui caresse la tête.

« Tu ne souffriras pas. Ce sera facile, comme retirer un cheveu dans un bol de lait. »

De douces caresses lissent les déformations de son crâne bosselé, de ses oreilles froissées. Ses yeux se ferment. Elle avait oublié la sensation d'avoir envie de dormir. C'est délicieux, comme un plongeon en douceur, une chute au ralenti qui n'en finit jamais. Elle sent une chaleur sur son visage, la tension qui emplit l'intervalle infinitésimal entre deux peaux, et les lèvres de Perel se posent sur les siennes, sa bouche s'ouvre et, bien qu'on l'ait avertie qu'il ne fallait pas, bien qu'elle sache ce qui l'attend, elle se laisse faire, écarte les lèvres et tend sa langue.

Le nœud commence à se desserrer.

Elle le sent qui se relâche, se dissout, elle soupire et le sommeil l'enveloppe dans un manteau d'argile.

« Tu es là ? »

Engourdie, hébétée, le ventre huileux, la poitrine qui cogne, les oreilles qui bourdonnent, elle est étendue sur le dos et distingue à travers des yeux embués comme ceux d'un nourrisson le visage lumineux de Perel, dédoublé, flou, flottant dans l'obscurité.

« Comment te sens-tu ?

– Fatiguée. »

Le son de sa voix les frappe de stupeur : alors la *rebbetzin* éclate en sanglots, puis aussitôt éclate de rire, et finalement elles rient à l'unisson, le corps secoué de spasmes, poussent des cris de joie, s'étreignent.

« Loué sois-Tu, Éternel notre Dieu, récite Perel, roi de l'univers, qui nous a fait être et exister, et qui nous a menés jusqu'à ce jour.

– Amen. »

Le choc n'est pas moins grand la deuxième fois. Elles exultent à nouveau d'hilarité.

Perel l'aide à s'asseoir.

« Je vais te lâcher maintenant, d'accord ? Tu ne vas pas tomber ?

– Non, ça va aller. »

Elle est nue. Et, lorsqu'elle s'en aperçoit, elle se met à trembler violemment. Perel va chercher un vieux châle de prière pour la couvrir.

« C'est mieux que rien.

– Merci.

– Tu peux te lever ?

– Je crois. »

Elles ont à peu près la même taille désormais, une égalité saisissante. Cramponnée au bras de la *rebbetzin*, elle s'entraîne à marcher dans les combles, ses jambes aqueuses s'affermissent, retrouvent leur intelligence, jusqu'à ce qu'elle finisse par se mouvoir de façon fluide et gracieuse, explorant son corps dans l'espace, l'inspectant de la tête aux pieds.

Des veines bleutées affleurent sous la peau pâle et satinée de ses bras. Elle écarte les orteils dans la poussière, secoue les épaules, tourne le buste. Tout lui paraît familier et confortable. Elle se passe une main sur la tête. Elle a des cheveux. De longs cheveux, épais et soyeux. Elle en approche une mèche pour voir leur couleur. La lueur de la lanterne leur donne des reflets de lin et de terre. Et ses yeux ? De quelle couleur sont-ils ? Elle s'avance vers le seau, trébuche, tombe sur les genoux.

Perel se précipite, l'attrape par le bras.

« Ça va ?

– Oui, ça va. »

L'eau lui révèle des yeux d'une teinte indéterminée. Son visage semble encore plus beau que ce qu'elle avait espéré, ses traits plus fins et plus doux qu'ils ne l'étaient dans la glaise.

« Tu es satisfaite de ton apparence ? »

Elle hoche la tête. C'est un beau visage, oui ; mais surtout, c'est le sien, celui dont elle se souvient.

Perel dit : « Je t'ai modelée d'après ma Leah. »

Elle ne sait qu'en conclure. En revanche, elle sait exactement quoi dire.

« Elle devait être d'une grande beauté. »

Silence.

« Encore une chose, reprend Perel. Le nœud qui t'empêchait de parler. »

Elle tire la langue, la touche : la chair est lisse et souple, il n'y a plus de parchemin. Elle se tourne vers la *rebbetzin*, qui hésite, rougit, puis incline la tête vers le bas.

Vers son pubis.

« Il fallait bien que je le mette quelque part, explique Perel. Il ne devrait pas bouger. Il est bien enfoncé. Mais tu vas quand même devoir faire attention.

– D'accord.

– Ne prends pas cet air étonné. C'est la source de vie, et tu es vivante. »

Son cœur se gonfle de gratitude ; elle sent des picotements au fond de la gorge.

« Est-ce que tu as un nom ? » demande Perel.

Elle sourit. Bien sûr qu'elle a un nom.

C'est…

Quoi ?

« Je m'appelle… » commence-t-elle.

Silence.

Perel fronce les sourcils.

« Oui ?

– C'est… »

Ridicule. Elle a retrouvé son corps. Elle a retrouvé sa voix. Pourtant le seul nom qui lui vienne est celui d'un homme ; le nom avec lequel elle vivait jusque-là.

Yankele.

Son esprit crache des mots dans une langue oubliée.

Qui suis-je ? Yankele.

Mi ani ? Yankele.

Les lettres se réorganisent.

מאי

Un nouveau nom. Ce sera le sien.

Elle dit : « Je m'appelle Mai. »

Perel sourit, soulagée.

« Enchantée, Mai. »

Avant qu'elle puisse répondre, un coup sonore retentit au rez-de-chaussée… suivi d'un silence, puis d'un craquement assourdissant : une hache qui fend du bois.

Ils sont en train d'abattre la porte.

Perel se précipite vers la trappe, la referme d'un coup de pied.

« Aide-moi. »

Il n'y a pas si longtemps, Mai aurait pu se débrouiller seule avec l'étagère ; elles doivent maintenant s'y mettre à deux pour la traîner sur la trappe. Quelques instants plus tard, des voix d'hommes se font entendre, des bottes grimpent à l'échelle, des poings cognent au plancher.

« Perel, crie Rebbe, la voix étranglée. Perel chérie, tu es là ? »

Perel saisit Mai par le bras. Ensemble, elles traversent les combles sur la pointe des pieds.

« Perel, s'il te plaît, ouvre. »

Elles arrivent à la porte cintrée. Perel soulève la barre de fer qui la maintient fermée, tire le battant vers elle. De l'air froid s'engouffre à l'intérieur.

En bas, les pavés tanguent.

La *rebbetzin* attrape les mains de Mai.

« Pars. »

Mai hésite. Elle a encore la tête qui tourne, sans oublier qu'elle est presque nue, et la poigne de Perel lui donne l'impression d'être retenue par dix mille hommes.

« Pars, répète Perel en la libérant. Pars aussi vite que tu peux. Cours sans t'arrêter. »

Mai passe une jambe à l'extérieur, ses orteils tâtonnent pour trouver le premier échelon. Le métal est glacé, ses muscles atrophiés et, après trois pas, elle dérape, pousse un cri, se raccroche à un barreau, son doux corps de femme tout neuf venant heurter la brique rugueuse. Le châle de prière tombe, la laissant dénudée aux yeux du monde. Au-dessus d'elle, Perel lui souffle de partir, vite, pars, alors elle parvient à retrouver l'équilibre et reprend sa descente, le regard fixé sur la brique devant elle pour ne pas avoir le vertige, et elle semble plutôt bien s'en sortir jusqu'à ce que Perel lui crie de s'arrêter.

Elle lève la tête.

La *rebbetzin* agite frénétiquement les bras.

« Remonte. »

Elle baisse la tête.

David Ganz l'attend en bas.

Il a l'air totalement perdu ; et comment pourrait-il en être autrement, quand il est venu chercher un géant et se trouve à contempler une femme nue. Pendant un moment, personne ne bouge. Puis il s'élance à toute vitesse en direction de l'échelle et se met à grimper aux barreaux.

« Plus vite ! hurle Perel. Allez. »

C'est presque comique : elle donnerait cher pour retrouver le corps de Yankele, un instant seulement. Ganz se rapproche, ses doigts se referment sur sa cheville… mais avec hésitation, car de toute sa vie il n'a jamais touché une inconnue, alors elle se libère d'une secousse, le ramenant brusquement à son devoir, si bien que cette fois il lui agrippe la jambe pour de bon, la tirant vers le bas, et elle sent les tendons de son poignet sur le point de céder, ses doigts endoloris qui commencent à lâcher. Mais à quoi joue-t-il, enfin ? Il va la faire tomber. C'est précisément ce qu'il cherche. Il va la tuer.

D'une voix haletante, il lui demande d'arrêter ; de se rendre paisiblement ; il ne lui fera aucun mal.

Elle connaît l'histoire.

Ce n'est pas la première fois qu'elle l'entend.

Mais ses mains sont moites, faibles, et elle sait qu'elle ne pourra plus tenir très longtemps.

Si cela doit arriver, autant que ce soit elle qui en décide.

Ce n'est pas une mauvaise façon de mourir.

Elle l'a déjà fait.

Elle lâche les barreaux et s'abandonne au vide.

Dans le tourbillon de sa chute, elle passe tout près du visage de Ganz, grimaçant et couvert de sueur ; les cris de Perel résonnent interminablement au-dessus d'elle.

C'est alors qu'une chose étrange se produit.

Les pavés qui se précipitaient à sa rencontre commencent à ralentir – comme si elle tombait dans de l'eau, puis dans du sirop, et enfin dans du verre –, et finalement ils se figent à une taille fixe, à une distance fixe : elle flotte.

Elle regarde ses bras.

Elle n'a pas de bras.

À la place, elle voit un frou-frou de gaze vaporeux qui émet un bourdonnement sonore.

Elle ne parvient pas à trouver ses jambes non plus. Elle les bouge pour tenter de les localiser et, à son grand étonnement, elle reçoit une réponse non de deux mais de six membres, qui s'agitent indépendamment de sa volonté.

Au loin, elle entend Perel l'implorer de partir : *prends ton envol, pars* ; elle entend la voix affolée de David Ganz, à laquelle se sont jointes entre-temps celles de Chayim Wichs et de Rebbe ; mais tous ces sons lui semblent lointains, brouillés, et elle les ignore, concentrée pour essayer d'apprendre à se mouvoir sous cette nouvelle forme, inclinant son corps revêtu d'une carapace dure, qu'elle réussit peu à peu à diriger dans un air coagulé, épais comme un bouillon, une enivrante métamorphose. L'échelle du monde a changé, son champ de vision s'est mué en une mosaïque fragmentée, comme des milliers de gouttelettes agglomérées qui tourbillonnent de façon extraordinaire. Jamais ses yeux n'ont vu de cette manière, pourtant cela lui est naturel. Le sol se dissout dans le néant. Elle se sent si légère qu'elle s'étonne d'avoir pu croire qu'elle allait tomber.

Elle s'élève vers les étoiles, laissant Prague derrière elle.

54

Le dernier repère avant que la route se détériore était la maison de Claire Mason. Jacob se gara une vingtaine de mètres plus loin, coupa le moteur, se résolut à rallumer son téléphone. Une rafale de messages vocaux et de textos déferla sur l'écran : Mallick voulait savoir où était Jacob, ce qui se passait et pourquoi il ne donnait plus de nouvelles.

Juste histoire de couvrir ses arrières, Jacob tapa succinctement :

en planque près du suspect

Il partait du principe qu'ils savaient où le trouver. Ils le filaient sans doute depuis le début. S'ils voulaient débarquer avec leurs gros sabots et bousiller tout son boulot, qu'à cela ne tienne.

Il redémarra le moteur.

Tous feux éteints, la Honda cahotait dans le paysage lunaire. Jacob avait les sens aux aguets, conscient de la moindre brindille poussée par le vent, de la moindre ombre dentelée, du moindre grain de terre.

Cinq cents mètres plus loin, il coupa de nouveau le moteur et rassembla son matériel sur le siège passager. Lampe torche. Taser. Menottes flexibles. Jumelles.

Il vérifia encore une fois son Glock, glissa le chargeur de rechange dans sa poche arrière, descendit de voiture.

Courbé en deux, il progressa sur le gravier crissant, atteignit la dernière crête et se coucha à plat ventre pour continuer en rampant, jusqu'à ce que la maison du meurtre apparaisse.

Fenêtres plongées dans l'obscurité.

Emplacement pour la voiture vide.

Pas un mouvement, pas un son humain.

Pas de BMW.

Il jeta un coup d'œil panoramique sur l'espace devant lui.

À gauche, des collines ondulantes ponctuées de pierraille.

À droite, le canyon en croissant, qui remontait en pente vers la maison et s'incurvait derrière elle.

Pas de végétation plus haute que le genou. Nulle part où cacher une voiture.

Pourtant, il avait vu les phares ; il avait suivi Pernath à travers la moitié de la ville. Il était là, forcément, il ne pouvait pas être ailleurs.

Aucun autre endroit ne possédait ce même caractère à la fois sacré et morbide.

Se pouvait-il qu'il l'ait raté, à un moment ou un autre ? Pernath serait venu jusqu'ici, se serait livré à son rituel et serait reparti ?

Impossible. Il n'aurait pas eu le temps de faire l'aller-retour.

Où était-il ?

Ou plutôt « ils ».

Jacob sentit son estomac se nouer en revoyant Pernath au volant de la BMW, la seconde où leurs regards s'étaient croisés.

L'architecte l'avait démasqué. Il l'avait mené en bateau. Lui aussi avait éteint ses feux, bifurqué plus tôt, dans Eagle's Point ou Falcon-Truc, peu importe ; il s'était éloigné au ralenti, sans faire de bruit, laissant Jacob suivre une fausse piste.

Cours toujours, mon coco.

Et ce fils de pute avait maintenant tout loisir de faire ce qu'il voulait de la proie qu'il avait ramassée à Century City.

Une femme, maintenue au sol alors qu'elle s'étouffait dans son propre sang, implorant le ciel de lui envoyer un sauveur qui n'arriverait jamais.

Car, en l'occurrence, son sauveur était couché à plat ventre dans la terre, une colonne de fourmis cheminant sur sa main.

Mais comment Pernath l'aurait-il reconnu ? Ils ne s'étaient jamais rencontrés.

Et où se trouvait la BMW ?

Ce n'était pas une voiture conçue pour rouler sur piste. Pernath l'avait peut-être planquée quelque part au pied de la colline et avait fini le chemin à pied, comme Jacob.

Mais, s'il était logique de laisser son véhicule plus bas, ça l'était tout autant de vouloir s'avancer le plus loin possible : jusqu'au bout de la route goudronnée, près de la maison de Claire Mason. Sauf que, là non plus, il n'y avait nulle part où cacher une voiture. Jacob l'aurait repérée en montant.

Il resta prostré là pendant encore vingt pénibles minutes.

Une giclée de chauves-souris barbouilla les nuages.

La maison du meurtre sommeillait comme une tombe.

Jacob s'accroupit et s'élança en terrain découvert ; il reprit son souffle adossé à la porte d'entrée, compta jusqu'à deux, puis tourna la poignée et fusa à l'intérieur, l'arme au poing, passant d'une pièce à l'autre, son espoir s'atrophiant mètre carré après mètre carré.

Rien.

Personne.

Après une deuxième inspection complète, il resta un moment dans la cuisine, se pinçant l'arête du nez, dépité, tandis que l'adrénaline retombait et que ses poumons s'enflammaient.

Il le tenait, et voilà qu'il l'avait perdu.

Ou alors il ne l'avait jamais tenu, il s'était emballé, avait tiré des conclusions hâtives.

Et il s'était planté.

Furieux, il tapa du poing sur le plan de travail et fut réprimandé par un écho avare.

Se massant la main, il examina l'endroit où les lettres avaient été gravées en hébreu. Le bois parfaitement lisse n'en gardait aucune trace.

Il songea au pavé manquant de la Alt-Neu.

Songea à Mai qui s'enfuyait en courant, évaporée en un clin d'œil.

Aux femmes à qui il avait voulu faire l'amour et qui s'évanouissaient de douleur.

Aux scarabées.

Si tout ça avait pu arriver, pourquoi une BMW ne pourrait-elle se volatiliser comme par magie ?

Hop, comme Alice dans le terrier du Lapin blanc.

Depuis son retour à Los Angeles, Jacob s'était exclusivement focalisé sur l'arrestation de Pernath. Il ne s'était accordé ni le temps ni l'espace pour réfléchir à son état mental, si bien qu'il n'avait pu prendre la pleine mesure de la pitoyable confusion qui l'habitait.

Et à présent, tout remontait d'un coup, jaillissant par le moindre orifice, dissolvant la surface de la réalité. Son cœur refusait de se taire. Il serra entre ses avant-bras sa tête qui éclatait, tournant en rond dans la cuisine. Il s'était planté, et à cause de lui d'autres personnes allaient mourir. Ce soir, ou en tout cas bientôt.

Il sortit en chancelant de la maison, alluma la lampe torche et déambula sur le terrain alentour sous le vent qui se levait. Les genoux à l'agonie, il parcourut la pente à l'est, traquant chaque plainte de bête sauvage qui s'échappait des profondeurs inhabitées du canyon. Il marcha jusqu'au bord de la falaise, fut tenté un instant par le vertige de la chute et imagina ce que ce serait de se laisser tomber. Mais il se remémora alors la main de Peter Wichs sur son bras et il regrimpa tant bien que mal sur le plateau.

Il perdait son temps.

Couvert de sueur et d'égratignures, il se traîna jusqu'à la Honda et s'effondra sur le siège. Son téléphone flashait. Neuf nouvelles tentatives du commandant pour entrer en contact avec lui.

rapport immédiat évolution situation

Jacob répondit : *inutile sont pas là reviendrai demain*

Sur le chemin du retour, il fonça aussi vite que possible sans risquer d'endommager le châssis de la voiture, dressant mentalement une liste :

La maison du père de Pernath.

Le bureau à Santa Monica.

L'immeuble de bureaux de Century City : consulter les vidéos de surveillance et déterminer qui était le passager de Pernath.

Misérable petite liste qui puait l'échec et l'acharnement vain. Rien de tout ça n'exerçait autant d'attrait qu'un retour par forfait à la maison pour y retrouver sa bouteille.

Lorsqu'il quitta la piste pour le goudron, il enfonça la pédale d'accélérateur. Les roues libérées de la Honda bondirent en avant et il fila tout droit vers sa défaite.

Puis il aperçut la maison de Claire Mason et ses caméras de surveillance.

Cette femme était un cadeau des dieux de la paranoïa.

Il freina, recula, s'arrêta devant l'interphone et enfonça le bouton.

La sonnerie retentit sept fois. Même Claire pouvait avoir une vie sociale, après tout.

Une voix éraillée sortit du haut-parleur.

« Qui est là ?

– Madame Mason ? C'est l'inspecteur Jacob Lev, du LAPD. Je ne sais pas si vous vous souvenez de moi, j'étais…

– Je me souviens très bien.

– Super. Je m'excuse de vous déranger…

– Que se passe-t-il, inspecteur ?

– J'aurais besoin de visionner encore une fois vos enregistrements de surveillance.

– Maintenant ?

– Si ça ne vous ennuie pas.

– Vous savez l'heure qu'il est ? »

Il n'en avait pas la moindre idée. Un coup d'œil au tableau de bord le lui apprit : minuit passé.

« Je suis vraiment, vraiment désolé. Ça m'embête beaucoup de devoir vous déranger ainsi, mais…

– Ça ne peut pas attendre demain ?

– Je ne vous le demanderais pas si ce n'était pas urgent, madame. »

Un soupir impatienté.

« Attendez un instant. »

Il fixa l'œil noir de la caméra sur le boîtier de l'interphone, imagina Claire Mason traînant des pieds pour aller consulter ses écrans. Il se lissa les cheveux en arrière, essuya la poussière sur son visage et afficha un sourire.

De nouveau, le haut-parleur : « Inspecteur ? Que voulez-vous voir, au juste ?

– La route. Ces deux dernières heures. Je ferai vite. Merci beaucoup. »

La grille vibra et commença à coulisser.

Il lâcha le frein, s'engagea dans la même allée de gravillons qui serpentait à travers le même jardin xérophile, arriva devant la même austère construction moderniste.

La porte d'entrée s'ouvrit. Le même peignoir vert défraîchi se détacha dans un rayon de lumière jaune. Même mine renfrognée, même énorme mug de thé fumant. Mais, cette fois, elle ne lui en proposa pas.

Ils se dirigèrent sans un mot vers la salle de contrôle. Debout derrière elle, il détourna les yeux quand elle tapa son mot de passe.

« Je cherche les véhicules qui auraient pu se rendre au numéro 446 », précisa-t-il.

Elle cliqua. Huit cases, huit rubans vides baignés de vert. Les secondes défilaient : 00:13:15, 00:13:16, 00:13:17…

« Vous voulez commencer à partir de quand ?

– Il y a trois heures. Vingt heures trente.

– Ça fait trois heures trois quarts.

– Je sais. »

À vrai dire, plus qu'il n'en avait besoin.

« Je suis vraiment désolé », réitéra-t-il.

Elle soupira et rembobina jusqu'à 20:00:00. L'écran produisit un frémissement pixélisé.

Ils restèrent assis en silence tandis que les minutes s'écoulaient à vitesse 8 x. Jacob n'arrivait pas à décider s'il préférait voir apparaître la voiture ou non. Débile, naïf, cinglé : lequel lui convenait le mieux ?

Le compteur atteignit 20:30 sans que rien ne se passe. Claire Mason se retourna vers lui en haussant un sourcil et poussa la vitesse de lecture à 24 x. Les chiffres accélérèrent. 21:00. 21:10. 21:20. Il était environ vingt heures dix quand il avait pris Pernath en filature. Le trajet jusqu'à Castle Court avait duré à peu près une heure et demie. Quand le compteur afficha 21:30, Jacob se tendit, aux aguets.

21:47 : un flash blanc, carré.

« Stop ! » aboya-t-il.

Elle appuya sur la barre espace, s'arrêtant à 21:50:51.

« Vous pourriez revenir deux minutes en arrière ? »

Elle le dévisagea, agacée.

« J'ai vu quelque chose, expliqua-t-il.

– C'était moi. »

Accablement.

« Vous êtes sûre ?

– J'ai dîné dehors et je suis rentrée à dix heures moins le quart. C'est ma voiture que vous avez vue.

– Vous en êtes absolument certaine ? »

Elle se redressa.

« Autre chose, inspecteur ?

– Vous pouvez continuer quelques minutes, s'il vous plaît ? »

Elle laissa la vidéo tourner en temps réel. Toujours rien.

« Merci. Excusez-moi du dérangement. »

Elle se leva.

« J'ai des raisons de m'inquiéter ?

– Non, non, aucune. Encore merci. Je vous suis très reconnaissant. Je vous souhaite une bonne nuit. »

L'expression de Claire Mason indiquait visiblement que c'était mal parti.

Elle le raccompagna dans l'étroit vestibule, où il s'arrêta pour la remercier une dernière fois.

Et là, il se figea, le souffle coupé.

« Quoi ? » fit-elle.

Il avait devant lui, dans un cadre doré, un dessin à l'encre représentant un corps de femme nu couché sur un lit de lianes ondulantes, avec de l'énergie qui irradiait de son cou sans tête.

« D'où tenez-vous ça ? » demanda Jacob.

Elle cilla et lui jeta son thé dans les yeux.

Le liquide avait plus ou moins refroidi, et Jacob éprouva davantage de surprise que de douleur. Pendant le millième de seconde où il porta les mains à son visage, il pensa même : *quelle grossièreté.*

Elle l'assomma avec le mug. Il entendit un craquement, espérant que c'était la céramique et pas ses os, puis la douleur éclata, son oreille interne se brouilla et il lança son poing vers la silhouette floue de son assaillante, qui le frappa de nouveau, à l'aide d'un objet plus dur et plus lourd cette fois. Il se sentit basculer de côté, s'affaisser sur un genou, sa paume pressée contre le béton froid. Elle continua de le frapper, haletante, émettant de curieux petits cris excités. Il avait du sang qui lui coulait dans les yeux. Il roula dans la flaque de thé pour échapper à ses coups et elle abattit violemment un cadre – était-ce « N'ayons pas peur d'oser » ou autre chose ? – sur son coude levé en bouclier. Des dents de verre lui déchirèrent l'avant-bras. Elle se servait du cadre comme d'une hache, et percuta la tempe de Jacob à répétition jusqu'à ce que le bois éclate. Elle voulut alors lui perforer le dos avec l'angle, mais il fit glisser ses jambes en ciseau sur le sol mouillé, réussit à la tacler, et elle tomba.

Sonné, à demi aveuglé, il se jeta sur elle, lui agrippa la gorge à deux mains et serra de toutes ses forces. Elle cracha des jets de salive. Le sang qui giclait de l'avant-bras déchiqueté de Jacob se mélangeait à la bouillie écumante coulant de la bouche de Claire Mason et lui dégoulinait dans le cou. Il cherchait la carotide. Quatre secondes de pression suffiraient. Elle se débattait, ruait, griffait. Une ombre les recouvrit.

« Assez », dit une voix d'homme.

55

Ce serait le seul mot qu'il entendrait Richard Pernath prononcer. L'architecte portait un jean repassé et un polo anthracite. Il était pieds nus et tenait un fusil à pompe braqué sur Jacob tandis que Claire Mason s'éloignait en rampant, toussant et hoquetant. Jacob recula jusqu'au mur pour pouvoir s'adosser au plâtre, serrant fermement son bras blessé de sa main valide. Le canon du fusil accompagnait tous ses mouvements. Jacob avait les sinus obstrués par le sang. Il cracha. Le visage de Pernath se contracta de dégoût, mais il ne cilla pas.

Claire Mason se releva pour ajuster la ceinture de son peignoir. Elle essuya sa salive d'un revers de manche et dit : « Je suis désolée », remarque qui lui valut la même expression révulsée de Pernath. Mais à aucun moment le fusil ne se détourna de sa cible.

« J'étais sur le point de le mettre dehors », tenta de se justifier Claire Mason.

Pernath ne prit pas la peine de lui répondre, et elle ordonna à Jacob de se mettre debout et de retourner ses poches. Il déposa son badge et son téléphone par terre, puis sortit le chargeur de sa poche arrière et le plaça à côté. Elle lui demanda où était son arme.

« Dans ma voiture. »

Elle le palpa néanmoins. Il resta les bras levés et les jambes écartées pendant qu'elle faisait courir ses mains tremblantes sur les coutures de ses vêtements. La plaie de son avant-bras était profonde, déchiquetée et dangereusement proche de plusieurs artères majeures. Le sang ne coagulait pas, il coulait régulièrement et descendait le long de son biceps, gouttant sur son épaule et son oreille. Rien qu'à voir ça, la tête lui tournait. Il avait l'impression que ses pieds se trouvaient à des kilomètres du reste de son corps.

Ils le firent avancer jusqu'à la porte d'entrée. Il aperçut les clés dans le contact de la Honda. Pernath lui enfonça le fusil dans la colonne vertébrale, et il continua à marcher.

Ils suivirent le réseau de sentiers de brique qui traversait la propriété et contournèrent la piscine en direction du verger. Claire Mason ouvrait la voie, précédant Jacob d'une dizaine de pas. Il maintenait son bras gauche blessé en hauteur, s'agrippant le biceps de la main droite pour essayer de ralentir l'hémorragie. Des rigoles de sang confluaient dans le creux de sa clavicule. Sa tempe saignait également. Il laissait dans son sillage une traînée de rouge sur la brique. Ça partirait facilement au jet d'eau. De même sur le sol en béton de la maison.

Pernath fermait la marche, à distance mesurée de Jacob mais suffisamment près pour ne pas le rater s'il tirait. Les balles risqueraient alors d'atteindre Claire Mason après lui avoir traversé le corps, mais Pernath devait s'en moquer pas mal. Il avait sans doute l'intention de la tuer à un moment ou un autre, de toute façon. Ça ne ferait que raccourcir l'échéance.

Jacob pouvait toujours essayer de faire appel à l'instinct de survie de cette femme, lui raconter ce qu'il était advenu des précédents complices de Pernath, il doutait qu'elle le croie. La séduction perverse qu'il avait exercée sur Reggie Heap et Terrence Florack, quelle qu'elle soit, semblait avoir produit le même effet sur elle. Jacob le percevait à la façon qu'elle avait de se retourner sans arrêt pour lancer des regards à Pernath, le visage ondulant de reflets verts dans la lumière de la piscine, les traits tendus, apeurés. Elle en appelait à lui, à son approbation, à son pardon. Et Jacob n'avait nul besoin de voir l'expression de Pernath pour savoir qu'il ne les lui accordait pas.

Même si Jacob parvenait à toucher quelque chose en elle, elle ne pourrait pas l'aider : elle n'était pas armée.

Ils arrivèrent au début du verger. Il était plus grand qu'il n'y paraissait de loin, des rangées parfaitement chorégraphiées de citronniers, de figuiers et de pruniers, qui frémissaient lourdement dans la brise. Leur parfum faisait chanceler Jacob. Il envisagea de plonger pour s'emparer du fusil ; c'était toujours mieux que de mourir sans avoir rien tenté.

Voulant savoir quelle distance le séparait de Pernath, il dit :

« J'ai parlé au père de Reggie. »

Silence.

« Il veut récupérer ce dessin. »

Pas même un souffle.

Jacob continua d'avancer.

La serre occupait la pelouse derrière le verger. C'était un immense hangar de verre dont la paroi sud reflétait les lumières de la ville. Jacob se demandait ce qu'ils pouvaient bien y cultiver qui nécessite pareille surface. Il se demandait aussi pourquoi ils avaient besoin d'une serre alors qu'il faisait si chaud dans les collines d'Hollywood.

Claire Mason s'accroupit devant la porte pour tourner les mollettes du cadenas à code.

Jacob ne sentait plus sa main gauche, ses doigts se ratatinaient comme des raisins oubliés sur la vigne.

Le cadenas se débloqua avec un claquement sec. Claire Mason ouvrit le hangar et en éclaira l'intérieur : des lignes de néons s'ébrouèrent dans un crépitement, et Jacob vit alors ce qui poussait là.

Rien.

Une étendue d'herbe nue, d'une couleur violemment uniforme ; ni pots, ni jardinières, ni plantes grimpantes. Aucune installation d'arrosage. Çà et là, le sol dessinait un renflement qui interrompait la monotonie de l'herbe. Jacob put compter six de ces bosses avant de sentir à nouveau la pression du fusil dans son dos.

Ils le conduisirent jusqu'à une zone plane tout au bout de la serre. Un endroit comme un autre pour mourir, après tout. Claire Mason alla chercher une pelle dans un coin, la jeta aux pieds de Jacob et lui ordonna de creuser.

Chaque fois qu'il avait vu ce genre de scène dans un film, il avait trouvé ça débile. Pourquoi quiconque consentirait à creuser sa propre tombe ? La menace implicite de la torture, sans doute. Mais il comprit vite que c'était secondaire par rapport au désir de prolonger son existence. Fascinant, ce que l'esprit humain était capable d'accepter : quelques minutes de sursis, même les plus misérables, étaient préférables à la mort.

Il se pencha pour ramasser la pelle. Elle lui parut plus lourde que la normale. Son avant-bras avait pris la même teinte crayeuse que sa main. La plaie se remit à saigner quand il empoigna le manche, posa un pied sur le métal, poussa dessus et dégagea une première motte de terre. Il continua à creuser lentement tout en pensant à son téléphone et en se demandant si Mallick le suivait par géolocalisation. Il réprima presque un fou rire lorsqu'il se souvint combien le maternage du commandant l'avait exaspéré. Il espérait qu'ils ne perdraient pas de temps à fouiller la maison ; qu'ils repéreraient tout de suite la traînée de sang.

« Plus vite », dit Claire Mason.

Elle faisait les cent pas, sans jamais s'éloigner à plus de deux mètres de Pernath, comme attachée à lui par une longe. L'architecte, au contraire, se tenait immobile, dans un déhanchement décontracté, le fusil braqué sur le ventre de Jacob.

Les coups de pelle résonnaient dans la nuit telle une cadence funèbre. Le manche était poisseux de sang. Jacob sentait sa vue se brouiller, sa tête bourdonner. Il avait le dos en sueur, le bras ankylosé jusqu'à l'épaule, et du mal à tenir debout. Son pouls faiblissait de minute en minute. Sous la couche d'herbe, une argile rouge apparaissait, grouillant de vers et de larves, île souterraine dans un océan de vert.

Il continua à creuser, quinze, vingt, vingt-cinq, trente centimètres de profondeur.

Le grondement sous son crâne s'amplifia, devenu une marée vengeresse, suffisamment fort pour étouffer le bruit crissant de la terre pourfendue.

En poussant un grand coup sur la lame, il perdit l'équilibre, se ressaisit, marqua une pause, les yeux fermés, prêt à subir les représailles, une brève déflagration puis le silence.

Au lieu de quoi il entendit la voix perçante de Claire Mason – *qu'est-ce que c'est que ça ?* – et tout fut noyé dans le bouillonnement assourdissant d'innombrables ailes.

Jacob rouvrit les yeux.

Richard Pernath contemplait le plafond de verre de la serre, la tête rejetée en arrière dans un angle improbable. Le fusil pendait, oublié, le long de son flanc.

Claire Mason, pareillement médusée, avait le doigt pointé en l'air, la bouche grande ouverte en un cri muet.

Dans le ciel, une masse noire grossissait, occultant les étoiles alors qu'elle fondait sur eux. La pâleur grisâtre des néons de la serre vacilla le temps d'éclairer un abdomen rigide, et Jacob discerna six pattes velues, des ailes comme des voiles de bateau, et un scarabée de la taille d'un cheval transperça le toit, les plongeant dans l'obscurité et projetant Jacob à plat sur le dos.

Le vrombissement se tut, remplacé par le silence, suivi d'un cri guttural chargé de terreur.

Jacob se redressa péniblement.

L'armature métallique de la serre était mise à nu comme la trame d'un tissu élimé, toutes les vitres brisées à l'exception de celles directement à l'aplomb de Jacob. Il s'assit sur un coin d'herbe intact, le sol autour de lui scintillant de tessons.

Claire Mason courait en rond, agitant les bras dans le vide, hurlant, la peau lardée d'éclats transparents.

Richard Pernath était à quatre pattes, un grand triangle de verre fiché dans le dos tel un aileron argenté.

L'insecte s'était volatilisé. À sa place se tenait une femme au corps sculptural d'une symétrie parfaite, délié et nu dans le clair de lune. Elle s'avança vers Claire Mason, qui recula, couinant et se cramponnant à la structure disloquée de la serre.

« Non. Non ! »

La femme nue leva les bras, et les muscles de son dos se mirent à danser, puis, sous les yeux de Jacob, elle fut prise de convulsions et se métamorphosa, enflant jusqu'à atteindre des proportions monstrueuses, aussi imposante qu'une tour.

Un appendice noueux jaillit de sa masse argileuse, qui souleva du sol le corps de Claire Mason. Un deuxième tentacule s'enroula autour de sa gorge, et un sifflement grésillant se fit entendre alors que sa tête se détachait et tombait lourdement au sol, où elle rebondit, la base de son cou impeccablement scellée.

Le corps de Mason, dont le sang s'échappait encore, s'affaissa.

Dans une ultime convulsion, la tour d'argile disparut et la femme nue se tourna vers Jacob, arborant le visage souriant de Mai.

Richard Pernath avait réussi à ramper jusqu'à un trou dans la paroi vitrée de la serre et se tortillait pour s'y faufiler. Mai s'élança derrière lui, mais soudain elle changea de cap et revint vers Jacob, foulant avec insouciance le tapis de verre brisé.

Jacob voulut lui dire de ne pas s'occuper de lui, d'attraper Pernath en priorité. Le son qui s'échappa de ses lèvres n'était qu'un filet de voix éraillé. Mai s'agenouilla devant lui, lui prit les mains et l'attira contre elle. La chaleur de son corps lui donna conscience du froid mortel qui avait envahi le sien.

Elle l'embrassa.

Le lambeau brûlé sur les lèvres de Jacob se raviva et, l'espace d'un délicieux instant, il sentit l'haleine fleurie et humide de Mai couler en lui, avant qu'aussitôt elle ne s'épaississe et ne se transforme en boue ; alors il se débattit contre l'amertume qu'elle dégageait, jusqu'à ce qu'elle redevienne douce et onctueuse, roulant autour de sa langue avec un goût de sexe, et qu'il s'abandonne complètement à elle. La boue circulait dans ses veines comme une transfusion régénératrice. Redonnant vie à ses membres, déferlant dans les alvéoles de son cœur, qui se remit à turbiner à plein régime.

Il ne pouvait pas respirer. Et ce n'était pas nécessaire. Tout ce dont il avait besoin, elle le lui apportait. Il s'efforça d'ouvrir plus grand la bouche, réceptacle avide de tout ce qu'elle souhaitait lui offrir.

Il pressa son corps impatient contre le sien, certain qu'elle le désirait autant qu'il la désirait, au passé, au présent et pour l'éternité.

Mais elle se détacha de lui et il refit surface, suffoquant, aspirant de grandes bouffées d'air comme un nouveau-né.

« Tu m'as manqué », lui dit-elle.

Des vagues de couleurs changeantes couraient dans ses cheveux, créant un mélange troublant et instable. Elle avait les yeux verts, ce soir-là, comme ceux de Jacob.

« Toi aussi, tu m'as manqué », répondit-il.

Et en le disant, il sut à quel point c'était vrai. Il sentit les doigts de Mai caresser son avant-bras et baissa les yeux vers sa plaie : une croûte durcie, d'un brun rouillé.

Mai sourit.

« Je fais partie de toi, désormais. »

Elle leva son visage vers le sien et l'embrassa de nouveau, avec douceur, sur les lèvres.

Mais un grand vacarme retentit alors derrière elle et, quand ils se retournèrent, trois immenses silhouettes se dressaient à l'entrée de la serre dévastée.

« Nous sommes là, Jacob Lev », dit Mike Mallick.

Jacob sentit la main de Mai se crisper dans la sienne.

Mallick et ses acolytes commencèrent à s'approcher d'eux, précédés d'un vent froid.

« C'est très bien, ajouta Mallick à l'intention de Jacob. Restez où vous êtes. Ne la laissez pas partir. »

Il y avait une certaine appréhension dans leur façon de se mouvoir, comme s'ils avaient peur de Jacob, ou de Mai, ou peut-être des deux à la fois.

« Nous y sommes presque », annonça Mallick.

Il leva une main en signe d'apaisement et Jacob s'aperçut alors qu'il tenait quelque chose dans l'autre.

De plus loin sur sa droite, Jacob entendit monter un grognement indiscutablement humain : Richard Pernath se traînait d'un pas boiteux en direction du verger.

« Ne t'occupe pas de lui, dit Subach.

– Restez où vous êtes », répéta Schott.

Mallick était maintenant assez près pour que Jacob puisse distinguer l'objet dans sa main : un couteau.

« C'est très bien, ce que vous faites, Jacob Lev, le félicita Mallick.

– La balance de la justice l'exige, renchérit Schott.

– Ce sera rapide, le rassura Subach.

– Miséricordieux.

– Nécessaire.

– Conforme. »

Ils continuaient à se rapprocher, parlant à tour de rôle comme pour l'hypnotiser. Jacob pouvait voir l'éclat du couteau, une lame flambant neuve montée sur un manche en bois ancien. Il savait la sensation qu'il aurait quand ils le lui mettraient dans la main ; une sensation familière. Il regarda Mai, puis les trois colosses, puis le verger.

Pernath disparut entre les arbres.

« Regardez-moi, Jacob Lev », dit Mallick.

Jacob lâcha la main de Mai.

Les trois hommes poussèrent un cri de désespoir.

Mai eut un sourire aigre-doux, alliant la gratitude à la déception. Elle lui murmura : « Pour l'éternité », et s'élança dans les airs.

Les colosses rugirent de mécontentement et se précipitèrent sur elle.

Trop tard : elle s'était déjà métamorphosée, point noir bourdonnant qui échappa à leurs gros doigts maladroits et s'envola en spirale vers sa liberté. Jacob la regarda s'élever dans le ciel.

Silence.

Les trois colosses se tournèrent vers lui, révélant un nouveau visage terrifiant. Apeuré, Jacob se drapa dans sa droiture comme dans une cuirasse pour se protéger de leur colère.

Paul Schott roula avec mépris ses épaules de titan. Mel Subach fronça ses épaisses lèvres luisantes. Mike Mallick émit un grondement de tempête et déclara :

« Vous avez commis une grande faute.

– On comptait sur toi, ajouta Subach.

– Vous nous avez trahis.

– Une très grande faute.

– Il est comme elle, se lamenta Schott. Exactement comme elle. »

Ils l'encerclèrent, grinçant des dents, les yeux brûlant comme des braises tandis qu'ils se multipliaient en un chœur fulminant : de trois à quarante-cinq à soixante-et-onze, deux cent trente et un, six cent treize, mille huit cents, des milliers et des milliers, enflant encore jusqu'à douze fois trente fois trente fois trente fois trente fois trente fois trente fois trois cent soixante-cinq mille myriades.

Alors Jacob lutta de toutes ses forces pour recoller les deux moitiés de son cerveau, grandissant à son tour sous l'effet de sa propre force.

Les hordes furieuses battirent en retraite, laissant derrière elles un trio de vieux flics en costumes miteux et cravates médiocres.

Les cheveux blancs de Mallick hérissés en touffes frisottées. La bedaine de Subach qui tendait l'étoffe de sa chemise. Schott les mains en l'air, comme si Jacob, dans son indignation vertueuse, allait les annihiler tous les trois.

Alors Jacob prit la parole et dit :

« Maintenant, dégagez-moi le passage. »

Et il les bouscula pour foncer récupérer le fusil abandonné.

« Vous n'avez pas idée de ce que vous avez fait, cria Mallick dans son dos. Vous n'avez pas idée. »

Jacob ramassa le fusil et actionna la pompe pour faire monter une munition.

« Non, mais je sais ce que je vais faire », rétorqua-t-il.

Le verger était lugubre et immobile, sans un souffle de vent. Jacob n'y voyait pas grand-chose, mais ses sens grands ouverts accueillaient de nouvelles perceptions : l'agitation des insectes sur le sol, une proie effrayée trouvant refuge dans un buisson, l'esprit collectif du vivant.

Jacob progressait entre les rangs des arbres au garde-à-vous, se dirigeant au son d'une respiration haletante qui provenait d'un bosquet de figuiers.

Une lueur d'un gris aqueux ayant vaguement forme humaine était affalée au sol, adossée à un tronc.

Jacob leva le fusil et ordonna :

« Allongez-vous par terre et ne bougez plus. »

Pernath ne réagit pas. L'espace d'un instant, Jacob le crut mort. Mais, en approchant, il constata que la poitrine de l'architecte frémissait et que le halo gris épousait ce mouvement.

« À terre, répéta-t-il. Tout de suite. »

La tête de Pernath roula en direction de Jacob et il laissa échapper un soupir. Soudain, son bras faucha l'air, entraînant son torse, son corps se déploya et sa main vint planter un tesson de verre dans la cuisse de Jacob.

Il tituba en arrière et un grognement enfla dans sa gorge lorsqu'il se prit le pied dans une racine et que le fusil lui échappa. La douleur irradia dans sa jambe alors qu'il heurtait le sol, et il rampa dans la poussière pour récupérer le fusil à tâtons.

Il l'atteignit et constata que Pernath ne faisait aucun effort pour le rattraper.

L'architecte restait simplement assis là, dodelinant de la tête, un sourire satisfait aux lèvres.

Jacob baissa les yeux vers le tesson dans sa cuisse. Au moins vingt centimètres de long, dont la moitié enfoncée dans son quadriceps. Du sang teintait le tissu de son jean. Frissonnant, nauséeux, il enleva sa chemise et se la noua à la hauteur de l'aine. Il inséra un morceau de branche entre le garrot et sa jambe, et tourna aussi fort qu'il put afin d'endiguer le flot de sang. Une nouvelle vague de nausée le submergea. Quand elle fut passée, il ramassa le fusil et s'approcha de Pernath.

Les mains ouvertes de l'architecte pendaient mollement sur ses cuisses. Il avait les yeux à demi clos.

« Reggie Heap. Terrence Florack. Claire Mason, énonça Jacob. Il y a quelqu'un d'autre qui m'a échappé ? »

Le sourire de Pernath s'élargit, révélant des dents sanguinolentes. Des bulles de sang moussaient à ses narines. Le halo muqueux gris qui l'entourait vacilla. Il mourait sans remords. Jacob chercha ce qu'il pourrait lui dire pour le priver de ça.

Au bout du compte, il ne dit rien. Il n'y avait rien à dire. Son tourniquet était maintenant saturé de sang et il se sentait de nouveau près de défaillir.

Il pressa le canon du fusil contre la gorge de Pernath et appuya de tout son poids. La pomme d'Adam de l'architecte implosa, avec le bruit que fait une boîte en carton mouillée lorsqu'on marche dessus. Ses yeux lui sortirent des orbites, il suffoqua, se débattit.

Jacob compta jusqu'à dix et relâcha la pression, accordant à Pernath quelques maigres respirations. Puis il recommença, comptant de nouveau jusqu'à dix.

Il répéta l'opération onze autres fois, une pour chacune des victimes dont il avait connaissance. Il entendait les voix des trois hommes qui arrivaient dans le verger en criant son nom. *Jacob !* Il posa l'extrémité du canon contre la gorge de Pernath – *Jacob, où êtes-vous ?* – et pressa une dernière fois, pour faire bonne mesure.

Jacob. Jacob.

Il appuya sur la détente, arrachant la tête de Pernath à son corps.

Le recul le projeta en arrière. En tombant, il leur répondit. « Je suis là. »

56

L'infirmière entra dans la chambre pour lui annoncer une visite. Persuadé qu'il s'agissait de son père, Jacob approuva d'un signe de main et continua à piocher dans son bol de flocons d'avoine. Le rideau s'écarta et Divya Das apparut.

Il se redressa et s'essuya la bouche.

« Tiens, salut. »

Elle chercha des yeux un endroit où s'asseoir, n'osant pas s'approcher du lit d'appoint défait à côté de celui de Jacob.

« C'est mon père qui a dormi là. Vous pouvez y aller, il n'y verra pas d'objection. »

Sam avait laissé son exemplaire du Zohar* sur l'oreiller. Elle le posa sur la table de nuit et s'assit, gardant son sac de bowling orange sur les genoux.

« On va danser, si je comprends bien », dit Jacob.

Elle sourit.

« Comment vous sentez-vous ? »

Jacob n'avait aucun souvenir de sa première nuit à l'hôpital. En jetant un coup d'œil au dossier médical accroché au bout de son lit, il avait appris qu'il s'était présenté seul à l'accueil des urgences, fort agité et tenant des propos incohérents. Il en avait déduit que Mallick, Subach et Schott l'avaient largué là avant de prendre le large. Le compte rendu clinique précisait qu'il avait fallu deux médecins et trois infirmiers pour le maîtriser. Il était désormais soumis à un régime de divers barbituriques, assortis de vitamine B pour faciliter son sevrage et de perfs afin de compenser tout le sang qu'il avait perdu. La plaie de sa cuisse avait été très proprement suturée.

Il ne faisait plus de rêves verts, ce qui était un soulagement mais aussi une source de mélancolie. Le monde autour de lui paraissait terne et sans relief. Sol en lino, bandes de protection aux murs couvertes de traînées crasseuses, éclairage agressif. Peu importait qu'il dorme beaucoup ou pas, il se sentait toujours fatigué. Il était calme, assommé d'ennui et de médicaments, incapable de s'intéresser à grand-chose.

Il se sentait à la fois mieux et moins bien, prisonnier et libre, bienheureux et maudit. En proportions égales.

« J'ai mal, finit-il par répondre.

– Je peux ? » demanda-t-elle.

Il acquiesça. Elle souleva un coin de sa fine couverture d'hôpital, révélant sa cuisse bandée.

« C'est passé à moins d'un centimètre de la fémorale », expliqua-t-il.

Elle remit la couverture en place et attrapa son dossier pour le feuilleter.

« Ils vous ont transfusé six unités de sang.

– C'est beaucoup ?

– Vous ne devriez pas être là. »

Il écarta les bras : *Et pourtant, me voici.*

Elle s'attarda un instant sur une page, rangea le dossier à sa place.

« Je suis contente que vous vous remettiez si bien.

– Merci. Je croyais que vous étiez partie en vacances.

– Je m'y apprêtais, répondit-elle en fouillant dans son sac pour en sortir un classeur. Mais je voulais vous remettre en mains propres les résultats de votre requête. »

Décidant de ne pas l'interroger sur les raisons de cette volte-face, il la remercia et ouvrit le classeur.

L'ADN relevé sur les chaussures tachées de sang ayant appartenu à Reggie Heap correspondait au profil du deuxième Rôdeur dans neuf meurtres sur neuf : carton plein.

Il referma le classeur.

« Affaire résolue, donc.

– Ça m'en a tout l'air.

– Il va falloir que je contacte les autres enquêteurs. Ils vont être contents de l'apprendre.

– Et ils auront de quoi, approuva-t-elle avec un battement de ses longs cils noirs. J'ai un message pour vous de la part du commandant Mallick. Il vous félicite pour l'excellent travail que vous avez accompli en mettant hors d'état de nuire deux dangereux et violents individus, et il vous souhaite un prompt rétablissement. Il vous fait dire de ne pas vous inquiéter pour la paperasse. Ils s'en occupent.

– Je peux très bien le faire moi-même.

– Le commandant pense que vous allez avoir besoin de repos après l'épreuve que vous avez traversée.

– Ah oui ?

– Il estime, comme d'ailleurs toute l'équipe, qu'il ne serait pas très avisé de vous maintenir à un poste aussi stressant.

– Pourquoi est-ce que vous me parlez comme ça ?

– Comme quoi ?

– Comme un DRH.

– Il vous octroie un mois de congé. Payé.

– Et après ? »

Divya Das fit une petite moue.

« Vous retournerez à la Circulation. »

Jacob la dévisagea avec intensité. Elle baissa les yeux.

« Je suis désolée, Jacob, ce n'est pas moi qui ai pris cette décision.

– J'espère bien. Vous n'êtes pas ma supérieure hiérarchique. »

Elle ne répondit pas.

« Il ne pouvait pas me l'annoncer lui-même ?

– Mike Mallick est un professionnel extrêmement dévoué, dit-elle. Mais il est têtu, et il n'est pas forcément très doué pour les relations humaines.

– Sans blague ?

– Nous ne sommes pas tous pareils, Jacob.

– Bref. Passons.

– Il a le droit d'avoir son opinion. Comme j'ai le droit d'avoir la mienne.

– Et quelle est votre opinion ?

– Comme j'ai dit, le commandant a parfois du mal quand il s'agit de prévoir la façon dont une personne donnée va se comporter dans une situation donnée. Vu ce à quoi vous avez assisté, personnellement je trouve qu'on ne peut rien vous reprocher.

– Qui est cette femme ? » demanda Jacob.

Silence.

« Le commandant vous félicite pour l'excellent travail que vous avez accompli en mettant hors d'état de nuire deux dangereux et violents individus, répéta Divya.

– Non mais vous rigolez ? Vous comptez vous en tenir à ça ? Vous avez une idée de ce que je suis en train de vivre ? De ce qui se passe là-dedans ? » ajouta-t-il en se tapotant le front.

De l'autre côté du rideau, son voisin de chambre, un vieux monsieur de quatre-vingt-dix ans, émit un gargouillis sonore au milieu de ses ronflements.

« Parlez moins fort, s'il vous plaît, lui enjoignit Divya.

– Est-ce que quelqu'un va débarquer avec une machine pour m'effacer la mémoire ? Ou bien j'ai droit à une lobotomie aux frais de la maison ? »

Son moniteur cardiaque s'était mis à lancer des pépiements stridents. Divya attendit qu'ils s'espacent, se pencha et baissa la voix.

« Il me semble que vous avez le choix. Vous pouvez décider de vivre à l'intérieur de vos expériences, ou à l'extérieur.

– Et après ? Je fais quoi ? J'attends qu'elle revienne ?

– C'est vrai qu'elle a l'air très attirée par vous.

– Je me demande bien pourquoi, d'ailleurs. »

Divya sourit du coin des lèvres.

« Ne vous sous-estimez pas, Jacob Lev. »

Silence.

« Il n'y avait rien d'autre que la Circulation ? s'enquit-il.

– Prenez-le comme des vacances. »

Deux coups discrets à la porte. Le rideau s'ouvrit, et Sam fit irruption, tenant un sachet en papier maculé de gras.

« Oups, dit-il, pardon. Je ne savais pas que tu avais de la compagnie. Je peux revenir plus tard. »

Divya se leva.

« J'allais partir, annonça-t-elle. Vous devez être le père de Jacob.

– Sam Lev.

– Divya Das.
– Ravi de vous voir. Comment va notre patient ?
– Mieux que la plupart de ceux dont je m'occupe », répondit-elle.

Elle se tourna vers Jacob, lui posa une main bienveillante sur l'épaule.

« Bon courage. »

Jacob la remercia d'un hochement de tête.

« Elle a l'air gentille, commenta Sam une fois qu'elle fut partie.
– Elle est venue pour m'informer que j'étais rétrogradé. »

Sam plissa les yeux derrière ses lunettes noires.

« Ah bon ?
– Je retourne gratter du papier.
– Hum, fit Sam. Ce n'est pas moi qui vais m'en plaindre.
– Je m'en serais douté.
– Tu es mon fils. Tu crois que c'est facile pour moi de te voir dans cet état ?
– Je crois que, pour toi, rien n'est facile à voir.
– Touché ! »

Sam plongea la main dans le sachet et en sortit un croissant.

« J'ai demandé à Nigel de passer chez Zschyk's, dit-il en posant la viennoiserie sur le plateau du petit déjeuner de Jacob. Ce qu'ils te donnent ici est immangeable.
– Merci.
– Et sinon ? Comment va ta jambe ? Tu veux dormir un peu ? Je peux aussi me taire, tu sais.
– Non, je préfère qu'on discute. »

Jacob mordit dans le croissant : un délice cent pour cent pur cholestérol.

« Tu n'as pas oublié de déposer mon don pour la *tsedakah* ? s'assura-t-il.
– Bien sûr que non. J'ai pensé à toi tout du long. J'espère que tu l'as senti.
– Oh, mais absolument. Un ange est descendu du ciel, m'a touché, et maintenant je suis guéri.
– Tu en as, de la chance », rétorqua Sam en souriant.

Un nouvel interne passa inspecter les blessures de Jacob et déclara que sa jambe « évoluait bien ». Il tâta la croûte sur son avant-bras, parcourut les derniers relevés de son dossier et lui débita un énième sermon sur la nécessité de réduire sa consommation d'alcool.

« La bonne nouvelle, dit-il, c'est qu'il n'y a aucun signe d'infection.

– Et la mauvaise ? demanda Sam.

– Il faut forcément une mauvaise nouvelle ? s'étonna Jacob.

– Elle n'est pas mauvaise en soi, répondit l'interne. Mais disons que tout le monde est assez intrigué par votre bilan sanguin. Le fer est encore très haut, tout comme le magnésium et le potassium, dans une moindre mesure. Un excès de fer peut être un facteur de risque pour une affection hépatique. Vous mangez beaucoup de viande ?

– Les hot-dogs, ça compte ? »

L'interne plissa le front. Jeune et grincheux. Le genre qui vieillirait mal.

« À bannir, dit-il. À tous points de vue. Enfin bref, on a refait vos analyses deux fois en cherchant d'autres anomalies. Quelques données sont apparues que j'ai du mal à interpréter.

– Qu'est-ce que ça signifie ? s'inquiéta Sam.

– Vous prenez des compléments à base de silice ? demanda l'interne à Jacob. Certaines personnes pensent que ça prévient la chute des cheveux. »

Jacob passa une main dans ses épaisses boucles brunes.

« D'accord, comprit l'interne. D'autres compléments ? De l'homéopathie ?

– Non, rien.

– Hum. Ok. Bon. J'ai consulté quelques confrères pour avoir leur avis, et le docteur Rosen, en psychiatrie, a pensé à quelque chose. »

Jacob se raidit.

« À savoir ?

– Il existe une maladie qu'on appelle le pica, quand une personne éprouve le besoin d'ingérer des substances non comestibles, comme des cheveux, de la terre ou du plâtre. Ça se manifeste essentiellement chez des femmes enceintes, parfois chez des individus atteints d'anémie sévère. Dans certains cas extrêmes, on peut retrouver des quantités anormales d'oligo-éléments dans le sang. Ce que je lis dans vos résultats n'est pas tout à fait cohérent : on s'attendrait plutôt à une carence en fer, pas à un excès. Mais, à part ça, je ne trouve pas de meilleure hypothèse pour expliquer que vous ayez autant de silicium dans l'organisme. »

Jacob ne dit rien.

« Et d'aluminium, aussi, ajouta l'interne. À moins que vous ne preniez des bains de déodorant. »

Il marqua une pause, jeta un coup d'œil à Sam, se tourna de nouveau vers Jacob.

« Est-ce que, euh… est-ce que c'est quelque chose que vous avez déjà fait ?

– Quoi ? Manger de la terre, ou prendre des bains de déodorant ?

– Les deux.

– Non. »

L'interne parut soulagé.

« Je suis sûr que c'est une erreur du labo, reprit-il. Mais on va surveiller ça quand même. Allez, reposez-vous. »

Jacob s'allongea, promenant distraitement les doigts sur la croûte de son bras gauche. Il avait encore un léger arrière-goût de boue au fond de la gorge. Il songea à Mai, à Divya Das, à son père lui disant : « Ravi de vous voir », plutôt que : « Ravi de vous rencontrer. »

Il observa le visage de Sam, toujours aussi impénétrable.

« Abba ? dit-il. Je crois que j'aimerais dormir un peu, maintenant. »

Son père hocha la tête, attrapa son exemplaire du Zohar.

« Je serai là quand tu te réveilleras », répondit-il.

57

Quatre jours plus tard, son bilan sanguin n'était toujours pas satisfaisant mais Jacob ne présentait aucun symptôme apparent, et ni l'interne ni sa mutuelle ne pouvaient justifier de prolonger davantage son hospitalisation. On lui prescrivit des analgésiques et on lui fixa un rendez-vous pour une visite de contrôle. Une infirmière le poussa en chaise roulante jusqu'au trottoir, où il boitilla sur ses béquilles pour rejoindre la Taurus qui l'attendait en double file.

Nigel sortit lui ouvrir la portière.

« Tu as l'air en forme.

– Tu devrais voir ce qui reste du mec qui m'a fait ça. »

Le plan était de finir sa convalescence chez Sam. Ils passèrent d'abord à l'appartement de Jacob pour qu'il puisse prendre quelques affaires.

Sa Honda était toujours garée devant l'immeuble, mais elle paraissait changée. Alors que Nigel l'aidait à monter l'escalier, Jacob comprit soudain pourquoi : pour la première fois depuis des mois, sa voiture avait été lavée.

Jacob demanda à Nigel si c'était lui, le coupable.

« Non ! répondit-il en riant, sortant de sa poche le double de la clé que lui avait confié Sam. C'est peut-être une de tes conquêtes qui a voulu te faire une surprise. »

Tout ce que Subach et Schott lui avaient apporté – bureau, chaise pivotante, ordinateur, téléphone satellite, appareil photo, imprimante, routeur, batterie – avait disparu. La télé avait été remise à sa place et rebranchée ; le meuble bas rapatrié dans le salon, les outils de potier soigneusement disposés sur ses étagères.

Il manquait également les cartons contenant tous les dossiers de Phil Ludwig, ainsi que le classeur bleu dans lequel Jacob avait consigné les éléments de son enquête.

La salle de bains sentait la fraîcheur lavande. Le frigo avait été purgé. Jacob ne possédait pas d'aspirateur, mais la moquette de la chambre était marquée de bandes alternées comme sur un terrain de base-ball. Un sachet de congélation posé sur la table de chevet contenait son portefeuille, ses clés et son badge d'inspecteur.

Son ancien téléphone portable avait cent pour cent de batterie et cinq barres de réseau.

Son sac à dos gisait par terre devant la penderie. Jacob regarda à l'intérieur et y trouva sa pochette de *tefillin*, une poignée de barres chocolatées, son Glock et le chargeur. Ils lui avaient laissé les jumelles, avec un Post-it collé dessus où l'on pouvait lire deux mots griffonnés à la hâte : *de rien*.

Jacob s'était habitué au chaos ; le retour à la normale le désorienta. Il rassembla quelques affaires rapidement, les fourra dans une besace de voyage. Nigel la prit sur une épaule, le sac à dos sur l'autre, et descendit les mettre dans la voiture. En attendant qu'il revienne, Jacob claudiqua jusqu'au salon et se planta devant l'étagère pour examiner les outils. Des peignes, des ébauchoirs, un fil à couper, un assortiment de couteaux.

Parmi ces derniers, le plus long était manquant.

Nigel réapparut sur le pas de la porte pour l'aider à descendre.

« Tu es prêt à partir ?

– Oh, que oui », répondit Jacob.

Dehors, une camionnette blanche était garée sur le trottoir d'en face.

RIDEAUX DÉCO – HABILLAGE DE FENÊTRES DISCOUNT

Un homme que Jacob ne connaissait pas occupait le siège conducteur. Il était noir, et tellement grand qu'on ne voyait pas le haut de sa tête. Il sembla ne pas leur prêter attention mais, alors que la Taurus démarrait, Jacob lui adressa un petit signe de la main et il lui répondit de même.

Sam insista pour dormir sur le canapé-lit et laisser sa chambre à Jacob, et il l'étonna encore davantage en lui remettant la télécommande d'un écran plat de trente pouces flambant neuf.

« Depuis quand tu as ça ?

– Je ne suis pas un luddite.

– Tu détestes la télé.

– Tu veux qu'on en débatte, ou tu veux la regarder ? »

En quarante-huit heures, son corps élimina les dernières traces de barbituriques, et le manque commença à s'installer.

Assis sur une chaise au chevet de son fils, le visage contracté d'inquiétude, Sam le regardait frissonner et suer à grosses gouttes.

« On devrait retourner à l'hôpital, dit-il.

– Pp… ppp, pas ques… pas question.

– Jacob. S'il te plaît.

– Ffau… faut jus… ste… attendre que ça… passe. »

Ses mains tremblaient tellement qu'il n'arrivait pas à mettre ses *tefillin*.

« Ne te sens pas obligé à cause de moi, dit Sam.

– Tu veux qu'on en débatte, bégaya Jacob, ou tu veux m'aider ? »

Son père se leva, le hissa contre lui et enroula les sangles de cuir autour de son bras en spires régulières. Ils étaient collés l'un à l'autre, Jacob avait le nez enfoui dans le cou râpeux de Sam, et l'odeur de son savon lui fit prendre conscience de sa propre puanteur rance.

« Je suis tellement désolé », marmonna-t-il.

Sam le rabroua gentiment et prit le deuxième *tefillin* pour le lui placer sur le front, souriant alors qu'il s'appliquait à le centrer entre ses yeux.

« Quoi ? demanda Jacob

– Je repensais à la première fois où je t'ai montré comment faire, dit Sam en décalant légèrement le boîtier vers la gauche. Ils paraissaient énormes, sur toi. Chut, silence maintenant. »

Allongé sur le dos, Jacob récita un office abrégé, luttant pour réussir à dire le plus de bénédictions possible avant que le livre de prières ne lui échappe des mains.

Délicatement, Sam souleva sa tête de l'oreiller et lui enleva le *tefillin*, puis déroula celui de son bras. Il alla ensuite chercher un gant de toilette humide pour lui éponger le front, massant l'endroit où la petite boîte en cuir avait laissé une marque sur sa peau.

Les tremblements cédèrent bientôt la place à une migraine de faible intensité et à une immense fatigue, présages d'une phase descendante dans son humeur, nausées émotionnelle et physique allant désormais de pair. Sam semblait lui aussi avoir perçu le changement. Il tentait d'y remédier en cherchant à remplir les journées de menues distractions, de bavardages futiles et d'un flot intarissable de devinettes et d'histoires drôles.

Jacob doutait de pouvoir conjurer la dépression qui le guettait à coups de jeux de mots, mais il était difficile de ne pas être attendri par l'enthousiasme de son père à prodiguer des soins plutôt qu'en recevoir. Cela faisait longtemps que Jacob n'avait pas vu Sam vivre au quotidien, et il était bluffé par son degré d'autonomie.

Les allers-retours à la cuisine pour lui apporter des sandwichs au thon, des Gatorade et des poches de glace, les excursions à la salle de bains afin d'humecter le gant de toilette ou de rincer la bassine de vomi.

Sachant que la télé avait été achetée spécialement pour lui, Jacob essayait de montrer sa gratitude en se limitant à des programmes que son père pourrait éventuellement apprécier : le sport et les informations. Ils se lamentèrent de l'élimination précoce des Lakers en play-off, regardaient le base-ball en coupant les commentaires. Sam étudiait pendant que son fils somnolait.

Le plus grand accomplissement de Jacob pendant cette première semaine fut de trouver l'énergie suffisante pour appeler tour à tour Volpe, Band et Flores, et leur annoncer la bonne nouvelle. Grandmaison, il ne s'en donna pas la peine. Qu'il aille se faire voir.

Lorsqu'il commença à aller mieux, Sam et lui prirent l'habitude de sortir faire de longues et lentes promenades, d'abord une, puis deux, puis jusqu'à trois dans la journée, dont le rythme était imposé par les élancements de douleur dans la jambe de Jacob. En chemin, ils croisaient des gens du quartier, dont la plupart saluaient Sam par son prénom. Une petite mamie replète courant après deux gamins turbulents ; un jeune père se débattant avec une poussette. Tous autant qu'ils étaient, on aurait dit qu'ils se sentaient redevables envers Sam, comme si le poids de son existence allégeait la leur, et Jacob songea à la rengaine d'Abe Teitelbaum : « ton père, ce *lamed-vavnik* ».

Un jeudi soir, vers l'angle de Preuss Road et d'Airdrome Street, une fille qui les croisait à vélo lança au passage un « Bonjour, monsieur Lev ! »

Sam la salua de la main.

« Quelle popularité ! s'étonna Jacob.

– Tout le monde aime les clowns », répondit Sam.

De son côté, Sam ne semblait nullement accablé par les fardeaux des autres. C'était peut-être vrai, alors… Si vous pensiez être un *lamed-vavnik*, par définition vous ne pouviez pas en être un. La raison à cela allait bien au-delà de l'humilité de rigueur. Un *lamed-vavnik* ne devait jamais connaître l'immensité de la charge qui pesait sur lui car, dès l'instant où ce serait le cas, il serait anéanti sous le poids du chagrin du monde qu'il était précisément censé supporter.

Jacob se retourna vers la fille, qui s'éloignait sur son vélo, nattes au vent.

« Qui c'était, au fait ? demanda-t-il.

– Comment veux-tu que je le sache ? Je suis aveugle. »

Ils tournèrent dans Airdrome Street.

« Tu te rappelles quand on faisait nos sessions d'étude ensemble le dimanche matin ? dit Jacob.

– Évidemment que je me rappelle.

– Je me demande bien ce que tu avais dans la tête en m'exposant à certains de ces trucs.

– À quoi t'ai-je exposé ?

– Tu m'as parlé de la peine de mort quand j'avais six ans.
– Uniquement sous l'aspect juridique.
– Je ne suis pas sûr qu'un gamin de cet âge fasse vraiment la différence.
– Tu es en train de me dire que j'ai fichu ta vie en l'air ?
– Certainement pas, rétorqua Jacob. Je suis seul à pouvoir m'attribuer ce mérite. »
Au niveau de Robertson Boulevard, l'enseigne orange et verte du 7-Eleven apparut dans le crépuscule, réveillant chez Jacob des envies de bourbon et de graisses saturées.
« On peut faire demi-tour ? suggéra-t-il. C'est trop bruyant, par ici.
– Bien sûr. Tu es fatigué ?
– Ça va, encore un peu. »
Ils revinrent sur leurs pas.
« Abba ? Je peux te demander quelque chose ? »
Sam opina.
« Tu savais que maman était malade quand tu l'as épousée ? »
Sam resta muet.
« Pardon, reprit Jacob, tu n'es pas obligé de me répondre.
– Non, non, ça ne fait rien. Je ne suis pas fâché, c'est juste que je réfléchis, parce que je veux trouver les mots justes. »
Ils marchèrent un moment sans parler.
« Considérons la question sous un autre angle, finit par dire Sam. Si c'était à refaire, est-ce que je le referais ? Et la réponse à cela est oui, sans l'ombre d'un doute.
– Même en sachant ce qui lui est arrivé ?
– On épouse une personne pour ce qu'elle est, pas pour ce qu'elle pourrait devenir. »
Dans le silence, les béquilles de Jacob raclaient sur le trottoir.
Vous pouvez décider de vivre à l'intérieur de vos expériences, ou à l'extérieur.
Il avait du mal à choisir.
Il avait d'ailleurs du mal à savoir si c'était un choix authentique, ou une illusion.
« J'ai peur que ça finisse par m'arriver aussi, dit-il. J'ai peur que ça ait déjà démarré, même.
– Tu n'es pas ta mère, Jacob.

– Ça ne m'immunise pas pour autant.
– C'est vrai.
– Alors comment peux-tu en être si sûr ?
– Parce que je te connais. Et je sais de quoi tu es fait. »

La nuit commençait à tomber.

« Je me disais… reprit Jacob. On pourrait peut-être réessayer, un jour. D'étudier ensemble.

– À quoi tu penses, par exemple ?

– Je ne sais pas. Il faudrait choisir un sujet intéressant. Je suis sûr que, dès que je vais reprendre le boulot, ils vont m'assommer avec une montagne de travail, donc je ne te promets pas d'être parfaitement assidu. Mais, si tu es partant, moi aussi.

– Ça me plairait beaucoup », répondit Sam.

Au croisement de La Cienega Boulevard, la circulation leur sauta au visage. Ils rebroussèrent chemin. Il leur fallut vingt minutes pour rentrer à l'appartement. Sam n'avait pas l'air trop contrarié ; pour le moment, au moins, ils avaient trouvé un rythme qui leur convenait à tous les deux.

Jacob s'en serait voulu d'annoncer la nouvelle à Phil Ludwig par téléphone. Un dimanche matin, Nigel vint le chercher en voiture et ils firent la route jusqu'à San Diego, où ils trouvèrent le brave inspecteur accroupi dans son jardin en train de replanter avec optimisme des géraniums sous la canicule du microclimat local.

Ludwig se releva, essuya la sueur qui lui coulait dans les yeux.

« Je sens que ça va être soit une putain de bonne journée, soit une vraie journée de merde », dit-il en reconnaissant Jacob.

Autour d'une citronnade, Jacob récapitula les faits, veillant à maintenir un certain flou sur les derniers moments de Richard Pernath. Ludwig l'écouta, de marbre. Jacob vit dans son verdict lapidaire – « Très bien » – un effort honorable pour tenter de dissimuler sa déception : la réussite de Jacob rendait l'échec de Ludwig officiel.

« Je n'ai pas encore parlé aux familles, ajouta Jacob. J'espérais que vous pourriez m'aider dans cette tâche. Sauf pour les Stein. Eux, je voudrais les prévenir moi-même.

– Laissez-moi y réfléchir », répondit Ludwig.

Puis, soudain ragaillardi, il enchaîna :

« Moi aussi, j'ai une surprise pour vous. Quand j'ai reçu votre mail, ça m'a rappelé que je ne vous avais jamais répondu, au sujet de votre bestiole.

– Ah, ça ? Laissez tomber.

– Laisser tomber mon cul. J'y ai passé la moitié de la nuit. Vous allez au moins faire semblant de vous y intéresser. »

Dans le garage, Ludwig débarrassa la table de sa réalisation en cours : un magnifique papillon écaille monté sur un fond blanc brillant. Puis il attrapa sur une étagère un gros livre qui tombait en lambeaux.

« J'avais même oublié que j'avais ça », dit-il en caressant la couverture gondolée en tissu rouge, estampée de lettres noires.

Insecta Europae
A. M. Goldfinch

« Je l'ai acheté il y a des années à une bibliothèque qui revendait son fonds. Je crois que je n'avais pas pensé à aller chercher là-dedans, parce que ce ne sont que des espèces européennes. »

Il avait marqué la page à l'aide d'un tirage en couleur d'une des photos que Jacob lui avait envoyées. Il posa l'image à côté d'une illustration noir et blanc du *Nicrophorus bohemicus*, le nécrophore de Bohême.

Jacob s'installa à la table pour lire le paragraphe concerné.

Présent le long des fleuves et des rivières d'Europe centrale et orientale, *N. bohemicus*, comme d'autres scarabées nécrophores, présentait un comportement atypique dans le monde des insectes : le mâle et la femelle restaient ensemble pour élever leur progéniture. Chez le *bohemicus*, cette tendance était particulièrement prononcée, puisque les couples s'appariaient pour la vie.

« Mais voilà le hic, précisa Ludwig. Ce livre date de 1909. J'ai cherché sur Internet pour voir si je trouvais une photo couleur, et je suis tombé sur Wikipédia, où il est dit que c'est une espèce qui a disparu au milieu des années 1920. »

Jacob continuait d'observer les deux images en vis-à-vis : à ses yeux, c'était bien la même créature.

« Maintenant, poursuivit Ludwig, il faut vous rappeler que l'extinction d'une espèce est très difficile à établir définitivement chez les insectes. Ils sont tout petits, ils vivent sous terre, et la plupart des gens ont juste envie de les écraser quand ils les voient. Il y a un scarabée de la Méditerranée que personne n'avait plus vu depuis un siècle, et voilà que l'an dernier il a réapparu dans le sud de l'Angleterre. Donc ça peut arriver. Je me disais qu'on devrait peut-être transmettre l'info à mon copain entomologiste. S'il confirme, on essayera de faire paraître une publication dans une revue spécialisée.

– Allez-y, approuva Jacob. Pas besoin de m'inclure dans la boucle.

– Ils voudront savoir de qui vient la découverte, rétorqua Ludwig.

– Vous n'avez qu'à dire que c'est vous qui avez pris la photo.

– Non, ce ne serait pas honnête.

– C'est vous qui l'avez identifié, insista Jacob. Tout seul, je n'aurais jamais trouvé. »

Après avoir hésité en se demandant s'il y avait une part de condescendance dans la proposition de Jacob, Ludwig finit par accepter.

« D'accord. Vous êtes sûr ?

– Sûr et certain. »

Les Stein le reçurent dans leur manoir de Holmby Hills. Jacob avait peur qu'ils ne réagissent mal en apprenant que les hommes qui avaient tué leur fille ne seraient jamais traduits en justice. Rhoda jaillit de son fauteuil et quitta la pièce en courant ; Eddie s'approcha de Jacob d'un pas titubant, les deux mains levées. Jacob se préparait à esquiver un uppercut, au lieu de quoi l'homme lui tomba dans les bras et Rhoda revint avec une bouteille de champagne et trois flûtes.

« Tu vois ? lança Eddie à sa femme en secouant Jacob par les épaules. Je t'avais bien dit qu'il n'était pas si con que ça. »

Faire des cadeaux à Sam, un homme dépourvu de tout désir matériel, n'avait jamais été chose aisée, et c'était même devenu nettement plus difficile lorsque Jacob, en grandissant, s'était rendu compte que son père ne portait jamais de cravate. Pour le remercier de l'avoir accueilli si longtemps chez lui, Jacob décida plutôt de lui préparer un dîner de chabbat, le dernier avant qu'il reprenne le travail.

« Délicieux, commenta Sam en goûtant le gâteau au chocolat que Jacob avait acheté tout fait.

– Merci, Abba.

– Je suis sûr que tu as hâte de rentrer chez toi. Mais ne disparais pas de la circulation, hein ?

– Je n'ai pas l'impression que ce soit au programme, rétorqua Jacob. Et pourtant, ce n'est pas faute d'avoir essayé. »

Quand il arriva devant son immeuble, la camionnette des poseurs de rideaux était là ; le même homme était assis au volant, plongé dans un magazine.

Jacob agita la main pour capter son attention. Le type abandonna sa lecture et baissa la vitre.

« Écoutez, dit Jacob, je ne sais pas quels sont vos horaires, ni si ce sera toujours vous qui serez là, mais je voulais au moins me présenter. Je m'appelle Jacob.

– Nathaniel, répondit l'homme.

– Vous voulez que je vous descende un truc à boire, ou autre chose ? »

Nathaniel gloussa.

« Non, merci, j'ai ce qu'il faut.

– D'accord. Si vous changez d'avis, vous pouvez toujours sonner. »

Nathaniel sourit, le salua d'un hochement de tête et remonta sa vitre.

« Alors, c'était comment, Hawaï ? » lui lança Marcia, à la Circulation.

Jacob se débattait avec une boîte de Bic.

« Je n'étais pas à Hawaï, répondit-il.

– Las Vegas ? Cabo San Lucas ? »

Jacob secoua la tête et installa ses nouveaux stylos dans un pot.

« Je sais que tu étais quelque part, insista-t-elle. Tu as une mine resplendissante. »

Il éclata de rire.

« Très bien, rétorqua-t-elle avec une moue boudeuse. Si tu veux jouer à ça…

– J'adorerais te le dire, c'est juste qu'il n'y a rien à dire.

– Top secret, c'est ça ?

– Quelle perspicacité ! »

Il lui fit un grand sourire. Elle aussi.

« En tout cas, je suis bien contente de te revoir.

– Merci, ma belle.

– Lev ! » aboya une voix d'homme.

Jacob releva les yeux. À l'autre bout de l'open space, rouge comme une borne d'incendie qui aurait une inflammation du côlon, se tenait son ancien chef des Vols et homicides, le capitaine Mendoza.

« Je te présente le nouveau caïd, murmura Marcia.

– Tu te fous de ma gueule ?

– Lev, dans mon bureau, tout de suite ! » cria Mendoza.

Passer des Vols et homicides à la Circulation était un sacré déclassement. Jacob était bien placé pour le savoir.

« Qu'est-ce qu'il a fait comme connerie pour se retrouver là ? demanda-t-il.

– On n'a pas encore réussi à le savoir, répliqua Marcia. T'aurais pas une idée ?

– Lev ? Vous m'entendez ?

– Tout de suite, monsieur, lui répondit Jacob, avant d'ajouter à l'intention de Marcia : J'en ai peut-être une ou deux, si. »

Mendoza était retourné dans son bureau et l'attendait assis dans son fauteuil, les pieds posés sur la table. Il feuilletait un classeur de dix centimètres d'épaisseur. Jacob lisait sur lui les effets du stress : cinq kilos en moins, de gros cernes noirs sous les yeux, des boutons par-ci par-là. Sa moustache, d'ordinaire soigneusement taillée, était toute de travers.

« J'espère que vous avez bien profité de vos vacances, lança-t-il, parce que la récré est finie. »

Il avait la voix tendue, plus aiguë qu'avant, comme si on lui avait remonté les cordes vocales. Il abattit d'un coup le classeur sur son bureau.

« Cinquante années de données sur les accidents voitures-piétons, dit-il. Votre opus magnum.

– Oui, monsieur. »

Mendoza se lissa la moustache d'un air songeur.

« Et les vélos, vous n'avez jamais pensé à les faire entrer dans l'équation ? »

Jacob repartit vers son bureau, le classeur sous le bras.

Le bon côté, c'était qu'il rentrait chez lui tous les jours à dix-huit heures trente, et qu'il avait ses week-ends. Les lundi et mercredi soir, il se rendait à la réunion des Alcooliques anonymes dans l'église anglicane d'Olympic Boulevard, occupant toujours la même place dans le fond. Ce n'était pas la première fois qu'il se retrouvait dans un lieu de culte à prononcer des mots auxquels il ne croyait pas. Sans alcool, il n'avait plus beaucoup de raisons de sortir le soir, si bien qu'il était couché tôt, levé tôt, appliqué et docile au travail, chaste et humble. Au bout d'un moment, Mendoza se lassa de le harceler.

Chaque fois qu'il passait au 7-Eleven se réapprovisionner en Coca Zero, Henry portait une main à son cœur.

« C'est à cause de moi ? C'est quelque chose que j'ai dit ? »

Maintenant qu'il connaissait le gabarit, il repérait facilement les gens qu'on envoyait pour le surveiller. En revanche, il n'y avait apparemment pas de périodicité établie : tantôt tous les quinze jours, tantôt une fois par mois, un véhicule apparaissait dans un rayon de cent mètres autour de chez lui. Traiteur, couvreur, réparation de chaudières, isolation de fenêtres, un accordeur de piano. Certains des occupants étaient cordiaux, d'autres maussades. Aucun d'entre eux ne montrait de signes de fébrilité ni ne prolongeait jamais la conversation.

Et d'ailleurs, ils n'inquiétaient pas vraiment Jacob ; ce n'était pas lui qu'ils cherchaient.

En rentrant un soir après une de ses réunions, il fut étonnamment réjoui de reconnaître Subach au volant d'une camionnette de plombier, ses gros doigts en nuggets de poulet pianotant sur le tableau de bord.

« Hé, salut Jack.

– Salut, Mel. Tu fais des extras ?

– Oh, tu sais. La routine, répondit Subach avec un grand sourire. Ça se passe bien à la Circu ?

– Ah, ah, très drôle.

– Ça va, je rigole.

– Tu pourras remercier Mallick de ma part.

– Le commandant, je crois qu'il était un peu, comment dire… *contrarié.* »

Jacob eut un sourire las.

« Mais t'en fais pas, reprit Subach. Ça ne durera pas éternellement.

– Rien n'est éternel, renchérit Jacob. Allez, à plus, Mel. Sans rancune, hein ?

– De ma part, non. »

Jacob marqua un temps d'arrêt.

« Mais ? reprit-il.

– Ah, écoute… fit Subach en riant. Sois réaliste. Le monde est plein de rancune. Sans ça, on serait au chômage tous les deux. »

En vue de leurs sessions d'étude hebdomadaires, Sam avait choisi un traité du Talmud qui abordait le thème de la justice pénale, y compris le fameux chapitre sur la peine capitale.

« Je crois que, maintenant, tu es assez grand », avait-il dit.

Jacob réussit à tenir quatorze dimanches matin d'affilée sans en sauter un seul, Sam et lui installés sur le patio, à manger des viennoiseries et boire du thé en s'échangeant des arguments. La mélodie des études talmudiques lui revint facilement aux lèvres ; il se familiarisa de nouveau avec les personnalités lumineuses qui peuplaient ces pages, et les trouva nettement plus sympathiques au deuxième abord. Ce n'étaient ni plus ni moins que des hommes, souvent en proie à leurs propres incertitudes, qui essayaient de trouver une façon d'*être*. La structure rituelle qu'ils avaient établie était une noble tentative pour insuffler de la dignité et du sens à la vie. Ils aspiraient à l'autonomie, à l'estime de soi, à la sainteté. Et lorsqu'ils échouaient, ils cherchaient de nouvelles stratégies. Un enseignement qui lui était largement passé au-dessus de la tête la première fois. Et qu'il n'avait pas l'intention de rater cette fois-ci.

Le dimanche précédant Roch Hachanah, Jacob arriva avec cinq minutes d'avance. Comme toujours, Sam l'attendait sur le patio, ses lunettes-loupes remontées sur le front. Au lieu des deux volumes jumeaux du Talmud habituels était posée sur la table une seule feuille de papier : la transcription qu'avait faite Jacob de la lettre praguoise.

Sam lui désigna la chaise vacante.

Jacob s'assit.

Son père se racla la gorge, chaussa ses lunettes, lissa la feuille du plat de la main. Marqua un temps d'arrêt.

« Tu veux boire quelque chose ?

– Non, merci. »

Sam acquiesça. Il commença à lire, en traduisant directement de l'hébreu.

« "Mon cher fils Isaac, Et de même que Dieu a béni Isaac, puisse-t-Il te bénir aussi." Tu avais raison d'interpréter ça comme une marque d'affection à l'égard d'Isaac Katz. Le Maharal et lui étaient très proches, sans compter que l'un était l'élève de l'autre, une relation comparable à celle d'un père et son fils. »

Il releva les yeux et se tourna vers Jacob.

« Je continue ? »

Jacob hocha la tête.

« "Comme un jeune marié se réjouit de sa femme, puisse Dieu se réjouir de toi. Car les clameurs de joie et d'allégresse résonnent encore dans les rues du royaume de Juda. C'est pourquoi, moi, Juda, je chanterai cette fois Ses louanges." »

Sam ajusta ses lunettes.

« Isaac Katz a été marié à deux des filles du Maharal. D'abord Leah, qui est morte sans lui donner d'enfant, puis sa sœur cadette, Feigel. La date mentionnée ici, le mois de Sivan 5342, correspond à ces secondes noces. Isaac Katz est donc un jeune marié, c'est pourquoi le Maharal éprouve le besoin de lui laisser une porte de sortie en lui citant le discours du prêtre aux armées d'Israël. En gros, il lui dit : "Nous avons un problème, et j'ai besoin de ton aide, mais seulement si tu peux mettre de côté tes priorités personnelles." Le paragraphe suivant explique de quel problème il s'agit. »

Il tendit la lettre à Jacob, qui poursuivit la lecture à sa place.

« "Mais souvenons-nous que nos yeux ont vu tous les hauts faits qu'Il a accomplis. Car le vase d'argile que nous avons façonné s'est abîmé entre nos mains, et le potier a entrepris d'en fabriquer un autre, davantage à son goût. Le potier doit-il être l'égal de l'argile ? Ce qui est fait doit-il dire à son faiseur : tu ne m'as pas fait ? Ce qui est formé doit-il dire à qui l'a formé : tu ne sais rien ?" »

Il reposa la feuille.

« Pardon, Abba, mais je n'y comprends rien.

– Le Maharal aussi avait peur que son gendre ne comprenne pas. C'est pourquoi il a ajouté une sécurité supplémentaire. Regarde, dans la dernière phrase. Ce n'est pas très subtil. »

Car en vérité nous désirions la grâce ; et c'est une disgrâce de l'Éternel sur nous.

« Tu n'as pas réussi à trouver le verset biblique auquel ça faisait référence, dit Sam, tout simplement parce qu'il n'y en a pas. »

Jacob relut la phrase en hébreu.

באמת רצינו חן הוא גנאי לנו מה'

« Prends ton temps, recommanda Sam. Joue avec. »

La même consigne que lorsque Sam amusait Jacob, enfant, avec la *gematria*, la géométrie des lettres.

Jacob essaya d'additionner les valeurs numériques de chaque lettre, de les inverser. Rien.

Il prit le premier caractère de chaque mot :

ברחהגלמ

« *Barakh ha-golem* », lut-il.

Le golem s'est enfui.

« Il n'est pas de plus grande hubris que le désir de créer la vie, expliqua Sam. Les enfants en sont le meilleur exemple. Le

Talmud dit qu'il faut trois partenaires pour mettre un enfant au monde : la mère, le père et Dieu. Cette équation élève les êtres humains au même rang que le Divin. C'est aussi une déclaration de foi, d'affirmer que Dieu S'investit à l'échelle des individus. Et pourtant, peu importe de quelle façon on tente d'imposer son autorité – y compris en faisant appel au Divin –, les enfants finissent toujours par partir. »

Il marqua une pause avant de poursuivre.

« Toute forme de progéniture, quelle qu'elle soit, cherche à suivre son propre chemin. C'est la joie fondamentale d'être un père ou une mère, et aussi la terreur qui va avec. »

Jacob dit : « Elle est venue pour moi. »

Sam resta muet.

« À cause du sang dans tes veines, ajouta Jacob.

– Tu l'as dit toi-même, Jacob : elle est venue pour toi, pas pour moi. »

Jacob le dévisagea.

« Si ça ne t'ennuie pas, reprit Sam, je t'attendrai ici pendant que tu vas chercher la voiture. »

Pour quelqu'un d'à moitié aveugle, son père lui indiquait la route avec une assurance remarquable.

« Il va falloir te rabattre sur la file de droite.

– Je ne vais pas le répéter dix fois…

– Alors tais-toi.

– … mais ce serait quand même plus simple si tu me disais directement où on va.

– Tu vas la rater ! » s'exclama Sam.

Jacob jeta un coup d'œil par-dessus son épaule, fit une brusque embardée pour éviter de s'engager sur la I-110.

« J'ai droit à trois réponses ? demanda-t-il.

– Ralentis, dit Sam, il y a un radar un peu plus loin. »

Jacob appuya sur la pédale de frein.

Juste après le pont, en effet, il aperçut une caméra.

« J'aurais sans doute pu le faire sauter, de toute façon, fit-il remarquer.

– Inutile de prendre des risques. »

Dans cette direction, plein est, Jacob ne voyait qu'un seul endroit où Sam se rendait assez souvent pour être capable de s'y diriger à l'oreille. Au niveau de l'échangeur avec la I-101, il mit son clignotant à droite, puis resta sur la gauche afin de prendre la SR-60 vers Boyle Heights et le cimetière du Jardin de la Paix. Il ralluma son clignotant un peu avant la sortie de Downey Road.

« Non, objecta Sam. La I-710 Sud. »

Jacob songea que son père devait se tromper, ou mal évaluer les distances ; peut-être y allait-il avec Nigel à des heures différentes de la journée, quand il y avait plus – ou moins – de circulation, et qu'ils passaient par des chemins détournés.

« Abba...

– La I-710 Sud. »

De l'autoroute, Jacob vit apparaître une petite colline fauve mouchetée de monuments blancs.

« Le cimetière est juste là, Abba, je le vois.

– On ne va pas au cimetière. »

Perplexe, Jacob s'engagea sur la I-710 Sud.

Trois kilomètres plus loin, Sam lui indiqua de prendre la I-5 vers le sud.

« Je n'ai qu'un demi-plein, précisa Jacob. Ça va suffire ?

– Oui. »

Ils bifurquèrent ensuite sur la I-605 Sud et sortirent au niveau de l'Imperial Highway, qu'ils suivirent vers l'ouest, traversant la ville de Downey. Jacob ne connaissait pour ainsi dire pas ce secteur, et il dut se retenir de ne pas dégainer son téléphone lorsque son père lui dit de prendre la I-710 Nord.

« Mais on vient de quitter la I-710 Sud.

– Je sais.

– On tourne en rond.

– Continue.

– Quelqu'un nous suit, c'est ça ? demanda Jacob.

– À toi de me le dire », rétorqua son père.

Jacob jeta un coup d'œil au rétroviseur.

Une marée de voitures.

À la demande de Sam, ils changèrent de file plusieurs fois, feintant à l'approche des sorties.

« S'il y avait quelqu'un, je pense qu'on l'a semé, dit Jacob.
– Très bien, approuva Sam avec un hochement de tête. C'est toi, le spécialiste. »

Ils dépassèrent à nouveau le cimetière, cette fois sur leur gauche ; sous cet angle, on ne voyait rien à part les têtes en balai à franges des palmiers. Arrivés à la fin de l'autoroute, ils tournèrent à droite sur West Valley Boulevard, dans la municipalité d'Alhambra. Jacob obéit sans broncher alors que son père lui dictait une série de directions dans des petites rues résidentielles.

« Alors, verdict ? » demanda Sam.

Nouveau coup d'œil dans le rétro.

« C'est bon, déclara Jacob, à la fois amusé, intrigué et agacé. Il me reste un quart de plein, je te signale.
– On pourra s'arrêter prendre de l'essence au retour. À droite sur Garfield, et ce sera la première à gauche. Numéro 456, tout au bout. »

C'était une rue parfaitement ordinaire, dans un environnement de classe moyenne ; des maisons individuelles arborant de fiers massifs de fleurs, des pick-up garés devant et des hors-bord sur des remorques.

« Il y a un parking, dit Sam, mais il n'a que cinq emplacements et en général il est plein. Je serais toi, je prendrais la première place que je trouve. »

Jacob se rangea devant un immeuble de trois étages en stuc ocre, surmonté d'un toit en tuiles à l'espagnole. L'accès se faisait par une petite allée semi-circulaire bordée de haies de buis, à l'entrée de laquelle était plantée une pancarte en bois.

RÉSIDENCE MÉDICALISÉE PACIFIC
ANNEXE DU CENTRE DE SOINS DE GRAFFIN, INC.

Ils restèrent assis en silence dans la voiture.

« Je te demande de me pardonner », dit Sam.

Jacob ne répondit pas.

Sam baissa la tête.

« Tu as raison, dit-il. Je suis désolé. Je n'aurais pas dû… Je suis désolé. »

Il sortit de la voiture et remonta l'allée. Noué d'appréhension, Jacob le suivit.

Il savait. Il savait depuis la seconde où ils avaient posé le pied à l'intérieur. La femme à la réception sourit à son père. Elle portait une blouse Mickey Mouse.

« Bonjour, monsieur Abelson », lança-t-elle, et Sam hocha la tête, et Jacob sut.

L'odeur des produits désinfectants était puissante. Il regarda son père griffonner une signature maladroite sur le registre des visites. Pourquoi faisait-il ça maintenant ? Pourquoi le faisait-il tout court ? Jacob n'avait jamais vu son père se comporter de façon égoïste. Tout le contraire, même. Sam donnait, donnait, donnait à n'en plus pouvoir. Il donnait tout ; pardonnait tout. Mais Jacob fut bien obligé de se demander si cette même générosité s'appliquait aussi, de manière assez perverse, à lui-même. Car il ne pouvait imaginer qu'on s'arroge un droit plus égoïste que celui-là.

« Tiens. »

Sam lui tendait le stylo pour qu'il signe à son tour.

Son père s'était enregistré sous le nom d'Abelson. Jacob se demanda quoi écrire. Était-il censé mentir, lui aussi ? Il choisit d'inscrire son vrai nom.

Il savait. Mais il suivit quand même Sam le long d'un couloir miteux : les carreaux du sol étaient ébréchés, la peinture écrue des murs avait dégouliné en grosses coulures. À travers des portes entrouvertes, il apercevait une moquette crasseuse, des couvre-lits élimés. Deux lits par chambre minuscule. La gaieté criarde d'un dessin d'enfant amplifiant la morosité du revêtement mural en vinyle brut. Un bouquet de tournesols fanés, le peu d'eau qui restait au fond du vase moussant d'écume marron. La douleur dans le cœur de Jacob enflait à mesure qu'ils avançaient. Il n'arrivait pas à croire qu'ils en soient arrivés là.

Une lumière aveuglante au bout du couloir. SALLE COMMUNE.

Des silhouettes d'hommes et de femmes. Qui lisaient, somnolaient, jouaient aux échecs. Qui déambulaient dans des pyjamas tachés de sauce tomate. Qui traînaient en pantoufles à midi. Ils paraissaient tous un peu flous, comme si la pièce était emplie de vapeur. L'obésité, les mains tremblantes et les regards vitreux témoignaient des effets de la médication à long terme.

Dans leur vaste majorité, ils avaient les yeux rivés sur un poste de télévision diffusant un talk-show.

Deux robustes Hispaniques en blouse rose – l'une à cœurs, l'autre Hello Kitty – constituaient l'ensemble du personnel d'encadrement. Elles aussi regardaient la télé. Elles tournèrent la tête en entendant Sam et Jacob entrer. L'une des deux sourit à Sam.

« Elle est au jardin, dit-elle.

– Merci. »

Jacob savait, et pourtant il suivait, hébété, passant entre les rangs muets des fous, conscient de leur regard. Même eux – les idiots et les aliénés –, même eux, ils le jugeaient : celui qui ne rend jamais visite.

Ce que l'infirmière avait appelé un jardin était une lagune de ciment rose maquillé en faux dallage, un treillis en plastique dégoulinant de jasmin étoilé, un agglomérat de jardinières bon marché. Les barreaux de la clôture montaient étonnamment haut, jusqu'à trois mètres au moins. Jacob se demanda si quelqu'un avait déjà essayé de s'évader.

Il y avait un seul arbre authentique, un figuier monstrueusement noueux dans un coin, qui projetait de longs tentacules d'ombre, maculant le ciment de fruits écrasés.

Elle était là, assise sur un banc rouillé.

Les cheveux secs et gris. Quelqu'un avait pris le temps de les lui peigner et de les lui attacher en arrière, avec une barrette incongrue : une jolie petite coccinelle. Des fanons de peau flétrie remplaçaient le cou gracile dont il avait gardé le souvenir ; le corps, empâté lui aussi, faisait injure à sa mémoire. Mais ses mains étaient les mêmes, agiles et nerveuses, et ses yeux du même vert électrique.

Ses doigts remuaient sans relâche, modelant une argile imaginaire.

« Bonjour, Bina », dit Sam.

Il s'assit à côté d'elle et lui passa un bras autour du cou, l'attira contre lui pour l'embrasser sur la tempe.

Elle posa une main sur sa joue, longuement, les yeux fermés.

Jacob fit demi-tour et s'éloigna.

« Elle a demandé après toi ! » cria Sam.

Jacob continua.

« Elle n'a pas dit un mot depuis dix ans ! »

Jacob atteignit la porte, attrapa la poignée.

« Ne lui en veux pas, dit Sam. S'il y a quelqu'un à qui tu dois en vouloir, c'est moi. »

Jacob se retourna vers lui.

« Oui, je t'en veux. »

Sam hocha la tête.

Leurs trois corps dessinaient un long triangle étroit, comme une lame invisible en travers du jardin. Jacob entendait le caquetage de la télévision dans la salle commune. Une brise chaude répandit des odeurs sucrées de jasmin et de figue gâtée. Sa mère leva les yeux vers les branches, gémissant faiblement, perdue. Son père posa les yeux sur elle, tout aussi perdu. Le temps passa. Jacob fit un pas dans leur direction. S'arrêta. Il avait l'impression d'avoir bu. Il n'était pas sûr de pouvoir y arriver. Il les laissa tous les deux là.

Épilogue

Posée à l'extrémité d'une branche de figuier, elle contemple la famille en contrebas, éclatée en milliers de fragments, puis elle se recroqueville de chagrin, ses pattes se repliant sur elles-mêmes.

Son bien-aimé… il se tient aussi immobile qu'une statue. Elle voudrait tellement pouvoir aller le rejoindre, le consoler, lui dire qu'elle le pensait vraiment, quand elle lui a promis que ce serait pour l'éternité.

Une brise l'enveloppe, rafraîchissant sa carapace chauffée par le soleil. La branche ondule dans l'espace. Dessous, la femme lève les yeux vers le ciel. Elles s'observent toutes les deux, par-delà une formidable distance. Un geignement s'échappe de la gorge de la femme, ses lèvres desséchées remuent en silence.

Elle veut se souvenir.

Quant à *elle*, elle n'a rien oublié. Comme si elles s'étaient connues la veille. Et dans le grand ordonnancement des choses, on peut le voir ainsi. C'est long, l'éternité.

Elle regarde son bien-aimé tourner les talons et partir, et elle se prépare à le suivre. Maintenant qu'elle l'a retrouvé, elle est prête à parcourir tous les déserts gris et morts pour être auprès de lui. À traverser à la nage tous les lacs gris, à descendre au fond de la vallée grise où il réside. Ce sont des endroits qu'elle connaît bien.

Elle déploie ses ailes, fléchit les pattes.

S'élance.

Chaque fois, c'est la même chose : l'espace d'un instant terrifiant, la pesanteur est plus forte que la foi, et elle plonge vers le sol. Alors elle se rappelle qui elle est, et elle commence à monter.

Remerciements

Le rabbin Yonatan Cohen, Paul Hamburg, Faye Kellerman, Gabriella Kellerman, Daniel Kestenbaum, Amy Glass, Yana Flaksman, Marc Michael Epstein, David Wichs, Menachem Kallus, le lieutenant Jan Chrpa, le lieutenant Lenka Kovalská, Slavka Kovarova.

Glossaire

bimah : dans une synagogue, estrade sur laquelle se tient l'officiant pour diriger la prière et lire la Torah.

Birkat ha-Mazon : bénédiction de fin de repas.

Chema : une des plus importantes prières du judaïsme, récitée le matin et le soir, composée de trois paragraphes de la Torah et désignée par ses deux premiers mots, « *Chema Israël* » (« Entends, Israël »).

Guilgoul : concept kabbalistique de la réincarnation, selon lequel les âmes effectuent un cycle à travers plusieurs vies en s'attachant à différents corps au cours du temps.

hallot (pluriel de *hallah*) : pain traditionnel juif, proche de la brioche, habituellement tressé, que l'on consomme lors du chabbat et de certains jours de fête.

Hanoukah : fête juive lors de laquelle on allume dans chaque maison, soir après soir, un candélabre à huit bougies ; elle dure huit jours et tombe selon les années en novembre ou en décembre.

havdalah : cérémonie marquant la fin du chabbat, durant laquelle sont récitées quatre bénédictions qui nécessitent un verre de vin, des épices odorantes et une bougie tressée.

Kabbalat Chabbat : prière du vendredi soir, marquant le début du chabbat.

Kaddich : une des prières de la liturgie juive, en araméen, ayant pour thème principal la glorification du nom divin ; elle nécessite un quorum de dix hommes, qui répondent « Amen » à chaque phrase. Il en existe plusieurs variantes, dont la plus connue est le « *Kaddich* des Endeuillés », récité lors de tous les rituels de deuil.

Khidouché Aggadot : une des œuvres du Maharal, littéralement « Nouveaux commentaires sur l'Aggada », l'Aggada désignant l'ensemble des enseignements non législatifs contenus dans le Talmud (récits, mythes, paraboles, aphorismes, anecdotes historiques, exhortations morales, ou encore conseils pratiques dans différents domaines).

kiddouch : courte bénédiction prononcée sur un verre de vin avant le repas lors du chabbat ou d'un jour de fête.

koláče (pluriel de *koláč*) : brioche tchèque traditionnellement servie lors des mariages, très moelleuse, fourrée le plus souvent d'une garniture à base de fruits, de fromage frais ou encore d'une pâte aux graines de pavot.

kugel : plat de la cuisine juive ashkénaze traditionnellement servi lors des repas de chabbat, sorte de pudding à base de nouilles ou de pommes de terre, dont une variété est le « *kugel* de Jérusalem », fait de nouilles poivrées et caramélisées.

matsot (pluriel de *matsah*) : pain sans levain consommé pendant les huit jours de Pessah en souvenir de l'exode des Hébreux qui, dans leur hâte de quitter l'Égypte où ils étaient retenus en esclavage, n'eurent pas le temps de laisser lever le pain.

mensch : terme yiddish désignant un homme au sens le plus noble du terme, une personne de valeur, honnête et admirable, « quelqu'un de bien ».

mezinke : danse traditionnelle ashkénaze qui célèbre le mariage du dernier enfant d'une famille et s'effectue avec un balai.

mezouzah : rouleau de parchemin sur lequel est calligraphié le premier paragraphe du Chema, placé dans un boîtier et fixé au montant de la porte d'entrée d'une habitation afin de la placer sous la protection divine.

mikveh : bain rituel de purification.

miniane : quorum de dix hommes nécessaire à la récitation des prières les plus importantes de tout office ou de toute cérémonie.

mitsvah : chacune des six cent treize prescriptions contenues dans la Torah ; ces prescriptions étant essentiellement d'ordre éthique ou moral, le terme *mitsvah* en est venu à désigner une bonne action en général.

Pessah : fête de la Pâque juive, qui commémore la sortie d'Égypte et célèbre le début du cycle agricole annuel. Pendant les huit jours de la fête, il est interdit de consommer des aliments à base de pâte levée, et toute trace de levain doit être éliminée du foyer. Au Moyen-Âge, une croyance se propage parmi les chrétiens selon laquelle les juifs assassineraient des enfants non juifs à des fins rituelles, notamment pour utiliser leur sang dans la confection des *matsot* de Pessah.

rebbe : mot yiddish dérivé de l'hébreu *rabbi* (« mon maître » qui a donné « rabbin » en français), désignant un maître, enseignant ou mentor.

rebbetzin : épouse d'un *rebbe*, dont on reconnaît par ce titre l'importance du rang et des activités pour le bien de la communauté.

Roch Hachanah : fête juive célébrant la nouvelle année du calendrier hébraïque, qui tombe en septembre ou octobre.

roch yechivah : directeur et chef spirituel d'une *yechivah*.

Sanhédrin : un des traités du Talmud, qui s'intéresse au droit pénal.

shiksa : mot yiddish désignant une femme non juive, fréquemment employé par les juifs d'Amérique du Nord et passé dans le langage courant en anglais américain.

shoul : mot yiddish (« école ») désignant une synagogue, encore employé dans les milieux ashkénazes.

talit : châle à franges dont les hommes s'enveloppent pour la prière du matin.

tefillin : petits boîtiers en cuir contenant quatre paragraphes de la Torah calligraphiés sur parchemin que les hommes se fixent sur le front et le bras gauche au moyen de lanières, pour l'office du matin.

yechivah : école religieuse, centre d'étude du Talmud et de la Torah.

Zohar : le « Livre de la Splendeur », rédigé en araméen, ouvrage majeur de la tradition mystique de la Kabbale.

DES MÊMES AUTEURS

JONATHAN KELLERMAN

Double Miroir
Plon, 1994

Terreurs nocturnes
Plon, 1995

La Valse du diable
Plon, 1996

Le Nid de l'araignée
L'Archipel, 1997

La Clinique
Seuil, 1998
et « Points Policier », n° P636

La Sourde
Seuil, 1999
et « Points Policier », n° P755

Billy Straight
Seuil, 2000
et « Points Policier », n° P834

Le Monstre
Seuil, 2001
et « Points Policier », n° P1003

Dr La Mort
Seuil, 2002
et « Points Policier », n° P1100

Le Rameau brisé
Seuil, 2003
et « Points Policier », n° P1251

Qu'elle repose en paix
Seuil, 2004
et « Points Policier », n° P1407

La Dernière Note
Seuil, 2005
et « Points Policier », n° P1493

La Preuve par le sang
Seuil, 2006
et « Points Policier », n° P1597

Le Club des conspirateurs
Seuil, 2006
et « Points Policier », n° P1782

La Psy
Seuil, 2007
et « Points Policier », n° P1830

Tordu
Seuil, 2008
et « Points Policier », n° P2117

Fureur assassine
Seuil, 2008
et « Points Policier », n° P2215

Comédies en tout genre
Seuil, 2009
et « Points Policier », n° P2354

Meurtre et obsession
Seuil, 2010
et « Points Policier », n° P2612

Habillé pour tuer
Seuil, 2010
et « Points Policier », n° P2681

Les Anges perdus
Point Deux, 2011
et « Points Policier », n° P2920

Jeux de vilains
Seuil, 2011
et « Points Policier », n° P2788

Double meurtre à Borodi Lane
Seuil, 2012
et « Points Policier », n° P2991

Les Tricheurs
Seuil, 2013
et « Points Policier », n° P3267

L'Inconnue du bar
Seuil, 2014
et « Points Policier », n° P4050

Un maniaque dans la ville
Seuil, 2015

AVEC FAYE KELLERMAN :

Double homicide
Seuil, 2007
et « Points Policier », n° P1987

Crimes d'amour et de haine
Seuil, 2009
et « Points Policier », n° P2454

JESSE KELLERMAN

Les Visages
Sonatine, 2009
« Points Thriller », n° P2523
et Point Deux, 2011

Jusqu'à la folie
Éditions des Deux Terres, 2011
et « J'ai lu », n° 9947

Beau parleur
Éditions des Deux Terres, 2012
et « J'ai lu », n°10340

Bestseller
Éditions des Deux Terres, 2013

DANS LA MÊME COLLECTION

DERNIERS TITRES PARUS

Brigitte Aubert
La Mort au Festival de Cannes

Thomas H. Cook
Le Crime de Julian Wells

Jonathan Kellerman
Un maniaque dans la ville

Clayton Lindemuth
Une contrée paisible et froide

Kanae Minato
Les Assassins de la 5e B

Dror Mishani
La Violence en embuscade

Rosa Ribas & Sabine Hofmann
La Mort entre les lignes

James Scott
Retour à Watersbridge

Don Winslow
Missing : New York